KB248219

초보자를
위한
사랑법

<u>초보자를</u>
<u>위한</u>
<u>사랑법</u>

1판 1쇄 찍음 2018년 10월 24일
1판 1쇄 펴냄 2018년 10월 31일

지은이 | 모노그램
펴낸이 | 정　필
펴낸곳 | **(주)뿔미디어**

기획 · 편집 | 심은지, 권지영
표지 디자인 | 우　물

출판등록 | 2002년 9월 11일 (제1081-1-132호)
주소 | 경기도 부천시 원미구 소향로 17, 303(두성프라자)
전화 | 032)651-6513 / 팩스 032)651-6094
E-mail | dahyangs@naver.com
블로그 | http://blog.naver.com/dahyangs
비북스 | http://b-books.co.kr

값 11,000원

ISBN 979-11-315-9047-8 03810

※파본은 구입하신 서점에서 교환하여 드립니다.

※이 책은 (주)뿔미디어를 통해 독점 계약되었습니다.
저작권법에 의해 보호를 받는 저작물이므로 무단 전재와 무단 복제를 엄금합니다.

초보자를
위한
사랑법

모노그램 장편 소설

DAHYANG ROMANCE STORY

초보자를 위한 사랑법

1

마음을 사로잡는
사소한 순간들

· 일러두기

본문 중에서 한국어 대화는 “ ”로 일본어 대화는 「 」로 표기했습니다.

사랑은 그럴 것이라 생각했다.

사랑하는 사람을 마주하면 머릿속에 아무런 생각도 들지 않고, 눈 길이 마주치면 짜릿하게 감전당한 느낌이 들며, 술에 취하면 자신도 모르게 고백해 버리고 마는, 아마도 그런 것.

"사랑해요."

달 아래다.

달이 호텔 야외 수영장의 물에 담겨 일렁거리지만 않았어도, 조명이 비추어 반짝이는 야외 수영장을 반딧불이 가득한 호수 같다는 착각도 안 했을 테고, 사랑한다는 무지막지한 말도 꺼내지 않았을 것이다.

진심을 담은 눈은 가려지지 않은 채 그대로였다. 강이나는 남자를 똑바로 응시하며 말했다. 아주 솔직하고 정확한 말투로 또다시.

"사랑한다고요, 정말."

혼자만 알고 있어야 할 비밀을 털어 내 버린 건 칵테일 세 잔의 효 과였다. 말이라는 건, 특히 누군가 듣는 상대가 있을 때는, 다시 담을 수가 없는 것이라는데.

'나 미쳤나 봐.'

이나는 자신이 한 말을 듣고 스스로 놀랐다. 지금이라도 당장 어떤 착각을 했다고 둘러대야 했다.

"그러니까 제 말은, 제가 정말 사랑에 빠진 건 아닐까 한다고요."

이건 이나가 지금껏 쳤던 사고 중 가장 큰 대형 사고임이 분명했다. 자신에게 이렇게 솔직해지는 주사가 있는 줄은 여태 몰랐다.

제 입을 뒤늦게 손으로 막고 한 걸음 뒷걸음질 쳤다. 입을 막은 손가락 사이로 뜨거운 호흡이 새어 나왔다. 술을 마시려면 곱게 마시던가. 대체 칵테일 세 잔에 무슨 용기로 사랑한다는 말을.

"사랑?"

그는 그런 단어가 아직도 세상에 존재하냐는 얼굴로 자신과는 무관하다는 듯이 물었다. 그러곤 한동안 표정의 변화 없이 이나를 관찰했다.

"지금 사랑이라고 했습니까?"

그가 다시 물었다.

'사랑'이라는 단어를 말하는 목소리는 서늘했고, 이나를 바라보는 눈빛엔 곤란함이 가득했다. 그의 차가운 반응에 당황한 이나는 반사적으로 고개를 끄덕였다.

"네, 분명 그렇게 말해 버렸어요. 사랑한다고."

이나는 말을 마치며 숨을 삼켰다. 취기가 오르는지 얼굴이 달아오르고, 자꾸만 호흡이 가빠졌다.

"저기, 대표님."

갑자기 정신이 돌아온 것처럼 다급해진 목소리로 그를 불렀다.

민승후에게 강이나라는 존재는 회사 디자인 팀의 말단 사원 그 이상도 이하도 아닐 것이다. 아마 이름도, 얼굴도 모를 가능성이 컸다.

그런 그에게 술에 취해 사랑 타령이라니. 어설픈 짝사랑을 당당하게 고백하는 중이라니.

"죄송해요. 혼자 비밀로 간직해야 했는데, 술에 취해서 그만 털어놨어요. 이 순간 이후로 어쩌면 좋을지는 저도 모르겠고요."

혼자 간직했던 짝사랑이 술에 취해 충동적으로 내뱉은 주정으로 끝나 버렸다. 난처해진 이나의 눈가에 투명한 물방울이 고였다. 코끝도 붉어졌다. 아마도 눈물이 시작되려는 모양이었다. 감정의 전이가 남보다 빨라 웃기도 울기도 잘했다.

"저기, 정말 이상하게 들리겠지만, 지금 제 얘기 못 들은 걸로 해 주시면 안 될까요?"

절망이 가득한 얼굴로 말도 안 되는 요구까지 했다. 시간을 되돌리고 싶었고, 지금껏 일어난 일을 모두 지워 버리고 싶었다.

그들은 조금 전까지 회식 중이었다. 민승후가 디자인 팀을 위해 따로 마련한 자리였다. 이나는 처음 와 보는 특급 호텔의 바라는 멋진 공간에 그와 같이 있다는 사실이 흥분되고 신기했다. 그의 얼굴을 가까이에서 훔쳐볼 수 있다는 것만으로도 꿈만 같았다.

그러나 거기까지여야만 했다.

한창 분위기가 무르익을 즈음, 승후는 마시고 있던 맥주병을 들고 회식 자리를 빠져나갔고, 이나도 그를 따라 호텔의 뒤뜰로 나왔다. 그리고 겁도 없이 다가가 감히 사랑한다고 말했다.

이미 엎질러진 물을 담아 보려는 처절한 몸부림처럼 고개를 세차게 흔들었다. 코와 혀끝을 달콤하게 마비시키던 칵테일은 이제 절대 쳐다보지도 않을 거라는 다짐을 했다.

"제발 머릿속에서 지워 주세요. 지금 일어난 일들을 잊어 주세요."

이젠 억지까지 부리고 있었다. 세상이 끝나기라도 한 것 같은 표정의 이나를 보며 승후는 자신도 어쩔 수 없는 일이라는 듯 입을 열었다. 매우 단조로운 표정과 목소리로 지그시 바라보며.

"안타깝지만 이미 깊게 입력이 되어 버린 것 같은데. 유감스럽게도 난 기억력이 좋은 사람이거든."

서로를 바라보는 두 사람 사이로 작은 미풍이 지나갔다. 야외 수영장의 반짝이는 황금빛 물도 다시 일렁이기 시작했다.

승후가 이나를 향해 엷은 미소를 지어 보였다. 그 미소가 이나를 비참하게 만들었다. 입꼬리가 비쭉 올라간 미소였고, 이나가 보기엔 분명 비웃음이었다. 짝사랑 상대에게 웃음거리가 되어 버린 기분이었다.

"죄송합니다. 계속 비밀로 할 일이었는데 제가 그만 실수를, 딸꾹."

고개를 푹 숙이고 중얼거리는데, 딸꾹질이 시작되었다. 이나는 승후에게 꾸벅 인사하곤 뒤돌아 걸었다. 여전히 딸꾹질이 멈추지 않고 계속되었다.

승후의 시선이 등에 꽂혀 있기 때문인지 뒤통수가 따갑게 느껴졌다. 그를 의식해 똑바로 걷고 싶었지만 몸이 말을 듣지 않아 비틀거렸다. 칵테일은 그런 술이었다. 달콤함에 취해 홀짝거리며 마시다 보면 이렇게 어지럽게 만들어 버리는 술. 자꾸만 땅이 들썩였다.

'강이나 바보. 딸꾹.'

그러고 보면 사랑인지 아닌지도 불확실했다. 다만 민승후라는 남자를 처음 본 순간부터 가슴이 두근거린 것은 사실이었다. 어쩌다 그를 마주칠 때면 머릿속이 마비된 것처럼 아무 생각이 나지 않는 것도 맞았다. 이 남자의 얼굴을 자꾸만 훔쳐보고 싶었고, 자려고 누우면 그의 모습이 머릿속에 둥둥거리며 떠다녔다. 생각해 보면 그것뿐이었다.

그런 사소한 감정들이 과연 사랑이었을까. 정체 모를 떨리는 감정을, 술에 취해 사랑이라는 말로 고백해 버리고 말았으니.

'짝사랑하는 남자에게 우스꽝스럽게 기억됐어. 앞으로 어떻게 회사에 다닐래?'

생각할수록 너무도 창피했다. 주저앉아 울고도 싶었지만 그가 여전히 뒤에서 자신을 보고 있을 것만 같아 가까스로 앞을 향해 걸어갔다. 어떻게 걷고 있는지 모를 정도로 다리에 힘이 풀려 버렸다.

순간 이나의 몸이 휘청거렸다. 수평을 잡기 위해 두 팔을 뻗고 걸어 보았지만 위태로운 걸음을 걷던 몸은 결국 수영장 안으로 풍덩 소리를 내며 빠졌다. 초봄의 수영장 물은 아찔할 만큼 차가웠다. 사랑에 빠졌다고 하더니, 결국 물에 빠져 버렸다.

호텔의 뒤뜰, 한적한 야외 수영장을 울리는 물소리를 신경 쓰는 사람은 아무도 없었다. 그렇게 물속으로 사라진 이나는 한참이 지나도 떠오를 줄 몰랐다. 깊고 차가운 물은 준비 운동도 없이 물에 빠진 사람을 기절시켰다.

기절하기 전 이나가 마지막으로 본 건, 보글거리는 날숨을 내뱉으며 돌고래처럼 물을 유유히 가로질러 자신에게로 다가오는 승후의 모습이었다. 물에 잠겨 가는 와중에도 지금 그가 얼마나 멋지게 잠수를 해 오는 건지 눈에 들어왔다. 물속에서 그와 눈이 마주쳤다. 차가운 물의 온도와는 다르게 그의 눈빛이 따뜻했다. 그를 향해 고정되었던 눈이 천천히 감겨 왔다.

몸이 가라앉는 것을 느끼며 이나는 정신을 잃어 갔다. 끈질기던 딸꾹질이 드디어 멈추었다.

"정신 차려."

멀리서 들리는 것 같았던 승후의 목소리가 점점 가까이 들려왔다. 이나는 물에서 끌려 나와 바닥에 눕혀져 있었다. 사실 아까부터 조금씩 정신이 들었지만, 도저히 눈을 뜰 수가 없었다. 잠시 이대로 세상이 끝나기를 바라는 중이었다. 그걸 알 리 없는 승후의 목소리만 점차 다급해져 갔다.

"강이나 씨, 일어나."

그가 자신의 이름을 알고 있다는 중요한 사실이, 지금은 크게 와닿지 않을 정도로 절망적이었다. 이나는 눈을 꼭 감고 마음속으로만 물었다. 그쪽이라면 일어날 수 있겠어요? 우스꽝스러운 모양새로 사랑한다는 고백을 하고, 볼품없이 물에 빠져 버렸다면.

승후의 손길이 얼굴에 닿는 게 느껴졌다. 그는 젖어 달라붙은 이나의 머리카락을 얼굴에서 떼어 낸 뒤 두 볼을 손으로 잡고 흔들었다. 다급함이 느껴졌지만 무척 조심스러운 손길이었다.

상태를 확인하려는 그의 손이 코와 입술에 닿았다. 그가 자신의 호흡에 귀 기울이는 것이 느껴졌다. 이나는 죽은 척 숨을 참는 중이어서 호흡이 없었다. 잘도 깜빡이던 눈 역시 감긴 채 그대로였다.

서둘러 이나의 코트 단추를 풀어낸 승후가 두 손으로 심장을 규칙적으로 눌렀다. 이나는 더욱더 눈을 꼭 감았다. 브래지어 안의 물을 잔뜩 먹은 뽕이 빠져나갈 위기에 처한다 해도 눈을 뜰 수가 없었다.

그가 아까보다 다급한 목소리로 말했다.

"강이나, 눈 떠!"

계속해서 죽은 척하려던 이나가 눈을 번쩍 뜬 건 승후와 입술이 겹쳐졌을 때였다. 이건 강렬한 키스보다 그럴듯해 보였지만, 분명 키스는 아니었다. 호흡이 완전히 사라질까 봐 하는 심폐 소생술이었다. 그럼에도 남자의 입술은 촉촉하게 이나의 입술을 파고들었다.

그는 이나의 호흡을 살피며 입 속에 새로운 공기를 넣어 주었다. 그 일이 지속될수록 이나의 손가락이 조금씩 꿈틀거렸다. 박하 향 가득한 남자의 숨결이 몸 안으로 흡수되었다. 칵테일에 취했는데, 그의 따뜻한 입술에도 취해 가고 있었다. 몸이 나른해져 갔다. 점점 아무 생각도 들지 않았다.

그런 상황에서 이나가 승후에게 키스를 한 건 절대 고의가 아니었다. 몸이 저절로 그렇게 반응했을 뿐이었다. 여전히 술에 취해 있었기 때문일 수도 있고, 그가 너무도 따뜻했기 때문일 수도 있었다.

승후가 폐 가득히 신선한 공기를 넣어 주며 작은 가슴을 강하게 누르고 있을 때, 꼼지락거리던 이나의 손이 승후의 목을 끌어안았다. 그리고 인공호흡을 하는 그의 입술을 자신의 입술로 감싸 버렸다. 더 솔직히 표현하자면 그의 아랫입술을 가볍게 물어 버렸다. 그러자 승후의 모든 근육이 경직되어 버렸다. 그와 몸이 맞닿은 곳마다 뻣뻣하게 굳은 그의 상태가 느껴졌다.

시간은 그렇게 잠시 멈추어졌다.

승후가 입술을 떼고 이나를 내려다보며 속삭였다.

"강이나, 뭐야?"

그의 머리카락에서 떨어지는 물이 이나의 얼굴에 한 방울씩 스며들었다. 승후는 설명할 수 없는 표정이 되어 이나를 보았다. 이나도 비슷한 표정으로 그를 올려다보았다.

그가 이나의 얼굴을 찬찬히 살폈다. 감춰진 무언가를 찾고 싶은 절실함이 그의 눈빛 속에 담겨 있었다. 그의 눈길이 이나의 입술에 머물렀다. 사랑한다 종알거리고, 인공호흡을 키스로 바꾸어 버린 여자의 입술에.

"겁도 없이 대체 나에게 뭘 하고 있는 건데?"

이나를 보는 승후의 시선이 흔들렸다. 잠시 머뭇거리던 그는 천천히 몸을 숙여 이나의 입술에 자신의 입술을 대었다. 무척 조심스러운 몸짓이었다. 낯선 것의 촉감을 확인하고 싶어 처음 입술을 대어 보듯이.

그러던 그가 자신의 입술로 이나의 입술을 깊이 감쌌다. 그의 손은 이나의 머리를 소중하게 감싸 줘었다. 머리카락 사이로 그의 손가락이 파고드는 것이 느껴졌다.

아까의 인공호흡과는 분명 달랐다. 이나가 그의 아랫입술을 물고 까부는 것과도 차원이 달랐다.

이건 분명 남자로서의 키스였다.

그의 키스로 인해 몸은 따뜻해졌지만, 심장은 물에 빠져 질식한 것처럼 멈추어 버렸다. 마치 깊은 물속에 다시 빠진 느낌이었다.

'이봐요, 숨 막혀요. 이러다 진짜 죽겠어요.'

이나는 자신에게 더 깊이 파고드는 남자를 밀어 내었다. 그래도 그는 아랑곳하지 않고 입맞춤에 몰두했다. 빠져나가려고 할수록 깊게 파고들 뿐이었다. 그는 이나를 숨도 못 쉬게 만들었다. 도대체가 숨을 쉴 수가 없었다. 지금이야말로 진짜 인공호흡이 필요했다. 산소가 부족한 건지 무척 어지러웠다.

마른 밤하늘에 소나기를 맞은 사람들처럼, 그들은 흠뻑 젖은 채 마주 서 있었다. 이나는 고개를 푹 숙인 채 물에 흥건히 젖어 버린 그의 가죽 구두만 내려다봤다. 승후의 얼굴을 똑바로 바라볼 자신이 없었다. 그의 시야에서 사라지고 싶다는 생각으로 가득했다.

한동안 두 사람 사이엔 아무런 말이 없었다. 이런 상황에 어떻게 대처해야 하는 건지 답이 없기는 서로 마찬가지 같았다. 그도 지금 상황이 무척 난감할 것이다.

이나는 젖어 버린 운동화 속의 발가락만 꼼지락거렸다. 봄이라지만 아직 추운 날씨 탓에 얼어 버린 건지 발가락에 아무런 감각이 없었다.

"대표님, 죄송합니다. 오늘 밤 제가 저질렀던 모든 일들이요."

수백 번을 사과해도 모자랄 지경이었다. 차가운 물에 빠져 술이

다 깼는지 창피함이 몰려오기 시작했다. 몸의 온도도 내려간 듯 젖어버린 몸이 덜덜 떨렸다. 사정없이 떨리는 입술을 꼭 물었다.

침묵하던 승후가 낮은 목소리로 말했다.

"우리, 저기로 올라갈까?"

"어, 어디요?"

승후의 눈은 호텔 건물의 어느 층에 고정되어 있었다. 이나는 금방이라도 기절할 것 같은 표정으로 그를 보았다. 이대로 호텔방에 올라가자는 말인 것 같았다.

하긴 지금까지 자신의 행동을 보면 오해의 요소가 넘치고 넘친 건 맞다. 술에 취해 사랑한다는 말을 하고, 인공호흡을 키스로 바꾸어버린 여자였으니.

"전 그런 뜻이 아니었어요. 물론 충분히 오해하실 만한 상황이지만요."

별 사이 아닌 남자와 깊고 깊은 키스는 했어도, 별 사이 아닌 남자와 호텔방에 올라가는 사람은 절대 아니었다.

물에 젖은 이나의 머리카락은 더 곱실거렸고 얼굴은 새하얗게 변했다. 물이 들어가 충혈된 한쪽 눈을 연신 깜빡였다. 놀라 벌어진 입이 다물어지지가 않았다.

승후의 눈길이 다시 입술에 머물자, 이나는 손등으로 입술을 가리고 한 걸음 물러섰다.

"무슨 뜻?"

승후가 무심히 물었다. 그러다가 이내 무슨 소리인지 알겠다는 듯 말을 이었다.

"아, 나도 무슨 뜻이 있는 게 아닌데. 지금 우리 상태가 정상적이지 않으니까 한 말입니다. 집에 가려면 옷도 좀 갈아입고, 머리라도 말려야 할 것 같아서. 아직 날이 춥잖아."

승후는 난감한 얼굴로 자신의 말을 해명했다. ‘그런 뜻’이 아니라는 말은 마치 ‘어떤 뜻’이 있는 여자로 보였을지도 모른다.

이나는 코트의 모자를 푹 눌러쓰고 얼굴을 가렸다. 더 이상 그를 마주할 자신이 없었다. 갑자기 사랑한다는 황당한 말을 해 대고, 차가운 물에 빠뜨리고, 먼저 키스를 했으며, ‘아무 뜻’ 없는 그를 ‘어떤 뜻’이 있는 남자로 의심해 버렸다.

“전 집에 가서 말리면 돼요. 집도 멀지 않아요.”

“심하게 떨고 있기에 한 말이야. 뭐, 괜찮다면 원하는 대로.”

그때 어디선가 핸드폰이 울렸다. 승후가 젖은 바지 주머니에서 핸드폰을 꺼냈다. 핸드폰에서는 물이 뚝뚝 떨어지고 있었다. 벨 소리도 어딘가 이상했다. 벨 소리는 점점 느려지더니 이내 사라져 갔다. 순간 승후의 얼굴이 심각하게 굳어졌다.

“이런.”

그의 미간에 주름이 잡혔다. 핸드폰과 그의 표정을 번갈아 보던 이나가 겁에 질린 표정으로 말했다.

“오늘 일어난 모든 일들에 대해 사과드릴게요. 정말 죄송합니다.”

이나는 머리를 깊게 숙여 그에게 인사를 하고 뒤돌아 도망갔다.

밤하늘에 떠 있는 달도 별도 멀쩡하게 반짝이는데, 자신만 멀쩡하지 않았다. 물에 젖어 진짜로 망가진 건 강이나라는 사람일지도 몰랐다.

이나가 처음으로 승후를 본 것은, 남동생인 한민의 학교에 놀러 갔다가 우연히 듣게 된 강연에서였다. 고릴라닷컴 대표인 민승후의 대학 후배들을 위한 초청 강연이었다. 갑자기 일이 생겨서 가지 못하게 된 남동생 한민 대신, 이나와 친구인 연주가 참석하게 됐다.

별다른 생각 없이 시간을 때우기 위해 가게 된 강연이라, 강연자에 대한 아무런 정보가 없었다. 이나는 미리 나눠 받은 자료를 보며 강연이 시작되기를 기다렸다.

청중들의 환호와 함께 무대의 중앙에 선 남자의 목소리를 듣고 난 후에야 고개를 들어 강연자를 보았다.

'나이 좀 있고 안경 쓴 중후한 남자를 상상했는데, 이게 웬일이야, 독보적인 뇌와 끝내주는 외모를 한꺼번에 가진 남자라니 말이야. 거기다 조만간 세상을 평정하겠다는 자신감까지. 지루할 거라 생각했는데 눈요기는 실컷 하고 가겠다.'

같이 온 연주가 강연자를 가리키며 속삭였다. 무대와 조금 떨어진 자리였는데도 조명에 비친 남자의 모습이 눈에 가까이 들어왔다.

그는 적당히 큰 키, 반듯한 자세와 예의 바른 몸짓을 가진 남자였다. 사람들에게 호감을 주는 인상이었고, 상당히 듣기 좋은 목소리로 말하는 사람이었다.

강연이 진행될수록 이나의 가슴이 요동치기 시작했다. 강연하는 사람의 생각과 마음이, 듣는 사람에게 고스란히 전해졌다. 이나는 무대에 서 있는 남자에게 빨려 들어갈 듯 집중을 했다.

시간이 지날수록 민승후라는 사람 자체가 주는 매력에 빠져들었다. 그는 매우 건강한 기운을 주는 사람이었다.

남자의 목소리는 낮은 저음이었고, 중간중간에 하는 농담마저 지적이었다. 다른 사람들도 그에게서 시선을 떼지 못하고 집중했다. 사람에게 사로잡힌다는 것이 무슨 소리인지 이제야 알 것 같았다. 처음 본 남자에게 완전히 빠져들고 있는 중이었다.

멍해진 이나의 귓가에 연주가 조그맣게 속삭였다.

'여기 자료를 보니 저 사람 SNS 닉네임이 블랙 돌핀이야. 진짜 돌고래처럼 영리해 보이지? 몇 마디 이야기한 것만으로도 사람들을 사로잡고 있잖아. 보이지 않는 초음파라도 쏘고 있는 것처럼 말이야.'

연주의 말은 틀린 적이 없었다. 멀리 떨어져서 그가 하는 말을 듣고만 있을 뿐인데 자신은 이미 저 남자에게 사로잡히고 말았다. 온 신경이 처음 본 남자에게 반응하고 있었다.

'이제 세상으로 나가 마음에 품은 꿈을 펼치세요. 절대로 포기하거나, 멈추지 마세요. 항상 스스로에게 자신감을 가지십시오. 마음속에 있는 희망과, 옳다고 생각하는 것에 대한 자부심, 지키고자 하는 가치에 충실하면 원하는 결과를 얻어 낼 것입니다. 당신은 모든 면이 특별하며, 세상에서 첫 번째로 소중한 가치를 지닌 존재입니다.'

짧지 않은 강연이 끝났을 때, 모든 사람들이 감동한 표정으로 박수를 쳤다. 세상일에 초연한 연주도 같은 표정이었다.

이나는 심장이 있는 쪽의 가슴에 꼭 쥔 주먹을 대었다. 하마터면 심장이 밖으로 나올 수도 있겠다 싶어 그렇게라도 막고 있어야 했다. 넋을 놓은 이나의 눈길은 퇴장하는 민승후의 뒷모습을 좇고 있었다. 아무래도 여기 있는 사람들 중 그의 초음파를 가장 많이 흡수한 듯했다.

'연주야, 저 사람 얘기를 듣는 내내 마음속에서 뭔가 울리지 않았어?'

'울리긴 뭐가 울려?'

'설명할 수는 없지만 민승후라는 사람과 같은 공간에 있는 내내 떨렸어. 심장이 주사 맞기 전처럼 빠르게 뛰었고, 저 사람이 나에게만 속삭여 주는 것처럼 가깝게 느껴졌다고. 넌 안 그랬어?'

연주가 잠시 생각하더니 대답했다.

'음, 말 한마디, 한마디가 콕콕 박히긴 하더라. 블랙 돌핀이랑 뭘

하지도 않았는데 블랙 돌핀 때문에 몸이 짜릿하게 전율하긴 했어. 나도 이런 경험은 처음인 것 같거든.'

연주의 말에 옆에 있던 남자가 웃음을 참으려는 듯 헛기침을 해 댔다. 이나는 연주의 야한 농담 따위는 들리지도 않았다.

'나, 저 회사에 입사할 거야.'

'초음파를 쏴 대는 블랙 돌핀이 멋져서? 자신의 미래를 그렇게 순간적으로 결정하다니 말도 안 돼.'

'운명적 결정이야. 블랙 돌핀도 하고 싶은 일에 도전하라고 했잖아. 부족하기만 한 나도 세상에서 첫 번째로 소중한 존재라잖아. 저런 마음으로 경영하는 회사에서 일해 보고 싶어. 매일 마음이 울릴 것 아니야. 요즘에 하고 싶은 일에 대해 고민하고 있었는데 이제야 어떤 목표가 생겼다고.'

가슴 깊은 곳에서 어떤 것이 진동했다. 알 수 없는 마음의 진동이 모든 일의 발단이었다.

고릴라닷컴은 국내 정보통신업계의 신화 같은 존재였다. 검색 광고 시장의 60% 이상을 점유한, 국내 포털을 대표하는 기업이었다. 검색 엔진과 개인화 서비스에 박차를 가하며 경쟁력을 키워 나가 지금은 업계에서 독보적인 위치가 되었다.

재작년부터는 해외까지 사업을 확장시키고 있었고 반응도 계획했던 것보다 좋았다. 그 성공을 이루게 한 장본인이 바로 민승후였다. 그는 고릴라닷컴의 젊은 창업자이자 기업의 최고경영자였다.

강이나는 고릴라닷컴의 디자인 팀에 입사한 신입 사원이었다. 상사인 팀장이 조금 못살게 굴긴 해도 알고 보면 속정이 깊은 좋은 사람이었고, 같이 일하는 동료들과의 관계도 좋았다. 무엇보다 하고 있는 일이 적성에 맞고 즐거웠다. 이렇게 좋은 회사에 다니고 있다는 자체가 행운이라고 생각했다.

하지만 그것은 어제까지의 일이었다. 회사 대표에게 사랑을 고백한 무지막지한 여자는 차마 고개를 들고 다닐 수가 없었다. 밤사이의 일은 두 사람만 아는 일일 텐데, 세상 모든 사람이 다 알고 있을지도 모른다는 착각에 빠지기까지 했다.

어제는 디자인 팀의 회식이었고 2차로 호텔의 바에서 칵테일을 마셨다. 분위기도 즐거워 이나는 회식 내내 기분이 한껏 고조된 상태였다. 호텔의 바에 민승후가 나타나기 전까지는.

예정도 없이 승후가 나타나자 그를 짝사랑하던 이나는 떨리는 마음을 주체할 수가 없었다. 경직된 얼굴로 그를 훔쳐보면서, 앞에 놓인 칵테일을 홀짝거리며 마시는 것만이 할 수 있는 일의 전부였다. 그에게 가까이 가거나 말을 걸어 보지도 못했다. 조금 떨어진 테이블의 구석에 숨어 두근거리는 가슴을 진정시키고 있을 뿐이었다.

그러다가 세 번째로 나온 칵테일을 단숨에 마셨을 뿐인데, 정신이 들었을 땐 그에게 다가가 그런 말을 하고 있었다. 술에 취해 잔뜩 끌어낸 어설픈 용기에 힘입어 빨갛게 달아오른 얼굴로, 사랑한다고. 정말 사랑한다고.

"제정신이 아니었던 거지."

이나는 출근을 해서도 꼼짝도 하지 않고 숨어 있기로 결심했다. 어제 일을 돌이켜 보면 돌이켜 볼수록 말도 안 되는 일을 저질러 버렸다는 생각만 가득해졌다. 당분간은 투명 인간처럼 행동할 것이다.

애초에 디자인 팀 내에서도 말단인 이나가 회사 대표인 승후와 마주치는 것은 드문 일이었다. 마주친다 해도 먼발치에서 보거나, 복도를 지나가다가 잠시 스치는 정도였다. 이렇게 숨어 있지 않아도 마주치지 않을 확률이 더 높았다.

그래도 이나는 혹시 모를 작은 확률조차도 두려웠다. 어젯밤 일을 전부 삭제하고 싶었고, 기억력이 좋다는 그에게도 그 순간의 기억만큼은 사라지길 바랐다.

"점심 먹으러 가자."

옆자리의 링링이 말했다. 링링은 상하이 지사에서 본사로 1년 동안 파견을 나온 중국인 아가씨였다. 나이는 스물여섯으로 이나와 동갑이었고, 한국 문화에 관심이 많아 어려서부터 한국어 공부를 해 왔다. 그래서 취직도 상하이의 한국 기업에 했다.

"링링, 나 오늘 밥 안 먹어."

"왜? 밥을 먹어야 일을 하지. 회사 식당이라도 가서 먹자."

"스스로에게 주는 일종의 벌이지. 사람들로부터 숨어 있고 싶은 날 없어? 오늘이 나에겐 그런 날이야."

"밥 먹고 다시 숨자. 가족과 떨어져 머나먼 타지로 일하러 온 나를 혼자 밥 먹게 할 생각은 아니지?"

링링은 한국말이 느는 속도가 빨랐다. 억양은 아직 어색했지만 어쩔 땐 이나보다 조리 있게 말을 잘했다.

마음이 약한 이나는 결국 회사 식당으로 끌려가 점심을 먹어야 했다.

"팀장님으로부터 숨어 있고 싶은 거지? 우리 팀장님, 회식하다가 도망가면 사흘 동안 야근시킨다는 얘기가 있어."

정보가 빠른 링링이 심각한 표정으로 주의를 주었다.

이나는 어제 회식의 마무리를 하지 못하고 인사도 없이 집으로 갔다. 다행히 오늘 출근한 후로는 아직 팀장인 은경을 만나지 못했다.

근심이 가득한 얼굴로 한숨을 내쉬었다. 앞에 놓인 밥은 먹히지도 않았다.

"술이 지금까지도 혈관을 타고 흐르고 있나 봐. 아직도 속이 아파."

"칵테일이 술인가? 음료수지. 하긴 그걸 마시고도 취했나 보더라. 겁도 없이 도망간 걸 보면."

독한 고량주에도 끄떡없는 링링은 이해가 가지 않는다는 얼굴로 이나를 살폈다.

"그건 그렇고, 어제 민승후 대표님 정말 멋지지 않았어? 난 같은 공간에 있는 것 자체만으로도 가슴이 두근거렸다고."

너무도 두근거려서 문제였다. 승후의 이름만 들었을 뿐인데 이나의 눈빛이 갈피를 잡지 못하고 흔들렸다. 어제의 기억이 생생하게 밀려왔다. 그에게 사랑한다고 고백하던 순간이 머릿속에 맴돌았다.

"저기 봐, 두 사람이 같이 있어."

그때 링링이 갑자기 이나의 뒤쪽 어딘가를 향해 눈짓하며 낮은 목소리로 말했다.

"누구?"

이나는 링링이 눈짓을 하는 곳을 뒤돌아보았다.

"두 사람, 뭔가 있는 것 같지 않아? 내가 같이 있는 거 여러 번 목격했다고. 회사 안에서도 밖에서도 말이야. 아무리 대학 선후배 사이라고는 하지만 저렇게 가깝기는 쉽지 않지."

링링이 말하는 두 사람 중 한 사람은 승후였고, 나머지 한 사람은 팀장인 은경이었다. 두 사람은 이나가 앉아 있는 테이블과 조금 떨어진 곳에 마주 앉아 점심을 먹고 있었다.

"우리 회식하는 데 대표님이 직접 찾아와 2차를 쏘신 것도 그렇고 말이야. 어제 두 분이 꽤 다정해 보이지 않았어? 계속 옆자리에 앉아서 속닥이더라. 보통 사이는 아니라고 봐."

링링의 말처럼 그들은 오늘도 무언가를 속닥이고 있었다. 이나는 자신도 모르게 그런 두 사람을 주시했다.

은경과 대화를 나누던 승후가 갑자기 시선을 돌렸다. 그 바람에 뒤돌아보고 있던 이나와 눈이 마주쳤다. 이나는 그 자세로 그대로 멈추어 버렸다. 술래잡기하다가 들킨 사람처럼 놀라서 꼼짝도 못 했다.

승후의 시선이 이나에게 머물렀다. 그는 머리를 갸우뚱해 보이며, 보일 듯 말 듯 한 미소를 지었다. 또 너냐, 이런 느낌이 드는 묘한 표정을 지어 보이며.

이나는 그의 미소가 감당이 안 되어 재빨리 등을 돌렸다. 그리고 잔뜩 울상이 되어 링링을 보았다.

"링링, 나 들켰어."

"뭘 들켜?"

"대표님하고 눈이 마주쳤다고. 무슨 회사 대표가 회사 식당에서 밥을 먹고 그래. 사람 깜짝 놀라게."

"나 참, 대표님과 눈이 마주쳤으면 횡재한 거지. 그리고 누가 그렇게 당당히 돌아보래? 남녀의 스캔들을 의심하는 중이니 슬쩍 봐야지."

이나에게 일침을 날린 링링이 이쪽을 바라보는 은경과 승후를 보며 손을 흔들었다. 아까의 의심은 사라진 반가운 표정이었다. 어제 회식 이후로 승후와 가까워진 모양이었다. 링링의 성격이 유난히 발랄하기도 했지만, 고릴라닷컴은 말단 사원이 상사에게 손을 흔들어 인사해도 별문제가 되지 않는 분위기의 회사였다. 일단 대표부터가 권위를 버리고 젊은 감각을 유지하고 있었다.

식사를 끝낸 승후가 식당을 빠져나가는 뒷모습을 본 이나가 말했다.

"링링, 우리 조금 더 있다가 나가자."

"팀장님이랑 마주치기 싫은 거지?"

"응, 맞아."

그 옆에 남자는 특히 더.

"어차피 한 소리 들을 거, 미리 듣는 게 더 나을 수도 있어. 대표님 옆에 있을 땐 팀장님이 너그럽거든. 지금도 세상일 다 용서해 주실 듯한 표정이라니까."

링링의 말에도 이나는 승후와 은경이 식당에서 나가고 한참이 지나서야 일어섰다. 매우 곤란한 두 사람을 피하고 싶었다.

하지만 식당을 나와 카페테리아로 향하는 복도에서 벽에 기대어 서서 커피를 마시고 있는 승후와 은경을 만났다. 피하고 싶어도 피할 수 없는 길목이었다.

승후는 뭐가 재밌는지 들고 있는 커피 잔을 들여다보며 빙긋 미소 지었고, 은경은 그런 그의 어깨를 툭 치며 웃었다.

평소 같으면 지나칠 일인데 이나의 상태가 평소와 달라서 문제였다. 웃음의 주제가 자신인 것 같다는 생각으로 가득했다. 술 취해 사랑한다고 고백한 것도 모자라 물에 빠져 버린 디자인 팀 신입 사원.

두 사람의 웃음소리에 얼굴이 저절로 달아올랐다. 이나는 손을 펴서 얼굴을 가리고, 키가 큰 링링의 옆에 바짝 붙어 복도를 빠져나가려 했다. 행여나 들킬세라 까치발까지 하고 살금살금.

"니하오, 대표님! 니하오, 팀장님!"

하지만 복병은 바로 옆에 있었다. 이나와 나란히 걷던 링링이 상큼하고 커다란 목소리로 인사를 했다. 그 바람에 만나고 싶지 않았던 두 사람이 동시에 이나를 보았다. 놀란 이나는 멈칫하고 링링의 뒤로 물러났다.

"안녕, 링링. 그리고 강이나 씨."

링링의 말대로 승후와 같이 있는 은경은 기분이 좋아 보였다. 오랜만에 보는 은경의 화사한 웃음이었다.

"거기, 브로콜리 강. 얼굴을 가린다고 내 눈에 안 보이겠냐? 어디를 가나 눈에 팍팍 잘 뜨이는 브로콜리 같은 머리로 말이야. 아까 식당에서부터 눈에 띄던데."

브로콜리 강. 사람들은 이나를 그렇게도 불렀다.

어렸을 때부터 이나는 고수머리였다. 곱슬곱슬한 머리와 귀엽게 생긴 얼굴이 잘 어울렸다. 어린 이나의 마음에도 쏙 드는 머리 스타일이었다. 그래서 어려서부터 풍성하고 동글동글한 머리 모양을 고수했다. 그러다 보니 커서도 자연스레 베이비 펌을 하며 스타일을 유지하게 되었다.

동그란 큰 눈과 고불거리는 털 뭉치 같은 머리 모양은 이나를 브로콜리 강이라고 불리게 했다. 학창 시절부터 친구들이 그렇게 불렀고 지금은 웹에서의 닉네임으로도 사용 중이었다.

그리고 은경도 종종 이나를 브로콜리 강이라고 불렀다. 놀리거나 화를 낼 때 특히 더.

"니하오, 팀장님."

어쩔 수 없어진 이나는 링링의 상하이식 인사를 따라 하며 얼굴을 가리던 손을 내렸다. 그러면서 흘깃 승후를 보았는데, 방금 전까지 빙긋 미소 짓던 남자의 얼굴은 어디론가 사라졌다.

그도 이상하기 짝이 없는 신입 사원을 마주하는 것이 거북하겠지. 어제 일이 그다지 유쾌하지는 않았을 것이다. 이나는 그에겐 말을 건넬 자신이 없어 눈인사만 겨우 했다.

은경이 이나에게 한 걸음 다가왔다. 은경의 눈빛이 아까보다 더 사나워져 있었다. 올 것이 왔다. 어제 주정 부린 남자 앞에서 팀장에게 처참하게 깨질 것이다.

"브로콜리 강, 어제 인사도 없이 급하게 도망갔더라. 말단 주제에

회식을 하다 말고 도망을 가다니. 나 화 많이 났거든. 화가 난 나를
달랠 기회를 줄게, 변명이라도 해 봐.”

“팀장님, 인사도 못 드리고 중간에 사라져서 죄송합니다. 급하고
당황스러운 일이 있었어요.”

“무슨 변명이 그렇게 단조롭고 재미없어? 디자이너라는 사람의 창
의력이 그 정도밖에 안 된다 이거지? 도망을 가 놓고 이제껏 변명도
준비 안 했단 말이거나. 자, 도망간 벌로 이틀 야근할래? 아니면 오
늘 퇴근하고 나랑 놀래?”

야근은 이해했지만 퇴근 후에 팀장과 놀기는 싫었다. 이나는 두
번 생각할 것도 없이 답했다.

“이틀 야근이요.”

“어머, 나 지금 상처받았어. 나랑 그렇게 놀기 싫어?”

은경이 눈을 과장되게 깜빡대며 묻자, 옆에 있던 링링이 장난스럽
게 웃었다.

“팀장님은 이나 씨한테 늘 퇴짜만 맞네요. 이젠 포기하실 만도 한
데.”

세 사람의 대화를 듣던 승후가 피식 웃었다. 웃을 때의 그는 눈초
리가 선하게 내려갔다.

그 미소를 지켜보던 이나의 마음이 다시 두근거렸다. 어제 키스했
을 때 가까이에서 봤던 그의 모습들이 하나씩 생각났다. 서른 중반을
넘긴 남자의 속눈썹은 길고 짙었다. 눈동자는 깊었고 코는 반듯하고
도 높았다. 입술은 표현할 수 없을 만큼 부드러웠다.

그의 짙은 숨소리가 아직도 귓가에 남아 있었다. 머리카락을 파고
드는 손길이 지금도 느껴졌다. 그가 얼마나 키스를 잘했는지도 생생
하게 기억이 났다. 그의 입술이 키스하기에 얼마나 적절한 온도를 가
지고 있었는지도 떠올랐다. 그때의 모든 느낌이 되살아나고 있었다.

"나도 디자인 팀 회식을 제대로 마치지 못하고 사라졌는데."

승후가 이나를 보았다. 그의 눈동자에 자신이 또렷하게 맺혀 있었다. 둘만 아는 언어로 어제 일을 추궁하는 것 같았다.

이나는 그와 눈을 마주할 자신이 없어 시선을 허공의 어딘가로 돌렸다. 갑자기 몸에 열이 오르기 시작했다. 얼굴이 붉게 타 버릴 것 같아 이나는 손으로 얼굴에 부채질을 했다.

"그럼 열 번도 넘게 신입에게 퇴짜 맞은 저랑 놀아 주세요. 대표님, 밤에 가볍게 한잔할까요?"

승후의 말에 은경이 기회를 놓치지 않고 대꾸했다.

"좋지. 상처받은 마음을 내가 위로해 줄게."

승후가 장난스럽게 미소 지으며 답했다. 두 사람의 관계를 의심하는 링링이, 저것 좀 보라는 듯 이나에게 눈짓을 했다.

"그럼, 저는 여러모로 무척 곤란해서 이만."

이나는 그곳에 계속 남아 있고 싶어 하는 링링을 두고 자리에서 빠져나왔다.

강이나의 짝사랑은 그렇게 끝이 보였다. 고백한 짝사랑은 더 이상 짝사랑이 아니고, 그런 우스꽝스러운 고백으로 짝사랑이 사랑으로 바뀌는 건 정말 희박한 일일 테니까.

봄비라도 올 것 같은 밤이었다. 이나는 여행을 간 엄마 대신 편의점을 지키는 중이었다.

이나의 엄마는 5년 전에 이혼했고, 그때부터 지금껏 혼자 편의점을 운영하고 있었다.

편의점 건물의 2층은 식구들이 거주하는 가정집이었다. 이나는 이

동네에서 아주 어렸을 때부터 살았다. 작은 산처럼 생긴 동네는 언덕과 비탈길이 많았다. 윗동네는 담이 높은 큰 집이 많은 부촌이었고, 아랫동네는 작은 집들이 붙어 있는 소박한 주택가였다.

골목이 미로처럼 복잡하게 얽혀 있는 오래된 동네에는 공원, 초등학교, 도서관, 목욕탕, 작은 가게들이 있었다. 집마다 담장 안으로 꽃나무들이 많았고, 철마다 피우는 꽃으로 사시사철 골목이 향기로웠다. 복잡하고 빠른 서울 안에서 시간이 느리게 흐르는 것같이 평온한 곳이었다.

시동을 끄는 소리와 함께 지프 한 대가 편의점 밖에 멈춰 서는 것이 보였다. 시계를 보니 밤 12시가 넘었다. 세워진 차에서 한 남자가 내렸다. 남자가 편의점의 문을 열자 문에 달린 종이 딸랑거렸다.

"어서 오세요."

이나는 자신에게는 약간 큰 유니폼을 매만지며 일어섰다. 손님으로 들어온 남자는 편해 보이는 옅은 색 면바지에 회색 후드 티를 입고 있었다. 그리고 깨끗한 운동화를 신었다.

남자는 물건이 진열된 선반 앞으로 걸어가 섰다. 편의점의 고만고만한 물건을 신중히도 고르는 중이었다. 이나는 남자 손님에게 시선을 고정시켰다. 분위기가 어쩐지 눈에 익었다. 바짝 긴장해서 발꿈치를 들고, 음료수 냉장고 앞에 서 있는 남자를 자세히 살폈다.

'설마.'

후드 티의 모자를 쓰고 있어서 남자의 얼굴은 대부분이 가려져 있었다. 하지만 반듯하게 높은 코와 자존심이 세어 보이는 턱끝은 가려지지 않았다. 나이를 종잡을 수 없는 모습, 고급스러운 몸짓, 느긋한 동작과 걸음걸이. 어쩌다가 이 남자가 여기 있는 건지는 모르겠지만, 동그란 반사경에 비친 모습은 분명 민승후였다.

그 사실을 알아챈 순간부터 이나는 숨을 들이켠 채로 내쉬지 못했다. 저 사람의 등장만으로 금방이라도 질식할 것만 같았고, 머릿속은 순식간에 비워져 버렸다.

'어쩌지?'

승후가 이쪽으로 몸을 돌리자, 그를 마주할 자신이 없는 이나는 그대로 자리에 주저앉았다. 그리고 계산대가 있는 테이블 아래로 들어가 몸을 웅크리고 숨었다. 생각을 정리하고 싶었는데 어떤 생각도 정리되지 않았다. 맥박이 초침처럼 빠르게 뛰었다.

입술이 마르고 손끝도 차가워졌다. 이나는 차가운 엄지손가락 끝을 물었다.

'어서 생각을 정리해. 왜 저 남자가 여기 있는 건데?'

민승후라는 남자를 가슴에 품었던들, 그건 잘못이 아니니 숨을 필요는 없었다. 사실대로 '엄마 가게예요.' 하고 말면 될 일이었다. 짝사랑하는 여자의 사방팔방 뛰는 심장은 감추고서 말이다.

문제는 며칠 전 그 밤, 그에게 그런 고백을 했었다.

'사랑해요.'

사랑한다는 말을 겁도 없이 몇 번씩이나 했었고, 그에게 자신을 그렇게 입력시켜 버렸다.

똑똑.

이나의 머리 위 테이블을 승후가 두드렸다. 조금 전까지 있다가 사라진 점원을 찾는 모양이었다. 이나는 잔뜩 몸을 움츠리고 숨을 죽였다. 이대로 사라져 버릴 수만 있다면 얼마나 좋을까.

똑. 똑.

승후가 아까보다 크게 테이블 위를 두드렸다. 지금 나타나지 않으면 깊은 밤에 무언가가 필요해서 편의점을 찾아온 사람에게, 또 다른 황당함을 안겨 줄 것 같았다. 언제까지 숨기만 할 수도 없는 노릇이었다.

천천히 일어났다. 승후를 보며 미소를 지어 보이려 했는데, 긴장한 얼굴은 곤란함을 그대로 드러내고 말았다.

"안녕하세요."

아무 생각 없이 편의점 점원을 기다리던 승후는 이나의 등장에 멈칫했다. 그가 놀라는 것도 당연했다. 또 그 강이나라니 말이다.

"강이나 씨, 재주 있네."

승후의 목소리는 낮게 가라앉아 있었고, 평소에는 볼 수 없었던 세련된 은테 안경을 쓰고 있었다.

"사람을 확실하게 놀라게 하는 재주."

말을 마친 승후는 안경을 벗어 후드 티의 네크라인에 꽂았다. 그리고 후드 티의 모자를 머리에서 끌어 내렸다. 헝클어진 머리카락을 의식한 듯 그는 손으로 머리카락을 털었다. 바로 샤워를 하고 나왔는지 머리카락은 젖어 있었다. 그의 옷 사이에 갇혀 있던 촉촉한 공기가 이나의 코끝까지 퍼져 왔다. 고급스러운 샴푸 향이 공기 중에 옅게 흩어졌다.

"강이나 씨는 회사 말고 여기서도 일합니까?"

이나는 승후의 향기에 취해 정신이 아득해져 있다가 겨우 대답했다.

"실은 여기가 엄마 가게예요. 엄마가 친구들하고 여행을 가셔서 제가 잠깐 돕는 중이고요."

이런 느닷없는 우연에 대해 승후는 이제야 알겠다는 듯 고개를 끄덕였다. 둘 사이에 잠시 어색한 정적이 흘렀다.

갑자기 밖에서 빗소리가 들렸다. 두 사람은 동시에 고개를 돌려 창밖을 보았다. 봄비가 내리기 시작했다.

승후의 시선은 창밖에 조금 더 머물렀다. 그는 비를 보며 생각을 정리하는 것 같았다.

"그러면 이나 씨는 여기서 가까운 곳에 살겠네요?"

"가족들이랑 위층에 살아요."

이나는 손가락으로 위를 가리켰다. 독립을 못 했다는 사실이 후회스러웠다. 그에게 애송이처럼 보이기 싫은데.

"아, 가족들과 함께."

승후가 어색하게 말을 맺었다. 그의 차림새를 보니, 그 또한 여기서 멀지 않은 곳에 사는 듯했다. 그는 아마도 이나를 이웃으로 맞이한 상황을 곤란하게 여기는 것 같았다. 생활권이 같으면 종종 마주칠 일이 있을 테니까 말이다. 지금처럼 예고도 없이 불쑥.

"난 1년 전에 이곳에 이사를 왔어요. 이 동네가 마음에 들었거든."

"전 어렸을 때 기억이 이 동네로부터 시작해요. 여기서 오랫동안 살고 있어요."

승후가 고개를 끄덕이며 이나를 응시했다. 그의 시선은 움직이지 않고 이나에게 고정된 채 이상할 만큼 길게 머물렀다. 이나는 그의 눈을 어떻게 받아 내야 하는지 알 수가 없었다. 세상에 태어나서 이렇게 어색한 적은 처음이었다.

이나는 그에게 묻고도 싶었다. 왜 그렇게 따뜻한 눈길로 나를 보고 있는 거냐고.

"계산."

"아, 계산."

승후가 왜 그런 눈으로 보는지, 또 무얼 해야 하는 건지 알려 주었다. 너무도 따끈한 그의 눈빛에 착각하고 말았다. 그는 그저 평균 온도가 따뜻한 눈빛과, 조금은 깊은 시선을 가지고 있을 뿐이었다. 그의 눈에 속지 말아야 했다.

이나는 서둘러 바코드기를 들고 계산대에 올라온 물건들을 하나씩 집어 들었다. 파워에이드, 물, 타이레놀, 전자레인지에 데워 먹는 즉석 죽.

계산하고 있는 물건의 목록이 뭔가 이상했다. 죽의 바코드를 찍던 이나가 고개를 들어 승후를 살폈다. 그의 입술이 하얗게 부르터서 몹시 거칠어 보였다. 그리고 불규칙한 호흡을 내쉬고 있었다.

이 사람 지금 아픈 거다. 그의 까칠한 피부가, 가라앉은 목소리가 분명 그랬다.

그가 아픈 이유를 알 것 같았다. 감기가 들었다면 그날 물에 빠졌기 때문일 확률이 높았다.

"강이나 씨는 그날 이후 감기에 걸리지 않았어요?"

혼란스러운 눈으로 그를 바라보는 이나에게 승후가 물었다. 마치 이나의 마음을 들여다본 것처럼.

"전 아프지 않았어요."

이나는 그날의 일이 떠올라 귀까지 빨갛게 되었다. 삭제하고 싶었지만, 이미 두 사람이 공유하고 있는 기억이었다. 그가 자신으로 인해 아팠다는 것을 알게 되자 미안함이 몰려왔다. 아프지 않았다는 대답을 듣는 그의 눈조차 무척 깊었다.

"그건 다행이네. 난 그날 이후 상태가 좋지 않았어. 그다음 날부터 이상하더니 이제야 침대에서 나왔거든."

회사 식당에서 마주친 이후로 내내 아팠다는 뜻이었다. 이나에게는 미안한 감정을 더 깊이 자극하는 말이었고.

아팠다던 승후는 뭐가 재밌는지 입가에 미소를 흘렸다. 그 미소 역시 정체가 불분명했다. 너무 어렵기만 한 미소였다.

"죄송해요."

겨울의 끝, 아직은 차가운 바람이 부는 봄날. 그를 물에 흠뻑 젖게 했고 그래서 그는 일주일 동안 아팠으니까.

"물먹은 핸드폰도 죄송해요. 제가 손해 끼친 거 변상하고 싶어요."

"그날 물에 빠져 고장 난 건 핸드폰뿐만이 아닌 것 같은데. 변상의 기준이 뭔지 모르겠지만 가격 책정도 안 될 만큼이고."

"또 뭐가 망가졌나요?"

놀란 이나의 눈과 목소리가 커졌다. 도대체 그날 무슨 일을 더 벌인 걸까? 이나는 죄책감으로 범벅이 된 얼굴로 승후를 보았다.

"말하기 곤란한 뭔가가 고장 난 것 같거든. 물에 빠진 후유증으로 그런 건지는 나도 지켜봐야 하고."

그는 이 와중에도 무척 배려 깊은 사람이었다. 상대방이 놀랄까 봐 말을 얼버무리는 것이 분명했다.

"뭔지 모를 그것도 죄송합니다."

"괜찮습니다. 그건 나 혼자 해결해야 할 문제니까."

말을 마친 그가 이나를 바라보았다. 그 눈길이 어루만지는 듯 세심했다. 그리고 몹시 깊어서 마치 이나의 눈동자를 자석처럼 끌어당기는 것 같았다. 이나는 그 눈에 최면이라도 걸린 듯 꼼짝도 못 했다.

그리고 궁금해졌다. 왜 그렇게 만지듯, 따뜻하게 보는 건지. 왜 포근한 눈동자가 오래도록 닿고 있는 건지.

"계산."

"아, 그렇죠."

정신을 차려야 했다. 승후는 계산을 기다리고 있을 뿐이었다. 그의 눈빛의 의미를 제멋대로 해석하면 안 되었다. 짝사랑의 문제는 그것이다. 상대방의 모든 행동을 확대 해석 하는 일.

"수표도 계산되나? 정신이 없어 지갑을 두고 왔는데 차 안에 수표 한 장만 있어서."

"그럼요."

이나는 마지막으로 즉석 죽을 봉투에 담았다. 죽을 끓여 줄 사람도 없는 건가. 아픈 내내 아무것도 못 먹은 걸까. 그런 생각이 들어 울적한 마음으로 그를 바라봤다. 승후는 계산대 옆에 있는 볼펜을 들고 수표의 뒷장에 서명을 하는 중이었다. 그는 자신의 이름과 전화번호를 차례로 적었다. 적으면서 무슨 생각을 한 건지 빙긋 웃었다.

"강이나 씨는 사랑이 뭔지 안다고 생각해요?"

"사, 사랑이요?"

승후의 멋진 필체를 감상하던 이나는 놀라서 눈을 크게 떴다. 그리고 바보같이 그렇게 되물었다. 심장이 팔딱거리기 시작했다. 사랑이라는 단어는 자신이 먼저 꺼내 보였었다. 그래 놓고 이렇게 놀라 버리다니.

"응, 강이나 씨가 말하던 그 사랑."

"제, 제가 말하던 사랑이요?"

"정말 날 사랑한다면서. 그것도 몇 번이나."

그는 심각한 이야기를 꺼내듯 이마에 주름까지 만들어 냈다. 이나는 숨을 한 번 삼켰다. 답을 찾으려 머릿속으로 허둥거렸다. 맨정신에 사랑이란 말을 듣는 건 무척 곤란한 일이었다. 숨이 꽉 막혀 긍정도 부정도 못 한 채, 어중간하게 고개를 끄덕였다.

"그, 그랬죠."

"그런 건 사랑이라고 말할 수 없어요. 나에 대해 아무것도 아는 게 없으면서. 아닌가?"

승후는 동의를 구하는 눈으로 이나를 보았다.

"그런 감정들은 쉽고 순간적이라 지속하기는 힘들어요. 그래도 사랑에 속한다고 말한다면 어쩔 수 없지만 말이죠. 어차피 감정은 주관적인 거고, 크기도 제각각일 테고, 그걸 다루는 것도 나름의 방식이 있을 테니까. 하지만 내 관점에선 분명 그건 사랑이 아닙니다."

승후는 조금 즐거워 보이는 듯도 했다. 어쩌면 그는 웃으며 사랑이 아니라고 직접적으로 확인시켜 주는 나쁜 남자일지도 모른다. 이나의 사랑한다는 말에 대한 답을 지금 하는 것 같았다. 마치 짝사랑하는 여고생을 포기하게 만드는 총각 선생님 같은 모습으로.

"모른 척하고 넘어갈 수도 있지만 같은 회사를 다니고 또 같은 동네에 사는 걸 알았으니, 확실히 해 두어야 서로 편할 것 같아서 하는 말이에요. 그리고 그날 일은 나도 미안해요. 같이 큰 사고를 쳤으니까. 그냥 넘어가기도, 짚고 넘어가기도 애매한 사고."

멈추지 않았던 그의 키스에 대한 사과였다. 인공호흡을 키스로 바꾸어 버린 건 이나였지만, 오랫동안 그걸 즐긴 건 승후임에 분명했다.

"모든 건 제가 먼저 시작했어요. 대표님 잘못이 아니에요."

"내 입장을 이해해 줘서 고맙긴 한데 어쨌든 사과해야 할 일이 맞아. 나를 조절하지 못했거든."

"그런 일로 불편하게 해 드려 죄송할 뿐입니다."

"응, 강이나 씨로 인해 내내 불편했던 건 맞으니 그 사과는 받을게."

혼자 빙긋 웃던 승후가 이나를 똑바로 바라보며 말했다.

"서로 불편할 테니 그날의 일들은 잊는 걸로. 살다 보면 간혹 일어날 수 있는 작은 사고였던 셈 치죠. 어때요?"

승후는 민감한 상황을 정리하고 싶은 것 같았다. 이나 또한 그 일이 너무도 창피했고, 그의 기억 속에서 삭제되길 원했기 때문에 마다할 이유가 없었다.

"아무래도 그게 좋겠어요."

"좋아, 그날 우리에게 아무 일도 없었던 걸로."

그는 마음이 흔들릴 만큼 따뜻하게 웃었다. 이 남자가 자신을 향해 웃어 주는 이 순간조차도 공중에 떠 있는 것만 같았다.

이나는 그의 물건이 담긴 봉투를 건네주었다.

"여기 있습니다."

"만나서 즐거웠어요. 그럼, 또 보죠."

손님으로 온 승후는 편의점 밖으로 나갔다. 이나는 자리에 그대로 서 있었다. 차에 시동이 걸리는 소리가 들리고 그가 완전히 떠날 때까지. 코끝에 계속 맴돌던 그의 샴푸 향이 사라질 때까지. 그가 들려 준 따뜻했던 목소리의 여운이 가실 때까지.

"우리 다시 볼 수는 있는 걸까요?"

상대는 이미 떠났는데 혼자 물었다. 짝사랑하는 남자의 흔적들이 사라지자 꿈에서 빠져나온 기분이 들었다. 왠지 가슴 한쪽이 시큰해 졌고 코끝도 찡해졌다.

사랑이라는 마음은 어떤 걸까? 이보다 더 진하고 깊은 마음인 걸까? 어디에 가서 사랑을 배워 올 수 있다면 좋았을 텐데. 어쩌다가 무지막지한 고백을 해서는 짝사랑마저도 제지를 당해 버렸다.

이나는 손에 들고 있는 바코드기로 자신의 머리를 총 쏘듯 쏘았다.

"내 머릿속이 분명 이상하긴 해. 저 사람 생각으로 지독하게 엉켜 버렸다고."

이번엔 바코드기를 가슴으로 가져가 심장 쪽을 향해 쏘았다.

"그래, 여기도 아파. 분명 심장에도 문제가 있어. 저 사람만 보면 날뛴다고."

이 마음이 사랑인지 아닌지, 사랑이라면 얼마만큼의 가치를 지닌 사랑인 건지, 그런 건 바코드에 찍히지도 않았다.

편의점 문이 열리는 소리가 또 한 번 들렸다. 이번엔 한민이었다.

한민은 아직 대학생으로 이나와는 한 살도 차이 나지 않는 동갑의 남동생이었다. 그리고 부모님의 선별된 우성 인자만을 물려받아 키도 크고, 얼굴도 잘생기고, 머리도 좋았다.

그에 비해 이나는 열한 달, 늦게 태어난 동생보다 모든 행동 발달 상황이 늦되었다. 다 가진 남동생에게 어려서부터 치이며 자랐다. 동생이 너무 빨리 태어나는 바람에 엄마 품에서도 일찍 떨어져야 했고, 찬밥 신세도 일찍 시작되었다.

"강이나, 나 배고파."

한민이 옷에 묻은 비를 털며 말했다. 아까부터 내리던 빗방울이 점점 굵어지기 시작했다.

남동생은 말을 배우기 시작한 뒤로도 이나에게 '누나'라고 하지 않았다. 처음부터 그냥 '이나'라고 했다. 큰누나는 '누나'라고 부르고 둘째 누나는 '이나'라고 부르는 줄 알았다고 변명하긴 했지만 그것도 왠지 거짓말 같았다.

"이나야, 나 김치볶음밥 해 줄래? 비 오니까 네가 해 준 김치볶음밥이 생각나."

"누나가 지금 우울하거든. 편의점 지키면서 삼각김밥이나 먹어."

평소 같았으면 한민이 먹고 싶다는 걸 해 주었겠지만, 혼자 실연당한 여자는 그럴 여유가 없었다. 이나는 입고 있던 유니폼을 벗어 한민에게 주었다. 그러곤 혼이 나간 사람처럼 멍한 얼굴로 계단을 올라갔다.

습관처럼 세수를 하고, 로션을 바르고, 옷을 갈아입고, 그대로 침대에 누웠다. 그리고 그와의 오늘 만남에 대해 생각했다. 좋은 건 수표의 서명 덕분에 승후의 전화번호를 알았다는 것이고, 나쁜 건 그에게 확실하게 퇴짜 맞았다는 것이다. 퇴짜 맞은 여자에게 남자의 전화번호 따윈 아무런 소용이 없었다.

"이 마음이 사랑이 아니라면 대체 무엇이 사랑인 거죠?"

이나는 이불을 머리끝까지 뒤집어썼다. 짝사랑의 아픔으로 슬쩍 눈물이 났다. 사람들이 사랑이라고 하는 건 그저 마음에 병이 난 것뿐일지도 모른다. 그 사람으로 인해 가슴이 차오르고 그 사람만 자꾸자꾸 생각나는 마음의 병. 시간이 지나면 저절로 낫는 자연 치유가 가능하기는 하지만, 낫기 전엔 굉장히 불편하기만 한 몹쓸 병.

거절당한 짝사랑의 치유 방법 역시 아플 만큼 아프다가 저절로 낫기를 기다리는 수밖에 없을지도 모른다. 서로 없었던 일로 하기로 승후와 약속했으니 이나는 둘만의 기억을 잊으려 노력해야 했고, 짝사랑으로 인해 달뜬 마음도 차게 식도록 만들어야 했다. 여전히 벅차게 뛰어 대는 가슴으로 그게 잘될지는 모르겠지만.

승후는 맞춰 둔 알람이 울리기도 전에 깨어났다. 시간은 새벽 5시 반. 전날 몇 시에 자고 무슨 일을 했던 간에, 이 시간이면 여지없이 눈이 떠졌다. 공부할 때부터의 오래된 습관이었다.

감기로 묵직했던 머리는 맑아졌지만, 아팠던 끝이라 몸이 여느 때와는 달랐다. 평소보다 스트레칭을 오래 하고 운동복으로 갈아입었다.

집 문밖을 나오자 날은 아직 밝지 않았다. 검었던 하늘이 저 멀리부터 푸른색으로 변해 가고 있었다.

몸의 컨디션을 생각해서 천천히 뛰기 시작했다. 따로 운동을 할 시간이 없는 그는 새벽 조깅을 즐겼다. 출장이 잦은 직업 탓에 해외에 자주 나갔지만 조깅은 출장을 간 지역에서도 계속되어 그 나라의 새벽 시간에 도시를 달렸다. 그렇게 하루를 시작하면 시차에 금방 적응할 수 있었다.

늘 다니던 코스로 달렸다. 조깅 코스에는 어제 갔던 편의점 앞길이 포함되어 있었다.

아무 생각 없이 들렀던 곳에 강이나가 있을 줄은 몰랐다. 자신을 보자 당황하던 이나가 떠올랐다. 놀라서 커진 눈과 빨갛게 달아오른 얼굴로, 시선조차 마주치지 못하고 꼼짝없이 서 있던데.

슬며시 웃음이 났지만 승후는 곧 웃음을 거두었다. 대신 오늘의 일정을 떠올렸다. 아파서 미뤄진 일들 때문에 며칠간은 더 바쁠 것이다.

해야 할 일들을 머릿속에 나열하고 정리했다. 중요한 미팅이 둘, 오늘 안에 완벽하게 처리해야 할 일이 하나 있었다. 시간과 체력을 잘 분배해서 쓰지 않으면 머지않아 지칠 것이다. 일에 집중하고 쓸데없는 소모를 피해야 했다.

하지만 생각은 다시 길모퉁이 편의점의 강이나로 이어졌다. 승후는 이마를 살짝 구겼다. 없던 일로 하기로 한 강이나와의 기억은 가라앉히려 해도 천천히 떠올랐다.

자신에게 사랑을 말하던 사람이 가까운 곳에 살고 있다니. 우연히 엮인 일에 의미를 두지 말아야 했다. 말 그대로 시간과 장소가 우연히 교차했을 뿐이다.

'사랑해요.'

머릿속에 그 목소리가 각인되었다. 기억력마저 쓸데없이 좋았다.

진지한 얼굴로 느닷없이 사랑을 말하던 사람이었다. 진짜 사랑이라도 하고 있는 여자처럼. 솔직하자면, 그 후로 조금 넋을 놓고 있는 상태였다. 사랑한다는 말이 몸을 뚫고 지나가 버린 기분이었다. 그 낯선 단어가 몸 안을 헤집어 놔서 내상을 입은 것이 분명했다. 그 후로 계속 상태가 엉망인 걸 보면.

이상하게도 강이나가 떨쳐지지가 않았다. 일에 집중할 땐 잊고 지내다가 한가로운 시간이나 혼자 있는 시간이면 천천히 떠올랐다. 어쩔 때는 순간순간 단편적으로 나타나서 슬며시 미소 짓게 했다. 솔직하고 예뻐 보이는 사람의 몸짓과 말투가 내내 따라다녔다.

승후는 기억을 떨치려 조금 더 속도를 내어 달렸다.

'그만하고 제자리로 와. 거기까지야.'

스스로를 탓했다. 심각한 척 표정을 구겨 보았지만 소용없었다. 입술을 물어 새어 나오는 웃음을 감추었다.

물에 젖은 이나에게 이성을 잃고 입을 맞추었던 일이 떠올랐다. 입술에 닿는 여자의 모든 것이 다 부드러웠다. 그때의 촉감이 아직까지 남아 있었다. 그 순간 잠시 이성을 잃고 탐냈던 게 사실이었다. 부끄럽게도 본능에 충실했다. 정신을 차릴 수 없을 정도로 촉촉했던 여자의 입술. 스스로를 말릴 의지가 어디론가 사라지고 없었다.

승후는 평소에 다니던 길로 가지 않고 다른 길로 돌아갔다. 당분간 편의점 앞길은 조깅 코스에서 제외할 것이다. 강이나와 연관되는 모든 것을 피해야 했다.

방향을 바꾸어 집으로 가는 오르막길을 뛰어 올라갔다. 차가운 새벽 공기를 마시며 숨이 꽉 차도록 달렸다. 심장이 비명을 질러도 멈추지 않았다. 허벅지 근육이 팽창해 터져 버릴 것 같았지만 그래도 계속했다.

집 앞에 도착하자 폐가 터질 만큼 숨이 찼다. 몸의 고통이 어떤 희열을 주는 것을 보면 한계에 달한 듯했다. 승후는 숨을 고르고 집으로 올라가는 계단에 앉았다. 뜨거운 숨이 수증기가 되어 공기 중으로 퍼지다 사라졌다.

'눈 감아. 탐내지도 말고 상대에게 아무 여지도 주지 마.'

이나의 체온이 가까이에서 맴돌았다. 남자로서 가진 심장이 아직 살아 있었던 걸까. 그러나 너무 어렸다. 열 살 정도 어린 여자에 대해 아는 것도 없는데. 그 나이 여자들이 무슨 생각을 하며 사는지도 전혀 모르고 있었다.

마음이 조금씩 꿈틀대는 것은 사실이나 상대를 위해서라도 그만두어야 했다. 정체 모를 감정으로 인해 누군가와 상처를 주고받는 일을 반복하기도 싫었다. 자신은 연애 감정이라는 것이 발산하는 고단함조차 품을 여유가 없는 사람이었다.

'미친놈이든 도둑놈이든 둘 중 하나. 우스운 꼴 되기 전에 멈추는 게 맞아.'

전혀 계획에 없던 일이 일상에 침범했다. 이 낯선 상황을 받아들이는 감정은 달콤했지만 그만큼 불편했다. 방심하고 있던 심장의 어딘가가 욱신거리기도 했다. 아무래도 너무 오래 혼자였나 싶었다.

승후는 다시 일어나 집으로 오르는 계단을 뛰어 올라갔다.

"당분간 접근 금지. 정신 차려."

느닷없이 사랑이라는 말을 들었으니 그럴 수도 있었다. 정상 범위에서 이탈한 자신을 다독였다. 누가 봐도 예뻐 보이는 사람에게 잠시 홀려 있는 것뿐이라고. 정상적인 심장을 가진 남자라면 누구라도 흔들릴 수 있는 보통의 마음일 뿐이라고.

순식간에 봄의 기운이 돌았다. 회사 주변의 가로수도 벚꽃으로 가득했다.

온 세상이 평화롭게 보였는데 이나는 그다지 평화롭지 않았다. 짝사랑에도 퇴짜 맞은 여자로 지내고 있었다. 혼자 당했어도 실연은 실연인지라 좀처럼 마음이 잡히질 않았다.

짝사랑의 불편한 감정을 정리해 나가야 했지만 자신은 마음을 다루는 것이 서툰 사람이었다. 혼자 달뜬 마음도 쉽게 접어지지 않았다.

그런 데다가 회사 일도 정신없이 바빴다. 이나는 팀원들과 점심을 먹고, 먼저 사무실로 올라가기 위해 혼자 엘리베이터를 기다리는 중이었다. 팀장이 지시한 일을 부지런히 하지 않으면 오늘도 분명히 야근을 해야 할 것이다.

잠시 후, 한 무리의 남자들이 와서 같이 엘리베이터를 기다렸다. 대화를 들으니 회사의 임원들인 것 같아 옆자리로 비켜서 고개를 숙이고 인사를 했다. 그리고 아무 생각 없이 고개를 들었는데 임원들 무리에 섞여 있던 승후와 눈이 마주쳤다.

그는 강이나라는 사람을 처음 보듯 아예 모르는 사람을 대하는 얼굴이었다. 며칠 전 편의점에서 보았던 따뜻한 눈빛 따윈 없었다. 모르는 척도 아니고 진짜 모르는 사람처럼 잠시 보다가 눈길을 거두었다.

승후를 보고 인사차 웃던 이나의 얼굴이 점점 시무룩해져 갔다. 무표정한 그의 모습에 힘이 빠져 버렸다.

'하긴, 내가 뭐라고. 이 건물 안에서는 굉장히 흔한 고릴라닷컴의 신입 사원일 뿐이잖아.'

이나가 그에게 특별하지 않은 건 당연했다. 같은 동네에 사는 게 뭐 대단한 일이라고. 대표와 말단이라는 먼 자리에 있는 것과 마찬가지로, 특별할 것 없는 관계일 뿐이다.

그런데도 승후의 무관심에 서럽고 마음이 쓰렸다. 그는 이미 둘만의 기억을 아예 없었던 일로 만들어 버렸나 보다. 서로 없었던 일로 하기로 했지만, 기억이란 건 그렇게 쉽게 조절할 수 있는 게 아니었다. 적어도 이나에게는 그랬다. 서운하지 않아야 맞는 건데 몹시도 울적했다.

엘리베이터 문이 열렸고, 승후를 포함한 임원 무리가 다 탔지만 이나는 타지 않았다.

"같이 타죠."

무리에 섞여 있던 부대표가 말했다. 그는 엘리베이터의 열림 버튼을 누르며 밖에 서 있는 이나를 보고 있었다. 엘리베이터 안의 다른 사람들도 미소를 지으며 이나를 기다렸다. 말단 사원을 두고 갈 만큼 여유가 없는 사람들은 아닌 걸로 보였다.

그들의 반응에 곤란한 미소를 짓던 이나는 다시 승후와 눈이 마주쳤다. 그는 여전히 웃지 않았다. 저절로 시무룩해질 수밖에 없었다. 그는 자신이 그곳에 타길 원하지 않는 것 같았다. 그런 그와 같은 공간에 있을 자신이 없었다.

"어서 타요. 이런 아저씨들이랑 타는 거 별로겠지만 부담 갖지 말고."

"아닙니다. 먼저 올라가세요."

"먼저 와서 기다렸잖아요. 같이 가죠."

더는 거절할 수 없었다. 하는 수 없이 엘리베이터에 올라탔다. 문 앞 구석에 서서, 이 시간이 어서 끝나기를 기다렸다.

"내리는 곳의 버튼을 누르지 않으면 이대로 회의실까지 올라갈 텐데. 우리랑 같이 회의에 참여할래요?"

부대표는 버튼 누르는 것을 잊은 채 긴장하고 있는 이나에게 농담을 건네었다. 그의 농담에 사람들이 낮게 웃었고 이나는 그제야 버튼을 누르려고 허둥댔다. 버튼의 숫자가 눈에 들어오지 않을 만큼 당황한 상태였다.

"디자인 팀이죠?"

이나를 알아본 누군가가 가까운 쪽에 있는 버튼을 눌러 주었다.

곧 내려야 할 층의 버튼에 붉은빛이 들어왔다.

"감사합니다."

당황한 탓에 귀까지 빨개졌다. 하마터면 그들과 함께 회의실까지 올라갈 뻔했다. 상상만으로도 우스꽝스러운 일이었다.

이나는 자신의 뒤쪽에서 말없이 서 있는 승후가 신경이 쓰였다. 무관심하던 그의 모습에 기운이 빠졌다. 곱실거리는 머리카락도 풀죽어 가라앉은 느낌이었다.

정면을 쳐다보며 작은 한숨을 쉬었는데 소리가 생각보다 컸다. 그 한숨 소리에 모두 낮게 웃었다.

"이런 상황에서는 긴장하는 게 당연하죠."

"내가 나이를 먹긴 먹었나 봐. 신입 사원들이 예쁘고 귀여워 보여."

누군가의 말에 다들 동의를 하며 맞장구를 쳤다. 임원들은 은경이 팀장을 맡은 후, 디자인 팀이 전보다 좋아졌다는 덕담도 해 주었다.

이나가 내려야 할 층에서 엘리베이터 문이 열렸다.

"먼저 가 보겠습니다."

내려서 인사를 하는 이나에게 다들 친절하게 웃어 주었다. 하지만 이번에도 역시 승후만이 웃지 않았다. 생각을 알 수 없는 무표정한 얼굴로 서 있을 뿐이었다. 회사 최고 말단 사원인 이나는 중역들에게 길게 묵례를 했고 엘리베이터의 문은 닫혔다.

닫힌 엘리베이터 문 앞에 한참 서 있었다. 그 자리에 멍하니 서서 요동치는 마음을 다잡아야 했다. 정체 모를 서운함에 움직일 수가 없었다. 왜 서운한지조차 알 수가 없었다. 이렇게 자기 감정도 파악 못하는 사람이, 잘 알지도 못하는 상대에게 사랑을 말했다니.

그의 말처럼 설레는 모든 감정이 사랑이 아닐 수도 있었다. 멋진 사람에 대한 어떤 동경에 불과한 것일지도 모른다. 강이나는 그저 현실 감각이 없는 사람일 뿐이었다.

자신을 사랑한다는 어린 신입 사원으로 인해 회사 대표인 승후는 무척 난감했을 것이다. 확실한 선을 그어 주는 것만이 그가 할 수 있는 최선이었을 거라는 생각이 들었다.

승후를 향한 마음을 접어 나가야 했다. 그러니 그가 자신에게 보이는 무관심과 망각을 고마워해야 하는 게 맞았다.

터벅터벅 사무실을 향해 걷는 발걸음이 얼마나 무거운지 몰랐다.

일은 퇴근 시간 무렵에 일어났다. 이나의 작업 컴퓨터가 점심시간 이후로 느려지더니 아예 멈추어 버렸다. 컴퓨터를 다시 껐다 켜 보았는데, 이번엔 그동안 저장했던 자료들이 모두 사라져 버렸다. 세상이 끝난 것처럼 정신이 혼미했다.

처음부터 옆에서 지켜보던 링링이 이나를 추궁했다.

"야한 동영상 내려받아 본 적 있어? 아무래도 바이러스 같은데."

"아니, 그런 적 없어. 여기서 그럴 리가 없잖아."

"농담이야. 내일까지 팀장님이 넘기라는 작업은?"

"그것도 사라졌어."

이나는 거의 울기 직전이었다. 링링이 걱정스러운 얼굴로 말했다.

"큰일이네. 오늘따라 다들 일찍 퇴근해서 아무도 없고."

개인 작업이라 팀원들에게는 피해가 없었다. 하지만 내일 은경이 임원들 앞에서 프로젝트를 발표할 때 사용해야 하는 작업물이 사라져 앞이 깜깜했다.

늦게까지 같이 있어 주던 링링도 결국 고개를 저으며 가 버렸다. 디자인 팀 사무실에는 이나 혼자만 남아 있었다. 집중이 필요했던 이나는 사무실의 불을 꺼 두었다. 불이 꺼진 사무실을 밝히는 것은 이나 앞에 있는 세 대의 컴퓨터 모니터가 전부였다. 그리고 가끔 진동하는 핸드폰의 불빛.

[못 찾으면 나랑 같이 죽자. 어때, 상상만으로도 끔찍하지? 그러기 싫으면 내일 아침까지 당장 해결해 놔.]

은경에게서 온 네 번째 문자였다. 조금 전까지 전화로 세상의 온갖 악담을 해 대던 은경이었다.

'팀장님하고 같이 죽기 싫으면 이제라도 정신을 똑바로 차려야 해.'

물에 빠진 이후 모든 일이 꼬여 버린 것 같았다. 그때부터 실수가 잦았다. 머릿속에 고인 물이 지금껏 빠지지 않은 듯한 느낌이었다.

햇볕 아래에서 바짝 말리면 그런 것들이 증발할까. 다룰 수도 없으면서 커지기만 하는 어떤 감정들. 접어도 접히지 않는 감정들 말이다. 그런 복잡한 감정들 때문에 다른 중요한 것들이 하나도 중요해 보이지가 않았다. 그러니까 이런 사고는 정신이 다른 곳에 가 있으니 일어나는 결과였다.

'바람 좀 쐬고, 세수도 하고, 물을 마신 후에 다시 찾아보는 거야.'

어쩌면 그런 일이 일어날지도 모른다. 여기저기 뒤지며 열심히 찾고 있던 물건이 늘 놓았던 그 자리에서 발견되는 신기한 일. 사차원으로 잠시 빨려 들어갔던 물건이 언제 그랬냐는 듯 멀쩡히 되돌아오는 흔치 않은 일.

그러한 희망으로 세수를 하고 다시 사무실로 들어가려는데 문이 굳게 잠겨 꼼짝도 하지 않았다. 자연스럽게 목에 걸려 있던 카드키를 찾았지만 목에는 아무것도 걸려 있지 않았다.

'어디로 간 거지?'

마지막으로 생각나는 카드키의 위치는 책상 위 핸드폰 옆이었다. 자신의 두 손을 펴 보았다. 핸드폰도 없었다. 머릿속이 크게 소용돌이쳤고 온몸이 뻣뻣해졌다.

눈앞이 아찔했다. 지금 핸드폰도 없고, 카드키도 없이 잠긴 문밖에 서 있는 것이다. 사라진 파일들도 찾아야 하고 통금 시간 전에 집에 들어가야 했다. 그런데 일이 이렇게 꼬여 버렸다. 어두운 복도에 꼼짝없이 갇힌 느낌이었다.

"나, 이제 어쩌지?"

어림없다는 걸 알지만 문을 마구 두드려 보았다. 역시 안에는 아무도 없었다. 문에 달린 보안 시스템을 분해하려는 듯 흔들어 보았다. 바닥에 엎드려 문의 틈새로 안을 쳐다보기도 했고, 문틈에 바짝 붙어 코를 박고 숨도 쉬어 보았다. 그러다 결국 문에 이마를 대고 혼자 중얼거렸다.

"왜 이렇게 다 어려운 건데, 난."

사랑을 말했을 때부터 세상이 이상해졌다. 꺼내지 말아야 할 말을 꺼내 운명이 나쁜 쪽으로 길을 꺾은 걸까. 이마로 문을 두 번 쿵쿵 찧었다.

"이제 어쩔래? 모두 엉망이 되어 버렸다고."

절망이 따로 없었다. 뒤돌아서 문에 기대어 천장을 보았다. 천장에 달린 보안 카메라가 보였고, 경비 아저씨에게 도움을 요청하면 되겠다는 생각이 스쳐 갈 때였다. 어두운 복도의 반대편에서 누군가의 인기척이 느껴졌다.

언제부터 그곳에 사람이 있었던 건지는 모를 일이었다. 이나는 눈을 깜빡이며 그쪽에 초점을 맞추려 했다. 눈물이 살짝 고여 있어 시야가 흐릿했다. 하지만 복도를 걸어오는 사람이 경비가 아니라는 것쯤은 알았다. 이젠 걸음걸이만으로도 누군지 알 수 있었다. 아까 낮에 자신을 모른 척하던 그 남자, 민승후였다.

'언제부터 거기서 보고 있었던 걸까.'

이 남자가 올 줄 알았다면 품위 있게 절망을 표현했을 텐데.

승후의 발걸음 소리가 점점 가까워졌다. 누구라도 붙잡고 도움을 청하고 싶을 정도로 절박한 상황이었지만 이나는 그의 눈에 띄지 않길 바랐다. 그가 모른 채 지나쳐 가길 원했다. 이 상황이 바보 같았고 창피했다. 사랑한다고 고백한 데 이어 잠긴 문밖으로 쫓겨나 서 있는 여자라니.

이나는 문에 바짝 붙어 서서 눈을 꼭 감았다. 차마 그를 볼 수가 없었다. 자신이 눈을 감는다고 그가 볼 수 없는 것도 아닐 텐데.

"그렇게 강제로 문을 열면, 경보가 크게 울리고 경비 업체가 바로 출동해."

그 소리에 눈을 살며시 떴다. 승후가 가까이 서 있었다. 곁으로 다가온 그는 무언가 중요한 사항을 알려 주는 것처럼 심각하게 이나를 쳐다보았다.

"그것도 총출동."

거짓말은 아닐 것이다. 회사에는 비밀을 유지해야 하는 정보와 보안을 요구하는 자료들이 넘치도록 있으니까. 무슨 말이라도 해야 하는데 가슴이 뭉클했다. 저런 식으로 놀리듯 말하는 남자가 밉지도 않았다. 자신이 종일 멍했던 이유를 알 것 같았다. 강이나라는 존재를 기억하고 있는 그가 무척 보고 싶었던 거였다. 그게 다였다.

"저는 그저……."

"문이 잠겨서 저 안으로 들어가지 못하고 있는 상황인 거지. 멀리서 봐도 꽤나 절실해 보이던데."

"왜냐면……."

아까 우연히 마주쳤을 때부터 이 남자가 머릿속에서 떠나지 않았다. 그를 잊으려는 얼마간의 노력도 헛되었다. 일이 도통 손에 잡히지 않았다. 그를 향한 마음을 접으려 해도 접히지 않아 힘들었다. 솔직히 그의 무관심에 크게 상처받았다. 무슨 짝사랑을 이렇게 소란하게 하는 건지 바보가 따로 없었다. 세상에서 제일 편리한 사랑이 짝사랑이라는데 그것조차 너무 어렵기만 했다.

"요즘 모든 일에 집중력이 떨어져요. 일해야 하는데 종일 멍해요. 아직도 물속에 잠겨 있는 것 같아요. 자꾸 다른 생각이 나서 이렇게 실수만 저지르고 있어요."

말끝이 점점 흐려졌다. 카드키도 없이 잠긴 문밖에 서 있는 사람의 변명치고는 궁색했다.

"증상이 요즘의 나랑 같네."

승후가 같은 증상을 겪고 있다는 사실을 알려 주며 미소 지었다. 이나는 그의 여유 있는 동작과 말투에 마음이 흔들리기 시작했다. 아까는 무심하고 지금은 따뜻한 이 남자를 어떻게 받아들여야 하는지 좀처럼 알 수가 없었다.

그는 낮에 입고 있던 재킷을 벗고 흰색 셔츠만 걸친 차림이었다. 단단한 몸이 얇은 셔츠 사이로 드러났다. 이나를 유심히 보며 승후가 문 옆의 벽에 기대어 섰다. 문 가까이에 선 이나와 그의 거리가 더욱 가까워졌다.

그는 평소와 다른 분위기였다. 가볍고, 느긋하고, 긴장이 풀린 모습이었다. 눈빛도 부드러웠고, 단정하던 미소도 흐트러져 있었다. 어딘가 헝클어져 보이는 그의 모습이 낯설었다.

그와의 가까운 거리에 아득해져 갈 즈음 이나의 시선이 문득 한곳에 고정되었다. 승후의 목에 매달린 출입 카드가 그의 셔츠 앞자락에서 흔들리고 있었다. 출입 카드를 향한 이나의 눈빛이 절실히 반짝였다.

승후가 목에 걸린 카드키를 빼내며 아주 중요한 것을 손에 쥐고 있는 남자처럼 물었다.

"지금 필요한 게 이거죠? 이 문을 절실히 열고 싶은 것일 테고."

"맞아요. 매우 절실하게요."

“그냥 열어 주고 싶은 마음이 반, 그에 대한 대가를 걸고 싶은 마음이 반인데. 어쩌지?”

그는 장난스러운 얼굴로 이나를 보았고, 희망으로 가득했던 이나의 얼굴은 점점 심난하게 변해 갔다. 어려운 일을 도와주며 대가를 바라는 남동생 때문에 이런 상황이 익숙하긴 했지만.

“대가로 원하는 게 있으면 말씀하세요.”

어쩔 수 없다는 듯 진지하게 답했다. 승후가 다소 심각한 얼굴로 이나를 분석했다.

“이런, 바로 걸려들어 버리네. 내가 몹시 난처한 걸 걸면 어쩌려고.”

“난처한 거요?”

이나는 허둥대는 눈길로 그의 말을 이해하려 애썼다. 승후는 반응이 바로 오는 이나를 재미나다는 듯이 관찰했다. 그의 얼굴에 장난기가 번졌다. 지금껏 이나가 보아 왔던 남자와는 어딘가 달랐다.

“그런 얼굴이라면 정말 난처한 걸 걸고 싶어지잖아. 아, 아까처럼 문을 박살 내려 하기 전에.”

승후가 카드키를 대자 짧은 경보음이 울리며 문이 열렸다. 이나는 너무도 쉽게 열리는 문을 넋 놓고 바라보았다. 가까스로 참고 있던 눈물이 흘렀다. 긴장이 풀린 데다 여러 가지로 복잡한 심경이었다. 바보 같았고, 억울했고, 창피했다. 눈물을 들키기 싫어 뒤돌아 손등으로 닦아 낸 후 승후를 향해 말했다.

“감사합니다.”

“얼굴을 보니 무슨 일이 더 있는 것 같은데?”

승후가 아까보다 심각해진 표정으로 이나를 살폈다. 이나는 눈물이 잔뜩 묻어 있는 목소리로 말했다. 워낙 마음에 담고 있는 것들을 털어놓기를 잘했다.

"당장이라도 사라지고 싶을 만큼 창피할 뿐이에요. 대표님께 더이상 우스꽝스러운 모습을 들키고 싶지 않았는데 말이죠. 요즘 일이 계속 꼬이고 있는데 오늘이 그 절정이에요. 멀쩡했던 제 컴퓨터는 점점 느려져서 더 이상 움직이지도 않아요. 몇 번이고 저장했던 파일들은 온데간데없이 사라졌어요. 야한 동영상 같은 것도 내려받은 적 없는데 바이러스에 걸렸대요. 파일을 반드시 찾아내서 내일 아침까지 팀장님께 드려야 하는데, 잠시 나온 사이 문이 저절로 잠겨 버렸어요. 이 문은 보안상 퇴근 시간 이후에는 저절로 잠기죠. 네, 저도 알아요. 이 상황이 무척 바보 같은 걸요."

승후는 고개까지 끄덕이며 신세 한탄을 묵묵히 들어 주었다. 뭐가 웃긴지 그의 입꼬리가 슬쩍 올라갔다. 그는 흐르는 웃음을 참으며 매우 심각한 척 이나의 말을 듣고 있었다.

"그리고?"

승후가 담담해진 얼굴로 뭔가를 더 물었다. 한탄을 더 들어 줄 용의가 있는 듯했다. 이나는 낮에 그를 마주친 이후 처량하고 울적했던 심정을 끌어냈다.

"대표님이 저처럼 바보 같고 우스꽝스러운 말단 사원을 모르는 척하는 것도 당연해요. 아까는 무시당하는 것 같아 상처받았지만, 지금은 충분히 이해해요. 저처럼 보잘것없는 신입 사원이 사랑한다고 덤볐으니 얼마나 곤란했겠어요? 저랑 같은 동네에 사는 것도 거북하시겠죠? 요즘 전 대표님 생각도 안 하고 앞에 보이지 않으려고 노력했어요. 하지만 여기서 또 이런 모습을 들키고 말았잖아요. 이런 제가 스스로도 곤란할 지경이에요."

울음을 참으면서 말하는 목소리는 정말 이상했다. 이나는 생각하던 그대로를 거르지 않고 말해 버렸다. 한꺼번에 긴장이 풀려 버린 탓이었다. 술을 먹고 그랬다면 술이 약하다는 핑계라도 댈 수 있었을 텐데. 어쩌면 지금이 술에 취한 상태보다 더 정신 나간 상태일지도 모른다.

이나가 잠잠해지자 승후가 물었다.

"이제 하고 싶은 말 다 끝났어요?"

"아마도요."

"내가 한번 보죠. 왜 그런 건지 진단해 줄게."

"저, 저를요?"

놀라서 커다래진 눈으로 바라보는 이나에게 승후가 나지막이 속삭였다.

"아니, 강이나 씨 말고. 말 안 듣는 컴퓨터."

승후가 먼저 사무실 안으로 들어갔고 이나가 따라 들어갔다. 그는 어둠 속에서 모니터가 켜져 있는 자리를 찾아 걸어갔다. 그런 뒤 의자를 빼 주고는 먼저 앉으라는 듯 손을 내밀었다. 이나는 그가 내어 주는 자리에 앉았다.

"어디 볼까?"

승후가 이나의 뒤에 서서 컴퓨터를 확인했다. 컴퓨터 주인은 열어 본 적도 없는 여러 가지 프로그램을 꺼내 보기도 했다. 그러는 동안 이나의 신경은 온통 뒤에 서 있는 남자에게로 향해 있었다.

승후의 숨소리와 온기가 몹시 가까웠다. 그가 내쉬는 호흡이 귀와 볼에 닿을 만큼이었다. 그의 숨결에서는 약간의 알코올 향이 풍겨 왔다. 평소의 그와 조금 달랐던 이유를 알 것 같았다. 기분이 살짝 들뜰 만큼 취해 있는 남자였다.

"잠깐만."

승후는 옆자리의 의자를 빼내어 이나의 옆에 앉았다. 그리고 초점을 맞추려는 듯 눈을 가늘게 뜨고 모니터를 쳐다보았다.

"강이나 씨, 조금만 더 옆으로 가 줄래요?"

아무래도 본격적으로 컴퓨터를 보고 싶은 것 같았다. 이나는 책상의 모퉁이로 의자를 움직였다. 이나가 밀려난 만큼 승후가 자리를 차지하며 성큼 다가왔다. 그 바람에 서로의 무릎이 닿을 정도로 그와의 거리가 가까워졌다.

무릎이 닿자 괜스레 놀라 버린 이나는 그와 거리를 조금 더 떨어뜨렸다. 갑자기 더워져 얼굴에 열이 올라왔다. 이 상황이 너무도 어색해서 고개를 쑥 내밀어 집중하는 척 모니터를 뚫어져라 쳐다보았다.

"내가 여기 집중할 수 있을 만큼만 와요. 가까이 오면 집중을 할 수가 없잖아."

모니터의 불빛에 장난스러운 그의 미소가 훤히 드러났다. 그리고 잠시 눈길을 돌려 이나를 바라보았다.

"그리고 나에 대한 긴장을 풀어도 돼요. 그다지 나쁜 사람은 아니니까."

이나는 당황함을 숨기며 목까지 올라오는 면 티셔츠를 손가락으로 끌어당기고 숨을 내쉬었다.

"혹시, 이것도 물에 빠뜨린 적 있어요?"

잠시 후 승후가 외장 하드를 가리키며 끔찍한 농담을 했다.

"설마요."

"이것도 물에 빠진 후의 나처럼 고장 난 것 같은데."

이나는 그의 말들을 혼자 해석하고 이해해야 했다. 아마도 감기로 아팠던 일을 얘기를 하는 거겠지.

"정말 야한 동영상을 내려받지 않았어요? 그런 거 불법으로 받으면 이런 식으로 감염되는데."

"진짜, 진짜 아니에요."

"장난이에요. 더 놀렸다가는 아까처럼 또 울겠다."

당황한 이나에게서 시선을 거두며 승후가 슬며시 웃었다.

"난 후배랑 회사 앞에서 가볍게 한잔하고 오는 길이었어요. 퇴근하기 전에 잠시 회사에 들러 본 거고. 근무 중엔 술을 마시지 않는데 이렇게 술에 취해 컴퓨터를 만지네."

승후가 취중임을 밝혔다. 그에게 미안한 생각이 들었다. 촌각을 다투며 사는 남자의 퇴근 시간을 늦춰 버리고 투정 섞인 신세 한탄을 했다니.

"죄송해요. 복도에서 우연히 저를 마주치시는 바람에."

"아, 우연. 이 상황을 나는 '우연'이라고 치고, 강이나 씨는 '다행'이라고 칩시다. 그래야 자연스럽게 균형이 맞지."

이나는 알아들을 수 없는 그의 말에 알아들은 척 고개만 끄덕였다. 승후는 그런 이나를 잠시 보다가 시선을 돌렸다. 그 후, 그는 재미난 일이라도 생긴 듯 컴퓨터에 몰입하기 시작했다. 그의 눈이 컴퓨터 모니터에 뜨는 글자들을 빠르게 읽어 내려갔다. 그러다 자판을 한참 두드리기도 했다.

이나의 시선이 마우스를 잡고 있는 그의 손에 머물렀다. 그는 길고 섬세한 손을 가졌다. 그런 손으로 악기를 다루는 듯 부드럽게 컴퓨터를 다루었다. 무언가에 집중하면 그대로 빠져드는 사람 같았다. 얼마나 집중을 했는지 잠시 옆에 앉은 사람을 잊은 듯했다.

한참의 시간이 흘러서야 그가 입을 열었다.

"분명 기계는 무생물이고 생명을 가지고 있지도 않죠. 하지만 오랫동안 같이 지내다 보면, 어쩌면 생명을 가지고 있지 않을까 싶을 때가 있어. 언젠가는 감정을 이해하는 기계가 나올지도 모르지만, 지금도 사람과 같은 구석이 조금은 있죠."

그리고 중요한 사실을 알려 주듯 이나를 신중히 보았다.

"몇 가지의 예를 들면, 주인이 바뀌거나 자리를 옮기면 기계도 적응하는 시간이 필요한 것, 물에 빠지면 치명적인 것, 바이러스에 걸리면 아파하는 것, 사람의 손길이 오래도록 닿지 않으면 녹슬어 버리는 것, 이렇게 달래 주면 다시 착한 모습으로 돌아오는 것 등등."

이나가 피식 웃었다. 그 웃음을 보고 만족스러운 표정을 짓던 승후가 모니터를 보며 중얼거렸다.

"그거 봐, 웃으니 보기 좋잖아."

생각해 보면 그의 앞에서는 늘 얼어 있어서 웃어 본 적이 없는 것 같았다.

"그렇게 시간을 같이 보내다 보면, 기계에도 마음을 주게 되고 정도 들게 되고 말이죠."

"듣고 보니 그런 것 같아요."

이나도 손때가 묻은 가전제품들을 버리지 못한 채 가지고 있었다. 심지어 엄마가 버리려는 구식 소형 냉장고를 자신의 방에 들이기도 했다.

"컴퓨터 안을 들여다보면 그 사람이 어떤 사람인지 알 수 있는 경지에 이르렀는데. 강이나 씨가 어떤 사람인지 내가 한번 말해 볼까요?"

이나의 눈이 커졌다. 뭔가 들킬 것 같아 걱정되었지만 호기심에 고개를 끄덕여 보았다.

"이 컴퓨터를 쓰는 사람은 선하고, 솔직하고, 당돌하고, 잘 울고, 잘 웃네. 감정을 잘 숨기는 나와는 무척 다른 사람이라는 걸 알아냈어. 뭐든지 잘 들키고 말지."

"신기하다. 정말 그런 게 보여요?"

그의 말이 맞았다. 조금 전만 봐도 그랬다. 감정을 숨기지도 못했고, 속내를 털어놓기를 잘했으며, 모든 거짓말은 고스란히 들켰다. 승후가 놀라는 이나를 보며 한참 생각하는 척하다가 말했다.

"이 컴퓨터를 쓰는 사람은 속기도 잘 속네. 장난입니다. 이제 긴장

풀어요. 긴장을 풀라고 하는 소리예요. 사실 강이나 씨는 표정에 무슨 생각을 하는지 다 보이던데."

말은 끝났지만 그의 시선은 길었다. 길게 머무는 그의 눈빛에 아득해져 갈 즈음 그가 시선을 거두었다.

승후가 다시 컴퓨터에 집중했다. 그는 손가락으로 자신의 입술을 누르기도 하고 책상 위를 두드리기도 했다. 손으로 머리카락을 넘기기도 했고 미간에 잔뜩 주름을 만들기도 했다. 그리고 모니터의 한곳을 보며 눈을 가늘게 떨기도 했다. 그럴 땐 그의 긴 속눈썹도 같이 떨렸다.

이나는 집중할 때의 그의 습관을 모두 목격하고 있는 중이었다. 짝사랑하는 남자를 이렇게 오래도록 가까이에서 보는 것은 처음이었다. 그는 모니터 불빛에 비친 자신을 숨기지 않고 보여 주었다. 그의 동작 하나하나가 품위 있고 멋스러웠다. 이나는 무언가에 집중하는 남자의 모습에 사로잡혀 있어야 했다.

"파일을 언제 마지막으로 저장했죠?"

모니터를 보던 승후가 물었다.

"아까 점심에요."

"사라진 파일의 파일명은?"

"……블랙 돌핀 015."

잠시 망설이던 이나는 어쩔 수 없다는 듯 털어놨다. 이나가 작업한 파일들의 이름은 모두 블랙 돌핀으로 시작되었다. 그리고 블랙 돌핀은 승후의 SNS 아이디이기도 하다. 그는 모든 공개 SNS에 블랙 돌핀이라는 닉네임과 아이디를 사용했다.

대답을 기다리던 승후가 자판에 손을 얹은 채로 빙긋 웃었다. 그리고 낮게 중얼거렸다. 아, 블랙 돌핀.

모른 척해 주는 그의 반응에 얼굴이 화끈거렸다.

“실종됐던 블랙 돌핀들 모두 무사 귀환.”

승후가 모니터에서 눈을 떼고 뿌듯한 미소를 보여 주었다. 이 남자는 어쩌면 전지전능한 마법사일지도 모른다는 생각이 들었다. 짧은 시간 동안 모든 걸 제자리로 돌려놓았다.

“다행히 약한 감염이었어. 작업한 거 사라지지 않게 보안 장치도 여러 번 해 놨으니 한동안은 별일 없을 거야.”

“어떻게 했기에 바이러스를 이렇게 금방 고칠 수가 있는 거죠?”

승후는 그런 질문 자체가 어이없다는 듯 답했다.

“난 지독한 악성 바이러스를 만들어서 전 세계 컴퓨터에 퍼뜨릴 수도 있는 사람인데.”

오히려 지금 고친 컴퓨터의 문제가 터무니없이 소소해 그의 능력과 시간을 낭비했다고 하는 편이 맞을 것이다.

“팀장님에게서 살아남게 해 주셨어요. 생명의 은인이세요. 정말 고맙습니다.”

“천만에요. 나도 재밌었어요.”

승후가 의자를 살짝 뒤로 밀고 시야를 넓혀 이나의 모습을 찬찬히 살폈다.

“아까 내가 모른 척한 게 그렇게 서운했나 보죠?”

문밖에 서서 흥분한 상태로 마음을 털어놓았으니 솔직할 수밖에 없었다.

“회사에선 절 모른 척하실 건가요?”

“뭐, 지금으로선.”

강이나는 사랑을 고백한 위험인물이었다. 하지만 비밀의 애인도 아니고, 치밀한 사내 연애도 아니고, 그냥 같은 동네 사람일 뿐인데 뭐가 그리 비밀이라고. 링링과는 반갑게 인사하는 사이면서. 둘이 있을 땐 이렇게 친절하기도 하면서.

"무슨 이유 때문에요?"

"어떤 방어막일 수도 있고."

승후는 자신도 확실하지 않다는 듯 중얼거렸다. 이나가 그의 표정을 살피며 다시 물었다.

"방어막이요?"

"조심하는 거겠지. 조금이라도 나와 엮여 있다고 회사 사람들이 생각하게 되면, 강이나 씨가 곤란해질 수도 있으니까."

"저를 위한 방어막이요?"

"아마도."

이나는 그 말에 더 혼란스러워졌다. 방어막을 펼칠 만큼 가까운 사이도 아닌데.

"저로선 너무 어려워요."

"어쩌면 나 역시."

승후가 솔직한 얼굴이라 더 어려웠다.

"왜 단순한 우리 사이가 갑자기 어려워지고 있는 거죠?"

"아무래도 나한테 문제가 생겼기 때문이겠지."

"몸이 아직 안 좋으세요?"

"차라리 몸은 낫기 쉽죠. 마음과 다르게 어려운 일이 생겨서 문제가 된 거지."

"마음과 다르게 어려운 일."

이해가 쉽지 않은 말을 따라 하며 이나는 생각에 잠겼다.

잠시 그렇게 시간이 흘러갔다. 벽에 걸린 시계가 눈에 들어오자 이나가 놀라서 재빨리 일어났다.

"아, 늦었어요. 마지막 셔틀버스를 놓치면 안 돼요."

막차 시간까지 얼마 남지 않았다. 고릴라닷컴은 사원들을 위한 셔틀버스를 제공하고 있었고, 이나는 늘 셔틀버스를 타고 출퇴근을 했다. 승후가 시간을 확인하려는 듯 시계를 바라봤다. 그리고 컴퓨터 본체와 모니터의 전원을 꺼 주었다.

"버스 타러 같이 가죠."

막차 시간 15분 전, 전 세계 컴퓨터에 악성 바이러스를 만들어 퍼뜨릴 수 있는 능력을 가진 남자가 술에 살짝 취해 같이 마지막 셔틀버스를 타자고 말했다. 그러니 이나로서는 다시 어려워질 수밖에 없었다.

"지금 저랑 같이 셔틀버스를 타러 가신다고요?"

"응, 그럴 거야."

"왜요?"

"우린 같은 동네에 살잖아. 그리고 음주 운전 하면 안 되니까."

이나는 그가 말한 이유에 어설프게 동의해야 했다.

"왜냐면 음주 운전은 안 되고 우리는 같은 동네에 사니까요."

그래야만 그의 어렵기만 한 행동과 말을 조금이나마 이해할 수 있으므로.

"좋아, 똑똑하네. 정답."

두 사람은 셔틀버스의 맨 뒷자리에 나란히 앉았다. 막차라서 그런지 버스에는 이나와 승후를 포함해 다섯 명 정도만 타고 있었다.

이나는 늘 그랬던 것처럼 맨 뒷자리 창가에 앉았다. 평소와 달라진 건 승후가 옆에 앉아 있다는 것이다. 빈자리도 많았는데 그는 너무도 당연하게 이나의 옆자리에 앉았고, 이나는 아무런 반응도 하지 못한 채 멀뚱히 앞만 보았다.

버스는 덜컹거리며 움직였다. 버스가 흔들리고 기울어질 때마다, 두 사람의 어깨와 무릎이 닿았다. 이나는 그럴 때마다 몸을 창 쪽으로 붙여 앉아야 했다. 승후는 그런 작은 접촉에는 하나도 신경 쓰지 않는 것 같았다. 이나는 짝사랑 중인 자신이 민감한 것이라는 생각이 들어 숨을 죽이고 창밖을 보았다.

밤의 거리에도 벚꽃은 가득했다. 밤의 벚꽃은 눈처럼 하얗게 반짝였다. 그리고 오늘따라 유난히 풍성해 보였다. 온 신경은 옆자리에 둔 채, 밖을 보는 이나의 마음이 자꾸 달아올랐다.

얼마의 시간이 흘렀을까. 조용한 남자가 궁금해 옆을 보았다. 승후는 눈을 감고 있었다. 너무도 고요해서 그가 잠든 건지, 눈만 감고 있는 건지 감이 잡히지 않았다.

눈을 감고 있는 그를 관찰했다. 단정한 머리 모양, 잘생긴 이마, 짙은 눈썹, 길고 검은 속눈썹, 꼭 다문 입술, 그리고 너무도 마음에 드는 그의 턱과 입술 사이.

마음에 두고 혼자 설레야 했던 남자가 자신의 옆에 앉아 같이 버스를 타고 있는 이 상황이 너무도 떨렸다. 그 순간 버스가 기울어지는 바람에 또다시 몸이 그에게 닿았다. 이나는 몸에 닿는 그의 감촉에 놀라 버스의 손잡이를 꼭 잡았다.

버스의 흔들림을 느꼈는지 승후가 눈을 떴다. 그러곤 창밖으로 시선을 돌려 반짝이는 벚꽃 길을 보았다. 그는 밤의 벚꽃 길에 반한 듯 한동안 눈을 떼지 않았다.

그가 창밖에 시선을 둔 채 조용히 부탁했다.

"강이나 씨, 창문 좀 열어 줄래?"

이나가 차창 문을 열었다. 열린 창문 사이로 봄바람이 들어왔다. 바람에 꽃향기도 따라온 듯 코끝에 향긋함이 느껴졌다. 이제야 이나도 조금은 편하게 숨을 쉴 수 있을 것 같았다.

승후가 만족한 얼굴로 눈을 감고 말했다.

"기분 좋다. 바람에도 취한 것 같아. 이런 기분 정말 오랜만이야."

이나도 승후처럼 눈을 감아 보았다. 대체 바람에 취한 기분이 뭐기에.

그와 같은 기분이 되어 보고 싶어 눈을 감고 바람을 마셨다. 봄의 바람 냄새는 촉촉하고 향기로웠다. 포근하고 따뜻하기도 했다. 그런 것들이 모두 뒤섞여 마음을 설레게 했다. 이나 역시 바람에 취해 버린 것 같았다.

취했다는 것이 어떤 기분이냐면, 두근거리고, 상기되고, 말랑거리고, 나른하고, 숨쉬기도 곤란한 그런 기분.

셔틀버스에서 내려 동네로 들어가는 골목을 같이 올라갔다. 큰 거리에는 사람과 차가 넘쳤고 도시의 흔한 소음으로 가득했다. 하지만 큰길을 돌아 골목으로 들어오고 나서부터는 다른 세상으로 들어온 것처럼 조용하고 고즈넉했다. 오래된 동네는 신기하게도 세상의 소음까지 차단되었다. 그들의 발걸음 소리와 풀벌레 소리, 그리고 동네의 작은 동물들 소리만 간간이 들렸다.

4월의 밤길은 벚꽃으로 가득했다. 서울에서 가장 아름다운 벚꽃길을 비밀처럼 가지고 있는 동네였다. 늘 오르던 길의 꽃 향이 오늘따라 더욱 짙게 느껴졌다.

한동안 아무런 말도 없이 밤의 동네를 감상하며 걷기만 했다. 두 사람 사이로 침묵이 흘렀다. 이나는 무언가 말을 하고 싶었지만 어떤 말을 꺼내야 할지 좀처럼 알 수가 없었다.

서로의 숨소리까지 들릴 정도의 정적을 깬 건 승후였다. 그가 처음으로 자신의 사적인 이야기를 들려주었다.

"우연히 이곳에 왔다가 이 동네에 사로잡혀서 집을 샀어. 처음 왔을 때도 이렇게 골목 가득 꽃이 만발해 있었지. 이 길에 들어서자마자 이상하게도 마음이 편해져서 이곳에 살면 좋겠다는 생각이 들었거든. 몇 달 동안 지켜보다가 적당한 집을 구했어."

"저는 어려서부터 이곳에 살았어요. 학창 시절 내내 여기서 자랐죠. 작은 2층짜리 집이에요. 1층은 지금의 편의점이 되었고, 2층엔 우리 식구가 살아요. 언니는 결혼해서 다른 동네에서 살고, 전 엄마와 남동생이랑 같이 살아요. 현관 옆의 작은 방이 제 방이에요. 어렸을 땐 동네에 제 또래 애들이 많이 살았어요. 저기 보이는 놀이터에서 종일 같이 놀았죠. 이 언덕은 눈이 오면 눈썰매를 타고 내려오던 길이에요."

"추억이 많은 곳이겠구나."

"그렇긴 하죠. 저에게 너무도 익숙한 길을 대표님과 같이 걷고 있는 것이 거짓말 같아요."

"지금 걷고 있는 꽃길부터가 거짓말처럼 아름다운데."

승후는 길에도 취한 것처럼 말했다.

"요즘 내게 거짓말 같은 일이 자꾸 생긴단 말이지."

"어떤 여자가 술에 취해 대표님께 짝사랑을 고백하고, 물에 빠진 것부터도 거짓말 같은 일이죠. 그 무지막지한 사람과 이렇게 같은 동네에 살고 있다는 것도요."

그의 닉네임인 블랙 돌핀을 파일명으로 사용하고 있는 것을 들킨 마당에, 더 숨길 것도 없었다. 죽을 만큼 창피했었는데 이젠 그를 향해 가졌던 마음에 대해서 웃으며 말할 수 있었다.

이나와 보폭을 맞추어 걷던 승후가 문득 물었다.

"날 언제 처음 봤죠?"

"대학 다닐 때 초청 강연에 간 적이 있었어요. 그 강연에 감동받아 회사에 입사해야겠다고 결심했어요."

"아, 그랬구나."

존경의 마음으로 시작했지만 같은 회사에 다니면서 그를 더 알아가게 되자 마음은 어느새 짝사랑으로 변해 버렸다. 먼 곳에 있는 사람인 줄 알았다가 손에 잡힐 만큼 가까이 있는 현실의 남자라는 것을 알고 욕심을 부렸을 수도 있었다. 특히 술에 취했던 그날따라 그의 모든 행동이 자신을 향해 있는 걸로 느껴졌고, 고백의 말을 건넬 수 있을 정도로 그가 가까이 있기도 했으므로.

"아마, 자꾸 눈길이 가는 사람이었죠."

조금 더 걷던 승후가 느닷없이 말했다. 가로등 빛이 환하게 그들을 비춰 주는 바람에 서로의 표정이 숨김없이 드러났다. 눈길이 가는 사람이란 말이 이나의 머릿속에 맴돌았다. 설마 자신을 향한 말일까 싶어서 물었다.

"눈길이 가다니. 누가요?"

"내 옆에 있는 사람."

승후가 믿을 수 없는 이야기를 했다. 술과 봄바람에 취했던 그의 취기는 다 사라진 것 같았는데.

"내 눈에 예뻤겠지. 내 나이쯤 되면 예쁜 척하는 사람인지, 정말 예쁜 사람인지 보이니까."

허공을 걷는 느낌이 들었다. 눈길이 가는 예쁜 사람이라니. 숨이 멎어 버리는 기분이었다.

"예쁜 사람이어서 내가 지금 어려운 거고."

이나가 길에 멈추어 섰다. 승후의 솔직한 마음을 알고 싶었다. 그래서 자신이 고백했고 그가 부정했던 사랑에 대해 다시 언급했다.

"대표님 관점에서는 사람이 예뻐 보여도 사랑은 아니라는 거죠?"

"예뻐 보여도 사랑은 아니죠. 예쁘다고 다 욕심낼 수도 없는 거고."

이나를 따라 멈추어 선 승후가 온기 있는 웃음을 지어 보였다. 그가 자신을 정말 예쁜 사람 보듯 보고 있어서 이나는 더욱 어려워졌다. 지금껏 그의 눈길은 어렵기만 했다.

"그럼 욕심내고 싶은 감정을 어떻게 정리해요? 저는 마음을 접는 일이 잘 안 되던데."

"모른 척 그냥 두죠. 그러다 보면 다 지나가겠죠."

"그냥 두면 될까요?"

"조금 어려울 수도 있겠지만, 지나가는 마음이기를 바랍시다."

바람이 지나갔다. 바람에 떨어진 벚꽃 잎이 그들에게 쏟아졌다. 비가 내리듯 머리 위로, 어깨 위로 떨어졌다. 꽃비를 맞으며 승후가 웃었고 이나는 그 모습을 넋을 잃고 바라보았다. 이 사람과 같이 있으니 어떤 결계 안으로 들어간 듯 다른 것은 보이지가 않았다.

사랑이 아니라면 이런 기분을 어떤 말로 표현해야 하는 건지 알 수가 없었다. 보기만 해도 가슴이 두근거리고, 혈당이 잔뜩 오른 달콤한 피를 가진 것 같은 이 기분을. 이 남자의 미소만으로도 뭉클해지는 가슴을. 잘 지나가길 바란다며 왜 자꾸 다정한 미소들을 뿌려 대는 건지도 모를 일이었다. 사랑하지 않으려 진지하게 노력하고 있는 사람 자꾸만 헷갈리게.

별다른 재주가 따로 없던 이나는 그림 그리는 것을 좋아했다. 어려서는 방바닥에 누워 하루 종일 그림을 그리며 놀았고, 학창 시절에는 공부보다 좋다는 이유로 화실을 다녔다.

새로운 글씨체나 예쁜 그림을 그린 손 편지를 만들어서 친구들에게 보여 주면 모두가 좋아했고, 그 모습을 보는 게 기뻤다.

회사에 취직한 요즘도 틈이 나면 손으로 직접 그림을 그렸다. 복잡한 디자인 작업을 하다가 머리를 식히고 싶을 때 끄적끄적 그렸다.

최근엔 밤의 벚꽃 길을 달리는 작은 버스를 그렸고, 버스 위로 눈처럼 날리는 하얀 벚꽃 잎도 그렸다. 승후와 같이 셔틀버스를 타던 밤이었다.

이나는 자신의 일상이 담긴 그림을 종종 SNS 계정에 올렸다. 계정의 사용자 닉네임은 역시 '브로콜리 강'이었다. 브로콜리 강이 올린 그림들은 사람들에게 인기가 많았다. 간혹 삽화 작업을 같이하자는 연락이 오기도 했다.

"새 그림이 올라왔네요. 역시 저절로 미소가 지어지는 작품이에요."

이나가 그림을 올리자마자 옆자리에 앉은 동주가 말을 걸었다. 동주는 회사 입사 동기였다. 그는 이나보다 세 살이 많았고, 곱상한 얼굴에 세심한 면이 많은 심성이 좋은 사람이었다. 디자인을 해서 그런지 옷도 감각적으로 잘 입었다. 동주는 회사 생활에 서툰 이나와 달리 처음부터 뭐든 능숙했다. 동기인 이나를 옆에서 잘 챙겨 주었고, 이나 역시 동주에게 많이 의지했다.

"벌써 사람들이 댓글 달고, 하트 누르고 난리네요. 사람들도 알아보나 봐요. 마음이 담긴 어떤 결과물을요. 이나 씨 그림엔 마음이 담겨서인지 그림을 보고만 있어도 따뜻해져요. 나만 그렇게 느끼는 줄 알았는데 다들 그렇게 얘기하더라구요."

"과찬이지만 고마워요."

"브로콜리 강이 그림을 통해 자신이 사는 이야기를 들려주는 것 같아 재밌어요. 그림의 배경이 되는 동네도 따라가 보고 싶을 정도로요. 그림으로 이나 씨 생활과 마음을 엿보는 재미가 상당해요."

그림은 대부분 이나가 사는 동네가 배경이었다.

"저한텐 추억이 많은 곳이라 소중하게 느껴져서 그럴 거예요."

"그런데 요즘 새롭고 좋은 일 있나 봐요. 그림에서 그런 게 느껴지는데요?"

"그런 거 없어요. 외롭기만 한걸요."

짝사랑을 접는 작업 중이었고, 그 일의 부작용은 커진 외로움이었다.

밤의 벚꽃 길을 승후와 같이 걷던 날이 떠올랐다. 그와의 모든 일이 머릿속에서 떠나지 않았다. 승후의 말을 다 알아들을 수는 없었지만, 결과적으로는 또 한 번의 선을 그어 준 것이나 다름없었다.

그 밤 이후, 달아오르는 감정을 하루에도 몇 번씩 접었다가 펴기를 반복하고 있었다. 예쁘지만 지나가길 바란다는 말은 대체 무슨 뜻인 걸까? 그 남자에게 예쁘다는 말은 이성적인 관점이 아니라, 회사의 신입 사원으로서 예뻐 보인다는 의미였을까. 그의 눈에 예뻐 보이는 사람인 것만으로도 가슴이 벅차는 일이었고, 그것으로 만족해야 했지만 말이다.

"그러네요. 하긴 이나 씨 그림에 로맨스는 보이지 않아요. 동네의 별, 달, 꽃, 나무만을 그리잖아요."

"그림으로 뭔가를 들켜 버렸네요. 제 그림에 외로움이 잔뜩 묻어나나 봐요."

"같은 처지라 알아보는 걸 수도 있어요. 나도 요즘 부쩍 외롭거든요."

외로움을 토로한 두 사람은 초록이 가득한 창가를 한참 보았다. 그러다 동주가 뭔가 생각난 듯 말했다.

"우리가 왜 외로운 줄 알았어요."

"왜일까요?"

"봄이니까요. 혼자 지내긴 너무 아름다운 계절이잖아요."

동주가 답을 주었고 이나는 수긍한다는 듯 고개를 끄덕였다.

승후는 회사와 가까운 일식집에서 은경과 나란히 앉아 초밥과 굴
튀김을 먹었다. 밤늦게 약속이 있다는 은경을 끌고 저녁을 먹으러 왔
다. 회사에서 제일 만만한 사람이 대학 후배인 은경이었다. 맥주를
마시며 일 대신 시시콜콜한 이야기를 했다.

퇴근하려다 잡혀 온 은경이 투덜거렸다.

"절 귀찮게 하지 마시고 연애라도 하시라고요."

"회사에서 편하게 밥 먹을 사람이 은경이 너밖에 없어. 다른 사람
들은 나와 같이 있는 것 자체가 일의 연장일 테니까."

"그럼 저랑 사귀든가요. 그러지도 않을 거면서."

승후는 생각하는 척 여유를 보이다 즉시 답을 주었다.

"응, 절대 그러지 않을 거야."

"그 철벽 안에 누가 들어가나 보려고 대표님 옆에 붙어 있는 거예
요."

"지금까지 붙어 있어 줘서 고맙네. 이렇게 가끔 술이나 하자."

"저녁이라도 같이 먹을 애인을 사귀세요. 왜 연애 안 하세요? 제가
열네 번 연애하는 동안, 딱 한 번 연애하셨잖아요."

승후가 은경의 말을 듣고 잠시 생각하다가 말했다.

"내 한 번은 길었잖아. 그런 걸 횟수로 비교하면 불공평하지."

"늘 사랑을 갈구하는 저 같은 여자는 궁금하다고요. 왜 그렇게 오
랜 시간 동안 사람을 사랑을 하지 않는 건지. 다 가진 남자라 형편이
안 되는 것도 아니면서. 사는 거 심심하지 않으세요?"

"누가 닿기만 해도 쓰라릴까 조심하는 건지도 모르지."

은경은 승후가 처음 했던 사랑의 모든 과정을 가까이서 봤던 사람
중 하나였다.

"같은 핑계를 오래도록 적절히도 써먹으시네요. 대표님 좋아했다가 제품에 지쳐 물러난 여자들을 몇 명 알거든요. 그런 여자들에게 무언으로 접근 금지 시키잖아요. 주겠다는 사랑이 넘치도록 널려 있어도, 필요 없다며 초월해서 사는 것이 말이 되나요? 대표님이 사랑에 빠져 허우적거리는 거 보고 싶어요. 굉장히 통쾌하고 고소할 것 같아요."

"기대하지 마. 그런 일 없을걸."

"감정마저 통제할 수 있다고 믿으시나 봐요. 그렇게 자신만만하다가 언젠가 된통 당하실지도 몰라요."

그때 두 사람의 핸드폰 알림음이 동시에 울렸다.

"잠시만요."

은경이 먼저 핸드폰을 확인했고 승후도 곧이어 알림을 확인했다.

승후는 며칠 전 이나의 컴퓨터를 손볼 때 파일 가득한 그림들을 보았었다. 그리고 그날 밤, 브로콜리 강을 검색해 이나가 그림을 올리는 SNS를 찾아보았다. 그 후 그림을 올릴 때마다, 바로 확인할 수 있도록 알림 설정을 해 놓았다. 공개적으로 올리는 그림이었지만, 이렇게 누군가를 훔쳐보는 것은 처음이었다.

이나가 지금 올린 그림은, 떨어진 벚꽃 잎이 머리카락 위에 가득 쌓여 있는 여자의 모습이었다. 머리 모양이 짧고 구불거리는 것을 보니 꽃잎을 머리에 얹은 여자는 아마도 브로콜리 강인 듯했다. 그림 속 여자는 얼굴은 웃고 있지만 즐거워 보이지는 않았다. 눈동자 안에 커다란 눈물이 고여 있기 때문이었다. 그 표정을 바로 앞에서 본 사람으로서 웃음이 났다.

'사람이 예뻐 보여도 사랑은 아니라는 거죠?'

그런 질문을 했을 때의 이나의 모습과 같았다.

한참 그 그림을 보다 페이지를 넘겼다. 밤의 벚꽃 길을 달리는 셔틀버스를 그린 그림이 보였다. 바람에 취한 듯 기분 좋게 탔던 셔틀버스다. 기억을 그림으로 남길 수 있는 능력에 감탄을 했다.

핸드폰을 보던 은경도 미소를 거두지 못한 채 말했다.

"우리 디자인 팀의 강이나 기억해요? 머리 모양이 동글동글한 브로콜리 강."

"그래, 기억나. 그 곱슬곱슬한 천사 머리."

승후는 겨우 기억해 낸 척하는 스스로가 우스워, 턱을 괸 손으로 미소 짓고 있는 입을 가렸다.

"직원을 보는 눈이 상당히 너그러우신데요? 천사가 아니라 브로콜리죠. 브로콜리 강이 가끔 직접 그린 그림을 웹에 올리는데, 그림이 그리는 사람을 닮았는지 솔직하고 즐거워요. 깊은 곳에 숨겨 두었던 순수한 감정을 건드리거든요. 젊은 친구가 감각이 있어요. 전 알림까지 설정해 놓고 기다려요. 같이 있으면 즐거워지는 사람이더라고요. 일도 열심히 배우려고 하고요. 일하다가 맨날 깨져도 다음 날 보면 다시 씩씩해져 있어요."

"그렇게 보이더라."

"브로콜리 강 그림 보실래요?"

"아니, 됐어."

승후는 관심 없다는 듯 말하며 자신의 핸드폰 화면을 껐다.

"디자인 팀 요즘 야근 많아?"

"얼마 전엔 강이나 혼자 야근했었죠. 부탁했던 기획안의 자료들을 다 날려 버려서 제가 난리 쳤잖아요. 다음 날 책상 위에 있긴 했지만요. 사실 제게도 같은 파일이 있긴 했죠. 하지만 신입들은 처음에 길을 잘 들여 놔야 나중에 큰 실수 없이 수월하게 일처리를 한다고요.

그러고 보니 며칠 전, 제가 전화로 강이나 협박할 때 같이 계셨잖아
요."

"그랬었지. 꽤나 살벌하던데."

승후가 밤늦게 디자인실로 찾아갔던 날이었다. 그날 회사 앞에서
은경과 같이 한잔하고 있다가, 은경이 이나에게 전화로 퍼붓는 것을
들었다. 파일을 못 찾으면 죽이겠다는 지독한 협박을 하는 것을 심각
한 표정으로 보기도 했었다.

은경과 헤어진 후 우연인 척 강이나를 찾아갔었고, 일을 해결해
주었다. 그리고 술을 핑계로 함께 셔틀버스를 탔었다. 반복되는 무거
운 일상에서의 가벼운 일탈처럼.

"오늘은 남은 작업이 있어 신입들 퇴근이 늦을 거예요. 제 흉을 잔
뜩 보며 일을 하겠죠. 전 완벽주의자에 악독한 싱글 팀장이니까요."

"신입들 너무 굴리지 마. 그날도 디자인 팀 신입을 죽일 듯하던데.
그러다 회사 때려치우고 죄다 도망가겠다."

"어머, 지금 제 영역을 침범하시는 건가요? 적어도 디자인 팀은 제
뜻대로 맡기시겠다고 저를 영입할 때 약속하셨잖아요."

"난 네가 발끈하는 게 좋더라. 다 먹었으면 가자. 밤늦게 약속도
있다며."

승후가 시계를 확인했다. 브로콜리 강이 그림을 올린 곳의 위치
설정이 회사로 되어 있는 걸 보면 아직 이나가 퇴근하지 않았다.

"아, 시간이 이렇게 됐네요. 어디로 들어가세요?"

"회사. 처리해야 할 일이 있어."

"세상 공부 혼자 다 하시더니, 이젠 세상 일 혼자 다 하시네요."

승후는 셔틀버스 정류장이 보이는 벤치에 잠시 앉았다. 그리고 막
차를 기다리며 앉아 있는 이나의 뒷모습을 보았다. 셔틀을 기다리는

몇 사람 중에 그 모습만 눈에 들어왔다.

'그럼 욕심내고 싶은 감정을 어떻게 정리해요? 저는 잘 안 되던데.'

감정 정리가 안 된다고 솔직하게 털어놓던 사람이었다. 지나가는 마음이기를 바란다는 말에 그렇게도 아쉬워할 수가 없었다. 아까 올린 그림처럼 정수리에 꽃잎을 올리고 서운함을 감추지 않았다.

뒷모습으로도 저 사람이 지금 무엇을 생각하고 있는지 알 것 같았다. 파일명에 모조리 블랙 돌핀을 갖다 붙이는 사람이니 말이다. 그 모든 것이 즐거워 탈이었다.

"나도 마찬가지로 답을 못 찾고 있는 거지. 이렇게 네게 마음이 쓰여서 말이야."

셔틀버스가 정류장으로 들어왔고 이나가 그것을 타고 떠났다. 시야에서 사라져 가는 버스에서 쉽게 눈이 떨어지지 않았다. 이상해진 것이 분명했다. 요즘 일이 너무 바빴나. 시간을 내서 여행이라도 다녀와야 하나. 이러다 언제쯤 제자리로 돌아오는 걸까.

강이나를 향해 쳐 둔 방패와도 같은 마음이 아슬아슬 위태로웠다. 길가 가득하던 벚꽃은 빠르게도 사라져 여린 잎만 남았다.

5월의 초순이었다. 햇살은 화사했고 바람엔 봄꽃 냄새가 스며들어 있었다.

고릴라닷컴의 신사옥 옥상에서는 '스프링 페스티벌'이라는 이름의 옥외 파티가 한창이었다. 고릴라닷컴을 이용하는 회원들을 위한 감사 파티였다. 우수 회원, 우수 블로거, 각 분야의 감독, 에디터가 모두 초대되었다. 그동안 사이트에 작품을 연재해 준 웹소설 작가, 웹툰 작가, 사이트의 기부 문화를 홍보해 준 연예인, 광고주 등도 모였다. 옥상을 가득 채울 만큼 제법 큰 파티였다.

신입 사원 대부분이 파티 스태프로 일했기 때문에 이나 역시 파티 운영 스태프로 남아 일을 하는 중이었다. 이나가 맡은 역할은 파티 분위기를 자료로 남기는 사진작가였다. 사람들의 눈에 띄지 않고 임무를 수행할 수 있도록 검은 옷차림으로 움직여야 했다.

옥상에서 보이는 하늘에 노을이 지기 시작하자 줄지어 매달아 놓은 전구들에 불이 들어왔고, 작은 무대에서는 공연이 시작되었다.

오늘 파티의 진행을 맡은 은경은 화려한 의상을 입고 있었다. 그러고 보니 스태프들에게 검은 옷을 입으라고 한 건 은경이었다. 그녀는 자신을 돋보이는 데에 반칙도 마다치 않는 것 같았다. 조명이 닿지 않은 무대 옆의 한적한 공간에서 이나는 카메라를 점검하고 있었다. 옆에 있던 은경은 약간 흥분한 모습으로 이나에게 말을 걸었다.

"오늘 물 좋다. 어디 쓸 만한 남자 있나 찾아봐. 오늘 밤을 함께 즐길 멋진 남자 말이야. 이나 씨, 남자들을 향해 카메라를 잔뜩 줌 인 해 보라고."

"카메라 렌즈는 남자를 끌어당기는 데 사용하는 것이 아닌 줄로 아는데요."

"심통이 잔뜩 났네. 그래도 야근보다는 이게 낫지 않아? 바람도 쐬고 말이야. 한 가지 유의할 점은 내가 무대에 오를 때에는 오른쪽에서 사진을 찍어야 해. 내가 오른쪽 옆모습이 더 사진이 잘 받거든. 그리고 나 오늘 머리 스타일 어때?"

은경은 평소엔 긴 머리를 묶어 올리고 일을 하는데 지금은 긴 머리를 풀어 내리고 있었다. 그 모습이 디자인 팀장답게 세련되고 멋졌다. 하지만 이나는 괜한 심통이 나서 마음과는 다르게 말했다.

"엄청나게 야해 보여요."

"최고의 찬사야. 야해 보인다니 목적 달성. 그런데 이나 씨, 아직도 애인 없다며? 여기 사람도 많은데 오늘 하나 낚든가."

"이렇게 위아래로 검은 옷을 입혀 마치 그림자같이 만들어 놓으시더니. 제가 여기서 낚시하면 뭐가 낚이긴 할까요?"

은경은 이나의 차림을 훑어보더니 동의한다는 듯 고개를 끄덕였다.

"그래, 오늘은 남자 낚는 건 포기하자. 아무래도 무리야. 원래 파티의 스태프는 그림자처럼 움직여야 해. 눈에 안 뜨이게 말이야. 알겠지? 그러니까 자꾸 우울해 말고."

"팀장님 눈에 제가 우울한 게 보여요?"

"응, 이나 씨는 얼굴에 다 티가 나서 재밌어. 게다가 솔직하기까지 하잖아. 지금은 실연이라도 당한 사람의 얼굴을 하고 있다고."

"뭐 상황이 비슷하긴 해요."

혼자 실연당한 짝사랑이지만 말이다.

"내가 남자였다면 이나 씨에게 연애하자고 했을 텐데."

"팀장님이 남자가 아니라서 다행이에요."

"어쭈, 날 거부하는 거야? 좋은 척이라도 해야지. 요즘 신입들 우리 때와 다르네. 팀장이고 뭐고 없지? 퇴근 후에 술 한 잔도 같이 마시지 않고 말이야."

이나는 요즘도 은경의 저녁 식사 요청을 거절하고 있었다.

"무섭고, 불편한 상사시잖아요. 일할 땐 맨날 저를 혼내시면서, 왜 밤에 따로 술 먹자고 하는지도 모르겠고. 제 미흡한 주량도 아시면서요."

"그러면서 푸는 거지. 솔직히 난 이나 씨가 편하더라. 사람들은 내

독특한 외모와 강한 성격 때문에 날 불편해해. 내가 다가가기 쉬운 사람이 아니잖아. 카리스마가 잔뜩 넘치지. 그런데 이나 씨는 처음부터 날 편하게 대해서 좋아. 나에게 그렇게 접근해 주는 사람이 별로 없거든.”

“잘못 아셨어요. 저도 굉장히 불편한걸요, 지금 이 순간도.”

팀장이 편한 신입 사원도 있나 싶었다.

“그런 말을 한다는 게 편하다는 거지. 나한테 그런 식으로 말하는 친구나 동료도 처음이야. 그래서 난 이나 씨가 좋고 편해.”

“저의 희생으로 둘 중 하나라도 편하니 다행이네요.”

“응, 그래서 내가 남자였더라면 분명 사귀자고 했을 거야. 난 날 편하게 해 주는 사람이 좋거든. 엄청나게 귀엽기도 하고 말이야. 사실 지금도 탐나. 이나 씨, 오늘부터 나랑 연애할래?”

연애하자는 말을 여자에게 듣게 될 줄은 몰랐다. 남자한테도 들어 보지 못했던 소리다. 이나는 은경에게서 한 발자국 피해 섰다.

“팀장님, 위험한 분이시네요. 저 좀 떨어져 있을게요.”

“걱정하지 마. 난 싫다는 사람은 건드리지 않거든.”

은경의 말이 귓속에 번쩍 들어왔다.

“선을 그어 놓고 넘어오지 말라고 말하는 사람을 건드리면 안 되는 거겠죠?”

“그게 인간관계에 대한 예의지. 싫은 사람이 자꾸 건드리면 좋겠어?”

“싫죠. 팀장님이 저한테 자꾸 그러시면.”

“그거 봐. 입장을 바꿔 생각하면 답이 나온다니까.”

이나는 한참 시무룩한 표정으로 있다가 다시 물었다.

“거절당한 사람은 마음을 어떻게 정리해요? 전 그게 잘 안 되던데.”

“다른 사람을 찾아다니면 되지. 남자는 남자로 잊는 거야. 나를 받아 주는 새로운 사람이 상처를 치유하는 데 최고의 약이니까.”

“전 남자가 필요했던 게 아니라, 그 사람이 좋았던 것뿐인데요.”

그 말을 들은 은경의 눈이 짐짓 놀라 커졌다.

“장난인 줄 알았는데. 이나 씨, 정말 남자한테 거절당하고 상처 입었구나.”

“네. 일말의 미련도, 가차도 없이 간단하게 금이 그어졌어요. 금 밟으면 혼날 것처럼요.”

“그래도 금을 밟고 한 번은 더 기회를 달라고 해 보는 게 어때? 그 사람이 정말 좋다면 말이야.”

솔깃할 수밖에 없었다.

“한 번 더요?”

“응, 가까이에서 이나 씨가 정말 괜찮은 사람이라는 걸 보여 줘. 그나저나 그 나이에 짝사랑이라니 귀여워 죽겠네.”

은경이 한 걸음 다가와 어깨동무를 하듯 이나의 어깨를 감싸 안았다. 그리고 볼에 진하게 입을 맞추었다. 미국과 유럽에서 오랫동안 공부했다는 은경은 남녀를 막론하고 껴안거나 키스를 하는 신체 접촉을 즐겼는데 유독 이나에겐 더 그랬다. 가끔은 남자처럼 치근거리기도 했다.

“자꾸 이러시면 성희롱 상사로 신고할 거예요.”

“이건 위로와 우정의 키스야. 같은 여자로서 힘을 주는 거지.”

은경은 자신을 밀어 내는 이나를 보며 살짝 윙크했다.

어느새 무대 위의 음악이 끝나고 은경이 자신의 옷차림을 점검했다.

“이제 내가 무대에 올라갈 차례야. 행운을 빌어 줘.”

은경이 무대 위로 올라갔다. 세 달간 사이트에 연재해 준 작가를 호명한 뒤 그가 탈고한 책을 소개해 주었다. 작가는 자신의 소감을 말하고 고릴라닷컴의 번창을 기원했다. 이나는 카메라를 들고 작가의 모습을 화면 안에 담았다. 그리고 은경의 오른쪽 옆모습을 줌 인해서 찍었다.

다시 음악이 시작되었다. 이나는 파티장의 이곳저곳을 돌아다니며 사진을 찍었다. 구석에 앉아서 찍은 사진을 확인하는데, 사진 속에 승후의 모습이 보였다.

승후가 이곳에 있었다니. 이나는 일어서서 주변을 두리번거렸다. 무대의 반대편에 있는 승후를 찾는 것은 어렵지 않았다. 그의 주변에는 사람들이 많이 몰려 있었다.

은경의 말처럼 들고 있던 카메라 렌즈로 그를 화면에 담아 확대해 보았다. 몇 배로 끌어당긴 승후가 화면 안에서 눈부시도록 환하게 웃고 있었다.

"뭐가 그리 즐거운 건가요?"

그렇게 중얼거리며 그를 향해 셔터를 눌러 댔다. 분명 스토커 같은 행동이지만 그의 멋진 웃음을 사진으로라도 간직하고 싶었다. 그러다가 젊은 여자가 승후를 보고 웃고 있는 것이 카메라에 들어왔다. 승후도 여자를 마주 보며 웃고 있었다.

"제발, 아무 여자나 보고 웃지 말아요."

이나가 혼자 중얼거리며 승후 옆의 여자에게로 렌즈를 돌렸다. 여자는 늘씬한 데다 가슴도 컸다. 등이 훤하게 드러나는 멋진 드레스를 소화할 수 있는 미인이었다. 여자는 승후에게 가까이 몸을 붙이고 과장되게 웃고 있었다.

어딘가 낯이 익다 했더니 요즘 잘나간다는 여자 연예인이었다. 얼마 전, IT 기업가인 알파벳 B와 사귄다는 기사를 본 것 같기도 했다. 그들은 연인이라고 해도 손색없을 정도로 잘 어울렸다.

갑자기 다리에 힘이 풀리고 피가 멈추는 기분이 들었다. 이나는 자신의 모습을 내려다보았다. 위아래로 검은 티셔츠와 검은 바지를 입어 말 그대로 그림자와 다름없었다. 새로 산 운동화는 지나치게 하얘서 더욱 촌스러워 보였다.

가슴에 뽕을 잔뜩 넣었어도, 저기 저 여자보다 훨씬 작았다. 승후에게 여자가 있을지도 모른다는 가정을 왜 한 번도 해 보지 못한 걸까. 골드 미스터에, 당당한 싱글에, 이마에 별이라도 붙인 듯 자체적으로 반짝이는 남자에게.

'그랬던 거였구나. 난 마음이 다른 곳에 있는 남자에게 치근덕거렸던 거라고. 최대한 정중하게 거절해 왔던 건데 혼자 착각했던 거야. 그렇게 눈치가 없기는.'

사랑한다는 고백만 그에게 하지 않았더라면 이렇게 비참한 심정은 아니었을지도 모른다. 같은 동네에 살고 있지만, 다른 세상에 사는 남자를 겁 없이 넘본 것이다. 민승후라는 남자는 지금 마음에 드는 여자를 보며 즐거운 듯 웃고 있었다. 이나의 가슴을 흔들던 그의 미소들은 아무것도 아니었다.

셔틀버스를 같이 탄 이후, 이나는 승후가 자신을 조금은 좋아할지도 모른다고 착각했었다. 그 상상에 한동안은 제대로 잠도 자지 못했었다. 혼자 설레어 뜬눈으로 밤을 지새웠고, 동네 지도를 검색해서 주소도 모르는 그의 집을 찾곤 했다. 그러다가 다음 날이 되면 마음을 접으려는 노력을 하기도 했다. 하루는 달콤했고 하루는 울적했다.

그런데 지금 이 순간, 그 모든 밤이 어리석고 비참하게 느껴졌다. 아무 의미 없이 했던 그의 말에 의미를 부여하며 혼자 설레었던 것이다. 목에 걸고 있는 카메라가 참으로 무거웠고 다리에는 힘이 하나도 없었다. 파티의 즐거운 기운이 닿지 않는 곳으로 가야 했다. 상처 입은 몸을 이끌고 동굴로 숨어드는 동물들처럼 숨고 싶었다.

이나는 옥상의 맨 끝 구석에 놓인 벤치로 걸어가 앉았다. 등받이가 없는 벤치 뒤에는 기둥이 하나 있어 이곳에 누가 앉아 있는지 알 수 없도록 가려 주었다. 조명의 빛도 닿지 않아 어두웠다. 여기 우울한 한 사람이 앉아 있다는 것은 아무도 모를 것이다.

술에 취해 사랑을 고백한 여자가, 짝사랑에 실연당한 여자가, 여러 날을 착각으로 헤매던 여자가 숨을 수 있는 완벽한 장소였다.

이나는 건물 아래로 보이는 밤의 불빛들을 덧없이 보고 있었다. 승후는 어떤 여자의 알파벳 B였다. 요즘 잘나가는 여자 연예인의 연인이었던 것이다. 그렇다 해도 이상할 게 하나도 없었다. 그가 말단 사원인 강이나의 사랑 고백을 받아 준다면 그것이 이상한 일이었다. 짝사랑도 거절당한 여자가 질투까지 하고 있으니 참으로 처량했다.

카메라를 켜 아까 찍었던 승후의 사진을 한 장씩 지웠다. 사진이 지워질 때마다 가슴이 쓰려 왔다.

동네의 벚꽃 길을 걸으며 그가 했던 말이 떠올랐다.

'예뻐 보여도 사랑은 아니죠. 예쁘다고 다 욕심낼 수도 없는 거고.'

예뻐서 어렵고 바람처럼 지나가길 바란다는 말이 묘하게 따뜻했었다. 그 말을 떠올릴 때마다 깃털이 되어 날아갈 것 같은 기분이 되었다. 예뻐 보이는 사람이라는 것은 희망적인 일이었으니까.

하지만 이제는 털끝만큼의 희망도 사라져 버렸다. 예쁘다는 의미와 정도는 천차만별이고 해석하기 나름이었던 것이다.

이나는 몸을 숙여 새로 산 운동화 끈을 전부 풀어 버렸다. 운동화 끈을 단단하고 촘촘하게 조여 매고 나면 기분이 달라질지도 모른다. 지금은 신발 끈을 꿰는 데만 집중해야 했다. 우울할 때 너무 많은 생각은 금물이었다. 아빠가 알려 준 방법이었다.

한쪽 운동화의 끈을 다 묶을 때쯤, 누군가가 이쪽으로 걸어오는 발소리가 들렸다. 아무도 상대하고 싶지 않았던 이나는 몸을 더 깊이 숙이고 상대방을 쳐다보지도 않았다. 누구든 그냥 돌아가길 바랐다.

하지만 다가온 사람은 이나가 앉은 맞은편의 벤치에 앉았다. 마주 보는 벤치 사이의 거리가 가까워 그들의 거리도 가까웠다.

갈색의 세련된 가죽 구두가 보였다. 천천히 시선을 들자 옅은 베이지색 재킷을 입은 승후가 보였다. 그가 숨어 있는 사람을 찾아왔다. 이나는 모른 척 몸을 더욱 숙이고, 운동화 끈을 작은 구멍에 넣는 것에 집중하려 했다. 그러면서 마음을 다잡았다. 이제는 이 남자의 말과 미소에 헷갈리면 안 된다고. 정신을 바짝 차려야 한다고.

"운동화 끈을 묶는 모습이 전쟁이라도 나가는 사람처럼 경건하고 의미심장하다."

승후의 목소리가 또다시 마음에 닿았다. 이나는 현혹되지 않으려 입술을 꼭 물었다. 벤치 끝에 올려 둔 발에만 신경을 집중한 채 운동화 끈을 만지작거렸다.

"아빠가 은퇴한 프로야구 선수예요. 지금은 지방 고등학교에서 감독으로 계시고요. 아빠가 알려 주신 방법이에요. 마음속의 무언가가 풀리지 않거나, 화가 많이 날 땐 운동화 끈을 다시 조이라고. 그러다 보면 사방으로 날뛰던 기분이 잠잠해진다고. 운동선수 같은 조언이죠?"

이나의 말에 승후가 빙긋 웃었다. 묘하게 사람을 끌어당기는 미소였다. 자신도 모르게 승후를 쳐다보고 있던 이나는 저 미소에 속으면 안 된다는 생각에 다시 고개를 숙이고 하던 말을 계속했다.

"아빠가 슬럼프에 빠져 2군으로 내려가 벤치에 앉아 있을 때 터득한 방법이래요. 운동화 끈을 조이고 다짐하며 마음의 안정을 얻었나 봐요. 일종의 운동화 끈 명상법이죠. 신기한 건, 아빠 말대로 그렇게 하다 보면 마음이 가라앉고 편안해져요.”

“왜 여기 숨어서 그 명상법에 빠진 건데?”

“이젠 제 마음을 바보처럼 몽땅 다 말하지 않을 거예요. 대표님으로부터 숨어 있는 건데 절 찾아오셨다고요.”

승후에게 어설픈 사랑을 고백한 죄로, 그가 심심할 때 잠시 와서 가지고 노는 장난감이 되기는 싫었다. 이나는 고개를 숙이고 입술을 물었다. 슬쩍 눈물이 날 것 같았지만, 이 사람 앞에서는 울기 싫었다. 집에선 울보로 소문났지만, 앞으로 이 남자에게만큼은 눈물을 한 방울도 보여 주지 않을 작정이었다.

“고개 좀 들어 볼래?”

“싫어요.”

“나한테 화가 난 게 맞네. 그래도 난 지금 네 얼굴을 봐야겠는데.”

승후는 가슴 떨리는 말을 덤덤하게도 잘했다. 이 남자는 언제나 능수능란해서 상대하기도 벅찼다.

“왜 제 얼굴을 봐야 하는 건데요? 지금 이런 상황에서.”

“네가 보고 싶었던 건지도 모르지.”

문제는 승후의 말이 늘 이나를 움직이게 한다는 것이다. 이나는 고개를 들고 승후를 보았다. 잘 몰라서 그러는 건데, 보고 싶다는 말은 아무 사이 아닌 사람들끼리도 할 수 있는 말이었던가. 예뻐 보인다는 말도 그렇고.

그의 시선이 찬찬히 이나의 얼굴을 살폈다. 그러다 볼에서 멈추었다. 그리고 짐짓 놀란 표정으로 물었다.

“이런, 강이나 씨는 종종 키스를 즐기는 건가?”

승후의 말에 이나의 눈이 커졌다. 이런 질문은 어떻게 해석해야 하는 걸까. 그의 인공호흡을 키스로 바꿔 버린 적은 있었지만, 그런 걸 좋아하는지 아닌지는 아직 모르겠는데.

“너무해요. 그날의 절 놀리시는 거라면.”

그렇지 않으면 그런 말을 꺼낼 이유가 없었다. 보고 싶었다는 말도 놀리는 것이 분명했다.

이나를 바라보는 승후의 눈이 좀 더 가늘어지며 차갑게 빛을 내었다.

“아무것도 모르겠다는 얼굴로 여자한테도 키스를 허락하나?”

“여, 여자라니요?”

“가까이에서 보니 볼에 립스틱 자국이 선명한데. 강이나 씨는 키스에 남녀 구별이 없나 보죠?”

숨이 턱 막혀 버렸다. 도대체 그가 무슨 소리를 하는 건지 알 수가 없었다.

승후가 이나의 한쪽 볼을 손끝으로 가리켰다. 그제야 이나는 은경이 자신에게 했던 일이 떠올랐다. 은경이 볼에 남아 있는 자국을 모를 리가 없었다. 게다가 얼굴을 보고 의미심장하게 웃기까지 했다. 늘 그렇듯 자신을 얄궂게 놀린 것이다.

이나는 서둘러 손등으로 뺨을 문지르며 말을 더듬었다.

“이, 이건 아까 팀장님이 위로와 우정의 키스라고.”

“위로와 우정의 키스라. 그것도 자국을 남길 만큼 진하게 해 놓고. 핑계치고는 부러운 핑계네. 은경이가 미심쩍지만 지금으로선 그 말을 믿을 수밖에. 사람들에게 빈틈을 너무 많이 보여 주지 마.”

“전 원래 빈틈투성이예요. 제가 빈틈을 보이든 말든 신경 쓸 이유가 없으신 분이잖아요.”

“자꾸 네가 신경이 쓰이는 게 문제인 거지. 이 상황에 여자한테까지 질투하면, 내가 정말 이상해졌다는 걸 인정해야 하잖아.”

그는 혼잣말을 하듯 중얼거렸다. 이나는 질투라는 단어에 화가 났다. 언제나 발끈해서 탈이었다. 속이 잔뜩 상한 얼굴을 감추지 않고 말했다.

"거짓말하지 마세요. 저에 대해 질투하지 않으시잖아요. 저는 헷갈려요. 대표님이 하시는 말씀들이, 미소들이, 눈길들이 다 헷갈린다고요. 가당치도 않은 질투는 지금 제가 하고 있어요. 대표님이 아까 그 여배우의 연인 알파벳 B인 걸 알고 질투로 눈멀었어요. 강이나라는 아무것도 아닌 사람이 지금 질투를 하고 있다고요. 그래서 아픈 가슴을 달래려 운동화 끈 명상을 하는 거라고요."

승후가 질투에 눈먼 이나를 폭파시켜 버렸다.

"대표님 말대로 전 사랑을 몰라요. 보고 싶고, 만지고 싶고, 자꾸 생각나고, 이렇게 질투까지 해도, 제가 하는 건 사랑이 아니라고 하셨잖아요. 이렇게 앓는 가슴도 아무것도 아니라 하셨잖아요."

결국 눈물도 한 방울 떨어져 내렸다.

"그래서 가슴 쓰리지만 대표님을 마음속에서 정리할 거라고요. 보기에 아무리 하찮은 감정이라도, 감정은 감정이니까 어렵다고요. 그러니까 이런 저한테 더 이상 장난치지 마세요. 그렇게 반할 것 같은 미소로 절 헷갈리게 하지 마세요. 애써 숨어 있는 저한테 이렇게 찾아오지도 마세요. 그렇게 깊은 눈으로 바라보지도 말아요."

이나는 지금 생각나는 모든 말들을 다 해 버렸다. 숨을 크게 들이쉬고 나니 정신이 차려졌다. 승후가 미동도 없이 자신을 쳐다보고 있어서, 도망가야겠다는 생각뿐이었다. 혼자 까불다가 제풀에 지쳐 떨어져 나간 여자를 눈앞에서 보고 있으니 그는 얼마나 어처구니가 없을까.

"죄송해요. 잘못한 것도 없는 대표님께 화냈으니 저 이대로 조용히 사라질게요. 짝사랑은 이게 문제예요. 멀쩡히 자기 인생을 잘 살고 있는 상대에게 이렇게 혼자 심각하다고요."

자리에서 일어섰다. 전속력으로 뛰어 도망갈 작정이었다. 그러나 승후가 이나의 손목을 잡았다. 그의 손은 이나의 손목을 다 감싸고도 남을 만큼 컸다. 이나는 손목을 잡힌 채 움직이지 못했다.

"화내고 도망가는 건 좋은데, 이번엔 안 돼. 다시 앉아."

승후는 이나를 끌어당겨 도로 제자리에 앉혔다.

"이러다가 잘못하면 크게 다쳐."

이나는 승후가 가리키는 자신의 발을 보았다. 운동화의 바깥쪽 끈이 매듭을 묶지 않아 길게 풀어져 있었다. 그리고 안쪽의 운동화 끈은 서로 다른 쪽의 것과 엮여 매듭지어 있었다. 그러니까 오른쪽과 왼쪽의 신발을 끈으로 엮은 것이다. 마지막으로 매듭을 묶을 때 정신이 다른 데 있었던 탓이었다. 그대로 도망갔으면 한 발자국도 가지 못하고 넘어져 다쳤을 것이다. 이 사람 앞에서는 늘 이렇게 실수만 해 댔다.

승후는 당황하는 이나의 얼굴을 말없이 바라보다가, 갑자기 이나의 앞에 한쪽 무릎을 꿇고 앉았다. 그런 후 엮인 매듭을 정성껏 풀고 고쳐 매어 주었다. 섬세한 작업이라도 하듯 그 모습이 신중했다. 그러면서 그는 천천히 심호흡을 했다. 아무래도 운동화 명상법은 그가 하는 것 같았다.

"난 사람 감정을 가지고 장난하지 않아. 어느 정도는 여자인 은경이에게도 질투했고. 모든 것이 확실하지 않은 지금, 내가 확실하게 말할 수 있는 게 하나 있어. 난 아까 그 여자 연예인한테 아무런 관심이 없고 알파벳 B도 절대 아니야. 아무리 그 여자가 아름답다고 해도, 난 그 사람의 무엇도 되고 싶지 않거든."

알파벳 B를 말하는 부분에서 승후가 웃음을 참는 것이 느껴졌다. 이나에게는 이 상황이 무척 심각했는데, 승후는 어느 면에서 분명 즐거운 듯했다.

운동화 끈을 다 묶은 승후가 이나의 발을 가지런히 모아 주었다. 그는 여전히 한쪽 무릎을 바닥에 댄 채 앉아 이나를 바라보았다. 그의 시선의 높이가 이나의 시선보다 조금 낮았다. 승후의 눈동자에 자신이 들어 있는 게 보일 정도로 그가 아주 가까웠다.

밤의 봄바람이 기분 좋게 이나의 머리카락을 날리고 지나갔다. 이 순간, 마주 앉은 승후는 탐날 정도로 너무도 아름다웠다. 남자에게 이런 말을 써도 되는지 모르겠지만, 아름답다는 말로만 지금의 승후를 표현할 수 있었다. 다른 말은 떠오르지도 않았다.

바람에 눈을 깜빡이던 이나가 승후에게 물었다.

“제가 여기 있는지 어떻게 아셨어요?”

“널 계속 보고 있었어. 어느 쪽으로 가는지도 봤고.”

승후가 고백 같은 말을 망설임 없이 했다. 이나는 한 번쯤은 물어보고 싶었던 말을 꺼냈다.

“왜 자꾸 그런 눈으로 날 봐요?”

“내가 어떤 눈인데?”

“멀미가 날 만큼 따뜻해요. 지금도 그래요.”

지금 이 순간은 눈물이 날 것처럼 따뜻했다.

“내 감정을 감추는 게 아직도 서툰가 보지. 숨겨지지 않는 감정일 수도 있고.”

“계속 눈길이 가도 사랑이 아니라고 하셨죠?”

“그래, 아니야.”

“그럼, 여기에 왜 오셨어요? 제가 애써 숨어 있는 곳에.”

“요즘의 나는, 내가 아는 사람이 아닌 것처럼 움직이고 있으니까. 넋 나간 놈처럼 말이야.”

그는 전에 물에 빠져 망가졌다는 표현을 쓴 적이 있었다. 혹시 아직도 같은 상태인 것일까. 만약 그렇다면, 그 틈을 노리고 싶었다.

“전 정말 질투했어요.”

“나도 역시.”

“질투했어도 사랑은 아니라고 하시겠죠?”

"그렇다고 사랑은 아니야."

그는 어른처럼 선을 그어 주었다. 넘어오지 말라고 다시 그은 선이다. 그는 처음부터 일관되었다.

"이 어려운 감정들이, 쉬운 바람으로 지나가길 바라시는 거죠?"

"그것도 맞고."

"하지만 전 그냥 스쳐 가는 바람 같은 건 되기 싫어요. 머물고 싶어요. 오래 머무를 수 없다면 짧게라도."

예뻐 보인다고 다 욕심낼 수 없다고 했던 그였다.

"제가 예뻐 보인다고 했잖아요."

"지금도 몹시."

"얼마만큼 그렇게 보이는 건데요?"

"볼 때마다 입술을 꽉 물어야 해. 널 보면 어딘가 고장 난 사람처럼 웃음이 자꾸 새어 나오니까."

"그만큼 예뻐 보이면 잠시 가져도 돼요."

그렇게 그가 그어 놓은 선을 훌쩍 뛰어넘었다. 이나의 당돌함에 승후가 놀라 쳐다보았다.

"정말 겁 없는 아가씨네. 지금 무슨 말을 하는 건지 알고는 있는 건가?"

"정확히 알고 하는 말이에요. 이 어려운 감정들이 뭔지 같이 알아봐요."

"그런 걸 어떻게 해야 알 수 있을 것 같은데?"

아까 은경의 말이 생각이 났다. 나중에 후회하지 않으려면, 기회를 한 번 더 얻으라는 그 말. 깊이 생각할 필요도 없었다. 앞에 있는 이 남자가 그냥 좋았으니까. 잠시만이라도 갖고 싶었으니까.

"저랑 연애해요."

그의 눈동자가 크게 흔들렸다. 어쩌면 화가 났을지도 모를 일이었다. 이나는 승후가 안 된다고 할까 봐 서둘러 말했다.

"사랑하자는 것도 아니고 연애 한번 하자는 거잖아요."

감히 사랑은 바랄 수도 없었다.

"정말 미안한데, 난 그럴 시간이 없어."

승후는 사랑에 이어 연애도 역시 거절했다. 이나는 조급해져서 어린애처럼 그를 졸랐다. 지금이 마지막 기회였다.

"시간 나는 대로도 좋아요. 2주에 한 번, 아니 한 달에 한 번이라도 좋아요."

"나랑 하는 연애는 네가 따라오기 힘들 거야. 난 닳고 닳은, 나이도 먹을 만큼 먹은 남자니까."

"그런 거 하나도 겁나지 않아요. 그러니 시작해 봐요. 저랑 하는 연애는 적어도 따분하지는 않을 거예요."

"난 요즘 여자들이 무슨 생각을 하고, 무엇을 먹고, 무슨 이야기를 나누는지 아는 게 하나도 없어."

"제가 다 알려 주면 되잖아요. 제가 무엇을 좋아하고, 생각하고, 원하는지."

"내가 연애를 하자는 말에 동의해야 하는 이유는?"

승후의 목소리가 아까보다는 부드러워졌다. 서둘러 답을 찾는 이나에게 동주와 했던 말이 떠올랐다.

"봄이니까요."

혼자 보내긴 너무 아름다운 계절이니까. 설레는 이 마음이 봄과 비슷하니까.

"봄."

승후는 잠시 말을 멈추었다. 혼자 깊은 생각에 잠긴 것 같기도 하고, 어느 기억 속으로 잠시 들어가 있는 것 같기도 했다. 시선을 옮겨 멀리 서울의 야경을 바라보던 승후가 다시 이나에게 눈길을 주었다.

그의 눈동자가 맑아졌다. 그리고 표정엔 어떤 홀가분함도 묻어났다.

"그러자."

그의 답은 짧지만 정확했다. 듣고도 혼란해하는 이나에게 그가 다시 한번 말했다.

"강이나, 나랑 연애하자."

간단하고 명료한 대답이었다. 연애 초보자인 강이나가 알아듣기 쉽도록.

이나는 그제야 활짝 웃었다. 웃는 이나에게 승후의 눈이 고정되어 움직이지 않았다.

봄밤은 향기로웠다. 두 사람을 둘러싼 모든 기류의 흐름이 달라진 것 같았다. 사랑보다 가벼운, 세상의 공기가 이곳을 중심으로 도는 느낌이 들었다. 별보다 달이 더 반짝이던 어떤 신비한 밤이었다.

2

사랑보다 깊게,
공기처럼 가볍게

"요즘 연애의 문제가 뭔지 알아? 순간적이고 쾌락적인 감정만 발달하고, 진심이나 책임감은 사라지고 있다는 거야. 사람들은 빠른 것에 익숙해져 있어서 빨리 만나고, 헤어지고, 잊어. 사랑이 돈과 이익에 따라 거래되고 움직이는 세상이야. 사랑을 저울로 재기 바쁘지. 영원을 노래하던 사랑은 이제 거의 소멸됐다고. 진실은 사라졌어. 세상이 왜 사랑에 대해 노래해 대는 건지 알아? 간단해. 사실 그게 없기 때문이지."

다 마신 맥주 컵을 구기며 은경이 말했다. 한때는 사랑했지만 결국 헤어진 남자의 결혼 소식을 들은 은경은 세상의 사랑에 온갖 악담을 퍼부어 대는 중이었다.

곁에서 유심히 은경의 말을 듣고 있던 이나는 그만 멍해져 버렸다. 자신도 어쩌면 순간적인 감정을 가지고 연애를 시작했는지도 모른다. 승후에게 복잡한 사랑 같은 건 모르겠고, 단순하게 연애만 하자고 했다. 떨리는 가슴은 진심이었지만 상대에 대한 책임감 같은 건 아직 모르겠다. 승후가 돈도 많고 유명한 남자인 것도 사실이어서, 돈과 이익에 따라 사랑도 거래된다는 은경의 말이 가슴을 찔렀다.

승후도 그렇게 말했었다. 상대를 잘 알지도 못하면서 생긴, 쉽고 순간적인 감정들은 사랑이 아니라고.

사랑을 허락하지 않은 승후는 연애는 허락했다. 가슴은 진실했지만 머리로는 이 연애의 진정성 있는 답을 찾기가 어려웠다. 봄을 핑계로 억지를 부려 따낸 연애였으므로.

"오늘이 빌어먹을 그 자식 결혼식이야!"

은경이 인상을 구기며 비장하게 말했고, 그 말이 끝나자마자 관중들의 야유 소리가 야구장을 메웠다. 한창 야구 시즌이 진행 중이었다. 동주를 제외한 디자인 팀의 네 사람인 은경, 링링, 이나, 딜런은 야구장의 외야석에 차례로 앉아 있었다.

팀원들은 우울한 은경을 달래려고 술도 마실 수 있고, 소리도 지를 수 있는 야구장으로 왔다. 딜런의 제안이었다. 딜런은 영국인으로 은경과는 유학 시절부터 친한 친구 사이였다. 지금은 은경의 제안으로 고릴라닷컴 디자인 팀에서 잠시 근무하는 중이었다.

"은경의 심정을 이해는 하지만, 사랑이 없다는 말엔 동의할 수 없어."

아직 말하는 데는 서투르지만 알아듣기는 거의 다 알아듣는 딜런이 한국어와 영어를 섞어 가며 자신의 뜻을 밝혔다.

그는 들고 있는 막대풍선이 작아 보일 정도로 덩치가 커다랬지만 야구 모자를 거꾸로 뒤집어쓴 모습이 귀여운 곰 같은 매력을 가진 남자였다. 그리고 변화무쌍한 성격을 가진 은경과는 다르게 점잖고, 늘 평정을 유지하는 사람이었다. 남자지만 여자들만의 연애에 관한 수다에 끼워 줄 정도로 포용력이 넓었다.

"너무해요, 팀장님. 언제 내게 사랑이 오는 걸까 목매고 있는 오래된 싱글들 앞에서, 사랑 같은 건 없다는 결론을 내리시면 어떻게 해요?"

링링이 은경에게 항의했고, 이나도 동의한다는 듯 흘겨보았다.

"한꺼번에 태클이네. 아직 말랑한 심장을 가지고들 있다, 이거지?"

은경이 두 번째 맥주잔을 전광판에 비친 야구 선수를 향해 건배하듯 내밀었다. 그러곤 잘생긴 야구 선수를 그윽한 눈으로 바라보더니, 생각이 약간 달라졌다는 듯 말했다.

"좋아, 사랑이 있다고 칩시다. 그러나 진짜 사랑을 할 줄 아는 사람을 만나는 건, 외야석에 앉아 있다가 홈런볼을 잡을 확률과 같아. 사랑에 목매다가 나처럼 상처받지 말고, 세상에 타협하고 발맞추어 가벼운 연애만 하며 내공이나 쌓아 가."

"가벼운 연애는 어떤 건데요?"

이나가 심각해진 얼굴로 은경에게 물었다.

"사랑같이 깊은 건 건들지 않고, 오감만 즐기는 게 가벼운 연애지."

심장이 덜컹했다. 은경의 마지막 말이 이나의 머릿속에 메아리쳤다. 오감만 즐기는 가벼운 연애라니. 자신이 제안하고 승후가 허락한 연애도 어쩌면 그런 종류의 연애일지도 몰랐다.

"자, 파도가 와요. 준비하세요."

링링이 알렸고, 그들은 차례로 두 손을 하늘로 들어 올리며 일어섰다. 은경은 미친 듯이 소리를 지르며 파도를 탔다. 이나만 움직이지 않고 자리에 앉아 있었다. 사람들의 환호성 소리 같은 건 들리지도 않았다.

승후는 세상에 흔한 연애만 허락했다. 그와의 사랑은 어림도 없는 일처럼 느껴졌다. 어쩌면 승후도 이 연애에서 그런 걸 원할 수도 있다. 오감만 즐기는 가벼운 연애, 바람이라도 세차게 불면 아무것도 남기지 않고 날아가기 쉬운 가벼운 관계.

하지만 이나는 그렇게라도 그를 옆에 두고 싶은 욕심이 컸다. 그 욕심이 세찬 바람이 되거나, 거센 파도가 되어 버릴 것 같아 겁이 나기도 했지만.

야구장에서 나온 네 사람은 가까운 곳에서 맥주를 한 잔씩 마시기로 하고 근처의 작은 술집에 자리를 잡았다. 오늘 야구 경기를 시작으로 이런저런 얘기를 하다가 다시 은경의 헤어진 애인에 대해 이야기를 나누게 되었다. 알고 보니 은경에게 아픔을 준 것은 전 남자 친구도 아니고, 전의 전 남자 친구라고 해서 그들은 또 한 번 놀라야 했다.

"내가 얼마나 사랑에 순수했던 사람인지 알면 다들 놀랄 거야. 난 매번 진실하게 사랑을 해 왔어. 하지만 남자와의 사랑은 늘 내게 잔인한 상처를 준다고. 이제 여자를 사랑하는 건 어떨까 생각할 정도라니까. 마침 탐나는 여자가 생기기도 한 마당에 말이야."

은경의 말에 이나는 뒤집어썼던 모자를 다시 돌려 쓰고, 모자의 챙을 깊이 누르며 얼굴을 가렸다.

"팀장님, 전 사양해요."

은경의 진득한 시선을 피하려 한 행동이었다. 그 모습에 같이 있는 모두가 웃었다.

"사람이 사랑한다는 건 신비한 일이야. 남녀가 서로에게 동시에 빠진다는 게 과연 쉬운 일일까? 그래서 사랑은 다 소중한 거지."

딜런은 앞의 세 여자를 바라보며 동의를 구하는 표정을 지어 보였다. 그는 인류애적인 사랑을 논할 만큼 모든 면에 긍정적인 사람이었다.

"딜런, 그런 교과서 같은 얘기 재미없어. 진짜 현실적인 사랑이나 논해 보자. 우리는 사랑을 찾아다니는 싱글들이니까."

은경은 이야기의 방향을 전환시키고 싶어 했다.

"다들 처음 한 사랑은 어땠어요?"

연애 초보자 이나가 물었다. 모두의 첫사랑이 궁금했다.

"처음 한 사랑은 서툴긴 해도 제일 사랑답게 했지. 지금 다시 하라고 한다면 그만큼 잘할 수 없을 것 같아. 왜냐면 그렇게 진심을 다할 수 없을 테니까."

딜런이 답했다. 그러자 은경이 딜런의 말에 고개를 끄덕이며 자신의 의견을 말했다.

"여러 번 사랑해 본 내 경험으론, 사람은 사랑에 대해 늘 새롭고 서툴러. 누구와 사랑하느냐에 따라 맛이 달라지는 거지. 사람마다 각자 다른 사랑을 하니까 말이야. 그래서 모든 사랑은 첫사랑이고 마지막 사랑이야. 그러니까 연애의 법칙, 상대를 사로잡는 방법, 언제나 성공하는 사랑법, 이런 책 보고 사랑을 공부하지 마. 그걸 쓴 사람들이야말로 사랑을 모르는 거지. 사랑엔 법칙 같은 거 없어."

다국적의 사람들이 맥주잔을 부딪쳤다. 술에 약한 이나만 탄산음료를 마셨다.

"팀장님은 언제부터 민 대표님과 알고 지내셨어요? 꽤 친하시던데."

두 사람의 사이를 아직도 의심하고 있는 링링이 은경에게 물었다.

"대학 때부터 알았지. 전공은 달랐지만 학교 선배였어."

"그때도 그렇게 멋있으셨어요?"

"외모? 그건 각자의 상상에 맡길게."

은경이 대답에 뜸을 들였다. 승후의 공식적인 팬인 링링이 충격을 받은 것처럼 다급히 물었다.

"왜요? 무슨 짓을 해도 망가지기 힘든 얼굴 아닌가요?"

"우리도 한참 지나서야 그렇게 잘생긴 줄 알았다니까. 두꺼운 뿔 테 안경을 벗어 던지고 나서 말이야. 안경을 벗기 전까진 공대 폭탄이었다고. 안경을 벗은 모습이 얼마나 반전이었던지, 반전의 전설이 되었지."

은경의 말에 모두가 깔깔거리며 웃음을 터뜨렸다. 이나도 배가 아파 눈물이 날 정도로 웃었다. 승후가 폭탄이라는 상상을 할수록 웃음은 더욱 커져만 갔다.

겨우 웃음을 수습한 링링이 다시 물었다.

"좋아하는 후배들도 많았을 것 같아요. 안경을 벗은 후에요."

"그랬었지. 사실 안경을 벗기 전이나 후나 인기가 많았어. 외모를 떠나서 사람 자체가 굉장히 멋있었거든. 나도 그중 한 사람이었고. 처음부터 다들 기회가 없었을 뿐이었어."

"기회가 없었다고요? 어째서요?"

이나가 이유를 궁금해했다. 과거나 지금이나 승후를 향한 기회는 많지 않았던 것 같았다.

"대표님이 기회를 아무한테나 주는 사람이 아니었겠지. 아니면 한 사람만 그 기회를 얻었거나."

그 뒤로도 은경이 무어라 더 말했지만 이나의 생각은 '한 사람만 얻은 기회'라는 말에서 좀처럼 넘어가지 않았다. 그 말이 계속 머릿속에 맴돌았지만 더는 물어볼 수가 없었다.

술이 취한 은경은 조금 솔직해졌다가, 이내 다른 말로 넘어갔다.

"사람 사이에는 서로 보완해 주는 에너지를 가진 사람이 있는데, 나와 대표님이 그런 관계야. 내가 인간적으로나 사회적으로도 대표님을 존경해. 서로에 대해 너무도 잘 알고 믿는 거지. 남녀 관계를 떠나서."

승후의 과거를 알고 있고, 오래도록 좋은 관계를 유지하고 있는 은경이 부러웠다. 자신에 대해 아는 것이 하나도 없으면서 사랑할 수 있냐는 승후의 말이 무슨 뜻인지 알 것도 같았다. 아는 것도 하나 없으면서 사랑한다 했고, 멀쩡하게 가만히 있는 사람에게 연애하자고 졸랐었다. 어쩌면 연애를 허락받고도 어딘가 불안한 이유이기도 했다.

"마지막으로 스물여섯 살의 숙녀분들, 상처받은 서른다섯 살 여자의 말을 너무 신뢰하지 말아요. 이 사람이 아니면 차라리 죽는 게 나을 것 같은 사랑은 20대에나 가능할 테니까, 아플 만한 가치는 있는 거지. 그 후에는 사랑이 조금씩 다른 모습으로 변형이 되어 가거든. 그러니 다가올 사랑을 소중히 생각하고 충분히 즐겨요. 사실 어떤 사랑이든 아름다운 거야. 그게 실연을 거듭하고 있는 내가 해 주고 싶은 말이야."

말을 마친 은경은 잔을 높이 들어 올려 잠시 천장을 보더니 그 잔을 단숨에 마셨다.

지하철의 출구를 찾느라 몇 번 헤맸지만, 지하에서 빠져나오는 것에 성공했다. 서울의 지하철 노선을 머릿속에 외우고 있는 딜런과 같은 방향이라 어렵지 않게 도착할 수 있었다.

이나도 지하철 노선을 외우고는 있었다. 하지만 현실은 노선 지도로 보는 것과 달라서 늘 헤맸다. 용감하게 방향을 잡고 가다 보면, 반대 방향으로 가고 있는 경우가 많았다. 특히 지하에서는 상태가 더 심해져서 좀처럼 지하철을 타지 않았다. 출퇴근을 회사 셔틀버스에 의지하는 것도 그런 이유가 컸다.

대로변을 빠져나와 집으로 올라가는 골목으로 들어섰다. 주택가라 밤의 동네는 한산했다. 군데군데 켜져 있는 가로등이 길을 비춰 주고 있었다. 이나는 자신의 그림자를 보며 언덕길을 천천히 걸어 올라갔다. 이 길을 승후와 같이 걸었던 날이 기억났다. 그때는 벚꽃이 가득했는데 지금은 다 사라져 버렸다.

연애하기로 한 사람들은 그날 옥상 파티가 끝난 뒤 각자의 자리로 돌아갔고, 그 후로 도통 만날 수가 없었다. 돌이켜 볼수록 꿈은 아니었을까 싶을 정도로 현실 같지 않았다.

"걱정 마, 분명 그 밤부터 연애는 시작됐어. 설마 무르자고 하지는 않겠지?"

혼자 중얼거리며 언덕길을 올라가다 걸음을 멈추었다. 가로등 빛에 생긴 어떤 사람의 긴 그림자가 이나에게 닿아 있었다. 숨죽여 그림자가 시작되는 곳을 올려다보았다. 오르막길 저쪽에 그림자의 주인인 승후가 서 있는 것이 보였다. 그는 날렵해 보이는 자전거의 핸들을 잡고 서서 골목의 아래에 있는 이나를 보고 있었다. 이나가 저 아래서부터 올라오는 모습을 지켜보고 있었던 것 같았다.

승후가 자전거를 끌고 이나를 향해 걸어 내려왔다. 그의 표정엔 봄처럼 온기가 있었다. 그는 가까운 곳으로 산책을 나온 사람처럼 가벼운 차림이었고, 손에는 편의점 이름이 쓰인 비닐봉투를 들고 있었다.

지극히 평범한 그의 모습에도 이나는 설레었다. 어쩌면 지니고 다니기 곤란한 심장을 가지고 있는지도 몰랐다. 이 남자를 보기만 하면 오작동되어 과하게 뛰거나, 멈추는 어처구니없는 심장을.

"그 편의점에 종종 오시네요?"

손가락으로 편의점을 가리키며 담담한 척 물었다. 그를 마주하는 것이 쑥스러워 괜스레 말을 돌렸다.

승후의 시선이 이나를 훑었다. 지금 이나는 응원하는 팀의 야구 모자를 쓰고, 유니폼 상의를 입고 있었다. 손에는 딜런이 외야석에서 잡은 홈런볼을 들고 있었다. 어디를 다녀오는 건지 감이 잡히는 옷차림이었다.

승후가 이나를 향해 미소를 지었다. 연애를 시작한 남자처럼 조금 더 다정한 미소를.

"궁금한 게 생겼거든."

"뭐가 궁금하셨는데요?"

"나랑 사귀기로 한 사람의 안부가."

그 말에 이나가 가슴과 어깨를 폈다. 그가 자신을 궁금해한다니 어쩐지 뿌듯했다. 연애하는 사이가 확실한 듯했다.

"그런데 장본인은 다른 곳에서 신났었나 보네."

승후는 이나의 모자를 가리켰다. 아마 이나의 심정을 몰라서 하는 말일 것이다. 다른 신나는 장소에서 이 남자만을 떠올렸다. 좋아하는 야구 따윈 눈에 들어오지도 않았다.

"어느 팀을 응원하세요?"

"오늘 강이나가 응원한 팀한테 처참하게 깨진 팀. 그거 혹시 7회 말, 외야 쪽으로 날아간 공인 건가?"

승후가 이번엔 이나의 손에 들린 공을 가리키며 물었다. 오늘 홈런은 한 번 나왔었다. 아무래도 그는 경기를 보고 있었던 것 같다.

이나는 손에 쥔 공을 앞으로 내밀었다.

"제가 앉은 쪽으로 정확하게 날아오는 걸 같이 갔던 딜런이 잡았어요. 그러고는 공에 맞을 뻔했던 제게 준 거죠. 오랜 야구장 인생에서 이런 적은 처음이에요."

요즘 들어 말도 안 되는 일들이 자꾸 일어나고 있긴 했다.

공과 이나를 번갈아 보던 승후가 물었다.

"시간 되면 잠시만 같이 걸을까?"

이나가 시간을 확인했다. 통금까지는 아직 시간이 남아 있었다.

“그럴까요?”

두 사람은 나란히 서서 동네의 밤길을 걸었다. 두 개의 그림자가 길게 늘어져 골목 끝까지 닿았다.

자전거 핸들을 붙잡고 천천히 걷는 승후의 곁에서 이나는 연신 그를 훔쳐보았다. 느닷없이 시작된 연애는 뭔가 많이 어색했다. 연애 상대를 어떻게 불러야 할지조차도 알 수가 없었다.

보기 드문 형태의 연애이기는 했다. 상대에 대해 아는 것도 없으면서 시작한 연애, 사랑은 제쳐 두었으니 감정의 거리를 두어야 하는 연애, 알 수 없는 감정들이 무언가 알아보려고 시작한 연애, 그리고 봄이라서 시작한 독특한 연애 중이었다.

“주말에 야구까지 같이 보러 다니는 걸 보니, 디자인 팀 사람들과 개인적으로도 친하게 지내는 건가?”

“좋은 분들이시잖아요. 다음 달에는 같이 여행도 가려고요. 그날만 기다리고 있어요.”

“여행을 좋아하나 보네.”

그가 얼마나 그윽한 눈으로, 길 끝에 시선을 둔 채 걷고 있는지 가로등 불빛에 드러났다.

“좋아하지만 자주 못 갔었죠. 매일 쳇바퀴 도는 생활을 하거든요. 이번 여행이 무척 기대돼요. 생활 범위를 벗어난 곳에서 새로운 걸 보고, 느끼고 하는 것들이 즐겁잖아요. 그런데 여행을 좋아하는 저의 큰 문제는 방향 감각이 없다는 거예요.”

“방향 감각이 없다니?”

“상당한 길치거든요. 서울 시내에서도 지도와 나침반이 필요할 정도예요. 물론 그런 걸 보고도 반대 방향으로 걸어가지만요.”

또 하나의 단점을 스스로 고백하고 말았다. 이나가 털어놓은 약점에 승후가 재밌다는 반응을 보였다.

“여행 좋아하는 길치라. 그건 상당히 모순적인데.”

“다른 사람들은 쉽게 하는데 제겐 어려운 것들이 세상에 너무 많아요.”

승후가 웃었다. 그가 웃으니 행복해지는 것 같았다. 승후와 연애라는 이름으로 같이 걷고 있는 이 밤이 너무나도 신기했다.

“난 낯선 곳에서 길을 찾을 때 태양의 위치를 확인하거나 강의 위치를 보고 감을 잡아. 그렇게 축을 정하고 방향을 따라가다 보면 대부분은 찾아갈 수 있거든.”

“타고난 방향 감각이네요. 전 지도를 보고, 지구를 검색하고, 여행 스케줄을 짜는 것이 취미예요. 늘 어디론가 떠나고 싶어 해요. 하지만 치료할 수도 없을 만큼 길치라, 혼자서는 아무 곳에도 갈 수 없는 모순을 안고 살아가고 있어요.”

지하철 노선도를 거의 외우고 있지만, 자주 탈 수 없는 것과 같은 이치였다.

“그럼 그동안은 주로 어디를 여행한 건데? 길치라는 심각한 문제점을 안고서.”

승후의 질문에 깜깜한 밤하늘을 올려다보며 답을 찾았다.

“사실 바쁜 부모님이랑 살아서 가족 여행을 많이 해 보지 못했어요. 혼자 여행할 수 있는 나이가 된 지금도, 집안의 우려와 바쁜 회사 생활로 인해 여행을 할 수 없고요. 저는 한동네에서만 오래 살아왔고 혼자 어디를 가 본 적이 없어요. 그래서 길을 찾는 능력이 사라졌는지도 몰라요. 저와 같이 여행을 가 줄 친절한 안내자도 아직 만나지 못했고요. 기회가 되면 길, 산, 바다, 낯선 도시, 어디든 여행하고 싶어요.”

“나와는 많이 다르네. 난 주로 혼자 여행을 하는데.”

“혼자 하는 여행이 좋나요? 외로울 것 같은데.”

"글쎄, 사람과 세상에 섞여 바쁘게 살다 보니 혼자가 편할 수도 있지. 일과 사람에 지쳐 여행하는데, 여행하면서까지 부딪치기 싫은 건지도 모르고."

혼자서는 절대 여행할 수 없는 여자는, 혼자 여행한다는 남자를 신기한 눈으로 쳐다볼 수밖에 없었다. 외로움을 즐기는 건지 받아들이기로 한 건지는 모르겠지만, 둘 중 어떤 이유든 그가 쓸쓸해 보였다.

"혼자 주로 어디를 가세요?"

"길, 산, 바다, 낯선 도시, 기타 등등."

그가 아까 이나가 했던 말을 그대로 따라 했다. 둘은 같이 웃었다. 이나는 승후와 같이 여행을 간다면 얼마나 좋을까 잠시 상상했다. 혼자만의 여행을 즐긴다는 그가 자신을 받아 줄지는 모르겠지만.

"우리 연애하기로 한 거 맞죠? 그날 일이 꿈은 아니었을까 생각하며 지냈답니다. 실수였다고 무르자고 할까 봐 걱정도 했고요."

"실수라고 생각하지는 않았는데, 내가 그날 무언가에 홀렸구나 생각하기는 했지."

"뭐에 홀리셨어요?"

"봄과 달빛과 강이나."

봄, 달빛, 그리고 강이나. 그가 말한 단어들이 가슴속을 맴돌며 떠나지 않았다. 홀려서 연애를 시작했다니 아무래도 멋진 말 같았다. 신이 나서 조금 더 씩씩한 걸음을 걸었다.

"아무래도 온도 조절에 문제가 있었던 거겠지."

"온도 조절의 문제요?"

"내가 어렵다고 느꼈던 건 마음과 다르게 머리를 썼기 때문이었어. 예뻐도 눈 감는 것이 쉬울 줄 알았는데 그게 잘 안 된 거지. 많이 위태로운 건 사실 내 쪽이었던 거야. 그러므로 강이나, 1승."

이겼다는 소리에 두근거리긴 했지만 그의 말이 깨끗하게 이해되지 않았다. 위태로웠다니, 대체 언제. 늘 그렇게 여유로운 척해 놓고.

"저에 대해 위태로웠다고요?"

"남들은 브로콜리 머리라고들 하는데, 왜 내 눈엔 그림에서나 보던 천사 머리로 보이는 걸까, 하는 고민이 시작되면서부터."

정확한 시점을 파악할 수도 없는 말이었다. 그는 더 이상 말을 하지 않고 미소만 지었다. 이나는 알아들은 척 고개를 느리게 끄덕였다. 확실한 의미를 알지는 못했지만, 어떤 고백 같은 걸 들은 듯해 기분이 야릇했다.

조금 더 걸어 내려가자 작은 공원이 보였다. 승후가 멈추어 섰다.

"들어가 볼까?"

이나는 공원의 어두운 입구를 보았다. 입구 옆에는 낡은 자판기 몇 대가 나란히 놓여 있었고, 버려진 자전거도 보였다. 밤에는 으슥하기 이를 데 없는 곳이라 이나는 긴장한 얼굴로 숨을 죽이고 말했다.

"이 공원에 귀신이 나온다는 소문이 있어요."

"동네마다 하나씩 있다는 귀신이 여기에도 자리 잡고 있었네."

"초등학교 때부터 늘 듣던 이야기예요. 흰옷을 입은 머리 긴 여자가 밤마다 그네를 탄대요. 얼굴은 없고 머리카락만 있는 귀신이래요. 그걸 믿는 건 아니지만 어쩌다 상상하면 무서워요. 그래서 밤에 이 길을 지나갈 땐 빨리 걸어가요. 세상에 귀신이 없는 걸 알면서도 말이죠."

"역시 멋진 동네야. 강이나에 이어 처녀 귀신도 사는 곳이라니. 살면 살수록 흥미진진해지는데."

결국 두 사람은 공원의 벤치에 나란히 앉아 맞은편 높은 축대에 쏟아져 내릴 것같이 가득 피어 있는 개나리꽃을 바라보고 있었다. 개나리의 샛노란색은 빛처럼 어둠을 밝혔다. 밤은 꽃 향으로 가득했다. 어쩌면 꽃은 밤에 더 향기로운 것일지도 몰랐다.

승후는 이 밤의 공간이 만족스러운 것처럼 주위를 둘러보았다. 공원의 한쪽엔 작은 놀이터가 있었다.

"밤에 만나기 아주 좋은 곳인데. 늘 지나쳐 갔었는데 오늘에야 공원의 입구가 보이다니. 연애하는 사람의 눈에만 보이는 곳인가. 오늘에서야 이곳이 나를 받아 준 것처럼 느껴지는데."

늦은 밤의 공원은 인기척도 없이 조용했다. 공원 안의 작은 등이 뿌옇게 번지는 빛을 내며 공간을 밝혀 주고 있을 뿐이었다. 소리도 퍼지지 않고 머무는 건지 옷깃이 스치는 미세한 소리까지 들렸다. 그 덕에 서로의 숨소리마저 가까웠다. 긴장하며 공원을 둘러보던 이나가 문득 생각난 듯 물었다.

"혼자 사시는 거죠?"

"응, 혼자 산 지 한참 됐어."

"전 가족들이랑 함께 살아요. 부모님께서 이혼하셔서 엄마 혼자 편의점을 운영하시니까 남동생이랑 저랑 엄마 곁에 있어야 해요. 아시다시피 일도 조금씩 도우면서요."

"그랬구나."

이나는 자신의 처한 상태에 대해 솔직하게 말했다. 회사 팀원들도 이나의 가정사를 잘 알고 있었다.

"엄마는 자신의 인생이 지루해져서 이혼하자고 했고, 아빠는 엄마를 사랑해서 떠나 줬어요. 이게 말이 되나요? 전 아직 엄마를 이해할 수가 없어서 종종 심통을 부려요. 지루해진 자신의 인생을 아빠 탓으로 돌리다니요? 전 아직도 엄마를 사랑하는 아빠 편이거든요."

상대가 떠났음에도 불구하고 나머지 한 사람은 여전히 그 상대를 사랑하고 있었다. 그러니 홀로 남아 사랑을 하고 있는 사람의 편에

설 수밖에 없었다.

"난 두 분 다 이해가 되는데."

"어느 부분이요? 인생이 지루해져서 이혼한 부분과, 사랑해서 떠나 준 부분. 전 둘 다 이해가 안 가요."

"곁에 두는 것보다 놓아주는 것이 그 사람을 행복하게 해 줄 수 있다면, 그럴 수도 있는 거지."

승후가 생각에 잠긴 듯 말을 멈추었다가 쓸쓸하게 미소 지었다.

"그럼, 제가 여전히 이해가 안 되는 건."

"아직 모르니까."

전에 그가 말했듯이 아직 사랑을 모른다는 말일 것이다.

그때 갑자기 놀이터 쪽에서 끼익하는 소리가 났다. 이나가 놀라서 소리 나는 쪽을 보았는데, 아무도 타지 않은 그네가 흔들리고 있었다. 분명히 그랬다.

"방금 봤어요?"

"뭘?"

"그네가 저절로 움직였다고요."

이나는 숨을 죽이고 그네를 노려보았다. 잠시 후 그네가 또다시 저절로 움직였다. 이나는 비명도 지르지 못하고 눈을 꽉 감았다. 발을 벤치 위로 올리고 승후의 팔을 두 손으로 꼭 붙든 채 몸을 바짝 붙였다.

"저거 봐요. 또 움직이잖아요. 여기에 정말 귀신이 있나 봐요."

무서워서 기절할 지경이었다. 그는 자신에게 바짝 붙어 눈을 꽉 감은 채 꼼짝없이 떨고 있는 이나의 어깨를 살며시 감싸 안아 주었다. 그런 그의 손이 조심스럽기도, 또는 부드럽기도 했다.

시간이 조금 흐르자 그가 안심하라는 듯 말했다.

"내가 이런 말을 하면 당황스럽겠지만 말이야. 아까부터 검은색 고양이가 그네 주변에서 놀고 있었어. 고양이가 그네를 자꾸 건드리는 거야.”

그의 말에 이나는 조심스레 눈을 뜨고 다시 그곳을 보았다. 그제야 그네에 매달리고 싶어 하는 검은색 고양이가 눈에 들어왔다. 혼자 놀라서 승후에게 바짝 붙어 있던 것이 너무도 민망해져 버렸다. 어정쩡하게 안겨 있는 상태에서 빠져나오기도 무안했다. 이나는 천천히 몸을 빼내며 사과를 했다.

“당황스러운 거 맞아요. 괜히 혼자 놀라서는. 죄송해요.”

“내가 그 상황을 잠시 즐겼던 걸 수도 있지.”

덤덤하게 말을 마친 승후는 아까 편의점에서 산 물건이 들어 있는 봉투에서 음료수를 꺼냈다.

“내가 산 것들은 당장 필요 없는 것들뿐이야. 음료수, 반창고, 물티슈, 심지어는 생전 처음으로 산 로또까지.”

그가 파란색 음료수를 마시겠냐는 듯 들어 보였고 이나는 고개를 끄덕였다. 아까부터 목이 말랐다. 이나는 음료수를 건네받아 한 모금 마시고 승후에게 주었다. 그는 그것을 받더니 한꺼번에 반이나 마셨다.

“더 마실래?”

승후가 반 정도 남은 음료수병을 들어 보였고 이나는 다시 받았다. 그에게 마음뿐 아니라 몸속의 수분까지 뺏긴 것처럼 자꾸 목이 탔다.

이나는 눈을 꾹 감고 남은 음료수를 천천히, 끝까지 마셨다. 왠지 이걸 다 마시면 그가 키스 같은 걸 할 것 같은 확실한 예감이 들어서 손끝이 떨렸다. 그가 어떤 식으로 키스하는지 모두 기억하고 있으니까. 그의 숨결, 체온, 향기, 맛 이런 것들이 아직까지 또렷하게 남아 있으니까.

“갈까? 늦었는데.”

하지만 승후는 간단한 말로 이나의 기대를 저버렸다. 언제나 치근 덕대는 건 강이나였고 담백한 건 민승후였다. 아까 혼자 고양이에게 놀라서 그에게 안겨 있던 것도 그랬다. 무서운 척 수작이나 부리는 여자처럼 말이다. 전에는 아무 뜻 없던 남자를 뭔가 뜻이 있는 남자 로 혼자 넘겨짚기까지 했다. 초보의 연애는 이렇게 어설프고 소란스 러웠다.

이나는 벤치 위에 올려 두었던 야구공을 잡고 일어섰다. 주위가 다소 어두워서 실망으로 가득한 얼굴을 들키지 않은 것이 다행이었 다.

“늦긴 늦었네요. 전 사실 통금이 있어요. 12시까지 집에 들어가야 해요.”

통금이라는 말도 안 되는 일이 이나에게는 존재하고 있었다. 그에 게 이런 말을 털어놓기 싫었지만, 만약 통금을 넘기는 날엔 이 연애 도 온전할 수 없을 것이다.

통금은 이나가 대학에 입학한 후로 시작되었다. 어느 날, 친구들 과 놀다가 늦게 들어간 것뿐인데 엄마는 실종에 가까운 예민한 반응 을 보여 주었다. 그 후 통금에 관한 한 더 엄격해졌다. 그나마 직장을 다니고부터 통금 시간도 12시로 늘어난 것이다. 억울했지만 어쩔 수 없는 현실이었다.

“통금이라. 이거 어려워지는걸.”

“뭐가 어려운 건데요?”

“아주 건전한 연애를 해야 할 것 같으니까.”

그때부터 이나의 심장이 빨리 뛰기 시작했다. 어쩌면 그는 건전하 지 않은 연애를 원하는 것일지도 모른다. 닳고 닳은 남자라고 경고도 했으니까.

그가 강이나라는 연애 상대를 애송이로 볼까 봐 재빨리 말을 바꾸었다.

"간혹 야근하거나 친구네 집에서 잘 땐 통금이 해제되기도 해요."

"아, 틈새는 존재한다는 말이군."

"그, 그런 거죠."

이나는 스스로가 뻔뻔하여 그를 똑바로 바라보지 못했다.

"난 12시 전에 집에 들어온 적이 별로 없는 것 같은데. 같은 시간의 통금과 퇴근, 이런 말도 안 되는 시차라니. 우린 연애 시작과 함께 최대 난관에 봉착했어."

이 상황이 재미난지 승후는 웃음을 거두지 않았다. 역시 연애의 약자는 노련하지 못한 강이나였다. 통금은 늘 있었지만 오늘처럼 여러 가지 제안들이 번쩍하고 떠오르는 것은 처음이었다.

"제가 12시 넘어서 다시 탈출하면 되잖아요."

"그건 좋은 생각이지만 탈출 후엔 어떤 각오를 단단히 해야 할걸."

"각오를 해야 한다고요?"

"나이 어린 여자가 나이 많은 어른 남자에게 연애하자고 했으면, 감당해야 할 것이 앞으로 많을 텐데. 설마 그것도 모르고 나한테 연애하자고 한 건 아니겠지?"

이나는 숨 쉬는 것을 잠깐 멈추었다. 연애를 시작하기로 했으면 당연히 뭔가를 감당하라는 투였다. 어른 남자의 연애에 대해 조금 겁이 나기도 했지만, 이나는 자신 있는 척 고개를 빳빳이 들었다. 하지만 마구 흔들리는 눈빛과 초라하게 떨리는 숨결을 숨길 순 없었다.

"알고 연애하자 했죠. 당연히."

"진짜?"

"그럼요."

승후는 자신의 손목시계에 초점을 맞추려 시선을 가늘게 했다.

"편의점까지 걸어가면 5분 정도 걸릴 테니까 통금까지는 20분 정도 남았어."

그가 시간을 확인했다. 늘 시간을 다투어 사는 사람의 버릇 같았다. 이나는 아주 작아져 버린 목소리로 그를 따라서 말했다.

"우리에게 귀한 20분이 남았네요."

"어른 남자의 연애에 대해 알고 있다면, 남은 시간을 앞으로 어떻게 사용해야 한다고 생각해?"

승후가 한 걸음 가까이 다가서서 진지하게 물었다. 시선은 이미 이나의 입술 어딘가였고 목소리도 상당히 깊었다.

"귀한 시간을 보람되고 효율적으로요."

"좋아, 시간의 용도에 대해 나와 같은 생각이길."

이번엔 승후가 분명 입을 맞출 것 같아 이나는 눈을 꼭 감았다. 연애가 시작되고 처음 하는 입맞춤이었다.

그의 입술이 처음 닿은 곳은 턱과 입술 사이였다. 그다음 닿은 곳은 입술이었다. 조심스럽게 입을 맞추며 그는 한 손으로 이나의 곱실거리는 머리카락을 만졌다. 그러다가 등에 살며시 손을 얹었다. 너무도 긴장한 나머지 그의 입술이 닿는 내내 이나는 숨을 쉬지 못했다. 키스하면서 숨 쉬는 법을 아직 깨닫지 못했는지도 모른다.

승후는 입술을 뗀 후, 숨을 참고 있는 이나의 얼굴을 보며 속삭였다.

"이봐, 숨 쉬어도 돼. 20분간 호흡을 해야 살아남지."

"저, 저도 알아요. 그런 것쯤은요. 떨려서 그랬어요."

변명이 길었다. 키스하는 방법조차 알려 줘야 하는 여자는 되기 싫었는데. 피식 웃던 승후가 작은 경고를 했다.

"이제 우리의 짧은 시간을 밀도 있게 쓸 거야. 그러니 놀라지 말 것."

다시 시작된 그의 키스는 설명할 수 없을 만큼 뜨거웠다. 그가 키스하는 법을 전부 기억하려 했는데, 나중엔 순서를 기억 못 할 정도로 어렵고 복잡해졌다. 처음엔 건전했지만 갈수록 건전하지 못한 키스로 변해 갔다. 시간을 밀도 있게 쓴다더니 키스를 그렇게 했다.

시간이 지나서는 도망가지 못하게 하려는지 한 손으론 머리를 감쌌고, 다른 한 손으로는 팔을 꼭 잡았다. 입맞춤뿐 아니라 그의 힘에도 꼼짝할 수가 없었다. 그래도 이해할 수 있을 것 같았다. 그는 이런 것을 즐기는 어른 남자니까.

그들의 짙은 숨소리가 공원 안에 가득 머물렀다. 두 사람을 둘러싼 공기의 밀도가 높아져 갔다. 이나는 승후의 숨결과 봄꽃의 향으로 도대체가 정신을 차릴 수가 없었다.

아마도 그가 원한 건 그런 연애일지도 몰랐다. 이렇게 오감을 만족시키며 가볍게 즐기는 연애. 절대 건전하지도 않고 12시를 넘겨서도 계속되는 격렬한 어떤 것들.

키스가 깊어질수록 승후는 허리를 깊게 끌어안았고, 이나는 아까부터 잡고 있던 야구공을 떨어뜨렸다.

이나의 엄마인 진희는 거실 불을 컴컴하게 해 놓고 소파에 앉아서 텔레비전을 보고 있었다. 살금살금 방으로 들어가는 이나를 노려보는데, 얼굴에 하얀 마스크 팩을 붙이고 있어서 더 무서워 보였다.

"깜짝이야. 통금 2분 전, 박진희 씨의 둘째 딸, 강이나 세이프."

이나는 엄마의 눈을 피하며 세이프를 외쳤다. 통금을 넘길까 봐 온 힘을 다해 뛰어 올라오는 바람에 숨이 찼다. 엄청난 키스를 하고 온 것을 들킬까 싶어 엄마의 얼굴을 마주 볼 수가 없었다.

진희가 이나를 노려보다가 말했다.

"강이나, 점점 늦는다. 그러다 통금 시간 넘으면 혼날 줄 알아."

이나는 불도 켜지 못하고 옷도 그대로 입은 채로 침대에 쓰러지듯 누웠다. 가슴에 손을 대니 여전히 심장은 정신없이 날뛰고 있었다. 아직도 승후의 입술이 머문 모든 곳에 감각이 남아 꿈틀거렸다. 손등으로 입술을 가렸다. 그의 체취가 입가에 남아 있었다.

밤의 공원에 귀신이 나온다는 소문은 연애하는 사람들이 낸 소문이 분명했다. 겁을 주어 사람들이 드나들지 못하게 해 놓고는 밀도 있는 입맞춤에 몰두하기 위해서.

이나는 복잡했던 키스의 마지막을 떠올렸다.

'모든 게 내가 기억하는 그대로였어.'

승후는 길고 깊은 입맞춤을 마치며 그렇게 속삭였다. 그렇다면 그도 물에 젖은 채로 했던 첫 입맞춤을 밤마다 떠올렸던 걸까. 설마 어처구니없던 처음의 입맞춤이 그립기라도 했던 걸까. 그 역시 입술에 남아 있던 온기가 떠나지 않았던 걸까.

공원에서의 입맞춤으로 혼이라도 빠진 듯, 엉망이 된 머릿속에선 그런 생각만 났다. 조금은 가볍고 건전하지 않으면 어때서. 그 사람의 체온은 미칠 것같이 따뜻한데. 어른 남자에게 닿고 닳도록 입술을 내어 준다는 생각만으로도 더할 나위 없이 좋은데. 가볍고 가벼운 연애라지만 이렇게 뛰는 심장은 거짓 하나 없는 진짜인데.

샤워를 마친 이나는 핸드폰을 들고 침대 위로 올라갔다. 모두 잠든 새벽에 이불을 뒤집어쓴 채 유학 중인 연주에게 전화를 했다. 연주는 중학교 때부터 알고 지낸 이나의 가장 친한 친구였다. 아무래도 연주에게는 연애 사실을 밝히고 상담을 받아야 할 것 같았다.

발신음이 끊기고 전화가 연결되자마자, 이나는 숨을 한껏 죽이고 말했다.

"연주야, 나 키스했어."

자초지종부터 천천히 설명해야 맞는 거지만, 긴장했는지 불쑥 그런 말부터 나왔다. 연주는 열일곱 살 때 했던 자신의 첫 키스를 상세하게 설명해 주기도 했었으니까, 스물여섯 살인 이나가 부끄러울 건 없었다. 아니, 너무 늦어 부끄러워해야 하는 걸 수도 있고.

"나, 블랙 돌핀이랑 키스했다고."

연주는 이나가 짝사랑하는 남자가 누구인지 이미 알고 있었다. 승후를 처음 만났던 강연에 연주와 함께 갔었고, 입사 원서를 작성할 때도 도움을 주었었다.

— 연주 선배, 멍하니 있지 말고 빨리 대답해 줘. 그 남자랑 키스했다고 하잖아, 블랙 돌핀.

뭔가 이상했다. 생전 처음 들어 보는 남자의 목소리가 들려왔다. 잘못 걸었나 싶어 화면을 보다가 핸드폰을 다시 귀에 대고 물었다.

"연주 전화 아닌가요?"

핸드폰 너머에선 몇 초간 침묵이 흘렀다.

— 하이, 이나.

그제야 연주의 목소리가 들렸다.

"연주야, 이상해. 어떤 남자 목소리가 들려."

— 이상한 게 아니라 지금 스피커폰이야. 시험을 대비해 한국 애들끼리 모여 우리 집에서 그룹 스터디 중이거든. 넌 방금 키스했다고 우리 모두에게 공표했고.

"그럼, 모두 내 말을 듣고 있어? 처음부터? 지금도?"

— 응, 우린 다른 선배의 요점 정리 전화를 기다리고 있었고, 그

전화인 줄 알고 스피커폰으로 받았거든.

"몇 명이 있는데?"

— 여자 넷, 남자 둘이 그다음 이야기를 기다리고 있어.

이나는 작은 비명을 지르며 전화를 끊었다. 창피함이 가시질 않아 침대 위 이불 속에서 마구 뒹굴었다. 곧 전화벨이 울렸고 이나는 이불 안에서 전화를 받았다. 다시 연주였다.

— 지금은 혼자야. 다른 방에서 전화하고 있어. 그런데 뭘 했다고?

"나 키스했다고. 블랙 돌핀, 그 남자랑."

두 사람은 승후를 블랙 돌핀이라고 불렀다. 짝사랑하는 여자가 친구와 흔히 그러는 것처럼.

— 뭐? 고릴라닷컴, 민승후?

"응."

— 그래, 그 발단은?

"내가 연애하자고 했어."

— 미쳤구나. 그랬더니 그 남자의 반응은?

"그러자고 그랬어."

한동안 전화기 속에선 연주의 숨소리만 들렸다. 연주는 연애 경력이 수없이 많았다. 한 번도 남자에게 차이거나, 목맨 적이 없는 연애 고수였다.

연주가 서너 살쯤 많은 언니 같은 말투로 말했다.

— 그 나이에 짝사랑이 뭐냐고 흉봤더니, 결국은 일이 그렇게 되는군.

"맞아, 일이 이렇게 되어 버렸어."

— 내가 경험해 본 바를 종합하면 블랙 돌핀은 아무래도 선수 같다. 브로콜리 강은 그 남자랑 연애하다가 몸도 마음도 모두 다 준 후, 상처받을 가능성이 농후해. 이건 끝이 보이는 게임이야.

　연주는 연애 상담자답게 이나를 브로콜리 강이라고 불렀다. 친구의 연애를 조금 더 객관적인 관점에서 보려는 것 같았다.

　"왜 나의 연애에 대해 부정적인 거야? 난 언제나 네 편을 들어 줬는데."

　— 남자가 너무 대단하니까. 블랙 돌핀같이 사회적으로 성공해서 산전수전 다 겪은 남자는 네 생각처럼 남녀 관계에 순수하지 못해. 그 나이 대부분의 남자는 사랑, 이별, 배신 등 해 볼 수 있는 건 해 볼 만큼 해 봐서 여자에 관해 새로울 것이 없거든. '사랑해 보니 결국 별거 없더라.' 하며 연애와 결혼도 어떤 거래로 생각하게 되지.

　"어떤 거래라고?"

　순전히 승후를 졸라서 시작한 연애였다. 연주가 말하는 것과 같은 거래는 없었다.

　— 아니면, 여자 같은 건 신경 쓰지 않고 돈이나 일에만 열중하던지.

　그건 어느 정도는 수긍이 가는 말이었다. 그 남자는 일에만 빠져 있는 사람처럼 보이긴 했다.

　— 블랙 돌핀, 생긴 것도 잘생겼잖아. 젊겠다, 잘생겼겠다, 능력 있겠다. 줄 선 여자가 한둘이었겠어? 지금까지 결혼하지 않은 것만 봐도 그래. 그 사람 인생에 여자는 절대 큰 비중을 차지하고 있지 않은 게 분명하다고.

　연애 경력이 화려한 만큼 연주의 통찰력을 인정해야 했다.

　"그럼 넌 블랙 돌핀이 왜 나랑 연애하는 거라고 생각하는데?"

　— 입장 바꿔 생각해 보자고. 나 같아도 새파랗게 젊고 귀여운 녀석이 다가와서 '누나, 너무 좋아요. 저랑 연애해요.' 라고 말하면 당연히 연애할 거야. 예뻐 죽겠는데 욕심나는 건 당연하지. 그렇다고 그 녀석이랑 사랑을 논하고, 미래를 논할 수 있는 건 아니잖아? 그냥

즐겁게 즐기는 거지. 인생이 외로워 함께 즐기다 마는 거. 그 이상도 이하도 아니야. 결국 상처는 경험이 없는 어린 쪽이 받는 거고. 그러니까 조심해야 해. 너도 그냥 연애만 충실하게 즐겨. 마음을 몽땅 다 주지 말고.

연주의 말은 틀린 게 하나도 없었다. 이나는 시무룩해질 수밖에 없었다.

―블랙 돌핀이 네게 사랑한단 말은 했어?

"아니."

―그럴 줄 알았어. 잘난 남자는 사랑한다는 말을 아끼지. 그런 말을 하지 않아도 여자가 줄을 서니까.

"그럼 연애는 허락하지만, 사랑이 아닌 것의 정의는 바로."

이나는 풀이 죽어서 말을 멈추었다.

―그렇지, 엔조이인 거지. 브로콜리 강, 절대 그 남자한테 찐득찐득하게 사랑하자, 책임져라, 그런 말 하지 마. 질퍽거리지 말라고. 그 남잔 놀라서 멀리 달아날 거야.

사랑한다는 말을 먼저 해 버린 이나는 입을 꼭 다물었다.

―어쨌든 매끈하고 영리한 블랙 돌핀을 조심해. 브로콜리 강의 진심을 다 들키지 마. 약간 경계도 하면서 만나라고. 상처받기 싫으면 이것저것 저울로 재 가며 연애해. 아주 가벼운 연애, 딱 거기까지야.

자정이 넘어가고 있었다. 공원에서 키스를 마친 후에 승후는 출장을 갈 거라 말했고, 종종 전화를 하겠다고 했다. 그날 이후 핸드폰을 손에 쥐고 자다가 벨이 울려서 전화를 받으면 기상 알람이어서 실망하는 순간이 2주째 이어지고 있었다. 잠도 깊게 들지 못했다.

아무래도 민승후는 강이나라는 존재를 깊게 생각하지 않고 있다는 결론에 가까워졌다. 머릿속엔 그런 말들이 날아다녔다. 가볍게 즐기는 딱 거기까지의 연애.

"분명 전화를 한다고 했잖아요. 아프리카에서도 통화가 되는 세상에 이게 말이 되나요?"

이나는 울상을 짓고 전화기를 보고 있다가 머리에 벼락이라도 맞은 사람처럼 일어섰다.

"바보, 전화번호를 모르고 있잖아."

알려 준 적도 없는 전화번호를 그가 알 리 없었다. 그래서 전화를 하고 싶어도 하지 못했던 것이다.

이나는 자신의 방에 있는 낡고 작은 냉장고의 냉동실 문을 열었다. 집을 새로 고치면서 오래된 물건들을 거의 버렸지만, 작은 냉장고는 버리지 않고 자신의 방에 두었다.

냉장고는 이나의 보물 창고로 쓰이고 있었다. 어떤 물건들에 깃든 소중함이 날아가지 못하도록 소중한 추억이 담긴 물건들을 냉장고에 넣기도 했고, 냉동실에 신선하게 얼리기도 했다. 그중 지퍼 백에 넣어 냉동실에 얼리는 물건들은 조금 더 특별한 것들이었다.

지퍼 백 안에 얼려 둔 수표 한 장을 꺼냈다. 승후가 처음으로 편의점에 왔을 때 내고 간 수표를 자신의 현금과 바꾼 뒤 몰래 챙겨 두었다. 수표 뒤에는 그의 핸드폰 번호가 멋진 필체로 적혀 있었다.

침대에 걸터앉아 수표에 적힌 전화번호만 뚫어지게 쳐다보았다. 다른 한 손에는 핸드폰을 들고 잔뜩 긴장한 채였다. 전화하는 것에도 이렇게 많은 생각이 필요했다. 연애하는 사이가 확실한데 매번 뭐가 그렇게 어려운지.

'먼저 전화해도 돼. 12시 넘어도 자지 않는다고 했으니 괜찮을 거야.'

떨리는 손가락으로 승후의 전화번호를 하나씩 눌렀다. 마지막 번호를 누르지 못한 채 망설이고 있는데, 들고 있는 핸드폰이 진동하면서 발신자 번호가 떴다. 어딘가 낯익은 번호는 마지막 숫자까지 포함한 승후의 전화번호였다. 놀란 이나는 핸드폰을 조심히 귀에 대었다.

— 통금이 지났어. 지금 탈출 가능해?

승후였다. 12시를 넘어서는 어떤 각오를 해야 할 거라던 어른 남자였다. 지금 나가면 오늘 밤 이후로 많은 게 달라지지 않을까 긴장해야 했다. 통금 전의 키스도 감당이 되질 않았는데, 통금 후의 키스에 대해 감당이나 할 수 있을지 걱정도 되었다.

— 더 일찍 오려고 했는데 늦었어. 통금 이후의 탈출을 의도한 게 아니니까 긴장하지 않아도 돼.

답이 늦어지는 이나에게 승후가 말했다. 상대가 무슨 생각을 하는지 아는 남자처럼 굴었다. 그의 목소리를 듣는데 눈물이 살짝 솟구쳤다. 그가 보여 주는 자상함이 좋았다. 이런 남자와 연애하면서 무언가를 조심하고, 경계하고, 진심을 들키지 않도록 해야 하다니. 그건 단순한 사람에게는 너무 복잡한 일이었다.

"먼저 물어볼 게 있어요."

— 좋아. 뭐든 답해 줄게.

"이 연애의 깊이가 어떻게 되세요? 얼마만큼 깊고, 얼마만큼 가벼운가요?"

승후가 생각하는 이 연애에 대한 깊이와 무게가 궁금했다. 바빠도 상관없고, 잠시 머물러도 좋고, 사랑이 아니어도 좋다고 해 놓고, 철없게도 말을 바꾸었다. 이 연애가 가지고 있는 무언의 규칙에 반칙을 저질렀다.

— 나와서 얘기하는 게 좋겠다. 편의점 뒤쪽 가로등 아래에 있어.

방의 창이 난 쪽이다. 서둘러 창문을 열었다. 승후의 차가 세워져 있는 것이 보였다. 이나는 차를 내려다보며 입술을 깨물었다.

"아직 대답하지 않았잖아요."

차의 전조등이 꺼졌다. 그가 숨 끝을 흐리며 말했다.

— 강이나라는 사람이 출장 내내 보고 싶었어. 그래서 도착하자마자 지금 여기야.

온몸이 저릿하고 눈물이 솟구쳤다. 더 생각하고 말고 할 것도 없었다.

'보고 싶었다는데 뭘 더 어떻게 해.'

그를 향한 저울을 가지고 있지 않았다. 더 이상 잴 것도 없이 그대로 아래층으로 뛰어 내려갔다. 밤에 다시 나갔다는 걸 엄마가 알기라도 하는 날엔, 연애고 뭐고 살아남기가 힘들 게 분명했다. 그럼에도 방문을 큰 소리로 닫았고 계단을 내려가는 소리도 컸다. 무엇 하나 조심하지 않은 채 순간적으로 밖으로 뛰어나갔다. 그동안 그가 너무 보고 싶었던 게 문제였다.

편의점의 모퉁이를 돌아가니 가로등 아래 승후의 차가 아까 본 그대로 세워져 있었다. 차를 향해 걸어가는데 무중력을 걷는 것처럼 붕 떠 버린 기분이었다. 그를 만날 때마다 중력을 무시하는 듯한 이런 느낌은 언제쯤 사그라지는 걸까.

이나는 숨을 크게 들이켜고 조수석 문 앞에 섰다. 전조등도 꺼졌고 시동도 꺼져 있었지만, 차에선 아직 온기가 느껴졌다.

코팅이 어둡게 된 차창에 가로등 불빛이 반사되어 차 내부는 보이지 않았다. 반사된 빛을 손으로 가리고 차 안을 들여다보았다. 운전석에 앉아 눈을 감고 있는 남자가 보였다. 이나는 창문을 손으로 톡톡 두드렸다. 그러자 승후가 눈을 떴다. 그는 잠시 동안 밖에 서 있는 이나의 존재가 꿈인지 현실인지 가늠하는 눈으로 보다가, 곧 표정을 정리하고 안에서 문을 열어 주었다.

차에 올라타자 내부에는 그가 늘 사용하는 스킨 향이 잔잔하게 배어 있었다. 이렇게 좁고 한정된 공간에 둘이 있으니 떨림보다 긴장감이 앞섰다.

승후의 눈길이 이나에게 가까이 닿았다. 그러곤 연애하는 여자의 안부를 알고 안도하는 남자처럼 긴 숨을 내쉬었다.

"반가워. 예상했던 것보다 더."

자정이 넘은 시간에 그가 건네준 첫인사였다. 승후의 목소리는 깊은 잠을 자다가 깨어난 사람처럼 탁했다. 말하는 그의 숨결이 무릎 위에 얹고 있는 이나의 손까지 닿았다. 그렇게 숨이 닿는 것만으로도 정신이 아득해지는 걸 느꼈다.

"오늘도 연애하는 사람의 안부가 궁금했어. 요즘은 늘 네가 궁금해."

"궁금했다면서 연락도 없었잖아요. 저는 2주 내내 전화가 오기만을 기다렸어요."

이나는 뾰로통한 말투와 표정으로 그간 얼마나 그의 전화를 기다렸는지 알려 주었다. 오래도록 전화가 없으니 이 연애에 대해 의심이 들기도 했다.

"내가 사적인 전화를 하는 것에 익숙하지 않아서 그랬어. 조금 사정이 있기도 했고."

"문자도 기다렸어요. 출장을 어디로 간 건지, 언제 오는 건지 아무것도 몰랐으니까요."

"다음부터는 내가 어디에 있는지 위치 보고를 문자로라도 꼭 해 줄게."

볼멘소리를 하는 여자를 남자가 달래 주었다. 연애를 하면서 질펀거리지 말라고 했는데 벌써부터 찐득하게 굴어 버렸다.

승후의 시선이 이나의 머리카락에 멈추어 있었다. 이나는 하늘로 뻗친 자신의 머리카락이 떠올라 두 손으로 머리를 눌렀다. 예쁜 모습만 보여 줘도 모자랄 마당에, 준비도 없이 집에 있던 채로 나와 버렸다. 승후는 분명 천사 머리로 보인다고 했지만, 지금은 마녀처럼 보일지도 모른다. 게다가 허름하고 낡은 잠옷 차림이었다. 마음만 급해 옷을 갈아입고 나오는 것도 잊었다. 머리보다 마음이, 마음보다 몸이 앞서는 게 약점이었다.

이나는 울상이 된 채 말했다.

"자세히 보지 말아요."

"지친 날 웃게 해 주고 싶어서 머리카락을 부풀린 채 나온 거라고 알고 있을게."

"뭐, 마음껏 놀리세요. 웃고 싶은 만큼 웃으셔도 기 안 죽어요."

이나는 포기한 듯이 머리를 가렸던 두 손을 내렸다. 그가 장난꾸러기 남자아이처럼 키득거려 얼굴이 화끈거렸다. 낮게 웃는 승후의 웃음소리가, 귀속을 간질이며 파고드는 것 같았다.

승후는 운전대에 한쪽 팔을 올리고 그 팔에 머리를 기댄 자세로 이나를 보았다. 이 남자는 차 안의 작은 공간에서, 옆자리에 앉아 있는 사람을 자세하게 볼 수 있는 방법을 알고 있는 것 같았다. 이나는 잠깐 승후의 시선을 마주 보다가, 그의 눈을 피해 앞을 바라보았다. 그의 시선은 가끔씩 감당하기 힘들 정도로 진지하고 깊었다.

"네게 미안하게 될 걸 예상하고 시작한 연애야. 바쁜 남자와의 연애라 앞으로도 공백이 길 거야. 생각이 많아진 것 같은데, 이제라도 그만두고 싶은 거야?"

"절대 그런 거 아니에요."

이나는 놀란 얼굴로 서둘러 말했다. 그만두다니, 시작한 지 얼마나 됐다고.

"잠을 조금 미루고 여기로 왔어. 통금에 갇혀 있는 사람을 불러낸 이유는 아까 말한 그대로야. 네가 내내 보고 싶었어."

승후는 여전히 운전대에 기댄 채 다시 눈을 감고 말했다. 보고 싶었다는 말을 저리도 담담히 하는 남자라니.

이나는 눈을 감은 그를 찬찬히 보았다. 이렇게 밀폐된 공간에서 승후와 가까이 앉아, 한정된 공기를 나눠 마시고 있는 상황이 무척 떨렸다.

그의 머리카락은 살짝 흐트러져 있었다. 숱 많은 눈썹과 반듯한 이마는 만져 보고 싶을 정도로 조화로웠다. 이나는 낯익은 그의 입술과 단단한 턱을 보았다. 시각이 촉각으로 변해 그와의 따뜻했던 키스가 떠올랐다. 그때의 느낌이 밀려와 괜스레 발을 모으고 손을 꼭 쥐었다. 출장을 다녀온 남자의 미뤄 두었던 수많은 입맞춤이 시작되는 건 아닐까 혼자 설레었다.

"그나저나, 회사를 사랑하는 마음이 나보다 큰 것 같다. 집에서도 고릴라라니. 애사심에 감동했어. 승진을 시켜 줘야 하나?"

승후가 감았던 눈을 뜨고 말했다. 이나는 고릴라가 잔뜩 그려진 남색 실내복 바지에, 노란색 바나나가 프린트된 흰색 면 티셔츠를 입고 있었다.

"회사에 얼마나 충성하고 싶으면 회사 대표님께 연애하자고 했겠어요?"

그 말에 승후가 못 말리겠다는 듯 웃었다.

"그건 그렇고. 이 연애의 깊이와 무게가 궁금하다고?"

"봄이라는 말도 안 되는 핑계로 연애하자는 사람을 허락한 이유도요."

승후는 느슨함을 거두고 또렷한 얼굴이 되어 말했다.

"상대에 대한 내 마음이 가벼웠으면 날려 보냈을 테고, 깊을 것 같으면 시작을 하지 않았겠지. 난 가볍게 연애하기엔 시간이 재산인 남자고, 깊게 연애하기엔 감정을 소모라고 생각하는 낭만적이지 못한 사람이니까."

그는 조금 더 진지해졌다.

"내가 이 연애를 대하는 자세에 대해 말한다면, 내 감정을 이성으로 막지 않고, 눈앞에 보이는 그 어떤 것도 예측하지 않고, 나 자신에게 굉장히 솔직해져 보는 것. 아까 말한 그대로 네가 보고 싶었어. 누군가 보고 싶다는 생각이 드는 게, 내게 어떤 의미인지 알면 함부로 날 비난하지 못할 거야. 나로서는 굉장한 변화거든."

잠시 말을 멈춘 그가 얼마간 생각하더니 다시 침착하게 말을 이어 갔다.

"나란 사람은 연애라는 걸 하기엔 부족한 게 많은 사람이야. 남녀 간의 관계에 대한 경우의 수가 머릿속에 나열되어 있거든. 시작도 하기 전에 과정과 결과가 모두 예상되는 거지. 그래서 시간과 열정의 에너지를 연애에 쓰기 아깝다고 생각하는 사람이야. 누구처럼 사랑이 신비하지도 않아서 목숨 같은 것은 바칠 수가 없거든. 머리는 냉철하도록, 가슴은 차가워지도록 단련하며 살아온 사람이라 더 그래."

사람이 가슴을 차갑게 해 두고 어떻게 살아 나갈 수 있는지 이나로선 이해가 되지 않았다. 키스를 두 번 정도 해 본 결과, 그는 절대로 차가운 사람이 아니었다. 뜨거워도 차갑게 보이도록 위장하고 사는 거면 모르겠지만.

"나에게 사랑한다는 말을 원한다면, 그게 마음에 있든 없든 수없이 해 줄 수 있겠지. 하지만 네게는 그렇게 할 수 없어. 그게 나한테 순수하게 다가온 사람에 대한 최소한의 예의라고 생각해. 난 침묵은 해도 거짓말은 못 하는 사람이거든."

이나는 그 말에 고개를 끄덕였다. 지금 이 남자가 자신을 사랑한다고 말한다면 그게 더 이상한 일일 것이다.

"출장에서 돌아오자마자 이곳에서 너를 기다리는 나란 사람에 대해 생각을 거듭하고 있었어. 이렇게 나에 대한 변명을 누군가에게 늘어놓는 것도 설명할 수 없는 변화거든. 살면서 하나 깨달은 건, 말보다 행동이 그 사람을 확실하게 증명한다는 거야. 내 이성보다 단순한 몸이 나를 여기로 이끌던데. 이런 나 스스로가 의아할 뿐인 거고. 이 장황한 말의 결론은, 난 강이나가 그만큼 마음에 들어."

마음에 든다는 그의 말이 이나의 심장 안으로 스며드는 것 같았다.

"사람이 마음에 든다는 건, 사람을 마음에 들인다는 뜻과 같겠지. 누군가를 마음에 들였다는 소리는 내겐 엄청난 용기야. 내가 얼마나 깊고, 가벼운지 나도 아직 모르겠어. 아직 그런 감정을 알 만큼 많은 시간을 보내지 않았으니까. 이기적일 수도 있지만 내가 내 감정을 완벽하게 이해하고, 누구에게도 상처를 주지 않을 수 있다는 확신이 들 때, 그때까지 조금만 천천히 갈까? 요즘의 연애와 다르게 빠르지 못한 날 이해해 줄래?"

그는 서로에게 상처를 주게 될지도 모른다는 걱정에 마음을 천천히 열기로 한 것 일수도 있었다. 마음에 드는 여자가 다칠까 봐 어떤 방어막을 쳤듯 말이다.

"조금만 더 고백하자면 내가 이렇게 지쳐 있는 건, 혹시 강이나 때문이 아니었을까 하는 의심도 했고."

지쳐 있다니. 그 말과 동시에 이나의 시선이 부풀어 흥이 진 승후의 아랫입술에 고정되었다. 그러고 보니 얼굴도 수척했다. 그가 건강한 상태가 아니라는 걸 미리 눈치챘어야 했다. 그래서 눈을 감고 있는 시간이 길었고, 가끔씩 핸들에 몸을 기대어 있던 것이다.

갑자기 머릿속에 소용돌이가 쳤다. 아픈 몸을 이끌고 찾아온 사람에게 전화하지 않았다고 투정을 해 댄 것으로도 모자라, 이 연애에 대한 증명을 해 달라고 조르기까지 했다. 그런데도 티 내지 않고 잠자코 받아 준 그에게 미안함마저 들었다.

그가 아프다는 사실을 알고 나니 그제야 하나씩 보이기 시작했다. 컵걸이에 마시는 감기약 두 병과 약 봉투가 비어 있는 채로 있었다.

"지금, 어디 아픈 거죠?"

"아무래도 내 면역력에도 문제가 생긴 것 같아. 몇 년간 아픈 적이 한 번도 없었는데, 이번엔 심했거든. 어떤 날은 생사를 오가기도 했고."

그 말을 하면서 승후는 웃었지만, 그가 죽는 게 너무 무서운 이나는 당장 땅이라도 꺼질 것만 같았다.

"죽을 만큼 아팠어요? 아직도 아파요?"

"이젠 살 만해. 약 기운이 돌아 잠이 밀려드는 것만 빼면. 도쿄에 있는 내내 열감기를 앓았어. 전염병 같은 걸 의심할 정도로 심하게."

이나의 심장이 덜컥 내려앉은 채 제자리를 찾지 못했다. 그것도 모르고 전화를 안 한다고 그를 원망했다니.

"얼마나 뜨거운지 볼래?"

승후가 이나의 머리 위에 손을 얹었다. 정수리에 얹힌 그의 손이 무척 뜨거워 마치 열로 달구어지는 듯한 느낌이 들었다. 그의 손가락이 이나의 머리카락을 가볍게 쥐었다. 손끝이 머릿속을 파고드는데 심장까지 뜨거워졌다. 승후의 체온에 긴장한 이나는 긴 숨을 내쉬었다.

"손이 뜨거워요. 아직 열이 많이 나는 것 같은데."

이나는 그의 이마를 만져 볼 생각에 손을 올렸지만, 감히 그럴 수가 없어 자신의 손을 다시 무릎 위에 올려 두었다. 승후가 그런 이나의 손을 잡아 자신의 이마에 얹었다. 그의 커다란 손이 이나의 손을 감쌌다. 이마는 놀랄 만큼 뜨거웠다. 그는 이렇게 아프면서도 뭐가 좋은 건지, 연신 미소 같은 걸 짓고 있었다.

"어때?"

"진짜 뜨거워요. 아직 감기가 낫지 않았나 봐요."

"많이 괜찮아진 거야. 그래도 오늘은 푹 잘 수 있을 것 같다."

승후는 열이 심한 것이 자랑이라도 되는 듯 장난스러운 얼굴이 되어 이나의 손을 풀어 주었다.

"이상하게도 아플 때 더 많이 생각나더라."

"아플 때 더 많이요?"

"응, 이런 건 내가 강이나를 가볍게 생각하지 않는다는 증거로 인정되는 건가?"

"인정해요."

아플 때 엄마가 제일 많이 생각나는 이나는, 그것을 증거로 인정하기로 했다. 아플 때 생각나는 사람은 어떤 식으로든 의지하고 싶은 사람일 테니까.

"헤어지기 전 키스는 연애하는 사람들에게 필수 요소일 테지만, 그것도 나중에. 감기가 옮으면 네가 고생할 테니까. 잘 있는 거 봤으니까 그만 들어가."

감기가 옮는 것 따위 상관없다는 말은 하지 못했다. 하지만 아픈 그를 모른 척하고 집에 들어갈 수는 없었다. 저렇게 아프면서 혼자 집에 있을 그가 걱정스러웠다. 죽을 끓여 줄 사람이 없어 즉석 죽을 사러 편의점에 오는 사람을 혼자 보내기 싫었다.

"이렇게 열나는 걸 보고 어떻게 그냥 들어가요?"

"그럼 이대로 날 따라올래?"

"지금 완전히 탈출할 거예요. 따라갈래요."

서둘러 안전벨트를 맸다.

"따라오면 탈출이 외박으로까지 연결될 수가 있어. 네가 몹시 위험해질 게 뻔해."

"아픈 사람을 돌보겠다는데, 뭐가 문제예요?"

"어쩌면 너를 열 내리는 데 쓸지도 몰라서 안 돼."

승후의 얼굴을 보니 뭔가 커다란 경고 같았다. 상대방을 향한 말이기도 했지만 스스로를 향한 어떤 경고로도 보였다.

갑자기 승후가 가까이 다가왔다. 그가 다가오자 놀란 이나는 그대로 꼼짝없이 굳어져 버렸다.

"잠깐만."

그는 이나가 앉아 있는 앞쪽의 글로브박스에서 무언가를 찾았다. 그에게서는 약한 스킨 향과 한방 감기약 냄새가 섞여서 났다. 이나는 그 향에 취해 잠시 눈을 감았다. 감은 눈이 떨렸고 눈치 없는 심장도 다시 움직였다. 심장 소리가 가까이 있는 사람에게 들릴까 봐 걱정될 정도로 컸다.

승후가 글로브박스에서 볼펜과 메모지를 꺼내더니 핸들 위에 올려놓고 무언가를 적었다. 그의 필체는 여전히 멋졌다.

"이 주소를 검색해서 길을 외울 것."

"길을 외우라고요? 여기가 대체 어딘데요?"

"우리 집 주소야. 오는 길을 머릿속에 저장해. 언제 찾아오더라도 문제없을 때까지."

그는 이 상황이 새롭고 재밌는 것 같았다. 아마 통금 걱정을 해야 하는 연애도, 집에 따라간다고 떼쓰는 여자를 말리는 일도 처음이었을 것이다.

"탈출한 거 들키지 않도록 조심히 잘 들어가고."

그가 주소를 적은 종이를 쥐여 주자 이나는 종이에 쓰인 글자를 반복해서 읽었다. 그의 주소라니. 그에 관해 더 많은 것을 알게 된 것 같아 이 와중에도 설레었다. 주소가 적힌 종이를 가슴에 소중히 품었다. 지상 최고의 길치, 강이나는 그에게 가는 길을 외우고 또 외울 것이다. 행여나 엉뚱한 방향으로 가지 않고, 언제든 그에게 찾아갈 수 있도록.

"이 시간에 어딜 갔다 와?"

기절하는 줄 알았다. 이나가 모퉁이를 돌자마자, 벽에 기대어 서 있던 한민이 물었다. 너에게 일어나는 일들을 모조리 알고 있다는 그런 눈빛을 하고.

"산, 산책."

"이 시간에 산책?"

"내 옷을 봐. 이걸 입고 어딜 가겠어? 잠깐 바람 쐰 거지."

이나에게 거짓말은 엄청난 집중을 필요로 했다. 특히 자신이 거짓말을 할 때의 모든 버릇을 알고 있는 한민의 앞에서는 더했다. 거짓말을 하면 눈을 피하는 약점을 이겨 내기 위해서 한민을 끝까지 쳐다보았다. 왜 남동생에게 이런 일로 쩔쩔매고 있는 건지는 모르겠지만, 거짓말에 최선을 다했다.

"강이나, 요즘 연애해?"

"연애?"

"그래, 너 연애하는 거냐고."

이나는 입을 다물었다. 한민은 똑똑해서 그런지 어려서부터 이나가 숨기고 싶어 하는 비밀들을 금방 캐내었다. 정보를 모았다가 느닷없이 치고 들어와, 꼼짝 못 하게 하는 수법을 즐겼다.

"내가? 왜 그렇게 생각하는 건데?"

"뭔가 달라졌으니까. 내가 평생 본 적 없는 그런 표정을 짓고 있어."

"내 표정으로 모든 걸 넘겨짚지 마."

"아무래도 누굴 만나고 온 것 같은데. 네 얼굴에 다 쓰여 있다고."

한민이 미심쩍다는 듯 고개를 기울이며 이나를 자세히 살폈다. 열여섯 살도 아닌 스물여섯 살 직장인이, 연애한다고 남동생한테 추궁당해야 하는 이 상황에 갑자기 화가 치밀어 올랐다.

"그래. 나 연애한다. 누나가 연애하면 뭐 어때서? 넌 수없이 했잖아. 세다가 포기할 만큼 많이."

"이거 봐, 누굴 속여. 그렇다고 밤에 몰래 빠져나가는 건 반칙이지."

"이 나이에 통금이 있다는 게 어마어마한 반칙이야."

이나는 편의점을 통해 집으로 들어가려고 한민을 밀쳐 냈지만, 커다란 몸은 꼼짝도 하지 않았다.

"내가 검증하지 않은 사람이랑은 사귀지 마. 세상에 나쁜 놈들이 얼마나 많은데."

"나는 분명 네 누나야. 왜 평생 오빠처럼 구는 건데?"

"네가 걱정돼서 그래. 마음도 잘 주고 속기도 잘 속잖아. 모든 남자를 조심해야 한다고."

자존심이 상한 이나는 발꿈치를 들고 키를 조금 더 크게 만들었다. 키가 작아 누나를 우습게 보나 싶었다.

"내 연애는 내가 알아서 할 거야. 끼어들지 마."

"연주한테라도 어떤 놈이랑 만나는지 말해. 연주는 똑똑하니까."

연주는 이나의 친구이자 한민의 친구이기도 했다. 한민과 초등학교 입학을 같이하는 바람에 꼬인 인간관계의 결정체였다.

"그럼, 난?"

"인정하라고. 남녀 관계에 대해 잘 모르잖아. 직접적인 경험도 없고. 안 그래?"

한민은 이나가 학교에 다닐 때부터 누군가 좋아지려고 하면 어떤 식으로든 트집을 잡았다. 연애 훼방꾼이 따로 없었다. 이나는 더 이상의 연애 정보를 한민에게 넘기기 싫었다. 평생을 따라다니며 뭐든 훼방을 놓는 지긋지긋한 남동생이었다.

"네가 이제껏 이런 식으로 나오니 나한테 연애 경험이 없었던 거야."

"말은 바로 해. 못난이라 기회가 없었겠지."

영 틀린 말은 아닌 것 같아, 반박하려 해도 할 말이 생각나지 않았다.

"엄마한테 말하면 죽을 줄 알아. 하나 더, 이제 누나라고 부르지 않으면 대답도 안 할 거야."

"강이나랑 누나라는 단어는 조합이 잘 안 된다니까. '이나 누나'라고 말하기도 힘들어. '이구아나' 처럼 들리기도 하고."

"뭐, 이구아나라고? 너무해. 나 파충류 무서워하는 거 알면서."

더 이상 대꾸하기도 싫어서 편의점의 문을 열고 들어갔다. 편의점을 지키던 아르바이트생이 이나를 반겼다. 엄마의 취향대로 꽃미남 아르바이트생이었다. 아르바이트생은 괜히 신나서 물었다.

"이나 누나, 언제 나갔어요? 통금 해제됐어요?"

"너 창고에 들어갔을 때. 바람 좀 쐬고 왔어."

퉁명스럽게 말하며 2층으로 이어지는 계단을 올라갔다. 등 뒤로 한민이 아르바이트생에게 하는 말이 들렸다.

"너 이나한테 관심 꺼라."

방에 들어와 승후가 적어 준 주소를 검색했다. 그가 사는 곳은 윗 동네였고, 이나의 집에서 거리가 멀지 않은 곳이었다. 골목이 많아 가는 길이 조금 복잡할 뿐 지도를 들고 지금이라도 찾아갈 수 있을 것 같았다.

이나는 승후의 집으로 가는 지도를 출력해서 벽에 붙였다. 그리고 그의 집이 위치한 곳에 별을 그렸다. 불을 끄고 누워 그가 했던 말을 따라 했다.

"조금만 천천히."

다른 사람을 받아들이는 건 용기가 필요한 일이라고 솔직하게 말해 주던 그였다. 누군가를 온전히 받아들이는 시간과 속도의 차가 사람마다 다른 것이 당연했다. 승후의 말들은 여전히 어려웠지만, 이해하지 못할 말들은 아니었다. 그는 이 연애와 강이나에 대해 진중하기 위해 애쓰는 사람이었다. 그것만으로도 다행이었다.

사랑이라는 말을 가볍고 쉽게 내뱉으며, 연애에 대해 얄팍한 건 오히려 이쪽이었다. 요즘의 연애와 다르게 빠르지 못하다는 사람을 다그치고 말았다.

"믿지 않은 거 미안해요. 서두르고 몰아쳐 댄 것도."

민승후라는 사람은 얕은 감정으로는 재어지지도 않았다. 그래도 승후가 이 연애에 대해 조금만 망설이고, 조금 더 용기를 내길 바랐다.

긴장이 풀렸는지 잠이 쏟아졌다. 정수리에는 아직도 그의 손이 닿았을 때의 온기가 남아 있어 심장까지 노곤히 따뜻했다.

다음 날, 이나는 새벽의 첫 셔틀버스를 타고 회사에 도착했다. 아마도 제일 먼저 출근한 사람일 것이다. 디자인 팀 사무실이 있는 층에서 내리지 않고 엘리베이터를 타고 더 올라갔다. 그리고 승후의 사무실이 있는 층에서 내렸다.

기다란 복도를 좌우로 살피자 아무도 없었다. 이른 아침의 복도에는 정적이 흘렀다. 이나는 숨을 죽이고 걸어가 승후의 사무실 앞에서 멈추었다. 그의 사무실 벽은 유리로 되어 있었지만 불투명한 재질이라 안이 보이지는 않았다. 마주하고 있는 유리 벽에는 입김만 서렸다.

'밤새 다시 아팠던 건 아니겠지.'

승후를 향한 걱정이 이나를 이곳으로 오게 만들었다. 밤에 만났던 남자가 자꾸만 걱정되고 그리웠다. 이나는 사무실 유리문에 머리를 대고 한참 동안 서 있다가 중얼거렸다.

"오늘은 오지 않을지도 몰라. 긴 출장을 갔다가 늦은 밤에 돌아왔으니까. 그동안 그렇게 아팠으니까 말이야."

출장으로 바빠서 비어 있던 적이 더 많은 남자의 사무실이었다. 오늘도 비어 있을 확률이 컸다. 부재가 긴 남자와의 연애라 느긋한 마음이 되어야 할 텐데 늘 이렇게 애가 탔다.

"지금 뭐 하는 거지? 그런 식으로 연애하는 남자에 대한 영역을 표시하는 중이야?"

이나는 눈을 번쩍 뜨고 뒤를 돌아보았다. 무척이나 보고 싶었던 남자가 지그시 미소를 짓고 있었다. 승후는 아픈 적이 없었던 사람처럼 말끔한 모습이었다. 그에게선 다시 건강한 기운이 흐르고 있었다. 지난밤에 만났던 건 꿈이라고 생각할 정도로 건강해 보였다.

"지, 지나가다가 궁금해서요."

이나가 이른 아침부터 이곳을 지나갈 일은 희박했다. 아무래도 변변치 않은 변명이었다.

"뒤에서 보고 있으니 유리를 뚫고 들어가겠던데. 내가 다 봤는데 거의 그럴 뻔했어. 그렇게 들어가 보고 싶으면 같이 들어가자."

이나에게 이 연애는 아직 호기심의 단계였다. 서로에 대해 모르는 것이 더 많았기에 알고 싶은 게 산더미 같았다.

"늦었어요. 밀린 작업이 많아요."

거짓말이다. 세상에서 제일 궁금한 장소가 승후의 집과 사무실이었다. 그곳에 있는 그를 수없이 상상하곤 했다. 정말 가 보고 싶었지만 선뜻 용기가 나지 않았다. 너무 기대했던 일이 급작스럽게 다가오면 한 걸음 물러나는 겁쟁이처럼.

“늦다니. 출근 시간까지 아직 한 시간 반이나 남았어.”

“그러다 누가 보면 어쩌려고요.”

“씩씩한 강이나가 겁쟁이로 변해 버렸네. 아, 재미없다.”

재미없다고 놀리는 그의 눈빛이, 몹시 재밌는 일을 마주한 것처럼 번뜩였다.

“그나저나 지나가다가 뭐가 궁금했을까?”

“많이 아팠잖아요.”

“나를 많이 걱정해 주는 사람의 등장이라니. 내 삶이 음지에서 양지로 옮겨 간 것 같은 기분이다. 마치 따뜻한 햇볕을 쬐고 서 있는 것과 같은 상태.”

“그럼, 바쁜 저는 이만.”

놀리는 것이 분명한 승후의 장난스러운 반응에 이나는 이곳을 벗어나려 했다. 하지만 자꾸 그와 걸음이 엇갈렸다. 그러다 일부러 가로막고 있다는 걸 깨닫고 고개를 드는 순간, 그의 가슴에 얼굴을 정면으로 부딪쳤다. 그의 흰색 셔츠에 이나의 립글로스 자국이 옅게 남았다.

이나가 그와 셔츠를 번갈아 보며 당황해 어쩔 줄 몰라 했다.

“아, 어쩌죠? 어쩌면 좋아요?”

“어쩌긴, 책임져야지.”

자기가 가로막아 놓고. 쌍방 과실을 한 사람의 책임으로 돌리다니. 이나는 억울한 표정과 울상이 된 표정을 번갈아 지으며 허둥거렸다. 승후가 책임을 피해 도망가려는 이나의 손목을 잡았다. 그리고 유리문의 비밀번호를 빠르게 눌렀다.

유리문이 열리자 승후는 이나를 거침없이 사무실 안으로 끌고 들어갔다.

“신기해요.”

이나가 사무실을 둘러보며 말했다. 사무실 안에 있는 모든 것이 최첨단처럼 보였다. 세련된 디자인의 알 수 없는 물건들이 가득했다. 한 번도 사용 안 한 새것들 같았다. 신기한 것이 잔뜩 담긴, 불투명 유리 캡슐 안에 둘만 갇힌 듯한 기분이 들었다.

승후가 여전히 손목을 놓지 않은 채 말했다.

"세상에서 제일 신기한 것을 내가 잡아 왔어."

"열은 좀 내렸어요?"

"그렇게 궁금하면 직접 확인해 볼래?"

승후가 이나를 향해 몸을 숙인 뒤 두 손으로 이나의 목과 얼굴을 한꺼번에 감싸 안았다. 그리고 이나의 이마에 그의 이마를 대었다. 이나는 키스라도 당하는 것처럼 천천히 눈을 감았다.

"어때?"

어떠냐고 묻는 그의 호흡이 코와 입술에 그대로 스몄다. 그의 숨결이 가까워서 죽을 것 같았다.

"모, 모르겠어요."

정말 아무것도 알 수가 없었다. 그가 뜨거운지 차가운지조차도 가늠이 안 되었다.

승후가 이마를 그대로 맞댄 채 이나의 손을 잡아서 자신의 뺨과 목 사이의 어디쯤에 올려놨다.

"이젠 느껴져?"

무엇을 느껴야 하는 건지 그새 잊어버렸다. 이렇게 조금 더 있다가는 몸이 팽창하여 터져 버릴지도 몰랐다.

"저기, 제가 뭘 느껴야 하는 거였죠?"

"내 몸의 온도가 적절한지에 대해서."

"아, 그랬죠."

그의 얼굴과 손 사이에서 이나의 손이 꼼지락거렸다. 어지러운 마음으로 그의 온도를 측정해야 했다. 조금 진정하고 느껴 보니 어제보다 뜨겁지 않은 것 같았다. 정작 체온계가 된 사람의 열이 잔뜩 올라 버려 확실한 측정인지는 모르겠지만.

"어제보다는 많이 내렸어요."

"신기하지. 자고 일어나니 개운해졌어. 밤에 잠시 만났던 여자가 해열제가 된 걸까?"

그는 그제야 이나를 풀어 주었다. 이나의 몸이 갈피를 잡지 못하고 흔들렸다.

벽 쪽으로 걸어간 그가 옷장의 문을 열었다. 옷장의 미닫이문 안에는 셔츠들이 나란히 걸려 있었다. 그는 오늘 입은 것과 똑같은 색의 셔츠를 꺼내서 이나의 한쪽 팔에 걸었다. 이나는 옷걸이가 된 것처럼 남자의 앞에 서 있어야 했다.

그가 셔츠의 단추를 하나씩 풀며 말을 시작했다.

"아침에 임원 회의가 있고, 오전 11시에는 대학 특별 강연이 있어. 점심은 모교 총장님과 같이할 거고, 오후에 잠깐 회사에 들러야 해. 신문사에서 인터뷰하러 올 거거든. 저녁엔 경영인 포럼에 참여한 후, 거기에 참석한 지인들과 식사. 식사가 언제 끝날지는 몰라. 워낙 말이 많은 사람들이라."

"오늘 일정을 왜 저에게 알려 주세요?"

승후가 단추를 푸는 동작을 멈추고 이나를 가까이 보며 말했다.

"위치 보고. 내 위치를 보고한다고 약속했잖아."

이유를 묻기는 했지만, 사실 그가 하는 위치 보고는 머릿속에 들어오지도 않았다. 건장한 남자가 눈앞에서 옷을 벗고 있으니 말이다. 이나는 그가 셔츠를 다 벗었을 때, 시선을 어떻게 처리해야 할지에 대해서 고민해야 했다. 그는 뭔가가 묻은 옷을 벗는 당연한 행위를 하는 중일 뿐이었는데 이나 혼자 곤란해했다.

승후가 소매의 단추마저 풀고 셔츠를 벗자 이나의 눈은 동그랗게 커졌다. 앞에 서 있는 남자의 단단한 가슴과, 군살 없는 복근과, 잘 단련된 어깨의 근육에 시선이 고정됐다. 승후의 몸은 나무랄 데 없이 아름다웠다. 블랙 돌핀이라는 별명이 괜히 생긴 것이 아닌 듯했다.

승후가 그런 이나를 골몰히 보았다. 그러곤 벗어 두었던 셔츠를 이나의 머리 위에 덮었다.

"이봐, 감상은 거기까지."

"의도한 건 아니었지만, 잠시 감상한 건 사실이니 사과할게요."

"내가 허락할 때까지 그 안에서 나오지 말 것."

이나는 승후의 셔츠 안에 갇혔다. 셔츠에선 남자의 스킨 향과, 섬유 유연제 향이 섞여서 났다. 그리고 그의 체취도 같이 느껴졌다. 숨을 쉴 때마다 그것들이 온몸을 어지럽게 했다. 잠시 그의 향에 취해 있었다. 옷 속에 갇힌 남자의 향을 계속 들이마시기만 해서 과호흡 증후군에라도 걸릴 것 같았다.

옷을 다 갈아입고도 충분할 정도로 시간이 흘렀는데 이상하게도 승후가 조용했다. 그 어떤 인기척도 들리지 않았다.

"다 입었어요?"

이나가 셔츠 안에서 물었다. 승후는 아무 대답이 없었다. 아까까진 하얀 실크를 통해 그의 움직임이 흐릿하게나마 보였는데 지금은 그것마저도 사라졌다. 이나는 뒤로 돌아 기척을 살폈다. 그래도 여전히 셔츠 안이긴 했지만.

"저, 이거 벗어요. 나중에 딴소리하기 없기예요."

셔츠를 끌어 내리려고 머리에 손을 올렸다. 하지만 손은 승후에게 먼저 잡혔다. 그는 이나를 덮은 셔츠를 걷어 내 바닥으로 떨어뜨렸다. 새 셔츠를 입은 남자가 어느새 앞에 서 있었다.

"어제는 무던히 참아야 했지만, 지금은 내 몸의 열이 적당히 식어 내렸으니까."

갑자기 시야에 들어온 승후가 이나의 입술에 입을 맞추었다. 정말 감기가 다 나은 게 맞는 것일까? 남자의 입술은 짙고, 뜨거웠다.

입을 맞추는 내내 이나는 그런 생각을 했다. 어쩌면 열감기가 옮고 있는 건지도 모른다고. 그렇지 않으면 자신의 몸이 이토록 뜨거울 수가 없을 거라고. 아까까지 멀쩡했던 사람을 잡아 와 온통 헤집어 놓은 남자는, 그렇게 한도 끝도 없이 열이 오르게 만들었다.

[위치 보고, 상하이.]

출근 준비를 하던 이나는 승후가 보낸 메시지를 물끄러미 보고 있었다. 승후가 보낸 첫 번째 문자는, 그의 위치 보고였다. 그 흔한 이모티콘 하나 없는 단조로운 단어들의 조합이었다. 게다가 연애하는 사이치고 너무 짧은 내용이었다. 하긴 승후에게서 어떤 가슴 떨리는 문자를 받는 것도 이상할 듯했다. 이 남자로서는 이게 최선일 것이다.

"상하이는 너무 멀어요."

이나는 프린트해서 벽에 붙여 놓은 동네 지도를 바라보았다. 집 주소가 적힌 종이를 주며 그가 했던 말을 떠올렸다.

'지도를 검색해서 길을 외울 것. 언제 찾아오더라도 문제없을 때까지.'

사람에게 다가가는 보이지 않는 길이 있다면, 지금 얼마만큼 그에게 다가가고 있는 건지 궁금했다. 그리고 제대로 가고 있는 건지도. 이나는 승후의 집으로 가는 길을 따라 노란색 형광펜으로 진한 선을 그렸다. 진짜 길이든 마음의 길이든, 그에게 똑바로 찾아갈 수 있기를 바라면서.

해가 따갑도록 반짝이는 날이었고, 점심시간이 가까워진 시각이었다. 이나는 유성 펜으로 일러스트를 그린 후, 그 위에 색을 칠하는 중이었다.

아이디어를 낼 때는 컴퓨터 작업보다 손작업을 즐겼는데, 그 덕에 손에는 늘 잉크 자국이 얼룩덜룩 묻어 있었다. 게다가 펜 끝을 물고 있는 것이 버릇이어서 무심코 펜을 거꾸로 무는 때도 많아 혀와 입술 끝이 종종 잉크로 물들어 있기도 했다.

잠시 작업을 멈추고 거울을 보니 입술 옆에는 작은 점이 생겼고, 혀는 붉은 잉크로 물들어 있었다. 그때 갑자기 모니터에서 채팅창이 깜빡거렸다. 회사 내에서 직원들끼리 업무용으로 사용하는 채팅창이었다.

[우리, 얘기 좀 할까요?]

옆자리에 앉은 동주였다. 바로 옆자리에 앉아 있으면서도 채팅으로 대화를 한다는 건, 온라인 중독 증세 중 하나로 보였다.

"어떤 얘기를 할까요?"

이나는 옆에 앉은 동주의 어깨를 손가락으로 두드리며 직접 말했다. 동주는 그런 이나를 돌아보며 곤란한 표정을 짓고 있다가 다시 모니터로 시선을 돌리곤 메시지를 보내왔다.

[하고 싶은 말은 늘 있었는데 기회가 없었죠. 이나 씨가 여러 사람과 같이 있거나, 퇴근 후에 셔틀버스를 타고 바로 가 버리는

바람에 말이죠.]

"제가 집으로의 귀소 본능이 강해서요. 가끔은 엄마 일도 도와야 하고요."

이나는 여전히 말로 대화를 했다. 동주의 말마따나 이런 늦은 봄날, 일이 끝나기가 무섭게 집으로 간다는 건 슬픈 일이었다. 작업에 사용했던 펜의 뚜껑을 끼우며, 등 돌려 앉아 있는 동주의 어깨를 다시 두드렸다. 그러곤 작은 소리로 비밀스럽게 말했다.

"저도 동주 씨에게 하고 싶은 말이 있었어요. 기대했던 회사 생활이 우아하지 못하고 고달프더라, 이런 주제로요. 그리고 저랑 같이 팀장님 흉도 봐 주세요. 어제 팀장님께 또 깨졌잖아요. 동주 씨도 이미 알고 있겠지만 우리 팀장님 정상은 아닌 것 같아요. 설명이 안 될 만큼 이상해요."

이나가 말하는 동안 동주는 이나의 입술 옆에 새로 생긴 점을 보았다. 그리고 붉은 물이 들어 버린 이나의 아랫입술도 보았다. 왠지 얼굴이 붉어진 동주는, 진짜 말을 못 하게 된 사람처럼 컴퓨터 자판을 두드렸다.

[점심 같이 먹어요. 이번엔 둘이서만. 데이트 신청입니다. 10분 뒤에 중앙 로비에서 봐요. 같이 팀장님 흉도 봐 줄게요.]

또다시 채팅창이 깜빡였고, 이나는 멍한 얼굴로 동주가 보낸 메시지를 읽고 있었다.

'데이트?'

데이트 신청이라는 부분은 세 번 정도 다시 읽어야 했다. 연애하기로 한 사람과도 아직 해 보지 못한 데이트였다. 이나도 말을 멈추고 메시지를 보냈다. 잔뜩 긴장했다는 뜻인 딸꾹질을 덧붙여서.

[좋아요. 데이트 같은 거 하나도 겁나지 않아요. 딸꾹.]

이나가 긴장을 하면 딸꾹질을 한다는 걸 동주는 알고 있었다. 파티션 너머에서 웃음을 참기 위해 내는 동주의 헛기침 소리가 들렸다. 이나는 손가락으로 머리카락을 꼬며 파티션 저편의 남자를 미심쩍게 쳐다보았다.

점심시간보다 조금 일찍 나온 탓에 중앙 로비는 한산했다. 이나와 동주는 어색한 표정과 몸짓으로 마주 서 있었다. 사무실에선 바로 옆자리였고, 신입 사원 연수 시절부터 이곳저곳 같이 다닌 적도 많았다. 하지만 데이트라는 이름으로 이렇게 둘만 있으니 몹시 어색했다.
이나는 '데이트'라는 말이 마음에 걸렸으나 동주의 의중을 알고 싶어 따라 나왔다.
"날씨가 좋네요."
동주가 로비의 창을 통해 보이는 하늘을 보며 말했다. 어색한 분위기만큼이나 그의 말투 또한 자연스럽지 못했다.
"그런가요?"
이나도 어색함을 감추기 위해 동주를 따라 로비 밖을 바라보았다. 그러다가 정문 앞에 정차된 차에서 내리는 남자를 발견했다. 이른 새벽에 상하이에 있다는 위치 보고를 했던 승후였다.
회전문을 밀고 혼자 들어오는 승후를 이나는 멍한 모습으로 보고 있어야 했다. 그는 로비에 어색하게 서 있는 이나를 발견하고는 시선을 고정한 채 걸어왔다. 다가오는 그의 얼굴에 반가운 미소가 떠올랐지만 금세 사라졌다.

“우리 일단 나갈까요?”

옆에 서 있던 동주가 말했다.

“그러죠.”

걸음을 옮기던 동주가 로비로 들어오는 승후를 발견하고는 갑자기 이나보다 앞서 걸었다. 그러곤 이나와는 상관없는 사람처럼 먼저 회전문 쪽으로 향했다. 아마도 이나를 위한 어떤 배려 같았다.

동주는 승후를 지나치며 가벼운 인사를 했고, 승후는 손을 들어 보였다. 그러는 동안에도 그의 시선은 꼼짝도 못 하고 서 있는 이나에게 고정되어 있었다. 이나를 보는 승후의 표정이 묘했다.

승후가 이나를 향해 다가왔고, 두 사람의 거리가 가까워졌다. 작은 소리로 말을 건네도 들릴 만한 거리에 이르자 그는 자리에 서서 고개까지 한쪽으로 기울이며 골몰히 이나를 보았다. 한 손을 주머니에 넣고 약간 냉정해진 모습으로 그렇게. 살짝 일그러진 입술엔 미소 같은 건 없었다.

“정지.”

승후가 낮게 말했다. 그리고 고개를 살짝 돌려, 건물 밖에 서 있는 동주를 흘깃 바라보았다. 그 시선이 약간 거칠어 보였다. 이런 따사로운 봄날 같은 거 참 지루하다는 표정을 지었다.

한동안 동주를 응시하던 그가 시선을 거두고 다시 이나를 보았다. 그의 눈은 평소와 다르게 따뜻하지 않았다. 서늘했고, 어쩐지 화가 난 듯한 눈빛이었다. 잘못한 것도 없는데 이나의 심장은 마치 나쁜 짓을 하다가 들킨 것처럼 쿵쾅거렸다.

“강이나, 지금 뭐 해?”

승후가 딱딱한 어조로 물었다. 성까지 붙인 이름을 또박또박 부르면서. 이나는 이유 없이 무섭게 구는 남자에게 기가 죽어 버렸다.

“동주 씨랑 점심 먹으러 가요.”

"둘만?"

"네, 둘만."

솔직한 대답에 승후는 잠시 말이 없었다. 분위기만 더 서늘해졌다. 이 상황이 억울했다. 저렇게 냉기를 내뿜는 남자에게 뭔가를 해명하는 것도 이상했다.

"상하이라면서요."

"아, 내가 여기 없는 편이 더 좋을 상황인 건가?"

"그, 그게 아니라."

승후는 여전히 사늘했다. 어떤 말이라도 해야 할 것 같은데, 뭘 말하든 변명같이 들릴 것 같았다. 조금 이른 시간에 점심을 먹으러 나가는 입사 동기인 두 남녀. 그런데 동주는 일행이 아닌 척 혼자 나갔다. 평소 같으면 당당히 둘이 나갔을 텐데, 몰래 데이트하는 것을 들키지 않으려는 사람처럼 어색한 모습으로.

"밖에서 점심 먹기에 딱 좋은 날씨라서요."

날씨 타령에 그는 뭔가를 더 감지한 것 같았다. 묘한 공기가 잠시 그들 사이에 머물렀다. 이나는 잘못을 혼자 뒤집어쓴 사람처럼 서 있었다. 데이트라는 말만 듣지 않았어도 당당했을 텐데.

승후가 무슨 말을 하려는 순간 엘리베이터에서 사람들이 쏟아져 나왔다. 그는 어쩔 수 없다는 듯 어깨를 으쓱해 보이고는 서늘해진 시선을 거두었다.

"좋아, 나중에 보자."

날이 좋아서인지 레스토랑의 창문은 모두 열려 있었다. 따뜻한 봄날의 햇살이 테이블까지 깊게 들어왔고 기분 좋을 만큼의 바람도 창 안에 머물렀다.

조금 전까지 동주는 디자인 팀원들과 같이 갈 여행에 관한 이야기와 더 하고 싶은 공부에 대해 이야기를 늘어놓았다. 그러던 동주가 갑자기 생각지도 못한 말을 꺼냈다.

"제가 이나 씨를 좋아해요."

이나는 파스타 면을 포크에 마는 것을 멈추고 동주를 쳐다보았다. 잠시 동안 할 말을 찾지 못해 시간만 보내다가, 어떤 말이라도 해야 할 것 같아 입을 열었다.

"저도 동주 씨를 좋아해요."

결국 앵무새처럼 동주의 말을 따라 하고 말았다. 같은 의미인지는 모르겠지만 이나도 동주를 좋아했다. 그는 누구보다 너그러웠고, 친절했다.

"그런 포괄적인 뜻이 아닙니다. 이성적으로 관심이 많아요. 더 솔직하게 말하면, 혼자 심각해졌어요. 그래서 지금 이나 씨에게 고백하고 있는 중이고요."

그 말에 이나는 입 안에 있던 파스타를 씹지도 않고 그냥 삼켜 버렸다. 동주도 긴장했는지 테이블 위에 올려놓은 손을 꽉 쥐었다.

"같이 면접 본 그날부터 눈에 들어왔어요. 그리고 이나 씨는 가까이에서 볼수록 더 좋은 사람이에요. 그동안 이나 씨도 제가 어떤 사람인지 어느 정도 파악했을 테고, 이젠 다른 방식과 각도로 봐 주길 바라고 있어요."

동주는 말을 마치고 후련한 표정으로 창밖을 바라보았다. 긴장을 넘겨받은 건 이나였다. 짝사랑을 고백하는 것에는 익숙할지 몰라도, 남자의 고백을 거절하는 방법은 배우지 못했다. 만약 거절한다고 해도 상대방이 받을 상처에 대해 자유로울 수도 없을 것 같았다. 얼마 전까지 자신이 그 상황에 놓여 있었으니까. 이나는 고백하는 동주의 마음에 감정 이입이 되어 버렸다.

"제가 관심 있는 거, 이나 씨만 몰랐을걸요. 그런 일은 남들이 더 잘 아는 거잖아요. 사람 속을 알 수 없다는 말도 있지만, 제가 보기엔 사람 마음이 제일 숨겨지지 않는 것 같아요."

그간 짝사랑에 눈이 멀어 있었으니, 자신을 향한 다른 사람의 마음이 눈에 들어올 리 없었다. 게다가 자신만 빼고 동주의 마음을 다들 알고 있었다니.

"그러니 지금부터 이동주란 사람에 대해 다른 각도로 생각해 보세요."

"동주 씨, 저는요."

생각할 것도 없었다. 마음을 솔직하게 말하는 것은 잘못이 아닐 것이다. 사람과 사람의 감정이 일방통행일 수는 없었다. 지금 당장 동주를 거절해야 했다. 사귀고 있는 사람이 있다고 말할 작정이었다. 같은 동네에 살고 있어서, 그 사람과 만나려고 그렇게 빨리 퇴근을 하는 거라고 말하려고 했다. 이나는 이미 다 결정한 얼굴로 동주를 보았다.

"이나 씨, 오늘은 그냥 제 말만 들어 줘요. 지금 어떤 결정을 내리지는 말아 줘요."

"아니, 지금 말해야 해요."

"제 말을 신중하게 생각해 본 다음에 대답해 줘요. 그러면 어떤 결정이든 달게 받아들일게요. 깊게 생각도 해 보지 않은 상태에서 어떤 결론을 내리면, 결과와 상관없이 상처가 될 것 같아요. 앞으로 안 보게 될 사이도 아닌데. 안 그런가요?"

동주의 고백은 이나의 고백보다 한 수 위였다. 마음이 모질지 못한 이나는 입을 다물고 고개를 끄덕여야 했다. 그러면서도 자꾸 승후의 얼굴이 떠올랐다. 가슴에 돌이라도 얹힌 것처럼 마음이 무거웠다.

어느새 해가 여름처럼 길어졌다. 이나는 셔틀버스 승차장의 벤치에 앉아 버스를 기다리고 있었다. 퇴근 시간이 되자마자 고백하던 동주와 나중에 보자던 승후에게서 도망가기 위해 서둘러 사무실을 빠져나왔다. 보고 싶기만 했던 승후를 피해 달아날 일이 일이 생길 줄은 단 한 번도 예상하지 못했었다.

하지만 오늘 같은 상황은 연애 초보자가 감당하기엔 너무 버거웠다. 연애에 대한 작전을 새로 짜야 할 것만 같았다.

셔틀버스가 승차장으로 천천히 들어오는 것이 보였다. 그때 손에 들고 있던 핸드폰이 진동했다. 이나는 방금 도착한 문자를 확인했다.

[거기, 정지.]

승후에게서 온 문자였다. 이번에도 역시 아무런 감정이 실리지 않은 단순한 단어의 조합이었다.

다른 사람들은 셔틀버스에 줄지어 타고 있는데, 이나만 제자리에서 두리번거렸다. 하지만 그 어디에도 승후는 보이지 않았다. 그의 명령대로 꼼짝도 못 하고 있는 사이, 버스를 타기 위해 기다렸던 사람들이 다 사라졌다. 정지 명령을 받았지만 이나도 버스를 타기 위해 서둘러 앞문 쪽으로 걸어갔다.

다시 핸드폰이 진동했다. 이번엔 문자가 아니었다. 사적인 전화에 익숙하지 않다던 승후에게서 온 전화였다.

— 그 자리에 그대로 서 있을 것.

핸드폰 너머로 들리는 목소리에는 문자와는 달리 감정이 잔뜩 실려 있었다. 약간 화가 나 있고, 조금은 느릿한 말투였다.

"제가 보여요?"

— 아까부터 보고 있었어. 제일 먼저 내려와 있던데. 날 피해 도망가는 사람처럼.

"지금, 어디예요?"

— 널 관찰할 수 있을 만큼 가까이.

이나는 제자리에서 한 바퀴 돌았다. 어디에도 승후는 없었다.

"버스 기사님이 제가 타기를 기다리고 계세요. 제가 기사님들을 무서워한다고 말했나요?"

— 타지 말 것. 버스 기사님보다 내가 더 무섭다는 걸 확인하고 싶으면 해 보든지.

"모른 척하고 지금 타면 어쩔 건데요?"

— 버스를 세우고 올라타서, 강이나를 불러낼 거야. 방어막을 저리로 치우고.

그는 충분히 그럴 수 있는 위치의 남자였다. 결국 이나는 셔틀버스의 앞문 쪽으로 뛰어가서 버스 기사에게 고개를 꾸벅 숙이며 말했다.

"다음 차를 타야 할 것 같아요. 먼저 가세요. 죄송합니다."

버스 기사는 손을 한 번 들어 주고는 차를 출발시켰다. 이나는 떠나가는 버스를 바라보며 제자리에 그대로 서 있었다. 버스가 사라지자 건너편에 서 있는 승후가 보였다. 그는 한 손을 주머니에 넣고 다른 한 손으로는 핸드폰을 들고 있었다.

이나를 보고 있던 그가 핸드폰을 가까이 대고 말했다.

"위치 보고, 바로 여기."

저녁 해가 하늘을 물들이기 시작했다. 두 사람에게로 맑은 바람이 불어왔다. 바람이 승후의 옷자락을 날렸다. 그제야 그가 웃었다. 이나는 주문이라도 걸린 것처럼 움직이지 못하고, 그 남자를 보며 정지해야 했다.

두 사람은 셔틀버스 승차장의 벤치에 앉아 서로 다른 곳을 바라보고 있었다. 무심코 보면 전혀 상관없는 사람들 같은 모습이었다.

이나는 승후가 아닌 다른 곳을 보려고 노력하며 말을 꺼냈다.

"우리, 접선하는 첩보원 같아요."

"어쩌다 보니 내가 이렇게 비밀스러운 연애를 하고 있단 말이지."

그는 비밀 연애를 하는 사람치곤 여유롭게 보였다.

"그나저나, 벌써 바람을 피우던데?"

승후가 옆집의 어떤 여자 얘기를 하는 것처럼 가볍게 말했고, 이나는 화들짝 놀란 얼굴로 그를 보았다. 바람피운 적 없다고 당당하게 말해야 하는데, 동주에게 고백을 받은 상태라 진짜 바람이라도 피운 것처럼 허둥댔다.

"아까는 동주 씨랑 같이 점심을 먹은 것뿐이에요."

"내가 출장 간 사이 다른 남자랑 단둘이 점심을 먹다니, 이건 경고감인데. 더구나 난 1년 중 반 이상 출장을 다녀야 하는 사람인데."

그는 배신이라도 당한 남자처럼 굴었다. 하지만 바람이라는 누명을 쓰고 경고를 받기엔 몹시 억울했다.

"우린 이번 주말에 떠날 여행에 관해 얘기했어요."

"단둘이 밥을 먹는 것도 모자라, 같이 여행도 떠나는 사이일 줄이야. 두 번째 경고감이네."

말과는 달리 승후는 잔잔한 미소를 지어 보였다. 그제야 그가 장난을 치고 있다는 걸 알았다. 약간 안심이 된 이나는 투정 비슷한 걸 했다.

"그런 식으로 몰아붙이면 지금 질투한다고 생각할 수밖에요."

"정답, 질투야. 내 소유욕에 관한 발견이랄까? 내가 질투라는 걸 할 수 있는 남자라는 사실을 이제야 깨달았거든. 아깐 살짝 피가 끓었었지. 앞으로 또 점심시간에 어떤 남자와 단둘이 밥을 먹고, 고백이라도 받은 듯한 표정으로 도망갈 궁리까지 하면 정말 화낼지도 몰라."

이나는 놀라지 않을 수 없었다. 고백이라도 받은 듯한 표정이라니. 정말 바보같이 그런 표정을 짓고 있었던 걸까. 디자인 팀 모두가 동주의 마음을 눈치채고 있던 것처럼, 그도 뭔가를 감지한 걸까.

"자세한 건 묻지 않겠어. 연애 중이라 해도 상대방의 개인적인 일까지 관여할 순 없는 노릇이니까. 난 포용력이 넓은 사람이거든. 하지만 이렇게 경고했는데도 바뀌지 않으면 무섭게 변할지도 몰라."

"어떻게 변하실 건데요?"

"기대한 것 이상으로 험악하게 변할 거야. 내가 화나면 무섭기로 소문났거든. 머리카락이 치솟고, 코에선 연기가 나고, 입에선 불을 내뿜어. 그걸 목격한 사람도 몇 명 있어."

심각하게 승후의 대답을 듣던 이나가 마지막엔 웃음을 터뜨렸다. 별것 아닌 일에 한번 웃음이 터지면 참기 힘든 것처럼 웃음을 멈출 수가 없었다. 너무 웃어 대서 웃음가스를 들이마신 사람처럼 기분이 몽롱해져 버렸다.

승후는 이나가 웃는 모습을 내내 설명할 수 없는 눈길로 보았다. 그러다 문득 말했다.

"지금부터 데이트하자."

"데이트요?"

이나의 웃음은 저절로 멈추어졌다. 오늘만 두 번째 듣는 단어였다. 그는 데이트를 위해 상하이에서 날아온 사람처럼 진지했다.

"진짜 연애하는 사람들처럼."

승후가 말했고,

"진짜 연애하는 사람들처럼?"

이나가 그대로 따라 했다.

"생각하던 데이트를 말하면, 어느 정도 비슷하게 맞춰 줄게. 내가 생각하는 것과는 다를 게 분명하지만."

그가 이 연애에 어느 정도 노력을 하고 있다는 생각이 들어 기분이 좋아졌다. 이나는 한참을 생각하다가 그에게 말했다. 늘 상상해 왔던 그와의 데이트를.

"지금 맞는 방향으로 가고 있는 걸까 걱정할 필요 없이 지하철을 타는 거죠. 전 지상보다 지하에서 더 헤매거든요. 길을 안내해 줄 남자와 지하철을 같이 타고 가다가, 한 번도 가 보지 않은 어느 낯선 역에서 내리는 거예요. 지상으로 올라오면 헌책방이 줄지어 선 골목이 보이고, 그중 한 군데에 들러 오래된 책을 한 권씩 사는 거죠. 그리고 그곳에서 나와 밤길을 걷다가 조용한 카페에 들어가 그 책을 봐요. 여기서 포인트는 서로 다른 테이블에 앉아야 해요. 모르는 사람처럼 서로 눈길만 주고받고."

그는 자신의 이야기에 스스로 빠져든 여자를 점점 심각해지는 표정으로 바라보고 있었다.

"몹시 어렵네."

"그럼 다른 데이트를 말해 볼게요."

"좋아, 다음은?"

어렵다는 그에게 다른 방안을 제시했다.

"지하철을 타고 고궁에 가는 거예요. 하늘은 새파랗고 나무가 우거진, 운치가 있는 곳이죠. 그곳에서 우린 매화꽃 아래를 걸어요. 그리고 이번에도 다른 벤치에 앉아서 서로를 바라만 봐요. 그러다가 제가 연못의 연꽃을 보며 그걸 그려요. 저는 낙서하거나 그림 그리는 것을 좋아하거든요. 그다음 다 그린 연꽃 그림을 남자에게 주어요. 남자는 그걸 보다가 만족한 듯 가슴의 주머니에 넣죠. 오래도록 간직할 거라고 하면서. 이건 어때요?"

잠시 생각하던 승후가 고개를 저었다.

"난 그것도 어려운데."

"이것도 어려워요? 전 쉽기만 한데요."

"두 가지 데이트의 공통점은 지하철을 타야 하고, 서로 알면서 모른 척하는 거네. 왜지?”

“모르겠어요. 왜 그런 환상을 가졌을까요? 아마도 길 잃을 걱정 없이 누군가에게 의지해 지하철을 타고 싶은 마음일 테고, 서로 알면서도 모른 척하는 건 비밀 연애 중이라 그랬을까요? 우린 방어막을 쳐야 하니까.”

그가 다양한 색으로 변해 가는 하늘을 바라보며 크게 웃었다. 이렇게 크고 멋지게 웃는 남자라니. 그의 웃음에 기분이 좋아졌다. 이나는 뿌듯해져서 가슴을 폈다.

“너무 비현실적이고 낭만적이었나요? 그럼 데이트에 관한 어떤 해석을 하시는 건가요?”

그는 1초도 생각하지 않고 바로 대답했다.

“호텔. 거기서 저녁을 먹고, 와인을 마시고, 같이 잠드는, 그런.”

그의 대답에 이나는 어떻게 표정 관리를 해야 하는 건지 몰라서 눈만 사정없이 깜빡거렸다.

“자, 강이나가 원하는 데이트부터.”

승후가 먼저 일어섰다. 주홍색으로 마지막 빛을 뿜어내던 저녁의 태양이 저물기 시작했고, 짙었던 노을이 흐릿하게 번지다가 점점 옅어져 갔다

지하철을 타고 지상으로 나왔더니 밤이 되었다. 데이트라는 이름으로 그의 귀한 시간과 기운을 나눠 쓰고 있는 기분이 들었다. 그는 분명 이 연애에 대해 노력하고 있었다. 그런 승후의 마음이 고마웠다.

“왜 출장을 직접 가세요?”

“내가 얼굴을 보여 줘야 빨리 해결되는 부분이 많아서. 알다시피 지금 해외로 사업을 확장시키는 중이거든.”

"사실 데이트 같은 거 할 시간이 없는 거죠?"

"몇 년간의 일정상에는 없었어. 연애라는 것 자체가 전혀 계획에 없던 일이었으니까."

나란히 걷는 승후의 걸음이 느릿했다. 그는 지금 이 시간을 즐기는 사람 같았다.

"아침엔 상하이였잖아요. 피곤하지 않으세요?"

"일이 예상보다 일찍 끝났어. 전 같았으면 집으로 가서 쉬었을 텐데, 연애 중이라 회사로 온 거지. 그런데 휴식을 포기하고 만나려 했던 비밀의 연애 상대가, 다른 남자랑 점심을 먹으러 가고 있더라고. 정말 화가 나던데? 감정에 대해선 지루할 정도로 평정을 지키며 살아왔는데, 아직도 내가 그렇게 화낼 수 있다는 사실이 신기할 정도로. 난 요즘 연애하는 사람의 온갖 증상을 다 겪고 있어."

"연애하는 사람의 온갖 증상?"

이나도 여러 가지 증상에 시달리고 있었다. 밤마다 뒤척이며 잠들고, 아침엔 쉽게 깨어났다. 혈당이 잔뜩 오른 낯선 피가 몸속을 세차게 돌고 있는 기분이었다.

"그걸 즐기고 있는 건지도 모르지. 자유 의지로 움직이는 어떤 대상을 소유하겠다는 것은 욕심이고, 욕심은 늘 사람을 번민하게 한다는 걸 깨달을 뿐인 거지."

낡은 건물을 따라 좁은 길을 걸어가자 헌책방이 죽 늘어서 있는 곳이 보였다. 머릿속 상상만으로 와 보던 곳이었다. 아까 그에게 말했던 그대로 실현되고 있었다.

상점마다 열린 유리 미닫이문 안으로 빼곡하게 채워진 책이 보였다. 밖에 놓인 나무 상자 안에는 LP 레코드, 카세트테이프, 낡은 잡지가 분류되어 있었다. 외벽에 매달린 붉은 전구가 그것들을 밝혀 주었다. 이나는 이 모든 것들을 눈에 담기 바빴다.

"와, 진짜 헌책방들이 있는 골목이네요. 상상만 하던 곳이 실제로 존재하다니."

이나의 반응을 만족스럽게 보고 있던 승후가 초록색 차양이 있는 헌책방을 가리켰다.

"들어갈까?"

헌책방의 입구에 들어서자 주인 할아버지가 의자에 앉아 졸고 있다가 두 사람을 맞았다. 할아버지가 앉은 의자 아래엔 늙은 개가 있었는데, 개도 주인을 따라 졸고 있었다. 할아버지는 움직이지도 않고 가만히 앉아서 탁한 목소리로 말했다.

"잘 보면 좋은 거 많아. 마음대로 골라 봐요."

그러고는 다시 눈을 감았다. 늙은 개도 따라서 눈을 감았다. 그들의 잠을 방해하지 않기 위해 발걸음 소리가 나지 않도록 조심스럽게 책방의 안쪽으로 걸어갔다. 오래된 건물이라 그런지 걸을 때마다 나무 바닥에서 소리가 났다.

책이 빼곡히 들어찬 책장 사이를 지나 조금 더 들어가자 작은 방이 나왔고, 그 안에도 책이 빽빽하게 들어차 있었다. 방은 낡고 습한 종이 냄새로 가득했다. 이나는 사방의 책장을 다 채우고도 모자라 바닥에까지 잔뜩 쌓여 있는 책을 감동한 눈으로 보았다.

안쪽의 또 다른 공간으로 들어갔다. 그곳엔 조금 비싸 보이는 두꺼운 책들이 많이 있었다.

"진짜 오래된 책방이네요. 어떻게 책이 이렇게 많은 거죠?"

"이곳이 바로 헌책방이니까. 아무것에나 감동도 잘하네."

그는 무심하게 말하고는 책에는 별로 관심이 없다는 듯 아무 책이나 집어 들고 마룻바닥에 앉았다. 그리고 책이 꽂힌 책장에 등을 기댔다. 이나가 책을 고르는 동안 그렇게 있을 모양인 듯했다. 이나는 그 모습에서 시선을 뗄 수가 없었다. 오래된 책이 가득한 헌책방에 앉아 있는 새것같이 빛나는 남자가 이상할 만큼 조화로워 보였다.

"마음껏 즐겨."

승후가 눈을 감았다. 눈을 감고 있는 그를 보는 건 이상하게도 가슴이 두근거리는 일이었다. 이나가 숨죽여 물었다.

"잘 건가요?"

"아니, 눈만 감고 있을 거야."

"저한테 너무 긴장을 푸시는 거 아니에요? 제 앞에서 자주 눈을 감으시던데."

새침한 말투였지만 혼자만 보고 싶은 탐나는 모습들이었다.

승후가 실눈을 뜨고 이나를 보았다.

"아무에게나 보여 주지 않는 모습이야."

그러곤 다시 눈을 감았다. 그런 그에게서 시선을 떼기가 어려웠다. 그를 볼 때마다 가슴이 따뜻해져서 큰일이었다. 평소 생각했던 승후는 냉정하고, 정확하고, 웃음을 절제하는 남자였다. 하지만 요즘의 그는 잘 웃고, 계획적이지 않고, 사소한 일에 질투를 하는, 생각했던 그와는 다른 모습을 보여 주었다. 진짜 연애라도 하는 남자처럼.

"저는 책을 골라 볼게요."

"얼마든지."

시간이 얼마나 흘렀는지 알 수 없었다. 이나는 책을 보는 일에 정신없이 빠져들었다. 사진작가의 작품집이나 아름다운 건축물이 담긴 사진집이 요즘의 관심사였다. 가슴이 뛸 만큼 마음에 드는 책이 많았다. 며칠간 이곳에서 살아도 좋을 것 같았다.

이나는 바닥에 쌓여 있는 책들 속에서 유독 눈에 들어오는 책을 한 권 집어 들었다. 책장을 펼치자 레터링 도안과 나뭇잎 도안이 가득했다. 평소에 늘 원하던 보물 같은 도안집이었다. 뜻밖의 수확에 신이

나서 승후를 보았다. 그는 여전히 눈을 감은 채였고 아까 들고 있던 책은 바닥에 떨어져 있었다.

승후에게 조용히 다가가서 무릎을 꿇고 앉았다. 그는 깊이 잠이 들어 있었다. 규칙적인 숨소리가 그것을 알려 주었다.

"다 골랐어요."

승후가 잠에서 깨지 않길 바라며 숨죽여 말했다.

"다 골랐는데."

한 번 더 작게 속삭였다. 그러곤 잠든 승후를 한참 동안 보았다. 아침엔 상하이에 있었는데, 저녁엔 서울의 낡은 책방에 와야 했으니까 무척 피곤했을 것이다.

그의 숨소리가 깊고 일정했다. 이나는 그와 같은 빠르기로 숨을 쉬어 보았다. 그의 들숨과 날숨을 따라서 호흡하며 잠든 그를 관찰했다. 그는 늘 가볍고 세련되게 옷을 입었고, 구두는 언제나 깨끗했다. 머리카락은 적당히 단정했고, 얼굴빛은 항상 맑았다. 이마는 반듯하고 눈썹은 짙다. 특히 이 남자의 속눈썹과 입술과 턱이 좋았다. 그런 것들을 직접 만져 보고 싶었다. 손을 들어 그의 턱끝에 대어 보려다 멈추었다.

"저기요."

깨어나지 않길 바라며 또다시 작은 소리로 그를 불렀다. 그는 아무런 미동도 없었다. 깰 기미가 없자 용기를 내었다. 이나는 천천히 손을 들어 승후의 턱에 손끝을 대어 보았다. 그에게 닿아 있는 손가락이 살짝 떨렸지만 그는 여전히 깨지 않았다. 조금 더 용기가 생긴 이나는 손가락을 옮겨 그의 입술에 대어 보았다. 손으로 만지는 그의 입술은 무척 부드러웠다. 그리고 그가 내쉬는 숨결이 손에 닿았다. 도둑질이라도 한 것처럼 심장이 날뛰었다.

숨을 멈추고 손을 거두려는데, 그 순간 눈을 뜨는 승후와 시선이 마주쳐 버렸다. 모든 걸 꼼짝없이 들켰다.

"전, 그냥."

더 이상 어떤 말도 하지 못하고 얼굴만 빨갛게 되었다. 그의 입술 위에 닿아 있는 손가락 때문에 변명할 여지가 없었다. 자신을 보는 그의 시선에서 놀란 눈을 뗄 수도 없었다.

그가 자신의 얼굴에 닿아 있는 이나의 손을 잡았다. 그리고 가까이 끌어당겼다. 무릎을 꿇고 있던 이나는 힘없이 그에게 끌려갔다.

"죄송해요."

잠든 사람을 허락도 없이 몰래 만졌으니까.

한동안 그에게선 아무런 반응이 없었다. 아마도 잠결에 반사적으로 이나를 끌어당겼던 것 같았다. 그는 시간이 조금 흘러서야 무슨 일이 일어난 건지 알아채고는 손을 들어 이나의 입술을 만지며 천천히 말했다. 아직 잠기운이 가득 묻어 있는 목소리였다.

"네 입술이 빨갛게 물들었어."

"일하다 보면 종종 그래요. 시간이 지나면 저절로 없어져요."

"아까부터 봤는데 혀끝도 그래. 그것도 잉크인가?"

그는 아직도 꿈속에 있는 사람처럼 말이 느렸다. 깊고 낮은 그의 목소리가 이나를 나른하게 만들었다. 그가 눈을 가늘게 뜨고 이나의 입술에 초점을 맞추었다. 이나는 빨갛게 물든 혀끝이 보일까 봐 입을 다물었다. 입술 옆에 생긴 아주 작은 점도 지워지지 않은 채였다.

"오늘 네가 말할 때마다 빨간 잉크가 신경 쓰여서 집중할 수가 없었어. 왜 입술이랑 혀끝에 그런 걸 묻히고 다녀서 사람을 흔드는 건데?"

"그럴 때 집중하면 묻는 것도 모르니까요. 그런 걸로 흔들릴 수 있다는 것도 몰랐고요."

"조심해. 그런 걸로 위험해질 수 있어."

혀끝에 묻은 잉크로 위험해질 수 있다니. 무슨 뜻일까?

"제가 정말 위험해요?"

"얼마나 위험한지 알고 싶어?"

신중히 묻는 그를 보며 이나는 고개를 끄덕였다. 그러자 그가 미소 지었다. 그러나 미소는 잠시밖에 보지 못했다. 이미 눈을 감아 버렸으니까.

승후는 이나의 아랫입술에 스며든 빨간 액체를 천천히, 오랫동안 녹였다. 시간이 흘러서는 이나의 혀끝에도, 입술 옆에 생긴 작은 점에도 그렇게 했다. 그 몸짓이 너무도 깊어서 여기가 어디인지조차 생각이 안 날 정도였다. 종이와 먼지 냄새가 희미하게나마 이곳이 어디인지 말해 주고 있을 뿐이었다.

이나는 붉은색 잉크가 아니라, 자신이 사라질지도 모른다는 생각이 들었다. 그는 혀끝의 잉크 말고도 지우고 싶은 것이 많은 사람 같았다. 헌책방의 주인 할아버지가 아직도 주무시는 걸까 걱정됐지만, 그것도 곧 잊었다. 어쩌면 그가 잉크뿐 아니라 의식의 한 부분까지 사라지게 만드는 걸 수도 있었다. 이나는 이대로 자신마저 어디론가 사라져 버릴 것 같아 그의 옷자락을 꼭 쥐었다.

헌책방에서 나와 골목을 벗어나자 대로변이 나왔다. 큰길의 건너편엔 오래된 특급 호텔이 보였고, 더 오래된 것이 분명한 고궁도 보였다.

"이번엔 내가 아는 데이트를 할까?"

승후가 놀리는 것이 분명한 목소리로 물었다. 그의 눈은 호텔 쪽에 고정되어 있었다.

아까 그가 했던 말이 귓가에 맴돌았다. 저녁을 먹고, 와인을 마시고, 같이 잠이 드는, 그가 해석한 방식의 데이트.

이나는 어떤 말을 해야 할지 몰라, 무언가를 깊이 생각하는 척했다.

"음, 글쎄요."

"무척 고뇌하는군."

그가 허락한 연애에는 남자와 여자가 할 수 있는 모든 일이 포함될 수도 있다는 것을 알고는 있었다. 어쩌면 이나도 그런 일들을 기대했는지도 모른다. 키스를 기가 막히게 잘하는 남자와의 밤이 궁금했다. 이런 와중에도 머릿속 한편으로는 작은 가슴이 걱정됐다. 그에게 당당할 수 있으면 좋을 텐데. 작은 가슴이 그가 원하는 데이트에 걸림돌이 될 줄 몰랐을 뿐이다.

이나는 곤란한 웃음을 지어 보였다. 승후는 몸을 낮추고 고뇌하는 이나와 눈높이를 맞추었다.

"그냥 들어가서 잠만 잘까? 나, 정말 피곤한데."

"오빠가 손만 잡고 잘게. 너 오빠 믿지? 그 말 같은데요?"

"이 세상의 많은 오빠들이 불신을 키워 놨네. 이 오빠가 한발 늦다니."

승후가 한쪽 눈썹을 치켜뜨고 안타깝다는 표정을 지었다. 그러고는 자기가 한 말이 웃긴지 혼자 웃었다. 이나도 어색해진 얼굴로 따라 웃었다.

"처음부터 장난이었어. 그럴 일 없을 테니 겁먹지도 말고. 난 참을성이 많은 사람이고, 그렇지 않은 척 감추는 데도 익숙한 사람이니까. 안 그래도 내가 도둑놈 같단 말이지. 그러니 그렇게 긴장하지 마."

처음부터 장난이었다는 그의 말에 이나는 왠지 시무룩해졌다. 도둑놈은 나이가 어린 여자와 연애하는 남자에게 놀림 삼아 하는 말이었다. 그에게 애송이 취급을 받는 것도 싫었고, 혹시라도 그가 도둑이라는 죄책감 같은 걸 가지고 있을까 봐 마음이 쓰였다.

사랑에서 제외되었듯, 남녀의 은밀한 일에서도 제외될까 봐 위기감이 몰려왔다. 그가 허락한 연애는 거기까진 아닌 건가. 가슴이 작아 매력이 없는 걸까. 갑자기 이런저런 생각이 머릿속을 스쳐 갔다. 여자로서의 자존심도 상했다. 적어도 그럴 가능성마저 없는 여자이고 싶지는 않았다.

요즘 여자들에 대해 잘 모른다고 말했던 남자에게 조금 솔직해지기로 했다.

"도둑놈이 아니에요. 전 이미 다 큰, 요즘의 여자니까요."

"이미 다 큰 요즘 여자라고?"

"스물여섯 살, 저도 같은 어른인걸요. 전 생각하시는 것만큼 어리지 않아요."

그의 얼굴에서 미소가 사라졌다. 그러곤 심각한 표정이 되어 이나를 응시했다.

"여자가 스스로 다 컸다고 말하는 게 이렇게 설렐 줄은 몰랐네. 도둑놈이 아니라는 말에도 가슴이 떨리고. 난 어쩌다 이렇게 된 걸까."

"아무것도 훔친 게 없으시잖아요. 연애도 제가 먼저 하자고 그랬는데."

이나는 정의로운 얼굴이 되어 그의 편에 섰다.

"어디서부터 네 말의 의도를 놓친 건지 모르겠지만, 그 말 너를 훔쳐도 된다는 말처럼 들려. 그렇게 들리는 건 내 문제겠지만."

승후의 말에 이나는 멀뚱멀뚱 땅바닥만 보았다. 그렇게 들리면 어때서. 그런 말을 하고 있는 게 맞는데. 그게 뭐든 감당할 수 있는데.

머릿속으로 생각을 정리하고 있는지 그는 한동안 말이 없었다.

"거기, 다 큰 요즘의 아가씨. 여느 오빠들처럼 손잡고 자는 거 말고, 이 오빠랑은 손이나 잡고 걷자."

길었던 침묵을 깨고 승후가 이나에게 손을 내밀었다. 이나는 그 손을 바라보기만 했다. 이 남자와 손을 잡고 걷는 일은 상상조차 해 본 적이 없었다. 사랑한다 먼저 말하고, 그다음에 키스를 하고, 손잡는 게 나중인 순서가 뒤바뀐 연애.

"나와 손잡는 일에도 그렇게 오래 고뇌하다니 말이야."

이나의 망설임에 그가 어이없다는 듯 웃었다. 이나는 심호흡을 한 후에야 그가 내민 손을 잡았다. 마주 잡은 그의 손은 크고 따뜻했다.

두 사람은 손을 잡고 나란히 밤길을 걸었다. 승후는 자신이 원하는 데이트는 접기로 한 건지, 호텔과 고궁 사이의 길을 따라 천천히 걷기 시작했다. 돌담이 길의 끝까지 이어져 있었고, 가로등은 부드럽게 길을 밝혀 주었다. 거리의 등불에 반사된 밤하늘은 짙은 보랏빛으로 보였다. 마음이 부풀어 올라서인지 오늘따라 유독 밤의 거리가 아름다워 보였다. 지나가다 마주치는 몇몇 사람들이 흘깃 그들을 보기도 했다.

이나가 속삭였다.

"우리 연애하는 사람들처럼 보이겠죠?"

"아마도."

밤에 두 남녀가 고궁의 돌담길을 손잡고 걷고 있으니 말이다.

이나는 낯선 사람들에게 연애하는 사람처럼 보이는 게 좋았다. 주위에 연애하는 걸 숨겨야 하는 비밀 연애 중이니까. 지금처럼 승후와 손을 잡고 걷는다면 어디라도 갈 수 있을 것 같았다. 그와 같이 있는 이 순간이 너무도 좋았다.

이나가 혼잣말처럼 중얼거렸다.

"정말 좋다."

"뭐가 좋은데?"

"밤의 이 길이요."

거짓말이 늘었다. 제일 좋은 건 옆에서 같이 걷는 남자였다.

"내가 연애하는 상대는 이런 데이트로도 충분해 보이는데. 그래, 더는 말고 여기까지만. 네가 원하는 만큼만 좋자."

승후가 숨을 깊게 들이마시고는 말했다. 이나는 그의 말에 마음이 들떴다. 강이나가 좋은 만큼이라니, 그를 향한 마음이 얼마나 큰지 몰라서 하는 말일 것이다. 그만큼의 마음의 크기를 가진 승후를 생각만 해도 설레었다. 진정하려해도 가슴이 자꾸만 벅차올랐다. 그와 같이 걷는 이 밤이 다정하고 포근했다.

"12시 5분. 강이나, 아웃."

편의점으로 들어가는데 진희, 한민, 아르바이트생이 동시에 외쳤다. 셋 다 어울리지 않게 근엄한 눈빛이었다.

"깜짝이야. 뭐야, 이 3인조는."

이나가 12시가 넘은 시각에 들어왔음에도 당당할 수 있는 건 와인 덕분이었다. 승후가 원하는 데이트 중에서 할 수 있는 건 저녁을 먹는 일이었고, 조금 무리해서 와인도 한 잔 마셔 버렸다.

술에 취한 이나를 보며 진희가 요란을 떨었다. 뭐든 그냥 넘어가는 법이 없었다.

"어머, 쟤 좀 봐. 술 마셨나 봐. 술도 못 마시면서."

"조금 마셨어. 취하지는 않았고."

거울에 비친 얼굴이 붉게 보이고 몹시 어지러웠지만 분명 취하지는 않은 거다.

"어쨌든 강이나, 통금 시간 넘었어. 약속을 어겼으니까 벌칙이 있어."

"알았어. 수요일, 목요일 밤에 편의점 보면 되잖아. 엄마가 좋아하는 드라마 끝날 때까지."

"아니야. 회사에서 간다는 그 여행 못 가."

엄마들은 간단한 말로 최대의 효과를 노리는 방법을 아는 것 같았다. 이나는 기절할 것 같은 얼굴로 말했다.

"회사에서 워크숍 가는 거야. 통금을 5분 어겼다고 못 간다는 게 말이 돼? 엄마는 왜 나한테만 나쁘게 굴어? 엄마는 뭐든 엄마 마음대로 하면서."

모든 일에 다 그랬다. 이혼을 할 때도 혼자 결정하고, 이나에게는 통보만 했던 엄마였다.

"내 엄마는 이제 없으니까 내 맘대로지. 넌 엄마가 있으니까 안 되고."

"몇 주 전부터 얘기했잖아. 우리 디자인 팀에서 가는 워크숍이라고."

"회사 사람들이랑 가는지 어떻게 믿어? 남자 친구랑 가는 건지도 모르잖아. 너 남자 친구 생겼다며. 벌써 제보 들어왔어. 한 번도 통금을 어긴 적 없던 애가 벌써 이러잖아."

진희의 입에서 '제보'라는 단어가 나오자 한민이 다른 곳으로 눈을 돌렸다. 이나는 그런 한민을 잔뜩 노려보다가 말했다.

"그래, 남자 친구 있어. 하지만 같이 가는 거 진짜 아니야. 그리고 둘만 가면 어때서. 내가 고등학생이야, 대학생이야? 직장인한테 통금이 있다는 게 말이 돼? 이제 돈도 버니까 혼자 독립할 거야."

이나는 성격이 비슷한 엄마와 매번 충돌이 잦았다. 그래서 어려서부터 가출 선포를 수없이 했었다. 여태까지는 모두 불발로 끝났지만 지금은 진짜였다.

"레드카드. 강이나, 퇴장."

이나와 엄마가 충돌할 때면 한민이 늘 심판이 되었다. 이나는 한민에게 손이 잡혀 버둥거리며 말했다.

"강한민, 심판 제대로 봐. 반칙은 엄마야. 난 내일 집을 나갈 거야, 독립할 거라고."

"흥, 나라 뺏긴 것도 아니고 독립은 무슨 독립?"

진희는 이나의 말에 꿈쩍도 하지 않았다. 이번에도 가출을 실행하지 못할 거라 여기는 듯했다.

어렸을 때 가출 목적은 진짜 엄마를 찾아가는 것이었다. 낳아 준 엄마가 따로 있는 것이 분명하다고 생각했다. 동생과 같은 해에 태어났다는 말도 안 되는 일이 명백한 증거였다.

그런데 어찌 된 일인지 가출을 결심할 때마다 아빠가 사 준 하얀 원피스가 마당의 빨랫줄에 널려 있었다. 이나가 가장 좋아하는 원피스였다. 그게 마르기를 기다리다 잠이 들어 가출은 번번이 실패했다. 한나의 말에 의하면 이나가 짐을 싸기만 하면, 진희는 그 원피스를 금세 빨아 널었다고 했다.

"엄마는 늘 그런 식이야. 그리고 나 남자 친구랑 가는 거 절대 아니라고!"

이나는 한민에게 끌려가며 그렇게 소리쳤다.

다음 날, 여전히 독립을 보류한 이나는 옥외 카페테리아에서 동주와 마주 보고 있었다. 얼마간의 시간을 두고 생각해 보라고 했지만 이대로는 안 될 것 같았다. 사귀는 사람이 있다고 말할 작정이었다. 어제부터 가슴에 놓인 돌이 아직도 무거웠다.

"동주 씨의 제안에 대해 할 말이 있어요."

"뭐든 괜찮다 했지만 긴장되는데요. 하지만 저기들 오고 있는데."

동주가 이나의 등 뒤를 가리켰다. 은경, 딜런, 링링이 걸어와 두 사람이 앉아 있는 테이블에 둘러앉았다. 은경에게서 호출 명령이 있었고, 이나는 동주와 이야기를 나누기 위해 미리 나와 있던 참이었다.

동주가 장난스럽게 속삭였다.

"모두가 들어도 되는 기쁜 소식이었으면 좋겠어요."

"나중에 얘기해요."

이나는 곤란해진 얼굴을 손으로 가리며 작은 한숨을 쉬었다. 기쁘지 않은 소식이라 지금 말할 수 없었다. 두 사람을 미심쩍은 눈으로 살피던 은경이 모두를 향해 말했다.

"잠시 회의 시간을 갖자고 한 건, 주말 워크숍에 관해 얘기할 게 있어서야. 모두의 동의가 필요한 일이라서. 회사 내에서 나와 친분이 있는 분이 우리의 이번 여행에 대해 묻더라. 평소에 딜런이 찍어서 블로그에 올린 여행 사진에 관심이 많았나 봐. 디자인 팀과 산으로 여행을 갈 거라고 했더니 같이 갈 수 있냐고 물어 왔어."

은경은 여기까지 말하고 말을 멈추었다. 그리고 모두의 반응을 살폈다. 딜런이 먼저 입을 열었다.

"우린 개방적인 팀이니까. 같이 가고 싶다면 문제 될 건 없지."

"그런데 좀 거물이야. 나야 친분이 있어서 괜찮지만, 자기들이 부담일까 봐."

"대체 누군데요?"

"민승후 대표."

동주의 질문에 은경이 털어놓듯 말했다. 모두 한동안 말이 없었고 이나는 딸꾹질을 시작했다.

"멋진데. 그와 친해지고 싶었어. 난 찬성."

딜런이 침묵을 깼다.

"당연히 찬성이죠."

링링과 동주가 동시에 대답했다. 이나만 아무런 말도 하지 못했다. 승후의 공개적인 팬인 링링이 대답이 없는 이나를 보았다. 빨리 대답하라고 보채는 눈빛이었다. 딸꾹질을 멈추려 숨을 삼키던 이나가 대답했다.

"반, 반대예요, 전."

같이 간다면 모두에게 연애 중임을 들키고 말 것이다.

말을 마치자마자 은경이 일어섰다.

"다수결 원칙에 의해 찬성으로 결정. 자, 이제 일하자고."

산의 해는 도시의 해보다 먼저 저물어 갔다. 오대산에 도착해서 두 개의 텐트를 치고, 텐트 사이에 여행용 테이블을 만들고 나니 벌써 주변이 어두워졌다.

초여름인데도 어두워진 산속은 쌀쌀했다. 모두 두툼한 점퍼를 입고 추위를 녹이기 위해 피운 장작불에 가까이 모여 앉았다. 장작의 불빛이 그들의 얼굴에 붉게 일렁거렸다. 장작 타는 냄새가 났고 검붉어진 나무는 타닥타닥 소리를 내며 타들어 갔다. 춤추듯 흔들리는 빨갛고 투명한 불을 모두 숨죽여 보고 있었다. 불빛은 둘러앉은 사람들의 마음을 가라앉게 했다.

"대표님, 우리 이러고 있으니 대학 때 생각나네요. 술 진탕 마시고, 노래하고, 게임도 하고. 난리도 아니었죠?"

"그랬었지."

승후와 은경은 대학 시절부터 가까이 지냈다고 했다. 둘은 오랜 추억을 공유하고 있었다.

그는 생각보다 디자인 팀원들과 잘 어울렸다. 이 여행과 절대 어울리지 않을 것 같았는데 이곳과 잘 어울리는 모습으로 앉아 있었다. 사람과 일에 지쳐 혼자 여행을 즐긴다는 남자는, 자연과 사람들 속에 자연스럽게 섞여 있는 법도 알고 있는 듯했다.

오히려 자연스럽지 못하고 어색하게 구는 쪽은 이나였다. 손가락 하나를 움직이면서도 신경이 온통 승후에게로 쏠렸다. 낮에 들른 휴게소에서 대표님이 왜 싫으냐고 링링이 물어볼 정도였다. 승후가 이곳에 오는 걸 반대했던 일을 링링은 아직까지 신경 쓰고 있는 것 같았다.

이나는 비밀을 잔뜩 끌어안고 있는 여자처럼 행동이 무거워졌다. 마치 승후에게 화라도 나 있는 사람처럼 보이는 듯했다. 승후를 마주하기만 하면 몸이 경직됐고, 괜스레 퉁명스러운 말투가 되었다. 그래서 일부러 말도 시키지 않았고, 가까이 가지도 않았다. 이렇게 어색하게 굴 수가 없었다. 이러다가 여러 사람들 앞에서 뭔가를 들킬 것만 같아 초조했다.

"생각해 보면 사람들은 애초에 외로움을 느끼도록 설정된 것 같아. 혼자 살 수 없도록 말이야. 늘 사람을 그리워하도록 만들었나 봐."

따뜻한 정종이 담긴 술잔을 손으로 감싸고 있던 은경이 문득 그런 말을 꺼냈다.

밤의 정적과 타오르는 붉은 불빛은 사람을 솔직하게 만드는 힘이 있는 듯했다. 불 앞에서는 시간도 멈추어져 있는 것처럼 느껴졌다.

이나는 은경의 말에 귀 기울이는 승후를 슬쩍 보았다. 그는 두툼한 바람막이 점퍼를 입고, 점퍼에 달린 모자를 뒤집어쓴 차림이었다.

승후는 지금껏 외롭다는 말을 꺼내 보인 적이 없었다. 세상에 혼자 남아 있어도 별 무리 없이 살아갈 사람으로 보이기도 했다. 그를 마음에 담고부터 외로움이라는 감정에 다가간 이나는 은경의 말에 귀를 기울였다.

"외로움이라는 감정이 없었다면 어땠을까? 사람과의 관계에서 받은 상처를 더는 받지 않으려고 혼자 숨어서 살아가려는 사람들이 많지 않았을까? 지독한 외로움 덕분에 다시 사람의 무리로 나오게 되어 있잖아. 본능적인 외로움이라는 감정 때문에 인간은 지금껏 살아

남아 있는 건지도 모르고.”

은경의 말에 딜런이 동의했다.

“사람에게서 받은 상처를 다른 사람으로 위로받을 수 있을 거라고 믿는 거지.”

“나처럼 다시 속을 수 있다는 걸 알면서도 말이야.”

“은경, 그러다가 진짜 위로를 주는 사람을 만나기도 한다고.”

그들은 서로를 진심으로 생각하는 친구로 보였다. 이나는 두 사람의 진지한 대화를 들으며 승후를 보았다. 그는 어떤 생각을 하는 건지 읽을 수 없는 얼굴로 장작 불빛을 보고 있었다. 표정으로 모든 걸 다 들키는 이나로서는, 감추는 것에 능한 남자가 쉽지 않은 것이 당연했다.

장작불이 소리를 내며 솟구쳐 올랐다가 사그라졌다.

“이나 씨는요? 봄이라 그런지 외롭다고 했었잖아요.”

동주가 느닷없이 물었다. 여행이 불편했던 건 동주도 한몫했다. 이나는 자신이 고백을 한 남자와, 자신에게 고백을 한 남자 사이에서 쩔쩔매고 있었다.

“그, 그랬죠.”

“외로운 봄에 누군가를 받아 줄 마음의 여유는 있는 건가요?”

동주의 행동은 마치 공개 구애를 하는 남자와도 같았다. 모두의 시선이 두 사람에게 집중되었다. 이나는 급작스러운 불화살을 맞은 사람처럼 숨도 못 쉬고 동주를 보았다.

“그게 아니라, 저는⋯⋯.”

당황해서 할 말을 찾지 못했다. 저절로 시선이 승후에게로 향했다. 혹시라도 머리카락이 치솟고, 입에서 불을 내뿜고 있는 건 아닐까 싶었다. 질투로 인해 그렇게 될지도 모른다고 경고하던 남자였다.

의외로 그는 고요하고 평온해 보였다. 고개를 들어 동주를 유심히 보다가 이나에게로 눈길을 돌렸다. 둘의 시선이 비밀스럽게 얽혔다. 눈이 마주치자 그가 빙긋 웃었다. 그 역시 대답이 궁금하다는 얼굴로. 다른 사람들과 별다르지 않은 정도의 관심과 거리 유지를 하면서.

“이나 씨에게 외로움이라는 틈새를 비집고 들어갈 계획인 거야? 두 사람, 얼마 전부터 분위기 묘하던데.”

“그저 동료로서의 관심일 뿐입니다.”

은경의 말에 답하며 동주가 이나를 따스하게 바라보았다. 이건 누가 봐도 직장 동료 사이를 넘어선 눈길이었다. 당황함을 감추지 못한 이나가 물었다.

“동주 씨, 저한테 진실된 답을 원하는 거겠죠?”

“그럼요. 편하게 말해도 돼요.”

이유를 알 수는 없지만 동주의 목소리와 태도에서는 자신감이 묻어났다. 이나는 동주를 위해서라도 더 이상의 여지를 주면 안 될 것 같다는 생각이 들었다. 자신의 상태를 알려야 했다. 승후를 포함한 여기 있는 모든 사람들에게도.

“전, 많이 좋아하는 사람이 있어요.”

답을 듣는 동주의 눈이 놀라 커졌다. 예상 못 한 답이었는지 당황한 얼굴이었다. 이나는 미안함이 담긴 시선을 동주에게 주며 말을 이었다.

“그 사람으로 인해 외롭기도 하고, 즐겁기도 한 상태예요. 아직 사랑 같은 건 아니지만요.”

자신은 사랑인 것 같은데 말이다.

“사랑은 아닌데 좋아하는 사람이라. 아직 상대의 마음을 잘 모르는 거로군. 서로 탐색 중인 거야?”

은경이 이나의 상황에 대해 진단해 주었다.

"감정을 조금씩 누르고 있어요. 서로를 위해 천천히 가야 하거든요. 제대로 가고 있는 걸까 궁금하지만, 마음의 방향을 잡고 솔직하고 씩씩하게 앞으로 가는 중이에요."

말을 끝내고 먼저 승후를 보았다. 고요하고 여유롭던 아까와는 달리, 그의 눈빛이 들고 있는 술잔 속의 술처럼 투명하게 흔들렸다. 다른 팀원들도 이나의 솔직한 말에 당황한 듯했다. 자신들을 향한 것이 아님에도 생각지도 않은 고백을 불시에 받은 것처럼, 다들 어색하기 짝이 없는 표정이 되었다.

그 뒤로 한동안 누구도 먼저 말을 꺼내지 않았다. 조금 긴 정적이 흘렀다. 어색한 공백을 은경이 깼다.

"이나 씨, 요즘 연애해?"

"어쩌다 보니 연애 초보예요."

실망하는 동주의 표정이 자신을 향해 있어 몸의 어딘가가 따끔거렸다. 그런 이나의 마음을 눈치챘는지 동주가 어른스럽게 감정을 정돈하며 말했다.

"이나 씨의 외롭다는 말이 그런 의미였군요."

"네, 평범한 외로움과는 조금 다른 감정이었어요."

대답을 하며 이나는 다시 승후를 보았다. 그는 고개를 살짝 기울인 채 장작불을 바라보고 있었다. 입가에는 알 수 없는 미소가 흘렀다.

그에게서 시선을 거두고 앞을 보자 맞은편에 앉은 링링이 원망스러운 눈으로 바라보고 있었다.

"뭐야? 남자 친구 있단 소리 한 번도 한 적 없잖아."

"미안, 얼마 전의 일이야. 어쩌다 보니 연애 중인 것을 모두에게 털어놓아 버렸네요."

그 말에 모두 장난처럼 야유와 환호를 보냈다.

"이렇게 된 김에 진실 게임 하자. 누구에게든지 질문할 수 있고, 어떤 질문이 됐든 솔직하게 대답하는 방식으로. 답하지 못할 시에는 벌칙으로 들고 있는 술을 원샷, 술이 약한 사람은 흑기사를 불러도 무방하고. 어때?"

딜런의 제안에 은경이 덩달아 신이 나서 말했다.

"그런 거 하며 서로를 알아 가는 게 여행의 목적이지. 핵심을 놓칠 뻔했네. 대표님, 우리 추억의 게임 한번 해 볼까요?"

"좋아, 내가 집중 공격을 당하겠지만."

승후가 흔쾌히 허락했다. 대학 선후배인 두 사람은 회사 밖에서의 모습이 더 친근해 보였다.

"자, 대표님도 허락하셨으니 이제 시작해 볼까? 내 첫 질문은 역시 대표님께."

승후는 그럴 줄 알았다는 표정이 되어 은경을 보았다.

"지금까지 지켜본 내내 궁금했던 점이에요. 그렇게 꾸준하게 걸어 나갈 수 있는 원동력이 궁금해요. 옆도 뒤도 안 보고 일만 하시잖아요. 무엇을 위해 그렇게 열심히 달리시죠? 가시는 길의 최종점이 어디인가요?"

은경은 씩씩하고 거침없었다. 다들 솔깃한 표정으로 답을 기다리고 있었다.

"나 스스로가 나를 인정할 때까지. 그걸 보는 사람들도 나를 인정해 주면 감사한 일이고. 내가 생각하는 삶에서의 성공이란, 이루려는 것을 향해 꾸준히 성장하는 과정들을 만들어 내는 것."

"그럼 실패하거나 좌절한 적은? 그런 거 없이 완벽해 보이시지만요."

"내 모든 실패 또한 성장하는 과정이었다고 생각하고 있어."

"실패가 성장하는 과정이라니 묻는 건데, 사랑은요? 한 번 크게 실패하셨잖아요. 그것도 성장 중인가요?”

두 사람의 이야기를 귀 기울여 듣고 있던 이나는 은경의 질문에 그만 굳어 버렸다. 사랑에 크게 실패했다는 말이 몸을 움직이지 못하게 했다.

은경은 오늘 날을 잡은 것 같았다. 당돌한 질문이었지만, 승후에 대한 어떤 애정을 담은 질문처럼 들렸다.

“그 후로 사랑에 대해서는 성장하시지 않은 것 같은데 말이죠. 아니면 사랑 같은 건 없다는 결론을 내리신 건가요? 제가 보기엔 후자 같아요. 지금껏 혼자이신 걸 보면요.”

승후는 은경의 그런 발칙함이 즐거운지 미소를 짓고 있다가 느긋한 목소리로 답했다.

“내 나이 정도 먹었으면 남자가 사랑에 대해 절실했던 경험이 한 번쯤은 있어야지. 그것으로도 완전한 실패는 아니었다고 생각해.”

하긴 그 나이까지 사랑을 한 번도 못 해 봤다는 게 더 이상한 일일 것이다.

그 뒤로도 은경의 질문이 몇 번 더 이어졌지만 그는 어떤 질문을 받아도 여유롭게 받아넘기고 적당히 비껴가는 법을 알았다.

“그럼 30대 중반을 넘긴 남자가 생각하는 여자와의 섹스는 무엇인가요? 이 부분 진지하게 답해 주세요.”

은경이 짓궂은 얼굴로 물었다.

“어머, 너무 수위 높은 질문 아니에요?”

말은 그렇게 해 놓고, 링링은 승후를 쳐다보며 잔뜩 기대하는 표정으로 대답을 기다렸다.

“난 30대 중반의 여자로서, 30대 중반 남자들의 생각이 궁금할 뿐이야. 한 수 알려 주시면 감사하겠습니다.”

승후가 질문을 하는 은경을 애정이 담긴 시선으로 바라보며 잠시 뜸을 들이다가 답을 말해 주었다.

"남녀가 합의에 따라 나눌 수 있는 무척 진지하고, 순수하고, 즐거운 소통. 설명이 힘든 아주 멋진 교감이라고 생각하지. 내가 무척 좋아하는 부분이기도 하고."

빙긋 웃으며 말을 마치자, 모두 뭐가 좋은지 환호 비슷한 걸 했다. 여기 이 사람들은 진짜 어른들처럼 그런 말들이 아무렇지도 않은 것 같았다. 이나만 얼굴이 화끈하게 달아올라 버렸다. 즐거운 소통과 멋진 교감이라니. 게다가 무척 좋아하는 부분이라니. 그걸 저렇게 당당히도 말하다니.

"남녀가 나누는 즐거운 소통과 멋진 교감이라고요? 멋지네요."

답을 얻은 은경도 즐거워했다. 이나만 점점 경직되어 갔다. 승후의 말들이 느리고 가깝게 귓가에 맴돌며 떨쳐지지 않고 반복되어 들려왔다. 무척 진지하고, 순수하고, 즐거운 소통. 설명이 힘든 아주 멋진 교감.

"매우 좋아하신다면서 밤의 외로움은 어떻게 해결하죠? 혼자 사시잖아요. 아무래도 밤에 더 외로우실 텐데."

더욱더 수위를 높인 은경의 질문에 당황한 건 승후가 아니라 이나였다. 흘깃 승후 쪽을 바라보다 그와 눈이 마주쳐 버렸다. 눈길을 피하지 못한 채 그를 보고 있어야만 했다. 벌어진 입도 다물지 못하고 바보 같은 표정으로 멍하니.

"글쎄."

승후는 빙긋 웃더니 앞에 놓인 벌주를 단숨에 마셨다. 미소의 끝은 이나에게 머물러 있었다.

"그건, 노코멘트."

스스로 마시는 벌주였다. 승후는 비운 잔을 보란 듯 거꾸로 흔들었다. 그 답을 궁금해하던 링링이 제일 큰 소리로 야유를 보냈다

"역시 사람들은 야한 얘기에 솔깃해져. 그건 국제적이군."

딜런의 말에 모두 웃었다. 한바탕 시끄럽게 웃은 뒤 다시 분위기가 잠잠해지자 승후가 말했다.

"나에 대해선 이 정도로 끝내죠. 그리고 나도 누군가에게 질문할 수 있는 거겠지?"

모두 고개를 끄덕여 보였다.

"내 질문은 강이나 씨에게."

이나는 촌스럽게 커진 눈으로 승후를 보았다. 그리고 손끝으로 자신을 가리켰다.

"저, 저요?"

"이나 씨가 아까 했던 말 더 듣고 싶은데. 연애 초보의 감정에 대해서."

그는 아무래도 같은 편은 아닌 것 같았다.

"맞아. 나도 요즘 20대 중반의 여자는 어떤 연애를 하는지 궁금했어. 특히 강이나 씨가 느끼는 사랑의 감정에 대해. 인생을 조금 더 산 우리가 진단해 줄게. 한번 들어 보자."

은경은 이나에게 몸을 바짝 붙이더니 어깨를 끌어안고 말했다. 모두 엄청난 집중력으로 이나가 입 열기만을 기다렸다. 이나는 어쩔 수 없다는 듯 말을 시작했다. 솔직해져야 하는 게임 중이었고, 잔에 가득 담긴 벌주를 마시기엔 주량이 달리므로.

시선 둘 곳을 몰라 붉은 장작불에 집중하며 말을 이어 갔다.

"제가 생각하는 사랑이라는 건, 마음을 다하고 정성을 다하는 거요. 그 사람을 마음에 깊이 심고 날마다 물을 주는 일이요. 마음에 드는 어떤 씨앗을 심고, 무엇이 될까 상상하고, 정성을 다해 보살피는 일이요. 씨앗에서 싹이 튼다는 생각만으로도 마음이 꽉 차서 흘러넘치죠. 그렇게 넘치는 마음을 잘 가꾸어 가는 일이 제가 생각하는 사랑이에요."

말을 마치고 승후와 팀원들을 바라보았지만 다들 조용했다. 동주만이 고개를 끄덕이며 반응을 보일 뿐이었다.

이나가 고개를 갸웃거렸다. 너무 흔하고 재미없는 말이었나.

"저기, 감동하신 거라면 그러지들 마세요."

이나의 말에 옆에 있던 은경이 어깨를 감싸고 있던 손을 풀었다. 그러곤 한심하다는 듯 이나를 찬찬히 살폈다.

"이나 씨 술 취했어?"

"아니요. 한 방울도 마시지 않았는데요."

"술 한 방울도 안 마신 멀쩡한 정신으로 그런 말을 한다 이거지? 장미에 물 주는 어린 왕자로 사랑을 배웠네. 너무 오글거리는 해석이야. 듣는 내내 간지러워 죽을 뻔했다고."

"사랑 자체가 추상적이지. 다들 처음엔 저런 마음으로 사랑하지 않나?"

딜런은 이나의 편을 들었다. 승후도 동의한다는 듯 입을 열었다.

"멋진걸. 난 강이나 씨한테 반할 것 같은데."

분명 반할 것 같다고, 승후가 말했다. 그렇게 직접적인 말을 팀원들 앞에서 하다니. 여기서 허튼수작은 통하지 않을 텐데.

이나는 놀란 마음에 눈을 크게 뜨고 주위 사람들을 둘러보았다. 하지만 모두 승후처럼 따뜻한 표정이었다.

"어쩌면 좋아요. 사실 저도 반해 버렸네요."

링링이 한 말에 모두 동의하듯 고개를 끄덕이며 웃었다.

"답을 했으니 이젠 이나 씨가 상대를 골라서 질문해 봐."

딜런이 게임의 방법을 알려 주었다. 이나는 잠시 망설이다가 결심이 선 듯 목소리에 힘을 주었다.

"저는 대표님께 질문이 있어요."

승후를 똑바로 보고 말했다. 지금이 아니면 그에게 다시는 이런 질문을 하지 못할 것 같았다.

"대표님, 오늘 공격 좀 당하시네요. 그것도 회사 내 최고 말단 사원에게."

뭐가 고소한지 은경이 키득거렸다.

"좋아, 준비됐어."

승후가 의외라는 표정으로 즐거운 듯 답했다. 이나는 숨을 크게 들이마시고 난 후 물었다.

"저처럼 연애 초보가 아닌 사람이 느끼는 사랑에 대한 감정이 궁금해요. 사랑에 실패했던 남자가 느끼는 감정에 대해서 알고 싶어요. 대표님은 사랑에 대해 처음처럼 순수할 수 없어서 다시 하기가 어려운 건가요? 아니면 또다시 실패할까 겁을 내는 건가요? 그도 아님 아직 아픈 건가요? 그래서 다시 사랑해 볼 생각은 들지 않는 건가요?"

질문을 받는 승후의 눈은 고요했지만, 그에게 묻는 이나의 눈동자는 심하게 흔들렸다. 곤란하게 할 생각은 아니었다. 그의 진심에 조금 더 다가가고 싶을 뿐이었다. 그리고 이나의 질문엔 그런 의미도 포함되어 있었다.

'그게 아니라면 나는 왜 사랑이 될 수 없는 건가요? 나랑 연애도 하고 사랑도 하면 안 되나요?'

승후는 생각에 잠긴 듯 잠시 동안 말이 없었다. 그는 더 이상 여유로워 보이지 않았다.

이나가 이런 질문을 할 거라곤 상상도 못 했는지 다들 조용해졌다. 모두의 침묵이 길어졌다.

"그건."

약간 곤란한 얼굴로 승후가 대답을 하려고 했다. 이나는 그의 미소 끝에 묻어나는 쓸쓸함을 보았다. 그걸 지켜보는 이나의 마음이 아러 왔다.

"대답 안 하셔도 좋아요. 제가 벌칙 받을게요."

이나는 테이블에 놓인 벌주를 단숨에 마셔 버렸다. 장담하건대, 저런 눈으로 하는 말은 어떤 대답이라도 가슴 아플 것 같았다.

"왜 이나 씨가 그걸 마시지?"

링링이 이해할 수 없다는 표정을 짓고 물었다. 다른 팀원들도 아쉬운 얼굴이었다. 어쩌면 모두 승후의 답을 기다린 것 같았다. 이나만이 승후의 대답을 들을 용기가 나지 않았을 뿐이었다.

"제가 흑기사니까요. 아니, 흑장미인 건가?"

"자기가 질문해 놓고 스스로 흑장미가 된 거야? 대표님께 까불어 놓고 훗날이 무서워 수습하는 것으로 보여."

은경이 웃으며 상황을 정리했고, 이나가 바로 수긍했다.

"팀장님이 맞아요. 대표님, 까불어서 죄송합니다."

그렇게 시간이 흘렀다. 모두들 즐겁게 대화를 나누는데, 이나에겐 어떤 소리도 들리지 않았다. 벌주를 한 잔 다 들이켜고 난 후부터 몹시 덥고 답답했다. 불이 가까워서 그런지 몸이 타들어 가는 것 같았다. 아무래도 큰 컵 가득 담긴 벌주는 무리였나 보다.

갑자기 이나가 자리에서 일어났다. 일어서며 조금 비틀거리기까지 했다. 덥고 어지러워 새로운 공기가 필요했다.

"전 잠시 산책을 해야겠어요."

"어두운데 길 잃어버려요."

옆에 앉아 있던 동주가 이나의 팔목을 잡았다. 승후의 눈이 동주가 잡은 이나의 팔목에 서늘하게 고정되었다.

"너무 더워서 바람 좀 쐴래요. 아까 오다가 봤던 산장의 마트까지만 갈 거예요."

"그럼 같이 가요."

“동주 씨, 걱정하지 마세요. 혼자 갈 수 있어요. 설마 절 길치로 알고 있는 건 아니죠?”

이나는 팔목을 잡은 동주의 손을 끌어 내리고, 도망치듯 자리에서 빠져나갔다. 걱정스러운 눈으로 이나의 뒤를 좇던 링링이 말했다.

“반대 방향으로 가는데요. 산장이 아니라 전나무 숲 쪽으로요. 게다가 뛰어가요. 이나 씨 심한 길치인데. 흑장미 노릇 하다가 술에 취한 것 같아요.”

승후가 링링에게 물었다.

“강이나 씨, 술을 그 정도로 못합니까?”

“저번에는 소주 반 잔에 주정하던데요. 아무래도 누가 같이 가 봐야 할 것 같아요.”

링링의 말에 동주가 일어섰고, 그보다 더 빠르게 승후가 일어났다. 두 남자는 선 채로 마주 보았다. 서로 상대방이 먼저 포기하길 원하는 것 같았다.

동주가 지지 않겠다는 듯 말했다.

“제가 가겠습니다.”

그러자 승후가 더 당당하게 말했다.

“아니, 내가 가서 찾아오죠.”

“대표님은 왜요?”

링링이 걱정스레 물었다. 이나가 승후를 싫어하는 것 같아, 그가 나서는 것이 걱정되는 모양이었다.

“강이나 씨가 내 흑장미였잖아.”

승후가 답을 말했다. 모두 동의한다는 듯 고개를 끄덕였다.

검은 하늘을 바라보았다. 전나무 가지 사이로 보이는 하늘엔, 언 것처럼 차가운 달이 떠 있었다. 숨을 내뱉어 보자 하얗고 차가운 입김이 검은 공기 중에 서렸다.

정신없이 뛰다 보니 산장은 나오지 않고 숲만 울창해졌다. 밤의 숲은 울창할수록 검어졌다.

'나, 길을 잃었나 봐. 산장이 사라졌어.'

이나는 전나무 숲길 한가운데 서서 한동안 움직이지 못했다. 멀리서 알 수 없는 동물의 울음소리가 들렸고, 어디선가 푸드덕거리며 새가 나는 소리도 들렸다. 어둡고 추운 곳에 혼자였다. 방향 감각이 흐트러지고 겁이 나기 시작했다.

그렇게 한참을 두려움에 떨며 서 있다가 뒤에서 들리는 인기척에 뒤돌아서서 오던 길을 바라보았다. 누군가 걸어오고 있었다. 잔뜩 긴장해서 그쪽을 주시했다.

"그새 멀리도 갔네."

승후였다. 길을 잃어버린 것을 알아챈 순간, 승후가 제일 먼저 떠올랐다. 그리고 정말로 그가 눈앞에 서 있었다. 어쩌면 마음의 나침반이 그만을 향해 있는지도 모른다. 이나는 안도감과 혼란함이 섞인 채로 그를 바라보며 서 있었다.

"길을 잃어버렸어요. 반대 방향으로 온 것 같아요."

가까이 다가오는 승후에게 변명처럼 말했다. 말하는데 눈에 눈물이 그렁댔다. 이나는 눈물이 떨어지기 전에 손등으로 눈물을 닦아 냈다. 길도 잃어버린 마당에 울기까지 하면 그에게 더욱 애송이로 보일 테니까.

"어둡고 낯선 곳이니까 그럴 수 있어. 앞으로 누군가와 같이 있다가 길을 잃어버리면, 움직이지 말고 그 자리에 서 있어. 서로 찾아다니다가 엇갈리면 큰일이니까. 괜히 헤매고 다니다가 정말 길을 잃어버릴 수 있거든. 꼭 기억해."

"기억할게요."

"흑장미 노릇 하느라 마신 술은 어때?"

"길을 잃어버린 걸 알았을 때 놀라서 다 깬 것 같아요."

대답을 하는 중에 몸을 약간 휘청거린 건, 술기운 때문이 아니라 긴장했던 다리의 힘이 풀렸기 때문이다. 정신은 멀쩡했는데 몸의 상태가 달랐을 뿐이었다. 그의 흑장미로서 약한 모습을 보여 주기 싫었다. 주량이 약한 것마저 한참 어린 여자로 보일 게 뻔했다. 승후는 그런 이나의 상태를 살폈다. 그리고 동의한다는 듯 고개를 끄덕였다.

"다행이네. 조금 더 괜찮아질 때까지 같이 걷자."

그들은 나란히 서서 밤의 전나무 숲길을 걸었다. 승후가 조심스레 말을 꺼냈다.

"내가 여기 와서 많이 곤란해?"

"일을 망칠 것 같다는 생각이 들었어요. 전 모든 걸 잘 들켜 버리니까요."

"난 같이 시간을 보내고 싶다는 단순한 생각으로 왔어. 이런 곳에서 보내는 시간은 오래도록 기억에 남잖아 어쩌면 너와 둑이서 점심을 먹고, 여행도 다니는 이동주를 견제하기 위해서였을지도 모르고."

"연애 중임을 모두에게 털어놨으니 이제 아무도 견제하지 마세요."

아까는 무섭기만 했던 검은 전나무 숲길이, 지금은 수묵화 안으로 들어오기라도 한 듯 운치 있게 느껴졌다. 흙길을 걷는 두 사람의 발걸음 소리만 들릴 정도로 주위는 고요했다. 하얗게 얼어 있는 것 같았던 보름달의 빛은, 어느새 녹아내려 길을 따스하게 밝혀 주고 있었다.

"아까 사랑에 대한 견해 잘 들었어. 사람을 마음에 깊이 심는 일을 사랑이라고 한다면, 그보다 더한 정답이 어디 있을까? 하지만 사람

마다 마음에 뿌려진 흙의 결이 다르고, 언제나 온실처럼 따뜻할 수만
은 없거든. 마음이 온화한 사람들끼리만 하는 것이 아니라서, 사랑이
라는 것에 종종 문제가 발생하기도 해.”

승후가 자신의 마음을 보여 주기 시작했다.

“따뜻하지 못한 사람들이 하는 사랑은 아름답지만은 않거든. 마음
의 크기가 더 크다고 생각하는 쪽이, 상대에게 집착하고, 불신하고,
오해하게 되는 거지. 그러다 보면 사랑이라는 게 의미를 잃고 어렵게
진행되어 가는 거야. 서로에게 치열하게 상처를 주면서 말이야. 오래
전 내가 그랬던 것처럼.”

그는 진실 게임에서 이나가 물었던 질문에 대한 답을 지금 하고 있
는 듯했다.

“마음을 다했던 일의 결과가 비참하게 된 거지. 그런 걸 겪고 나면
나 자신을 누군가에게 온전히 내어 줄 수 없게 돼. 사람 사이의 어떤
관계든지 상실과 이별은 존재할 테고, 그것들을 피하려면 아무것도
하지 않는 방법을 택하게 되니까. 난 지금껏 그 방법을 택해 왔어.”

“그런 것들을 다시 느낄까 봐 두려운 건가요?”

“내가 누군가에게 그런 걸 느끼게 할까 봐, 그게 더 두렵기도 하고.”

사랑이 아픈 과정으로 변질될 수 있다는 것을 생각해 본 적이 없었
다. 사랑에 상처를 입었던 그는 누구에게도 상처를 주고 싶어 하지
않았다. 어쩌면 그는 이나가 생각했던 것보다 순수한 남자일지도 모
른다. 적어도 사랑에 대해 닳고 닳은 남자 같지는 않았다. 사랑에 실
패한 후, 아예 사랑하지 않는 방법으로 살아가고 있을 뿐.

그의 시선이 말없이 걷는 이나의 운동화로 향했다. 운동화의 매듭
은 아직도 그가 매어 준 그대로였다. 혹시라도 풀릴까 봐 그동안 이
운동화의 매듭을 얼마나 아꼈는지 모른다.

“산에 오면서 발목이 다 드러나는 신발을 신다니. 뱀이 나오면 어

찌려고.”

“뱀이 나와요?”

“그럼, 축축한 잡초가 무성하게 자란 밤의 산길인데.”

“겁주지 말아요.”

이나는 멈추어 서서 움직이질 못했다. 세상에서 파충류가 제일 무서웠다. 징그러운 모습들이 상상되어 몸을 움츠리며 까치발을 했다. 발밑을 보는 것조차 두려웠다.

“진짜로 무서워하는구나. 귀신보다 더 무서워하는 것 같은데?”

“파충류가 지구상에서 제일 이상하게 생겼어요. 전 파충류 공포증이 있거든요.”

“이상하게 생겼다고 무서워하다니. 지구 위에 공존하며 사는 파충류한테 너무한 거 아니야?”

승후의 얼굴이 점점 장난스럽게 바뀌었다. 그러다가 놀란 척하며 손가락으로 이나의 발밑을 가리켰다.

“거기. 뭐지?”

뱀을 본 것 같은 표정을 과장되게 흉내 냈을 뿐인데, 이나는 놀라 눈을 질끈 감고 승후의 팔에 매달렸다.

“거짓말하지 말아요. 정말 무섭단 말이에요.”

거짓말인 줄 알면서도 그에게 꽉 매달려 떨었다. 눈을 뜨지도 못하고 발밑을 쳐다볼 생각은 더더욱 못 했다. 무언가 꿈틀거리는 것이 발밑에 기어 다니는 상상만으로 소름이 끼쳤다.

승후는 그런 이나를 예상했던 건지 자신의 품 안으로 끌어당겨 안았다.

“오늘 강이나의 약점을 또 알아냈네. 이제 뱀이나 귀신 이야기를 하면 쉽게 안을 수 있겠구나.”

“연애하기로 했잖아요. 그런 얘기 하지 말고 그냥 안아도 돼요. 언제든 원할 때마다."

그렇게 승후에게 안겨 있자니 이상했다. 승후의 심장 소리가 있지도 않은 뱀에 놀란 사람보다 빨리 뛰었다.

"나와 연애하는 강이나는 술이 올라 따뜻한 몸으로, 아직 술이 덜 깬 얼굴을 한 채, 놀라 뛰는 심장을 가지고, 나에게 안겨 있네. 술 취한 여자를 안으니 따끈하고 좋다."

그의 심장이 뛰는 소리는 빨랐는데, 목소리는 느려 묘했다. 이나는 그 목소리에 긴장이 풀려 감았던 눈을 떴다. 혹시라도 뱀이 나올까 싶어 여전히 발뒤꿈치를 한껏 든 채로.

그가 커다란 손으로 이나의 머리를 감싸 안고 자신의 가슴 안쪽으로 더욱더 끌어당겼다. 그 바람에 이나의 이마가 그의 목덜미의 어딘가에 닿았다. 서로의 피부가 맞닿자 놀란 심장이 달래 주고 싶을 만큼 요란히 뛰어 댔다. 어쩌면 온몸이 쿵쿵대고 있는지도 모른다.

이나는 승후에게 안겨서 남녀가 합의하에 나눌 수 있는 무척 진지하고, 순수하고, 즐거운 소통에 대해서 생각했다. 설명조차 힘들다는 아주 멋진 교감도 상상해 보았다. 살이 조금만 맞닿아도 이런 기분인데, 만약 몸을 나눈다면 어떤 기분이 되는 걸까.

이나는 작은 소리로 중얼거렸다.

"그런 순간이 올까요?"

"어떤 순간?"

그와 교감과 소통을 할 수 있는 순간들. 그가 무척 즐긴다는 일을 함께 경험하는 시간들.

그의 품 안에서 한쪽 눈만 뜨고 올려다본 달은, 더는 차갑게 느껴지지 않았다. 승후가 침묵하는 이나를 더 깊이 안았다. 몹시도 어지러웠다. 다시 눈을 감기 전 바라본 밤하늘이 빙글빙글 돌고 있었다.

새벽쯤부터 비가 내리기 시작했다. 이나는 빗소리를 들으며 내내 선잠을 자다가, 새소리에 깨어나 텐트 밖으로 나왔다. 동주만 남아 있었고 나머지 사람들은 가까운 곳으로 산책을 하러 갔다고 했다. 팀원 중 막내가 제일 늦게 일어나 버렸다.

벌주 한 잔을 마셨을 뿐인데 아직도 속이 울렁거렸다.

"머리가 아파요."

"누가 보면 막걸리 세 병은 마신 줄 알겠어요."

동주가 이나를 살피며 어이가 없다는 듯 웃었다.

"어제 이나 씨는 먼저 들어가 잤고, 우리는 술을 더 마시다가 새벽에 잤어요."

"그랬었구나."

"이거 마셔요. 물만 부으면 되는 즉석 국이에요. 속이 조금 편해질 거예요."

동주는 이나가 먹기 편하게 국을 컵에 담아 주었다. 모두 아침을 먹었는지, 테이블 위엔 설거지까지 마친 여행용 그릇이 정리되어 있었다.

아침 해가 숲 사이로 들어와 조각난 빛이 여기저기서 반짝거렸다. 숲의 초록색이 신선하게 느껴졌다. 텐트엔 빗방울이 이슬처럼 남아 있었고 숲은 습기로 가득했다.

"비가 왔어요? 꿈결에 빗소리를 듣기는 했는데, 진짜로 비가 내렸나 보네요."

"조금 내리다가 아까 그쳤어요. 이제 해가 나기 시작해요."

동주는 평소와 다름없는 모습이었다. 표정이나 말투도 별일 없었던 것처럼 아무렇지 않아 보였다. 이나만 긴장한 채로 그를 대했다. 컵에 담긴 국을 마시며 어색함을 극복해 보려 했다. 어제 본의 아니게 공개적으로 동주의 마음을 거절하게 되어 버렸으니 너무도 미안했다.

“우리도 잠깐 걸을까요?”

동주의 제안에 이나는 그와 같이 숲길을 걸었다. 어제의 정중하지 못한 거절을 사과해야 했다. 하지만 미안한 마음에 눈을 마주칠 수가 없었다.

“이나 씨, 어제 했던 말, 제 제안에 대한 답이기도 한 거죠?”

“사람들 앞에서 그런 방식으로 대답했던 거 미안했어요. 제가 조금 당황해서 그랬어요.”

“미안하긴요. 사람들 앞에서 곤란한 질문을 한 제가 잘못한 거죠. 착각에 빠져 있는 저에게 달리 어떻게 할 방법이 없었을 거예요. 눈치 없이 굴던 제가 문제였어요. 팀원들이야 원래부터 제가 이나 씨에게 마음이 있다는 걸 알고 있었으니 그런가 보다 하겠죠. 사실 여기 오기 전에 분위기 좀 몰아 달라고 딜런과 링링에게 부탁하기도 했거든요. 마음 쓰지 말아요. 전 얼마간 창피하고 말면 그만이에요.”

동주도 미안한 얼굴로 이나를 보았다.

“솔직하고 씩씩하게 사랑을 향해 간다니 질투조차 못 하겠어요. 이나 씨가 상대의 마음에 물 주는 일이 잘되길 바라지만, 잘 안 될 경우 언제든지 도움을 청하세요. 그땐 한 번 놓친 기회를 또다시 놓치진 않을 테니까 각오하고요.”

말을 마친 동주가 살며시 미소 지었다. 그가 보여 주는 미소가 선했다. 이나는 애매한 얼굴로 고개를 끄덕였다.

“동주 씨는 좋은 사람 같아요.”

“이나 씨 앞에선 더욱 그렇게 보이고 싶어요. 자, 우리 악수나 해요.”

동주가 씩씩하게 손을 내밀었다. 어떤 의미의 악수인지 정확하게 말할 수는 없지만, 감정들의 마무리를 위한 악수 같았다. 두 사람은 마주 잡은 손을 장난치듯 한참 동안 흔들어 댔다.

텐트를 쳐 놓은 곳 쪽에서 일행들의 목소리가 들렸다.

"다들 돌아왔나 봐요."

"우리도 가요."

이나가 말을 마쳤을 때였다. 뒤쪽 나무 위에서 무언가가 툭 하고 떨어지더니, 머리 위에서 꿈틀거리는 움직임이 느껴졌다. 이나의 눈 동자가 보이지 않는 정수리 쪽으로 올라갔다. 머리 위에서 뭔가가 자 꾸 꿈틀댔다. 축축하고 차갑고 물컹했다. 동주의 얼굴을 보니 착한 물건은 아닌 것 같았다.

"이, 이게 뭔가요?"

"초록색이에요."

동주는 이나가 놀랄까 봐 애매한 대답을 하고는 다시 조심스럽게 말했다.

"움직이지 말아요, 새끼 도마뱀이에요."

도마뱀이라는 동주의 말에 이나는 소리를 지르며 뛰어다녔고, 동 주도 따라 뛰었다. 그러다 동주에게 붙잡힌 이나는 그를 꼭 잡고 비 명을 질렀다. 동주는 머리 위에 붙은 도마뱀을 잡아 저 멀리 던졌다. 그래도 이나는 여전히 동주에게 매달려 떨었다.

둘의 행동을 멀찍이서 보고 있던 은경이 일행들에게 말했다.

"두 사람 은근히 잘 어울리지 않아요? 나이로 보나 외모로 보나."

"맞아, 나도 그렇게 생각했어."

딜런이 동의했다.

"동주 씨가 이나 씨를 좋아하잖아요. 동주 씨 마음이 너무 티 나던 데 당사자인 이나 씨만 모르더라구요. 썸 타는 남자가 누군지는 모르 겠지만, 전 저 두 사람이 잘되길 원해요."

은경과 딜런으로도 모자라 링링까지 동의하자 아까부터 편치 않 던 승후의 눈이 사납게 치켜 올라갔다.

"동주 씨네 집안도 좋다던데. 물려받을 재산도 많고."

"대박이네요. 이나 씨한테 슬쩍 귀띔해 줘야겠다. 전 동주 씨를 응원하거든요."

어제 두 사람의 상황을 안타까워했던 링링은 주먹까지 쥐어 보이며 씩씩하게 말했다. 그러자 은경이 신중한 목소리로 알렸다.

"모르나 본데 디자인 팀은 사내 연애 금지야."

"그런 게 어디 있어요?"

"팀장이 싱글인데, 팀 내 연애라니 말이 돼? 내가 그 꼴을 어떻게 보라고. 회사에선 일만 해야지. 안 그래요, 대표님?"

승후의 눈은 아직도 숲길에 있는 두 사람에게서 떠나지 않고 있었다. 동주가 도마뱀이 붙어 있던 이나의 정수리를 손으로 만져 주었고, 이나는 울상이 되어 동주를 보고 있었다.

"그거 좋네. 디자인 팀은 사내 연애 금지."

승후가 단호하게 말했다. 그 말이 농담 같기도 하고, 진담 같기도 했다. 두 사람의 관계를 여전히 의심하는 링링이 어색하게 웃으며 확인했다.

"두 분, 농담이신 거죠?"

"나한테 들키지 않을 수 있다면 해 보든지. 그럴 용기가 있다면."

은경은 링링에게 조언과 협박을 같이했다.

"블랙 돌핀은 사랑에 대한 트라우마도 있는 것 같아."

이나가 연주에게 털어놓듯 말했다. 숲 속에서 들었던 승후의 말이 자꾸 떠올랐다. 그는 어쩌자고 어렵고도 아픈 사랑 같은 것을 해서는.

“처음부터 블랙 돌핀의 사랑에서 제외된 나는, 결국 질투로 눈멀어 가고 있어.”

연주와 통화를 하며 편의점 건물 옥상에 있는 정원과 텃밭에 물을 주는 중이었다. 옥상의 정원에는 꽃이 화사하게 피어 있었다. 텃밭에는 상추, 애호박, 토마토, 고추 묘목이 심겨 있었는데 물이 모자라서 그런지 이파리들이 시들시들했다.

— 이나야, 사랑은 환상이 아닌 현실이야. 블랙 돌핀은 사랑에 대한 현실적인 경험을 이미 해 봤던 거겠지. 사랑에 대해 볼 거, 못 볼 거 다 봤다고나 할까. 블랙 돌핀도 안타깝다. 어찌해서 브로콜리 강 같은 초짜를 상대로 연애를 하는 건지.

연주는 이나의 전화를 받고 아침잠에서 깨어난 건지 목소리가 잠겨 있었다. 핸드폰을 통한 밤과 낮의 시차가 신기했다. 한쪽은 달을 보고, 한쪽은 해를 맞으며 사랑과 연애를 논했다.

“난 짝사랑을 할 때보다 더 심각해졌어. 블랙 돌핀의 지나간 사랑에 대해서까지 질투를 해.”

이나는 옆 건물의 옥상을 보며 말했다. 이 동네는 옥상의 높이가 같아서 이대로 옥상을 건너 넘어가면, 멀리까지도 갈 수가 있었다. 이나는 옥상의 길이 승후가 사는 곳까지 이어졌으면 했다.

머릿속엔 이미 승후의 집으로 가는 길이 그려져 있었다. 옥상에 올라와서 그의 집으로 가는 길을 눈으로 몇 번이고 익히며 상상으로 수없이 그곳에 가 보았다. 하지만 잘 찾아갈 수 있을지에 대해선 의문이 들기도 했다. 머릿속에 있어도 거꾸로 가기 일쑤였으니까.

— 일단 상대에 대해 인터넷 검색을 했을 때, 페이지 수가 열다섯 개 이상 되는 남자와는 사랑하지 않는 게 좋아. 너만의 남자가 아니라 모두의 남자가 될 수도 있는 사람과의 사랑은 순탄하지 않거든. 그렇게 잘난 남자에게 나만 봐 달라는 건 욕심이지.

"여기서 무언가를 더 바란다는 건 욕심인 거겠지?"

— 사랑과 연애란 생각할수록 어려워지는 거니까, 아무 생각 하지 말고 지금 순간을 달콤하게 즐겨. 블랙 돌핀이 너에게 원하는 것도 그저 달콤한 어떤 것이 아닐까? 그 나이대쯤 되면 인생이 가끔은 무료해진다고 하거든. 너도 감정의 적정선만 지켜. 그 사람으로 인해 너무 달궈지지 않게 조심하고.

연주는 중학생 때 첫사랑을 시작한 이후로, 지금껏 연애에 대해선 언니처럼 굴었다.

"늦었어. 너무 달궈진 것 같아. 난 요즘 블랙 돌핀과의 진지하고, 순수하고, 즐거운 소통에 대해 생각해. 설명이 힘든 멋진 교감에 대해서도 궁금해 미치겠고. 그 덕분에 밤에도 도통 잠이 오지 않아."

감정의 적정선을 훌쩍 뛰어넘고 싶은 게 문제인 것이다.

— 즐거운 소통, 멋진 교감? 그게 뭔데?

연주의 의문에 이나가 숨죽여 말했다.

"블랙 돌핀이랑 같이 자고 싶단 말이야."

민승후라는 남자에 대해 온전히 알고 싶었고, 갖고 싶었다. 그의 방식으로 그와 소통하고 교감하고 싶었다. 요즘 들어서 점점 그런 증세가 심해지는 중이었다. 연주가 이상한 애라며 놀린다고 해도 어쩔 수가 없었다. 머릿속이 온통 그 생각들뿐이었다.

통화를 하며 아침을 먹던 연주의 시리얼 씹는 소리가 멈췄다. 아무래도 폭탄 발언에 놀란 것 같았다.

— 그럼, 아직 안 잔 거야?

아무래도 다른 이유에 대한 놀라움 같았다. 연주는 언제나 이나를 앞서갔고 주위엔 온통 연애 고수들뿐이었다. 연주가 말하는 연애는 상대와 같이 잠드는 것도 포함인가 보다. 이나는 길게 한숨을 내쉬며 말했다.

“응, 아직. 너무 이르기도 하고. 우리 연애는 천천히 가기로 했거든.”

— 남녀가 연애하는 데 정해진 속도가 어딨어? 달리고 싶으면 달리는 거지.

“우리는 사람을 받아들이는 속도가 달라서 그래.”

— 브로콜리 강은 도루를 하고 싶은 거구나. 블랙 돌핀과 어서 빨리 밤을 나누고 싶은 거네. 그런 걸로 자책하지 마. 건강한 보통의 여자가 좋아하는 남자와 언제 잘 수 있을까 상상하는 것은 당연한 일이야.

“그렇다면 안심이야. 난 내가 특별히 야한 사람이라 그런 건 줄 알았어.”

— 이거 재밌어지는데? 그 남자 진짜 순수하거나, 진짜 고수이거나 둘 중 하나다. 순수할 경우는 순진하기 짝이 없는 너에 대해 정말 고심하는 것일 테고, 고수일 경우라면 네가 그런 감정을 갖게 하여 스스로 단추를 풀게 하려는 거고.

이나는 연주의 말을 이해하기 위해 머릿속으로 여러 번 되뇌었다. 두 가지 상상에 심장이 두근거리기 시작했다.

— 고심과 고수, 둘 중 뭐든, 그 남자가 점점 맘에 든다. 과속하고 싶은 브로콜리 강이 블랙 돌핀을 먼저 유혹해 봐. 혹시 알아? 몸이 가는 대로 마음도 따라가, 네가 바라는 사랑을 이룰지.

사랑을 이룰 수 있다는 말이 솔깃했다.

“몸을 나누면 마음도 따라가 사랑을 이룰 수도 있다고?”

— 그렇지. 남녀 관계는 변수가 많으니 그렇게 될 수도 있는 거지.

그가 자신을 사랑하는 일이 현실로 이루어질 수 있다니. 그런 변수라면 가지고 있는 모든 것을 걸 수 있었다. 이런 것까지 물어보는 건 창피한 일이지만.

"남자는 어떻게 유혹하는 건데?"

모든 걸 내어 줄 마음은 가득한데, 유혹할 방법을 알 길이 없었다.

— 아주 간단해. 블랙 돌핀 앞에서 와인 반 잔 마시고, 어지럽다며 눕고, 덥다고 약간 벗고, 졸음이 온다고 눈을 감고.

"그런 간단한 거로 될까?"

연주가 한참을 생각한 후에 답했다.

— 순진해 빠진 데다가, 겁나게 반짝이는 네 눈으로 그런다면 누구라도.

[위치 보고, 집.]

퇴근 후, 샤워를 마치고 머리카락을 말리고 있을 때, 승후로부터 문자를 받았다. 이나는 한 손엔 드라이어를 들고, 다른 한 손으로는 핸드폰을 잡았다. 그리고 문자를 뚫어지게 보았다. 그는 문자만으로도 사람을 두근거리게 하는 능력을 갖추었다. 아니면 요즘의 강이나가 온통 야한 생각으로 달궈져서 그럴 수도 있고.

"위치 보고, 집."

그의 목소리를 흉내 내어 문자를 읽어 보았다. 지금 그가 집에 있다니. 머릿속에서 그의 집으로 가는 지도가 저절로 검색됐다. 그때 손안의 핸드폰이 다시 진동하고 문자가 도착했다.

[둘도 없는 길치가 여기까지 오는 길을 과연 외우고 있을까?]

그는 자신의 집으로 오는 길을 외우라고 했었다. 언제 찾아오더라도 문제없을 때까지.

[그럼요.]

[믿을 수 없어. 내가 그리로 갈게, 준비해.]

아직도 거리를 조절하고 있는 것이 분명했다. 전나무 숲에서 자신을 보여 준 이후 다시 그의 사생활을 보여 주지 않고 있었다. 하지만 이나는 그에 대해 더 많이 알고 싶었다. 당장이라도 그의 집으로 가고 싶다는 생각으로 가득했다. 통화 버튼을 눌러 승후에게 전화를 걸었다. 얼마나 많이 그 길을 외우고 또 외웠는데.

"제가 찾아가요. 기다리세요."

— 집은.

승후가 시간을 두고 다시 말했다.

— 여전히 위험해.

"혹시 파충류를 키우세요?"

그것만 아니면 된다. 산에 갔을 때 머리 위로 떨어졌던 도마뱀을 생각하면, 아직도 식은땀이 났다.

승후가 낮게 웃다가 말했다.

— 경고야. 도마뱀과는 상대도 안 될 만큼, 크고 징그러운 남자가 혼자 살거든.

자신에게 겁을 주고 만족스럽게 미소 짓고 있을 승후가 머릿속에 그려졌다. 연인의 파충류 공포증을 방패로 사용하는 남자라니.

"저도 안전핀 뽑힌 시한폭탄인 채로 산 지 오래라 위험해요. 언제 터질지 아무도 몰라요. 그 남자가 위험하게 굴면 같이 자폭할 수도 있어요."

핸드폰으로 들리는 그의 웃음이 몹시 달콤했다. 낮은 숨소리와 섞인 그의 웃음소리가 귀를 간질이고 심장까지 간질여 댔다.

결국 승후가 졌다는 듯 말했다.

— 그래, 기다릴게.

"곧 출발할 거예요."

전화를 끊고 나니 머릿속이 바빴다. 속옷을 예쁜 것으로 갈아입어야 했고, 공기가 잔뜩 들어간 브래지어도 찾아야 했다. 어쩌면 뽕을 하나 더 준비해야 할지도 모른다. 아니, 그런 건 없는 게 더 좋을 것 같다. 들키면 창피할 테니까. 그런데 들키긴 왜 들켜? 문득 떠오른 어떤 위험한 상상에 이나의 심장이 세차게 뛰기 시작했다. 가슴에 손을 얹고 혼자 중얼거렸다.

"나 아무래도 미쳤나 봐."

연주의 말이 머릿속에서 뱅뱅 맴돌았다. 몸이 가면 마음도 따라가 사랑을 이룰 수도 있다는 그 마법 같은 말.

"그래, 오늘 난 블랙 돌핀을 유혹할 거야."

거울을 보며 스스로 다짐했다. 그의 집은 그를 유혹하기에 더할 나위 없이 좋은 장소였다. 그런 생각을 하자 심장이 미친 듯 날뛰었다. 이나는 들고 있던 드라이어로 거울에 비친 자신의 심장을 겨냥한 뒤 한쪽 눈을 감고 초점을 맞추며 말했다.

"진정해 심장, 안 그러면 쏠 거야."

협박은 소용이 없었다. 모든 일의 훼방꾼인, 주책없는 심장은 진정하지 못하고 살아 돌아다녔다.

"이나, 어디 가?"

편의점에서 물건에 가격표를 붙이던 진희가 물었다. 지금 시간은 9시, 통금 시간을 생각한다면 그다지 시간이 많이 남지 않았다. 어딜 가야 한다고 할까? 편의점집 딸이라 별다른 핑계가 생각나지 않았다. 생리대를 사러, 아이스크림이 먹고 싶어서, 갑자기 프링글스가 생각나서, 이런 이유들이 통하지 않으니까.

우물쭈물하며 서 있던 이나가 말했다.

"공원, 산책할 거야."

"거긴 이 시간에 왜 가? 거기 밤에 어두워서 깡패들하고 변태들이 많이 온대."

"내가 그 깡패야. 변태일 수도 있고."

"공원에 그네 타는 귀신 나올까 봐 무섭다며."

"대체 세상에 귀신이 어디 있다고 그래? 그거 다 거짓말이야."

진희는 이나가 어렸을 때부터 겁을 주며 키웠다. 그래서 이렇게 겁 많고 어설프게 자랐는지도 모른다. 비록 눈을 흘기긴 했지만 진희는 더 이상 말리지 않았다.

"통금 전엔 올 거야."

이나는 태연하게 진열대 위에 놓인 와인 한 병을 들고 편의점 밖으로 나가려 했다.

"그거 뭐야? 술은 왜 가지고 나가는데?"

"무척 필요하니까."

이나가 손에 들고 있는 와인병을 물끄러미 내려다보고 있다가 말했다. 자신과는 전혀 어울리지 않는 물건이라 별다르게 둘러댈 말이 생각나지 않았다. 하지만 작전상 꼭 필요한 물건이었다.

"돌아와서 값을 치를게. 포인트 적립 카드 사용할 거야."

"와인 들고 남자 친구 만나러 가는 거 아니야? 대체 어떤 놈이야? 당장 데리고 와 봐!"

이나는 재빨리 도망쳐 나왔다.

막다른 골목길에 도달하고 나서야 잘못 왔다는 것을 깨닫고 다시 돌아간 것만 뺀다면 집을 찾는 일은 어렵지 않았다. 언덕을 따라 한참 올라가니 고급 주택들이 높다란 담에 둘러싸여 있었다. 모퉁이 편의점 2층의 작은 집에 사는 이나에게는 말도 안 될 정도로 높은 담이었다.

머릿속이 검색해 주는 지도를 따라 멈추어 선 곳은 멋스러운 한옥

대문이 있는 집 앞이었다. 고릴라닷컴의 신사옥을 설계한 유명한 외국 건축가와 한옥 장인이 함께 만든 집이라고 했다.

승후의 주소를 검색하다가 건축 잡지에 나온 건축가의 인터뷰를 봤다. 건축가가 설계한 승후의 주택 투시도가 잡지에 실려 있었다. 대문을 통해 직접 집의 내부로 들어갈 수 있었고, 거실을 통해야 안쪽의 정원으로 들어갈 수 있는 구조였다. 건물 외부는 한옥이었지만 내부는 현대의 세련된 모습으로 조화롭게 설계되었다.

집 자체가 주는 느낌이 독특하고 고급스러웠다. 이나는 약간 위축이 되어 멈춰 선 자리에서 움직이지 못했다. 승후의 집은 투시도로 본 것보다 높고 컸다.

"멋지다."

계단 아래서 대문만 쳐다보고 서 있는데 문이 열렸다. 문에서 나온 승후가 벽에 어깨를 기댄 채, 계단 아래 서 있는 이나를 내려다보았다. 그는 편해 보이는 베이지색 라운드 티에 면바지를 입고 있었다. 가로등 빛이 그에게만 쏟아져 내리는 것처럼 그는 무척이나 반짝였다.

이나는 수줍음을 감추고 그에게 도착했음을 알렸다.

"무사히 도착했어요."

"길을 정말 외웠나 보네."

반가워할 줄 알았는데 승후의 표정에는 반가움 말고도 다른 감정이 섞여 있는 것처럼 보였다. 예상과 다른 그의 반응을 잠시 모른 척하기로 했다. 이제 곧 그를 유혹하는 데 성공하여 사랑에 다가갈 수도 있으므로.

"엄청난 노력을 했거든요."

"상당한 길치던데. 그 열정으로 다른 것에 노력을 했다면 세계 평화에도 이바지했겠어."

승후는 과하게도 칭찬했다. 이나는 번져 나오는 미소를 애써 감추고 가슴을 폈다. 그럼 한 번 더 안아 주든가요. 얼마 전, 전나무 숲길에서 그랬던 것처럼 오래도록.

"그런데."

승후가 말을 하다가 멈추었다. 그는 옷이 흘러내려 드러난 이나의 어깨를 보고 있었다. 그것도 골몰히, 어쩌면 심각하게.

"뭐가 잘못됐나요?"

이나는 아직 덜 마른 머리카락을 만지며 자신의 옷차림을 살폈다. 상의는 등과 한쪽 어깨가 보이는, 목이 많이 파인 커다란 티셔츠를 입고 있었고 하의는 짧은 반바지 차림이었다. 오늘도 역시 예쁜 모습은 아니었다. 집에서 늘 입던 옷을 입고 나온 것이 억울했지만, 그래야 밤에 빠져나오는 데 이상하지 않을 것 같았는데.

"집에서 바로 나오는 바람에 그래요."

뭔가 어색해져 변명을 했다. 승후의 눈빛이 평소와는 달랐다. 이나는 그의 시선이 머문 어깨를 감추려고 옷을 뒤로 끌어당겼다. 그 바람에 등이 훤히 드러났지만, 그는 지금 등 뒤를 볼 수 없을 테니까.

그런 뒤 자신의 반바지를 내려다보았다. 하얀 허벅지가 모두 드러날 정도로 짧았다. 집에서 입는 옷이 이렇게 야한 건지 이제야 알았다. 어쩌자고 이런 옷을 입고 온 것일까. 그러다가 등 뒤에 감추고 있는 와인이 생각났다. 오히려 잘된 일인지도 모른다. 자신은 지금 그를 유혹하러 온 것이니까. 의도치 않게 속살이 많이 드러나는 야한 옷을 입고서.

승후가 손가락을 들어 곤란한 듯 눈썹을 긁으며 이나를 내려다보았다.

"내가 순수한 의도로 부른 게 아니라면 어쩔래? 생각을 바꿀 기회를 줄게. 지금이라도 늦지 않았어."

"돌아가는 길은 아직 못 외웠어요. 한 방향만 생각나는 길치거든
요."

"아무리 겁을 줘도 겁먹지 않네."

"여기까지 왔는데 집에 들어갈래요."

입술을 삐죽거렸다. 뭐가 그렇게 조심스러운 거죠? 재지도 않고
그쪽을 향해 달리는 도루의 여왕에게.

이나는 돌계단을 올라가 승후의 앞에 섰다. 이제야 그와 비슷한
눈높이가 되었다. 그리고 등 뒤에 숨기고 있던 와인을 그에게 건네며
웃어 보였다. 그가 와인을 보며 어이없다는 듯한 미소를 지었다.

"술도 못 마시면서 술병을 들고 다니는 다 큰 여자라니."

그가 집으로 들어가려는 이나를 위해 몸을 살짝 비켜 주었다. 열
린 문 안으로 그보다 먼저 집 안으로 들어갔다. 그가 따라 들어오며
이나의 손을 잡았다.

손을 잡히자 저절로 걸음이 멈추었다. 등에 그의 호흡이 닿았다.
숨결이 부드럽고 촉촉했다. 드러난 등과 어깨를 보고 있는 그의 시선
이 모두 느껴졌다. 그가 잡은 손을 더 꽉 쥐었고 이나는 눈을 감았다.
감은 눈이 경련하듯 떨렸다. 문이 닫히고 바깥의 공기가 차단되었다.

집의 내부는 한옥과 양옥이 조화롭게 합쳐진 모습이었다. 창호지
가 발린 미닫이문이 있었고, 세련된 첨단 주방도 있었다. 거실의 큰
창으로 보이는 정원은 이곳이 도심 속이라는 것을 잊게 해 주었다.
기와가 얹혀 있는 담, 넓은 초록의 뜰, 멋스러운 모양으로 자라난 소
나무, 정원으로 내려가는 돌계단이 차례로 눈에 들어왔다. 그리고 테
라스 밖에는 저번에 봤던 그의 자전거가 세워져 있었다.

또 다른 커다란 창으로는 서울의 야경이 한눈에 내려다보였다. 멀
리는 남산과 남산타워가 있었고, 가까이는 이나가 사는 아랫동네가

훤히 들어왔다. 소박한 동네의 밤의 불빛이 곱고 부드러웠다. 창밖으로 보이는 그동안 평범하다 생각했던 모든 것들이 특별하게 느껴졌다.

거실 바닥은 한쪽은 하얀 대리석이었고, 층을 두고 다른 한쪽은 나무로 되어 있었다. 그리고 높은 천장에는 한옥의 서까래가 드러나 있었다. 집을 공사하기 전부터 있던 서까래라고 했다.

벽에는 크고 작은 그림들이 붙어 있었다. 그는 마음에 드는 그림을 사서 모으는 걸 좋아한다고 했다. 그림이 끝나는 벽의 가장자리엔 위층으로 올라가는 나무 계단이 보였다.

주황의 불빛만 공간을 밝히고 있어 실내는 촉촉하고 차분했다. 그가 사는 곳은 단조로운 어떤 질서가 있었다. 지금 그의 앞에 서 있는 강이나가 그 질서를 깨고 있었다.

"집이 예뻐요."

"자주 비어 있는 집이야."

그 말처럼 이 집은 사람이 사는 집 같지 않았다. 사람이 사는 곳에서 느껴지는 온기가 없었다.

집 안에 그와 둘이 있으니 무척 어색했다. 그와 입을 맞추기도 했는데 지금의 그는 몹시 낯설었다. 평소와 많이 다른 얼굴로 이나를 대하고 있기 때문이었다. 눈빛마저 한껏 거리를 두고 어딘가 낯설게 굴었다. 오늘 그를 유혹하여 차지하려고 했던 계획이 유치한 장난처럼 느껴졌다. 멋진 집과 평소와 다른 그의 분위기에 눌려, 작아지고 초라해진 기분이 들었다. 그를 유혹할 모든 용기가 사라져 버렸다.

"이거 나와 마시려고 가지고 온 거야?"

"네, 선물이에요. 저렴한 편의점 와인이지만 반응이 좋거든요."

"혼자 사는 남자 집에 찾아오며 와인을 선물하다니 용감하네."

그가 이나가 가지고 온 와인을 유심히 바라보았다. 이나의 형편없는 주량을 가늠하는 게 분명했다.

이나는 그런 그를 바라보며 어깨 아래로 흘러내리는 옷을 끌어당겼다. 그러자 승후가 아까의 묘한 눈길로 이나의 어깨를 슬쩍 보았다. 심각하고, 골몰히, 어쩌면 곤란하게.

이나는 남자와 단둘이 집 안에 같이 있는 기분을 서서히 깨달아 가고 있었다. 무척 목이 마르고 더웠다. 어색함을 숨기기 위해 거실 가장자리의 나무 계단을 가리키며 물었다. 하얀 불빛이 내려앉은 계단 참과 그 너머의 공간이 아까부터 궁금했다.

"저기로 올라가면 어디예요?"

"거긴 잠자는 곳. 거기도 가 볼까? 보고 싶으면 봐도 돼. 급히 치워 놨거든."

그가 자는 곳. 순식간에 얼굴이 달아올랐다. 어떻게 해 볼 틈도 없이 그에게 붉어진 얼굴을 들켜 버렸다. 승후가 묘한 웃음과 작아진 목소리로 물었다.

"이봐, 대체 무슨 상상을 하는 거야?"

"별생각 안 했어요."

"이 시간에 여기까지 와인을 들고 찾아오다니, 난 나를 유혹하려는 건가 했지."

승후는 별일 아니라는 듯 덤덤하게 말했다. 유혹이라니. 설마 그것마저 들켜 버린 건가. 이나의 눈이 갈피를 잡지 못하고 허둥댔다. 겁 없이 까불었던 게 무색하게도 노련한 그 앞에서 길 잃은 병아리가 된 기분이 들었다. 이나의 반응에 승후가 눈을 가늘게 뜨고 의심의 눈길을 보냈다.

"그리고 나와 같은 걸 상상하나 싶기도 했고. 내가 조심하라고 했었잖아. 남자는 오해해. 상대방도 자신과 같을 것이라는 오해."

"오, 오해요?"

"나와 같은 이유로 여기 오고 싶어 하는 줄 알았어. 그러니까 앞으로 남자 혼자 사는 집에 와인 같은 걸 들고 찾아가지 말 것. 남자는 변장을 위해 색깔을 바꿀 줄 아는 파충류처럼 순식간에 변해 버려. 위험하기는 말할 것도 없고. 어때, 지금이라도 돌아갈래?"

그에게 오해가 아니란 말을 할 수가 없었다. 어떤 답을 해야 할지 망설이고 있는데 승후가 피식 웃었다.

"이런 장난에도 겁을 먹다니. 자폭하겠다고 협박하던 사람은 대체 어디로 간 건데?"

그저 농담이었던 것 같다. 승후가 웃으며 왼쪽 눈을 찡긋, 감아 보였다. 이나는 그의 농담에도 꼼짝없이 질리는 스스로가 한심하기 짝이 없었다.

"집에 먹을 것이 없는데 가져온 와인이라도 맛볼까?"

승후의 말에 이나가 고개를 끄덕였다. 지금 와인 반 잔을 마시면 사라졌던 용기가 생겨날지도 모른다. 부엌으로 들어가 아일랜드 식탁 스툴에 앉아 승후의 움직임을 살폈다. 부엌의 서랍을 하나씩 열어 보며 오프너를 찾고 있었다. 그는 부엌과 어울리지 않았다. 그 스스로도 부엌을 낯설어하고 있는 중이었다.

"요리를 직접 하세요?"

"아쉽게도 그런 귀한 재주는 가지고 있지 않아."

그것을 증명이라도 하듯이 그는 냉장고를 열어 보여 주었다. 냉장고 안에는 생수병과 음료수병만 가득했다. 이나가 놀란 눈으로 물었다.

"대체 집에서 뭘 드시는 거죠?"

"물과 커피, 어차피 집에 머무는 시간도 적어."

승후가 와인을 땄다. 약간의 와인을 마시고 나자 긴장이 풀리며 그가 사는 곳의 공기에 조금씩 익숙해져 갔다.

공간이 눈에 익자 이나는 거실 쪽으로 걸어갔다. 거실의 한쪽 벽은 책과 레코드로 가득했다. 오랫동안 수집해 온 것으로 보였다. 그 옆으로는 고급스러운 LP 플레이어와 커다란 진공관 앰프가 놓여 있었고, 구석구석에 크기가 다른 스피커들이 설치되어 있었다.

이나는 자신의 가슴 높이까지 오는 스피커를 만져 보았다.

"오래된 물건처럼 보여요."

"전 세계에 몇 개 없어서 구하느라 고생했지."

"회사 사무실은 첨단을 달리는 물건으로 가득하더니 집은 다르네요. 디지털 프로그램 개발에 힘쓰는 아날로그적인 인간이시네요. 몹시 모순적이세요."

"여행을 좋아하는 길치만큼이나 말이지."

승후가 손때 묻은 물건들을 가지고 있다는 것은 예상외였다. 수천 곡을 한꺼번에 내려받을 수 있는 빠른 세상에서, 그 변화를 이끌어야 하는 시대의 선두 주자가 말이다.

그가 레코드판을 조심히 꺼내 들며 말했다.

"오래된 것을 이해하고 깨달아야 미래를 보는 법이니까. 시간은 흘러 사라지는 게 아니라 길게 이어져 있거든. 현재는 곧 과거가 되어 버리고, 이 순간들은 미래와 연결되어 가고. 그래서 지금이 중요한 거고."

이나에게도 지금은 중요한 순간이었다. 그를 유혹하려는 자신의 선택이 나중에 어떻게 연결되어 갈지 모를 일이었다.

"시간이 길게 이어져 있다고요?"

"응, 난 그렇게 느끼는데."

"전 아직."

시간이 어떻게 흐르는지 지금껏 생각해 본 적이 없었다. 시간에 대해서는 지각 걱정과 통금 걱정만 했던 게 다였다. 하지만 그렇게 깊이 있는 눈으로 말하니 그가 하는 모든 말을 믿기로 했다.

"들어 볼까? 오래도록 시간을 통과해 살아남은 것들은 어떤 깊이가 있고, 지금과 어떻게 연결되어 있는지."

승후가 레코드를 들고 플레이어 쪽으로 걸어갔다. 어떤 의식이라도 치르는 것처럼 조심스럽게 레코드를 꺼내었고, 그것을 턴테이블에 올려놓았다. 스피커에서 음악이 나오자 거실의 공기가 진동했다. 진공관에서 불빛이 깊게 반짝였다. 음악이 시작되자 승후가 만족한 듯 미소를 지었다.

"집중해서 들어야 소리의 깊이가 느껴져."

"저는 오래된 음악을 감상하는 법을 잘 몰라요."

"아주 쉬워. 긴장을 풀고 몸으로 느끼면 돼. 이제 같이 눕자."

승후는 간단한 단어 몇 개로 여러 가지 생각을 하게 만드는 능력을 갖춘 사람 같았다. 이나는 천천히 눈을 감았다가 떴다. 도대체 무슨 말인지 다시 묻는 수밖에 답이 없었다.

"누워요? 왜요?"

"심신이 편안해야 음악에 집중할 수 있거든. 난 집에서 혼자 그렇게 음악을 들어. 내가 듣는 방식으로 들어 보고 싶으면 내 옆에 누워. 강요는 아니니 심난해하지 말고."

거실 중앙의 바닥에 승후가 먼저 누웠다. 그는 아무것도 깔려 있지 않은 매끈한 대리석 바닥에 누워서 이미 눈까지 감고 있었다. 그러고는 아무 말도 없었고 움직이지도 않았다. 그 모습이 진지해서 어떤 의심도 할 수가 없었다. 평소대로 음악을 감상하고 싶은 순수한 남자의 모습처럼 보였다.

어쩔 수 없이 이나도 승후와 조금 떨어진 곳에 누웠다. 누운 채 똑바로 위를 보았다. 천장의 멋진 서까래가 눈에 들어왔다. 자세히 살펴보니 벽과 천장의 모서리에도 작은 스피커들이 설치되어 있었다.

스피커에서 나오는 소리가 모이는 곳이 지금 누워 있는 이곳일지도 모른다고 생각했다.

그는 자신의 거실에 누워서, 오랫동안 살아남은 음악을 듣는 사람일 뿐이다. 그러니 같이 누워 있다는 이유만으로 긴장하지는 말아야 했다. 이나는 고개를 돌려 눈을 감은 승후를 보았다. 어떤 떨림조차 없는 고요한 모습이었다. 그를 따라 눈을 감았다.

시간이 흐를수록 음악 소리는 들리지 않았고, 서로의 숨소리만 들렸다. 이나는 음악을 감상하는 지금의 방식이 자신에게 맞지 않는 것 같다는 생각을 했다. 옆에 있는 남자만 궁금했다. 손이 닿을 만한 간격을 두고 같이 누워 있으니, 그것만으로도 음악에 대한 집중력을 현저히 떨어뜨리는 일이었다.

눈을 떠서 그를 보고 싶었고, 말을 나누거나, 만질 수 있으면 좋겠다는 생각만 가득해졌다. 유혹하러 와 놓고 나란히 누워 그가 추천하는 음악을 듣고 있다니. 이렇게 건전한 서른 중반의 남자가 다 있을까 싶었다.

지금 연주의 말대로 와인을 조금 마시고, 의도치 않게 야한 옷을 입고, 눈마저 감고 같이 누워 있는데도 그는 유혹당하지 않았다. 이것 말고 어떻게 해야 그를 유혹할 수 있는 건지 알 수도 없었다.

대체 승후가 좋아한다는 교감과 소통은 언제 할 수 있는 걸까. 강이나라는 사람은 그 교감과 소통에서도 제외되는 걸까. 언제쯤이면 그런 것들이 자연스러워지고 편해질 수 있는 걸까. 저 남자는 이렇게 가까이 누워 있어도, 옆의 여자를 만지고 싶다는 생각이 들지 않는 걸까. 자신은 그런 매력을 하나도 가지고 있지 않은 여자인 걸까. 여러 가지 의문들로 머릿속만 혼란해질 뿐이었다.

"만든 이의 정성이 들어간 기계로 듣는 소리는 어딘가 견고하게 느껴져. 소리가 풍부하고, 따스하거든. 오래도록 길이 든 깊은 소리가 나. 그렇게 내 몸속 깊은 곳까지 소리를 통과시켜 주는 거지."

승후는 흘러나오는 곡이 통과하기라도 한 듯한 부드러운 목소리로 말했다.

"그런데 지금은 그런 게 전혀 느껴지질 않아."

그가 말을 멈추었다. 이나는 숨을 죽였다. 눈을 감고 있는데도 승후의 시선이 느껴졌다. 그의 목소리가 심장 쪽에 와 닿는 기분이 들었다.

"음악에 집중할 수가 없어. 아무래도 너 때문인 것 같아. 온 신경이 옆에서 살아 숨 쉬는 사람을 향해 있어."

이나는 눈을 떴다. 그리고 고개를 그에게로 돌렸다. 승후와 눈이 마주쳤다. 그는 이나를 향해서 팔을 베고 누워 있었다. 한참 전부터, 옆에서 눈 감고 있는 여자를 보고 있었던 것 같았다. 승후의 시선은 그들의 거리보다 조금 더 가까웠다. 그는 이나를 고요한 눈으로 관찰하고 있었다.

"이 집에 나 아닌 다른 사람이 있다는 게 무척 낯설어."

승후가 작은 고백 같은 말을 했다. 아파도 죽을 끓여 줄 사람이 없어, 스스로 편의점에 즉석 죽을 사러 왔던 그였다.

"내 심장까지 박동하는 바람에, 스피커로 나오는 소리의 박자가 자꾸 어긋나게 들리고."

심장이 박동한다는 말에 이나의 가슴이 더 두근대기 시작했다. 마치 유혹 같은 아슬아슬한 말을 하는 그에게서 시선을 뗄 수가 없었다. 긴장을 했는지 손끝이 차가워져 손을 꼭 움켜쥐었다.

"아직도 긴장을 하고 있네."

"아니에요, 긴장한 거."

"거짓말."

이나는 거짓말을 눈치챈 남자에게 아닌 척 고개를 저어 보였다.

모든 것을 알아채는 남자를 향해 온몸이 맥박 뛰듯 뛰고 있었다.

"사실 나도 네게 거짓말을 했어."

"무슨 거짓말이요?"

"여기 누워서 음악을 듣는 건 나도 처음이거든."

진실을 털어놓으며 그가 피식 웃었다.

"처음이라고요?"

이나도 웃음이 났다. 거짓말에 속아 이렇게 거실 바닥에 우스꽝스럽게 누워 있다니.

"방심하지 마. 너와 같이 눕는 상상을 잔뜩 하고 있던 남자일 수도 있잖아."

그 말에 이나의 웃음이 어색하게 잦아들었다. 승후는 같이 누워 있는 이 상태가 마음에 드는지, 거짓말임을 밝히고도 누운 자세 그대로 움직이지 않았다. 그리고 그윽한 눈길이 되어 말했다.

"강이나는 독특하고, 솔직하고, 평화주의자에다가 세상과 조화로워. 그런 너에 대해 더 알고 싶어. 스스로 하는 네 소개를 듣고 싶은데."

이나는 자신에 대해 잠시 생각하다가 입을 열었다.

"인형처럼 생긴 데다 착하기까지 한 언니와, 잘생기고 똑똑한 남동생 사이에 낀 둘째 딸이에요. 어려서 우리 셋이 다니면, 사람들이 저만 꼭 집어 앤 대체 누구 집 딸이냐고 물어보곤 했어요. 우리 집 대표 못난이에 늘 뒤처지는 두 번째 딸이죠. 부모님은 이혼했고, 저와 성격이 비슷한 엄마와는 늘 다투며, 고릴라닷컴 디자인 팀에 근무하고, 자주 편의점 일을 도와요. 특이사항은 12시 통금이 있다는 점이죠."

누워서 하는 이나의 자기소개에 승후는 포근하게 웃었다.

"네 얘기가 따뜻하게 들린다. 그런 강이나의 학창 시절은 어땠어?"

자신의 팔을 베고 옆으로 누워 있는 승후를 따라 이나도 몸을 돌려 팔을 베고 누웠다. 두 사람은 바닥에 누워 서로를 가까이에서 마주 보았다.

"지금과 별로 다르지 않았어요. 머리 모양도 지금과 같았고요. 그래서인지 별명도 같았어요. 학교 다닐 땐 대부분 즐거웠어요. 하루하루가 재밌었죠. 친구들이 많았거든요. 남자들까지 우정으로 접근했다는 것이 한계였지만요. 단 하나 오점이 있다면, 한 살 차이도 나지 않는 남동생과 같은 학년을 다녔다는 거죠. 저는 1월생이고, 동생은 12월생이거든요. 같은 해에 낳고, 같은 해에 학교를 보내다니, 누나에 대한 배려가 없는 집안이라고 봐요."

이나는 억울하다는 것을 표현하려는 듯 인상을 잔뜩 써 보였다.

"행동 발달 사항이 늦고, 길도 잘 잃어버리고, 울보였던 저를 보호하는 차원에서 남동생과 같이 학교를 보냈대요. 결과적으로는 남동생이 절 우습게 아는 부작용이 생겼어요. 제 친구가 모두 동생 친구이기도 하니까 누나로 보지 않는 거죠. 쌍둥이도 위아래가 있는데 말이에요. 종종 남자 친구들이 저에 관해 관심 있어 하면, 오빠인 척하고 다니며 접근도 못 하게 했어요. 학창 시절 내내 말이죠. 제가 오래된 솔로인 가장 큰 이유예요."

"재밌네. 네 얘긴 언제나."

"대표님은 어떤 학생이었어요? 공부만 했어요?"

승후가 잠시 생각하다가 말했다.

"공부만 하지는 않았던 것 같은데. 또래의 다른 사람들과 비교해 봤을 때, 조금 특이하기도 했던 것 같고. 학생이었을 때의 난 두꺼운 뿔테 안경을 쓴 더벅머리의 촌스러운 공학도였어. 일명 공대 폭탄이었지."

이나는 웃음을 참아 보려고 했지만, 폭탄이었다는 그의 모습이 자꾸 상상되어 웃음을 참을 수가 없었다. 은경이 전에 말했던 그의 대학 시절 이야기는 사실이었다. 우스꽝스러운 뿔테 안경과 얼굴을 다덮은 더벅머리로 살았던 반전의 전설.

"그 말이 진짜였구나."

웃음을 참으려고 헛기침을 여러 번 했다. 그래도 참아지지가 않았다. 그의 눈을 피해 몸을 반대로 돌려 움츠리고 있었는데도, 자꾸 웃음이 새어 나왔다.

"저, 잠깐만 웃을게요."

참았던 웃음이 한꺼번에 터져 버렸다. 승후의 허락을 받았는지 모르겠지만, 바닥을 한 번 구르기도 하며 마음껏 웃었다.

"그만."

승후가 이나의 몸을 자신 쪽으로 돌리며 말했고, 이나는 웃음을 참아 보려고 애썼다. 너무 큰 소리로 웃어 대서 그가 화가났을지도 모른다. 하지만 한번 터진 웃음은 승후에게 두 팔을 모두 붙잡힌 상태에서도 멈춰지지 않았다.

"죄송해요. 멈출게요, 곧."

"강이나, 웃지 마."

"웃지 않아요."

"지금 엄청나게 웃고 있는데."

승후가 이나의 몸 위에 자신의 몸을 겹쳤다. 그리고 이나의 두 손목을 잡아 바닥에 지그시 눌렀다. 결박하는 그의 힘이 생각보다 강했다.

"마지막 경고야, 그렇게 웃지 마."

승후의 숨소리와 눈빛이 몹시도 가까웠다. 그의 시선이 진지해진 걸 깨닫고 나서야, 이나는 지금이 어떤 상황인지 파악이 되었다.

"왜 날 자꾸 흔들어 대는 건데? 조심했어야지."

도대체 뭘. 이나는 여전히 그의 힘에 눌려 꼼짝도 못 하고 있었다. 웃느라 넋을 놓는 사이, 그와 너무도 가까워져 버렸다. 승후의 시선은 깊고 흔들림 없었으나, 그를 보는 이나의 시선은 마구 흔들렸다.

"죄송해요."

그가 무엇 때문에 화를 내는 건지 모르겠지만 먼저 사과부터 했다. 자신의 학창 시절을 들춰내기 싫은 흑역사로 생각할 수도 있으니까, 놀림당한 기분을 느꼈을지도 모른다. 이렇게 화가 난 걸 보면 무슨 사정이 있겠지.

"웃는 네 모습 때문에 아무것도 자제를 할 수가 없어. 이제부터 난, 이성이라는 전원을 잠시 끌 거야."

그가 속삭이듯 낮게 말했다. 목소리엔 어떤 절실함이 담겨 있었다. 이나의 웃음이 저절로 멈추었다.

"이미 경고는 수없이 했으니까. 여기 오기 전부터 계속……."

승후가 마지막 말을 흐렸다. 맨 처음 그가 입을 맞춘 곳은, 그에게 잡힌 팔목의 안쪽이었다. 이나의 빠른 맥박이 그의 입술에 닿았다. 승후는 그곳에 입을 맞추며 잠시 안도의 숨을 내쉬었다. 그의 입술이 팔목에 피가 흐르는 것을 멈추게 했다. 모든 게 또렷하게 기억이 나지 않는 걸 보면, 그때 피가 멈춘 것이 분명했다.

승후는 몹시 뜨거운 입술로 입을 맞추기 시작했다. 이마에, 속눈썹에, 코끝에, 귓불에, 어깨에. 어깨에 입을 맞출 때는, 스스로를 진정시키듯 낮은 숨을 몰아쉬기도 했다. 목덜미에, 다시 코끝에, 인중에, 감은 눈에, 입술에, 그리고 혀끝에. 그의 시선이 닿는 곳마다 그의 입술이 오래도록 머물렀다. 그는 차분한 모습으로 보이는 곳곳에 입을 맞추었다. 살갗의 맛을 음미하는 사람처럼,

그의 입술이 닿는 곳마다 차례대로 마비되어 갔다. 그의 움직임이, 눈빛이, 체온이, 몸의 박동이, 사람을 몹시도 나른하게 만들었다.

두 사람 사이로 흐르는 공기의 움직임도 사라졌다. 이 공간에 어떤 투명한 막이 씌워져, 진공 상태의 다른 공간으로 빨려 들어간 것 같았다.

승후가 이나의 옷을 조심히 끌어 내렸다. 내내 감추기만 했던 어깨와 목덜미가 모두 드러났다. 승후는 드러난 하얀 속살을 눈으로 만지듯 오래도록 보았다. 숨을 참았던 건지 밀도 높게 모인 그의 숨결이 한꺼번에 이나의 살에 닿았다. 어깨에 닿은 그의 입술이 천천히 벌어지는 것이 느껴졌다. 이나의 어깨에 그의 촉촉한 혀가 닿았다. 온몸이 떨렸다. 도대체 눈을 뜰 수가 없었다. 꼭 감은 눈마저도 경련하듯 떨렸다.

그의 입술은 온몸을 마취시켜 갔다. 그가 내쉬는 뜨거운 호흡이 몸속으로 그대로 흡수되었다. 그의 체취로 온몸이 물들어 버렸다. 이나의 머릿속이 차츰 비워져 갔다. 깊이 모를 바닥으로 천천히 떨어지는 느낌이 들었다.

얼마쯤 지났을까. 승후가 모든 동작을 멈추었다. 이나는 가만히 눈을 뜨고 그를 바라보았다. 승후는 무척 낯선 눈으로 앞의 여자를 절실히도 보고 있었다. 그가 내쉬는 숨은 아까보다 거칠어졌고, 머리카락은 헝클어져 있었다. 그는 초점을 맞추며 깊은 꿈에서 빠져나오려고 애쓰는 것 같았다. 아니면 더욱더 농도 짙은 꿈을 원하는 것인지도.

"우리 어떻게 할까?"

그가 낯선 얼굴과 목소리로 물었다. 남자의 본능적인 동물성이 제거되지 않은, 거친 느낌들이 고스란히 드러났다.

"난 멈추기 싫은데."

겨우 눈만 뜨고 있는 이나가 말이 없자 그가 다시 물었다.

“넌 어때?”

그는 지금 어떤 허락을 구하는 것이다.

“난.”

말을 멈추었다. 그가 무슨 대답을 원하는지 알았지만, 그에게 어떻게 말을 해 줘야 하는지는 알 수가 없었다. 어떤 생각도 들지 않아서 무엇도 말할 수 없었다. 말하는 방법을 잠시 잊은 것처럼 그랬다. 승후의 티셔츠 아랫단만 꼭 잡은 채 절실히 그를 보았다. 질문에 대한 침묵이 허락을 의미한다는 걸 그가 알아주길 바라면서. 초조히 답을 기다리던 그는 말이 없는 이나의 몸을 파고들었다. 아까보다 짙고 깊게, 어쩌면 부드럽고 가볍게.

이나가 소리가 나지 않는 딸꾹질을 시작한 건, 승후가 이나의 가슴을 살짝 움켜쥐었을 때부터였다. 브래지어 안에서 꿈틀거리는 남자의 손이 느껴져 눈을 번쩍 떴다. 그는 이나의 가슴을 만지며, 열 오른 얼굴과 입술을 목덜미에 깊이 묻고 있었다.

가슴 모양은 아주 예쁜 편이라는 한나의 말을 믿고 브래지어만 하고 나왔는데, 그의 손이 가슴에 닿자 정신이 번쩍 들고 딸꾹질이 시작되었다. 어느새 티셔츠는 목까지 끌려 올라가 하얀 속살을 그에게 훤히 보여 주고 있었다. 그의 한 손은 브래지어 안에, 다른 한 손은 아랫배 주변을 감싸고 있었다.

승후가 이마에 입을 맞추었을 때는 어깨를 들썩이며 딸꾹질을 했고, 가슴 가까이에 입을 맞추었을 때는 온몸을 들썩였다. 그는 계속되는 이나의 딸꾹질에 집중력을 잃은 듯 모든 행동을 멈추었다. 그러곤 이나의 이마 위에 자신의 이마를 얹고 작게 웃었다. 한참 미소 짓던 그가 말했다.

“그래, 알았어. 그만할게.”

그의 목소리가 낮게 갈라져 있었다.

“거봐, 내가 말했지. 파충류보다 위험한 남자가 여기 산다고.”

말을 마친 승후가 고개를 숙여 이나의 가슴에 귀를 대었다. 승후의 머리카락이 이나의 턱끝을 간질였다. 그의 머리카락에서 나는 향기마저 아득한 느낌을 주었다.

승후가 이나의 심장 소리를 세기 시작했다. 한 번, 두 번, 세 번, 네 번, 다섯 번, 여섯 번. 그는 그러면서 스스로를 진정시키고 있는 것 같았다. 열 번까지 세자 승후가 미련 없이 일어나서 정원의 테라스 쪽으로 걸어갔다.

이나는 몸을 돌려 바닥을 보고 누웠다. 차가운 대리석이 뜨거운 몸을 식혀 주길 바라며. 뜨거워진 볼을 바닥에 대고 손바닥도 펴서 바닥에 대었다. 열이 조금 내리는 것 같았다. 그리고 어서 증발되기를 원했다. 꿈틀거리던 낯선 욕망과 야한 몽상 같은 것들이.

‘우리 어떻게 할까?’

승후가 물은 뒤 내내 생각해 보았는데, 답은 하나뿐이었다. 그와 자고 싶었다. 그가 맛보여 줬던 뜨거운 느낌의 끝을 알고 싶었다. 그를 온전히 다 갖고 싶었다. 이 남자와 교감하는 법과 소통하는 법을 절실히 알고 싶었다. 승후는 멈추기로 한 것 같은데 이나는 그러기 싫었다.

‘망할 딸꾹질.’

입술을 물었다. 속이 상해서 눈물이 날 것 같았다. 아무리 솔직하다고 해도 그에게 자고 싶다는 말은 하지 못할 것 같았다. 계속하자는 말은 더더욱 못 할 것 같았다. 그러니까 다 증발시켜야 했다. 아직도 남아 있는 그의 몸의 온도를, 탄력 있고 따뜻하던 입술의 느낌을, 촉촉하던 혀끝의 촉감을, 진실했던 눈동자의 은밀한 감촉을.

낮고 긴 숨을 내쉬며 승후의 뒷모습을 보았다. 그도 평온해 보이지는 않았다. 차가운 바닥도 달아오른 이나의 몸을 식히지 못했다. 시야가 흐려질 정도로 열이 올라 몸이 습하고 뜨거웠다.

'정말 위험한 건 나였어. 저 남자가 아니라.'

이나는 손바닥으로 눈을 비볐다. 그래도 시야가 선명해지지 않았다. 어느새 음악 소리도 멈추었고, 오래된 스피커에서는 바람 소리만 났다.

테라스에 앉아 몸을 식히고 와 보니 이나가 그대로 잠들어 있었다. 승후는 엎드려 누워 잠든 이나의 옆에 똑같은 자세로 누웠다. 잠든 여자의 곁에 눕는 일은, 기억을 뒤져도 쉽게 찾기 힘들 만큼 먼 일이었다.

이나는 달아올라 붉어진 얼굴을 식히지도 못한 채 잠이 들어 있었다. 와인을 마신 탓도 컸을 것이다. 긴장한 것 같아서 마시라고 준 와인이었는데, 겨우 몇 모금을 마시고는 웃음이 많아졌다. 그리고 그 웃음은 자신을 유혹하는 데 쓰였다. 서로를 곤란하게 했던 딸꾹질도 같이 잠들었는지 이제는 멈추어 있었다.

아까는 잠시 이성을 멀리 던져 버렸다. 집으로 찾아온 여자에게 거실에 같이 누워 있자고 말한 것 자체가 몹쓸 놈 아니었던가. 자신의 무의식은 음흉함을 의도했던 건지도 모른다.

손을 들어 이나를 만지려다가 깰까 싶어 참았다. 뭐든 그만해야 할 것 같았다. 아까는 가까스로 멈췄지만 앞으론 어떤 장담도 할 수 없었다.

나른하게 곯아떨어져 버린 이나를 보니 어이없는 웃음이 났다. 오랜 키스에 몸이라도 나눈 것처럼 지쳐 잠이 들다니.

"어른 남자와 연애하기엔 여러모로 준비가 덜 된 것 같던데."

승후는 이나의 곱실거리는 머리카락을 만졌다. 시선을 내리자 이나의 한쪽 어깨가 드러나 있었다. 눈길이 닿자 감추려고 그렇게 애쓰더니, 지금은 모두 드러낸 채 자고 있다. 이 모든 것이 얼마나 어설픈지, 하지만 어설픈 강이나이기에 민승후를 더욱 자극했다. 발바닥도 아무것도 신지 않은 맨발바닥이었다. 발뒤꿈치는 분홍색이고 발바닥은 하얗다. 다 컸다더니 아직 다 크지 않은 어린 여자 같기도 했다.

이나는 솔직하게 스스로에 대해 소개했는데, 승후는 비겁하게 말을 돌려야 했다. 솔직함의 무게가 무거워 상대를 짓누를 것을 걱정했기 때문이다. 아무것도 들을 수 없는 이나를 향해 승후는 말을 시작했다.

"어렸을 때 부모님이 돌아가시고 조부모님과 여덟 살 때부터 함께 살았어. 그때부터 삶과 죽음, 그리고 이별의 의미에 대해 수없이 생각해야 했지. 조부모님은 손자를 키우며 자식 잃은 아픔을 내내 숨기셨던 속 깊은 분들이셨어. 그래서 나도 아픔을 감춰야 했지. 내가 아파하면 배로 아프실 분들이셨으니까. 그때부터 남들보다 조금 더 빠르게 어른으로 살아왔어."

승후는 밀려오는 기억을 밀어내려 입술을 물고 있다가 말했다.

"난 사랑하는 사람을 잃는 것이 최대의 약점이야. 이별에 대한 심리적 체감이 남들보다 배로 많아서, 웬만하면 관계를 시작하지 않아. 일적으로는 많은 사람을 알고 지내지만, 개인적으로는 오랜 시간 알고 지내는 사람만 만나는 것도 그런 이유 중 하나. 같은 이유로 마음에 드는 개와 고양이도 키우지 않고 혼자 살아."

승후는 눈 감고 잠들어 있는 이나를 진중히 보다가 말을 이어 갔다.

"난 감정에 솔직한 너와 달리 자기감정에 방어적인 인간형. 남은 피붙이는 경주에 살고 계신 고모 한 분. 학창 시절엔 공부를 잘했고 길고도 지독한 연애도 한 번 해 봤어. 취미는 오래전에 만들어진 책 읽기와 음악 듣기. 나보다 먼저 삶을 살다 간 사람들과 감정을 공유하는 것을 통해 위로와 위안을 얻어.”

승후는 깊이 잠든 사람을 바라보며 솔직하게 자신의 이야기를 했다. 이런 가정사는 오래된 친구들만 아는 얘기였다. 잠든 이나를 유심히 보았다. 감긴 눈 안에는 시선을 뗄 수 없을 만큼 투명한 눈이 숨겨져 있다. 늘 자신의 시선을 따라다니는 수줍게 반짝이는 눈.

“사람에 대해서 갖는 성취감보다, 잃는 상실감이 더 커서 시작이 두려웠던 거지. 그런데 요즘은 깊이 눌러두었던 내 소유욕이 자꾸 꿈틀대. 참으려 해도 어떤 감정이 비집고 올라와서 널 원해. 그리고 당연히 네 몸도 원해. 하지만 무슨 감정인지 헤아려지지 않아서 널 섣불리 가질 수도 없어. 머리와 몸과 마음이 각각 다르게 움직이니 어쩔 도리가 없는 거지. 내가 이런 상태니까 거침없이 다가오는 네게 이 모양인 거야.”

승후의 목소리는 점점 작아졌다. 잠이 밀려왔다. 시간은 11시. 30분만 자고 일어나 통금 전에 이나를 들여보내야 했다. 핸드폰의 알람을 맞추고 눈을 감았다. 새벽잠을 깨우는 데도 필요 없던 알람을 이나를 위해 맞춰 두었다. 통금을 어기면 매우 곤란해지는 여자와 연애 중인 남자니까.

잠들어 가는 내내 옆에서 자고 있는 여자의 살냄새가 코끝에서 가시지 않았다. 아까의 여운이 그대로 남은 탓이었다. 온몸에 남은 여자의 감촉이 아쉬웠는지 꿈이 되어 생생하게 되살아났다.

편의점 2층, 열려 있는 이나의 방 창문으로 여름의 더운 공기가 들

어왔다. 이젠 저녁 무렵의 공기도 달라지기 시작했다. 여름이 시작되고 있었다.

방 안에서는 한나가 이나의 머리카락을 세팅기로 말아 놓은 뒤, 머리 모양이 잡히는 틈을 이용해 발톱에 분홍색 매니큐어를 발라 주고 있었다.

이나와 여섯 살 차이가 나는 한나는 어려서부터 동생들을 꾸며 주는 놀이를 좋아했다. 어린 시절, 두 동생은 한나의 살아 있는 장난감이나 다름없었다.

엄마의 화장품, 빨래집게, 보자기, 얇은 이불, 집 안에 있는 모든 물건이 분장 도구였다. 한나는 이나에게 엄마의 화장품을 잔뜩 발라 주기도 했고, 막대기에 머리를 말아 고불거리는 머리 모양을 만들기도 했다. 옷에 양말을 말아 넣어 봉긋한 가슴을 만들어 준 적도 있었다.

정성스럽게 매니큐어를 발라 주는 한나를 보며 이나가 추억을 떠올렸다.

"그때부터 머리를 동그랗게 말고, 가슴에 뽕을 넣는 인생이 시작된 거지."

"늘 말하지만 네 가슴은 정말 예쁘게 생겼다고. 그렇게 작은 것도 아니야."

"이제 더 이상 위로하지 마. 사춘기 이후로 내 가슴에 대한 위로를 하느라 언니도 수고했어."

승후가 가슴을 만졌을 때, 딸꾹질이 시작되었던 이유가 작은 가슴 때문인 것만 같았다. 가슴이 조금 더 컸으면 그에게도 무척 당당했을 것이고, 그 밤이 수월하게 진행됐을 터였다.

"움직이면 안 돼. 머리랑 발가락 두 곳 모두."

한나가 주의를 주었다. 이나는 자신의 한쪽 무릎을 끌어안고, 분홍색으로 발라 놓은 발톱을 꼼지락거렸다. 어린 시절의 얘기를 하고 있지만, 머릿속은 온통 승후와의 밤으로 가득했다. 그 따뜻했던 감촉, 피를 멈추게 하던 수많은 입맞춤, 아직까지도 내려가지 않는 어떤 미열, 무슨 일이 일어나 버릴 것 같았던 그 절실함.

이나는 가늘게 떨리는 숨을 길게 내쉬었다. 숨결 안에 그런 것들이 드러나지 않기를 바라면서.

"지루해도 다 마를 때까지 조금만 기다려."

한나가 어르듯 말했다.

한나는 어려서부터 부모님의 사랑을 당연한 듯 독차지했다. 얼굴도 예뻤고, 공부도 잘했고, 요리도 잘했다. 그리고 피아노도 동네에서 제일 잘 쳤다. 뭐 하나 못난 구석이 없었다. 어릴 적부터 이나에겐 선망의 대상이었다. 종종 질투를 하기도 했지만 세상에서 언니가 가장 예쁜 줄 알고 컸다. 그리고 지금은 친한 친구가 되었다. 궁금한 건 모두 다 물어볼 수 있는 비밀이 없는 사이였다.

"언니, 형부랑 언제 처음 했어?"

"뭘 처음 해, 키스?"

"그거 말고. 언제 같이 잤어?"

이나는 얼굴을 심각하게 만들며 물었다. 한나가 화들짝 놀라 들고 있던 매니큐어 붓을 바닥에 떨어뜨렸다.

"자니까 어땠어, 좋았어?"

연이어 질문했다. 당황한 한나는 급히 서랍을 열어 털 귀마개를 꺼낸 뒤 이제 네 살이 된 은지의 귀에 씌웠다. 은지는 귀마개를 한 채로 티라노사우루스 미니어처를 프라이팬에 올려놓고, 버터 구이를 만드는 놀이를 시작했다.

이나는 세팅기 사이의 머릿속을 손가락으로 긁었다. 브로콜리 머리카락이 데쳐지고 있는 기분이었다.

“은지는 아직 못 알아들어. 그런 거 쓴다고 안 들리는 것도 아니고.”

“그게 왜 궁금한 건데?”

“난 같이 자고 싶은 것 같아서.”

한나가 잔뜩 심각해졌다. 엄마는 뭐든지 한나에게 상담하므로, 이나에게 남자 친구가 존재한다는 사실을 한나는 이미 알고 있을 것이다.

이나는 태연하게 어깨를 으쓱해 보이며, 뭐가 대수냐는 듯이 한나를 보았다.

“뭘 그래, 언니는 안 그랬어? 나만 그러는 건가? 나 야한 사람인 거야?”

“그 남자가 그걸 원해?”

“조금 그런 것 같아.”

승후의 뜨겁고 절실한 몸이 모든 걸 말해 주고 있었다. 그도 분명 원했다.

“아니, 좀 많이 그런 것 같아.”

“이 썩을 놈. 누굴 함부로!”

“언니야, 썩긴 누가 썩었다고. 그 사람은 정말 싱싱해.”

이나는 나쁜 말을 하는 한나를 신기하게 쳐다보았다. 한나의 입에서는 좀처럼 나쁜 단어를 듣기가 힘들었다.

한나가 마음을 진정시키는 몇 초간의 시간을 갖더니 언니답게 말했다.

“이나, 넌 절대 쉬워 보이는 여자가 되면 안 돼.”

쉬운 여자? 그에게 먼저 키스하고, 먼저 연애하자고 했고, 지금 상태로 가면 자자는 말까지 먼저 할 가능성이 컸다. 스스로가 생각할 때 그렇게 어려운 여자는 아닌 것 같았다.

"뭘 그렇게 놀라? 연주는 이제껏 경험이 없다는 그 대목에서 놀라던데. 난 쉬워지고 싶다고."

"난 내 동생이 정말 예쁜 연애를 했으면 좋겠어. 진지한 태도로 서로 존중하고, 존중받는 연애 말이야. 사랑하는 사람과 감동적인 결합을 하고 싶고, 어떤 합일점을 찾고 싶겠지. 그런 욕망이 생기는 건 당연한 거야. 그게 사람의 본능이니까. 하지만 그걸 절제하고 상대를 지켜 주는 게 더 큰 사랑의 방식이라고 봐."

"언니들이란. 언니도 나를 열여섯 살쯤으로 생각하는 거야?"

"너보다 조금 먼저 인생을 살아 본 언니니까 해 줄 수 있는 말이야. 이제부터 내 말 잘 들어."

이나는 숨을 죽였다. 한나는 자신이 한 번도 해 보지 못한 걸 경험했으니까 뭐든 신빙성이 있을 것이다.

"남자는 사랑과 성욕이 별개일 수 있는데, 여자는 사랑과 성욕이 같다고 착각해. 남자가 원하면 자기도 원한다고 생각하게 되는 거야. 사랑하면 뭐든 다 줘야 할 것 같으니까, 상대가 절실히 원하는 몸마저 주고 싶은 거지. 여자는 처음엔 좋은 거 하나 없어. 한동안 힘들기만 해. 그러니 절대로 서둘 필요가 없어. 서두르면 손해야. 같이 자고 싶은 그런 느낌은 뇌가 조작하는 거야. 절대 남자에게 속아서 몸을 나누면 안 돼. 남자는 죽을 것처럼 보채지만, 그냥 놔둬도 절대 안 죽어."

"다행히 죽지는 않는구나."

이나는 심각한 척 따라 말했다. 이 집안 식구들의 문제는 이나를 스물여섯 살로 인정하지 못한다는 것이었다. 아무래도 한나의 말은 확인되지 않는 뇌의 조작설 같았다.

한쪽 눈을 가늘게 뜨고 한나를 흘겨보았다.

"다음엔 무슨 얘기를 할 건데, 그 남자만 보면 사정없이 뛰는 내

심장의 음모설?"

"특별히 그 여자일 수도 있지만 아니어도 상관없는 게 남자야. 그런 남자들에게 쉬운 여자로 보이면 안 돼. 널 존중하는 남자라면 그런 일을 쉽게 결정하지 않을 거라고 생각해. 성숙하고 예의 있는 관계를 지속하고 상대에 대한 믿음이 쌓이다 보면, 꼭 이 순간이어야만 하는 때가 오긴 와. 하지만 그 순간에도 냉정함을 잃으면 안 돼. 후회하거나 속아 버리는 밤이 되면 안 되니까. 처음은 진실해야 하고 아름다워야 하니까."

그렇게 말하는 한나가 어른스러워 보이긴 했다.

"그런 순간이 왔다고 생각될 때, 네가 가장 좋아하는 것 스무 개를 머릿속에 하나씩 떠올려 봐."

"좋아하는 거 스무 개? 그건 왜?"

"시간을 두고 마음과 몸을 진정시켜 보는 거지. 그걸 천천히 다 떠올리고 났는데도 생각이 변함없다면, 그러고 나서도 진정으로 상대를 원한다면 그땐 어쩌겠어? 몸을 나누는 수밖에. 그게 우주의 조화이고 더할 수 없이 자연스러운 일인데."

한나는 순진한 얼굴로 고개를 끄덕이는 이나의 눈을 똑바로 보고 말했다.

"결혼해서 살다 보면, 네가 지금 궁금해 죽겠는 잠자리 같은 건 그저 생활의 일부야. 남녀 관계에서 몸의 교감보다, 더 중요한 건 정신적인 교감이라고 생각해. 혼자 있을 때보다 상대와 있을 때, 자신의 인생이 더 풍요로워질 수 있다는 믿음이 있어야 해. 그 사람과 같이 있으면 내 인생을 더 사랑할 수 있고, 잘 살아갈 수 있을 것 같은 그런 확신들 말이야. 그런 확신이 사랑이야. 넌 앞으로 신중해야 해. 우리에게도 소중한 사람이잖아."

그리고 진지하게 말을 맺었다.

"머리 다 타겠다. 세팅기 빼 줄게. 움직이지 마."

이나는 무릎을 감싸 안고 한나의 말을 생각했다.

'혼자 있을 때보다 그 사람과 같이 있을 때 자신의 인생이 더욱 풍요로워질 수 있다는 믿음, 그 사람과 같이 있으면 내 인생을 더 사랑할 수 있을 것 같은 확신들. 그런 확신이 사랑이라니.'

그런 것들에 대해서는 한 번도 생각해 본 적이 없었다. 뜨거운 가슴은 더할 것도 없이 진실하여, 아무것도 따지지 못하고 있으니까.

그러면 승후는 그런 것들에 대해 생각하고 있었던 걸까. 어떤 확신을 할 수 없어, 사랑이라는 감정에 섣불리 접근하지 못하고 망설이는 걸까. 들뜬 감정에만 빠져 보채는 강이나라는 사람을, 그 역시도 열여섯 살 정도 먹은 애송이로 생각하고 있는 걸까. 어쩌면 승후도 좋아하는 것들을 백만 개쯤 세며 남자의 뜨거운 본능 같은 걸 누르고 있는 건 아닐까.

편의점으로 내려온 이나의 모습을 보고 아르바이트생이 휘파람을 불었다. 이나는 동그랗게 잘 말린 머리를 하고 평소와는 다르게 가벼운 화장도 했다. 그리고 한나가 골라 준 원피스를 입고 어색한 듯 서 있었다.

오늘은 진희의 생일이었고, 그것을 축하하기 위해 가족들이 모였다. 외식을 하기 위해 화사하게 차려입은 진희가 이나를 보며 말했다.

"한나가 조금 손대니 여자처럼 보이기도 하네. 매일 바지만 입고 다니니까 대학생인 줄 알고, 어린 녀석들이 따라다니는 거지."

"엄마 마음대로 생각해. 내가 무슨 말을 하든 믿지도 않으니까."

진희는 이나의 남자 친구라는 존재에 대해 그렇게 생각하고 있는 것 같았다. 딸보다 어린, 못마땅할 것이 분명한 녀석.

이나는 눈썹을 살짝 올리며 비밀스럽게 웃었다. 그러자 예리하기 짝이 없는 한민이 끼어들었다.

"뭐야, 그 웃음의 의미는?"

"내 웃음의 의미까지 알려 줘야 해? 내가 느끼는 희로애락의 감정마저 너에게 검사받아야 하는 거야?"

한민은 아랑곳하지 않고 이나의 머리카락을 살짝 잡아당기며 중얼거렸다.

"머리에는 볼륨감이 생겼지만, 가슴은 역시 볼륨감이 부족해. 그건 큰누나의 손으로도 어떻게 안 되는 거야? 어렸을 때처럼 양말이라도 넣지 그래? 이미 잔뜩 넣은 건가?"

이나가 한민을 노려보며 말했다.

"겁도 없이 내 가슴에 대해 언급하다니. 강한민, 레드카드. 분리수거는 이제 너 혼자 해."

그때 이나의 눈에 편의점 계산대에 놓여 있는 커다란 꽃바구니가 들어왔다. 이나가 그 꽃바구니로 다가가자 가족들은 점점 긴장하는 눈치였다. 이나는 분홍 리본에 쓰인 글자를 천천히 읽어 나갔다.

"진희 씨, 생일을 축하합니다. 사랑합니다. 이거 누가 보낸 거야?"

이나의 인상이 사나워졌다. 모두 당황한 얼굴이 되어 아무 대답도 하지 않았다.

"우리 말고 누가 엄마를 사랑해? 내 허락도 없이."

어떤 사람이 엄마를 사랑한다는 말인지, 이나의 머릿속에 경보가 울려 댔다. 이혼당한 아빠는 고향인 청주로 쫓겨 가듯 내려가 혼자 살고 있었다. 지금 이 상황을 유추해 보건대 엄마에게 다른 남자가 생긴 것이 분명했다.

진희가 당황함을 숨기고 떳떳한 척 말했다.

"엄마의 사생활이야. 엄만 당당하게 돌아온 싱글이잖아."

"난 절대 엄마의 사생활을 인정 못 해. 아빠는 여전히 엄마를 사랑하는데, 아빠 아닌 누가 엄마를 사랑해? 아빠는 지금 땡볕 아래서, 땀 냄새 나는 남자 고등학생들하고 흙바닥에서 구를 텐데. 엄마는 누구랑 행복한 건데?"

"강이나, 그게 아니라."

모녀 사이에 한민이 껴들었다. 한민이 무언가를 설명해 주려다가 진희의 눈짓에 말을 멈추었다. 이나가 눈짓을 주고받는 두 사람을 노려보았다.

"나 빼고 또 무슨 모의 중인 거야? 난 새아빠는 절대 인정 못 하니까 그런 줄 알아."

가족들을 한꺼번에 노려보았다. 다들 이나의 기세에 눌려 아무 말도 못 하고 있었다. 이나는 그 꽃바구니를 들고 편의점 창고로 들어가 버렸다. 생각 같아서는 끓는 물에 장미들을 삶아 버리고 싶었지만, 일단은 눈에 보이지 않는 곳으로 치워야 했다. 꽃바구니를 창고의 구석에 놓았다. 안에는 아직 뜯어보지도 않은 카드가 있었다.

"누군지 모르겠지만 어림도 없어요."

다른 가족들을 믿을 수가 없었다. 어떻게 다른 남자가 엄마를 사랑한다는 건지, 생각할수록 기분이 이상해졌다. 아빠의 사랑을 위해, 엄마를 지켜야 한다는 확고한 다짐을 했다.

반달이 뜬 어느 밤, 이나는 자신의 방 책상에 앉아 컴퓨터를 켰다. 그리고 딸꾹질을 멈추는 방법에 대해 검색했다. 딸꾹질만 참을 수 있었어도 그와의 교감에 더욱 가까이 다가갈 수 있었을 것이다. 하룻밤의 짙은 소통으로 서로에 대한 사랑을 깨달았을 수도 있고. 그 밤을 놓친 것이 너무도 아쉬웠다.

컴퓨터 화면을 보고 있는데 갑자기 핸드폰이 진동했다. 승후에게서 온 문자였다.

[위치 보고, 집.]

이번 출장은 무척 길었다. 날씨는 그의 집으로 찾아갔을 때보다 훨씬 더워졌다.

[조금 전에 집에 도착했어. 지금은 샤워하고 침대에 누워 쉬는 중이야.]

그는 진짜 연애를 하는 남자처럼 문자를 보냈다. 주로 그의 위치 보고만 문자로 받았었는데, 그가 보낸 긴 문장에 설레었다.

[여기로 오는 길을 아직도 기억하나 보자며 강이나를 끌어들이고 싶지만 애써 참는 중이고.]

'난 여전히 가는 길을 외우고 있어요.'

이나는 이렇게 쓰고 전송을 하려다가 글자를 하나씩 지웠다. 절대 쉬워 보이는 여자가 되면 안 된다는 한나의 말이 떠올랐다.

[통금이 더 철저해졌어요.]

대신 이런 문자를 보냈다. 거짓말은 아니었다. 연애 중인 것이 가족 모두에게 알려져 버려 요즘 집 안의 경비가 삼엄해졌다.

[12시에 취침 전 점호라도 하는 건가?]

[그건 아니지만 통금이 시작된 이래로 제일 철저해요.]

아무래도 엄마에게 한나와 한민의 입김이 들어간 것 같았다. 주위에 훼방꾼이 너무도 많아 탈이었다.

[역시 난 쉽지 않은 연애 중이야. 그나마 이렇게라도 얘기할 수 있는 걸 다행이라고 해야 하나.]

난감한 척하는 승후의 표정이 저절로 그려졌다. 한동안 침묵하던 그에게서 다시 문자가 왔다.

[그날의 강이나가.]

그날에 대해서는 이나도 할 말이 많았다. 의식이 그곳에 멈추어 움직이지 않고 있는 것 같았다. 그 밤만 생각하는 사람이 되어 버렸다.

[여전히 내 몸에 낱낱이 느껴져. 부드럽고, 천진하고, 따뜻했지. 가만두기 싫을 정도로.]

그날 밤의 그의 손길과 눈길이 그대로 느껴지는 것 같았다.

[그날에 이어 우리 문자로 계속할까? 문장을 읽는 것만으로도, 그때처럼 기분 좋게 해 줄 수가 있어. 이건 네게 위험하지도 않고.]

이나는 숨을 멈추고 문자를 반복해서 읽었다. 그는 아직 문장을 보내지도 않았는데 벌써 얼굴이 화끈거렸다.

[점잖지 못한 연인들과 자유로운 방식의 연애를 선호하는 사람들은 간혹 그러기도 해. 어때, 해 볼까? 이건 허락할래?]

진짜 연인들은 당연히 그런 것을 즐긴다는 소리 같았다. 실전으로 넘어가기 전 연습이라도 시켜 주려는 걸까? 깊은 키스와 진한 몸짓에 딸꾹질로 일을 망쳐 버린 여자였으니까. 한나는 쉬운 여자로 보이면 안 된다고 했지만 이런 건 진짜가 아니니까. 그렇게라도 이 남자와 교감과 소통을 하고 싶었다. 그와 나누는 그런 것들이 궁금해 미치겠으니까. 그의 진짜 연인이 되고 싶었으니까.

[끄덕끄덕.]

이나는 그렇게 썼다. 그런 뒤 입술을 물고 전송 버튼을 눌렀다.

승후의 문자를 기다리는데 손가락이 떨리고 있었다. 그는 한동안 아무 응답이 없었다. 이나는 액정에서 눈을 떼지 못한 채 그가 쓰는 길고 야한 문장을 초조하게 기다렸다.

[강이나.]

눈을 깜박이며 문자를 보았다. 그저 강이나라는 이름 세 글자만이 쓰여 있을 뿐이었다.

[나, 지금껏 미친놈처럼 웃었다. 너의 씩씩함이 어디까지 가나 보려고 했는데 생각보다 적극적인걸, 모든 면에서.]

이나는 머리를 책상에 박았다. 그를 두고 야한 생각을 한 것을 모조리 들켜 버린 것 같았다. 들고 있던 핸드폰을 저리로 밀어 버렸다.

"완전히 속아 버렸어. 야한 생각만 하는 걸 들켜 버렸다고."

거의 울 지경이었다. 그러다 다시 진동이 울려 겨우 고개를 들고 문자를 보았다.

[보고 싶다. 잠깐 나올래?]

그는 아까와 달리 건전한 학생처럼 물었다. 문자로 무언가를 계속하자던 남자는 이미 사라지고 없었다.

[엄마가 편의점을 지키고 있어서 나갈 수가 없어요. 어떤 방법이 있긴 하지만.]

[어떤 방법?]

[우리 동네 건물들은 다닥다닥 붙어 있어요. 옥상에서 훌쩍 건너뛰면 옆집으로도 갈 수 있을 정도로 가까워요. 편의점 건물 옆에 작은 문방구가 있는데, 거기 옥상 문은 항상 열려 있어요. 문방구 아저씨가 길고양이들을 위해 옥상 한곳에서 먹이를 주고 있거든요. 밤이면 고양이들이 와서 먹이를 먹고 가요. 그 옥상으로 올라오면 만날 수 있어요. 하지만 완벽하게 안전하지는 않아요.]

그가 올 거라는 생각은 하지 않았다. 누굴 그렇게 불러 본 적도 없었다. 낡은 옥상과 집 없는 고양이들은 그와 어울리지 않았다. 게다가 들킬지도 모르는 조금 위험한 장소이므로.

[기다려.]

기다려.

이나는 그가 마지막으로 쓴 글을 보며 멍하니 있었다. 그 글씨가 승후의 목소리로 변해 귓가에 맴돌았다. 시간이 조금 지나서야 정신을 차린 이나는 옥상으로 뛰어 올라갔다.

옥상에서 보는 반달은 더 예뻤다. 고양이와 어울리지 않는 남자가 야옹거리는 고양이 무리에 둘러싸여 있었다. 이나는 건물 사이의 공간을 두고 마주 서 있는 그의 모습에 웃음이 났다. 자꾸 번지는 미소를 숨길 수가 없었다. 그보다 먼저 옥상에 도착해 그가 얼마나 빨리 자전거를 타고 언덕길을 내려오는지 모두 보았다. 그는 여전히 가쁜 숨을 쉬고 있었다.

"대체 나에게 무슨 일이 벌어진 거야? 난 왜 남의 집 옥상에 올라와 있고, 우린 지금 뭘 하고 있는 거지? 밤의 도둑고양이라도 된 기분이야."

"밤의 옥상 위에서 하는 도둑 데이트요. 우린 원래 옥상에서 맺어진, 방어막을 쳐야 하는 커플이잖아요."

"그렇지."

승후가 이나의 말에 동의하며 밝게 웃었다. 순간 날이 더워서 머리에 꽂아 놓은 우스꽝스럽고 커다란 핀 때문에 웃는지도 모른다는 생각이 들었다. 아쉽게도 그가 찾아올 때마다 예뻤던 적이 없었다.

"회사 옥상에 비하면 별 볼 일 없이 작고 낡은 옥상이죠. 하지만 해가 쨍쨍하게 잘 들어 빨래 널 때도 좋고, 밤에는 삼겹살 파티 하기도 좋아요. 엄마가 만든 텃밭에서 상추도 바로 따 먹고요. 열대야 때문에 무더운 밤에는 평상에 모기장 펴 놓고 자면 더운 줄도 몰라요. 엄마가 꽃도 정성스럽게 키워서 우리 옥상은 사시사철 화사하죠. 지금 보이는 건, 한련화, 봉선화, 파란색 수국. 계절 따라 색색의 꽃들로 가득해요."

그런 것에는 관심도 없어 보이는 승후가, 그 말에 고개를 한 번 끄덕였다.

지금 이나는 딱 달라붙는 티셔츠에 짧은 반바지 차림이었다. 그리고 머리에는 커다란 핀을 꽂아 동그란 이마를 모두 내놓고 있었다. 승후의 시선이 차례로 그것들을 스치고 마지막으로 이나의 눈을 보았다. 마주하는 그의 얼굴이 선하고 맑았다.

건물과 건물 사이로 바람이 불어 올라왔다.

"이거 봐요. 물만 먹고 자라났어요. 정성껏 물만 줘도 이렇게 된다니 신기해요."

물만 먹고도 이렇게 풍성하니, 사랑은 마음을 다해 물을 주는 일이 아닐까 생각했었다. 이나는 텃밭에서 방울토마토 세 개를 따서 손바닥에 올려놓았다. 토마토가 붉게 반짝였다.

"맛볼래요?"

먼저 하나를 자신의 입에 넣었다. 무척 달았다.

승후는 이나가 토마토를 입에 넣고 오물거리는 모습을 가만히 바라보았다. 나머지 두 개가 남았는데, 그중 한 개가 손바닥 위에서 굴러 건물과 건물 사이의 아래로 떨어졌다. 두 사람은 아래를 내려다보며 아쉬워했다. 승후가 심각한 척 미간을 구겼다.

"이런."

"놓쳐 버렸네요."

"조심해. 또 떨어지면 안 되니까."

승후는 방울토마토가 있는 이나의 손을 조심히 감쌌다. 그리고 손바닥 위의 토마토를 그의 입 속으로 가져가 넣었다. 이나의 손바닥에 승후의 입술이 닿았다. 그의 입술이 손바닥을 간지럽게 했다.

승후는 토마토를 입에 넣고도, 입술을 이나의 손바닥에서 떼지 않았다. 그의 숨결이 내뱉는 온기가 손안에 머물렀다. 손바닥에 입을 맞추었던 그의 입술이 미끄러지듯 내려와 팔목 안쪽에도 입을 맞추었다. 이나의 맥박이 얼마나 빨리 뛰는지 그의 입술로 전해질 것만 같았다. 손에 입술이 닿았을 뿐인데 속살에 입맞춤이라도 당한 듯 온몸에서 힘이 빠져나갔다.

“맛있다.”

이나는 붉어진 얼굴로 그에게 손을 내어 준 채 있었다. 그의 입술의 움직임이 손목에 그대로 전해졌다.

“다른 것들도 다 맛있어요.”

목소리는 잠겨 있었고, 호흡은 떨렸다. 승후가 손을 놓아주자 이나는 손바닥을 접고 등 뒤로 숨겼다. 그의 입술이 전해 주던 촉촉함이 아직도 손안에 남아 있었다.

“급하게 자전거를 몰고 오면서 내내 나에게 물었어. 사춘기 소년이 된 기분이다. 언제 이렇게 설레었던 적이 있었나. 대체 나한테 무슨 일이 일어난 걸까.”

그가 자신으로 인해 설레었다니. 그 말에도 아득한 느낌이 들었다.

“더 가까이 가도 될까?”

어딘가 아렴풋해진 이나는 말없이 고개만 끄덕였다. 그러자 승후가 건물 사이의 공간을 건너뛰어 이나의 앞에 섰다. 고양이들도 질세라 건물을 훌쩍 뛰어넘어 따라왔다.

“요즘은 통금을 피할 방법에 대해 생각을 하고 있어. 12시라는 시간이 싫어지고 있거든.”

승후는 세상에서 가장 멋진 웃음을 보여 주며 이나의 어깨를 조심스럽게 끌어안았다. 발끝이 닿았고, 다리의 어디쯤인가가 닿았고, 가슴이 서로에게 닿았다. 자전거를 타고 온 그에게는 여름 바람이 묻어 있었다. 그에게서 여름의 더운 바람 냄새가 났다.

이나는 그의 가슴에 코를 박고 숨을 들이마셨다. 기분이 좋아졌다. 사춘기 남자의 마음으로 이곳에 와 있다고 고백한 이 남자가 너무 좋았다. 고개를 들어 승후의 턱에 이마가 닿도록 발을 들어 올렸다. 그의 턱이 기분 좋게 까칠까칠했다. 그 느낌이 좋아 저절로 눈이 감겼다. 눈을 감았는데도 그가 미소 짓는 게 느껴졌다.

그는 한 손으로 이나의 머리를 쓰다듬고, 다른 손으로는 등을 감싸 안았다. 그의 심장 소리가 가까이 울렸다. 한참 동안 그렇게 있었는데도 그의 심장 박동이 줄어들지 않았다. 이 남자, 나를 사랑하는 건 아닐까 생각될 정도로 세차게 박동했다. 하마터면 날 사랑하고 있냐고 물어보고 싶을 만큼이었다.

밤하늘에 뜬 반달이 눈에 들어왔다.

"오늘 달이 예쁘죠?"

"무척."

사랑을 물어보는 대신 달이 예쁘냐고 물었다. 이나는 당장이라도 아주 쉬운 여자가 되고 싶었다. 지금 빨리 좋아하는 스무 개를 다 세어 버릴까. 그리고 살금살금 계단을 내려가 내 방으로 몰래 들어가자고 할까. 아니면 이대로 탈출해 그의 집으로 가자고 할까.

하지만 아무 말도 못 한 채 한참을 그에게 안겨 있었다. 고양이들도 재미없어졌는지 한 마리씩 자리를 떠날 동안 그렇게.

"이나, 옥상에 있어? 아직 안 자고 뭐 해?"

아래층에서 엄마의 목소리가 들렸다. 벌써 아르바이트생과 교대 시간이 되었나 보다. 놀란 이나는 자신의 입술에 검지를 대고, 승후에게 말하면 안 된다는 신호를 보냈다. 그리고 아래쪽을 향해 대답했다.

"곧 내려갈 거야!"

엄마들은 자식들을 걱정하는 게 일인 것 같았다. 승후가 장난스러운 눈빛을 하고 작은 목소리로 말했다.

"여기 옥상도 위험해."

"내가 그랬잖아요. 안전하지 않다고."

승후가 방금 생각난 듯 속삭였다.

"같이 도망가자."

"도망이요?"

"통금을 해제할 방법을 찾아서. 아무래도 통금을 피해 널 어디론가 보내야겠어."

"어디로 가죠?"

"아주 멀리. 밤새 같이 있어도 걸리지 않는 곳으로."

단둘이 먼 곳으로 간다는 상상만으로도 좋았다. 농담인 줄 알면서도 괜히 웃음이 났다. 지금이라도 그를 따라 도망가고 싶었지만.

"말도 안 돼."

"말이 될 수도 있지."

승후가 애먼 반달을 보면서 말했다. 그리고 이나를 꼭 끌어안으며 웃기만 했다. 옥상을 부드러운 빛으로 가득 채우는 반달이 정말로 예뻤다.

출근한 지 얼마 안 되어 은경이 이나를 불렀다. 디자인 팀 안에 있는 작은 회의실이었다. 은경은 밖이 보이는 창의 블라인드를 내리고, 의자를 꺼내어 이나에게 그곳에 앉으라 했다. 심각한 눈으로 이나를 보기만 하던 은경이 천천히 입을 열었다.

"브로콜리 강, 혹시, 낙하산이야?"

“아니요. 낙하한 적 없는데요.”

“그럼 민승후 대표와는 어떤 사이야?”

그 말에 이나의 얼굴이 경직되었고 머릿속에선 비상벨이 울렸다. 은경은 아예 팔짱을 끼고 책상에 걸터앉았다. 그러곤 얼굴을 가까이 들이대고 말했다.

“아침부터 민 대표에게 호출이 와서 갔었어. 멀쩡한 상태로 이런 말을 하더라고.”

이나는 귀를 기울이며 숨을 죽였다.

“디자인 팀의 강이나를 홍콩으로 휴가 보내라고. 본인의 출장에 맞춰서.”

반달이 뜨던 밤, 승후가 했던 말이 떠올랐다. 같이 도망가자고 했던 그 말.

“내가 디자인 팀 강이나를 뜬금없이 왜 휴가 보내냐고 따져 물었지. 그랬더니 대표님이 하는 대답이 이거였어. 홍콩의 야경이 예쁘잖아.”

말하는 은경도 어이가 없는지, 잠깐 헛웃음을 웃다가 말했다.

“내가 뭘 잘못 들은 것 같아서 이유를 다시 물었더니, 홍콩엔 맛있는 레스토랑도 많다고 하더라. 동문서답이 너무 이상해서 혹시 대표님 마약을 하시느냐고 물었더니, 상태가 그것과 비슷하다고 하시던데. 난 그런 대표님을 혼자 두고 나왔어. 그게 조금 전 일이야.”

은경이 마음을 진정시키듯 숨을 한 번 들이쉬고 다시 말했다.

“자, 이제 이나 씨가 내가 뭘 보고, 듣고 온 건지 설명해 봐. 설명 못 하면 계속 야근일 줄 알아.”

이 연애를 설명하기보다는 백 번의 야근이 쉬울 것 같았다.

“또 야근을 택하겠지. 객관식으로 물을게. 첫 번째, 민승후와 강이나는 친인척 간이다. 두 번째, 민승후와 강이나는 지금 연애 중이다."

이나는 어쩔 수 없이 손가락 두 개를 들어 보이며 말했다.

"두 번째요."

믿을 수 없겠지만 연애 중인 건 사실이니까. 승후가 은경에게는 방어막을 건 것 같았다.

하지만 이나의 대답을 들은 순간부터 은경은 험악해지기 시작했다.

"이건 원조 교제 분위기잖아. 아니, 사내 노예 커플인 거지. 어쩐지 이상하다 했어. 민승후가 디자인 팀을 따라 산에 가는 게 말이 돼? 언젠가 나더러 신입들 건들지 말라고 성질부릴 때부터 어이가 없긴 했지. 브로콜리 강한테 천사 머리라고 할 때부터 알아봤어야 했어. 아니, 내가 왜 자기들 비밀 여행에 공범자가 되어야 해? 아주 대놓고 노골적이네."

그러던 찰나 화를 참지 못해 씩씩거리던 은경의 얼굴이 의미심장하게 변해 갔다.

"민승후, 지금 느지막이 연애하느라 보이는 게 없다, 이거지? 워크숍을 따라온 것도 모자라 이젠 치밀하지도 않은 밀월여행을 계획해 홍콩으로 빼돌리시겠다? 나한테 이렇게 쉽게 약점을 보일 인간이 아닌데. 이나 씨, 대체 대표님께 무슨 짓을 한 거야?"

답을 바라고 묻는 것 같지는 않았다. 은경은 눈을 살짝 치켜뜨고 입술을 비틀며 알아들을 수 없는 말을 중얼거렸다. 그러다가 재밌어 죽겠다는 표정으로 바뀌어 이나를 보았다.

"좋아, 보내 줄게. 미리 여름휴가를 가는 셈 치면 되니까. 가서 칼로 찔러도 피 한 방울 안 나올 것 같은 잘난 심장에 펌프질 좀 하고 와. 얼음처럼 차가운 눈빛을 녹여 버리고, 애끓어 안달하고 미쳐 날

뛰게 좀 해 보라고. 내가 오래전에 그 남자가 사랑하는 걸 봤는데 그렇게 사랑하더라."

오래전 사랑이라는 말에 이나는 숨을 죽였다.

"어떻게요?"

"사랑에 미친 놈처럼."

승후는 이른 퇴근 후 집에 있었다. 여름이 시작되어 더운 바람과 습기가 몸에 배었다. 샤워를 마치고 이나를 어디로 불러내야 하나 궁리 중이었다. 홍콩에 데려가기 위해 은경에게 미리 작업을 해 둔 거지만, 은경이 가만히 있을 리 없었다. 분명히 이나를 불러서 추궁을 했을 것이다. 그러니 직접 만나서 출장에 대한 설명을 해 줘야 했다.

미리 말을 하지 않은 건 도망가자는 말을 믿지 않았던 이나를 놀라게 해 주려는 의도였다. 이나에게 전화를 걸며 반응을 기대했다.

— 지금 위치가 어디예요?

전화가 연결되자마자 이나가 다짜고짜 물었다. 오르막을 걷고 있는 듯 숨이 찼고, 목소리도 들떠 있었다. 왜 그런지 이유를 알 것 같아 미소가 흘렀다.

"집이야. 내일 홍콩으로 출국해야 해서 일찍 들어왔어."

승후는 편안한 옷으로 갈아입기 위해 핸드폰을 스피커와 연결하고 탁자 위에 올려 두었다. 그리고 감촉이 좋아서 자주 입는 여름 티셔츠를 찾았다. 연결된 스피커를 통해 이나가 가쁘게 숨을 쉬는 소리가 방 안에 크게 울렸다. 규칙적으로 흔들리는 이나의 숨소리가 몸을 감싸고 도는 것 같았다. 승후는 스스로가 어이없어 고개를 저었다.

저런 숨소리조차 야릇하고 자극적이게 느껴지니 상태가 심각한 것이 분명했다.

하지만 멀쩡한 남자인 척.

"오늘도 퇴근이 늦었네."

— 휴가를 가기 전에 해 놓을 일이 많아서요. 우리 잠깐 볼까요?

"지금 어딘데?"

— 편의점을 지나서 계속 올라가고 있어요. 집으로 갈게요.

제 발로 여길 오겠다니. 지난번에 경험을 하고도 자신이 어떤 위험에 처한 줄 모르는 것 같았다.

"내가 내려갈게. 중간에서 보자. 목욕탕 굴뚝이 보이는 축대 위, 난간이 있는 공터에서. 서울의 야경이 보이는 곳 말이야. 다시 한번 경고하는데 집은 안 돼. 파충류보다 징그럽고 차가운 남자에 대해 경험상 알고 있을 텐데."

잠시 정적이 흘렀다. 스피커에서는 한동안 이나의 숨소리만 들렸다. 동작을 멈추었는지 몸을 움직이는 기척도 들리지 않았다.

— 아니에요, 따뜻했어요.

"뭐가 따뜻했는데?"

— 차갑고 무서운 파충류랑 달랐어요. 머리 위로 떨어졌던 도마뱀은 차가웠는데, 그 남자는 따뜻하던걸요.

방심했던 마음이 또다시 뒤흔들렸다. 승후 역시 따뜻했던 이나의 몸이 떠올라 말을 잠시 멈추었다. 당장이라도 이곳으로 끌어들이고 싶었지만.

"몹시 뜨거웠겠지. 그 남자 요즘 통 온도를 조절하지 못하고 있으니까 말이야."

승후는 공터를 향해 걸어 내려갔다. 맞은편에서 이나가 올라오는 것이 보였다. 눈이 마주치자 그들은 서로를 향해 미소를 보여 주었다.

두 사람은 공터의 난간 앞에 서서 마주 보았다. 멀리 남산 위에 높게 선 타워가 작게 빛났다. 오늘따라 그 빛이 더욱 환하게 느껴졌다.

이나가 숨을 고르며 말했다.

"이곳이 우리의 중간 지점이네요."

"연애하기에 이렇게 멋진 동네가 있을까. 중간 지점이 남산 타워가 보이는 곳이라니."

이나가 설레는 눈빛을 감추지 않았다. 왜 저렇게 달뜬 얼굴이 된 건지 알 것 같아 어딘가 뿌듯해졌다.

"우리 정말 도망가요?"

"멀리 도망가자고 했잖아. 난 허튼소리는 하지 않아."

"같이 홍콩에 가는 것도 맞는 거죠? 믿기지가 않아서 그래요."

하늘이라도 걷는 듯한 표정이었다. 여행을 좋아하는 길치라는 모순을 안고 사는 사람이라 더 그럴 수도 있었다.

"연애할 시간이 없어도 너무 없으니 말이야. 너와 많은 시간을 같이 보내고 싶어. 옥상 위보다 넓고 안전한 곳에서. 내가 그곳에 먼저 가 있을 거야. 네가 도착하면 공항으로 마중 나갈게. 난 거기서도 일을 해야 해서 낮에는 바쁠 거야. 일 끝나고 제대로 연애하는 시간을 갖자. 물론 12시를 넘겨서까지. 12시가 넘어도 난 건전할 거고, 같이 누워서 음악을 듣자는 수작도 부리지 않을 테니 안심해."

잠시 정적이 흘렀다. 이상하게도 이나는 시무룩해 보였다. 조금 아까까지 신이 났던 사람은 사라지고 없었다. 안심을 시켜 줬음에도 불구하고 낯선 곳에서의 통금 시간을 넘긴 후의 밤들을 걱정하는 게 아닐까.

“방도 따로 얻을 예정이고.”

“아, 방을 따로.”

“그러니 걱정할 일 없을 거야.”

몇 번이나 안심시켜 주어도 못 미더워하는 얼굴이었다.

“그래, 이해해. 내 계획대로 돌아가는 것이 없어서 걱정이긴 하지. 지금껏 너에 대한 결심들은 한 번도 지켜지지 못하고 무너져 내렸거든.”

“저에 대해 무슨 결심들을 했는데요?”

“강이나에게 눈 감을 것.”

눈 감지 않았다. 눈길이 자꾸 머물렀다.

“신경을 꺼둘 것.”

몹시 신경이 쓰였다. 멀리 떨어져 있어도 신경이 닿아 있는 것 같았다.

“가까이 두지 말 것.”

제대로 탐이 났다. 그래서 이렇게 연애 중이다. 연애할 시간이 부족해 장소를 옮겨 연애할 계획까지 짰다. 출장에 여자를 끌어들이는 공과 사도 구별 못 하는 사람이 되어서.

“자제하기 어렵다는 걸 알았으니 이젠 함부로 입 맞추지 말 것.”

말을 꺼내고 보니 이나의 입술만 보였다. 그 밤 이후 이나에게 입을 맞추지 않았다. 더욱더 스스로를 통제해야 했다. 승후는 이나의 눈을 보며 솔직하게 말했다.

“지금도 이성과 감성이 치열하게 싸우지만, 난 이성이 더 강한 남자니 크게 걱정할 것 없어.”

승후는 스스로를 향한 다짐처럼 말했다. 이나의 눈빛에 실망감이 가득 찼다. 어쩐지 상처받은 얼굴이었다. 이나는 늘 해석이 쉬운 표정을 지었는데 이번에는 아니었다.

"뭐야, 그런 어려운 표정은."

"아무것도 아니에요."

도둑놈이 되지 않겠다는 남자의 말에 울지나 않으면 다행이었다. 그나저나 도둑이 어떤 것을 훔치는지 알고나 있는 걸까. 뭔가를 시작도 하기 전에 놀라 딸꾹질을 해 대면서. 이 몹쓸 도둑은 다시 시작하면 원하는 데서 끝내지도 않을 텐데 말이다.

다 큰 여자라는 말에도 가슴 깊은 곳이 꿈틀대야 했던 남자였다. 문자로 뭔가를 더 하자며 야한 장문의 글을 썼다가, 지우고 모른 척했던 엉큼한 남자였다. 밤마다 이나를 향해 끓어 대는 몸으로 뒤척이고, 만졌던 속살을 떠올리며 열 오른 몸을 스스로 달래고 있는 남자였다. 그런 남자가 자신을 통제하고 별일 없을 거라 안심을 시켜 주는데, 대체 왜 저런 얼굴인 건지.

"날 믿어도 돼. 난 약속을 중요하게 여기는, 신뢰가 넘치는 남자니까."

갖고 싶은 것은 분명하나 함부로 갖기는 싫은 모순이 일어나고 있었다. 나로부터 내가 지켜 줘야 하는 어마어마한 모순. 집은 위험해서 안 된다며 오지 못하게 하면서, 홍콩으로 데려가려 하고 있는 것부터가 그랬다. 출장을 데려가 12시를 넘기겠다고 했으면서 절대 도둑이 되지 않겠다는 말만 봐도 모순의 극치였다.

믿어도 된다는 말로 안심시키고, 손만 잡고 자자는 여느 뻔뻔한 오빠들과 별다를 것도 없어 보이니 저렇게 근심스러운 얼굴이겠지.

"아무 일 없도록 할 테니 안심해. 충분히 연애할 시간을 확보하려는 거야."

"지금 상황으로서는 뭐든 좋아야 하잖아요. 통금을 피해 멀리 가는 것만으로도 제겐 꿈 같은 일인걸요."

말과는 다르게 이나는 힘이 살짝 빠진 미소를 지어 보였다. 냉정하길 바랐던 승후의 몸이 다시 끓기 시작했다. 욕망과 흑심을 품고 아닌 척하는 몹쓸 도둑과 다름없었다. 말과 마음과 몸이, 모순과 혼란으로 범벅이었다.

3

사랑도 냉동 보관이
가능할까요?

누군가를 절실히 사랑했던 사람은, 그 이후 다른 사람을 그만큼 사랑할 수 없게 되는 걸까. 남자의 첫사랑은 평생을 지배하는 걸까. 그에게 첫 번째로 사랑받고 싶다는 건 욕심인 걸까. 가운데 낀 둘째 딸의 운명처럼 남자와의 사랑에도 두 번째로 밀리게 되는 걸까. 두 번째라는 의미를 가진 이나라는 이름처럼.

"엄만, 왜 내 이름을 이나라고 지었는데?"

"한나 다음에 태어난, 엄마의 두 번째 딸이니까. 한민이는 첫 번째 아들이라 한민인 거고."

"자식의 이름을 태어난 순서대로 짓는 게 어디 있어?"

이나는 불만스럽게 중얼거리며 아이스크림을 한입 베어 물었다. 일요일 새벽마다 이나는 동네의 목욕탕에서 엄마와 목욕을 했다. 두 사람은 목욕을 마치고 아이스크림을 먹으며 집으로 돌아가는 길이었다. 길 끝까지 이어져 있는 돌담길에는 붉은 장미가 한창이었다.

"이름이 운명이 되어, 난 항상 두 번째가 된 기분이라고."

"사람은 이름대로 되지 않거든. 네 아빠 강철수 씨는 이름 때문이라도 철이 들었어야 하는데, 철도 안 들고 겉만 어른이잖아."

"아빠는 철이 들지 않은 게 아니라, 요즘 보기 드문 순수한 남자인 거지. 엄마의 사랑에 밀리는, 둘째 딸을 감싸 주는 속 깊은 아빠이고."

"밀리다니, 넌 다른 자식들보다 손이 많이 갔어. 어려서부터 잘 아프고, 길도 잘 잃어버리고, 아무거나 먹지도 않고. 둘째 딸이라 찬밥이기는커녕 자식 중에 제일 신경을 썼다고."

"이것 봐, 사람의 기억은 저마다 다르다니까. 엄마는 늘 차별했어. 한나 언니는 애지중지했고, 한민이는 무슨 일을 해도 다 믿어 줬잖아. 나는 아직도 못 미덥게 생각하고 잔소리만 하면서. 내가 늦됐던 이유도 사랑이 모자라서야. 식물도 사랑을 덜 주면 잘 자라지 못하고 약하다고. 게다가 무슨 셋째를 그렇게 일찍 가져? 1년도 채 안 되어 셋째를 낳다니 둘째에 대한 예의가 없는 거지. 그렇게 주책없이 사랑하셨던 분들이 이혼은 왜 하고 그래?"

이나의 말에도 진희는 아랑곳하지 않고 떳떳했다.

"엄만 자식들에게 늘 공평했어."

"차별한 증거가 수없이 많아. 지금도 차별하고 있고. 왜 우리 집에서 나만 통금이 있는 건데?"

"자식 성향에 따라 맞춤으로 키우는 거지. 강이나는 통금이 절대적으로 필요해."

이나는 억울한 얼굴이 되어 아이스크림 먹는 것을 멈추었다.

"왜, 나만? 내 성향이 어때서?"

"네가 엄마를 제일 많이 닮았으니까. 좋으면 앞뒤 가릴 줄도 모르고 사랑에 빠져들어, 정신을 못 차릴 테니 말이야."

그것이 이나에게 아직 통금이 존재하는 이유였다.

고등학교 시절 진희는 대학 야구 선수였던 철수와 사랑에 빠져 버렸다. 서로 미친 듯이 사랑했고, 그 덕에 고등학교를 졸업하자마자 한나를 임신했다.

"엄마는 어린 나이에 아기 엄마가 되어 버렸잖아. 다른 친구들은 대학도 가고 멋도 부리는데, 엄마는 한나를 업고 다니며 운동선수인 아빠의 뒷바라지를 하고 다녔다고. 돌이켜 생각해 볼수록 인생 중 제일 예쁜 시절을 그렇게 보낸 스스로가 너무 딱한 거야. 엄마의 젊은 시절이 사라진 거지."

진희는 한나의 엄마라기엔 너무 젊었다. 한나와 함께 다니면 모녀 사이로 보는 사람은 거의 없었다. 대부분 큰언니나 이모라고 생각했다. 그건 아빠인 철수도 마찬가지였다.

"너는 엄마처럼 사랑에 빠져 허우적대지 마. 상대방을 먼저 생각하지 말고, 네 입장부터 생각하는 똑똑한 여자가 되라고. 엄마도 외할머니 말을 안 들었던 걸 엄청 후회하잖아. 그러니까 너는 여러 사람을 만나 봐. 인생을 즐기다가 늦게 결혼하라고."

엄마가 늘 하는 말들이어서 새로울 것도 없었다.

"네 마음보다 마음이 큰 남자를 만나는 게 좋아. 너를 더 사랑해 주는 남자를 만나야 한다고. 여자는 사랑을 받아야 사는 의미가 생기니까."

"내가 더 사랑하면 어때서?"

"네가 더 사랑하면, 늘 사랑에 안달해야 한다고."

세상엔 이해할 수 없는 것들이 많았다. 누가 얼마나 더, 혹은 덜 사랑하는 게 무슨 문제가 될까 싶었다. 사랑을 허락받지도 못한 처지라, 안달하는 사랑이라도 해 보고 싶었다.

"그렇게 되면 언젠가는 지치게 돼. 엄마처럼 말이야. 내 딸은 엄마랑 다르게 살면 좋겠어. 사랑을 이리저리 잴 줄 알아서 언제나 사랑에 우위를 차지하고, 늘 사랑받고 사는 여자가 되었으면 좋겠다고.
그러니 여러 사람을 만나 보면서 네 젊음과 인생을 즐겨."

"통금을 걸어 놓고 여러 사람을 만나라니. 게다가 통금 있는 여자
가 인생을 어떻게 즐겨?"

"인생을 즐기라고 미리 통금을 걸어 놓은 거야. 결혼 전에 통금을
없애는 건 꿈도 꾸지 마. 엄마도 12시가 넘도록 아빠랑 있다가 일이
그렇게 된 거라고."

"시간 가는 줄도 모르고 사랑했으면서, 아빠를 향한 마음이 왜 변
한 건데?"

엄마가 어떤 남자에게서 장미를 받았다는 사실에 위기감을 느꼈
다. 왜 짙었던 사랑이 순식간에 미움으로 변한 걸까? 사랑하는 마음
같은 건 처음 그대로 보관될 수는 없는 걸까.

"오래도록 같이 살았는데, 이렇게 멀리 떨어져 있으면 아빠가 생
각나지 않아?"

"가끔 문이 고장 나거나, 보일러가 잘 안 돌아가고, 옥상에서 물
샐 때, 너희 아빠를 찾고 있더라. 좋은 일이 생길 때도 그렇고. 나도
모르게 습관처럼."

"습관처럼?"

"엄마는 이 감정이 습관인지, 사랑인지, 미움인지 헷갈리는 거야.
그래서 지금 그걸 정리하는 중인 거고. 우린 서로 떨어져 있는 시간
이 필요했어. 사람에겐 시간과 거리가 때로는 약이 되기도 하거든."

시간과 거리가 약이 된다니. 이해하기가 힘들었다. 승후와의 시간
은 애가 탈 정도로 빠르게 흘러갔고, 늘 그의 곁에 가까이 있고 싶다
는 생각뿐인데.

"상대에게 화가 난다는 건 애정이 남아 있다는 거야. 미움이라는
건 마음을 준 만큼 커져. 너는 아직 모르겠지만."

미움과 애정의 상관관계가 이해되지 않는 걸 보니 자신은 아직 어릴지도 몰랐다. 하지만 아빠에 대한 애정이 남아 있어 그렇다는 말에 조금은 안도가 되었다.

"엄만, 언제쯤 그 약이 필요 없을 것 같은데?"

그 시간과 거리라는 약이.

"거의 나아 가고 있긴 해. 엄마가 아빠를 사랑했으니까 아팠던 거지. 엉겁결에 결혼했던 아빠는 살면서 엄마만큼 노력하지 않았어. 모든 걸 당연하게 받기만 했지. 결혼은 사랑을 전제로 한 서로의 노력이 필요한 거거든. 사랑은 손이 많이 가는 감정이야. 화초처럼 늘 가꿔야 해. 그렇지 않으면 메말라 버려."

"그럼 아빠를 언제 받아 줄 건데? 아빠가 엄마의 메마른 가슴에 매일 물을 주면?"

"강이나 아빠인 강철수 씨가 철이 좀 더 들면."

홍콩으로 가기 전날, 연주에게서 전화가 왔다. 때마침 이나는 여행 가방을 싸면서 속옷을 고르는 중이었다. 연주가 짓궂은 목소리로 놀리듯이 물었다.

— 어땠어? 브로콜리 강은 유혹에 성공했어?

"아니, 블랙 돌핀 집에서 키스하다가 멈췄어. 브로콜리 강이 긴장을 했거든."

— 긴장했다고? 딸꾹질이라도 한 거야?

"수없이 많이."

연주가 아쉬움이 가득한 탄식을 내뱉었다. 이나는 그날의 승후를 떠올렸다. 그는 딸꾹질하는 자신의 가슴에 귀를 대고, 심장이 뛰는 박자에 맞추어 숫자를 세며 본능을 가다듬었다. 그러곤 애써 감정을 자제한 뒤, 자신의 곁을 떠났다. 아직도 그의 숨결이 온몸에 남아 몸을 뜨겁게 만들곤 했다.

"난 내일 블랙 돌핀이 출장 가 있는 홍콩으로 떠나. 집에는 회사 출장이라고 말했고."

─블랙 돌핀이 있는 홍콩으로 간다고? 유혹이고 뭐고 할 것 없이, 자연스럽게 브로콜리 강이 원하는 걸 이룰 수 있겠네.

원하는 건 교감과 소통을 한 후, 그가 사랑을 깨닫게 되는 것이다.

"블랙 돌핀은 국제적으로 바쁘고 브로콜리 강은 통금이 있어서, 서로 만날 시간이 없거든. 애초에 연애할 시간이 없는 사람이었어. 그래서 자기 시간에 맞춰서 나를 그곳으로 보냈어. 4박 5일 동안."

─멋진데. 네 번의 밤을 함께한다는 소리잖아. 네 번의 밤 동안 은밀하게 교감하고 야하게 소통하면 되겠네.

연주는 이나가 말한 교감과 소통에 대해 기억하고 있었다.

"난 유혹을 할 줄 모르는 것 같아. 그날도 정신없이 웃다가 일이 그렇게 된 거였어. 블랙 돌핀도 결국 포기하고 나에게 순수함만을 원하는 것 같아. 딱 거기까지의 연애야."

─딱 거기까지라면 스킨십과 키스? 다 큰 사람들이 무슨 연애를 그렇게 낯간지럽게 해?

"블랙 돌핀은 순수하게 같이 여행을 하고 싶은 거랬어."

─서른 중반을 넘긴 남자가 어울리지 않게 왜 순수를 논해?

"왜냐면, 브로콜리 강을 어리다고 생각하니까. 자기더러 도둑놈이래."

그가 스스로를 도둑놈이라 생각하게 만든 자신이 부족하게 느껴졌다.

─내가 봐도 브로콜리 강은 나이에 비해 어린 면이 있어. 당연히

블랙 돌핀은 자기 나이보다 훨씬 어른일 테고. 네가 그 남자에게 어리게 느껴지는 게 당연하긴 해도, 그런 건 남녀 관계에선 아무런 문제가 되지 않아. 남녀 관계는 그런 걸 초월하거든.

"하지만 큰 문제가 됐어."

— 어떤 문제?

"각자 방을 따로 얻을 거래."

지난번 중간 지점에서 만났을 때 그가 그렇게 말했다. 방을 따로 얻을 테니 아무 걱정 하지 말라며, 마치 안심시키려는 듯. 그 말에 얼마나 실망을 했는지 모른다.

연주의 목소리가 놀라움으로 커졌다.

— 정말? 말도 안 돼.

"날 도둑놈으로부터 지켜 주려나 봐. 지켜 주지 않아도 되는데."

그 말에 연주가 한참을 웃었다. 이나는 들고 있는 속옷을 아쉽다는 얼굴로 보았다.

"예쁜 속옷도 챙길 필요가 없어. 다 큰 여자라고 알려 줘도 소용없다고. 이걸 입고 방으로 찾아가서, 난 준비가 됐다고 직접 말을 해야 하는 걸까?"

정신없이 웃던 연주가 갑자기 잠잠해졌다. 그러곤 속삭이듯 말했다.

— 아, 보고 싶다. 이나.

"나도 네가 보고 싶어."

연주는 둘만의 우정 반지를 나눠 낄 정도로 오래되고 친한 친구였다. 어려서부터 비밀이 생기면 가장 먼저 서로에게 털어놓았다. 연주가 가까이 있었다면, 이 연애가 조금은 쉬웠을 것이다.

— 블랙 돌핀이 양심은 있네. 아무래도 브로콜리 강을 진짜 아끼는 것 같다.

"아끼지 않아도 되는데 너무 아끼는 거지. 내가 여자로서 매력이 없는 걸까? 아니면 내가 처음인 것 같아 부담스러운 걸까? 한 번 자고 난 후, 자기에게 책임지라고 할까 봐 두려운 걸 수도 있고. 난 다짜고짜 사랑한다고 고백한 경력도 있잖아."

무언가 생각하는 듯 잠시 말이 없던 연주가, 조금 진지해진 말투로 말했다.

— 블랙 돌핀은 어른 남자라 욕구를 조절할 수 있을 테니, 널 함부로 가지려 하진 않을 거야. 당분간 너를 안지 않겠다고 결심했으면 그걸 지키려 애쓸 테고. 네가 상처받을까 봐 걱정하는 남자니까 말이야. 지금 이 시점에선 브로콜리 강의 확실한 허락이 필요할지도 몰라.

"확실한 허락?"

연주의 말이 맞는 것 같았다. 보통의 성인 여자라면, 같이 자고 싶다는 의사를 어떤 식으로라도 표현할 텐데 자신은 그런 적이 없었다. 키스만으로도 충분한 여자처럼 서툴게 굴었다. 승후의 집에서 그가 몸을 나누는 것에 대한 허락을 구했지만, 자신은 대답도 없이 딸꾹질만 해 댔으니 거절이나 다름없었다. 그 이후로 승후는 더욱 조심스러워졌다. 키스하는 것도 아낄 만큼.

— 혹시, 그 남자 널 사랑하는 건 아니니?

연주가 느닷없이 물었다. 이나는 사랑이란 말에 잠시 멍하니 있었다. 분명 사랑이 아니라고 했다. 그저 예쁜 사람일 뿐이고, 작은 바람일 뿐이라고 했다.

"아니, 사랑이 아니랬어."

— 난 어째 사랑이 의심스럽다. 블랙 돌핀이 수상해.

"어째서?"

— 사랑하면 상대를 함부로 할 수 없는 마음이 생기니까. 많이 소

중해서.

"그랬으면 좋겠지만 아닐 거야. 사랑을 전제로 시작한 연애도 아니었고."

다시 누군가와 사랑을 시작할 마음도 없는 것 같았다. 아직 첫 번째 사랑의 아픔이 그를 붙잡고 있는 것 같으니까.

— 스스로 모를 수도 있는 거지. 인생 자체가 복잡하여 많은 생각을 가지고 사는 사람은, 자신의 감정을 제대로 파악하지 못할 때가 많더라. 오히려 감정 파악이 늦을 수가 있다고.

"어떻게 자기감정을 몰라?"

특히 사랑이라는 감정을. 게다가 사랑에 경험이 있는 똑똑한 남자가 말이다.

— 자기 자신을 속이는 거지. 잘난 사람들은 자신의 감정 앞에서도 오만하여, 사랑을 피해 갈 수 있다고 생각하거든. 그렇게 스스로 착각하다가 큰코다치기도 하잖아.

"스스로를 속인다고?"

— 그래, 자신의 감정에 대해 착각을 하는 거지. 그 여러 가지 감정들이 절대 사랑일 리가 없다고.

홍콩의 밤은 서울의 밤보다 더웠다. 밤공기는 습하고, 바람엔 더운 바다 냄새가 묻어났다. 그리고 길거리엔 사람들이 넘쳐 나, 말소리로 떠들썩했다. 읽을 수 없는 글자들과 알아들을 수 없는 말들이 이나의 기분을 들뜨게 했다. 낯선 곳의 색다른 냄새가 후각을 자극했다. 붉은빛을 내는 수많은 홍등, 금박을 입힌 듯한 도시, 그 색다름에 넋을 놓았다. 이나는 승후와 같이 걷는 낯선 길들과, 마주치는 생경

한 사람들과, 생소한 소리들까지 모든 게 좋기만 했다.

이나는 어젯밤 홍콩에 도착했다. 그런 뒤 승후의 말대로 각자의 방에서 잠이 들었다. 오늘 아침 승후는 세미나에 참석했고, 이나는 호텔 주변에서 관광을 하며 시간을 보냈다. 그리고 저녁 무렵에 다시 돌아온 승후와 머물고 있는 호텔의 레스토랑에서 야경을 보며 저녁을 먹었다.

홍콩의 밤에서 마주한 승후는 평소의 분위기와 사뭇 달랐다. 출장이 아닌 휴가라도 온 사람처럼 보였다. 그가 가진 일에 대한 무게가 이곳에서는 다르게 적용되는 듯했다. 서울에서와는 다른 중력이 그를 끌어당기기라도 하는 듯 들떠 있었다. 평소보다 다섯 살 정도 나이를 낮춘 듯 스스로 철없기를 바라는 남자처럼 보였다.

필요한 이야기만 절제하며 말하던 남자는 말이 많아지기도 했다. 그는 저녁을 먹는 동안, 자신이 혼자 다녔던 여행에 대해 말해 주었다. 인도의 오지에서 차가 고장이 나 어느 집에 가서 잠을 청한 일, 아프리카의 사막에서 텐트를 치고 별을 보며 잠들었던 일, 터키에서 여권과 돈을 몽땅 도둑맞았다가 되찾은 일, 북극과 가까운 곳에서 오로라를 봤던 일.

제대로 여행을 해 본 적 없는 이나에겐, 승후가 기억을 더듬어 해주는 이야기가 꿈처럼 설레었다. 그의 표정, 눈빛, 말투에 신이 나 있었다. 그의 에너지가 모두 자신에게로 스며들어 피를 달게 만드는 것 같았다. 함께 도망 온 이곳이 마음에 들지 않을 수가 없었다.

"휴가를 이런 곳으로 오게 될 줄은 몰랐어요. 행복하다는 말로도 표현이 안 돼요."

"홍콩이랑 잘 어울리는 아가씨네. 입고 있는 원피스도 잘 어울려."

이나는 승후 앞에서 처음으로 예쁘게 차려입었다. 만날 때마다 허름한 차림이어서 속상했는데 이번엔 달랐다. 분홍색 립스틱을 발랐고, 작은 진주 귀걸이도 했다. 그리고 어깨가 모두 드러나는 길이가 매우 짧은 연분홍색 원피스를 입었다.

원피스에 어울리는 굽이 높은 샌들도 신었다. 그래서 서 있을 때의 시선이 그의 눈과 가까웠다. 모두 연주의 작품이었다. 집에 있는 옷 중에서 이 여행과 가장 잘 어울릴 것 같은 옷을 연주가 골라 주었다. 그리고 고심 끝에 속옷도 골라 왔다. 지금 가장 마음에 드는 속옷을 입고 있었다.

승후의 시선이 이나의 분홍빛 입술과 드러난 어깨에 연신 머물렀다. 이나를 보는 그의 시선이 테이블 위에 놓인 촛불과 함께 일렁거렸다. 그리고 말하는 중간중간 숨을 고르며 가끔씩 입술을 물고 있기도 했다.

"지금 꿈을 꾸거나, 영화 속에 들어온 것 같아요. 진짜로 도망 왔다는 게 믿기지 않아요. 고마워요."

"별말씀을."

말과는 다르게 승후가 뿌듯한 웃음을 지었다. 그러나 그 미소가 어딘지 초조해 보였다. 그는 비스듬히 앉아 의자 등받이에 팔을 걸치고, 손으로는 자신의 이마를 만지고 있었다. 느긋한 자세였지만 표정은 느긋하지 않았다.

함께 저녁을 먹으며 이나는 창밖의 야경에서 눈을 떼지 않았고, 승후는 이나에게 눈을 떼지 못했다. 같이 공유하는 낯선 도시의 밤은 투명하고 순수한 빛으로 가득했다.

저녁을 먹은 후, 두 사람은 홍콩의 거리를 걷기 시작했다. 화려한 골목을 거닐다 뒷골목의 작은 술집에 들어갔다. 술집 안은 젊은 사람들로 가득했고 몹시 소란했다. 테이블마다 사람들이 자리를 차지하고 있어 그중 겨우 하나 남은 자리를 찾아 앉았다.

맞은편으로 보이는 무대에서는 작은 공연이 벌어지고 있었다. 이나는 들뜬 감정을 숨기지 못하고 무대와 승후를 번갈아 보았다. 그런 이나를 바라보며 승후는 그저 웃기만 했다.

테이블이 다닥다닥 붙어 있어 옆자리와 무척 가까웠다. 바로 옆 테이블에서는 젊은 남녀 여섯 명이 주사위를 통에 넣고 흔들며 상대의 패에 적혀 있는 숫자를 맞추는 게임을 하고 있었다. 홍콩 사람들이 즐겨 하는 게임인 듯, 여기저기서 주사위를 흔드는 소리가 났다.

잠시 후 아쉬워하는 듯한 탄성과 커다란 웃음소리가 들려 고개를 돌리고 바라보자 한 남자가 술을 들이켜고 있었다. 아마도 게임에서 져 벌주를 마시는 것 같았다.

이나는 술집의 열기와 젊은 사람들의 에너지에 같이 신이 났다. 옆 사람들의 게임을 지켜보다가 함께 웃기도 했다. 그들은 이나가 보여 주는 관심을 즐기며 더욱 신나게 게임을 했다.

승후가 무어라 말했지만, 이나는 옆 테이블의 사람들에게 더 관심을 주었다. 어차피 주위가 시끄러워 말을 알아들을 수가 없었기에 대화는 잠시 포기해야 했다. 그리고 그들의 활기찬 놀이에 정신이 팔려 있기도 했다.

이나가 계속 호기심 어린 시선으로 바라보자 옆 테이블의 젊은 남자가 이나에게 말을 걸어왔다. 하지만 알아듣지 못하자, 이번엔 승후에게 말을 걸었다. 승후가 이나에게 가까이 오라는 손짓을 했다. 그의 곁에 바짝 다가가 앉자 그가 귓속말로 남자의 말을 전했다.

"이 남자가 네게 주사위를 대신 섞어 줄 수 있냐고 묻는데. 내 파트너를 잠깐 빌려도 되겠냐고."

"물론 좋죠."

이나는 당연히 허락을 했고, 낯선 남자가 주는 주사위 통을 세차게 흔들었다. 옆 테이블의 남녀 모두 기대에 찬 눈으로 이나를 보았다. 주사위 통을 섞어 흔든 패를 그들에게 보여 주자 테이블 위로 잠시 침묵이 흘렀다. 진 건 줄 알고 울상이 되었으나, 시간을 두고 모두 환호를 하기 시작했다. 굉장한 일이라도 해냈다는 양, 이나를 끌어안는 여자도 있었다. 이나는 뭔지도 모르고 그들과 함께 신이 났다.

그 뒤로 몇 번 더 주사위의 패를 섞어 주었고, 신기하게도 그때마다 이겼다. 모든 게임이 끝나자 사람들은 행운을 몰고 오기라도 한 것처럼 이나를 치켜세워 주었다. 그러면서 같이 사진 찍기를 원해 흔쾌히 사진도 같이 찍었다.

사진을 찍으며 서로의 SNS를 공유했고, 그들은 방금 찍은 사진을 그 자리에서 자신의 SNS에 올렸다. 이나의 그림을 본 사람들이 오늘의 일도 그림으로 그려 달라고 부탁했다. 헤어지기 전, 무리 중 한국말을 조금 할 줄 아는 또래의 여자가 이나에게 원피스도 예쁘고 머리 모양도 귀엽다고 칭찬해 주었다.

"조금 걸을까?"

술집에서 나온 승후가 말했다. 그새 비가 왔는지 길이 젖어 있었다. 대기 중에 떠도는 공기는 열기가 식어 습했고, 바람에 바다 냄새가 짙게 묻어났다.

길을 적셨던 비와 함께 밤거리의 열기도 식어 버렸는지 골목은 한적했다. 신기하게도 그 많던 사람들이 어디론가 사라져 버려 거리는 비어 있었다. 두 사람의 발자국 소리가 길에 울릴 정도였다.

말없이 밤공기를 마시며 나란히 걷고 있는데, 예고도 없이 소나기가 쏟아져 내렸다. 두 사람은 좁은 골목의 어떤 처마 밑으로 뛰어가 비를 피했다. 이나는 비를 맞는 것조차도 신이 나서 소리를 질렀다. 웃음이 그칠 생각을 하지 않았다. 흥분이 좀처럼 가라앉지 않았다. 비만 봐도 좋았다.

머리카락과 어깨에 묻은 비를 털며 승후가 말했다. 그의 목소리가 낮게 잠겨 있었다. 그리고 조금 지친 모습이기도 했다.

"금방 그칠 거야."

"비가 그칠 때까지 여기서 기다려요."

비 냄새가 가득한 골목이 마음에 들었다.

이나는 비가 내리는 밤거리를 한참 보다가, 옆에 서 있는 승후를 바라보았다. 어디서 묻은 건지 그의 머리카락에 작은 금박 종이 하나가 달라붙어 있었다. 종이를 떼어 낸 뒤 그에게 그것을 보여 주었다. 하지만 승후의 시선은 금박 종이 같은 건 보이지 않는다는 듯 앞의 여자에게만 향해 있었다.

생각해 보니 그는 한참 전부터 말이 없었다. 술집에서부터 내내 그랬다. 이나가 옆 테이블의 사람들과 즐겁게 노는데도 말없이 웃기만 했을 뿐이었다.

"왜 말이 없어요? 내가 다른 사람들이랑 어울려서 화났어요?"

그는 종종 질투하기도 하니까.

"네가 계속 웃으니까, 그러는 내내 날 흔들어 대서."

깊게 잠긴 목소리로 이유를 말하면서도 승후는 웃지 않았다. 그가 웃지 않자 이나의 웃음도 사라졌다. 빗소리도 점점 들리지 않게 되었다.

승후의 시선이 이나의 드러난 어깨에 머물렀다. 그러다가 입술로 향했다. 바라보는 눈동자에는 설명할 수 없는 순수한 빛이 어려 있었다. 오늘따라 그의 긴 속눈썹이 더욱 검고 짙어 보였다. 이 눈빛을 전에도 본 적이 있었다. 그날 밤 자신을 원했을 때와 같았다. 뭐든 감추는 데 능했던 그는 지금 아무것도 감추지 못하고 있었다.

오늘 세상의 모든 운이 자신을 향해 있을지도 모른다는 생각이 들었다. 아까 술집에서 이나가 새로운 친구들과 게임에 빠져 있을 때 그는 말없이 테킬라를 마시며 이나를 바라만 보았다. 그런 그가 지금 자신의 앞에 무방비하게 서 있었다. 술에 살짝 취하고, 머리에 반짝이는 걸 붙이고, 감정을 그대로 드러내는 틈새가 많은 남자가 되어서.

이나는 자신에게 남아 있는 모든 행운을 끌어모아 이 남자를 유혹하는 데 쓰고 싶었다. 지금 가진 패를 마구 흔들어 자신에게 유리한 상황으로 만들고 싶었다. 한 번 더 주사위를 던지기로 했다.

"내가 여기서 더 흔들면 어떻게 되는 건데요?"

"우리 집에 찾아왔던 밤처럼, 네가 또 위험해지는 거지."

그렇게 되면 그와 교감과 소통을 할 수 있게 되는 걸까. 그리고 그 결과로 사랑을 깨닫게 될 수 있는 걸까. 이나는 그에게 가까이 다가가 까치발을 했다. 유혹하는 여자답게 그에게 먼저 입을 맞추려 했는데, 승후가 먼저 키스했다. 그가 내쉬는 숨결에선 아까 마신 테킬라의 라임 향이 났고 입술에선 소금 맛이 났다.

오랜만의 입맞춤이었다. 그는 처음 키스하는 남자처럼 진중하고 공손했다. 두 사람의 숨이 맞닿았고, 눈길이 엇갈렸다. 승후는 몸을 숙여 이나의 턱과 목이 연결되는 곳에 입술을 묻고, 숨을 깊게 들이쉬었다. 이나의 살 내음을 흡입한 그의 몸이 진동했다. 그는 온몸이 마취가 된 것처럼 한동안 움직이지 못했다.

조금 시간이 흘러서야 승후의 입술이 미끄러지듯 내려와 이나의 어깨에 길게 입을 맞추었다. 한 손을 들어 어깨와 등을 만지고, 다른 한 손으로는 허리를 깊게 안았다. 허리를 감싸 안은 그의 팔에 점점 힘이 들어갔다. 그러는 동안 뜨겁고 단단한 그의 중심의 열기가 이나의 몸 어딘가에 닿았다. 그 낯선 열기가 이나를 어지럽게 했다. 맞닿은 가슴에는 강하게 뛰는 그의 심장이 고스란히 느껴졌다.

승후가 얼굴을 더 깊이 묻었다. 눈의 깜빡임이 이나의 살갗에 전해졌다. 그가 탁한 목소리로 속삭였다.

"강이나, 조심해. 지금의 날 믿지 마. 내가 몹쓸 놈일 수도 있어."

말로만 조심하라는 남자는 이나를 깊게 끌어안았다. 몸을 녹일 것만 같은 수많은 그의 입맞춤에, 이나의 숨도 흐트러지기 시작했다. 시야도 뿌옇게 흐려졌다. 그의 집에서 느꼈던 느낌들이 생생하게 되살아났다.

"나 지금 너에 대한 완급 조절이 힘들어."

승후의 눈은 절실했고 초조했다. 이나는 그런 그를 온전히 가지고 싶었다. 한나의 말이 떠올랐다. 남자와 자고 싶은 순간이 오면, 좋아하는 것 스무 개를 떠올리며 마음을 진정시키라고. 그런 후에도 남자와 자고 싶으면 어쩔 수 없는 일이라고.

그는 스스로의 약속을 지키려 애를 쓰고 있는데, 이나는 좋아하는 것 스무 가지를 세어 보기로 했다. 다 세고도 그와 자고 싶으면 그를 허락할 것이다.

'고흐의 그림에 그려진 하얀 금성, 봄밤의 벚꽃, 푸르스름한 하늘에 뜬 여릿한 낮달. 하늘 높이 올라가던 아빠의 수많은 홈런, 클림트의 찬란한 황금색과 숨 막히도록 예쁜 분홍색, 빨강 머리 앤, 엄마가 해 준 잡채, 나의 라임 오렌지 나무의 제제와 밍기뉴, 초여름의 파란색 수국, 한나가 치는 잔잔한 피아노 소리, 오후 4시의 해와 그 빛에 길게 늘어진 붉은 테두리의 그림자, 사라지기 직전의 주홍색 태양, 보랏빛 보름달과 붉은 초승달, 깊은 밤에 천천히 내리는 함박눈.'

기분이 좋아지는 스무 가지를 떠올리는 내내 승후는 입맞춤을 멈추지 않았다. 이나는 나머지도 마저 떠올렸다. 입맞춤 때문에 헷갈려 손가락을 접으며 세야 했다. 좋아하는 것을 셀 때마다 입맞춤도 그만큼 늘어났다. 이마, 눈꺼풀, 코끝, 턱끝, 귀, 목, 어깨, 다시 이마.

스무 개를 다 세었고, 승후는 그만큼 입을 맞추었다. 스무 개를 다 세고 난 이후에도 분명히 그와 자고 싶었다. 이나는 눈을 뜨고 승후를 보았다. 그와 눈길이 맞닿았다.

"우리, 자요."

남자의 눈을 보며 아주 쉬운 여자처럼 말했다. 한나가 쉬운 여자는 되지 말라고 했지만 이미 좋아하는 스무 개를 다 세었으니까. 마음을 진정시키는 시간을 갖고도 이 남자와의 밤을 진짜로 원하니까.

"방금 뭐라고 했어?"

승후가 혼란스러운 표정으로 물었다. 너무 작게 말하긴 했다. 확인이 필요했는지, 그는 다시 한번 말해 보라는 듯 자신의 귀를 이나의 입술 가까이로 가져다 댔다. 승후의 귓불이 이나의 입술에 스쳤다. 스친 살갗의 느낌이 입술을 간지럽게 했다. 이나는 입술을 물고 있다가 숨을 죽이고 다시 말했다.

"같이 자자고요."

목소리는 입술에서 나오자마자 증발했다. 몹시 떨려서 목소리가 숨소리만큼 작았다. 그가 이번엔 이나의 턱을 부드럽게 잡고 시선을 맞추었다. 그의 눈이 절실했다.

"강이나, 지금 나 심각해. 다시 말해 볼래?"

그의 낯선 시선에 겁이 나서 눈을 꼭 감았다가 결심을 하듯 다시 눈을 떴다. 한 번 더 용기를 내었다.

"나랑 같이 자요."

너무 떨려서 잠시 멈췄다가 다시 말했다. 어쩐지 눈물이 날 것도 같았다.

"그 교감과 소통, 나도 하고 싶어요. 한참 전부터 그랬어요."

그는 눈을 커다랗게 뜬 채 멍한 표정을 짓고 있었다. 짐짓 놀라던 표정은 점점 미소로 바뀌었다. 처음 보는 미소였다. 저렇게 아름답게 미소 짓는 그를 절대 가만둘 수가 없는데.

"이런, 난 천하에 눈치 없는 놈이었네."

승후가 이나의 손목을 낚아채듯 잡고 골목을 빠져나왔다. 어느새 소나기가 그쳐 있었다. 거리로 나와 건너편의 빨간 택시를 향해 손을 들었다. 택시가 유턴하기를 기다리는 동안 그는 무척 초조해 보였다. 허락한 여자의 마음이 바뀌지 않을까 걱정하는 남자처럼.

"호텔, 페닌슐라."

기사에게 목적지를 말하고 승후는 다시 입을 맞추었다. 허락받은 남자의 입맞춤은 택시 안에서도 계속되었다. 백미러로 흘금거리는 택시 기사 때문에 승후를 밀어 냈지만, 그는 아무것도 신경 쓰지 않았다. 그의 팔이 허리를 바짝 감싸 안고 놔주지 않았다.

택시비보다 많은 돈을 기사에게 준 승후는 택시에서 내린 뒤 호텔로 향하는 동안에도 연신 입을 맞추었다.

"가자."

승후가 이나의 손을 잡고 로비를 성큼 지나왔고 이나는 잰걸음으로 그를 따라갔다. 승후는 엘리베이터에 올라타 두 사람이 내려야 할 층의 버튼을 몇 번이고 눌렀다. 그런 그가 낯설고 신기했다. 모든 것에 능숙해 보이던 남자가, 모든 것이 서툰 남자처럼 보였다. 열 오른 눈빛, 상기된 얼굴, 초조해 깨무는 입술. 마치 처음으로 여자에게 허락받은 남자의 모습 같았다.

엘리베이터에서 내린 뒤에도 승후의 낯선 모습은 계속 이어졌다. 그는 호텔의 방문 여는 것을 자꾸 실패했다.

"왜 이러지?"

이나의 방에 그의 방 카드키를 대었기 때문이었다.

"여기요."

이나가 가방에서 자신의 카드키를 꺼내자, 그는 스스로가 어이없다는 듯이 웃었다.

"아주 급했네, 내가."

이나가 따라 웃자 그가 웃는 입에도 입을 맞추었다.

드디어 문이 열리고 두 사람은 호텔방 안으로 들어갔다. 곧 방문이 닫혔고 방에는 두 사람뿐이었다.

아까 급하다던 남자는 어디론가 사라졌다. 무척 달뜬 모습으로 두 사람은 침대에 함께 누워 있었다. 승후의 오른손이 이나의 왼쪽 팔목을 잡은 채였고 팔목을 잡은 그의 손에는 힘이 잔뜩 들어가 있었다.

벽에 붙은 은은한 조명 하나만이 그들을 비추고 있었다. 방 안에 들리는 소음은 에어컨이 작동하는 소리뿐이었다. 에어컨 바람에 몸의 습한 기운이 사라져 갔다.

이나는 샌들조차 벗지 못하고, 처음 누웠던 자세 그대로 누워 있었다. 실은 아까부터 눈을 꼭 감은 채였다. 짧은 스커트 아래 떨리는 다리에 힘을 잔뜩 주었다. 멀미가 날 정도로 울렁거리는 가슴에 꼭 쥔 주먹을 올려놓았다. 살아 날뛰는 심장의 울림이 손에 그대로 전해졌다.

승후에게도 이 팔딱거리는 심장 소리가 들리는 건 아닐까 걱정이 되었다. 그에게 풋내 나는 연애 초보자로 보이는 건 싫었다. 떨고 있는 것을 들켜서 그를 멈추게 하고 싶지도 않았다. 제발 딸꾹질과 심장의 날뜀이 눈치껏 사라지기를 바랐다.

'그런데 이 사람은 왜 이러고 있는 걸까?'

승후 역시 움직이지 않았다. 여자와 잠자기 전, 좋아하는 것을 백만 개쯤 세고 있는 건 아닐까 싶을 만큼 조용했다. 그런 생각을 하며 숨을 들이켜는데 호흡이 미친 듯이 크게 떨렸다. 방 안이 떨리는 숨소리로 가득했다. 죽을 만큼 긴장하고 있는 것을 그에게 들켜 버렸다.

"나도 그래."

승후가 이나의 손을 끌어다 그의 가슴 위에 얹었다. 그의 심장이 얼마나 강하게 뛰는지 손으로 모두 전해졌다.

그제야 승후를 바라볼 용기가 생겼다. 강이나로 인해 강하게 뛰는 민승후의 심장이라니, 그 기분이 묘했다. 눈을 뜨고 고개를 돌리자 옅은 조명에 비친 남자가 보였다. 강한 심장의 울림과 달리, 짙고 긴 속눈썹조차 떨고 있지 않았다. 마치 깊이 잠든 사람처럼 보였다. 그의 입술은 아까 자신을 탐하던 입술이 아닌 것처럼 고요했다.

"우리 뭐 하는 거예요?"

"생각."

한참을 침묵하던 승후가 답을 말해 주고는 몸을 돌려서 이나를 보았다.

"내가 지금 네게 무슨 짓을 하는 건가에 대한 깊은 생각."

이나는 승후의 가슴 위에 얹혀 있는 손을 꼼지락거렸다. 그가 그 손을 꼭 쥐었다.

"까불지 말라며 혼내고 보냈어야 했던 건 아니었을까? 마음에 머물지만 그냥 지나가게 해야 했던 건 아니었나? 왜 시작을 했고 어쩌자고 여기까지 데리고 온 건가? 정신 나간 내 욕심으로 이 사람을 다치게 하는 건 아닐까? 그런 복잡한 의문에 대한 답을 하고 있었어."

승후는 말을 마치고 힘없는 미소를 보였다. 스스로의 질문에 답을 찾느라 지친 사람처럼 보였다. 이나는 손끝으로 그의 턱을 만지고, 조금 더 용기를 내서 그의 입술을 만져 보았다. 그리고 그의 얼굴을 자신의 손바닥으로 감쌌다. 손에 닿은 그의 얼굴이 부드러웠다.

그가 이번엔 곤혹스러운 웃음을 지어 보였다.

"그러게 내가 조심하라고 했잖아."

"망설이고 겁내지 말아요. 전에 말했듯이 난 이미 다 큰 여자잖아요. 나 스스로를 책임지고 내게 일어나는 모든 일들을 감당할 수 있어요."

"다 컸다는 소리를 천연덕스럽게 하며, 너무 겁도 없이 달려들어 탈이지. 내가 정신을 차릴 수 없을 정도로."

"이 감정에 겁을 내야 할 이유를 모르겠어요."

승후가 이나의 머리카락을 만지고 턱끝을 만졌다. 시선 또한 만지듯 느리게 움직였다.

"네가 사람의 감정에 속아 본 적이 없으니까 그런 말을 하지. 자신의 감정에도 속을 수 있는 게 사람이고, 사랑이라는 감정을 지어낼 수도 있는 게 사람이야."

"내 감정에 속았더라도 이 순간만큼은 진실했으니까, 언제든 후회 없이 떳떳할 수 있을 거예요. 무엇이든 진심을 이길 수는 없을 테니까."

"그 순수함이 깨지지 않길 바라면서도 결국 그걸 깨는 사람이 내가 아닐까 싶은 거지."

승후가 자신의 고심을 드러냈다. 세상의 무엇이건 자신 있고 능수능란해 보이던 그가 강이나라는 존재에 대해서는 매번 신중한 모습을 보였다. 바보가 아닐까 싶도록 너무도 진중하게.

"만일, 상처받는다 해도 그건 내가 내 마음에 진실했기 때문에 생긴 상처일 테니까 잘 아물게 할 수 있어요. 순간에 진실하지 않았다면 나중에 덧날지도 모르지만요. 상처받을 게 두려워 아무것도 하지 않는 바보보다는, 상처라도 받는 쪽을 택할래요. 솔직히 지금 겁이 나지 않는 건 아니지만 용기를 내야죠. 내 감정에 비겁하게 도망가지 않을 거예요."

남자랑 잔다는 것은, 그와 그런 걸 한다는 것은 생각만으로도 떨리는 일이다. 부끄러워서 이 상황에서 벗어나고 싶은 마음도 들긴 했지만, 같이 있고 싶은 마음이 훨씬 더 컸다. 이 남자에 대해 모든 것을 알고 싶었다.

너무 떨려 숨을 들이켠 후 다시 그에게 말했다.

"아까 말했던 대로, 같이 자고 싶어요. 난 온통 그 생각뿐인데."

그가 이나의 몸을 돌려 뒤에서 끌어안았다. 그러는 바람에 이나의 등이 그의 가슴에 닿았고, 그의 턱이 정수리에 닿았다. 얼굴은 볼 수 없었지만 닿아 있는 감촉만으로도 그가 은근한 미소를 짓는 것이 다 느껴졌다.

"온통 그 생각뿐이라니. 나보다 정의롭고, 솔직하고, 용기가 넘치네."

품에 이나를 가두고 있던 그가 팔을 움직여 어깨와 가슴을 감싸 안고 코끝을 이나의 목덜미에 묻었다. 그의 호흡이 목 뒤로 스몄다. 샌들을 신은 발과 맨허벅지 사이로 그의 다리가 포개어졌다.

"솔직히 말하자면, 난 요즘 팔팔한 사춘기 때나 하던 짓을 해. 내 나이가 지금 몇인지를 자꾸 잊는 건지 몸이 먼저 반응하고 있어."

"어떤 반응을 하는데요?"

"널 생각하며 몹쓸 짓을 해. 새로운 것에 눈뜬 사춘기 녀석들보다 심하게. 몹쓸 짓을 하느라 밤에는 뒤척이고, 아침마다 샤워 시간이 점점 길어지고 있어."

승후는 꿈결인 듯 느리고 달게 입을 움직였다. 그가 말할 때마다 호흡이 귓가에 스며들어 온몸이 촉촉해져 갔다. 승후가 이나의 허리를 바짝 끌어당겨 안았다. 그래서 그의 중심이 얼마나 뜨거운지 알 수 있었다.

"다 큰 남자가 샤워하면서 그러다 보면, 그게 무척 쓸쓸하게 느껴지거든."

승후가 이나의 몸을 돌려 눕히고 자신을 보게 했다. 그의 시선이 이상하리만큼 짙었다. 그가 계속 시선을 맞춘 채 손으로 이나의 얼굴을 감싸 안았고, 엄지손가락으로 볼을 쓰다듬었다.

"쓸쓸하다가, 즐겁다가, 질투하고, 반칙도 하거니와, 이렇게 덫을 놓기까지. 여러 가지 감정들이 뒤섞여 내 몸 안에서 동시에 널을 뛴다. 너로 인해."

그의 눈빛이 너무 뜨거워져 이나는 눈을 감았다. 그의 뜨거움으로 인해 겁이 나는 것을 들키기 싫었으니까.

"널뛰는 내 감정을 해석하기조차 어려워. 그만큼 네게 열이 올라 있어."

승후가 아까 만진 이나의 입술에 조심스럽게 입을 대었다. 처음으로 성에 눈을 뜬 사춘기 소년처럼 무척 달뜬 표정으로. 어쩌면 만져선 안 되는 것에 손을 대는 진짜 도둑처럼.

그가 이나의 아랫입술을 살짝 물었다. 그의 입술이 떨리고 있었다. 입술의 촉촉함이 몸에 스며들었다.

"이런 음탕한 날 아직도 허락한다면."

말이 끝나기도 전에 이나는 고개를 끄덕이며 눈을 떴다. 그가 미소를 지었다.

"곧 엄청나게 방탕해질 날 감당할 자신이 있다면."

이나는 한 번 더 고개를 끄덕였다. 이 남자가 하는 것이라면 무엇이라도 감당할 작정이었다.

"지금부터 널 안을 거야. 지금 이 순간은 정말 널 원하고, 미칠 것 같이 진실하니까. 귀찮게 따라붙는 생각들은 저리로 치울게."

승후가 몸을 일으켜 이나의 몸 위에 자신의 몸을 겹쳤다. 이나는 그의 무게를 느끼며 눈을 질끈 감았다. 입술이 맞닿을 만큼 거리가 가까워졌다. 그가 뭐라고 속삭였지만 알아듣지 못할 정도로 긴장했다.

그가 원피스를 끌어 내렸다. 봉긋한 젖가슴이 속옷과 함께 드러났다. 그의 숨결이 크게 흔들리며 살에 닿았다. 어느새 뜨거운 손이 드러난 가슴을 소중히 감싸고 있었다. 이나는 겁나는 표정을 감추려 그의 목을 끌어안았다. 겁이 나지 않는 척해 놓고, 처음 느껴 보는 이 상황이 겁이 나 매달렸다.

승후가 이나의 하얀 어깨에 입을 맞추었다. 그리고 분홍빛 젖무덤에도 입술을 대었다. 입술보다 뜨거운 혀끝이 살갖에 닿았다. 그와 동시에 이나의 머릿속은 하얗게 비워져 갔다. 그 생각만 했다. 남녀가 몸을 나눈 후, 사랑을 깨달을 수도 있다는 그 신비한 말을.

눈을 꼭 감고 의식이 사라져 가기 전에 마음속으로 속삭였다.

'이 서툰 마음이 진짜 사랑이 되기를. 인생에서 가장 아름다운 날이 되기를.'

승후는 그렇게 움직였다. 몹시 느렸고, 고요했고, 신중했고, 조심스러웠다. 진중했고, 상냥했고, 깊었다. 섬세하고 나른했다. 그런 움직임이 전해질 때마다 이나의 숨소리는 느려지고, 촉촉해져 갔다. 감은 눈에 눈물이 맺혀 왔고, 눈이 가늘게 떨렸다. 몸이 제멋대로 꿈틀거렸다. 그의 입술이 닿는 모든 곳이 녹았고, 그의 손이 닿는 곳마다 깨어났다. 그의 혀가 닿는 곳마다 열이 올랐다. 그가 주는 감각만이 몸에 남아, 온몸의 세포 하나하나가 저절로 춤을 춰 댔다.

몸이 물 위를 떠다니는 느낌으로 변했다. 아주 오랜 시간 공들여 그가 그렇게 만들었다. 그의 최면에 걸리기라도 한 듯, 몸은 그의 편이 되어 그가 하는 말을 듣기 시작했다. 이나는 짙게 떨리는 호흡을 천천히 내뱉었다. 지금 자신이 왜 이러는 건지 혼란한 시선으로 그를 보다가 눈을 감아 버렸다.

"지금이야."

승후의 말에 눈도 뜨지 못한 채 고개를 끄덕였다. 그가 이나의 머

리를 두 손으로 감싸 안고, 몸을 은밀하게 겹쳐 왔다. 그의 낯선 열기
와 생소한 몸짓이 이나를 향해 더욱 짙어졌다.

그러던 그가 갑자기 모든 움직임을 멈추었다. 그리고 자신의 이마
를 이나의 이마에 대었다. 곧 애원에 가까운 그의 숨소리가 들렸다.

승후가 눈을 감은 이나의 턱을 잡아 자신을 향하게 했다. 그러곤
작은 탄식과 함께 속삭였다.

"그렇게 힘을 주고 있으면, 네게 들어갈 수가 없어. 그러면 네가
더 아프고 힘들거든."

말하는 그와 코도 닿았고, 입술도 닿았다. 슬며시 눈을 뜨자 애가
닳아 죽을 것만 같은 승후가 보였다. 순간 그만두고 싶다는 생각이
들었지만 지금 그만두면 그가 죽을지도 몰랐다. 이나는 잔뜩 힘이 들
어간 몸을 풀며 고개를 끄덕였다. 그러자 그가 아까보다 더 작은 목
소리로 속삭였다.

"오늘 내가 널 즐겁게 해 줄 수 있는 건 여기까지야. 하지만 약속
할게. 다음엔 너도 다 느낄 수 있게 해 줄 거야. 그리고 눈 감지 마.
날 담는 널 보고 싶어."

이나는 자꾸 감겨 오는 눈을 떠서 약속처럼 그를 응시했다. 입술
과 코끝에 입을 맞추던 승후가 말했다.

"말을 잘 듣네. 착하다."

잠시 뒤 그가 다시 움직였다. 정신까지 얼얼한 고통이 시작되었
다. 아픈 거 하나는 잘 참는데, 생전 처음 느껴 보는 다른 차원의 아
픔이라 무섭기까지 했다. 눈을 감지 말라고 했지만 저절로 눈이 감겼
고, 어디론가 미끄러져 떨어질 것 같아 그를 꼭 잡은 손마저 부들거
렸다. 다리는 저절로 경련했고 발가락은 저릿했다.

그가 끝도 없이 밀려들어 올 것만 같았다. 그의 단단한 몸이 여리
기만 한 살 속으로 파고들었다. 낯선 고통에 놀라서 몸을 밀어 내 보

려고 했지만 그가 허락하지 않았다. 당황하는 얼굴로 바라보는 이나에게, 승후의 눈은 괜찮을 거라는 위안을 주고 있었다.

남자의 맨살이 온몸을 누르고 있어 정신이 아득해져만 갔다. 그러는 내내 승후는 이나의 얼굴을 바라보았다. 몸으로 느끼는 모든 감정들을 그에게 통째로 들키고 있었다.

승후가 한 번 더 깊숙이 들어왔을 때, 이나는 고통을 참을 수가 없어 그의 어깨를 물었다. 어깨를 문 입술마저도 덜덜 떨렸다. 낯선 고통이 무서워 결국 눈물이 났다. 그에게 죽을 만큼 창피했지만, 내내 그렇게 풋내기처럼 굴었다.

몸을 끝까지 다 묻은 그는, 한동안 움직이지 않고 그대로 있었다. 이나의 눈물이 잦아들고 미친 듯이 경련하던 허벅지의 움직임이 사라질 때까지.

"그래, 천천히."

승후가 스스로 다짐을 하듯 속삭였다. 그러곤 이나의 어깨에 이마를 댄 채 잠시 그렇게 있었다. 이내 그의 숨소리가 다시 거칠어지기 시작했다. 걸러지지 않는 본능에 가까운 남자의 소리를 삭이려는 듯 그가 낮게 신음했다. 어쩌면 그는 더 절실해진 것 같았다.

인내심이 다했는지 동작을 멈추었던 승후가 그의 방식대로 다시 움직이기 시작했다. 이나는 눈을 꼭 감았고 그것도 모자라 두 손으로 얼굴을 가렸다. 얼굴을 가린 손가락마저 떨렸다.

승후가 이나의 손을 잡아 끌어 내리고 자신을 보게 했다.

"날 봐야지."

그의 말에 약속했던 것이 기억나 눈을 떠 그를 보았다. 승후는 형용할 수 없는 여러 가지 느낌이 담긴 눈빛으로 이나를 보고 있었다. 몸이 얽혔고, 시선도 엉켰고, 숨결 또한 섞였다.

그는 앞의 여자에게 깊게 몰입을 하며 움직였다. 세포 하나하나와 미세한 움직임조차 놓치지 않으려는 듯 그랬다. 모든 것을 살피고 느끼려 하고 있었다. 안고 있는 여자가 무엇을 느끼는 건지에 대해 정확하게 알고 싶어 했다.

그의 눈동자마저 이나를 깊이 감싸고 들었다. 그는 규칙적으로, 혹은 불규칙적으로 몸을 움직여 갔다. 움직임이 빠르기도 하고 느리기도 했다. 그의 몸짓은 여자와 몸을 나누는 밤에도 어떤 품위가 있었다.

시간이 흐를수록 그의 몸짓은 더욱 짙어져 갔고 그럴수록 이나에게 그의 마음이 전해져 왔다. 순간순간, 그의 눈길이, 입맞춤이, 몸짓이 사랑을 말하고 있었다. 그는 이 순간, 분명 자신을 사랑하고 있었다. 적어도 이 순간만큼은 그랬다.

어느 시점에 이르러서는 그는 형용할 수 없는 얼굴과 몸짓으로 변해 갔는데, 이나는 그를 그렇게 만든 것이 자신이라는 게 믿기지 않았다. 승후가 짓는 표정들이 낯설고 야해서 숨이 막혔다. 그는 지금 여기가 아닌 다른 어떤 곳에서 헤매고 있는 것이 분명했다.

그가 달뜬 얼굴로 짙고 빠르게 신음했다. 승후는 자신의 표정을 더는 들키기 싫은지, 커다란 손으로 이나의 눈을 가렸다. 눈이 가려지자 그의 숨소리와 몸짓이 더욱 선명하게 느껴졌다.

그가 움직임을 빨리했다. 그의 숨이 깊고 세차졌다. 절실한 움직임의 마지막에 그는 강하게 몸을 떨었고, 탄식 같은 신음을 길게 내뱉었다. 그의 신음과 떨림이 이나의 몸에 모두 스며들었다.

승후는 한참 동안 이나를 끌어안고 있었다. 아마 사라져 가는 어떤 여운을 느끼고 있는 듯했다. 잠시 후, 몸이 진정된 그는 이나의 입술에 셀 수 없을 만큼 수많은 입맞춤을 했다. 그런 뒤 눈을 가렸던 손을 치우고, 감긴 이나의 눈에도 오래도록 입을 맞추었다.

그의 입맞춤이 끝나고 이나는 눈을 떴다. 승후가 흐릿한 눈으로 자신을 보고 있는 이나에게 속삭였다.

"나의 이런 교감과 소통이, 네 몸과 마음에 깊이 닿았기를."

이나는 승후를 보며 몇 번이고 고개를 끄덕였다. 몸의 세포 하나하나의 진실한 감각을 이 사람과 나눈다는 것이 얼마나 아름다운 일인지. 세상에서 제일 이상할 것 같았던 일이, 세상에서 가장 자연스러운 일처럼 느껴졌다.

그와 몸으로 나누는 교감과 소통은 너무도 다정하여 계속 눈물이 났다. 몸속에서 잠자던 모든 세포가 그로 인해 깨어나 새로 숨을 쉬고 있었다. 그와 나눈 밤은 이렇게도 소중하고 따뜻했다.

승후는 잠이 들었고, 이나는 샤워를 하고 다시 그의 곁에 누웠다. 그와 같은 침대에 누워 있다는 게 신기했다. 잠든 그를 보다가 어느새 잠이 들었다. 배가 고파서 눈을 떠 보니 승후도 동시에 잠에서 깨어나 이나를 바라보고 있었다. 눈이 마주치자 승후가 평온한 미소를 지었다. 그는 헝클어졌고 나른해 보였다.

자신을 보는 이나를 향해 승후가 물었다.

"왜?"

"나 배고파요."

큰일을 끝낸 것처럼 허기가 밀려왔다. 단것이 무척 먹고 싶었다.

"나만 실컷 채우고, 너를 굶기다니. 뭐가 먹고 싶어?"

말이 끝나기가 무섭게 그가 일어났다. 승후는 허둥대며 옷을 입었다. 그의 정수리 쪽 머리카락이 모두 하늘로 솟아 있었다.

이나는 부시시하게 떠 있는 그의 머리카락을 보며 대답했다.

"초콜릿이 잔뜩 묻은 도넛."

"내가 사 올게."

"나도 같이 가요."

서두르는 승후를 따라가기 위해 일어섰다가 다리에 힘이 풀려 주저앉았다. 그가 애틋해진 눈길로 이나를 바라보며 말했다.

"쉬고 있어. 곧 올게."

승후는 홍콩의 밤길을 혼자 걸었다. 바람의 냄새가 달았다. 조금 전 몸을 나눌 때, 이나의 간절한 모습이 가슴 저릴 만큼 예뻤다. 그 순간 오롯이 나만을 바라보는 생명체라니.

촉촉하고 따뜻한 살결이 정신을 뒤흔들었다. 수줍어 떠는 숨결이 향긋했다.

남자의 움직임을 의심 한 번 하지 않은 채로 순응하고 신뢰했다. 앞으로도 밤을 공유하고 익숙한 방식으로 길들일 것이다. 그런 상상 만으로도 몸이 꿈틀댔다. 조바심이 밀려왔다. 뒤돌아가 다시 이나를 안고 싶어졌지만 참았다. 지금은 초콜릿이 잔뜩 묻은 도넛을 사야 했다. 그것만 기다리고 있을 텐데.

밤공기를 가르며 뛰기 시작했다. 아까 나눈 밤을 복기하듯 머릿속에 순서대로 그렸다. 이나의 작은 표정 하나하나가 머릿속에 세세히 각인되어 버렸다. 심각하게 긴장한 상태로 안아 달라고 하는데, 마음이 걷잡을 수 없이 요동쳤다.

선명한 눈빛과 표정이 그리도 진실했다. 무엇을 느끼는지 하나도 숨기지 않았다. 느낌을 더하거나 덜어 내지도 않았다. 이나의 따뜻한 체온이 몸을 감싸 안았었다. 부드럽게 말랑거렸다. 뜨겁게 촉촉했다. 호흡으로 흡수되는 살의 향기에 정신을 차릴 수가 없었다.

미친 듯이 탐했지만 어느 정도는 절제도 해야 했다. 여러 번 안고 싶었지만 처음인 사람이라 참아야 했다. 몸을 나누었던 기억이 순차

적으로 떠올라 거세지는 마음을 가눌 길이 없었다. 솟구치는 본능을
제어하려 더 빨리 뛰었다.

　호텔의 넓은 창문으로 홍콩 섬의 아름다운 야경이 보였다. 깊은
밤이었는데도 도시는 여전히 빛이 났다. 두 사람은 탁자에 나란히 앉
아 반짝이는 야경을 보았다. 커다랗고 노란 달이 밤의 하늘에 선명히
떠 있었다.
　“맛있게 먹어.”
　“고마워요.”
　“깊은 밤에 도넛을 사러 나가는 남자라니. 내게 이런 일이 생길 줄
이야.”
　그의 붕 뜬 머리카락은 여전히 그대로였다. 승후는 평소의 그와는
전혀 어울리지 않는 모습으로 도넛을 사 왔다.
　이나는 승후가 사 온 도넛을 한입 물고, 아주 황홀한 표정을 지어
보였다. 조금 전까지는 무척 허기가 지고 어지러운 느낌이었는데 금
세 날아가 버렸다.
　이나가 먹는 모습을 바라보던 승후가 피식 웃으며 같이 사 온 커피
를 마셨다. 뭔가 할 말을 참는 사람 같았다. 무슨 생각을 하기에 저런
이상한 웃음을 짓는 걸까. 이나가 승후를 흘겨보았다.
　“말해요. 무슨 생각을 했는지.”
　“정말 알고 싶어? 알면 후회할 텐데.”
　“안 들으면 잠도 못 잘 것 같아요.”
　첫 밤을 지낸 뒤 남자가 저런 웃음을 짓는다면, 어떤 여자라도 잠
들지 못할 것이다.
　승후가 잠시 생각하는 표정을 짓더니 어쩔 수 없다는 듯 털어놓았
다.

"그런 황홀한 표정은 내가 짓게 해 줬어야 하는데, 도넛 따위에 지다니. 다음번엔 도넛에게 이길 수 있을까? 저런 표정이라면 아무래도 어렵지 않을까?"

이나는 먹는 것을 멈추었다. 얼굴이 달아오르기 시작했다.

"강이나는 진짜 좋을 땐 저런 표정이구나, 아까랑은 상당히 다른데. 그런 생각도."

승후가 그윽하게 미소 지으며 음탕한 말을 했다. 저런 것에도 어떤 연륜이 느껴졌다. 고상하게 야한 이중적인 남자라니.

이나는 붉어진 얼굴을 창가로 돌렸다. 그리고 낙심한 듯이 자신의 눈을 가리고, 한 손으로 그에게 도넛 하나를 건넸다.

"하나 양보할게요. 이제 그만 놀려요."

"도넛 같은 거 안 먹어도 충분히 황홀했으니까 먹지 않겠어."

그가 사 온 도넛과 함께 어디 숨을 곳이 없나 찾아야 했다.

"방금 칭찬한 거죠?"

"그럼, 아주 많이."

승후가 이나를 끌어안았다. 황홀한 도넛의 맛에 취해 방심하고 있을 때, 그가 가슴을 살짝 움켜쥐었다. 동시에 잠옷 스커트 안으로 손을 넣어, 맨살의 허벅지에도 손을 얹었다. 밀어 낼수록 더 힘을 주어 끌어안았다. 제풀에 지친 이나가 밀어 내는 것을 포기할 만큼.

"부드러워서 자꾸 만지고 싶은걸. 같이 잠든 것만으로도 네게 좋은 에너지를 받은 것 같아. 새로 충전된 남자처럼."

그리고 뭔가를 잊었다는 듯 그가 덧붙였다.

"가슴도 아주 예쁘더라. 벗은 모습이 더 예뻤으니 아무 걱정 하지 마. 가슴에 뭘 더 넣지 않아도 될 만큼 충분해."

그 말에 부끄러워 까무러칠 뻔했다. 이 남자는 이나의 마음을 모조리 읽어 내는 기술을 가지고 있는지도 모른다.

승후는 안겨 있는 여자의 속마음을 모른 척 능청을 떨었다. 그가
이나의 숨기고 싶은 속살을 만지며, 둥근 정수리에 입을 맞추었다.

홍콩에서의 세 번째 밤이 가고 있었다. 두 사람은 정거장에 선 2층
짜리 빨간 트램에 올라탔다. 어디로 가는 트램인지도 모르고 탔다.
어디로 가든 상관이 없었다.

야간 트램의 2층에 둘만 앉아서 열린 창으로 들어오는 바람을 맞
았다.

그러다 문득 이나는 어떤 확신을 했다. 이 촉촉한 밤공기와, 반짝
이는 별빛 같은 야경과, 진한 바다 냄새와, 그와 함께한 이 밤들이,
절대 잊히지 않을 거라는 확신.

덜컹대는 트램 안에서 오래도록 키스를 해 주던 승후가 잠시 멈추
고는 시계를 확인했다. 그리고 말했다.

"새벽, 12시 20분."

통금이 해제되었다. 이나가 신이 나서 그를 보며 말했다.

"그럼에도 불구하고 강이나, 세이프."

승후가 어깨를 으쓱하며 그것을 인정했고, 이나는 왠지 모를 승리
감에 미소를 지어 보였다.

12시를 넘긴 은밀한 밤이었다. 창밖의 불빛들이 다시 반짝였고,
승후는 기분이 좋은지 휘파람을 불기 시작했다. 그의 입에서 흘러나
온 소리가 밤의 공기에 흩어져 사라졌다.

휘파람을 멈춘 그가 말했다.

"기분 좋다."

"바람에 취한 것처럼요?"

"아니. 사람에 취해 버렸네, 난."

이나는 그 순간 알아 버렸다. 자신이 이 사람을 정말로 사랑하고 있다는 것을. 이 모든 감정들이 사랑이 아니라면, 세상 무엇으로도 설명이 되질 않았다.

밤하늘엔 별이 총총했고, 공기는 한없이 부드러웠으며, 그의 온도는 적당히 따뜻했다. 내리는 달빛이 진해서, 숨 쉬는 공기의 농도가 짙게 느껴졌다. 생각해 보면 그와 같이 보는 달빛은 늘 진했다.

그가 사랑이 무엇인지 아느냐고 다시 묻는다면, 이번엔 확실히 말해 줄 수 있을 것 같았다. 당신을 둘러싼 모든 게 아름다우며, 그 아름다운 것들 중 당신만 보인다고. 나는 진짜 사랑을 하고 있다고.

홍콩에서의 마지막 밤, 투숙하고 있는 호텔 레스토랑에서 늦은 저녁을 먹었다. 세미나 참석을 위해 출장 중인 승후는 오전엔 늘 일이 있어 저녁이 되어야 만날 수 있었다.

오늘은 호텔 밖에서 그를 기다리며 택시에서 내리는 승후를 맞이했다. 뭐가 그리 급한지 그는 서둘러 계단을 올라왔다. 그러다 그를 기다리던 이나와 눈이 마주쳤을 땐 뭔가를 들키기라도 한 사람처럼 수줍게 웃기도 했다.

"오늘은 뭐 했어?"

와인을 마시며 승후가 물었다. 이나를 바라보는 눈빛이 따뜻하고 다정했다. 전보다 훨씬 더 그랬다.

"주변 산책이요. 가족들 선물도 사고."

사람으로 가득한 이 도시에서 길을 잃어버릴까 봐, 혼자서는 멀리 가 보지 못했다. 아쉽지만 오늘이 이곳에서의 마지막 밤이었다.

그와 함께한 시간은 평소보다 느리게 흐르는 것 같았다. 순간순간이 소중해서 그런지도 모른다.

"이상하게도 여기 오래 머문 것 같아요. 하루가 평소보다 길어진 것 같고."

"시간을 평소와 다르게 써서 그런 느낌이 드는 거겠지. 하루를 길게 썼다니 다행이네."

"게다가 통금이 없어져 긴 밤을 보내기도 했고요."

"시간을 길게 썼다는 건, 무언가 새로운 일들이 많이 생겼을 때 느껴지는 현상 같은데. 삶에서 뭔가 크게 달라진 게 있나 보지?"

이나는 잠시 생각하다 답했다.

"정말 어른이 된 기분이랄까요?"

왜냐면 지금 사랑을 하고 있으니까 말이다. 한 남자를 사랑하고 있고, 사랑하는 남자와 몸을 나눴으니까.

"여태껏 내내 다 큰 여자라고 주장하더니 이제야 어른이 된 기분? 아, 그 어른을 내가 만들어 주었네."

승후의 목소리엔 뿌듯함이 섞여 있었다. 그를 사랑하고 있으니까 그가 만들어 준 어른이라는 말이 맞았다.

"난 교감과 소통에 능한 어른 남자거든."

"그건 인정."

교감과 소통으로 그의 마음이 닿아 버렸으니까.

"오늘은 다른 식의 교감과 소통을 해 볼까?"

"다른 식이라니. 교감과 소통의 방식이 몇 가지가 있는데요?"

"스무 가지 정도? 내가 선호하는 건 여섯 번째고."

승후의 얼굴이 장난스럽게 변했다. 장난이 분명하다는 것을 알면서도 이나는 그의 장단에 맞추어 주었다.

"그럼 오늘은 여섯 번째가 좋겠어요."

“기본 과정에서 여섯 번째로 건너뛰고 싶다고?”

“호기심이 많은 난, 그쪽에서 선호하는 게 뭔지 알고 싶으니까요.”

“그 말, 내 취향에 대해 알고 싶다는 말처럼 들려. 말만 잘 듣는다면 심화 과정도 가능하지. 난 훌륭한 선생이니까 말이야. 그래도 그걸 원한다면.”

실체도 알 수 없는 여섯 번째에 대해 말하면서 승후는 마치 선생님이라도 된 듯 굴었다. 그와의 야한 말장난에 이나는 점점 웃음이 났다.

“원해요. 난 누구보다 용기가 넘치는, 다 큰 여자니까요.”

그리고 당신이 하는 모든 것을 사랑할 테니까. 이미 사랑해 버렸으니까.

“난 다 큰 여자라는 말에 몸이 바로 반응하는 단순한 남자가 됐어. 와인 좀 더 마실래? 내 취향을 제정신으로 감당하기엔 무리가 있을 테니까.”

승후가 장난스럽게 속삭였다. 살짝 겁이 난 이나가 앞에 놓여 있던 와인을 들어 천천히 마셨고 그 모습을 바라보던 승후는 먹는 것을 멈추었다. 그의 눈빛이, 밤의 빛으로 조금씩 바뀌어 갔다.

“빨리 방으로 가자. 나의 취향에 대해 상세하고 세세하게 설명해 줄게.”

승후는 이제 대놓고 도둑놈이 되려 하는 것 같았다.

그가 서두르자 이나가 물러났다. 다 큰 어른인 척할 땐 언제고 약한 모습으로 어른을 반납했다.

“오늘은 불 꺼요.”

“왜?”

“그야, 창피하니까.”

벗은 몸을 다시 보여 줘야 하는 일 말이다. 그날 옅은 불빛 아래서

벗은 몸을 숨김없이 보여 주고 말았다. 긴장을 해서 불빛이 자신을
훤히 비추고 있다는 사실도 알지 못했다. 눈빛과 표정과 몸짓, 무엇
하나도 숨기지 못했다.

"널 볼 거야. 내가 모두 확인했는데 보이는 곳이 다 예쁘더라. 게
다가 난 너의 반응을 보는 것이 좋거든. 너도 날 보면 공평하지."

"그런 거에 공평하지 않아도 돼요."

"절대 불 안 꺼. 그럴 이유가 없기도 하고. 난 힘도 세고 여러모로
자신감 넘치는 남자거든."

이나는 자신이 웃으면 자제력이 떨어진다는 남자 앞에서 또 웃음
을 참지 못했다. 승후가 이나를 보채서 끌고 나왔다. 도망가지도 않
을 텐데 승후는 잡은 손을 놓지 않았다. 그는 또다시 급하고 초조한
사람이 되어, 방으로 올라가는 엘리베이터를 기다렸다.

신호음이 울리며 엘리베이터 문이 열렸다. 그곳에서 한 여자가 내
렸다.

이나는 엘리베이터에서 내리는 여자를 유심히 보았다. 흰 원피스
를 입은 여자는 누가 봐도 넋을 잃을 만큼 광채가 나고 화사했다. 누
구라도 다시 돌아볼 만큼 아름다웠다. 그렇게 아름다운 사람은 처음
보았다.

여자가 승후를 발견하고 걸음을 멈추었다. 승후를 보는 여자의 눈
빛엔 긴장감이 가득했다. 승후는 여자의 존재를 조금 늦게 알아차렸
다. 이나는 여자를 보고 동작이 멈추어 버린 승후를 의아하게 바라보
았다. 그의 표정엔 어떠한 변화도 없었지만, 그의 몸속에 존재하는
어떤 근육 하나가 뚝 하고 끊어지는 듯한 울림이 맞잡고 있는 손으로
전해졌다.

그 순간 알아차렸다. 이 여자가 승후가 미친 듯이 사랑했다던 그
사람이라는 것을.

세 사람 사이로 침묵이 흘렀다. 승후를 보는 여자의 얼굴도 여유로워 보이지는 않았다.

여자가 먼저 입을 열었다.

"여기서 만났네."

여자는 긴장했는지 목소리가 선명하지 않았다. 그리고 승후를 바라보는 눈빛엔 그리움이 가득했다.

그 인사에 승후의 이마가 잔뜩 구겨졌다. 눈빛도 순식간에 차갑게 변했다.

그의 차가운 눈을 보며 여자가 다시 입을 열었다.

"세미나 때문에 홍콩에 왔다는 소리가 들리더라. 여기가 좁은 곳인 데다가, 네 소식을 알려 주는 사람이 내겐 아직 많아. 묵고 있는 호텔이 여기라고 해서 찾아온 거야."

여자의 말에도 돌아오는 대답은 없었다. 계속되는 차가운 침묵에 여자는 조금 시간을 두고 말을 이었다.

"위층의 바에서 한잔하다가 내려왔어. 맨정신으론 널 만날 용기가 없어서. 지금 로비로 내려가서 방으로 인터폰 하려고 했는데."

승후의 반응이 냉정하리란 걸 예상한 것 같았다. 여자는 힘을 얻으려는 듯 숨을 들이쉬고 다시 말했다.

"날 의도적으로 피하고 있는 건 알지만, 난 네게 해야 할 말들이 아직도 많이 남아 있어. 이젠 내 얘기를 들어 줘."

승후는 여전히 대꾸가 없었다. 처음엔 놀랐다가 지금은 가슴속의 어떤 화를 참고 있는 것처럼 보였다.

"잠시만이라도……."

계속 자신의 이야기를 하던 여자는 그제야 승후가 손잡고 있는 이나의 존재를 눈치챘다. 승후만을 향해 절실하던 눈은 이나를 본 순간 당황하고 놀란 눈으로 바뀌었다. 두 사람이 잡고 있는 손을 몹시도 아픈 얼굴로 보았다. 여자는 아픔을 여과 없이 그대로 드러냈다.

"미안해. 누군가와 함께일 수도 있을 거라는 걸 생각해 보지 못했어."

여자의 말끝이 힘없이 사그라졌다. 생각지도 못했던 이나의 존재에 대해 당황한 듯했다.

"미안해요."

오늘 처음 본 여자는 이나에게도 사과를 했다. 억지로 짓던 미소가 이내 슬프게 변했다.

여자는 쓸쓸한 표정으로 로비를 향해 걸어 나갔다. 이나는 한동안 그 뒷모습에서 눈을 떼지 못했다. 여자는 너무도 슬프게 말하고 너무도 아프게 미소를 지었다.

이나는 조용히 서 있는 승후를 보았다. 그는 차갑고 복잡한 얼굴이었다.

엘리베이터를 타고 방으로 올라가는 내내 승후는 아무 말이 없었다. 이나의 손은 여전히 그의 손안에 감싸인 채였지만, 그의 의식은 과거의 어딘가에 버려져 있는 듯했다.

승후가 방문 앞에 서서 이나를 보며 긴 숨을 내쉬었다. 그리고 이나의 이마에 입을 맞추었다. 그의 온도가 아까와 달랐다.

"지금 이 기분으론 널 안을 수 없어. 그러면 안 될 것 같아."

그를 이해할 수 있었다. 이나 자신도 그랬으니까.

"알아요. 내려가 봐요. 오래 기다렸던 것 같은데."

오늘 호텔에서뿐만 아니라, 헤아릴 수도 없이 긴 시간을.

"그래, 그래야 할 것 같다."

다시 내려가기 위해 엘리베이터로 향하는 승후의 뒷모습을 바라보다 안으로 들어갔다. 방문을 닫고 문에 기대었다. 그를 붙잡고 가지 말라고 말해야 했던 건지도 몰랐다. 하지만 그러기엔 아까 그 여자의 모습이 너무도 아팠다.

그와 몸을 나눴던 침대가 보였다. 아직도 온몸엔 그의 열기가 남아 있고 그의 체취로 가득했다. 그날의 움직임이 몸에 닿은 듯 생생했다. 하지만 그는 지금 없었다.

승후의 상처 입은 과거가 예전의 어느 시점에서 끝난 건 줄 알았다. 그의 지난 사랑이 늘 궁금했지만, 이렇게 마주칠 거란 생각을 해 본 적은 없었다. 지나간 과거의 사랑이 현재와 이어져 있을 수 있다는 것을 상상조차 못 했으니까.

하지만 과거는 너무도 선명히 현재에도 존재했다. 시간은 길게 이어져 있다는 승후의 말이 떠올랐다.

승후가 미친 듯 사랑했던 여자가, 여전히 존재하고 있을지도 모른다는 생각을 왜 하지 못했던 걸까. 그의 두 번째 사랑이라도 되고 싶었는데, 어쩌면 그의 첫 번째 사랑이 끝나지 않았을지도 모른다는 생각이 들어 겁이 났다.

승후가 호텔 밖으로 나왔다. 수연이 아직 떠나지 못하고 호텔 주변을 서성거리고 있었다. 시선이 느껴졌는지 수연이 뒤돌아보았다. 승후를 보는 얼굴에 그새 반가움이 묻어났다.

수연이 그에게 가까이 다가와 서둘러 말했다.

"아까는 미안했어. 내가 갑자기 나타나서 많이 놀랐을 거야."

"여길 어떻게 알고 왔어?"

승후는 차갑게 만든 얼굴과 목소리로 말했고 수연은 그의 냉정함을 모른 척하며 웃어 보였다.

"나에게 너에 대한 정보를 주는 사람이 아직 많아. 다들 우리가 다시 잘되길 바라고 있어."

"나와 연관된 사람들 주변을 맴돌며 그 사람들 만나지 마. 그들을 통해 나에 대해 알려고 하지도 말고. 너만 비참해 보이는 일이야.”

“비참해 보이는 거, 우스워 보이는 거 상관없어.”

“자신만 생각하는 태도도 여전하다. 다신 날 찾아오지 마. 그 말 하려고 내려온 거야.”

매몰차지 않으면 수연에게 독이다. 일말의 여지도 없어야 했다. 아직도 삶의 갈피를 잡지 못해, 행복하지 않은 사람을 위해서 냉정해야 했다. 받아 줄 수 없으면 냉정을 유지하는 게 서로를 위한 최선이었다.

이전에도 수연과 느닷없이 마주친 적이 몇 번 있었다. 만나지 않으려 피해도 어쩔 수 없이 만나지는 경우였다. 존경하던 교수님의 장례식, 친했던 동기의 결혼식, 회사 취임식. 수연과 수많은 인연이 겹쳐서 벌어지는 일이었다.

그때마다 상대조차 하지 않았다. 그럼에도 수연은 다른 통로로도 접촉을 해 왔다. 친했던 선후배를 통해 자신의 심경을 전한 것도 여러 번이었다. 그럴 때면 승후는 그걸 전하는 사람에게도 매섭게 굴어야 했다. 결국 지금은 승후의 곁에 있는 그 누구도 수연의 이름을 꺼내지 않았다.

“승후, 네가 마음을 돌릴 때까지 기다릴 거야.”

“그럴 일 절대로 없어. 넌 여전히 젊고 예쁘니까 너에게 맞는 사람을 찾아. 널 받아 줄 사람은 많을 테니까.”

“난 너만 원해.”

“네 시간을 소중히 여겨. 될 수 없는 일에 낭비하지 말고.”

“너도 계속 혼자 지내잖아. 민승후라는 사람도 나 아닌 사람을 받아들일 수 없는 거야.”

수연은 중요한 사실을 알고 있기라도 한 듯 힘을 주어 말했다. 목소리는 안타까울 정도로 애절했다. 승후는 긴 한숨을 내쉬고 수연을 응시했다.

"내 행동을 너와 연관 짓지 마. 이렇게 무례하게 날 침범하지도 말고."

"설마 아까 그 애 때문이야? 아까는 당황해서 몰랐는데 생각할수록 이상하잖아. 출장지에 여자를 데리고 오는 너라니, 그게 말이 돼? 나한테는 한 번도 그런 틈을 준 적 없던 사람이었어. 삶의 우선순위를 나보다 일에 두는 너에게, 나는 매번 애를 태워야 했던 거고. 낮과 밤을 따로 즐길 정도로 네 성격이 여유로워진 건 아닐 테고. 대체 저 애가 너에게 어떤 의미인 건데?"

수연이 승후를 노려보며 물었다. 이제야 속을 드러냈다. 원래부터 질투가 많은 사람이었고, 승후의 속마음을 속단하기를 잘했다.

"그러게, 내게 어떤 의미일까."

승후가 생각에 잠겨 혼잣말처럼 말했다. 전부터 계속 의미를 찾았는데 답을 내지 못했다. 그는 방에 혼자 남아 있을 사람에게 신경이 온통 쏠려 있었다. 수연이 누구인지 알아채고는 새하얗게 질린 이나의 표정이 내내 머릿속을 떠나지 않았다.

누군가를 걱정하는 마음이 이렇게도 커져 버렸다. 지금 이나가 이 상황을 감당하고 아파할 생각을 하니 몹시 걱정이 되었다.

"여기에 있어도 그 사람만 신경 쓰여. 과거인 줄만 알았던 너의 존재를 마주하고 놀라서, 오늘 밤 잠들지 못할까 봐 걱정이 돼. 지금도 어떤 변명을 하며 달래야 하나 머릿속으로 초고를 써 대. 나에게 어떤 의미인 건지 신중히 답을 내는 중이고."

"내 존재가 변명이 되어야 하는 거야? 네 인생에서 나의 의미가 변명이라는 한 단어로 설명이 가능할 것 같아? 네가 어렵다면 내가 직접 나에 대해 이해시켜 줄까?"

수연이 배신이라도 당한 듯 승후를 노려보았고 승후 또한 화를 누르며 매섭게 수연을 보았다.

"내 허락도 없이 내 인생에 침범할 경우, 그 행동에 따른 결과는 미리 예상해 놓는 게 좋을 거야."

"그런 치사한 방식으로라도 너와 연관되고 싶은데 어쩌니? 내가 잘하던 일이 네 신경을 곤두서게 만드는 거라는 걸 잊은 거야? 그렇게라도 네 주변을 맴돌아 볼 작정인데 어떻게 생각해?"

"네가 원해서 날 떠나 놓고 왜 이러는 건지 모르겠지만, 그게 뭐든 그만해. 거기서 빠져나와야 너도 답이 보이지. 왜 정신을 못 차리고 아직까지 붙잡고 있는 건데? 난 뭐든 너와 다시 할 생각이 없고, 그 생각은 절대 변하지 않아."

수연이 허망한 얼굴로 승후를 보았다. 정말 소중한 것을 놓친 사람처럼 놀라 떨고 있었다.

"아니, 네가 틀렸어. 너도 날 원해. 시간이 지나면 누가 맞는지 알게 될 거야."

승후는 더 독한 말을 해야 했다.

"절대 아닌 것에 널 허비하지 마. 네가 전부였던 때도 있었지만 지금은 아무 의미 없어. 돌아갈 생각도, 받아 줄 생각도 없어. 너에게 다시 내줄 마음의 공간도 없어. 이런 말들로 네게 상처를 주기도 싫어. 너로 인해 배운 건, 날 절망하게 하는 것은 사랑이 아니라는 것. 스스로 행복하지 않은 사람은, 어떤 노력으로도 행복하게 해 줄 수 없다는 것. 난 너와 무엇도 반복하고 싶지 않아."

수연은 덤덤히 말하는 상대를 노려만 볼 뿐 어떤 말도 꺼내지 못했다.

"이제 가."

승후는 호텔 앞에 세워져 있던 택시의 문을 열었다. 수연의 얼굴이 일그러졌다. 몹시 아픈 얼굴을 수습하지도 못한 채 택시에 올라탔다.

수연을 태운 택시가 떠났고 승후는 그 길의 끝을 보며 혼자 중얼거렸다.

"왜 아직 그 모양인 건데? 아직도 아픈 널 어쩌면 좋겠니. 어떻게 해야 스스로 그곳에서 빠져나올 수 있을까."

"네게 설명해야 할 것 같아서."

호텔 앞, 테라스가 있는 카페에 승후와 마주 앉았다. 아침 일찍 찾아온 그는 아무 일도 없었던 것 같은 맑은 표정으로 이나를 대했다.

바다 쪽에서 시원한 바람이 불어왔고, 아침 해를 흡수한 바닷물은 금빛으로 반짝거렸다. 설명을 해야겠다던 남자는 차 한 잔을 다 마시도록 말이 없었다.

"계속 그런 표정이면 아무것도 말해 줄 수가 없잖아."

이나는 궁금해졌다. 마지막 밤을 놓쳐 버린 여자는 과연 어떤 표정을 짓고 있는 걸까.

"어떤 표정인데요?"

"세상에 재미있는 일이 하나도 없는 듯한 표정. 그리고 밤새 뒤척인 얼굴이고."

그의 말이 맞았다. 그토록 우아하고 아름다운 그의 첫사랑을 마주친 기분은, 하나도 재밌지 않았다. 질투도 할 수 없을 만큼 아름다운 사람이어서 기운만 빠졌다. 게다가 그가 사랑했던 사람이라 마음껏 미워할 수도 없었다. 밤새 한숨도 자지 못했다.

"나도 재미없거든. 내 과거가 갑자기 튀어나와 버린 이 상황이."

말을 마치며 승후가 웃었는데 웃음마저도 쓸쓸해 보였다. 그가 쓸쓸함을 거두고 다시 입을 열었다.

"내가 오랫동안 사랑했던 사람이었어. 너도 눈치챘겠지만."

이나는 승후의 입에서 나온 사랑이라는 말이 쓰라렸다. 그는 자신에게는 사랑이란 말을 사용하지 않았으니까.

"난 말이야, 외롭게 자랐어. 가족 틈에서 사랑받고 자란 너와는 많이 다르지."

그가 외로움이라는 말을 꺼냈다. 지난번 오대산에서의 고백 이후 자신을 더 보여 주기로 한 것 같았다.

"부모님이 사고로 같은 날 돌아가셨어. 내가 초등학교에 입학하던 해에."

그의 말에 이나는 심장이 사라져 버린 듯했다. 몸 안에서 심장을 포함한 무언가가 몽땅 빠져나간 느낌이었다.

"그 후 조부모님 손에서 자랐어. 심성이 좋으신 분들이라 날 많이 사랑해 주셨지. 하지만 어려서 부모가 채워 주지 못한 빈자리는, 무얼 해도 채워지지 않는 거야. 채워야 할 시기에 채우지 못했던 마음에 계속 허기가 지는 거지. 마음에 빈 공간이 크게 자리 잡아 늘 차갑고 황량했거든. 마음 깊은 곳이 쓸쓸했어. 아주 어린 시절부터, 혼자 살아도 될 만큼 다 커서도 말이야."

외롭게 자랐다는 말을 하면서도 그는 미소를 지었다. 이젠 외로움이 아픔인 것 같지는 않았다. 외로움에 적응된 것처럼 보였다.

"넉넉하지 못한 형편에서 자랐지만 난 물질적인 것에 관한 관심은 적어서, 그것에 대한 상처는 적었어. 내 노력으로 모두 극복할 수 있다고 믿었으니까. 하지만 세상의 어떤 것으로도 채워지지 않는 원초적 외로움은, 내 힘으로는 어쩔 도리가 없었던 거지. 마음의 깊은 곳이 텅 비고 공허한 느낌을 네가 이해할 수 있을지 모르겠다. 내 외로움은 투정처럼 말하는 외로움과는 차원이 달라서, 넌 아무리 설명해도 이해할 수 없을 거야."

듣기만 해도 가슴이 저미는 듯 아팠는데, 승후는 담담하게 말을 이어 갔다.

"원초적인 결핍이란 건 참 힘든 거야. 늘 외로움을 안고 살아가야 하니까. 그때 만난 게 어제 그 사람이었어. 나와 닮은 눈을 가진 사람이 눈에 들어온 거지. 사람은 자신과 비슷한 존재에게 끌리니까."

몹시도 아름답고 우아한 사람이었다. 승후가 첫눈에 반했다 해도 수긍이 갈 정도였다.

"처음은 사랑이었지. 채울 수 없던 내 빈 곳을 그 사람으로 채우고도 남았거든. 정말 사랑했으니까. 그런 게 사랑이라고 믿었으니까. 그것만큼은 내 기억에 아름답게 남아 있어. 내 삶의 일부이기도 한 일이었고. 그 기억을 들어내려면 내 인생의 대부분을 들어내야 할 만큼, 너무도 오랜 시간을 같이했으니 말이야."

이나의 마음이 답답해졌다. 과거의 그를 그곳에서 빼내 오고 싶을 만큼, 그 사랑에 질투가 났다.

"하지만 불안정하고 성숙하지 못한 사람들이었기 때문에 서로를 아프게 했어. 사랑을 받은 만큼 줄 수도 있는 건데, 방법을 모르니 잘 안 되는 거야. 지긋지긋할 정도로 싸우고 화해하기를 반복했어. 시간이 한참 지나서야 뭔가 잘못됐다는 걸 알았지. 사람을 사랑한다는 일이 견딜 수 없게 아픈 건 분명 아닐 테니까. 내가 그걸 이해한 후에야 지독했던 관계가 끝이 났어."

목소리의 변화도 없이 단조롭게 말하는 승후였지만, 쉽게 꺼내는 말이 아닌 건 확실했다.

"난 내 것에 대한 애착이 강한 사람이야. 그동안의 미련과, 시간과, 사람을 정리하며 오랫동안 힘들었어. 스무 살부터 서른을 넘길 때까지 10년 이상의 시간을 정리해야 했으니까. 그 일이 모두 끝나고 한참이 지나서도, 좀처럼 누군가를 사랑할 자신이 없을 정도로."

그 말을 끝으로 승후는 한동안 말이 없었다.

시간이 어느 정도 지난 후에야, 그가 과거의 기억에서 빠져나온 얼굴이 되어 따뜻하게 웃어 주었다.

"세상엔 강이나처럼 사랑받은 사람만 사는 게 아니라 때로는 사랑이 힘들게 돌아가기도 하는 거지. 네가 사람에 대한 겁이 없는 이유인 거고. 겁 없이 나에게 다가오는 널 보는 것이, 그때의 날 보는 것 같았어. 그래서 네게 상처를 주게 될까 봐 그게 제일 두려웠던 거야. 난 독하고 쓴 사랑을 오래전에 끝낸, 꽤 많이 다친 남자였으니까."

맑은 바닷바람이 둘 사이로 불었다. 상대에게 상처라도 주게 될까 미리 걱정하는 남자와, 상처 같은 것은 모르는 듯 마음을 다하는 여자가 마주 보았다.

"내게 용기를 내어 와 준 네게, 한 번은 해야 할 말들이었어. 지금 네가 알아 두어야 할 건, 난 모든 것을 정리했고 완벽하게 끝을 냈다는 사실이야. 모든 남자가 하나쯤 있는 첫사랑의 추억이고, 다시 돌아갈 리 없는 기억이야. 그러니까 세상이 재미없어진 얼굴로 날 보지 말아 줄래? 네가 그래도 될 만큼 의미가 작아졌으니까. 그저 과거의 추억이 잠시 꺼내진 거야."

잠시 꺼내진 추억이라니, 그를 위해 다시 덮어 주어야 할 것 같았다. 이나는 승후를 위해 웃어 보였다. 웃는 눈에 눈물이 스몄다가 사라졌다.

"이해했어요."

자신의 과거를 조금 더 보여 준 승후로 인해 그만큼 더 가까워진 것 같았다. 그제야 승후도 안도한 듯 맑갛게 웃었다.

"다행이다. 이렇게 과거 있는 남자라 미안해."

그런 농담과 함께 미소 짓는 그의 모습이 쓸쓸해 보이기도 했고, 평온해 보이기도 했다. 그의 머리 위에 떠 있던 낮달이 점점 희미해져 갔다.

벌써 정오가 지나 있었다. 밤 비행기로 떠날 예정이라 짐은 미리 싸 두었다. 승후의 세미나가 끝나면, 호텔로 돌아와 짐을 가지고 공항으로 갈 예정이었다. 별다른 할 일이 없던 이나는 승후를 따라갔다. 그렇게라도 같이 있는 시간을 벌고 싶었다.

승후의 일이 끝나기를 기다리며, 세미나가 열리는 호텔의 로비를 서성이고 있을 때였다.

"날 기억하겠어요?"

어제의 그 여자가 다가왔다.

여자는 어젯밤과는 사뭇 달랐다. 당당하고 생기가 있어 보였다. 그래서 더욱 화사해 보였다. 지금의 모습이 원래 모습인 듯 자연스러웠다.

"의도한 건 아닌데 또 만나네요. 승후를 한 번 더 만나러 왔어요. 난 하고 싶은 말이 아직 남았고, 그 사람은 날 피하니까 이렇게라도요."

그런 말을 하면서도 그녀는 이나에게 웃음을 보여 주었다. 웃는 모습이 사람을 사로잡을 만큼 아름다웠다. 두근대는 가슴이 그녀를 경계해서인지, 아름다워서인지 헷갈릴 정도였다.

"우리 시간 되면 차 마실까요?"

두 사람은 세미나가 열리는 룸과 같은 층에 있는 티 하우스에 마주 앉았다. 예약을 해도 줄을 설 만큼 유명한 곳이라고 했다. 조금 있으면 세미나가 끝날 시간이라 걱정이 되었지만, 다행히 안에서도 바깥을 볼 수 있는 투명한 유리 벽으로 된 구조라 안심이 되었다. 세미나를 끝낸 사람들이 나올 때 일어서면 될 거라 생각했다.

베이지색 얇은 여름 니트와 흰색 바지 차림의 여자는, 승후보다 한 살 많다는 사실이 믿기 어려울 만큼 젊어 보였다. 얼굴은 희고 투명했으며 눈동자는 검고 짙었다. 어깨 아래로 늘어뜨린 긴 머리카락은 풍성하고 윤기가 났다. 마치 현실에 존재하는 사람이 아닌 것처럼 아름다웠다. 지금도 이렇게 아름다운데 승후와 사랑했던 시절에 대해서는 말하지 않아도 짐작이 갔다.

여자의 이름은 이수연이라고 했다. 아름다운 외모와 잘 어울리는 예쁜 이름이라는 생각이 들었다. 둘째 딸이라는 의미를 가진 자신의 이름과 비교되었다.

이나를 찬찬히 살피던 수연이 말했다.

"역시 젊음이 예쁘네요. 어리고 예쁜 아가씨가 승후 옆에 있는 건 한 번도 상상해 본 적이 없는 일이라, 어제는 좀 당황했어요. 어제 일은 다시 사과할게요."

이나는 승후가 사랑했던 여자를 마주했는데도 뭔가 차분해졌다. 바보처럼 어떤 친근감마저 들었다. 수연이 자연스럽게 말을 하고 있어서일 수도 있고, 아침에 승후가 해 주었던 말 때문일 수도 있었다. 의미가 작아진 오래전 추억일 뿐이라고 말해 주었으니까.

"우리 서로에 대해 나쁜 감정을 가질 필요는 없죠?"

이나도 동의한다는 듯 긴장을 풀고 미소를 보여 주었다. 그런 이나를 바라보며 짓는 수연의 미소가 쓸쓸해 보이기도 했다.

수연은 홍콩의 날씨에 관한 이야기로 말을 시작했다. 그녀는 미국에서 몇 년 동안 살다가, 홍콩으로 넘어와 반년째 머물고 있는 중이라고 했다. 한국에는 집안에 일이 있을 때 종종 드나든다는 말도 덧붙였다.

"어제 나와 마주쳐서 승후가 무척 놀랐을 거예요. 내가 여기 살고 있다는 걸 모르고 있었으니까요. 우린 오래도록 만나지 않았거든요."

말을 마친 수연이 우러난 차를 이나에게 따라 주었다. 수연은 이곳의 고상한 분위기와 잘 어울렸다.

"고맙습니다."

얼마간 이나를 살피던 수연이 말했다.

"이나 씨는 참 예쁘고 따뜻한 사람이네요. 승후가 마음을 뺏길 만해요."

이나의 얼굴이 조금 붉어졌다. 그의 과거의 여자에게서 듣게 될 거라고는 생각지도 못한 말이었다.

하지만 말의 내용과 달리 수연은 여전히 여유로웠다.

"승후가 일에 있어서만큼은 완벽주의자라는 걸 내가 아는데 말이죠. 그런 사람이 출장지까지 이나 씨를 데리고 올 정도면, 어느 정도 마음을 주었다는 얘기겠죠. 내가 알던 승후가 맞나 싶을 정도로 큰 변화예요. 그래서 어제 더 놀랐던 것 같아요. 승후를 변화시킨 이나 씨를 다시 보고 싶었는데 이렇게 만나게 됐네요."

수연이 차를 한 모금 마셨다. 맛이 마음에 드는지 만족스러운 얼굴이 되었다.

"난 승후를 잘 알아요. 그 자신도 모르는 어떤 부분까지도. 아주 오랜 시간 동안, 내가 그 사람의 엄마이기도 했고, 누나이기도 했고, 연인이기도 했으니까요."

수연은 쓸쓸해진 표정으로 생각에 잠겨 있다가, 갑자기 재밌는 기억이 떠오른 것처럼 들뜬 표정이 되었다.

"오래전의 승후에 관해 얘기해 줄까요? 내가 처음 만났던 승후에 대해서."

애초부터 허락 같은 건 필요가 없었는지 수연은 이나의 대답도 듣지 않고 말을 이어 나갔다.

"신입생을 처음 만나는 자리에서 승후를 만났어요. 첫인상이 무척 독특했죠. 누가 쓰더라도 이상할 것 같은 안경을 쓰고 있었거든요. 늘 단정하긴 했지만 옷에도 관심이 없어 보였어요. 유행이나 멋이라곤 도통 모르고 공부만 하는 남자구나 생각했죠. 천재로 의심되는, 공부만 하는 꽉 막힌 남자 정도로."

수연은 마치 어제의 일을 이야기하듯 말했다. 표정이 너무 생생해서 과거에 머물러 사는 사람처럼 보였다.

"나중에 얘기를 들어 보니 어려서부터 잘생겼다는 이유로 다른 사람의 이목을 집중시키는 것이 싫었대요. 조금 더 커서는 따라다니는 여학생들 때문에 인물값 한다는 소리도 들어야 했고. 그런 일이 공부에 방해만 될 뿐이어서 고등학교 때부터 이상한 안경을 쓰고 다녔다고 말하더라고요. 일부러 머리를 길러 얼굴도 덮고 다니고. 가난한 학생이었지만 분위기는 누구보다 귀한 티가 났고, 세상에 주눅이 들지도 않았어요. 빈틈도 없었고 무척 똑똑했죠. 한눈에 반하지 않을 수 없을 정도로 빛이 났어요. 어때요, 상상이 가나요?"

과거를 꺼내어 말하는 수연의 얼굴에 미소가 번졌다. 그에 대한 기억이 얼마나 행복한지 수연의 표정에 다 묻어났다.

"내가 한 살 많은 선배였는데도, 승후는 나에게 한 번도 누나라거나 선배라고 부른 적이 없어요. 후배가 왜 자꾸 까부냐, 내가 우스운 거냐 물었죠. 그랬더니 사귀고 싶은 여자에게 호칭 따윈 필요 없고 이름이면 충분하지 않겠냐고 당차게 답했었죠. 그 말이 아직도 내 가슴에 그대로 남아 있어요."

수연은 이야기를 하는 내내 미소 짓고 있었다. 이나는 그 미소를 보며 깨달았다. 이 사람은 아직도 민승후라는 남자를 사랑하고 있다는 것을. 과거가 아닌 현재도, 지금 이 순간에도 사랑하고 있다는 것을.

“우린 그때부터 시작해서 오랜 시간 동안 함께했어요. 세상의 모든 경험을 그와 함께했죠. 서로에게 첫사랑이었고, 첫 입맞춤 상대였고, 서로의 동정을 가졌죠. 같은 책을 읽었고, 같은 음악을 들었고, 같이 살 집을 구하러 다녔죠. 우린 친구도 같아요. 그리고 난 승후에 대한 모든 것을 기억하고 있어요. 그의 말과 표정과 작은 습관들까지. 그 많은 기억들이 어제처럼 생생하게 내 머릿속을 돌아다녀요.”

수연의 미소는 이내 슬프게 바뀌었다.

“지금은 오랫동안 떨어져 있는 상황이에요. 지금의 나는 그 사람에게 다가가는 것조차 허락받지 못하고 있어요. 관계를 어렵게 만든 건 내 잘못이죠. 승후는 순수하게 사랑을 할 줄 아는 남자였는데, 난 사랑을 할 줄 모르는 사람이었거든요. 어리석고 이기적이었어요.”

승후는 사랑을 그만두어야 했던 이유에 대해 그의 잘못이 컸던 것처럼 말했었다. 성숙하지 못한 사람들의 치닫는 사랑 때문이라고 이해했는데 수연의 얼굴을 보니 그가 말한 이유가 다는 아닌 듯했다.

“난 승후에게 미친 듯이 집착했었죠. 그에 대한 열망, 질투, 미움, 증오. 이 모든 감정들이 한꺼번에 뒤범벅이 되어 승후를 괴롭혔어요. 그때의 내 오만은 극에 달했죠. 내가 무슨 짓을 해도 나를 받아 주는 이 남자가, 날 어디까지 받아 주나 싶어서 내 끝을 보여 주게 된 거죠. 나 때문에 힘들어하는 남자를 보며, 그것도 일종의 사랑 표현이라 착각을 한 거예요.”

말을 이어 가던 수연의 입술과 손이 가늘게 떨리기 시작했다.

“난 그에게 집착함과 동시에 그를 비난했고, 몇 번이나 승후를 떠나는 것으로 관심을 차지하려 했어요. 한없이 깊은 승후는 그런 나를 다 받아 줬고요. 사랑에 대한 결핍이 있던 난, 나만 바라봐 주는 남자가 필요했었죠. 하지만 승후는 성공과 일에 대한 욕구가 큰 사람이었어요.”

수연은 그때의 고통을 느끼기라도 하는 듯 숨죽여 말했다.

"난 그런 승후를 견딜 수가 없었어요. 승후가 일에 집중할수록 난 외로워졌거든요. 그의 시간을 일에 뺏기는 게 싫었죠. 그렇게 병적으로 집착하던 나는 보란 듯이 다른 남자랑 결혼했고, 가차 없이 승후를 떠났어요."

이해할 수 없는 잔인함에 이나는 몸을 떨기 시작했다. 무릎 위에 얹어 놓은 손을 꼭 쥐었다.

"나로 인해 받을 수 있는 최대한의 고통을 선물로 건넨 거죠. 그때 승후가 날 원망하며 많이 울었어요. 마음을 다 주었던 사람에게 잔인하게 버려져서 죽을 만큼 아파했어요."

이나는 숨과 눈물을 같이 삼켰다. 수연의 기억 속 승후가 너무도 아팠다. 그는 진실한 사랑을 할 줄 아는 남자였지만, 그 사랑에 버림받았다. 견딜 수 없이 아팠다던 그의 마음이, 고스란히 현재의 이나에게 전해져 왔다. 시간은 이어져 있다는 승후의 말이 맞았다. 그렇지 않으면 그의 과거가 이렇게 아프게 느껴질 리가 없었다.

수연이 이나의 눈을 가만히 들여다보았다.

"난 얼마나 어리석은지 승후를 정말 사랑하고 있다는 것을, 그를 떠난 지 1년 후에나 알아 버렸어요. 그 사람 없이는 살 수 없는 사람이라는 걸, 떠나고 나서야 알아 버린 거죠. 이혼하고 승후를 찾아갔지만, 승후는 나를 받아 주지도 만나 주지도 않았어요. 날 죽은 사람이라고 생각하기로 했다고, 그래야 자신이 뭐든 다시 시작할 수 있다고 했죠. 너무 고통스러워서 날 죽인 거예요. 그 후로 저렇게 차가워졌어요. 어떤 노력을 해도 날 봐 주지 않아요."

수연의 눈빛이 살아 있지 않은 것처럼 빛을 잃어 갔다.

"아주 오랜만에 봤는데 어제 본 느낌 알아요? 오래 사랑했던 사람들은 그런 느낌이 더 커요. 시간의 공백을 초월하는 거죠. 멀리 떨어져 있어도, 늘 함께 있는 것처럼 느껴져요. 뭐라고 설명할 수는 없지만 마치 보이지 않는 끈이 둘 사이에 존재해 항상 연결되어 있는 것처럼 느껴져요. 지금은 운명의 끈이 느슨하고 가늘어져 있지만 곧 당겨질 거예요. 승후는 모든 걸 초월해서 결국 날 받아 줄 거예요. 난 그걸 알아요."

승후가 틀렸다. 추억에서 꺼내진 여자가 그를 원했다. 추억을 이용해 현재에 머물고 싶어 하는 모습이 되어. 승후가 다시 받아 줄 거란 말에, 이나는 가슴이 조여지는 것 같았다.

"우리는 보고 싶지 않아도 마주쳐야 하고, 잊고 싶어도 잊을 수가 없을 만큼, 너무 많은 시간을 함께했어요. 내가 승후의 모든 것을 알 듯 승후도 나의 모든 것을 알아요. 많은 것을 공유했고 지금도 많은 부분이 그대로예요. 추억이 같고, 아는 사람들까지 겹쳐요. 우린 떨어질 수가 없는 사람들이에요."

수연은 차가운 눈이 되어 이나를 똑바로 바라보았다. 이젠 이나에게 잔인해지기로 한 것 같았다.

"그러니까 이나 씨, 여기 껴들지 말아 줘요. 나만 사랑했던 사람, 언제나 날 다시 받아 줬던 사람이에요. 우린 잠시 시간이 필요했을 뿐이에요. 시간을 가져야 하는 우리 사이에, 이나 씨가 잠깐 들어온 것뿐이에요. 내가 잠시 자리를 비운 사이에 들어온 거잖아요. 그러니 여기서 멈춰 줘야 해요."

승후의 사랑은 아직 마무리 지어지지 않았다. 승후는 끝이 났다 해도 수연은 끝을 내지 못했다. 그들의 사랑은 한 사람만 끝난 사랑이었다. 어쩌면 떨어지고 싶어도, 떨어질 수 없는 마음일지도 몰랐다. 이해하지 못할 말들이 아니라서 더 슬펐다.

"그러면 내 마음은요?"

이나는 승후에겐 묻지 못했던 말을 수연에게 물었다. 어느 누구도 자신의 마음은 헤아려 주지 않았다.

"내가 하는 사랑은 어떻게 해요? 나도 하고 있어요, 그 사랑이요."

원망은 아니었다. 정말 이 사랑을 어떻게 해야 하는지 몰라서 드는 의문이었다.

두 사람은 한참 동안 서로에게서 시선을 떼지 못했다. 침묵하던 수연이 조용한 얼굴로 이나에게 물었다.

"승후가 이나 씨에게 사랑한다고 하던가요?"

이나의 심장이 움직이지 않았다. 그는 한 번도 사랑을 말한 적이 없었다. 사랑이 아니라는 말만 들었다.

먹먹한 이나의 표정이 수연에게 답을 주었다.

"승후는 남의 마음을 사로잡는 거짓말 같은 거 못 하는 사람이죠. 진짜만 말해요. 이나 씨는 매우 예뻐서 놓치기 싫은, 잠시 스쳐 가는 좋은 사람일 거예요. 승후를 많이 흔들고 있을 뿐이에요."

수연은 승후가 전에 했던 말과 같은 말을 했다. 놀라울 정도로 말투도 비슷했다. 10년을 넘게 사랑했다는 사람들은, 생각과 말투마저 닮아 있었다.

이나는 수연의 말이 맞을지도 모른다는 생각이 들어 서글펐다. 그래서 그가 과거의 사랑이라고 말했던 사람에게 당당할 수가 없었다. 강이나라는 사람은 사랑이라는 마음을 접어 두고 시작한 사이일 뿐이었으니까. 사랑이라는 말에서 애초부터 제외되었으니까.

부모님의 사랑처럼 시간과 거리라는 약이 필요했을 뿐인데, 그런 두 사람의 사이에 자신이 끼어들었던 건 아닐까 혼란스러웠다.

그 뒤로 고요한 정적만이 흘렀고, 뜨거웠던 차는 이미 다 식어 버렸다.

수연의 시선이 이나의 등 뒤로 옮겨 갔다. 누군가가 다가오는 발소리가 들렸다. 그래서 이나는 승후가 이쪽을 향해 걸어오고 있다는 것을 알아챘다.

두 사람이 앉아 있는 테이블로 다가온 승후가 이나의 옆에 멈춰 섰다. 그에게선 서늘한 기운이 느껴졌다.

승후가 맞은편의 수연에게 사납게 물었다.

"어제 내가 분명히 말했지? 다신 나타나지 말라고. 그런데 내가 지금 뭘 보고 있는 건데?"

너무 차가운 말투라 이나마저 얼어 버렸다. 하지만 수연은 승후의 화에 익숙한지, 당혹해하거나 놀라지 않았다.

"널 보러 왔다가 우연히 만났어. 너와 내가 얼마나 절실했는지에 대해 들려줬을 뿐이야."

수연의 말이 끝나자마자 승후가 이나의 손을 잡았다. 화가 난 그의 손이 믿기지 않을 만큼 떨리고 있었다. 이나는 그가 이끄는 대로 일어났지만 다리에 힘이 풀려 있어 휘청거렸다.

"가자. 더 들을 필요 없어."

수연이 그들의 길을 막으려는 듯 빠르게 말을 쏟아 내었다.

"어제 그렇게 화를 내더니, 그 이유가 나 아닌 다른 여자에 대한 걱정 때문이었다는 것에 화가 치밀어 올라. 차라리 내가 싫어서라는 이유가 더 받아들이기가 쉽다고. 네가 옆에 다른 여자를 둘 수도 있다는 상황이 용납이 안 돼. 넌 아무도 갖지 마. 그럼 나도 널 포기할게. 차라리 그냥 혼자로 남으라고."

수연은 자신을 진정시키려는 것처럼 잠시 입술을 물고 있다가, 다시 휘몰아치듯 말을 이어 갔다.

"넌 나보다 훨씬 어린 여자를 만나도 어울릴 만큼 아름답게 나이 들어 가는데, 난 저렇게 예뻤던 나이를 너에게 바치고 지금 아무것도 없이 혼자잖아. 너를 사랑했던 시간의 가치만으로도 이 정도는 해 볼 수 있는 거 아니야?"

수연은 눈빛으로도 승후를 놓지 않았다.

"친구로라도 볼 수 있게 해 달라는 것조차 싫다고 했잖아. 용서를 빌어도 받아 주지 않았잖아. 이렇게까지 날 구차하고 초라하게 만든 건 너라고."

수연의 절실함을 지켜보던 승후가 긴 한숨을 내뱉으며 말했다.

"네가 수없이 구하는 용서는 이미 예전에 끝냈어. 우리가 친구가 될 수 없는 건, 네가 그럴 준비가 안 됐기 때문이야. 나에게서 멀리 떠나. 이렇게 마주칠 수 없는 곳으로. 내가 내 지난 추억들에 대한 예의라도 지킬 수 있도록."

승후를 노려보는 수연의 눈에서, 결국 숨어 있던 눈물이 떨어져 내렸다.

"난 아무것도 바라는 게 없어. 그저 네 곁에 있고 싶어, 승후야."

애절한 수연의 말에 이나는 승후의 손을 꽉 잡았다. 당장에라도 그를 뺏길 것 같아 두려웠다. 승후가 그런 이나를 잠시 보다가 수연에게 말했다.

"떠나라는 건 날 위해서가 아니라 수연이 널 위해서였어. 난 네가 뭘 해도 아프지 않지만, 넌 아직 다 낫지 않았으니까."

"난 아픈 게 아니야, 널 사랑하는 거야. 인정하기 싫겠지만, 너도 아직 그렇고."

승후의 여자였던 수연은 자신의 끝나지 않은 사랑을 그에게 전했다. 그들 사이에 정적이 흘렀다.

"아니, 절대."

침묵을 지키던 승후가 단호하게 대답했다. 그리고 죽을 만큼 차가웠던 기억을 꺼냈다.

"내가 사랑했던 사람은 이 세상에 살아 있지 않고, 난 오래전 거기서 끝냈어."

도로는 차로 가득했다. 결국 택시를 포기하고 지하철을 탔다. 열차 안은 사람들로 넘쳐 났다.

두 사람은 몇 정거장이 지나도록 서로 말이 없었다. 여전히 차가운 얼굴로 화가 나 있는 듯한 승후에게 이나는 가까이 갈 수가 없었다. 말을 걸지도, 손을 잡지도 못했다.

열차가 역에 정차하고 사람들이 밀려들었다. 이나는 승후와 멀어지지 않기 위해 노력했지만, 열차 안의 사람들로 인해 승후와의 거리가 점점 더 벌어졌다. 생각에 잠긴 승후는 이나가 사람들 무리에 끌려가 문 쪽에 서 있는 걸 알지 못했다. 이나는 승후 쪽으로 다시 가 보려 했지만, 힘이 달려 어쩔 도리 없이 그 자리에 서 있어야 했다. 말도 못 하고 눈빛으로만 그를 잡고 있었다.

열차가 또다시 어떤 역에 정차했다. 이나는 학생 무리들이 내릴 때, 힘을 써 보지도 못하고 딸려 내려갔다. 다시 타 보려 했지만 사람들에게 밀려 열차에서 멀어져만 갔다. 열차 밖에서 승후와 눈이 마주쳤을 땐 이미 문이 닫혀 버린 후였다. 그렇게 열차는 빠르게 떠나 버렸다.

열차가 떠나기 전, 마지막으로 마주친 승후의 얼굴은 황망함으로 가득했다.

'이제 어쩌지?'

손에 쥐고 있던 핸드폰을 보았다. 보기 좋게도 방전이다. 어젯밤 충전해 두는 것조차 잊은 탓이다.

그 순간 산에서 승후가 했던 말이 떠올랐다. 길을 잃거나 사람을 놓쳤을 때, 서로 엇갈리지 않으려면 그 자리에 서 있어야 한다는 말. 그 말을 기억한 이나는 승강장 한쪽 벽에 기대어 꼼짝도 안 하고 그를 기다렸다. 승후가 자신을 찾으러 올 것이라고 믿었다.

그를 기다리면서도 의식은 아까 그곳에 머물러 있었다. 승후와 수연의 화난 얼굴과 말들이 머릿속에 떠다녔다. 그들의 말이 귓가에서 떠나질 않았다.

자신들의 사랑에 끼어들지 말라고 했던 수연의 절실함이 생각났다. 사랑을 멈추라는 아픈 말도 떠올랐다. 민승후는 강이나를 사랑하지 않는 거라는 말도 귓속에 맴돌았다. 그 말이 사실이라서 울고 싶어졌다. 하지만 승후가 찾아오면 울었던 것을 들키고 말 테니 울 수가 없었다.

울음을 참으니 가슴이 터질 것 같았고 머리가 쑤셔 왔다. 그러는 동안 몇 번의 열차가 오고 갔고 수많은 사람이 내리고 탔다.

'대체 여기가 어디인 걸까?'

어디에서 내린 건지도 알지 못했다. 지하 깊은 웅덩이에 혼자 남겨진 기분이었다. 갑자기 이 상황이 너무 낯설어 숨이 막혔다. 혼자가 된 도시는 너무도 무서웠다. 소리도, 공기도, 글자도, 사람들도 생소했다. 귀가 먹먹했고 시야도 점점 흐려졌다. 얼마나 시간이 흐른 건지 감조차 잡을 수 없었다. 자신의 숨소리만 점점 크게 들려왔다. 두려워서 눈을 감고 손바닥으로 귀를 막았다.

누군가가 이나의 양쪽 팔을 아프도록 꽉 잡았다.

"괜찮아?"

승후가 찾아왔다. 그는 온몸이 땀으로 범벅이 된 채 가쁜 숨을 내쉬고 있었다.

"난 괜찮아요. 아무렇지도 않아요."

이나는 무척 놀란 듯한 모습인 그를 위해 억지로 웃어 보였다. 하지만 하나도 괜찮지 않았다. 그가 옆에 있는데도 혼자 버려진 기분에서 빠져나오지 못했다. 아까 보고 들은 이야기들이 아직도 불편했다.

승후는 이나의 거짓말을 바로 눈치챘다. 그가 사나워진 목소리로 말했다.

"강이나, 너 그렇게 넋 놓고 다닐 거야? 내가 널 못 찾았으면 어떻게 하려고 했어? 핸드폰은 또 왜 그 모양인 거야?"

그러곤 이나를 더욱 꽉 붙들었다. 그의 손에 힘이 잔뜩 들어갔다. 이나도 자신이 왜 이 모양인지 누군가에게 묻고 싶었다. 승후의 과거의 여자를 만난 어젯밤부터, 멍해진 상태로 아무것도 하지 못하고 있었다.

"왜 바보처럼 따라가서 그 말을 모조리 듣고 있었던 건데? 아침에 내가 한 말을 알아들었다면 자리를 피했어야지. 그 애는 너랑 달라서 네게 분명 잔인했을 텐데!"

이나는 승후의 넘치는 화를 고스란히 받아 내고 있었다. 아까부터 계속되던 그의 화는 사그라질 생각을 하지 않았다. 점점 커지기만 했다. 정신을 못 차릴 정도로 차갑고 뜨거운 그였다. 지금 승후는 온도 조절이 하나도 안 되는 것 같았다.

"화내지 말아요."

"난 화내는 게 아니야."

"화내는 거예요. 바보 같은 나한테 화내고 있잖아요."

이나가 승후를 노려보며 빠르게 답했다. 그는 분명 화를 내고 있었다. 처음으로 무섭고 뜨겁게.

화내는 남자의 표정이 낯설고 무서웠다. 바라보는 눈길조차 화가 넘치고 있었다.

"너한테 화내는 게 아니야. 나한테 화가 난 거야."

승후의 눈빛은 여전히 열이 내리지 않은 채 그대로였다.

또다시 그의 손에 잔뜩 힘이 들어갔다. 그가 움켜쥔 팔이 너무도 아팠다.

"제발, 내 앞에서 화내지 말아요. 스스로에게도, 지난 사랑에도 화내지 말아요. 아파하지도 말아요. 그걸 보는 내가 아파 죽겠으니까."

지나간 그의 사랑이 아팠다. 사랑을 잃고 애탔던 마음을 알 것 같아서 아팠다. 자신을 잃어버린 줄 알고 놀란 현재의 그를 안아 주고 싶었고, 사랑했던 여자를 잃어 죽을 만큼 아팠다는 과거의 그를 쓰다듬어 주고 싶었다.

하지만 힘이 빠진 목소리로 그에게 속삭일 뿐이었다.

"아직 아프면, 여전히 미우면, 사랑하는 거래요."

이나는 울면서 말했다. 이 남자 앞에서는 울지 않으려고 했는데 좀처럼 눈물이 참아지지 않았다. 이 사람의 마음에 수연이란 존재가 남아 있을까 봐 두려워서 울었다. 그를 사랑하는 것에 자신의 차례가 돌아오지 않을 것 같아 서러워서 울었다.

"그렇지 않아. 그 사랑은 예전에 다 끝났어."

승후는 여전히 부정했다. 어쩌면 지금도 수연을 사랑하는 스스로를 자각하지 못한 것일 수도 있었다. 자신의 마음을 헤아리지 못한 채 말이다. 하지만 이나는 알 수 있었다. 사랑이 맞을 것이다. 사랑이 아니라면 이렇게 화를 낼 이유도, 아파할 이유도 없을 테니까.

"끝난 사랑에 누구도 그렇게 오래 아파하지 않아요. 아직 진행 중인 거잖아요."

이나는 자신에겐 사랑을 말하지 않는 그를 원망하며 또 울었다. 과거의 사랑이 남아 있어, 자신이 들어갈 공간이 없을 거라 생각하니 비참했다. 그가 왜 사랑을 말해 줄 수 없었던 건지, 이제야 이유를 알 것 같아 서글퍼서 울었다.

우는 자신을 아프게 바라보는 승후를 위해서 그만해야 하는데 눈물이 멈춰지지가 않았다. 승후는 이나를 쓰라린 눈으로 보았다. 이나가 웃는 것을 좋아하는 것만큼, 우는 것이 무척 싫은 듯했다.

"날 믿어. 그게 아니야."

"그럼 왜 그렇게 지난 과거에 화를 내요?"

"잘 들어. 내가 화를 내는 건, 과거가 아닌 지금이야."

승후는 이나의 시선을 그에게로 고정시켰다.

"너에게 감춰 뒀던 내 과거의 아픔을 모두 보여 줬으니까. 난 너에게 보여 주지 말아야 할 모습을 보여 준 거야. 내 과거가 끌려 나와서, 이렇게 너를 울게 하고 있다는 것이 미칠 것같이 화가 나."

남자의 평온이 무너져 내렸다. 승후는 뜨겁고 거친 숨으로, 무언가가 절실해진 눈으로 말했다.

"강이나, 너 대체 내게 무슨 짓을 한 건데? 밤의 산속도 아닌 이런 도시에서 잠시 널 놓쳤을 뿐인데, 이곳으로 찾아오는 내내 널 잃어버릴까 봐 미칠 뻔했어. 네가 날 감당 못 하고, 나에게서 도망가 결국 너를 잃어버릴지도 모른다는 생각에 겁이 났어. 내가 또 누군가를 놓칠 수 있다는 생각만으로도 화가 나. 그게 두려워서 내가 이 모양인 거라고."

이나는 혼란스러웠다. 그가 무슨 말을 하는지 하나도 이해되지 않았다. 어제 잠을 한숨도 자지 못해 귀가 멍했다. 온몸의 힘이 다 빠져나가 서 있는 것조차 힘들었다. 모든 것에 한계가 찾아왔다.

승후가 이나를 보며 혼잣말처럼 중얼거렸다.

"다시 하지 않으려 했는데, 다시는. 그런데 이렇게 널."

그는 스스로 무언가를 깨달은 듯 긴 숨을 내쉬며 말했다.

"그간 내 감정에 오만했던 나에게, 누군가 벌을 주는 것처럼 아주 뜨겁다."

승후는 자신의 뜨거운 온도를 낮추지 못했다. 지금까지 이나를 움켜쥐고 놓지도 못했다.

"이나야, 난 널."

승후는 하려던 말을 멈추었다. 지하의 공간에 커다란 신호음이 울리기 시작했다. 다른 열차가 도착한다는 걸 알려 주는 불빛이 그들의 머리 위에서 깜빡였고, 그걸 알리는 소리는 점점 커졌다.

그 불빛과 소리는 하나가 지나가면 언젠가 또 다른 하나가 반드시 온다는, 세상의 이치를 알려 주고 있는 것 같았다. 놓쳐 버린 것은 어쩔 수가 없다는 것을. 시간이 지나면 새로 시작할 수도 있다는 것을. 삶은 잃고 얻는 일의 연속이라는 것을.

그렇게 살아가고 사랑하는 어떤 이치를.

사랑이었다. 시끄럽고 소란스러운 모든 것들이 사랑이었다. 승후는 혼란한 마음을 정리하고 또 정리해야 했다. 다시는 사랑이 없을 거라고 확신했던 스스로에게 속아서 답이 늦었다.

이상하게도 이나를 만난 후부터 평온했다. 이렇게 즐거웠던 적이 있기는 했나 싶을 정도로 행복했다.

웃음이 괜히 머무는 것이 아니었다. 어긋나기만 했던 몸과 마음이 이제야 완전히 일치했다. 승후는 사랑을 앞에 두고도 눈감았던 자신을 탓해야 했다. 자각하지 못하는 사이 깊어진 마음이었다. 이렇게 대책도 없이 사랑하게 되었다.

빈 곳 없이 꽉 찬 마음을 가진 것이 언제였던가. 처음의 사랑보다 온화했다. 치유 가능성 없었던 외로움의 통증도 완화되었다. 본연의 아픔이 마취된 듯 달콤했다.

지금껏 강이나에 대한 승률은 제로. 사랑하는 사람에 대한 승률은 좀처럼 따져지지도 않았다. 그러니 사랑이었다.

밤의 공항이었다. 홍콩의 공항에서 두 사람은 마주 섰다. 이나는 먼저 서울로 돌아가고, 승후는 상하이행 비행기를 탈 예정이었다. 앞으로 그곳에서 한 달간 머물러야 하니 조금 긴 이별이 시작될 것이다.

힘이 많이 빠진 목소리로 이나가 말했다.

"갈게요."

"그래, 잘 가."

승후는 사랑을 가슴에 담고만 있을 뿐 말로 꺼내지 못했다. 소중한 마음에 부정이라도 타서 날아가 버릴까 봐 말하지 않았다. 그가 사랑하는 것들은 그렇게 사라지기도 했다. 때마침 이별의 순간이라, 사랑한다는 말을 꺼내면 안 될 것 같았다. 그러다 진짜 이별이 될까 두려웠다. 섣불리 입 밖으로 내면 눈앞에서 상실될 것 같았다.

사랑한다는 인사를 하고 잠시의 헤어짐을 말했던 부모님은 지금껏 돌아오지 않고 있었다. 승후는 하고 싶은 말을 삭였다. 극적인 말은 극적인 상황을 끌어들일 것만 같았다. 떠나지 못하고 있는 이나에게 고장 난 녹음기처럼 한 번 더 말할 뿐이었다.

"어서 가."

어느 맑은 날, 너무도 평범한 날, 나쁜 기운은 하나도 없는 깨끗한 날, 사랑한다고 지나가는 말처럼 말해 줄 것이다. 특별하지 않은 보통의 마음인 것처럼 아주 무뚝뚝하게. 무심한 척 다른 곳을 바라보며, 아무래도 널 사랑하는 것 같다고.

"진짜 가요."

이나의 목소리에 아쉬움이 묻어났다. 낮에 너무 울어서 아직까지 눈이 부어 있었고 뒤돌아선 어깨는 힘이 빠져 축 처져 있었다.

이나가 앞을 향해 몇 발자국 걷다가, 뒤돌아 뛰어와서 승후의 목을 끌어안았다. 그러고는 아무 말이 없었다. 눈도 꼭 감은 채였다. 그저 승후를 끌어안은 팔에 자꾸만 힘을 줄 뿐이었다.

서로 아무 말도 없이 한참을 끌어안고 있었다. 그렇게 있으니 이나의 목소리가 들리는 듯했다. 분명히 그런 말을 마음속으로 속삭이고 있었다. 사랑한다고. 정말 사랑한다고.

"나도."

승후는 사랑한다는 말을 그렇게 했다. 나쁜 운명이 질투 못 하도록 슬쩍 비껴서. 한편으론 모든 생각이 드러나는 사람을 놀려 주고도 싶었다. 그 말을 들은 이나의 몸이 놀라 경직되었다. 갑자기 빠르게 뛰는 이나의 맥박이 승후의 몸에 느껴졌다.

"저기, 방금 뭐라고 했어요?"

"나도 그렇다고."

비밀을 잔뜩 숨긴 남자처럼 웃었다. 이나는 말의 의미에 대해서 물어볼 생각은 하지 못한 채 뭔가를 들킨 사람처럼 꼼짝도 못 했다. 당황한 것이 역력했다.

"위치 보고, 자주 해야 해요."

"걱정 마. 그럴게."

이나가 꼭 안고 있던 팔을 풀었다. 그러곤 눈도 마주치지 않고 도망치듯 뛰어가 버렸다.

한여름, 불볕더위였다. 이나와 링링이 점심을 먹고 회사로 들어오는데, 회사 로비에 직원들이 웅성거리며 모여 있었다. 그들은 중앙 로비에 있는 커다란 텔레비전에서 나오는 뉴스 중계를 보는 중이었다. 분위기가 심상치 않았다.

호기심에 이나와 링링도 그쪽으로 걸어가서 섰다.

"어, 대표님이네!"

링링이 화면을 가리키며 놀라서 말했다.

텔레비전에는 승후가 법원에 출석하는 모습이 나왔다. 화면에 비친 승후는 긴장하는 기색도 없이 담담했다. 수많은 조명과 카메라 불빛이 그를 향해 쏟아지고 있었다. 이나는 꼼짝도 못 하고 서서 화면 속의 남자를 보았다. 호흡도 잠시 멈춘 듯했다.

링링도 놀랐는지 옆에 서 있는 직원에게 물었다.

"대체 무슨 일이래요?"

"경쟁 업체로부터 형사, 민사 소송이 세 개나 걸렸나 봐요. 곧 국정 감사도 있는 것 같던데 골치 아픈 일들이 한꺼번에 터졌네요. 뉴스에 계속 보도되는 걸 보니, 시끄럽게 굴어 여론몰이 하려나 본데, 회사가 잘나가니까 위에서 길들이기 하는 것 같아요."

뉴스에선 국정 감사를 준비하고 있는 와중에, 경쟁 업체로부터 소송이 걸려 재판에 증인으로 출석하고 있는 고릴라닷컴의 민승후 대표에 대해 보도하고 있었다. 그를 존경받는 정보통신업계의 기업인이라고 소개하며 젊은 나이에 어떻게 고릴라닷컴의 대표직에 오를 수 있었는지 그의 경력에 대해 설명해 주었다.

젊은 대표가 회사를 경영했고 사업을 계속 성장시킨 후, 시장 점유율이 60% 이상 올라갔다는 내용이 보도되었다. 그런 그가 경영을 맡은 후 지금이 처음으로 맞은 최대 위기라는 내용을 끝으로 앞으로 어떻게 해결될지 주목되고 있다고 하며 다른 뉴스로 넘어갔다.

링링이 들고 있던 아이스커피를 마시며 말했다.

"와, 대표님, 화면발 잘 받으시네. 뉴스가 아니라 드라마인 줄 알았어."

"그러게요."

주변 직원들도 링링의 말에 맞장구를 쳤다.

"잘 마무리되겠죠, 뭐."

누군가의 말에 모두 동의를 하며 한 명씩 무리에서 떠나갔다.

사람들이 떠난 뒤에도 이나는 혼자 남아 텔레비전 앞에 멍하니 서 있었다. 곧 감사가 있을 예정이라는 것은 알았지만 재판까지 준비하고 있는지는 몰랐다. 그는 저런 일들에 대해 그 어떤 말도 해 준 적이 없었다. 그에게 특별하고 싶었는데 그렇지 못했다. 지금 이곳에 모였던 직원들과 별다를 것이 없는 사람처럼 느껴졌다.

사랑하는 남자에게 아무런 힘도 되지 못하는 사람이고, 사랑하는 남자에게 벌어지고 있는 중대한 일도 알지 못했다는 사실에 기운이 빠졌다. 그에게 어떤 도움도 줄 수 없는 사람이라는 사실을 깨닫는 것은 굉장히 서글퍼지는 일이었다.

진행 중인 첫사랑은 여전히 반짝거리고, 그로 인해 가슴은 이렇게 온난한데, 왜 자꾸 어딘가가 시큰거리는 건지 정말 모를 일이었다.

며칠 뒤, 여름휴가를 간 은경을 제외한 디자인 팀원들은 파라솔이 펼쳐진 테이블에 둘러앉았다. 점심시간의 카페는 잠시의 휴식을 위해 나온 회사원들로 북적였다.

그들은 디자인 팀의 새로운 프로젝트와 각자의 휴가 계획에 관해 이야기를 나누었다. 그러다 이야기는 어느새 긴박한 공기가 흐르는 회사 분위기와 승후에 관한 내용으로 흘러갔다.

"아직도 대표님이 검색어 순위 안에 있네."

링링이 자신의 핸드폰을 보며 말했다.

뉴스에 보도된 이후, 사람들은 고릴라닷컴 민승후에 대해 관심을 보이기 시작했다. 매번 사용하는 포털 사이트의 경영자가 젊고 잘생겼다는 사실이, 사람들의 호기심을 자극했다. 요즘 같은 세상에 자신

의 능력 하나로 그 자리까지 오른 민승후에게 대중은 상당히 호의적
이었다.

갑자기 화제를 전환하며 링링이 이나에게 물었다.

"이나 씨, 팬카페 가입했지? 카페 닉네임이 뭐야, 브로콜리 강?"

"무슨 팬카페?"

"이럴 줄 알았어. 전부터 느꼈지만 이나 씨는 대표님한테 너무 무
심하다니까. 대표님이 뉴스에 나온 뒤에 카페가 생겼어. 회원 수가
엄청난데 그걸 몰랐단 말이야?"

"난 몰랐어."

처음 듣는 말이었다. 승후에 관한 정보는 세상에서 자신이 제일
늦는 것 같았다.

"카페가 얼마나 활발한지 몰라. 어떤 회원들은 파파라치가 돼서,
대표님 사진을 카페에 찍어 올린다니까. 우리 회사 직원들도 대부분
팬카페 회원 같던데. 그리고 대표님 지인들도 가입해서 고급 정보들
을 올려 주고 있어. 매우 유익해. 대학 시절부터 인기가 많았다더니,
오랜 팬들도 다 가입한 것 같아. 종종 대표님 대학 시절 일화를 훔쳐
보는 재미도 크고. 떡잎부터 남달랐더라고. 이번 재판에서 무혐의 판
결이 날 때까지 회원들이 힘을 모으기로 했어. 곧 정모도 있을 예정
이야."

"아, 그랬구나."

팬카페가 생긴 건 고마운 일 같긴 했다. 그렇지만 연예인도 아닌
사람의 사생활이 밝혀지는 것이 왠지 불안했다.

"회사와 연관된 일인데 관심 좀 주지 그래? 우린 대표님이랑 여행
도 간 사이잖아. 대표님의 흑장미였던 이나 씨도 가입해. 브로콜리
강인 걸 숨기고 싶다면, 카페 닉네임을 흑장미로 해도 좋고. 회원 수
를 늘려 힘을 키워야 한다고."

딜런도 동의하듯 고개를 끄덕이며 말했다.

"지금 가입하면 등급을 바로 올려 줄게."

이나의 눈이 놀라 커졌다.

"혹시, 카페 회원이세요?"

"난 그 카페 스태프인데."

딜런이 당당하게 말했다. 이나가 고개를 돌려 딜런의 옆에 앉아 있는 동주에게 눈으로 묻자 동주도 털어놨다.

"물론이죠. 제 닉네임은 후사랑. 제일 높은 등급의 회원이에요."

"정말? 왜요?"

이나가 두 사람을 번갈아 보며 다시 물었다. 한가하게 팬카페에 가입할 남자들로 보이지 않았다.

"왜냐고? 간단해. 우린 대표님의 팬이니까."

딜런이 대답하며 엄지를 들어 보였다. 동주가 자신도 그렇다는 듯 고개를 끄덕였다.

회사와 가까운 고궁 안의 연못가에서 승후를 만났다. 하늘을 몇 번이나 올려다볼 정도로 구름이 멋진 날이었다.

[오늘, 점심 같이 먹을까?]

점심시간이 되기 전, 승후에게서 문자가 왔었다. 그는 헌책방 데이트에 이어, 고궁에서의 데이트를 말했던 것을 기억했다.

마주 선 승후가 여름의 숲처럼 파릇하게 웃었다. 돌아가는 세상의 일과 다르게, 그는 건강하고 환해 보였다. 이나는 안심한 얼굴로 승후를 따라 웃었다. 얼마나 보고 싶었는지 조금만 들키길 바라며.

"우리 얼마 만인 거지?"

한 달 가까이 그를 만나지 못했다. 홍콩에서 헤어진 이후, 그는 그동안 상하이에서 위치 보고만 전해 주었다.

"이렇게 한여름이 되어 버릴 만큼요."

"너를 너무 오래 혼자 두어서, 누가 넘보지 않을까 걱정될 만큼이기도 했고."

"별걱정을 다 하는 남자네요."

"연애하기엔 시간이 모자라, 늘 애가 타야 하는 남자이기도 해."

애가 탄다는 남자의 목소리는 여유롭고 느긋했다.

우거진 나무는 초록의 잎으로 풍성했고 한갓진 그늘을 만들어 냈다. 둘은 한적한 곳의 벤치에 나란히 앉았다. 낮은 산바람이 지나가는 자리라 한낮인데도 시원했다. 점심을 직접 준비할 거라던 승후의 손에는 샌드위치와 아이스커피가 들려 있었다.

"괜찮아요?"

이나가 조심스럽게 물었다.

"의도치 않게 얼굴이 알려져 불편할 뿐이야. 시간이 지나면 잠잠해지겠지."

뉴스에 보도되어 시끄러워진 이후, 처음 만난 자리이기도 했다.

"전부터 예견된 일들이었어. 몇 달 전부터 재판도 계속 있었고. 뉴스에 나오지 않고 조용히 넘어가도 될 사안이었는데 왜 이제야 시끄럽게 구는 건지 모르겠지만 말이야. 내가 해결해야 할 여러 가지 일 중 하나였고, 전부터 차근히 준비해 오던 일이야. 충분히 해결할 수 있는 문제들이니까 걱정하지 마."

승후가 의지할 수 있는 사람이 되고 싶었다. 힘든 속마음을 털어놓을 수 있는 사람도 되고 싶었다. 하지만 그는 혼자 감당하기로 한 것 같았다.

이나는 이해하는 척 고개를 끄덕였다.

"그랬구나."

"늘 씩씩하더니 힘이 빠졌네."

"조금이요."

그에게 힘이 되어 주지 못하니까 말이다.

승후가 조금이라도 기대어 주었다면 이런 쓸쓸한 기분은 아니었을 것 같다. 그에게 부족한 사람인 건 맞을 테지만, 이 일로 그걸 증명하고 있는 것 같아 기운이 빠졌다.

"알다시피 출장이 길었고 돌아오자마자 해결해야 할 일도 많았어. 어젯밤, 집으로 가는 길에 널 훔쳐 가고 싶었거든. 하지만 네겐 여전히 통금이 존재하고 있고, 여름의 옥상은 더 위험해졌던데. 그 일이 뉴스에 보도될 줄은 나도 몰랐어. 네가 놀랐을까 봐 걱정했어. 그래서 이렇게 불러낸 거야. 별일 아니니까 놀라지 말라고 말해 주려고."

승후를 위로해 주고 싶었는데 오히려 그가 이나를 위로했다. 이나는 괜한 농담처럼 말했다.

"밤 12시를 피한 오후의 만남이네요."

"그런 거지."

"여기도 별로 안전하진 않아요. 우리 회사 사람들이 점심시간에 여길 많이 오던데."

연못의 주변에 삼삼오오 모여 이야기를 나누는 직장인들이 보였다. 승후가 주변을 둘러보며 말했다.

"같은 회사 사람들끼리 샌드위치 먹고 있는 것으로 보이지 않을까? 다들 그렇게 먹고 있는데."

"디자인 팀 신입 사원이, 회사 대표와 단둘이 고궁의 벤치에 앉아서 샌드위치를 먹고 있는 걸 보면, 누구라도 이상하게 생각할 거예요."

이 연애를 조심스러워했던 남자는 사라진 것 같았다. 승후가 시계를 보며 흘러가는 시간이 아쉬운 듯 말했다.

"오후에 회사로 들어갈 거야. 내 방으로 널 호출하면 거기로 올래? 그렇게라도 더 보고 싶은데. 난 또 한 번, 공과 사를 구별 못 하는 남자가 될 테니."

"그것도 안 돼요."

"왜?"

"회사 사람들 눈에 들어갈 거예요. 팬카페에 사진을 올리는 파파라치들이 회사 내에 많다던데요."

"아, 그 팬카페."

승후가 무심한 투로 그렇게 말했다. 그도 자신의 팬카페에 대해 알고 있는 것 같았다

"이 비밀 연애로 인해 무척 단순한 남자가 되어, 천지를 분간 못 하고 욕심만 부리네."

그는 어딘가 달라진 것 같았다. 홍콩의 지하철에서 무섭게 화를 내던 남자는 그때 이후로 변했다. 전보다 편안하고 따뜻하게 일정한 온도를 유지했다. 마치 온도 조절을 마친 것처럼 굴었다. 몸을 원하며 들떴던 사춘기 소년 같던 모습도 사라졌다. 뭔가 설명할 수 없이 따뜻해졌다.

갑자기 무언가 즐거운 것을 떠올린 듯, 이나의 눈이 반짝였다.

"사람들의 눈을 피한 비밀이 다 나쁜 것만은 아니에요. 둘만 아는 어떤 것들이 은밀하고 재미있을 때도 있거든요."

"그런 게 뭐가 있는데?"

"전 어려서부터 엄마한테 혼나기도 잘했어요. 엄마는 자기랑 너무 닮은 둘째 딸이, 자신의 결점을 그대로 보여 주는 걸 정말 싫어하셨거든요. 그래서 별것도 아닌 일로 서로 얼굴을 붉히곤 했죠. 그런 제가 안타까웠던 아빠는 절 많이 감싸 주셨어요. 대놓고 딸을 감싸면

엄마한테 잔소리를 들으니까, 우린 둘만의 비밀 언어를 만들었어요.
야구의 수신호처럼 말이죠.”

“아빠와 딸의 비밀 수신호라니. 네 얘기는 언제나 즐거워.”

승후는 벌써부터 웃고 있었다. 그의 웃음이 초록의 숲보다 파랗고
신선했다. 그를 저렇게 웃게 만드는 사람이 자신이라는 것이 좋았다.

이나는 들고 있던 아이스커피와 샌드위치를 벤치 위에 내려놓았
다. 수신호가 어떤 건지 직접 보여 줄 생각이었다.

“예를 들어 볼게요. 가슴을 한 번 두드리고 코를 만지면, 맛있는
거 먹으러 가자.”

이나는 가슴을 한 번 두드리고 코를 만졌다. 그 모습을 본 승후가
환하게 웃었다.

“눈을 두 번 깜빡이고 머리를 긁다가 오른쪽 귀를 만지면, 용돈이
떨어졌으니 용돈을 주세요. 코를 두 번 만지고 혀를 내밀면, 엄마가
기분이 좋다. 양쪽 귀를 만지고 머리를 긁으면, 완전 최고야, 라는 뜻
이에요. 그리고 손바닥을 접었다 폈다 여러 번 하면, 엄마가 화났다,
비상사태니 숨어라. 우리는 엄마의 화를 잘 돋우는 사람들이었거든
요.”

“두 부녀의 모습이 상상이 간다.”

승후는 차분해진 눈길로 이나를 찬찬히 바라보았다. 입가엔 미소
가 머물러 있었다.

“마지막으로 심장이 있는 가슴을 두 번 치고, 가슴에 원을 세 번
그리면.”

이나는 갑자기 말을 멈추었다. 그리고 곧 곤란한 표정이 되어 버
렸다. 마지막 하나를 괜히 꺼냈나 싶었다. 이나의 수신호를 지켜보며
나지막이 웃던 승후가 답을 기다렸다.

“그러면 뭔데?”

“그러면.”

숨도 멈춘 채 한동안 남자의 눈만 꼼짝없이 바라보았다.

이나가 말을 못 하자, 승후가 가슴을 두 번 치고 가슴에 원을 세 번 그렸다.

“이건 뭘까?”

그의 재촉에 이나는 그제야 숨을 들이마시고, 작은 목소리로 털어 놓았다.

“사랑한다고.”

그 말에 승후의 움직임이 그대로 멈추었다. 환하던 미소도 사라졌다. 어쩌면 숨도 쉬지 않는 것 같았다. 그의 표정이 설명할 수도 없이 복잡했다. 진짜로 사랑한다는 말을 들은 남자처럼 그랬다. 처음에 사랑을 말했을 때, 냉정한 표정이었던 것과는 많이 달랐다.

시간이 흘러 침묵이 어색해진 이나가 말했다.

“그건 사랑한다는 수신호예요.”

승후를 안심시켜 주어야 했다. 아무래도 그는 여전히 사랑에 무리가 있는 남자인 듯했다.

조금 더 시간이 지나서야 그는 한결 진정된 표정으로 이나를 안아 주었다. 귀찮기만 한 방어막을 잠시 걷어 버리기로 한 것 같았다.

“고마워.”

승후가 낮게 속삭였다. 사랑한다는 말이 듣고 싶었는데 고맙다는 말을 들었다.

“뭐가요?”

“고맙다는 마음을 갖게 해 줘서.”

그 말도 마음에 들었다.

“나도 고마워요.”

“넌, 뭐가?”

"고맙다는 그 말이."

승후가 이나의 이마에 살며시 입을 맞추었다. 해가 환하고, 사람들이 이야기를 나누고, 새들이 총총대며 먹이를 찾고, 매미 소리로 시끄러운 이곳에서.

승후의 가벼운 입맞춤에서 소중한 마음이 고스란히 느껴졌다. 그는 다시 여름처럼 웃었다.

그 미소에 홀린 이나는 순간, 그에게 진짜 사랑하고 있다고 말해 주려고 했다. 하지만 지금은 참기로 했다. 아까 사랑이라는 말에 승후가 너무 놀란 표정이어서, 시간을 조금 더 줘야 할 것만 같았다.

자신의 사랑에 대한 그의 답이 뭐든 상관없었다. 이 마음만 솔직하게 전달하면 된다. 그가 이 마음을 받아 줄 수 없다 해도 괜찮았다. 어차피 그를 사랑하는 것은 틀림없는 사실이고, 그의 마음이 어찌 됐든 여전히 사랑할 테니까.

이번엔 한 번 봐주지만 다음번엔 꼭 사랑한다고 말할 것이다. 아빠와의 수신호보다 더 멋진 수신호를 만들어 이 남자에게 알려 주며.

이나가 퇴근 준비를 하는데 링링에게서 문자가 왔다.

[카페에 홍콩에서 찍힌 대표님 사진이 올라왔어. 미모의 여인과 함께 말이야.]

홍콩에서의 기억들이 순식간에 지나갔다. 미모의 여인이라는 말과 수연의 마지막 모습이 겹쳐졌다.

[심상치 않으니까 빨리 봐.]

링링이 문자와 함께 카페 게시물로 링크를 걸어 주었다. 이나는 떨리는 몸을 가다듬고 주소를 클릭했다. 생긴 지 얼마 되지 않은 인터넷 카페였는데 링링의 말처럼 회원 수가 많았다.

어느 정도 시간이 지난 후에야 숨을 가다듬고, 겨우 글을 읽을 수 있었다. 게시물의 맨 위엔 사진이 몇 장 있었다. 연회색 셔츠를 입은 승후와 흰색 원피스를 입은 수연이 호텔 밖에서 같이 서 있는 사진이었다.

옷차림을 보니 수연이 호텔로 찾아왔던 밤이었다. 그날 승후는 이나를 방에 혼자 두고 수연에게 내려갔었다.

밤인 데다 멀리서 찍었는지 사진이 선명하지 않고 초점이 흔들렸다. 하지만 남자는 승후가 분명했고, 수연의 아름다운 모습도 가려지지 않았다. 온몸의 힘이 빠져나가는 듯해 쥐고 있던 핸드폰을 떨어뜨릴 뻔했다.

이나는 사진에서 눈을 떼고 같이 올라온 글을 읽었다. 글의 작성자는 자신이 전부터 고릴라닷컴 민승후에 관해 관심이 있던 사람이라고 밝혔다. 고릴라닷컴에 입사하는 것이 목표라고도 했다.

글쓴이는 홍콩으로 자유 여행을 갔다가 침사추이의 최고급 호텔 앞에서 민승후를 보았으며 반가운 마음에 같이 사진을 찍고 싶었으나, 두 사람의 분위기가 심상치 않아 멀리서 찍은 것으로 만족했다고 전했다.

게시물에는 수없이 많은 댓글이 달렸다. 사람들은 둘의 관계에 대해 궁금해했다. 카페 회원들은 온갖 상상력을 발휘해서 몇 장의 사진을 추측하는 중이었다.

게시물에 달린 여러 개의 댓글 중 눈에 띄는 댓글이 있었다. 자신이 그들의 대학 후배라고 밝힌 사람이 남긴 글이었다.

두 사람은 그 당시 학교에서도 유명했으며, 여자는 자산가이자 정치인인 누구의 딸로, 여자의 집안에서는 가난한 고학생인 민승후를 인정하지 않았다고 했다. 결국 여자는 집안에서 정해 준, 이름만 대도 알 만한 집안의 남자와 결혼했으나, 얼마 되지 않아 이혼했다고 했다. 사진을 보니 둘이 다시 만나는 게 아닐까 하며 그들의 행복을 바란다고 덧붙였다.

그 댓글엔 계속해서 리플이 달렸다. 모두 안타까운 사랑의 주인공이었던 두 사람의 행복을 빌어 주었다.

이나는 여러 가지 감정들이 뒤섞인 상태로 인터넷 창을 닫았다.

홍콩의 지하철에서 서럽게 울고 난 후, 수연에 관한 이야기는 금기어라도 되는 양 서로 입에 담지 않았다. 이나 또한 애써 떠올리지 않았었다.

하지만 지금 이 순간 다시 수연의 말들이 머릿속에 떠다녔다. 자신과 승후의 사이에 끼어들지 말아 달라는 아팠던 말들. 강이나라는 사람은 그에게 잠시 스쳐 지나가는 예쁜 존재일 뿐이라는 말들. 강이나를 향한 민승후의 마음은 절대 사랑이 아니라는 쓰라린 확인들.

때마침 핸드폰이 진동했다. 링링에게서 온 전화였다. 답 문자가 없어 답답했던 모양이었다.

—봤어? 대박이지?

링링이 잔뜩 흥분한 목소리로 말했다. 그러곤 곧바로 팬카페에서 알아낸 정보에 대해 빠르게 쏟아 냈다.

— 유명한 사람의 딸이래. 실제로 보면 여신처럼 예쁘대. 나이를 초월한 것처럼 젊대. 집안의 반대가 심해 헤어졌대. 결혼한 거나 다름없었다네. 자신의 아내라고 생각했던 여자가 다른 사람과 결혼한다는 게 상상이 가? 얼마나 아팠을까? 난 생각만으로도 마음이 찢어진다고.

결혼한 거나 다름없었다는 말에, 몸의 어딘가가 칼로 그어진 것처럼 서늘하게 아팠다. 이나는 아파서 떨리는 숨을 숨겨야 했다.

"그랬구나."

— 지금이라도 두 사람이 잘됐으면 좋겠어. 그때 산에 갔을 때, 이나 씨가 대표님께 사랑에 실패한 남자의 감정에 관해 물었던 거 기억나? 그 질문을 받았을 때 대표님의 쓸쓸했던 표정이 아직도 생각나. 이제라도 대표님이 사랑을 찾고 행복했으면 좋겠어. 이나 씨는 어때?

그가 정말 행복하길 바랐다. 그 단순한 진심이 여러 갈래로 찢겨 나가는 것만 같았다. 조각난 마음을 부여잡고 대답했다.

"나도 정말 그래."

회사에서 작업을 하고 있는데, 고릴라닷컴의 부대표로부터 그의 사무실로 올라오라는 호출을 받았다. 이나는 몹시 긴장한 채로 부대표 앞에 섰다.

부대표는 승후보다 나이가 열 살 많았고, 그와는 대학 선후배 사이이자 고릴라닷컴의 공동 창업자였다. 또한 승후와 함께 회사의 최대 주주이기도 했다.

"우리, 서로 얼굴은 알고 있는 사이죠?"

"네."

"강이나 씨, 일을 열심히 잘한다고 평판이 좋던데요. 오 팀장한테 들었어요."

부대표는 분위기가 무척 깔끔한 사람으로 성격도 활달하고 시원해 보였다. 목소리엔 힘이 넘쳤고 시선에도 자신감이 넘쳤다. 조용하게 강한 편인 승후와는 분위기가 사뭇 달랐다.

부대표 앞에서 이나는 잔뜩 긴장해야 했다. 자신이 왜 여기 불려 왔는지 도통 이해가 되지 않았다.

“이번 디자인 팀이 실력도 좋고 일 처리도 확실하다고 칭찬이 자자해요. 젊고 감각이 있는 인재들이라고요.”

“감사합니다.”

칭찬과 감사 인사가 오갔지만 그들은 여전히 거리를 두고 마주 서 있었다.

부대표가 이나를 살폈다. 어느 정도 관찰이 끝났는지 그가 다짜고짜 물었다.

“민승후 대표가 강이나 씨랑 사귄다면서요?”

무척 솔직하고 직선적인 사람이었다. 그렇게 묻는 그의 시선도 솔직했다. 이나는 그의 호기심 어린 시선을 고스란히 받아 내야 했다.

“아, 네.”

어떤 경로로 알게 됐는지는 모르겠지만, 알고 묻는 질문 같아서 짧게 대답했다. 부대표는 대답을 들으면서 신기한 일이라도 생긴 듯 이나를 다시 한번 더 살폈다.

승후와 모든 면에서 어울리지 않는다는 사실은 알고 있었다. 그럼에도 다른 사람에게 둘의 관계를 평가받는 상황에 놓이자 스스로가 초라하게 느껴졌다. 여신과 다름없다던 수연이라는 사람과 사랑을 했던 남자를 사귀고 있어 더 그랬는지도 모른다. 오늘따라 입고 있는 옷마저도 볼품없었다.

“사실이었군요. 이런 걸 묻는 게 실례겠지만, 언제부터죠?”

“올해 봄부터요.”

간단명료한 질문에 솔직한 대답밖에 할 말이 없었다. 잘못한 것도 없는데 혼나는 기분이 들었다. 승후가 자신에게 방어막을 쳐 준 것이 이제야 이해가 되었다. 그와의 연애는 시간이 흘러도 지금처럼 당당할 수 없을지도 모른다는 생각이 들었다.

“승후가 연애할 시간과 여유가 없었을 텐데. 해외 사업 확장으로 출장이 많아서, 1년 중 반만 서울에서 살았는데 말이죠. 하긴 그런 건 시간의 유무와는 상관없는 일이긴 하죠. 강이나 씨를 여기로 부른 걸 승후가 알면, 아마 날 죽이려고 들겠죠.”

그는 웃기지도 않은 일에 괜히 허허하고 웃어 보였다. 하지만 그의 말속엔 뼈가 있었다. 부대표는 승후의 이름을 스스럼없이 말했다. 그와의 오래된 관계를 이나에게 보여 주려는 듯했다.

그는 뜸을 들이다가 말을 이어 갔다.

“실은 어제 이수연을 만났어요. 내가 그 두 사람의 한참 선배고, 둘을 안 지 꽤 오래되었죠. 승후가 홍콩에 갈 거라고 정보를 준 것도 나고.”

예상 못 한, 수연의 이름이 그의 입을 통해 나왔다. 승후와 자신 사이에는 너무 많은 인연이 겹쳐 있다고 했던 수연의 말이 떠올랐다.

“내가 승후를 참 좋아해요. 우린 오래전부터 신뢰하는 사이죠. 인간적으로도 사업적으로도 멋진 친구니까. 그런 승후를 믿고 일도 같이 시작했고, 대표직을 맡길 정도로 능력을 인정하고 있어요.”

부대표는 어떤 방어를 하는 듯 팔짱을 꼈고 이나와 일정한 거리를 유지했다. 이 상황이 말하는 그에게도 부담스러운 것 같았다.

“승후는 일에 대한 욕심이 많고, 하고 싶은 일도 많은 사람이에요. 몇 년 전, 승후가 고릴라닷컴의 대표로 거론되었을 때 나이 때문에 대표직을 맡을 수 있을까 우려하는 사람들이 많았는데, 내가 승후를 대표직에 밀어붙였죠. 그 덕에 회사는 이렇게 성장했고 사업은 여러 분야로 확장됐어요. 이번에 우리 회사가 감사에 들어가고, 지금 경쟁 업체와의 소송으로 인해 재판 중인 건 알고 있죠?”

“네, 알고 있습니다.”

“복잡하고 어려운 상황이에요.”

이나는 긴장감에 숨을 들이 삼켰다. 승후는 이 상황에 대해 대수

롭지 않은 것처럼 얘기해 주었다. 해결할 수 있는 상황이라고 해서 안심했었다. 하지만 아니었나 보다. 그는 걱정밖에 할 것이 없는 사람을 위해 별일 아닌 것처럼 둘러댄 것이다. 그래서 이 자리가 더욱 비참했다.

몹시 혼란한 눈으로 부대표를 보았다.

"물론 우리한테 큰 잘못은 없어요. 그런 소송이나 감사는 사업하다 보면 늘 있는 일이죠. 뭐든 잘나갈수록 큰 압박이 들어오는 법이니까요. 꽤 오랜 시간 동안 진행되었던 재판이었어요. 지금이 막바지죠. 그런데 왜 이제서야 언론에서 이렇게 이슈로 만들고 크게 떠드는 걸까요? 회사가 걷잡을 수 없이 커지기 전에 알아서 모시라고 길들이기 하는 측면도 있죠. 작정하고 털면 먼지 안 나오는 기업은 없고, 사건은 만들면 만들어지는 거니까요. 그래서 무척 불리해요. 저 위로부터 우리가 표적이 됐거나 괘씸죄에 걸린 겁니다."

부대표가 손가락으로 저 위의 어딘가를 가리켰다. 생각지도 못한 얘기에 이나는 당황스러운 눈으로 그를 보았다.

"일이 생각한 것처럼 그렇게 간단하지 않아요. 이나 씨가 모르는 여러 가지가 얽혀 있어요. 정치, 경제, 법조차 아무리 공정하려 해도 결국 사람의 감정이 개입되죠. 세상일은 사람이 하는 거니까요. 특히 대중을 직접 접하는 우리 같은 사업은, 정치인들이 손안에 넣고 주무르기를 좋아해요. 그리고 요즘 점점 압박하는 손을 조이고 있어요."

부대표의 얼굴이 조금 더 심각해졌다.

"지금 정치 실세가 수연이 부친이에요. 그 영감님은 원래부터 자기 딸 인생을 꼬이게 했다고, 승후를 탐탁지 않게 여겼죠. 무남독녀 외동딸이 승후한테 미쳐서 인생을 망쳤다고 생각하는 분이니까요. 몇 년 전에 승후가 대표직 맡을 때도 이사회에 반대 입김을 넣었던 거로 알아요. 아주 끈질기고 집요하신 양반이더라고. 그랬던 그 영감님이 지금 대단한 실세가 되었다는 게 큰 문제예요. 앞으로 몇 년간은 크게 힘들어질 수도 있어요. 그 영감님 힘 빠지려면 한참 기다려야 하겠던데.”

부대표가 헛웃음을 웃었다. 하지만 그의 표정은 심각했다.

이나에게는 그의 말들이 너무 어려웠다. 다른 세상에 사는 사람들 이야기 같았다. 승후 역시 아주 먼 곳에 사는 사람처럼 느껴졌다.

“이번 감사와 재판이 끝나면, 다시 이사회를 열어 승후의 대표직 유지 여부에 대해 회의를 할 겁니다. 지금 소송 중인 재판의 판결이 이상하게 나면, 상황이 승후에게 굉장히 불리하게 돌아가요. 그런 일이 없도록 이쪽에서도 미리 손을 봐 놔야 해요.”

그는 목소리를 한 톤 낮추고 빠르게 말했다.

“승후는 이 회사에 있는 것도 아까울 만큼 많은 능력이 있고, 이걸 발판으로 더 크게 될 수도 있는 사람이에요. 여기서 주저앉게 하고 싶지는 않아요. 지금 나는 승후를, 우리 회사를 정말 아끼는 뜻에서 말하는 겁니다. 대표직에서 물러난다 해도 돈은 벌 만큼 벌어 놨고 회사 지분도 상당하니까 생계에 대한 걱정은 안 해도 돼요. 하지만 사람은 어떻게 사느냐가 중요하죠. 이대로 물러나기엔 승후는 아직 너무 젊어요.”

부대표는 팔의 위치를 바꾸어 팔짱을 다시 꼈다. 그의 어깨가 아까와는 반대 방향으로 비스듬히 기울었다.

“승후가 수연이 애기를 아예 안 하니까 자세한 상황을 몰랐었죠. 어제 만나 보니 수연이는 여전히 승후만 바라보고 있던데요. 지금껏 승후의 마음을 돌리기 위해 애써 왔다고 하더라고요. 내가 이러는 건 수연이의 부탁이기도 하지만, 내 생각도 다르지 않기 때문이에요. 그 영감님도 이혼까지 한 자기 딸 받아 준다는 승후를 더는 어쩌겠어요? 어디에 내놔도 알아줄 만큼 커 버렸으니 이제 반대할 구실이 없고. 내심, 승후를 욕심부리고 있는 건지도 모르죠. 탐날 만도 하죠. 그때와는 다른 승후니까. 그래서 일부러 압박을 넣는 것일 수도 있고."

부대표의 말에 이나의 얼굴이 창백해졌다.

"이 모든 갈등을 해소하는 데, 우리에겐 수연이만큼 좋은 패가 없죠. 둘이 잘되면 오히려 승후에게는 전화위복이 될 겁니다. 늘 어려운 길을 택했던 승후가 이번엔 쉽고 편한 길을 선택하길 원해요. 난 승후가 어떻게 살아왔는지 봐 왔으니 말이죠. 이러는 것도 친형 같은 마음이 커요."

잠시 온화했던 그의 눈이 어떤 경고를 보내듯 서늘해졌다.

"두 사람의 관계는 이렇게 복잡하게 얽혀 있어요. 끊어 내기 힘든 대신 다시 이어지기는 쉽죠. 하지만 새로운 몇 달간의 인연은 정리하기도 수월하잖아요. 나도 이런 사람이 되긴 싫어요. 강이나 씨에겐 악당 같잖아요. 그래도 난 순전히 승후를 위하는 관점에서, 객관적인 사실을 말하는 겁니다. 나도 승후를 정말 좋아하는 사람 중 하나니까요. 내가 하는 말 잘 생각해 봐요. 물론 선택은 강이나 씨 몫이겠지만."

부대표와 승후는 긴 시간 동안 알고 지내 온 사이였다. 몇 달간 연애한 사이와는 상대도 안 될 만큼 깊은 마음일 것이다.

이나는 인사도 잊은 채로 사무실 밖으로 나왔다. 홍콩의 지하철에서 겪었던 것처럼, 머릿속이 하얘지고 숨이 막히는 듯한 느낌이 찾아왔다. 복도에 서서 한동안 움직일 수가 없었다. 자신이 이해할 수 없는 복잡하고 어려운 어른들 세계의 이야기였다. 강이나라는 사람은 민승후를 상대하기에 어리고 부족했다. 그의 연인이 되기엔 너무도 작고 볼품없었다.

'내가 너무 큰 욕심을 부렸던 건지도 몰라. 나에게 넘치는 사람이 분명한데.'

지나가길 바랐던 승후였고 머물다 가길 졸랐던 자신이었다. 바람처럼 지나갔으면, 그도 훨씬 수월하게 일을 풀어 나갔을 것이다. 이어지면 안 되는 인연을 엮은 바람에 벌을 받는 것 같았다. 그의 인생에 걸림돌이 되어 버릴 것만 같았다.

모든 걸 원래대로 돌려놔야 할 수도 있다는 생각이 들었다. 세상은 모두 수연의 편이었고, 그렇게 많은 세상 사람들이 다 틀릴 리가 없을 테니까.

이 세상에 혼자인 기분이 들었다. 정답이 아닌 건, 강이나라는 생각이 머릿속을 자꾸만 파고들었다.

아침부터 해가 쨍쨍한 토요일의 이른 아침이었다.

"한민아, 아빠 보러 같이 갈래?"

혼자 가기엔 무리가 있는 이나가 물었다.

학교 도서관에 가려던 한민이 이나를 골몰히 보았다.

"아빠가 보고 싶어?"

"아주 많이."

"왜 갑자기?"

"나도 내 편이 필요하니까."

세상의 모든 사람들이 다 자신의 편이 아닌 것 같았다. 아빠가 당장 보고 싶었고 필요했다.

한민이 조금 생각하다가 답했다.

"좋아, 오랜만에 아빠한테 가 보자."

고속도로 휴게소에서 호두과자를 사 들고 버스에 다시 탔다. 청주행 고속버스에는 의외로 사람이 많지 않았다. 둘은 버스의 뒤쪽에 나란히 앉았다.

창밖을 보던 한민이 무심한 표정으로 물었다.

"그나저나, 연주는 잘 있대?"

"연주한테 네가 직접 물어봐."

"네가 보기엔 어떠냐고."

"요즘 네 얘기를 잘 안 하더라. 둘이 친하게 지냈으면서 왜 그래?"

"너랑 연락하면 됐지. 너희 둘은 여전히 전화로 소곤대더라. 아직도 뭔 비밀 얘기가 그렇게 많은지."

이나와 한민은 같은 해에 태어나서 같이 학교에 들어갔다. 심지어는 같은 반이었던 적도 몇 번 있었다. 그 덕에 동창도 같았다. 누나의 절친한 친구가, 남동생의 절친한 친구인 이유였다. 그중 한 명이 연주였다. 유학 중인 연주는 두 남매와 무척 친했다. 셋이 만나면 어렸을 때 이야기를 많이 했다.

잘생기고 공부도 잘했던 한민은 학창 시절 내내 여자아이들에게 인기가 많았다. 한민을 좋아하던 여자아이들은 편지와 선물을 직접 전할 용기가 없어, 만만한 이나에게 전해 달라고 부탁을 했었다. 연주도 처음엔 그중 한 명이었지만 일찍부터 한민에게 차였다. 이나가 연주와 늘 붙어 다니다 보니, 어느새 한민과 연주도 친한 친구가 되었지만 말이다.

"우리 쌍둥이로 오해도 많이 받았었지? 연주도 우리가 쌍둥이인 줄 알았대."

"설마, 못난이랑 나랑 쌍둥이? 다들 이란성 쌍둥이로 알았겠지. 내가 오빠인 줄로 알았고."

한민은 어림도 없다는 표정이 되었다. 그건 그랬다. 두 남매는 쌍둥이라고 하기엔 매우 달랐다. 생김새를 떠나서 덩치부터도 차이가 났다. 이나가 동생처럼 보인 건 한민보다 작다는 이유도 있었지만 이름 때문이기도 했다. 한민과 이나라는 이름은, 첫 번째와 두 번째를 뜻하는 것처럼 들리기도 했으니까.

"남자애들이 널 괴롭히면, 내가 그 애들한테 복수한다고 혼내 주러 다녔잖아. 널 울렸다 하면 그날 그 앤 죽는 거였지."

"그랬었지. 동네에서 날 제일 못살게 굴던 애가 강한민이었다는 게 함정이었고."

어려서부터 치고받고 싸우던 사이였지만 한민은 오빠처럼 보듬어 주기도 잘했다. 아침마다 등교도 같이했다. 초등학교 1학년 때부터 한민만 따라다녀서, 혼자 길을 찾는 법을 배우지 못했는지도 모른다. 그 덕에 길치가 되었을 가능성이 컸다.

"어느 날, 언니와 오빠들이 괴롭힌다고 해서 따라가 보니, 자기보다도 한참 작은 애들한테 자전거를 뺏겼더라고. 내가 어린 나이에도 어찌나 어이가 없던지."

한민이 놀리듯 웃었고 이나도 따라서 웃었다. 생각해 보면 어렸을 때부터 어설펐고 또래보다 늦되었다. 늦되는 걸 극복하지 못해서 첫사랑도 늦고, 연애 또한 이렇게 힘들게 돌아가는 건지도 몰랐다.

한민이 뭔가를 알고 있는 것 같은 말투로 말했다.

"지금도 못살게 구는 사람 있으면 나한테 말해. 내가 바로 해결해 줄게."

"없어, 그런 거."

"지금 뭔가 있잖아."

"또 까불지? 나에 대해 다 안다고 생각하지 마."

말은 그렇게 했지만 뭔가 들통난 것처럼 당황했다. 한민은 어려서부터 눈치가 빨랐고, 늘 이나의 기분을 감시했다.

한민이 쓰고 있던 모자를 깊이 눌러쓰며 눈을 감은 채 중얼댔다.

"밤새 울어 부어터진 얼굴로, 토요일 아침부터 아빠를 보러 가자고 하면 뻔하지."

이나는 손가락으로 몰래 눈물을 닦으며 말을 돌렸다.

"누나 잔다. 도착하면 깨워."

정말 잠이 들어 갈 즈음 한민이 깨웠다. 한민은 자신의 어깨에 기댄 이나의 머리를 손가락으로 밀어 내며 말했다.

"강이나, 다 왔어. 일어나."

두 남매의 아빠인 철수는 야구부 학생들과 운동장에서 연습 중이었다. 야구부원들은 이나와 한민이 사 온 봉지 가득한 아이스크림을 환호하며 받아 갔다.

남은 세 사람은 그늘진 벤치 앞에 마주 섰다. 운동장의 나뭇잎들이 그림자가 되어 그들을 태양으로부터 가려 주었다.

"날도 더운데 여기까지 오느라 힘들었지?"

철수는 말은 그렇게 했지만 기분 좋은 웃음을 감출 줄 몰랐다. 뿌듯한 얼굴이 되어 남매를 보았다.

"누나가 아빠가 보고 싶다고 해서요."

한민이 이나를 누나라고 부를 때는, 오직 철수 앞에서뿐이었다.

"역시, 우리 이나가 아빠 편이지."

철수는 감격한 얼굴이 되어 딸에게 악수를 청했다. 두 사람은 손을 잡고 한참 동안 흔들었다. 악수를 하는 동안 철수는 장난스러운 얼굴을 만들어 이나를 피식 웃게 했다. 아빠의 마음이 손으로 전해져 이나의 가슴 안쪽까지 따스해졌다. 그런 확인을 하고 싶어 이곳에 왔는지도 모른다. 무슨 일이 있어도 내 편을 들어 줄, 한 사람이 세상에 존재하고 있다는 것.

"아빠도 내 편 맞지?"

"그럼, 언제까지나 네 편이지. 우리는 끝까지 한 팀이다."

그 말에 잔뜩 겁이 났던 마음이 조금은 누그러졌다.

갑자기 철수가 방심한 이나를 끌어안았다. 아빠는 좋아하는 사람을 보면 덥석 안고 포옹하기를 좋아했다. 오랜만에 만난 딸을 부둥켜 안고 행복해하며 크게 웃는 아빠의 웃음소리가 몸속까지 진동시켰다. 이나는 땀 냄새 나고 흙투성이인 아빠의 포옹을 눈을 감고 꾹 참았다.

그 모습을 지켜보던 한민이 두 사람을 놀렸다.

"눈물 없이는 못 본다는 부녀 상봉이 또 시작되었네요. 그 진하디진한 포옹 저는 사양할게요. 저기 애들이 보고 있잖아요."

야구부 학생들이 자기들끼리 웃는 소리가 운동장의 저 끝에서부터 들려왔다.

세 사람은 그늘진 벤치에 앉아 아이스크림을 먹었다. 운동장에서 보는 경치는 막힘없이 트여 있었다. 멀리 초록의 산이 겹겹이 보였고 하늘은 구름 한 점 없이 맑았다.

"한민아, 2군으로 밀려난 아빠 대신, 1군에서 식구들을 잘 지켜야 한다."

"걱정하지 마세요."

"한나는 네 매형이 돌보니, 넌 엄마와 이나를 잘 돌봐야 해."

부자는 남자끼리의 약속을 다짐하는 중이었다.

운동선수였던 철수는, 현실적이고 경제적인 부분에서는 머리를 쓸 줄 모르는 사람이었다. 원래부터도 사람을 잘 믿어 이해관계를 따질 줄 몰랐다. 오직 야구만이 관심사였고 그 외엔 현실과는 동떨어진 꿈같은 이야기만 했다. 어른이 되어서도 철들지 않는 남자. 그것이 엄마가 말한 이혼의 이유 중 하나였다.

철수는 요즘 고등학생들과 지내서인지 더 천진난만해진 것 같았
다.

"엄마는 어때?"

철수가 아들의 어깨를 툭 치며 물었다. 아들에게 하는 애정 표현
은 무척 덤덤했다.

"잘 지내고 계세요."

"너희라도 엄마 좀 잘 도와주고 그래."

"걱정 마세요. 우리 둘이 번갈아 가며 도와드리고 있어요."

부자의 대화에 이나가 껴들었다.

"집에서 나와 혼자 살면서 엄마가 밉지도 않아? 왜 엄마 걱정만
해?"

"밉긴. 그건 엄마 탓이 아니고 갱년기 탓이야. 호르몬도 한몫하고
있는 거라고."

"아빠는 엄마를 사랑하면서 왜 떠났는데? 울고불고하면서라도 같
이 살아 달라고 해 봤어야지."

그런 말을 하는데, 문득 수연의 모습이 스쳐 지나갔다. 울면서 승
후에게 매달리던 마지막 모습, 분명 그를 사랑하는 모습이었다. 사랑
하는 사람에게 외면당하는 모습이 아빠와 같았다. 이나는 그 모습을
애써 떨치며 또 물었다.

"소중한 사람이면 아무리 그 사람이 떠나라고 해도 떠나지 말았어
야지. 아빠의 마음을 숨긴 거잖아."

이나의 목소리가 사그라지듯 작아졌다. 마음을 숨겨야 하는 아빠
의 모습이 자신의 상황과도 겹치게 느껴졌다.

"마음을 숨기면서까지 그 사람을 위해 떠나 줄 수도 있는 게 진짜
사랑인 거지."

"진짜 사랑? 아빠가 말하는 진짜 사랑이 뭔데?"

"내가 행복한 것보다, 그 사람이 행복하기를 바라는 마음이 더 큰 것."

아빠의 말이 이나의 가슴을 파고들었다. 이나는 승후가 행복하기를 원하는지에 대해 생각해 보았다. 깊이 생각할 것도 없이 그의 행복을 원했다. 아빠는 엄마의 행복을 위해 엄마가 원하는 시간과 거리라는 것을 주었다. 자신이 그를 위해 무엇을 해 줄 수 있는지에 대해서도 생각해 보았다. 줄 수 있는 게 아무것도 없었다.

"엄마 곁을 떠난다고 해도 아빠의 사랑은 변하지 않을 테니까 말이야. 살다 보면 그런 순간들이 와. 내 선택으로 모든 사람이 편안해진다면, 마음과 다른 선택을 하게 되기도 하지. 특히 사랑하는 사람이 행복하다면 더욱. 그래서 아빠는 그런 선택을 했어. 이렇게 떨어져 있어도 네 엄마를 사랑할 수 있잖아. 그 사람이 잘 살고 있다는 소식만으로도 좋아. 멀리서 하는 사랑도 사랑이거든."

어쩌면 자신의 사랑도 아빠와 같은 선택을 하는 게 맞을 수도 있었다. 행복을 빌어 줄 수 있을 만큼 거리를 두고, 갖고 싶다는 이유로 침범하지 않고. 원래 그랬던 대로.

"멀리서 하는 사랑도 사랑이라고?"

"멀리 있다고 사랑이 아닐 수는 없잖아. 가까이 있다고 사랑일 수 없는 것처럼 말이지."

만약 승후를 떠난다면 그가 못 견디게 보고 싶을 것 같은데. 보고 싶은 마음은 어떻게 해결해야 하는 건지 알 수가 없었다.

"엄마가 보고 싶지는 않아?"

"보고 싶지만 참지."

이나는 아빠를 먹먹해진 얼굴로 바라보았다. 아빠처럼 바보 같아 보이는 사랑을 하기는 싫었다. 이기적이더라도 승후의 곁에 남고 싶었다.

"엄마는 나한테 사랑에도 이기적인 선택을 하라고 했어. 내 마음이 제일 중요한 거니까."

"그 말도 맞아. 나를 먼저 사랑해야 다른 사람도 사랑할 수 있는 거야. 하지만 엄마에게 아빠까지 이기적일 수는 없잖아. 한 사람은 받아 줘야 상대방의 이기적인 사랑이 적용되지. 누가 뭐래도 너희는 엄마를 이해해야 해. 가족에게 최선을 다했잖아. 엄마는 그냥 화가 나 있는 거야. 못나 보이는 자신과 자신의 인생에 대해."

"그 화풀이를 왜 아빠한테 하는 건데? 같이 살면서 잘 해결해 나가면 되는 거지. 다른 오래된 부부들처럼."

"같이 있는 것만이 최선이 아닐 수도 있어. 네 엄마는 시간이 필요했고, 줄 것 없는 아빠는 시간이라도 주고 싶었거든. 아무리 오랜 시간이 걸려도 아빠는 기다려 줄 수 있어. 점점 작아지다가 사라졌던 달이, 언제나 보름달이 되어 돌아오는 것처럼. 아빠도 네 엄마에게 그런 사람이 되고 싶어. 멀리서 늘 지켜 주고, 언제나 다시 돌아오는 달 같은 사람 말이야. 달빛처럼 은은한 사랑이지. 달이 지구를 사랑하는 것과 마찬가지로."

아빠는 여전히 순정남이었다. 그리고 이나의 마음속에 영원한 4번 타자였다.

조용히 듣고만 있던 한민이 부녀 사이에 불쑥 껴들었다.

"아빠의 사랑에 대한 견해 잘 들었어요. 늘 느끼는 거지만, 이성적이고 현실적인 제가 아빠의 아들이라는 사실을 믿을 수가 없어요. 아빠와 작은누나가 이 어려운 세상을 어떻게 헤쳐 나갈지 걱정도 되고요."

한민은 한숨까지 쉬며 두 사람을 차례로 보았다. 이나가 감탄했던 아빠의 달빛 같은 사랑의 견해가, 현실적인 한민에게는 놀림감이 되었다.

“남자답게 엄마한테 돌아가도 되냐고 물어봐요. 엄마도 화가 좀 누그러진 것 같던데.”

“네 엄마가 나한테 기회를 다시 줄까?”

“제가 보기엔 너무도 다른 두 사람이, 각자의 사랑을 하고 있었다는 데 문제가 생긴 것 같아요. 아빠는 분명 엄마를 사랑해 왔으나, 방식이 다르니 엄마에게는 아닌 것처럼 느껴진 거죠. 각자의 일방적인 마음들이 쌓이고 쌓여, 오해와 미움이 되어 버린 거예요. 그러니 이젠 엄마의 방식으로 노력해 보세요. 말도 못 해 보고 이렇게 끝내는 건, 병살타가 무서워 타격하지 못하는 타자 같잖아요. 용기를 내 보세요.”

어쩌면 사랑에 관한 한 한민이 더 전문가일지도 몰랐다.

철수의 얼굴에 갑자기 화색이 돌았다.

“맞아, 남자라면 한 번 더 배트를 휘둘러 봐야지. 설령 아웃이 될지라도.”

여느 아빠의 모습과는 다르지만 이나는 철없는 아빠가 좋았다. 그래서 아빠의 사랑을 응원하지 않을 수 없었다.

“엄마도 아빠의 노력을 원한대.”

엄마에게 들은 말을 아빠에게 전했다.

“아빠가 노력을 얼마나 많이 한다고.”

“어떤 노력?”

“엄마 생일날 장미를 보냈지. 사랑한다는 말과 함께.”

그 말에 편의점으로 배달됐던 꽃바구니가 떠올랐다. 다른 남자에게서 온 건 줄 알고 창고에 처박아 놓았었다. 이나의 눈이 놀라 커졌다.

“그거 아빠가 보낸 거였어? 난 그런 줄도 모르고. 한민이 넌 알았어?”

"그걸 몰랐냐? 분위기 이상하게 만들까 봐 말해 주려다가 참았어. 그렇게 눈치가 없고 단순하면 살기는 편하겠다. 스물여섯 해를 눈칫밥으로 키워도 어째 눈치가 늘지를 않냐. 그간 내가 너무 과보호했다는 생각이 들 정도다."

이나는 눈치 없는 자신을 탓하며 머리카락을 움켜쥐고, 발을 여러 번 굴렀다.

"어쩐지. 왜 나한테 말을 안 해 준 건데?"

"엄마가 말렸어. 네가 알면 또 설레발칠 테니까."

"아빠, 미안해. 새아빠 자리를 노리는 다른 남자가 준 건 줄 알고 장미를 삶을 뻔했어."

잔뜩 울상이 되어 아빠를 보았다. 상황을 눈치챈 철수가 이나의 어깨를 감싸 안았다.

"엄마가 아빠랑 다시 결혼하는 걸 허락하면, 아빠를 새아빠라고 불러라. 새아빠 자리 탐난다."

이나가 웃음을 참으며 철수에게 눈을 흘겼다.

"자꾸 이런 식으로 웃기니까, 엄마가 아빠더러 철없다고 구박하지."

"걱정 마. 그렇지 않아도 아빠는 요즘 철분 약을 먹고 있어."

"철분 약은 왜?"

"네 엄마가 아빠더러 철이 없대서. 철이 들면 받아 줄 수도 있다고 해서, 열심히 보충하고 있는 거지."

그 말에 세 사람은 한참 웃었다. 웃고 나니 뭔가 마음이 꽉 차고 단단해진 기분이 들었다.

"자, 아빠가 맛있는 거 사 줄게."

철과 용기가 필요한 철수가 힘이 나게 고기를 먹으러 가자고 했다. 그러곤 운동장 구석에 모여 있는 야구부원들을 향해 소리쳤다.

"오늘은 여기서 해산!"

날이 어두워질 즈음, 서울로 가는 고속버스를 탔다. 철수는 남매가 탄 고속버스가 떠날 때까지, 창밖에서 손을 흔들며 사랑한다는 수신호를 보냈다. 가슴을 두 번 치고 원을 세 번 그렸다. 이나도 아빠가 보이지 않을 때까지 그것을 따라 했다. 몇 번이고 반복했다. 고궁에서 이 수신호를 따라 하던 승후의 모습이 아빠의 모습과 겹쳐 보였다.

두 부녀가 창피한지 한민은 모자를 눌러써 얼굴을 가리고 모르는 사람인 척했다. 그러다 곧 잠이 들었고 이나는 내내 창밖을 보았다. 버스가 출발한 지 얼마 지나지 않아 비가 오기 시작했다. 비 묻은 밤의 풍경이 빠르게 지나갔다.

이나는 아빠의 사랑에 대해 생각했다. 자신의 사랑도 아빠의 사랑처럼 조금 바보 같고, 덜 이기적이어도 괜찮을 것 같았다. 그런다고 사랑이 사라지는 것은 아닐 테니까. 사랑이라는 것은 상대의 행복을 지켜 주는 일일 테니까.

아직도 화가 남아 있다는 엄마의 사랑에 대해서도 생각했다. 미움이 남아 있는 이유도 사랑 때문이라고 했다. 미움이 왜 사랑에 포함되는지 모를 일이었지만, 엄마의 사랑은 그 미움마저 초월할 것이 분명했다.

여전히 끝나지 않은 수연의 사랑도 생각했다. 수연의 사랑은 자신이 헤아릴 수 없을 만큼 길고 짙었다. 잠시 시간을 두어야 하는 사람들에게 자신이 끼어든 것이라는 말을 부정할 방법이 없었다. 그리고 수연은 승후를 위해 많은 것을 줄 수 있는 사람이기도 했다. 그를 위해 해 줄 수 있는 것이 하나도 없는 자신과는 달랐다.

보고 들은 세상의 모든 사랑에 대해서도 생각했다. 세상엔 별만큼

이나 많은 사랑이 존재했다. 그 모든 사랑을 이해할 수는 없었지만, 모두 저마다의 이유로 소중할 것이다. 사랑의 모양은 각기 다르니 이해할 수 없다고 해서 그 많은 사랑들이 거짓은 아닐 테니까. 그렇게 사람들은 자기 방식대로의 사랑을 하고 있었다.

그래서 이나는 어떤 결심을 했다. 이제 자신의 작고 짧았던 사랑을 멈춰야 한다고. 자연스럽게 흘러가는 수많은 사랑 중에 자신의 사랑이 가장 쉽고, 공기처럼 가볍고, 깊지 않은 사랑이었다. 그만큼 가벼우니 이대로 멈춘다 해도, 다른 모든 사랑에 비해서 가장 덜 아플 것 같았다. 모두가 평온하다면 그게 맞는 것이다. 이별을 한다 해도 진심을 다한 사람은 상처받지 않을 테니까. 상대의 행복을 위해 해줄 수 있는 것이 이것밖에 생각나지 않았다.

곧 승후에게 이별을 말할 것이다. 강이나라는 사람은 여전히 사랑을 알지 못하는 척, 그 모든 일들은 사랑이 아니었던 척하며.

이나는 자신의 방에 있는 작은 냉장고의 냉동실 문을 열었다. 평소에 여러 가지 소중한 추억이 담긴 물건들을 지퍼 백에 담아 냉동실에 넣어 두곤 했다. 간직하고 싶은 소중한 모든 것들을 그렇게 꽁꽁 얼려 두었다. 좋아하는 것들이 신선한 그대로 보관되어 있다는 건, 소중했던 시간을 그대로 멈추게 하는 것처럼 느껴지기도 했다.

이나는 승후와의 추억도 얼리기로 했다. 승후와 연관된 물건들을 지퍼 백에 넣었다. 그를 처음 보았던 강연에서 받았던 작은 책자, 처음으로 받은 그의 명함, 그와 키스했을 때 손에 쥐고 있던 야구공, 그의 서명이 남아 있는 수표, 그의 주소가 적힌 메모, 홍콩행 비행기 좌석표, 같이 마셨던 와인의 코르크 마개들. 그것들을 소중히 담아 냉동실에 넣고 문을 닫았다. 모든 것들이 처음 그대로 보관되기를 바라면서.

그런 것들도 냉동 보관이 가능할까? 지금 마음을 꽉 채운 어떤 것들. 이를테면, 부드럽게 움직이던 그의 입술, 깊이를 알 수 없던 고요한 눈빛, 수없이 아름답던 미소, 귓가에 머물던 따스한 목소리, 두근대던 맥박, 뜨거웠던 몸의 온도, 거센 심장의 울림, 맞닿는 곳마다의 포근했던 촉감, 그 정중한 음탕함까지.

그리고 그와 함께한 봄의 향기, 덜컹대던 버스에서 닿았던 무릎의 감촉, 함께 걷던 숲의 촉촉한 흙냄새, 바다에서 불어오던 습한 바람, 총총했던 별, 부드럽게 내리던 달빛. 다정했던 그와의 밤, 낮게 부르던 휘파람, 함께했던 낮과 밤의 기억들.

그 모든 것들을 밀폐시켜 소중한 그대로 보관하고 싶었다. 강이나가 했던 사랑이 참 예뻤구나 웃을 수 있을 때까지. 지금은 울고 있지만 얼려야만 했던 이 사랑에 대해 더는 울지 않고 받아들일 수 있을 때까지. 작지만 진실했던 사랑을 아주 오랜 후에도 선명하게 기억할 수 있도록.

4
즐겁게 이별을
말하는 법

"사랑하지 않아요."

이나는 주황색 능소화가 핀 동네의 공원에 서서 말했다. 다음번에 만나면 꼭 사랑한다고 말하려 했는데 이런 말을 하고 있었다. 거짓말을 하는 이 상황조차 거짓말 같은 일이었다.

승후는 침묵했다. 깊은 눈으로 이나를 응시할 뿐 아무런 표정 변화가 없었다. 그는 잘 듣지 못했거나 이 말을 이해하지 못하는 것 같았다.

흐느끼듯 떨리는 숨을 삼키고 다시 말했다.

"사랑인 줄 알았는데 제가 한 건 사랑이 아니었어요. 대표님 말이 맞았어요."

밤새 외우고 외웠던 이별의 말이 시작되었다. 자신의 사랑은 거짓말이 되어야 했다. 사랑을 말하지 않는 그에게 사랑이 아니라고 한 건, 그를 꼼짝 못 하게 만들 방법이었다. 사랑이 아니란 말에 그가 동의하지 않을 수 없을 테니까. 사랑한다는 말을 미뤄 두었는데 그 말이 이렇게 나쁘게 쓰이게 될 줄 몰랐다.

일요일 한낮의 동네 공원에는 아무도 없었다. 바람도 한 점 불지 않았다. 이렇게 맑은 날, 볕이 참 좋은 날, 이별을 말해야 했다.

잦아들었던 매미 소리가 커지기 시작했다.

"우리 헤어져요. 이 연애도 그만해요."

말을 하면서도 이런 말을 하기엔 날씨가 너무 좋다고 생각했다. 능소화의 주황빛이 공원을 더욱 화사하게 만들어 주었다. 구름마저도 평소보다 하얗다. 마주 서 있는 승후가 오늘따라 너무도 아름다워서, 이별을 말해 놓고도 나쁜 꿈같이 느껴졌다.

시간이 지나서야 승후의 이마가 심하게 구겨졌다. 그는 장난으로 넘기려는 듯 미소 같은 것을 지어 보려 했지만 잘 안 되는 것 같았다. 그가 서둘러 물었다.

"갑자기 그게 무슨 소리야?"

"이제 그만 만나요."

이나는 승후를 바라보며 또렷하게 말했다. 그는 무방비한 상태로 있다가 벼락이라도 맞은 사람처럼 꼼짝 않고 서 있었다.

잠시 말없이 서로를 보았다. 침묵이 주변의 공기를 가라앉게 만들었다.

"일단, 안 돼."

승후는 이제야 정신이 돌아온 듯, 확고한 목소리로 말을 맺었다. 그는 이유를 묻기 전에 거절부터 했다.

"지금 대체 무슨 얘기를 하고 있는 건데?"

"헤어지고 싶다는 말을 하는 거예요."

"헤어지자고?"

"네, 헤어져요."

비로소 승후의 얼굴에 당황한 기색이 서렸다. 그가 표정을 수습하지 못한 채 이나에게 한 걸음 다가왔다. 이나는 그만큼 물러났다. 그의 허망한 표정을 보는 게 몹시 아팠다.

불안한 마음을 들킬까 봐 눈을 감고 입술을 꼭 다물었다. 그렇게 마음을 진정시키고 다시 눈을 떴다. 승후의 표정은 여전히 정리되지 않은 채였다. 몇 달 전 봄밤, 연애하자고 말했을 때보다 혼란스러워 보였다.

"갑자기 왜 그러는 건데?"

승후는 침착해 보이기 위해 애쓰는 듯했지만 그의 목소리는 바싹 말라 있었다. 그리고 무너져 내리지 않으려는 듯 힘주어 상대를 바라보았다. 이나는 외워 두었던 말을 꺼내었다.

"이 연애가 하나도 재미없으니까요. 너무 무거워졌으니까요."

"재미없고 무거워졌다. 그런 것이 헤어지는 이유가 되기도 하는 건가?"

"난 힘들기 위해 연애를 시작한 게 아니에요. 이 연애는 버겁고, 무겁고, 하나도 행복하지 않아요."

"행복하지 않다고?"

승후가 힘없이 물었다. 행복하지 않다는 말은 이별의 이유치고는 복잡했다. 행복을 느끼는 건, 상대가 어떻게 해 줄 수 있는 것이 아닌 스스로의 문제이니까. 서로에게 잔인한 말이었다. 그를 만나고 하루도 행복하지 않은 날이 없었는데.

"힘들면 사랑이 아니라면서요."

잔인한 데다가 비겁하기까지 했다. 이나는 그가 말해 준 과거에 이별했던 이유를 도용해 버렸다. 그를 꼼짝 못 하게 만들 또 하나의 방법이었다.

승후의 이마가 더욱 구겨졌고, 반듯한 눈썹마저 균형을 잃었다. 그는 어려운 수수께끼와 홀로 남겨진 사람처럼 혼란스러워 보였다.

“난 나한테 맞는 평범한 연애를 원했는데 지금은 그렇지 않아요. 이 연애는 나에게 버거워요. 대표님은 내가 감당할 수 있는 사람이 아니었어요. 난 내 나이에 맞는, 내 수준의 연애도 어려운 사람인 거 알잖아요. 뉴스에 나오는 남자는, 검색어 순위에 올라오는 남자는, 아직 다른 사랑이 남아 있는 남자는, 제가 감당할 수 없어요. 감당이 안 될 만큼 무거워요. 제가 욕심을 부렸어요. 난 이쯤에서 끝내야 해요.”

이나는 자신을 잃어버릴까 봐 두렵기 시작했다는 남자에게 그런 모진 말을 했다. 말하면서도 가슴 아래가 뻐근하게 아팠다.

“잘 봐요. 난 이렇게 약하고 부족한 사람이에요. 솔직히 말하면 대표님께 아무런 도움도 줄 수 없다는 사실에 죄책감이 들어요. 그런데 그 죄책감마저 싫어요. 연애하면서 왜 그런 감정을 느껴야 하는지 모르겠어요. 제가 대표님을 사랑한다고 했을 때 사랑이 아니라고 하셨죠? 이제야 사랑이 아닌 이유를 알아냈어요. 사랑하면 모든 걸 감당해야 하잖아요. 하지만 전 그럴 수 없어요. 모두 털어 내고 싶어요.”

준비해 온 모든 거짓말을 마치고 승후를 보았다. 눈동자가 그에게 차갑게 고정되길 바라면서. 흔들리며 녹아내리지 않길 바라면서.

“그러니까, 우리 그만 봐요. 서로 지나가는 인연이었다고 생각하면서요.”

“지나가는 인연.”

승후가 천천히 따라서 말했다. 그가, 과거의 연인이, 오랜 친구가, 이나의 사랑을 지나가는 바람이라고 했다. 바람이라는 말은 슬프지만 유리하기도 했다. 바람이라면 그가 자신을 들어내는 것에 수월할 테니까.

잠시 생각에 잠겼던 승후가 이나의 눈을 바로 보며 담담히 물었다.

“강이나, 우리 같이 잤잖아, 넌 내가 처음이었고. 그런 건 아무래도 괜찮은 건가? 난 네게 쉽게 그런 거 아니었는데.”

“몸을 나눴다는 이유로 떠나간 마음을 잡으면 안 되는 거잖아요. 그 일은 우리가 했던 연애의 일부일 뿐이에요. 연애가 끝나면 같이 지워져야 하는 작은 일부분이요. 그런 걸로 끝이 난 관계를 묶어 둘 수는 없어요.”

그의 무게를 덜어 내 주려 그런 일은 아무것도 아니라는 듯 말했다. 승후가 힘없이 탁한 목소리로 중얼거렸다.

“그래, 넌 뭐든 그렇게 쉽구나. 네가 하는 연애의 이별은 이렇게 간단하구나.”

슬픔에서 빠져나오지 못한 목소리였다. 자신에게 상처를 주게 될까 봐 두려워했던 남자는 지금 자신으로 인해 역력히 상처받고 있었다. 이나는 당장이라도 그를 안아 주며 잘못했다고 말하고 싶었지만 그러지 못했다. 두 주먹만 꼭 쥐었다.

시끄럽던 매미 소리가 다시 잦아들었다. 해가 정수리와 등을 뜨끈히 달구었다. 하늘의 해는 여전히 뜨거웠지만 이상하게도 더운 줄 몰랐다.

승후가 화를 낼까 봐 걱정했는데 그렇지 않았다. 복잡한 표정을 지은 채 굳어 있을 뿐이었다. 그가 힘없는 목소리로 말을 시작했다.

“네가 나한테 처음으로 투정이라는 걸 하는데, 난 네 투정을 다 받아 낼 수 있으니까 얼마든지 해. 투정치고는 획기적이어서 내가 잠시 혼란했지만 말이야.”

그는 미소 비슷한 걸 보여 주었는데 그마저 힘이 빠져 있었다.

“그래, 네 말이 맞아. 난 너를 즐겁게 해 주지 못했어. 처리할 일이 산더미같이 많았고, 그동안 여러 일들이 갑자기 커지고 복잡해지기까지 했지. 무겁고 지루했겠지. 네 또래가 즐기는 요즘의 연애와는 차이가 많았을 테고. 난 전화로 달콤한 얘기도 못 해 줬고, 놀랄 만한 선물 같은 것도 주지 못했어. 오늘이 연애한 지 며칠째인지 그런 것도 몰라."

그는 이 연애를 돌이켜 보며 스스로 답을 찾았던 것 같았다.

"바쁘다는 이유로 널 오랫동안 혼자 뒀어. 너와 밤을 보내고 한 달 정도를 혼자 두었으니 서운하고 버려진 기분이 드는 게 당연해. 힘들고 화가 많이 났겠지. 누구라도 너와 같은 생각을 했을 거야. 네가 그런 결론을 낸 건 다 나로 인한 거야."

승후는 이별을 말하는 이나를 이해하려고 애썼다. 답을 낸 그의 미소에는 힘이 하나도 없었다. 눈은 슬픈 채로 투명했다.

"나로서는 지금이 최선이었지만, 널 위한 시간을 더 만들어 볼게. 그러니 이제 돌아가 쉬어. 조금 여유를 두고 다시 보자. 그땐 내가 뭐든 받아 줄게. 지금은 네 투정이 내 심장을 쑤시고 들어와서 아프거든."

"투정하는 거 아니에요. 다 진심이에요."

"아니, 투정 같은데. 네 나이만큼의 투정이야."

승후가 조금 단단해진 눈빛과 힘이 들어간 목소리로 다그치듯 말했다.

"아무리 그만두고 싶다 해도 이별에도 어떤 과정이 있어야지. 변해 가는 상대를 보며 뭐라도 준비하고 만회할 기회를 줘야 맞는 거야. 모든 사람과의 관계에서도 그런 시간을 주는 게 예의고. 갑작스럽게 이러는 건 심한 반칙이지. 안 그래?"

승후의 목소리가 조금 빨라졌다. 눈빛도 다시 선명해졌다.

"수신호를 알려 주며 내 몫도 아닌 사랑이라는 말로, 내 뇌를 누전된 것처럼 멈추게 하더니 오늘은 헤어지자는 말로 피가 흐르는 것을 멈추게 하고 있잖아."

승후가 어딘가를 잡으려는 듯 한 걸음 다가왔다. 이나는 또 물러났다. 승후의 표정이 무너져 내렸다. 이 뜨거운 태양의 열기가 그의 몸 안에 있는 수분을 빼앗기라도 한 듯, 그는 바짝 말라 가고 있었다. 탄탄하기만 했던 그의 피부가 그새 탄력을 잃어 갔다.

"그만두고 그만 보면, 이 모든 게 멈춰질 수 있는 건가? 난 그렇게 쉽게 되는 사람이 아닌데. 난 받아들이기도 어렵고 끝내기도 어려운 사람이야. 누구처럼 좋다는 이유로 시작하고, 힘들다는 이유로 쉽게 끝낼 수가 없어. 그렇게 쉽게 버릴 수 있을 거였다면 시작도 하지 않았어."

그 말이 맞았다. 승후는 강이나라는 사람 앞에서 늘 신중했다. 그가 긴 숨을 내쉬었다. 숨의 무게가 무거웠다.

"지금 내 상황이 네게 힘들 수 있다는 건 인정해. 너한테는 나와 연관된 모든 것이 무리일 수도 있어. 하지만 네가 말한 이별의 이유 는 해결되지 못할 문제들이 아니니까 나에게 시간을 줘. 네가 힘들어 하는 모든 것을 정리할 거야. 내가 가진 시계로만 해결될 일이 아니 라서, 네 시간도 필요해. 그러니 내가 모든 일을 마칠 때까지만 기다 려 줘."

승후가 시간을 요구했다. 하지만 그에게 시간을 주지 말아야 했 다. 그를 사랑하는 사람들에게서 그의 옆에 있지 않는 것이 그를 위 하는 거라고 들었다. 시간이라는 여지는 이 모든 걸 복잡하게 만들 뿐이었다. 이별의 과정이 길어지면 불리할 것이 뻔했다. 그에게 뭔가 를 들켜 버리고 말 테니.

"싫어요."

"네게 바라는 건 단순히 시간뿐이야."

"이런 힘든 시간이 길어질수록 내가 받는 상처가 더 깊어질 거예 요. 지금도 이렇게 아픈데, 난 더는 감당 못 해요."

"아프다고?"

아프다는 말에 그가 흔들렸다. 그의 약점을 찾았다. 강이나가 민 승후로 인해 상처받아 아프게 되는 일.

"견디기 힘들 만큼, 숨도 쉬기 힘들 만큼 그래요. 내가 더 상처받기 전에 우리 그만해요."

뭐든지 감당할 수 있는 어른처럼 굴어 놓고 말을 바꾸었다. 연애를 시작하자고 할 때는 별 이유도 못 대더니, 헤어지자고 말할 땐 이유가 많았다.

해의 위치가 바뀌었는지 그림자의 길이가 달라졌다. 그의 뒤로 비치는 그림자마저 쓸쓸해 보였다. 승후는 한동안 아무 말 없이 침묵하며 주변을 보았다. 이나를 바라보던 시선을 돌려 공원을 둘러보고 하늘도 보았다. 그리고 공원의 가장자리에 늘어진 능소화도 보았다.

그가 잠시 눈을 감고 공기를 들이마셨다. 그런 뒤 이나에게로 눈을 돌렸다. 그의 얼굴은 아까보다 편안한 기색이 되어 있었다.

"좋아, 네가 원하는 대로 하자. 이 상황을 네가 힘들어하는 것 같으니까, 그렇게 아프다니까, 일단 네 연애는 끝내 줄게. 힘들면 넌 끝내."

그는 간단한 말로 이별을 말했다. 복잡하고 혼란했던 표정을 모두 숨기고 홀가분한 척 그렇게.

"넌 이 연애를 끝내고 날 잊어. 하지만 난 아니야."

승후가 한 이별의 말은 간단했지만 어려웠다. 무슨 말인지 알아들을 수가 없었다. 상대에게는 끝내라 하더니 그는 끝이 아니라고 했다. 이나가 혼란함을 드러내며 말했다.

"진짜로 끝내요, 이 연애."

"넌 끝내. 그걸 진짜 원한다면."

승후는 어떤 결정을 내린 건지 아까보다 편한 모습이었다. 눈빛마저도 고요해져서 아무것도 읽을 수 없었다.

“난 끝내는 게 쉽지 않으니까, 보류야.”

그가 담담하게 보류라는 말을 꺼냈다. 이나가 낯선 그 단어를 따라서 말했다.

“보류요? 이별에 보류가 어딨어요? 나만 끝내는 게 말이 돼요?”

“난 시간을 벌어야 하니까. 난 너와 다르게 감정 정리가 빠르지 못한 사람이기도 하고.”

이제야 의도를 알 것 같았다. 이별을 원하지 않는 그는, 혼자 시간을 벌어 버티려는 것 같았다. 이나는 초라해진 연애에 그를 혼자 남겨 두기 싫었다.

“안 돼요. 한 사람만 어떻게 헤어져요?”

“그럼, 나에게 그것 말고 다른 방법이 있으면 알려 줄래? 그런 얼굴로 헤어지자고 말하는 사람을 내가 어떻게 해야 하는 건지.”

그가 이나의 눈을 바로 보며 담담히 물었다. 그들의 눈길이 서로 얽히고 얽혔다. 이나는 승후가 다가오지도 않았는데 또 한 걸음 물러났다. 대체 어떤 얼굴이기에. 또다시 모든 게 들통이 날 표정이라도 짓고 있는 걸까.

“날 많이 사랑하는 얼굴이잖아.”

이나는 숨겨 놓은 진심을 들킨 사람처럼 꼼짝도 못 하고 서 있었다. 사랑, 그가 이나의 마음을 사랑이라고 말했다. 볕이 몹시도 찬란한 날에, 무척이나 슬프고도 아름다운 입술로, 온기가 가득한 슬픈 눈빛으로 바라보며.

“날 많이 사랑하는 얼굴로, 차갑게 이별을 말하고 있잖아. 이런 너를 어떻게 하면 좋을지, 다른 방법이 있다면 알려 줘.”

늘 사랑이 아니란 말을 들었는데, 이별의 순간에 자신의 사랑을 인정받았다. 차갑게 얼린 눈동자에서 저절로 눈물 한 방울이 녹아 흘러내렸다. 그가 볼까 봐 손등으로 재빨리 눈물을 닦아 냈다. 자신의 사랑은 그에게 걸림돌이 되고 있으니 부정해야 했다.

"그런 거 아니에요. 사랑이 아니었다고요."

"사람마다 견딜 수 있는 통증의 기준도 다르겠지. 다 거짓이어도 힘든 건 거짓이 아닐 테니까, 아픈 건 사실일 테니까 네 연애는 끝내. 네가 나로 인해 힘든 걸 내가 더 원하지 않아. 넌 날 버려도 돼. 난 버려지는 일에도, 소중한 것들을 잃는 일에도 꽤 익숙한 사람이니까 괜찮아."

그는 스스로를 안심시키듯 중얼거렸다.

"아마, 괜찮겠지."

어려서 외롭게 자란 탓에 채워지지 않는 공허함이 있다던 남자가 그렇게 말했다. 사랑하는 사람에게 몇 번이고 버림받아 죽을 만큼 아팠다는 사람이 그렇게 말했다. 그는 외로움과 이별에도 내성이 생긴 건지 슬퍼 보이긴 했어도, 많이 아파 보이지는 않았다. 화를 내지도 차가워지지도 않았다. 오히려 뭔가를 내려놓은 듯 편안해 보였다.

"넌 힘들었던 연애를 끝내고, 이별한 여자처럼 편하게 지내도 돼. 날 잊어도 되고. 오늘 내가 준비했던 말은 꺼내지 못했지만 지금은 그대로 덮는다. 난 너를 이길 수 없는 사람이 되어 버렸으니까, 이번에도 네가 이겼어."

그가 놓아주듯 속삭였다.

"가. 조심히."

말하는 그의 어깨에 슬픔이 내려앉았다.

이나는 공원을 혼자 걸어 나왔다. 흐르는 눈물을 손등으로 자꾸 닦아 내며 걸었다.

그날의 뜨거운 해가 슬픔을 증발시켰는지도 모르는 일이었다. 생각보다 이별은 어렵지 않았고 실감도 나지 않았다. 세상마저도 딱히 변한 것이 없었다. 여름은 여전히 뜨거웠고, 밤의 달은 저 높이 그대로였고, 사람들마저도 변함없이 움직이고 있었다. 얼마간은 이상하게도 눈물도 나지 않았다. 그를 향한 마음들이 정말 잘 얼려졌는지도 모른다.

비록, 그날부터 시작된 미열이 절대 내리지 않았지만.

이별을 말한 지 일주일째였다. 그날 이후부터 몸에서 열이 내리지 않았다. 여름인데도 더운 줄도 모를 정도로 몸이 뜨거웠다. 마음을 차갑게 얼렸는데 몸은 열로 들끓었다.

"준비는 완벽한 것 같으니 잘해 보자."

디자인 팀의 새로운 프로젝트를 회사의 임원들에게 발표하는 날이었다. 오래도록 준비해 오던 프로젝트여서인지 오늘따라 은경도 긴장하는 모습이었다. 신입인 이나와 동주가 그 일을 도와야 했다. 임원진들이 앉을 둥근 타원형의 회의 테이블을 세팅하고 은경의 발표를 위한 자료를 다시 점검했다.

"시간이 다 됐어요."

시계를 보던 동주가 말했다. 말을 마치기가 무섭게 회사 임원진들이 들어왔다. 그중에 승후와 부대표도 있었다. 회사 대표들이 참석하는 것은 계획에 없었다. 회의실에 모여 있는 임원진들도 그들의 갑작스러운 등장에 긴장하고 있었다. 은경마저도 당황한 걸 보니 역시 예상하지 못했던 듯했다.

문 쪽에 서 있던 이나는 임원진들에게 차례로 인사를 했다. 그러다가 회의실로 들어오는 승후와 눈이 마주쳤다. 순간 멈칫했지만 그에게도 어색한 묵례를 했다. 잠시 마주친 순간 바라본 승후의 눈은 미동조차 없이 고요했다. 뒤따라 들어오는 부대표에게도 인사를 했다. 부대표는 이나가 여기 있을 거란 생각은 하지 않았던 건지, 조금 당황한 기색을 보여 주었다.

"자, 시작하겠습니다."

이나는 동주와 회의실 한쪽 구석에 나란히 앉았다. 의도치 않게 대표들과 대각선으로 마주 보고 앉게 되어, 승후의 모습이 이나의 시야에 들어왔다. 그는 인사말을 전하는 은경에게 시선을 두고 있었다. 하지만 은경을 보는 얼굴엔 표정이 없었다. 일주일 전에 헤어진 남자에게서는 아무것도 읽을 수가 없었다. 아무런 온도도 느껴지지 않았고 어떤 감정도 내비치고 있지 않았다.

부대표와는 종종 눈이 마주쳤다. 이나를 보는 부대표도 편한 것 같지는 않았다. 눈이 마주칠 때마다 미소를 짓긴 했지만 눈빛이 따뜻하지 않았다. 다소 불편함을 담은 미소였다.

민승후의 인생에서 빠져 달라는 말을 직접 불러서 했으니 거북한 것이 당연했다. 행여 이나가 무언가를 말하는 바람에, 승후와 관계가 틀어지는 게 아닐까 걱정하는 것일 수도 있었다.

두 남자와 같은 공간에 있는 것이 몹시 버거웠다. 자꾸만 식은땀이 났다.

은경의 발표가 시작되고 실내가 어두워졌다. 동주가 어두워진 틈을 타 이나에게 물었다.

"이나 씨 괜찮아요?"

이나는 동주에게 시선을 돌리지 않은 채 작은 목소리로 물었다.

"뭐가요?"

"얼굴이 하얘졌어요. 많이 아파 보여요."

사실 몸이 사정없이 후들거렸다. 승후를 본 후로는 더 그랬다. 자료를 쥐고 있는 손마저도 마구 떨리고 있었다.

"체했나? 열이 있는 것 같기도 하고."

실내가 조금 더 어두워지자, 동주가 이나의 이마를 손으로 짚었다. 회의실 안의 그 누구도 구석에 앉은 두 사람을 신경 쓰지 않았다. 동주는 놀란 얼굴로 이나의 귀에 속삭였다.

"역시 열이 있어요. 정말 뜨거워요. 안 되겠어요. 다시 불 켜지기 전에 나가요. 여긴 걱정하지 말고."

출근을 할 때부터 체한 것처럼 어지럽고 답답했다. 발표를 하고 있는 은경의 목소리가 귀에 들어오지 않았다. 승후와 같은 공간에 있는 것도 견디기 힘들었다. 어떤 한계에 도달한 듯했다. 여기서 쓰러지는 것보다, 사라지는 편이 모두를 위해 나을 것 같았다.

조용히 나가려 고개를 드는데 승후와 눈이 마주쳤다. 그의 눈길이 이나를 향하고 있었다. 프로젝터의 불빛으로 인해 승후의 얼굴이 선명히 보였다. 어둠 속이라 방심한 그는 감정을 조금 드러냈다. 억지로 이별당한 남자의 쓰라리고 헛헛한 마음을. 그저 바람이었다고 말하는 여자를 보고만 있어야 하는 안타까운 심정을. 질투조차 허락될 수 없는 처지를. 버려져 지친 남자의 텅 빈 공허함을.

[위치 보고, 옥상.]

헤어진 남자에게서 문자가 왔다. 그의 위치 보고는 늘 그렇듯 느닷없었다. 퇴근하고 자신의 방에 있던 이나는 넋을 놓은 채 문자를 봐야 했다. 짧은 문장이 이해되어 머릿속으로 들어오는 데 한참이 걸렸다. 시간이 지나 문장이 이해되자, 승후를 잊으려던 모든 노력이 사라진 것처럼 심장이 빠르게 뛰었다. 참기만 했던 눈물이 마구 솟아나서 양 손바닥으로 눈을 꾹 눌렀다.

'울지 마.'

주문을 외워도 눈물이 흘러내렸다. 얼렸던 눈물이 녹고 있었다.

이나는 눈물을 멈추려 작은 방 안을 한참 서성였다. 그리고 왜 그와 헤어져야 하는지 되뇌었다. 자신이 흔들어 놓은 승후를 몇 달 전의 원래 모습으로 돌려놔야 했다. 이해되지 않는 세상 속의 비겁한 누군가에게 거짓으로 발목을 잡히지 않고, 그가 원하는 삶을 살아갈 수 있도록.

또다시 스스로에게 주문을 걸었다.

'이게 맞는 거야.'

냉정하게 따져 보면 이 연애는 사랑을 전제로 하지도 않았고, 시작된 이상 어떤 형태로든 분명 마무리는 있었을 것이다. 그저 이별이 조금 앞당겨졌을 뿐이다. 세차게 뛰는 가슴을 진정시키고, 큰 숨을 몇 번이나 들이쉰 뒤 옥상으로 올라갔다.

밤하늘이 먼저 눈에 들어왔다. 달은 어디론가 사라지고 가로등 불빛만이 옥상을 밝혀 주었다. 승후는 이나의 집 옥상이 아닌 건너편 건물의 옥상에 서 있었다. 이나는 그에게 다가가 마주 섰다. 그는 이별한 사실을 잊기라도 한 건지 희미한 웃음을 보여 주었다. 그가 웃으면 늘 따라 웃었는데 이번엔 그러지 않았다.

이나가 서 있는 옥상은 진희가 정성스레 키우는 식물들로 푸르렀고, 승후가 서 있는 옥상에는 고양이들만 주변을 서성였다. 건물과 건물 사이가 좁아서 두 사람의 거리는 멀지 않았다. 그럼에도 승후는 이나 쪽으로 넘어오지 않았다. 그런 거리를 두는 건 이별당한 남자의 어떤 예의인 것 같았다.

승후는 얼마 전에 이별한 남자답지 않게 어제도 만난 사람처럼 담백하게 말했다.

"잘 지냈어?"

그의 목소리가 멀리서 들리는 것 같았다. 아직 열이 내리지 않고 있어서 그런지, 눈으로 보는 모든 것이 구부러져 보였다. 입 안이 바싹 말라 있어, 숨을 들이쉴 때마다 목이 아팠다.

가까이서 본 그 역시 아파 보였다. 입술이 부르트고 얼굴도 상해 있었다. 그도 잘 지내고 있는 것 같지 않았다.

승후가 말했다.

"몸이 아파 보여."

며칠째 얼굴에서 붉은 열이 사라지지 않았다.

"아프지 않아요."

"얼굴에 열이 잔뜩 있는데."

"곧 좋아질 거예요."

목소리는 불쌍할 만큼 힘이 없었다. 소리가 상대에게 전달되었을까 싶을 정도로, 공기 중에 바로 묻혀 버렸다. 나쁜 여자가 되어야 하는데, 눈빛도 목소리만큼 슬퍼 보일 것 같아 걱정이었다.

"여기 왜 왔어요?"

"글쎄, 내가 왜 여기 있는 걸까?"

승후가 이나의 물음엔 답하지 않고, 다시 질문을 되돌렸다.

어느 여름날, 그가 사춘기 소년의 마음이 되어 이곳에 처음 왔던 날이 떠올랐다. 그는 빠르게 자전거를 타고 골목을 내려와서 숨을 몰아쉬며 옥상으로 올라왔었다. 기분 좋을 만큼의 바람이 불던 날이었고 반달이 예쁘던 밤이었다. 서로 안고 있는 내내, 그의 심장이 쿵쿵 하고 뛰었었다.

이나는 밤하늘을 보았다. 어떤 모양의 달도 찾을 수가 없었고, 바람도 한 점 불지 않았다. 깜깜한 진공 속에 그와 단둘이서만 서 있는 느낌이 들었다. 공기가 모자란 것처럼 숨쉬기가 힘들었다. 귓속이 먹먹해져 소리도 잘 들리지 않았다. 앞에 있는 남자의 움직임도 느릿하게 보였다.

"네 얘기에 대해서 많이 생각해 봤어. 생각할수록 답이 나오지 않는 말들을 반복하고 반복했지. 네 것이 아닌 듯한 말투로 이별을 말하는 너를 받아들이기엔, 내 머릿속은 단순하지 않으니까 말이야. 이상하다는 생각이 내내 떨쳐지지가 않아.”

“그때 말한 건 모두 진심이에요. 이별을 원하는 쪽의 답을 상대는 영원히 찾을 수 없을 거예요. 이미 마음이 떠나서 생긴 문제니까요.”

“마음이 떠나서 생긴 문제라니 받아들이기는 힘들어도 이해하려 해 보는 수밖에. 그 말이 날 얼마나 아프게 하는지, 넌 상상도 할 수 없을 거야. 그러니 아무렇지도 않게 그런 말을 하는 거겠지.”

그의 아픈 마음이 상상이 돼서, 몸이 떨리기 시작했다. 떨리는 것을 들키지 않으려 두 다리에 힘을 잔뜩 주었다. 승후가 혼잣말처럼 말했다.

“나만 보면 웃어 주던 사람은 이젠 웃어 주질 않네. 나만 보던 사람은 이제 날 보지 않고 먼 곳만 보고 있고. 뭐든 솔직하던 사람은 이제 많은 걸 감추려 입을 다물고 있어. 이런 것이 네가 원하는 이별이구나. 네 이별은 이런 거구나.”

웃음을 유혹하는 데 썼을 만큼 그는 자신이 웃는 것을 좋아했다. 그의 모든 미소와 표정을 머릿속에 담기에 바빠 그에게서 눈을 뗄 수가 없었다. 하지만 그와 이별한 여자는, 이제 그를 볼 수도 웃을 수도 없었다.

“넌 괜찮은가 궁금했어. 둘 다가 아닌 한쪽만 한 이별이지만, 이런 게 이별이었지 하며 아픔을 끄집어내기 시작했으니까. 난 무언가를 잃는 고통에 아파 떨고 있거든. 넌 나만큼 아프진 않을까 걱정했어. 날 차 내긴 했지만 그것도 이별인 건 마찬가지일 테니.”

그 역시 이별에 능숙하지 않았다. 아픔을 끄집어냈어도 그는 어른 남자니까 잘 견딜 수 있을 줄 알았는데.

“내가 이곳에 온 이유를 한 가지 더 말해 줄까? 난 굉장히 단순한 남자가 되어 여기 와 있는 거야. 내 생각만 하는 이기적인 남자가 되어서. 얼마나 단순하냐면 가로등 불빛에 달려드는 날벌레들과 비슷해.”

이나는 고개를 들어 가로등 불에 몰려 있는 크고 작은 날벌레들을 보았다. 가로등의 하얀빛 속으로 몸을 던지고 있었다.

“저런 치열한 본능으로 여기 와 있는 거야. 복잡한 생각은 멀리하고 아주 단순하게. 난 지금 나를 위로해 줄 사람을 찾고 있거든. 드물긴 하지만 나도 혼자 있는 게 힘든 날이 있어. 오늘이 그런 밤이었어. 아무리 누르려 해도 튕겨 나오는 거야, 그 차가운 외로움이.”

그가 이별당한 남자의 외로움을 꺼내 보였다.

“이성으로 해결되지 않는 본능들이 이 밤에 날 헤매고 다니게 만들었어. 집을 나와서 한참을 걸으며 스스로를 달래도 그게 잘되지 않는 거야. 네가 늘 보던 달을 보려는데 달도 뜨지 않았어. 빈 것 같은 가슴에 아린 찬바람이 계속 불어 대. 첫사랑에게 차인 사춘기 남자의 마음이 이런 마음일까 싶은 거지. 난 세상의 실연당한 모든 남자들에게 애도를 표하며 밤길을 돌아다녔어. 졸지에 제대로 이별당한 남자가 되어 말이야.”

승후가 슬퍼 보이는 미소를 지었다. 오늘 그가 보여 주는 미소에는 슬픔이 계속 묻어났다.

“그런 생각들로 밤길을 돌아다니다가 결국 여기야. 여긴 오지 않으려고 했는데 내 무의식의 목적지가 여기였던 것 같다.”

오늘 밤, 그는 무척 솔직해져서 나타났다. 상처를 입고 피를 흘리며 돌아다닌 남자처럼 아파 보였다. 그의 외로움과 아픔이 목소리에 고스란히 묻어났다.

“이별한 사람에게 이런 부탁은 미안하지만, 이 밤을 헤매고 다니는 날 위로해 줄래?”

승후가 가벼운 부탁인 것처럼 물었다.

"시간이 지나면 원래대로 돌아갈 거예요. 곧 괜찮아질 거예요."

"재미없어, 그런 뻔한 위로는. 며칠 전까지 연애했던 사이치고 상당히 거리를 둔 위로잖아."

그가 이나의 얼굴을 만지듯이 천천히 보았다. 눈빛이 섬세하게 움직이며 찬찬한 눈길로 얼굴을 만졌다. 입술을 한참 보다가, 눈동자도 한참 보다가, 턱끝도 보았다. 그의 시선과 손길이 얼마나 부드럽고 섬세했는지 모두 떠올랐다. 이나는 숨을 몰아쉬며 그의 시선을 받아내야 했다.

"나 말이야, 널 만져야만 위로가 될 것 같은데. 안 돼?"

승후가 그렇게 물었다. 그 말이 몹시 절실하게 느껴졌다. 하지만 지금 이 사람과 손끝이라도 닿으면 얼려 놓았던 모든 결심들이 물처럼 녹아 버릴 게 분명했다. 이나는 서둘러 답했다.

"안 돼요."

"널 다시 안고 싶어. 그래서 지금 미치겠어."

"싫어요. 절대."

그가 본능처럼 여기 온 이유였다. 이기적인 남자가 되기로 한 그는 매우 솔직했다. 승후의 솔직한 말들을 거짓말로 방어하기엔 역부족이었다. 온몸의 힘이 다 빠져나가 버렸다. 귀에선 이명까지 들렸다.

"강이나, 12시 넘었어. 몰래 나와서 내 집으로 가자."

승후의 검고 깊은 눈과 마주쳤다. 그가 얼마나 절실한지 그 눈이 말해 주고 있었다.

"잠시만이라도 같이 있자. 곧 제자리로 돌려보내 줄게. 난 지금 네가 필요해. 집에 가서 나랑 같이 자자. 뇌의 어딘가가 뚫린 것처럼 내내 잠을 못 자고 있어. 너를 안은 후에야 잠을 잘 수 있을 것 같아."

"말도 안 돼. 싫어요."

겨우 차갑게 만든 눈빛이 그를 향했다. 몸이 꺼질 것 같았는데 목소리도 그랬다. 잠잠하던 승후의 눈이 강하게 떨렸다.

"내 집에 가자고 조르고, 같이 자자고 보채던 너를, 난 어떻게 하면 돌려받을 수 있는 건데?"

"이젠 없어요, 그런 강이나는."

"네 연애가 끝났으니, 널 더는 안지 못하는 거겠지?"

이별을 받아들이기로 마음먹긴 했지만 그도 여기까지는 생각하지 않았던 것 같았다.

"당연히 그래요."

"네게 다른 남자의 손이 닿는 것도, 그 남자가 네게 속삭여 말하는 것도 미치게 싫은데. 난 그런 것에 너그러운 사람이 아니라고 했잖아. 네 연애가 끝났으니 난 질투도 하면 안 되는 거겠지?"

"안 돼요, 뭐든."

"그럼 다시 연애하자. 이별이고 보류고 다 집어치우고."

승후는 단순한 남자가 되어, 이 모든 것을 엎어 버리려 했다.

"난 질투를 해야겠고, 너를 안고 싶으니까."

"싫어요. 이제 찾아오지 말아요. 우리 헤어졌잖아요."

결국 눈물이 났다. 눈물이 뺨을 타고 자꾸 흘러내렸다.

"가요, 이제 돌아가요. 떠나라고요."

이나는 자신보다 더 힘들어 보이는 승후를 쳐다보며 울었다. 괜한 원망을 담은 눈길로 그를 보며 흐느꼈다. 흐느낌조차 한 박자 정도 느리게 들렸다. 울고 있는 사람의 동작도 소리와 어긋나 있었다.

열이 자꾸 올라서 온몸이 더욱 뜨거워졌다. 몸이 자신의 것 같지 않았다. 깜깜한 진공 안에서 허우적거리는 기분이었다.

"참 이상하지. 너한테 차인 건 난데, 왜 네가 우는 건데?"

우는 사람보다 아파 보이는 승후가 밤하늘을 보며 한숨을 쉬었다.

그리고 시간이 조금 지나서 담담히 말했다.

"이상해도 이제 다그치지 않을게. 울지 마."

"우는 거 아니에요."

이나는 흐르는 눈물을 연신 닦으며 빤히 보이는 거짓말을 했다. 그에게 눈물을 보여 주기 싫었지만 마음과는 다르게 자꾸 흘러내렸다.

"이별한 남자가 네 옆에 있는 게, 네 눈앞에 보이는 것이 그렇게 힘들어?"

"힘들어요. 이대로 사라져 버리고 싶을 만큼요."

"내가 어떻게 해 줄까?"

"무슨 이별이 이래요? 우리 너무 가까이 있어요. 어디론가 숨고 싶어요."

"내가 모르는 곳은 안 돼."

"어디든지, 내가 연애했던 남자가 보이지 않는 곳으로요."

그의 곁에 있고 싶은 마음이 헤아릴 수도 없을 만큼 컸다. 그렇게 거짓말을 하며 얼마나 울었는지 모른다.

"그래, 다 잊어라. 오늘 밤을, 나만 생각한 이기적이었던 나를."

그가 지금 얼마나 강이나라는 사람이 필요한지 말해 주었는데, 이나는 전부 모른 척해야만 했다.

"난 지나가다가 궁금해서 한번 들러 본 거야. 그러니까 이제 울지 마."

그는 감정을 싣지 않고 가볍게 말했다. 그들의 거짓말이 가로등 빛에 모두 드러났지만 서로 모른 척 속아 주었다.

팀장인 은경에게 사표를 냈다. 은경이 승후와의 관계를 물었던 회

의실에 단둘이 있었다. 이나는 테이블 앞에 놓인 의자에 조심스러운 모습으로 앉아 있었고, 은경은 이나를 똑바로 바라보며 서 있었다.

"이게 뭐라고?"

"사직서요. 처음 쓰는 거라 맞게 썼는지는 모르겠지만요."

"뭐, 회사를 그만두겠다고?"

은경이 사나운 목소리로 말했다. 이나는 눈을 질끈 감고 고개를 끄덕였다. 은경은 사표를 넣은 봉투를 열어 보지도 않고 눈앞에서 흔들어 댔다.

"지금 회사가 어수선한 거 알잖아. 게다가 새로운 프로젝트도 시작했고 말이야. 엄청 바쁜 이 시점에 사직서를 낸다고?"

"죄송해요, 팀장님."

승후가 찾아온 밤에 결정했다. 더는 그의 눈앞에 보이면 안 될 것 같았다.

은경은 알 수 없다는 듯 고개를 갸웃대다 마침 생각난 듯 물었다.

"대표님이 그만두래?"

회사를 그만두는 건 누구에게도 묻지 않고 혼자 결정한 일이었다. 당분간만이라도 승후가 몰랐으면 했다.

"그건 아니에요."

"그럼 나 때문이야? 내가 악랄해서?"

"아니에요, 팀장님."

"그럼, 왜 사직서를 내?"

금방이라도 폭발할 것 같은 표정으로 은경이 소리를 질렀다. 이나는 은경의 화난 모습에 기죽어 고개를 숙였다. 은경은 들고 있던 사표를 재빨리 읽었다.

"건강상의 이유? 둘러대려면 제대로 대든가. 사유마저 창의력이 없네. 좋아, 대표님께 전화해서 물어봐야겠다. 대표님과 어떻게 얘기가 된 건지 말이야. 지금 회사에 계시니까 이곳으로 불러낼 거야. 왜 내 팀원이 갑자기 사직서를 내게 된 건지 삼자대면하자고.”

은경이 이나의 시선을 끌려는 듯 핸드폰을 눈앞에 들어 보였다. 은경은 고단수이기도 했지만 이나의 단순함을 잘 파악하고 있기도 했다. 이나는 놀라서 급히 일어섰다.

“팀장님, 솔직히 말할게요.”

“그래, 말해 봐.”

“헤어졌어요.”

잠시 침묵이 흘렀다. 아까까지만 해도 호기심이 어려 있던 눈빛은 사라지고, 은경의 눈꺼풀이 파르르 떨리고 있었다.

“뭐?”

“헤어졌다고요.”

“대표님이랑 헤어졌다고?”

“네. 그렇게 됐어요.”

“나쁜 자식! 내 팀원을 빼내 갈 땐 언제고, 가차 없이 차 버렸다고? 내가 남자 믿지 말라고 했지? 그놈을 당장 불러내 죽여 놔야겠다.”

은경의 목소리가 사나워졌다. 당장에라도 승후에게 전화를 걸 듯한 기세였다. 은경은 그러고도 남을 사람이었다. 이나는 핸드폰을 쥐고 있는 은경의 팔을 꼭 붙든 채 털어놨다.

“잘못 아셨어요. 제가 먼저 연애하자고 해 놓고, 제가 찼어요.”

“이나 씨가 찼다고?”

“맞아요.”

은경이 잘못 들은 게 아닌지 의심하다가 다시 열을 올렸다.

“감히 내 팀원을 홍콩까지 데리고 가서 마구 건드려 놓고 차여? 차일 거였으면 애초에 건들지 말았어야지. 천하에 몹쓸 놈 같으니!”

은경의 과장된 말과 표정에 이나는 바짝 긴장했다. 은경이 승후에게 전화를 걸어 저런 말들을 쏟아 낼까 봐 걱정되었다. 은경의 손에 있는 핸드폰을 뺏고 싶을 정도로 초조했다.

결국 은경이 핸드폰 버튼을 누르려고 하자 이나가 다급하게 털어놓았다.

"몹쓸 놈 아니에요. 절 마구 건드리지도 않았어요. 가만히 있는 사람을 건드린 건 바로 저예요. 제가 먼저 자자고 했고 우린 딱 한 번 잤어요."

이나가 상황을 수습하기 위해 내뱉은 솔직한 말에 두 사람 모두 당황해 버렸다. 이나는 자신이 한 말에 놀라 말을 멈췄다. 은경도 잠시 굳어 있다가 조금 느려진 목소리로 물었다. 그 말의 의미가 자신이 생각한 것이 맞는지 확인하고 싶은 듯했다.

"딱 한 번이라니?"

"한 번만 잤다고요. 그것도 제가 먼저 졸랐어요."

"아니, 누가 그런 것까지 알고 싶대?"

"정정해 드리는 거예요. 대표님이 절 마구 건드렸다면서 그렇게 화를 내시고 전화를 걸어 따지려고 하시니까요."

이나는 은경이 승후에게 전화만 걸지 않는다면 뭐라도 털어놓을 작정이었다. 이나의 말을 확실히 이해한 은경의 얼굴이 붉어졌다. 이나는 여전히 바짝 긴장한 채였다. 은경의 반응 같은 건 이젠 신경도 쓰이지 않았다. 승후를 이곳으로 부르지만 않으면 된다.

"한 번이면 별달라? 건드려 놓고 차였으니 나쁜 놈이지. 내가 가만 두나 봐."

말을 마친 은경이 다시 핸드폰 버튼을 누르려 했다. 이나는 서둘러 은경의 팔을 붙잡았다. 그러자 은경이 자신의 팔을 꼭 잡고 놓지 못하는 이나를 보았다. 그 모습이 애틋했는지 핸드폰을 쥔 손을 아래로 내렸다. 승후를 사랑에 미친 놈으로 만들어 달라더니 실망이 큰 듯했다.

잠시 후 은경이 궁금함을 잔뜩 담은 목소리로 물었다.

"그런데 왜 찼어?"

"그건 말하지 않을 거예요. 무척 사적인 일이니까요."

이별의 이유는 모두에게 비밀이어야 했다. 똑똑한 사람들에게 어리석다고 비난받을 것이다.

이나가 아무런 대답도 하지 않자 은경이 호기심 가득한 눈으로 바라보다가 입을 열었다.

"이 와중에 묻기도 그렇지만, 궁금해서 말이야."

"뭐가 궁금하신데요?"

은경의 말에 이나가 살짝 숨을 죽이며 물었다.

"한 번 잤다니 말인데, 대표님 어땠어? 밤에도 근사하고 훌륭했어?"

은경은 더욱 사적인 것을 궁금해했다. 승후와의 교감과 소통에 관해 묻는 듯했다. 홍콩을 아무 조건 없이 보내 준 은경에게 여자끼리의 비밀스러운 의리라도 보여 주고 싶었다.

"네, 무척이요."

"대답이 뭐 그리 짧은 거야? 얼마만큼 그랬는데?"

"매우, 상당히, 몹시 근사하고 훌륭했어요. 원하시는 답이 될지는 모르겠지만요."

"흠, 그럴 거라 예상은 했지만."

어떤 걸 상상했는지 모르겠지만 은경의 얼굴이 만족스러운 빛으로 변했다. 그리고 이나에게 어르듯 말했다.

"헤어지는 거 다시 검토해 봐. 세상에 별 남자 없다고. 다 가진 남자가 밤에도 훌륭하다니 저 정도면 별 남자지. 바보처럼 차긴 왜 차?"

그때 은경이 들고 있던 핸드폰이 울렸다. 액정을 확인한 은경은 발신자가 누군지 이나에게 보여 주었다. 액정에 승후의 이름이 떠 있었다.

"대표님한테 전화가 온 거야."

말을 끝냄과 동시에 은경이 전화를 받았다. 이나는 무언가를 숨겨 달라는 표정을 지었지만, 은경은 그러고 싶지 않은 것 같았다. 핸드폰을 들고 말을 듣던 은경은 결국 이나가 숨겨 주길 바랐던 말을 내뱉고 말았다.

"지금 그게 중요한 게 아니에요. 강이나 씨가 사직서를 냈어요."

은경은 상대방이 사라진 핸드폰에서 귀를 떼고 말했다.

"지금 여기로 오시겠대."

이나가 절망적인 얼굴을 은경에게 보여 주었다. 승후가 여기로 온다는 말에 가슴이 뛰었다. 몰래 회사를 그만두려다 들켰기 때문인지, 그가 보고 싶어 그런 건지 가늠이 되지 않았다. 눈치 없는 심장은 마구 박동했다.

"대표님이 차였다면서요?"

승후가 들어오자마자 은경이 물었다. 고소해하며 비꼬는 듯한 말투였다.

"아픈 곳 건들지 마. 나 아직 아프거든."

승후는 은경이 아닌 이나를 보며 대답을 했다. 이나는 다시 의자에 앉아 있었고 승후는 창가 쪽으로 다가가 기대어 섰다. 은경은 두 사람을 번갈아 보며 문 쪽에 서 있었다.

은경이 승후에게 따져 들었다.

"끝까지 가지 못할 거라면 아예 시작하지 말라고 충고했잖아요. 두 사람 사이가 깨지면, 이런 식으로 해결할 수밖에 없다고, 누누이 말했잖아요."

"그랬었지. 내 연애에 상담을 자처하면서."

"저번에 잘돼 가냐고 물었을 때, 열아홉 살쯤 되는 남자애 같은 표정으로 좋다고 털어놓은 지 얼마나 됐다고 벌써 차여요? 대표님 정말 모양 빠지네요. 그리고 내가 우리 막내 팀원 다치지 않게 조심하라고 했죠? 디자인 팀 전력 손상 내지 말라고."

"연애하다가 누구라도 다치면, 날 죽인다고도 했었고."

처음 듣는 말들이었다. 이 연애에 대해 은경은, 승후에게도 어느 정도 관여하고 있는 듯했다. 이나는 두 사람의 말을 넋 놓고 듣고만 있었다.

"그런데 왜 일을 이렇게 만들어요? 대표님, 혹시 보기에만 그럴듯하고, 어디 문제 있는 거 아녜요?"

"아무래도 그런 것 같지?"

승후가 은경의 비난을 수긍했다. 두 사람은 이나가 생각했던 것보다 훨씬 가까운 사이인 듯했다. 깊은 속내를 털어놓을 수 있는 오래된 우정을 나눈 친구처럼 보였다. 은경의 잔소리에 무심히 대꾸하던 승후가 이나에게 물었다.

"사직서를 냈다고?"

아까부터 그의 시선은 이나에게 고정되어 있었다. 이나는 시선을 피하기 위해 자신의 발끝만 내려다봤다. 두 사람의 기에 눌렸는지 힘이 빠져 어깨가 축 늘어졌다.

이나가 아무런 대답을 못 하자 승후를 매섭게 노려보던 은경이 대신 말했다.

"그럼 안 내게 생겼어요? 사귀던 남자가 무슨 큰일이라도 저지른 것처럼 법정에 드나드는데. 그리고 그게 뉴스가 되어 텔레비전에 나와 세상 시끄럽게 하잖아요. 게다가 오래전 애인까지 느닷없이 밝혀

져서 우리 사이트 검색어 순위에 두 사람이 번갈아 오르락내리락하고 말이죠. 대표님 팬카페엔 둘이 같이 찍힌 사진까지 나돌고 있다고요.”

씩씩대던 은경이 잠시 멈칫하다가 무언가를 털어놓듯 빠르게 말했다.

“네, 맞아요. 저도 팬카페 회원이에요. 로얄 등급이죠. 지금 대학 시절에 같이 찍었던 사진들까지 올라오고 있어요. 나 같아도 사직서 던지고 그 꼴 안 보죠. 연애 초보가 그런 게 감당이 되겠어요?”

이나는 거침없이 말을 하는 은경을 커진 눈으로 보았다. 왜 사표를 내냐고 물어 놓고 그 이유를 더 잘 알고 있는 것 같았다.

“내가 애초부터 수연 선배는 아니라고 했던 거 기억하죠? 대표님에게 독이라고 했잖아요. 결국 수연 선배가 지금까지 대표님 발목을 잡고 있네요.”

은경은 수연에 대해 감정이 좋지 않은 것처럼 보였다. 묵묵히 듣고 있던 승후가 말했다.

“은경이 넌 나에 대해 아는 게 많아 탈이야. 우리 너무 오래 알고 지낸 것 같다.”

승후는 은경의 잔소리는 무시한 채, 여전히 이나를 보며 말했다.

“강이나, 사직서라니 나한테 너무하잖아. 너네 팀장이 나한테 화내는 것 좀 봐라. 난 세상에서 은경이가 제일 무섭거든. 게다가 저렇게 시끄럽기까지 하고. 너한테 차인 걸로 날 놀려 대며 한동안 우려먹겠다.”

그의 말투가 어쩐지 장난스럽게 느껴졌다. 화를 내지도 슬퍼 보이지도 않았다. 이상하게도 따뜻한 얼굴이었다. 며칠 전 밤에 옥상으로 찾아왔을 때와 사뭇 달랐다. 이성적이었고 어른스러워 보였다. 아프다는 마음을 어디론가 감추어 버렸다.

"여기서 일하는 게 힘들면, 오랫동안 휴가 내고 쉬어도 돼. 아무래도 그러는 게 좋을 거 같다."

창가를 등지고 서 있는 승후의 뒤로 노을이 지고 있었다. 붉은 하늘의 빛이 그의 머리카락 사이로 스며들어 붉게 반짝였다. 며칠 전보았을 때보다 그가 더 야위었다는 생각이 들었다. 휴가가 필요한 건 그인 것 같았다.

이번에도 이나가 아무런 답을 하지 않자 은경이 먼저 나섰다.

"참 편한 소리 하시네요. 휴가 다녀오면 상황이 변하나요? 사내 연애 하다가 끝나면 한 사람은 그만두게 마련이죠. 그래서 사내 연애가 위험한 거예요. 보기 싫어도 봐야 하는 그 감정 노동이 얼마나 큰데요. 회사 대표랑 연애하다 끝났는데 대체 누가 버티겠어요?"

은경의 언성이 높아지자 이나가 끼어들었다.

"두 분 걱정하지 마세요. 전 좀 쉬고 싶어서 사직서를 낸 것뿐이에요. 잠시 쉬는 동안 엄마 일도 도우며 새로운 일 찾아보면 돼요. 프리랜서로 일러스트를 그려도 되고요."

"그 말 듣고 나니 더 걱정이다. 아무런 대책과 계획도 없이 그만둔다는 소리였잖아. 이나 씨는 재능도 있고 실력도 있어. 남자 때문에 미래를 포기하는 바보 같은 짓을 하겠다는 거야? 우리 팀의 새로운 프로젝트 따윈 어찌 돼도 상관없다 이거네. 연애 깨진 게 뭐가 그리 대단하다고 동료 간의 신뢰와 책임을 단박에 내던져? 정말 그런 사람이었어?"

"죄송해요, 팀장님."

은경은 부하 직원의 편을 잘 들어 주기도 했지만 잘못한 일에 대해서는 따끔하게 혼을 내는 상사였다. 이나는 은경을 실망시켰다는 사실에 부끄러움이 밀려왔다. 일하면서 눈물이 날 정도로 혼난 적이 많기는 했지만 이번엔 승후 앞이라 더 창피했다. 밀려 올라오는 눈물을 꾹 참아야 했다. 평소라면 이런 반응은 아니었을 것이다. 몸도 정신도 온전한 상태가 아니라 문제였다.

눈물을 참는 이나를 보고 은경이 서둘러 말했다.

"어, 울기만 해. 내가 우는 여자 질색이라고 했지?"

여자의 눈물에 약한 은경이 당황한 기색을 감추지 못했다. 얼굴이 잔뜩 붉어져 눈물을 참는 이나를 보며 은경은 승후를 노려보았다. '이제, 어떻게 할 거예요?' 라고 묻는 것처럼.

"은경아, 부탁인데 강이나 좀 봐줘라. 내가 충분히 울렸으니까 너라도 울리지 마. 지금 내가 혼나는 것처럼 따끔하고 아프다."

승후는 창가에 기대어 노을이 옅어져 가는 것을 지켜보았다. 시간이 어느 정도 흐르자, 그는 어떤 결정을 내린 듯 창가에 기대었던 몸을 일으켰다.

"오 팀장, 강이나 씨에게 사직서 돌려줘."

이나와 은경이 동시에 승후를 보았다.

"그걸 내게 된 원인이 나라면 내가 보이지 않는 곳으로 잠시 보내자. 이곳의 복잡한 일이 해결될 때까지 말이야. 몇 달간 도쿄 사무소에 파견 근무로."

승후는 이별의 보류에 이어 사표도 그렇게 처리했다. 이나는 어디론가 숨고 싶다고 울면서 말했던 옥상 위의 밤을 떠올렸다.

"나 때문에 좋아하는 일을 포기하는 건 어리석은 행동이야. 내가 이 회사 대표로 얼마나 더 남아 있을지는, 재판 결과와 주주 회의의 결과를 봐야 알 수 있어. 그러니까 내가 회사에서 나가고 네가 여기 남을 수도 있다는 소리야. 세상일은 누가 어떻게 될지 한 치 앞도 모르는 거야. 그러니 미리 포기하지 말고 네가 좋아하는 일을 계속해. 여기 있으면 어쩔 수 없이 나를 마주치게 될 테니, 그곳에 가서 나를 피해 있어."

하나도 재미없는 말을 하며 승후는 웃었는데, 그 말을 듣는 이나는 심장이 바닥으로 떨어지는 기분이었다. 민승후가 없는 고릴라닷컴은 상상도 할 수 없는 일이었다. 그런 일이 일어날까 봐 겁이 나서 이 연애도 반납한 건데.

"저는."

회사를 떠날 것이다. 승후와의 연결 고리를 끊어 내야 했다. 다시 한번 굳게 마음을 먹고 말을 이으려는데 이나의 말을 은경이 가로챘다.

"좋은 생각이네요. 이나 씨, 도쿄에 몇 달 가 있어. 연애에 실패했다고 일도 포기하는 건 어리석은 짓이야. 첫 연애가 끝나면 세상이 끝난 것처럼 아플 거야. 하지만 그건 잠깐이고 결국 잊게 돼. 도쿄에 가서 경력도 쌓고, 쉬는 날 근교로 여행도 다니고, 좋은 경험 하면서 지내고 있다가 마음이 잠잠해지면 와."

말을 마친 은경은 조금은 누그러진 듯한 얼굴이 되었다.

"그러다 보면 수월해지겠지. 풀리지 않는 문제에서 한동안 떨어져 있는 것도 답이야. 프로젝트는 거기 파견 가서도 같이 진행할 수 있으니까 문제 될 것도 없고. 회사 대표랑 연애하다 끝났는데 그런 정신적 보상이라도 있어야지."

은경이 팀장의 목소리가 아닌, 친언니 같은 따뜻한 목소리로 말을 이어 갔다.

"지나고 나면 별거 아니야. 흔한 연애 한 번 끝낸 거야. 누구나 한 번쯤 해 보는 일이라고 생각해."

가만히 은경의 말을 듣고 있던 승후가 차분해진 눈으로 이나를 보았다. 그리고 목소리를 낮추어 속삭이듯 말했다. 옆에 있는 은경이 들어도 상관없다는 듯 담담했다.

"날 보는 게 그렇게 힘들면, 내가 보이지 않는 곳에 가서 잠시 숨어 있어. 이기적으로 변할지 모르는 날 피해야지. 네게 대차게 차인 남자가, 다시 널 찾아가서 곤란하게 할 수도 있어. 네가 미치도록 보고 싶어 찾아갔던 그 밤처럼 말이야. 난 다시 찾아가지 않겠다는 장담도, 약속도 못 하겠거든. 밤만 되면 너에게 가고 싶은 걸 억눌러야 하는 나로부터 멀리 숨어 있는 게 좋아.”

이번엔 은경도 끼어들지 않고 침묵했다. 세 사람은 한참 동안 아무 말이 없었다. 저녁의 해가 길게 들어와 회의실 안의 공기는 차분하게 가라앉아 있었다. 그 빛 속에서 날아다니는 먼지가 몹시 쓸쓸해 보였다. 어느새 노을이 다 지고, 낮은 해의 붉고 긴 그림자만 남았다.

빗소리가 너무도 컸다. 이나는 천둥소리에 놀라 잠에서 깼다. 태풍이 오고 있다는 뉴스를 본 후 잠이 들었는데 자는 내내 바람 소리와 빗소리가 귀에서 떠나지 않았다. 그 소리가 꿈속에서 들리는 것이라 생각했는데 꿈이 아니었다.

몸이 땀으로 범벅이었다. 누군가 온몸을 짓이기는 것처럼 아팠다. 열이 오른 몸도 여태껏 그대로였다. 다 나은 줄 알았는데 어제부터 열이 다시 시작되었다. 약을 먹어도 내릴 줄을 몰랐다.

다시 번개가 쳤다. 어두웠던 방 안으로 순식간에 빛이 들이쳤고, 길고 큰 천둥이 울렸다. 소리가 하늘을 조각낼 것처럼 컸다.

‘도대체, 내가 무슨 일을 벌인 거지?’

정신이 번쩍 들었다. 뭔가 크게 잘못되고 있었다. 몸의 열이 내리지 않는 것도 이상한 일이었다. 이제야 왜 몸에서 열이 떠나지 않는 건지 알 것 같았다. 몸이 아닌 마음의 상처가 자꾸 덧나 몸의 열을 올리고 있는 것이었다. 승후를 향한 그리움과 그걸 거부하는 마음이 치열하게 싸우고 있었다. 머릿속은 얼렸는데 몸은 본능에 충실했다.

마음에도 번개가 쳐서 봉인해 뒀던 승후의 말들이 날아 돌아다녔다. 자신을 향한 그의 말들은 아팠고, 고통스러웠다. 또다시 무언가를 잃을까 두렵다는 사람에게서 떠나려 했다. 그를 위해서라는 확실하지도 않은 판단으로 일을 저질러 버렸다.

사랑해서였다는 면죄부를 받고 그에게 던진 화살이, 모두 돌아와 자신의 몸에 박혀 있는 것 같았다. 승후가 얼마나 아팠는지 그대로 느껴졌다.

다시 번개가 치고 천둥이 더 크게 울렸다.

'무슨 짓을 한 거야?'

폭우가 세차게 창문을 때렸다. 불 꺼진 자신의 방이 무척 낯설었다. 어둡고 낯선 길을 혼자 헤매는 기분이 들었다. 몹시 어리석어 사랑에도 방향을 잃었다. 승후를 믿고 그에게 솔직했어야 했다. 사랑한다고 말하고, 끝까지 곁에 있고 싶다고 말해야 했다. 하지만 그를 믿지 않았고 정직하지 못했다. 어리석은 자신이 원망스러웠다.

모든 것이 무서워지기 시작했다. 자신은 눈물을 흘릴 자격도 없는 사람같이 느껴졌다. 이 어처구니없는 이별의 과정에서도 그는 자신을 감싸 안아 주었다. 이별을 대하는 그의 따뜻하면서도 아팠던 말들이 살아서 귓가를 돌아다녔다. 얼렸던 마음이 비에 녹은 건지, 승후가 미칠 것같이 보고 싶었다.

높은 벼랑에 혼자 서서, 이 비를 다 맞는 것처럼 아팠다.

핸드폰이 울렸다. 이나는 울면서 전화를 받았다. 전화를 건 사람이 누구든 숨겨 놨던 말들을 털어놓고 용서받고 싶었다. 혼자 있다는 것이 못 견디게 아팠다.

―이나, 왜 울어?"

연주였다.

"나 아파. 온몸이 꺼져 버릴 것처럼 아파."

목소리가 마른 목을 비집고 겨우 소리가 되어 나왔다. 연주가 놀라 다급해진 목소리로 물었다.

— 아프다고 그렇게 울어? 한민이는 뭐 해? 병원에 같이 가자고 해.

"왜 아픈지 내가 알아. 병원에 간다고 낫지 않을 거야."

— 그게 무슨 소리야?

"나 바보같이 블랙 돌핀한테 헤어지자고 했어. 헤어지자고 졸랐어."

— 브로콜리 강이 블랙 돌핀한테 헤어지자고 했다고? 대체 왜?

연주의 커진 목소리가 귓속을 파고들어 아팠다. 열이 올라 있어 모든 감각이 예민해졌다.

"그렇게 하는 게 그 사람을 사랑하는 일이라고 생각했으니까."

— 이게 대체 무슨 말이야?

"그 사람 말보다 다른 사람들 말을 더 믿었어."

— 다른 사람들이 무슨 상관인데. 두 사람 문제에.

이나가 침묵하자 한숨을 내쉬고 연주가 물었다.

— 블랙 돌핀한테 사랑한다는 말은 했어? 너 정말 사랑하잖아.

"사랑하지 않는다고 말했어."

— 정말?

"응, 몇 번이나 사랑하지 않는다고 말했어."

— 블랙 돌핀은 뭐래? 너의 이별의 말에.

달이 없던 날, 옥상에 찾아와 아파하던 승후를 떠올렸다. 그를 위로해 주지 않았던 밤을 떠올리니 가슴이 시려 왔다.

"많이 아파해. 물을 주지 않아 시들은 식물처럼 보여. 내가 다 망쳤어."

― 걱정하지 마, 다시 물 주면 돼. 그러면 금방 싱싱해질 거야.

"난 다시 하는 방법을 모르겠어. 다시 하는 게 맞는 건지도 모르겠고."

어리석은 사람의 사랑은 이렇게 엉망이 되어 버렸다.

― 무슨 소리야, 이게 대체. 진심만을 따르는 브로콜리 강은 어디로 간 건데?

"아프기만 해. 이렇게 아플지 몰랐어. 지금도 보고 싶어 미치겠는데 가까이 두고도 볼 수조차 없어."

― 길치인 줄은 알았지만, 사랑에도 길을 헤매네.

"맞아, 난 바보처럼 사랑에도 길을 잃어버렸어."

무언가를 고민하는 듯 한동안 핸드폰 너머에서 말이 없던 연주가 강한 말투로 충고했다.

― 이나야, 그만 울고 블랙 돌핀을 지금 당장 찾아가. 가서 사랑한다고 말해.

집을 나와 우산을 펴고 승후의 집을 향해 뛰었다. 앞이 보이지 않을 정도로 비가 내리고 있었다. 들고 있는 우산 안으로 비가 들이쳤다. 오르막길을 오를 때에는 발목 위까지 빗물이 넘쳐 걷기도 힘들었다. 자꾸만 발을 헛디뎌 미끄러졌다.

급한 마음과 다르게 몸이 느렸다. 우산은 하나도 소용이 없었다. 이나는 우산을 접고 승후를 향해 더 빨리 뛰어갔다. 승후를 안고 사과를 해야 했고, 위로가 필요한 그를 위로해 줘야 했다. 그에게 해야 할 말이 너무도 많았다.

승후의 집이 시야에 들어왔을 때 이나는 그 자리에 멈춰 섰다. 깜빡거리는 가로등 아래 서서 꼼짝도 못 했다. 자신이 보는 것이 현실 같지 않아 자꾸만 눈을 감았다가 떴다. 다친 마음 안으로 비가 세차게 들이쳤다.

그의 집 앞에는 택시에서 내린 승후와 수연이 서 있었다. 그들은 우산도 없이 내리는 비를 다 맞으며 서로를 마주 보고 있었다.

승후는 온전하지 않았다. 몹시 비틀거렸다. 멀리서 봐도 술에 많이 취해 있다는 것을 알아챌 만큼 평소와는 다른 모습이었다. 늘 단정한 모습이었던 남자라서 그 모습이 무척 낯설었다.

수연은 다치고 외로운 그의 앞에 서서 그 남자만을 보았다. 여자는 그 비를 다 맞고도 아름다웠다. 어두운 빗속에서도 아름다움이 감춰지지 않았다.

승후가 몸을 돌려 움직이려 했는데 동작이 완전하지 못했다. 넘어질 듯 비틀거렸다. 수연은 그런 승후를 잡으려 했고 그는 그 손을 뿌리쳤다. 수연이 손을 떼고 거리를 두었음에도 계속해서 뿌리치는 동작을 반복했다.

시간이 조금 더 지나자 두 사람은 큰 소리로 서로에게 무어라 소리를 쳐 댔다. 알아들을 수 없는 소리마저 빗소리에 묻혀 사라졌다.

이나는 비를 맞으며 꼼짝도 할 수가 없었다. 승후가 저렇게 술에 취한 모습도, 크게 화를 내는 모습도 여태껏 본 적이 없었다. 화가 나면 무섭다더니 거짓말이 아니었다. 저렇게 많이 화가 난 사람 자체도 처음 봤다.

온몸에 쏟아지는 감당 못 할 비를 맞으며 그들을 보았다. 어떤 결계가 쳐진 것처럼 그 사람들에게 다가갈 수가 없었다. 그들도 결계로 인해 이쪽이 보이지 않는 것 같았다. 머리 위에서 깜빡이던 가로등 불도 꺼졌다.

'여기 왔어요.'

승후에게 자신이 이곳에 찾아왔다는 것을 알려야 했다. 하지만 아무 말도 하지 못했다. 말을 잊은 사람처럼 그 어떤 소리도 나오지 않았다. 한 걸음을 떼어 그들에게 가려고 했지만 몸도 움직여지지가 않았다. 땅속의 무언가가 자신을 끌어당기고 있는 것만 같았다. 그를 갖고 싶다는 마음과 놓아주어야 한다는 마음이 부딪치고 있어 움직일 수가 없었다.

'정말 사랑해요.'

그 말도 해야 했다. 하지만 목소리가 사라지기라도 한 건지 이번에도 말은 소리가 되어 나오지 못했다. 움직일 수 있는 것은 오로지 시선뿐이었다. 눈동자가 그들의 움직임을 자석처럼 따라가고 있었다. 저들의 절실한 모습을 보고만 있는 게 할 수 있는 전부였다. 아무것도 보지 않았으면 오히려 편했을 텐데 눈은 감기지도 않았다.

수연은 비틀거리는 승후를 계속 끌어안았다. 그 동작이 절박해 보였다. 손길을 뿌리치던 승후도 결국은 포기한 듯 가만히 있었다. 그는 지쳤는지 고개를 숙이고 움직이지 않았다. 그러자 수연은 아름다운 얼굴로 그를 보고, 아름다운 손으로 그의 얼굴을 감싸 안고, 아름다운 입술로 그에게 입을 맞추었다. 승후는 거부하기를 포기하고 수연의 손길에 자신을 놔두었다.

수연은 빗속에서 오랫동안 승후에게 입을 맞추고, 오랜 시간 잃어버렸던 것을 다시 찾은 듯 소중하게 안았다. 그리고 이제 다시 놓치지 않겠다는 듯 그를 꼭 잡았다. 그런 수연의 모습조차 슬프고도 아름다웠다.

이나는 그 모습을 전부 보고 있어야 했다. 승후를 아프게 했던 벌을 고스란히 돌려받는 것 같았다. 오래도록 수연에게 몸을 맡기고 있던 승후가 다시 수연의 손길을 뿌리치며 밀어 냈다. 그러곤 자신의 집 대문 안으로 들어갔고, 수연도 문이 닫히기 전에 그를 따라 들어갔다. 시간이 흐른 후, 그의 집에 주황빛 불이 켜졌다. 이나가 기억하는 그 집의 불빛과 같은 빛이었다.

이 모든 것이 아주 느리게 움직였다. 그래서 분명 악몽을 꾸고 있는 거라는 생각이 들었다. 말도 나오지 않고 움직일 수도 없는 악몽. 눈을 감았다가 뜨면 자신의 작은 방이기를 바랐다. 하지만 여전히 승후의 집 앞이었다.

가로등 빛이 다시 깜빡이기 시작했고, 비가 거짓말처럼 잦아들었다. 현실이라는 것을 알리듯 몸의 통증도 되살아났다. 내려가지 않는 열이 더욱 들끓어 몸을 태우는 것 같았다. 자신이 흐느끼는 소리도 크게 들렸다. 목에서 나오는 소리는 처참하도록 쉬어 있었다. 눈물이 비만큼 많이 흘러내렸다.

지금 자신은 아름다운 마음을 가진 남자를 아프게 한 벌을 받는 것이 분명했다. 이나는 비를 맞으며, 그의 집을 밝히는 주황 불빛만 보았다. 그 불빛 아래에서 자신이 아닌 다른 아름다운 여자에게 위로를 받는다 해도, 그를 비난하거나 미워할 자격도 없는 사람이 바로 자신이었다. 얼려 두기로 한 사랑은 차갑고 커다란 얼음덩어리가 되어 버렸다.

돌풍에 우산이 망가졌다. 슬리퍼 한 짝도 빗물에 떠내려가 맨발로 걸었다. 게다가 집으로 돌아가면서 두 번이나 넘어지기까지 해 무릎도 다쳤다.

잠잠해진 비를 맞으며 절뚝이면서 걷는데 언덕을 올라오는 한민과 마주쳤다.

“강이나, 결국 머리가 어떻게 되기라도 한 거야?”

놀란 한민이 서둘러 다가와 자신의 우산 안에 이나를 넣어 주었다.

“넘어져서 그래.”

“빗길에 넘어졌다고 그렇게 우냐? 애도 아니고.”

우산 안에서 이나를 자세히 살펴보던 한민이 인상을 구겼다.

"얼굴이 엉망이야. 왜 이렇게 떨어? 도대체 얼마나 운 거야?"

기억하는 한 이렇게 많이 운 적은 처음인 것 같았다. 비를 맞으며 울어 눈물이 숨겨질 줄 알았는데 바로 들켜 버렸다. 울어서 쉬어 버린 목에서 겨우 목소리가 나왔다.

"두 번이나 넘어졌으니까."

"목소리는 또 왜 그래?"

"감기 때문에 그래."

"자꾸 속아 주니까 내가 바보인 줄 알아? 대체 어떤 놈이 널 울리는 건데?"

한민에게 빈틈을 보이면 안 되는데, 멈췄던 눈물이 다시 나기 시작했다. 내 편이 나타났을 때 긴장이 풀려서 마구 울어 대는 여자아이처럼 울었다.

"이제 더 이상 묻지 마. 너한테 아무것도 말 안 할 거야."

"그만 울어. 지나가는 사람들이 오해하겠다. 내가 너 찬 줄 알고. 난 못생긴 애는 안 사귀는데 말이야."

한민은 우산을 이나 쪽으로 기울였다. 이나는 빨리 집으로 가고 싶었다. 그리고 오랫동안 잠자고 싶었다. 승후와 이별을 결정하고 지금까지 도통 잠을 잘 수가 없었다.

"한민아, 집에 가자. 집에 가고 싶어."

"그러니까 도쿄에 가지 마. 거기 가서 어떻게 혼자 살 건데? 널 지켜 주는 사람이 아무도 없을 텐데."

한민은 이나의 도쿄행을 심하게 반대했다. 그래서 아직 도쿄로 가는 것을 결정하지 못하고 망설이는 중이었다. 그러나 이곳은 승후가 사는 곳과 너무 가까웠다. 당장이라도 그에게서 떠나야 했다.

"나 도쿄에 갈 거야."

"어려서부터 아빠가 널 지켜 주라고 했어. 너무 멀리 가면 지킬 수가 없잖아."

"누나는 이제 괜찮아. 나도 너랑 같은 스물여섯 살이라고."

동갑의 누나로서 지금껏 누나답지 못해서 한민에게 미안했다. 얼마나 부족했으면 동생이 누나를 지키려고 애를 쓸까 싶었다. 누나라고 부르지 않는 한민을 나무랄 수도 없었다.

"조금만 울고 그쳐. 더 울면 안 봐준다. 여기 두고 갈 거야."

그 말을 끝으로 한민은 속 깊은 오빠처럼 아무것도 묻지 않았다. 더 이상 비를 맞지 않도록 내내 우산을 이나 쪽으로 기울여 줄 뿐이었다. 그 바람에 등이 다 젖어 버렸는데도 아무 대책도 없이 우는 이나 옆에 서 있었다.

세상의 전부를 잃기라도 한 것처럼 이 이별이 너무도 아팠다.

어두워지면서부터 비가 퍼부었다. 승후는 바의 구석에서 부대표인 민석과 술을 마셨다. 회사 근처라 직원들이 자주 오는 바였다. 그래서인지 그를 알아보고 흘깃거리는 사람들이 있었지만 신경 쓰지 않았다. 오히려 신경 쓰는 쪽은 바의 사장이었다. 사장이 승후에게 물었다.

"대표님, 룸으로 들어가실까요?"

"여기도 좋습니다."

"보는 눈들이 많아서요."

"술 마시는 게 큰일도 아니고. 상관없습니다."

그러자 사장은 민석의 의견도 묻는 듯 그를 쳐다보았고 민석 역시 눈짓으로 괜찮다고 말했다.

승후가 허탈한 듯 중얼거렸다.

“새삼 겸허해지네요.”

“겸손해서 탈인 사람이 무슨 소리야?”

사랑한다고 말하려던 날, 상대로부터 사랑하지 않는다는 소리를 들었다. 사랑에 관한 한 시간과 운이 자신의 편이었던 적이 없었다. 힘들다고 헤어지자는 사람의 말을 거절하지 못했다. 완전하게 잃기 싫어 보류라는 말도 안 되는 이유를 대서라도 잡고 있어야 했다.

승후는 앞뒤 다 자르고 물었다.

“참 재미없다. 뭐가 그래요?”

“승후, 너 취했어? 너 취한 거 정말 오랜만에 본다.”

“그만 마실 겁니다.”

말과는 달리 승후는 위스키 한 잔을 단숨에 비웠다. 또 어렵기만 한 사랑이라니. 이별당하고 술에 취해 버린 스스로의 모습이 구차했다. 민석이 그런 승후를 살피다가 덤덤한 척 물었다.

“요즘 힘든 건 알지만 종류가 다른 것 같다. 설마 민승후가 연애라도 하는 건가?”

“연애하다가 보기 좋게 퇴짜 맞았어요. 거저 얻는 게 없었던 사람이잖아요. 힘들어도 견디면 힘들었던 만큼 좋은 결과를 얻을 수 있을 거라는 믿음이 있었는데, 인간관계에서는 그런 법칙이 통하지 않으니까 어려운 거 같아요. 평탄하게 사람을 알아 가기엔 굴곡이 많은 인생이니까요.”

우습지도 않은 일에 또 웃음이 났다. 원래부터 술에 취하면 잘 웃었다. 이렇게 속이 터져 나갈 듯 아프다 해도.

“그만 잊어라. 핑크색의 달콤한 막대 사탕을 잠시 물고 있다가 녹아 사라졌다고 생각해. 결혼을 전제로 하지 않은 연애란 그런 거야. 끝이 선명히 보이는 관계. 만나는 동안 서로 즐거웠으면 그걸로 된 거고.”

"저 많이 아픈데요. 지금도."

몹시 아팠다. 억지로 살점을 뜯어낸 것처럼 군데군데가 쓰라렸다. 통증을 줄이려면 술을 더 마셔야 했다. 승후는 마시던 것과 같은 것을 한 잔 더 주문했다.

"아프다니. 연애의 순수함을 여전히 간직한 남자라 이거지. 그런 네가 부러운 건 부정할 수 없다. 냉철한 머리와 순수한 가슴을 가졌으니 말이야. 하지만 어떤 인간관계든 네 인생을 조금이라도 유리하게 만들어 줄 수 있는 사람과 관계를 맺어. 그게 인간의 본능이니 죄책감은 가지지 말고. 모두 다 그렇게 살아가고 있어."

본능을 거스르는 것이 사랑이라 문제였다.

"사람은 이익에 따라 움직이게 되어 있어. 이번 감사나 소송 문제도 미리 손을 써서 수습했으면 커질 문제도 아니었고. 다들 그렇게 세상일에 접근하고 있다. 지금도 우리에게 유리한 쪽으로 해결할 방법이 남아 있어."

"그렇게 안 해요. 혼자 잘나서가 아니라 마음이 그렇게 움직여지지 않는 인간이에요."

"타협도 할 줄 알아야 해. 휘어질 줄도 알아야지. 너처럼 꼿꼿하게 굴면 부러져."

"잔소리하려면 가세요. 혼자 마실 겁니다."

술을 몇 잔 더 마시니 공간이 빙글 도는 것 같았다. 잠시 엎드려 있다가 고개를 들었는데 옆자리는 민석이 아닌 수연으로 바뀌어 있었다. 승후는 수연을 보며 헛웃음을 웃었다. 이 사람을 보면서도 웃음이 나오는 걸 보니 술에 취한 것이 분명했다. 그만 마셔야 했다.

수연이 웃는 승후를 보며 애틋한 표정을 지었다가 다시 긴장한 얼굴이 되어 말했다.

"다시 네 앞에 나타났다고 화내지 마."

“이젠 화도 안 나. 널 불러냈을 게 뻔한 민석이 형한테는 화가 치밀어 오르지만.”

“많이 마셨어. 집에 데려다줄게.”

수연이 비틀거리며 일어서는 그의 팔을 잡았고 승후는 그 손을 뿌리쳤다.

“나 혼자 갈 거야. 넌 네 갈 길 가.”

“택시 불렀어. 비가 많이 와. 태풍이 오기 직전이야.”

“여기까지 온 수고를 무시해서 미안한데, 너와는 아무 데도 안 가.”

수연을 밀어 내고 혼자 섰는데 몸이 무너져 내렸다. 수연뿐 아니라 주위에 있던 사람들까지 승후를 부축했다. 그리고 많은 기억이 사라져 버렸다.

새벽 5시 반, 또다시 눈이 떠졌다. 몸에선 비 냄새가 느껴졌다. 어제 마셨던 술 때문인지 머리가 지끈해 얼굴을 구기고 낮은 신음을 했다. 사라졌던 어제의 기억들이 비 냄새로 인해 듬성듬성 떠올랐다. 세찬 비를 맞으며 수연과 싸워 댄 것이 생각났다. 무슨 모진 말을 해 댄 건지 수연은 내내 울고 있었다.

정신을 차리기 위해 샤워를 할 생각으로 욕실에 들어서자 어제 입었던 옷들이 아직 덜 마른 채로 옷걸이에 반듯하게 걸려 있었다. 누구의 솜씨인지 뻔했다. 수연은 정리하고, 챙겨 주는 것을 좋아했었다.

승후는 어제의 일을 씻어 내듯 오랜 샤워를 끝내고 거실로 나왔다. 수연이 소파 위에서 얇은 이불을 덮은 채 잠들어 있었다.

승후는 커피를 내린 뒤 들고 테라스로 나갔다. 세찬 비바람이 몰아친 후의 아침 공기가 무척 신선했다. 숨을 깊게 들이마셨다. 새로운 공기를 채운 몸은 밤의 통증으로부터 깨어나고 있었다.

아래로 보이는 도시의 모습이 깨끗했다. 어제 비를 맞고 싸웠던 것이 꿈이 아니었나 싶을 만큼 하늘도 맑았다. 그렇게 태풍이 방향을 바꾸어 지나갔다. 머리가 맑아졌다. 조금은 편안해진 얼굴로 새벽의 도시를 보았다. 쉽지는 않겠지만 이 상황 또한 덤덤히 받아들이고 차분하게 극복해 나가는 걸로 마무리를 지을 것이다. 살아오면서 늘 그래 왔던 것처럼.

거실로 들어가니 잠에서 깬 수연이 소파에 앉아 있었다. 승후가 즐겨 입는 낡은 티셔츠 차림이었다. 그 옷이 수연에게는 무척 커서 마치 다른 옷처럼 보였다. 승후는 한 모금도 마시지 않은, 아직 따뜻한 커피 잔을 수연에게 건넸다. 수연이 그것을 받아 한 모금 마셨다.

"정말 오랜만이네. 아침에 네가 주는 적당히 식은 커피. 뜨거운 커피를 못 마시는 나를 기억하는구나. 이렇게 나의 작은 부분을 기억해 주어서 고마워."

수연은 무언가 내려놓은 듯 편안한 얼굴이었다. 승후는 수연의 얼굴을 잠시 관찰하다가 앞에 마주 앉았다. 두 사람의 눈길이 수평으로 오고 갔다. 어제 서로에게 퍼부어 대던 말의 결론을 지금 내야 했다. 승후가 무게를 담아 말했다.

"난 강이나가 필요해."

"어제 네가 내내 했던 말이야. 그 말을 반복하고, 반복하고, 또 반복했어."

"날 외롭지 않게 하고, 아프지 않게 하고, 늘 웃게 해. 살면서 어쩔 수 없이 생기는 통증마저도 잊게 해 줘."

승후는 수연의 눈을 똑바로 보며 말했고, 표정이 없던 수연은 슬픈 모습으로 변해 갔다.

"난 그렇게 해 주지 못했지. 널 외롭게 하고, 아프게 하고, 지치게 했어."

"우린 어렸고 성숙하지 않았으니까."

"사람을 좋은 사람과 나쁜 사람 두 부류로만 나눈다면, 난 나쁜 사람에 속할 거야. 지금도 널 가질 수 있는 잔인한 방법이 떠오르거든. 널 다치게 해서라도 갖고 싶어. 사랑보다 집요한 감정이야."

수연은 가만히 미소 짓다가 심각한 척 물었다.

"이런 내가 겁나?"

"이제 너로 인해 다치는 일은 없을 거야."

"알고 있어. 추억일 뿐인 사람에겐 상처받을 일이 없는 거지. 널 수없이 아프게 했었는데, 이제 널 다치게 할 수조차 없는 사람이 되어 버렸어."

"난 소중한 것들이 한꺼번에 날아가 버리는 경험을 했던 사람이라, 어느 시점부터는 사람에 대한 어떤 욕심도 부릴 수가 없었어. 놓치는 것을 시작하기도 전에 겁냈으니까. 강이나는 그런 내게 진심으로 다가온 사람이고, 내 것이었으면 좋겠는 사람이야. 간신히 잡은 흔치 않은 기회고, 찰나를 잡은 거라 앞으로 다시는 없을지도 몰라. 그러니 이젠 네가 내 주변에 있으면 더욱 안 돼. 그 사람이 아파해."

진심을 담은 승후의 말에 수연이 고인 눈물을 감추며 말했다.

"축하한다는 말은 하지 않을 거야. 밤사이 모든 것을 내려놓은 척도 안 할 거고."

"아직 축하할 일은 없어. 이나가 내게서 떠나고 싶어 해. 난 이나를 나에게서 떼어 놓고 잠시 숨겨 둘 거야. 일이 예상 못 했던 길로 진행되고 있거든. 혼자 어긋난 마음을 지금 당장 강제로 맞출 수는 없어. 엇나간 사람을 내 옆에 억지로 묶어 놓을 수도 없는 거고. 서로 떨어져서 관계에 대해 생각할 시간이 필요해."

"그 이유에 내가 한몫했겠지. 넌 지금도 사랑을 대하는 자세가 하나도 변하지 않았구나. 무슨 짓을 해도 한없이 다정하고 깊었던 네가 그리워. 널 떠난 내 실수가 얼마나 컸는지 그걸 깨달아 가는 내내 아팠어. 우리의 사랑은 네가 놓친 게 아니라 내가 놓친 거야.”

수연이 쓸쓸한 미소를 지어 보였다.

“할머니 돌아가신 거 한참 후에 알았어.”

그러곤 전혀 생각지 못한 말을 꺼냈다. 돌아가신 부모님 대신 승후를 키워 주셨던 친할머니였다. 수연이 결혼하고 1년 후에 돌아가셨다. 승후에겐 사랑하고 의지했던 두 사람이 곁을 떠나서 죽을 만큼 힘들었던 시기였다.

“돌아가시기 전까지도 수연이 널 많이 보고 싶어 하셨어. 왜 오지 않느냐는 말에 난 수없이 많은 변명을 만들어 내야 했고.”

승후의 말에 수연이 얼굴을 감싸 안았다. 얼굴을 가린 손이 파르르 떨리고, 어깨는 처량하게 들썩거렸다. 승후는 우는 사람을 달래지 않았다. 그저 흐느낌이 잦아들 때까지 오래도록 기다렸다.

“미안해. 정말 미안해.”

“용서는 예전에 했지만 지금의 사과도 받을게. 그래야 네가 편할 테니.”

“힘들겠지만 널 잊으려 노력할게. 밤새 그렇게 나를 달랬어. 네가 보이지 않는 곳으로 떠날 거야.”

“널 위한 일이기도 해.”

“우리 언젠가는 만날 수 있을까?”

수연이 물었다. 우연이 아닌 이상 지금이 마지막일 것이다. 승후가 침묵하자 수연이 이어서 말했다.

“그래도 가끔씩 날 기억해 줄래? 네 안에 추억이 되어서라도 남아 있고 싶어. 널 떠난 뒤, 나는 한여름에도 한기를 느껴. 네가 날 죽인 후로 내 영혼이 지옥처럼 차가워졌는지도 몰라.”

승후는 아무런 답 없이 수연을 보고만 있다가 말했다.

"사실 널 죽인 적 없어. 넌 내 기억 안에 아름다웠던 그대로 잘 있어. 그러니 잘 살아. 나도 그럴 테니까."

가을이 되었다. 승후는 KTX를 타고 경주에 사는 고모 댁으로 내려갔다. 갑자기 하루 동안 시간이 비게 되자 경주에 가고 싶어졌다.

고모는 초등학교 교사로 재직하다가 퇴직을 했고, 고모부는 시내에서 작은 내과 의원을 운영하고 있었다. 그리고 두 분 사이에는 자식이 없었다.

부부는 능이 보이는 주택에 살며 작은 과수원을 가꾸는 일을 취미삼아 했다. 여름이 무척 더웠던 탓에 단풍이 꽃처럼 물들어 갔고, 사과 농사도 풍년이라 했다.

승후는 새벽 일찍 일어나 용달차를 끌고 나갔다. 과수원으로 가서 사과를 수확하는 것을 도왔다. 농부들이 쓰는 커다란 모자를 쓰고 오전 내내 일을 했다. 무릎 높이까지 오는 장화를 신고 일하는 모습이 여느 일꾼들과 다르지 않았다.

정오가 되기 전, 용달차에 사과를 싣고 돌아와 고모가 차린 상 앞에 앉았다. 부엌 창으로 멀리 초록의 능이 보였다.

승후는 어려서부터 고모 댁에 오는 것을 좋아했다. 방학 때면 늘 이곳에 내려와 시간을 보냈다. 오전에는 다음 학기 공부를 미리 했고, 오후에는 종일 나가서 놀다가 저녁엔 집 안 가득 채워져 있는 책을 읽었다. 학창 시절 성적이 좋았던 건 선생님이었던 고모의 도움이 컸다.

오래된 도시는 어린 승후의 상상력을 끌어냈다. 여느 도시와 다른 평안한 기분이 들었다. 그래서 켜켜이 상처 입은 마음을 이곳에서 조금씩 치유할 수 있었는지도 모른다. 지금 고즈넉한 동네의 한옥 집을 개조해 사는 것도 그런 영향이 컸을 것이다.

승후는 고모, 숙영이 차려 주는 점심을 먹었다.

"어서 먹어. 무가 달아서 뭇국도 맛있고 생채도 맛있다. 귀한 시간 내서 왔는데 매번 일만 하다 가네. 가을볕에 얼굴이 벌써 그을렸다. 머리 쓰는 사람이 몸 쓰는 일 하면 다치기 쉽다. 아침 내내 일해서 몸 살 날 수도 있어. 여기 오면 이제 쉬다가 가. 괜찮다는데도 매번 그러 네."

"가끔 과수원 일을 도왔잖아요. 웬만한 일꾼들보다는 잘할 자신 있어요."

"다음에 올 땐 예쁜 아가씨 좀 데리고 와. 요즘 사람들, 왜 결혼 안 하냐고 묻는 친척 어른들 때문에 명절이 싫다더라. 그래서 참으려고 했지만, 네가 혼자 사는 거 보기 싫어."

숙영이 조카를 보며 걱정스러운 얼굴을 했다.

"같이 오려고 했는데, 지금 제가 퇴짜 맞은 상태거든요."

"어머나, 아가씨가 있었던 거야? 그간 마음에 드는 사람이 있었다 니 퇴짜 맞았다는 소식도 즐겁다. 데려올 사람이 존재했다는 것만으 로도 좋다. 늘 들은 척도 안 하더니 말이야."

숙영은 괜스레 설레는 듯 손을 모으고 있다가 신이 나서 말을 이었 다.

"올해 사과가 달고 아삭아삭해. 꿀이 많이 들었어. 그 아가씨네 한 상자 가져다줘. 고모가 키운 사과로 다시 잘해 봐. 마음에 들면 적어 도 세 번은 해 보는 거야. 고모부도 싫다는 고모한테 포기하지 않고 그랬어. 세 번째에 넘어가서 지금껏 살고 있잖아."

"고모부께 한 수 배워야겠어요. 퇴짜 맞은 남자의 마음도 위로받 고요."

“여기 내려온 이유가 있구나. 가슴이 허할 때 채우기 좋은 곳이지. 어수선한 마음을 정리하기도 좋고. 고모한테 그런 마음을 털어놔 주니 고맙다.”

자식이 없는 숙영 부부는 조카인 승후를 무척이나 예뻐하며 제 자식처럼 여겼다. 승후가 이곳에 들르겠다고 소식을 전하면 부부는 그날부터 그를 기다리며 설레어 했다. 그를 위한 장을 보러 나가 그의 자랑을 하고 다니기도 했다. 학자였던 장남이 두고 간 승후를 넉넉지는 않지만 귀하게 키워 주신 조부모님 못지않게 고모 부부도 정성을 다했다.

“네가 또 가을을 앓는구나 했는데, 사랑을 앓았구나.”

부모님도, 조부모님도 모두 가을에 돌아가셨다. 그래서인지 승후는 가을마다 가슴을 앓곤 했었다. 어제 경주에 도착해서도 제일 먼저 부모님이 계시는 공원묘지에 들렀다.

“아무리 지우려 해도 지워지지 않는 그리움이 있어. 그런 감정들을 접으려 애쓰기보단, 깊이 느끼면서 시간을 보내는 것이 약이 될 때도 있단다. 누구든 당당히 앓을 권리가 있는 거야. 약하거나 나빠서 그런 게 아니니, 꾹꾹 누르려고만 하지 말고 그대로 느껴. 네 몸에 진실해야 하고, 네 감정을 표현해야 해.”

“어려서부터 몸이 아팠던 기억이 별로 없었는데 이상하게도 올해 많이 아팠어요. 그 사람을 만난 후 그랬던 것 같아요. 진짜로 의지하고 싶은 사람이 생겨서일 수도 있죠. 그동안은 혼자 참아야 하는 것이 할 수 있는 일의 전부였으니까요. 지금은 통증을 감추지 않고 내버려 둬요. 그 덕에 여러 군데 딱지가 덕지덕지 붙어 있는 기분이에요. 어려서 참았던 것까지 한꺼번에 아프려나 봐요.”

“좋은 시간을 갖고 있네. 실컷 아프고 나면 더 단단해질 거다. 딱지가 앉았다가 떨어져 나가면 멀쩡해지는 것처럼, 네 마음도 온전해질 거다."

승후는 가만히 고개를 끄덕여 보였다. 등을 토닥여 주던 숙영이 조심히 물었다.

"혹시 그 아가씨 집에서 부모님이 안 계셔서 싫대? 그거 아니면 나무랄 곳이 없는 사람인데."

"아니에요. 걱정 마세요."

"그랬으면 고모가 가슴이 아파서 한동안 잠도 못 잤을 거야."

승후는 숙영이 늘 걷는 산책로를 같이 걸었다. 단풍은 꽃처럼 노랗게 풍성했고, 사과 향이 들판에 가득했다. 산책로의 양옆으로 피어난 코스모스가 길 끝까지 이어져 있었다. 억새풀은 바람을 따라 몸을 눕히고 있었고 멀리 보이는 능은 가을에도 푸르렀다. 황금색의 들판이 하늘과 맞닿아 있었고, 하늘은 노을이라는 말로 빛을 내었다. 노을은 붉고 희다가 분홍빛으로 변해 갔다. 그리고 어느새 구름마저 같은 빛이 되었다. 흠모할 수밖에 없는 곳이었다.

"연인이랑 함께 걷기에 좋은 길이야."

"그러네요."

"그 아가씨가 어떤 사람인지 궁금하다. 누가 우리 조카의 마음을 훔친 건지 고맙기까지 하네."

"눈 감으려고 했는데 그게 잘되지 않을 정도로 예쁜 사람이에요. 웃을 때마다 멍하니 사로잡혀 있을 정도로요. 마음속이 투명하게 보일 정도로 솔직한 사람이기도 하고요. 지금은 제게서 잠시 떠나 있어요. 갑자기 저를 향한 마음을 잠가 버렸거든요. 그 덕에 사소하고 평범한 사랑도 저에겐 사치인 건가 했어요. 겁 없이 다가오는 사람에게 제가 서툴렀거든요. 아낌없이 주는 마음을 방어하기에 급급했어요. 제 상황이 힘들다는 그 사람이 안쓰러워 이별하자는 말을 차마 거부하지 못했어요.”

찬찬히 말하는 승후를 보던 숙영이 흐뭇하게 웃었다.

“서툴지 않으면 이미 사랑이 아닌 거지. 상대가 아플 것을 더 걱정했다니 사랑이 맞다. 너무 마음 졸이지 마. 네게 갑자기 마음을 잠갔다면, 열쇠도 어딘가에 있을 거야.”

두 사람은 한동안 말없이 걸었다. 어느 정도 시간이 흐르자 숙영이 길가의 꽃을 보며 다시 말을 시작했다.

“신기하지. 아주 어린 아이들도 사랑을 저절로 안다. 초등학교 교사로 오래 일하는 동안 그런 모습을 많이 봤어. 1학년이면 아직 아기인데도 사랑하는 법을 알아. 좋아하는 아이 옆에서 잘 보이고 싶어 하는 것도 어른과 같아. 설레어 하고, 질투하고, 가슴을 앓거나 하지.”

숙영은 즐거운 일을 떠올리기라도 했는지 흐뭇한 얼굴이 되었다.

“수업 시간 내내 좋아하는 아이만 쳐다보는 아이도 있어. 엄마 물건을 가져다가 선물을 주는 적극적인 아이도 있고. 또 선생님한테 사랑에 빠진 아이도 있지. 쉬는 시간에 찾아가 입을 맞추는 아이도 간혹 있고. 그렇게 누군가를 사랑하는 마음은 배우지 않아도 저절로 아는 거야.”

그랬다. 사랑이 거창하게 시작되는 것도 아닐 텐데, 사랑이 아니라는 말로 스스로를 속였다. 어리석게도 저절로 가는 마음을 아꼈다. 대단한 무언가를 알고 있는 남자처럼.

맞은편에서 누군가가 숙영을 알아보고 인사를 했다. 산책을 나온 듯한 차림의 중년 여성이었다.

“누구와 같이 계시나 했네요. 서울에 산다는 조카인가 봐요?”

“네, 맞아요. 사과 수확해 준다고 조카가 서울서 왔어요.”

“조카가 훤칠하고 듬직하네요.”

승후는 숙영의 지인에게 정중히 인사를 했다. 숙영은 뿌듯한 얼굴이 되어 승후를 보았다. 장성한 아들이라도 보는 듯한 표정이었다.

두 사람은 다시 길을 걸었다.

"네가 있어서 든든하고 좋다."

"고모가 계셔서 저도 그래요."

"우리 부부가 아이도 없이 어찌 사나 궁금해하는 사람도 많아. 이 나이가 되면 자식 때문에 마지못해 산다는 사람들도 있으니까. 우리 부부야 뜨거운 사랑 같은 건 지나갔지. 중간중간 들었던 미움마저 애정이라는 깨달음도 얻었고. 지금은 내 옆에 있는 사람과 편안하게 살고 있다는 것만으로도 감사해."

승후는 숙영의 말을 들으며 분홍의 억새풀이 바람에 흔들리는 것을 보았다.

"그 사람이 열심히 살아가는 삶을, 내가 다 지켜봐 줘야겠다는 생각이 드는 거야. 삶의 마무리를 같이하고 있다는 것도 좋고. 내 곁에서 숨 쉬며 살고 있다는 것만으로도 상대가 많이 고맙고 소중해."

"무슨 말씀인지 이제 알아요. 그런 마음을 갖게 해 준 사람이라 고마워하고 있어요."

여름의 고궁에서 이나에게 고맙다는 말을 했었다. 그날의 고맙다는 말은 사랑이란 말과 동등했었는데. 어쩌면 사랑이라는 말을 넘어서기도 했고.

"고모도 그 아가씨가 너무 고맙다."

숙영은 눈물을 한 줌 닦아 내더니 활짝 웃었다.

"다독이고 달래서 다시 찾아. 그래서 다음에 올 땐 꼭 데리고 와. 겨울에 오는 게 좋겠다. 눈 내리면 더 멋진 곳이니."

도쿄의 하늘은 높았다. 어느새 가을도 지나가고, 계절은 겨울에 가까워지고 있었다. 올여름엔 세계적인 폭염이 있었는데, 더운 줄도 모르고 계절을 보냈다. 이나는 의식적으로 봄과 여름의 기억들을 떠올리지 않으려 노력했다.

한동안은 기억을 떠올리지 않는 방법에 대해 검색을 해 보기도 했다. 억지로 얼려 두었던 기억들이 모두 녹아내린다면 승후를 향한 상실감과 죄책감에 버틸 수가 없을 것 같았다. 하지만 아무리 기억을 멀리하려 해도 짧았던 연애의 기억이 단편처럼 떠올랐다. 기억의 끝은 결국 눈물이 되었다.

도쿄에서의 생활은 무척 단조로웠다. 대부분의 시간을 회사에서 보냈고 퇴근 후에는 회사 내에서 운영하는 일본어 수업을 들었다. 수업이 끝나면 마트에 들러 저녁거리를 산 뒤 집에서 간단한 저녁을 만들어 먹었다. 주말에는 주변 공원을 산책하거나, 관광객처럼 시티 버스를 타고 도쿄 시내를 구경했다.

단순하게 반복되는 일상도 어떤 치유가 되는 것 같았다. 마음의 기복이 단조롭게 안정되어 가고 있었다. 주위 사람들과는 다른 속도로 살고 있는 것처럼 이나의 시간은 느리게 흘렀다. 그렇게 현실로부터 떨어져 나와서 잠시 밀봉된 듯한 하루하루를 보내고 있었다.

사람들의 말처럼 시간은 약이 되었다. 거리의 간격은 통증을 줄여 주는 진통제와도 같았다. 상처 치유에 시간과 거리의 조절이 필요하다는 말이 맞았다. 소스라치게 아팠던 마음이 조금씩 낮는 듯한 기분이 드는 걸 보면.

[회사 앞이에요. 퇴근할 때 됐죠?]

금요일 저녁, 이나가 퇴근 준비를 하는데 동주에게서 문자가 왔다. 너무 자연스럽고 생생한 내용이어서 이곳이 서울인지 잠시 생각해야 했다.

[곧 내려갈게요.]

서둘러 내려가니 건물 로비에 서 있던 동주가 활짝 웃어 주었다. 이나도 그를 따라 웃었다. 신이 나서 미소를 감출 수가 없었다. 가족을 제외하고 이나를 만나기 위해 한국에서 온 첫 번째 손님이었다. 반가운 마음에 안아 주고도 싶었지만 조금 거리를 두고 섰다.

"잘 있었어요? 여기까지 웬일이에요?"

이나의 목소리가 반가움에 들떠 있었다.

"연차 내고 여행을 왔어요. 이나 씨가 도쿄 사무소에 있으니까 얼굴도 볼 겸 한번 들러 봤죠."

이나에게 관심을 고백하던 남자는 거절당했음에도 불구하고 여전히 같은 자리에서 따뜻하게 대해 주었다.

"다들 어때요?"

이나가 물었다. 이곳에서도 본사 프로젝트를 같이 진행하고 있어서 디자인 팀원들과 연락이 뜸했던 건 아니었다. 하지만 막상 동주를 보니 모두가 보고 싶었다.

"사람이 떠난 자리는 큰 거 알죠? 우리 팀에 이나 씨의 빈자리가 커요. 왜 파견 보냈냐며 팀장님께 항의도 하면서, 시끌벅적 잘 지내고 있어요. 알다시피 겨울이 되면 링링은 상하이 지사로 돌아가잖아요. 내년에 예쁜 신입 사원이 많이 들어왔으면 좋겠다고 말하면, 링링이 괜히 심통을 내곤 하죠."

좋은 동료들과 떨어져 혼자 있다는 사실에 쓸쓸해졌다. 승후를 피해 이곳으로 왔는데, 팀원들까지 저버린 것 같다는 생각이 들어 미안하기도 했다.

「한국에서 온 남자 친구? 둘이 잘 어울려요.」

조금 늦게 나온 일본인 여자 동료가 장난스럽게 말을 건네며 지나 갔다. 그 말에 머쓱해진 이나는 동주를 보며 고개를 갸웃해 보였다. 얼굴도 괜히 붉어졌다. 그 모습을 지켜보던 동주가 들뜬 목소리로 물 었다.

"혹시, 나 잘생겼대요?"

"음, 아마도요."

둘이 잘 어울린다는 말은 전하지 못할 것 같았다.

"그럴 줄 알았어. 이 동네에서 먹힐 것 같은 느낌이 딱 오더라고 요."

"잘생긴 동주 씨, 저녁 먹으러 갈래요? 맛있는 거 살게요."

큰길을 따라 걸었다. 가로수의 색이 바랜 단풍잎들이 저절로 떨어 져 길바닥에 쌓여 가고 있었다. 해가 일찍 떨어져 거리의 조명들이 하나씩 켜졌다. 퇴근해서 나온 직장인들로 도로가 붐볐다. 주변을 둘 러보던 동주가 물었다.

"이곳도 금요일을 불태우나 보죠?"

"불태우던데요? 금요일이 신나는 건 전 세계 공통인가 봐요."

"밤을 실컷 태우고 다음 날 이불 속에서 늦게까지 뒹굴어도 되는 홀가분함이란."

"그 느낌 알죠. 지구인들이 다 같이 공유하는 감정인 거죠."

두 사람은 괜한 말에도 같이 웃었다. 나란히 걷고는 있었지만 너 무 가까워지지 않게 서로 조심하며 직장 동료 정도의 거리를 두었다. 언젠가 고백을 했고, 마다한 사이라 더 그랬다.

"이나 씨 뭔가 달라졌어요. 지나가다 봤으면 못 알아봤을 것 같아 요."

동주의 말에 이나는 잠깐 멈추어 섰다. 그동안 자신이 어떤 모습인지 살펴볼 생각조차 하지 못했다. 상점 유리에 비친 자신의 모습을 찬찬히 살폈다. 흰색 블라우스와 종아리까지 오는 베이지색 스커트를 입고 있었다. 그리고 머리카락이 길게 자라 어깨에 닿았다. 더 이상 브로콜리 머리 모양이 아니었다.

"아마도 머리가 길어서 그럴 거예요."

"전체적인 분위기가 많이 달라졌어요."

"더는 브로콜리 강이 아니니까요. 어색해요?"

"아니요. 아주 예뻐요."

동주는 저 앞의 먼 곳을 보며 말했다. 그 말에, 늘 예쁘다고 말해 줬던 승후의 목소리가 겹쳐 들리는 것 같았다. 이나는 기억을 떨치며 애써 웃어 보였다.

"칭찬까지 들었으니 정말 맛있는 거 사야겠다."

"더한 칭찬도 있는데 그렇게 어색해하니 참을게요. 그나저나 이나 씨, 엄청난 길치이면서 여기 생활은 어떻게 해요? 도시도 크고, 사람도 많고, 지하철 노선도 거미줄 같던데. 정글보다 복잡한 도시에서 어떻게 적응하고 사는 거죠?"

"처음 왔을 땐 남동생이랑 같이 와서 2주 동안 함께 살았어요. 동생은 아직 학생이고 방학 때라 시간이 있었거든요. 회사랑 집이 가까워서 아직까진 별문제 없어요. 그리고 요즘은 혼잡하지 않은 시간에 지하철을 타고 여기저기 다녀요. 길을 한 번 잃어버리긴 했지만 다시 방향을 잡았죠."

얼마 전 일이었다. 반대 방향으로 가는 전철을 타고 낯선 곳에서 내린 적이 있었다. 무서웠지만 길을 잃어버렸어도 마음을 진정시키고 다시 찾으면 된다고 했던 승후의 말을 떠올리며 되돌아가는 길을 찾아 집으로 돌아왔었다. 그 뒤로 길에 대한 두려움이 점차 잦아들고 있었다.

"생각보다 잘 적응하면서 지내고 있네요. 정말 안심이에요."

동주가 혼자 지내고 있는 자신을 걱정했을 거라는 생각이 들어 고 맙기도 하고 미안하기도 했다. 생각해 보면 주변에 고마운 사람들이 많았는데, 이곳에서 상처를 치유하기 바빠서 그동안 잊고 지냈다는 생각이 들었다.

때마침 동주가 멈춰 서서 가까운 술집을 가리켰다.

"여기서 한잔할까요?"

"당연히 좋죠."

금요일 퇴근 시간대의 술집이라 시끄럽고 요란했다. 단체로 온 사 람들이 많아 벌써 대부분의 테이블이 꽉 차 있었다. 두 사람은 구석 의 동그란 테이블에 앉았다. 테이블이 몹시 작아서 둘의 거리가 무척 가까웠다. 게다가 주변이 시끄러워, 서로에게 집중하기 위해서는 가 까이 붙어 앉아야 했다.

동주는 주문한 맥주가 도착하자마자 한 잔을 금방 비우고 또 한 잔 을 시켰다.

"와, 시원하네요. 맥주 맛도 좋고."

그 모습이 정말 시원해 보여 이나도 몇 모금을 삼켰다. 하지만 시 원한 건 잠시였다. 몸에 조금씩 열이 오르기 시작했다. 여전히 술이 늘지 않았는지 맥주 반 잔에 어질했다. 이나는 맥주잔을 동주에게 들 어 보이며 눈을 찌푸렸다.

"술이 늘지 않았어요. 맥주 반 잔에 취하겠어요."

"늘지 않는 주량에 실망하지 말아요. 술은 취하려고 마시는 거니 가성비가 좋은 체질인 거죠."

그 뒤로 동주는 회사 동료들의 소식을 전해 주었다. 오랜만에 동 주와 함께 있어서 그런지, 그 자체로도 좋고 편안했다. 평범한 이야기인데도 이나의 입가에 웃음이 맴돌았다. 그가 들려주는 이야기들에 마음이 따뜻해져서 점점 동주에게 가까이 다가갔다. 주변이 시끄러운 탓에 말을 하나라도 놓칠까 싶어서였다.

말을 하던 동주가 가끔씩 그런 이나를 물끄러미 바라보았다. 그러다 어느 시점부터 동주의 눈빛이 조금 달라져 있었다.

"저기, 이나 씨."

동주가 잠시 말을 멈추었다. 그의 진지한 표정을 마주하며 이나의 얼굴에서 미소가 사라졌다. 갈피를 잡지 못하는 이나의 눈이 동주와 마주쳤다.

동주가 얼굴을 조금 더 가까이 했다. 그의 시선은 이나의 입술 위였다. 그의 호흡이 느껴질 만큼 가까이 닿아 있었다. 하마터면 입술을 스칠 정도의 거리였다.

동주는 그 자세로 멈추어 이나의 눈을, 그리고 입술을 가만히 들여다보았다. 낯선 남자의 온기에 이나는 창백해져 버렸다. 그런 이나를 바라보며 동주가 잠시 정신을 가다듬는 듯하더니 모든 행동을 멈추었다.

모든 것이 순식간에 지나갔다. 멍했던 이나는 뒤늦게야 그와의 거리를 떨어뜨렸다. 의자 등받이에 허리를 꼿꼿이 세우고 난감한 표정을 지었다. 잔뜩 붉어진 얼굴이 얼마나 당황했는지 모두 드러내고 있었다.

"지금이라도 말하는데 절 경계해 주세요. 이나 씨에게 욕심이 생기고 있거든요. 이러다가는 술김이라는 핑계로 입을 맞출 것 같아요. 아까부터 그러고 싶은 걸 꾹 참고 있어요."

동주도 실수를 했다 싶었는지 취기가 오른 얼굴을 마른손으로 쓸어내렸다.

"나도 남자인데 너무 경계하지 않으니까요. 이렇게 가까이 있으니

나도 모르게 그만.”

“전혀 경계하지 않았어요. 미안해요.”

“사과받으려고 한 말은 아니에요. 이나 씨는 그냥 제 이야기를 들었을 뿐이잖아요. 사과해야 하는 사람은 그런 생각을 한 저죠. 미안해요. 놀라게 한 거.”

떠들썩한 술집의 분위기와는 달리 두 사람이 앉아 있는 테이블 위로 어색한 침묵이 흘렀다. 잠시 말이 없던 동주가 뭔가를 결심한 듯 입을 열었다.

“제 말 기억해요? 다시 기회가 오면 그때는 기회를 놓치고 싶지 않다던 말. 지금이 그 기회인가요?”

그가 정중히 물었다. 이나에게 좋아하는 사람이 있다는 말을 듣고, 깨끗하게 포기하면서 덧붙였던 말이었다.

“기회일까 싶어 여기에 온 거예요. 이젠 다른 방향으로 생각해 봐도 될까요? 이나 씨를 제 마음에 심어도 되나요?”

“아니요, 아니에요. 그럴 수 없어요.”

이나는 고개까지 저으며 묵묵히 답했다. 차마 동주를 쳐다볼 수가 없어 시선을 아래로 두었다.

동주에게 좋은 답을 줄 수가 없어 미안했다. 바람 같았던 연애를 끝내고 혼자 이곳에 오긴 했지만, 아직 누군가를 받아들일 준비가 되진 않았다. 승후에 대한 마음을 접어 가는 것만으로도 힘들어서 그런 생각조차 해 본 적이 없었다.

주위 사람들은 더욱 시끄러워졌는데 둘 사이에는 긴 침묵이 흘렀다. 이번에도 마음을 가다듬은 동주가 먼저 입을 열었다.

“이번엔 답이 빨랐네요.”

“미안해요.”

“이번엔 사과를 받을게요. 세상엔 착한 거절은 없는 것 같아요. 예상했지만 통증이 있긴 하네요.”

동주가 멋쩍은 웃음을 보여 주었다. 그리고 느닷없이 말했다.

“진짜 부럽네요. 민승후라는 남자.”

이나는 커진 눈으로 동주를 보았다. 승후의 이름이 나와서 놀라지 않을 수가 없었다. 동주는 별거 아니라는 듯 어깨를 으쓱해 보였다.

“뭘 그렇게 놀라요? 관심이 있었으니까 유심히 봐 온 거죠. 이나 씨가 대표님 짝사랑하는 게 표가 나던데요. 시간이 지나서는 짝사랑이 아닐 수도 있겠다 의심되는 부분도 간간이 보였고요. 결국 둘이 잘된 것 같아 속이 쓰라렸지만요.”

“지금은 헤어졌어요. 너무 높이 있는 사람에게 욕심을 부렸던 것 같아요. 그냥 바라봐야만 하는 사람이었는데.”

“사람의 관계에 높낮이가 어디 있겠어요? 어딘가 통했다면 마음의 높이가 같았던 거겠죠. 제 처지에 누군가를 위로한다는 것이 우습네요. 난 두 번이나 거절당한 상처 입은 남자잖아요. 마음이 너덜너덜 해지네요.”

동주는 맥주 한 잔을 더 주문한 뒤 이번에도 단숨에 비웠다. 그 모습을 보던 이나가 동주를 따라 남은 맥주 반 잔을 마셨다. 동주가 자신의 잔을 비워 가며 동그래진 눈으로 이나를 보았다. 이나는 다 마신 잔을 테이블 위에 탁 소리가 나도록 올려놓았다.

“괜찮겠어요?”

“나도 엄청나게 상처받은 여자니까요.”

“이런 데서 동료애가 넘치네요. 이런 건 안 넘쳐도 되는데 말이죠.”

별로 재밌지도 않은 말인데도 이나는 자꾸만 웃음이 나왔다. 취해 버린 것 같았다. 아무래도 술은 더 늘지 않을 예정인 듯했다.

동주는 맥주 한 잔에 취한 이나를 집까지 데려다주겠다고 했다.

그리고 어떤 곳에 사는지도 궁금해했다. 결국 두 사람은 이나의 집까지 함께 걸어가기로 했다.

"저 취하지 않았어요."

"네, 조금 비틀거릴 뿐이죠."

"비틀거리다니요. 보도블록을 따라 똑바로 걷고 있잖아요."

이나는 바닥의 선을 밟지 않으려 노력하며 걸었다. 그 모습을 보며 잠시 웃던 동주가 승후의 소식을 전해 주었다.

"요즘 회사 점유율도 올랐고, 주가도 최고가예요. 그동안 본의 아니게 대표님이 회사 홍보를 하고 다녔으니까요. 뉴스에 몇 번 나온 게 웬만한 광고보다 효과가 컸죠. 그리고 곧 경쟁 업체와의 재판 결과도 나와요. 분명 저쪽에서 회유와 타협을 시도했을 텐데, 대표님은 타협하지 않고 정면 돌파를 하기로 결정한 것 같더라고요. 자신이 해 온 일에 당당한 거겠죠. 인정해요. 남자가 봐도 멋있는 사람이에요."

동주는 안도하는 이나를 살피며 말을 이어 갔다.

"모두 걱정하지만 대표님이 불리한 상황은 아니라고 봐요. 그동안 이뤄 놓은 성과가 크니까요. 물론 결과는 나와 봐야 알겠지만."

이나는 말없이 걸었다. 승후에 대해 좋게 말해 주는 동주가 고마웠다.

"왜 이나 씨가 갑자기 이곳으로 파견 온 건지 자세히는 몰라도 대충은 감을 잡고 있어요. 잠시 동안 어떤 태풍에 휩쓸리지 않도록 이곳으로 숨겨진 느낌이랄까요? 그게 본인의 의도든 상대의 의도든 간에요. 어쨌든 이 시간을 소중히 보냈으면 좋겠어요. 여러모로 성장할 수 있는 시간이 될 테니까요. 이나 씨는 잘해 낼 거예요."

"고마워요."

"전에도 말했지만, 난 이나 씨가 좋아요. 좋아하는 마음의 방향을 바꿔야 하겠지만요. 이제 기회를 달라고 하지 않을게요. 인연은 욕심을 부린다고 이어지는 게 아니더라고요. 우리 애정을 잔뜩 가진 친구 하기로 해요. 서로 잘해 내고 있나 오래도록 관찰해 주는 친구. 어때요?"

동주의 이야기를 듣느라 건널목 신호등의 신호를 놓쳐 버렸다. 두 사람은 빨갛게 불 켜진 신호등 아래서 마주 보았다. 차도 잘 다니지 않는 작은 건널목에서 신호를 기다리는 사람은 이나와 동주뿐이었다.

"친구요?"

"네, 친구요. 두 번이나 퇴짜를 맞았으니 이나 씨랑 좋은 관계를 갖고 싶으면 차선이라도 택해야죠. 이동주라는 사람이 친구로는 괜찮을 수가 있거든요. 이런 친구 하나 장착하고 있으면 나쁠 건 없을 거예요. 새로운 연애를 하다가 위로받고 싶은 일이 생기면 언제든 찾아와도 좋아요. 남자가 해 주는 연애 상담이 꽤 신빙성 있을 테니까요. 좋아하는 사람이 생겨서 질투 유발이 필요할 때에도 저를 이용해도 좋고요. 밥도 많이 사 줄게요. 이나 씨에게 여러모로 든든할 거예요."

"와, 그거 좋은 생각이에요. 동주 씨도 날 같은 식으로 사용해도 좋아요. 우리 오래도록 친구 해요."

동주처럼 좋은 사람과 친구가 될 생각을 왜 진작 못 했는지 아쉬울 정도였다. 이나가 들떠서 말했다.

"먼 훗날, 서로의 20대를 공유할 수 있겠네요. 일도 연애도 좌충우돌하던 시절을 기억해 주는 친구가 생긴다니 생각만 해도 좋아요. 우리 이참에 우정 반지라도 사야 할까요?"

동주의 제안에 이나가 손을 들어 연주와의 우정 반지를 자랑하듯 보여 주자, 동주는 고민하는 척하더니 말했다.

"음, 그건 안 될 것 같아요. 남녀가 반지를 나누어 끼는 건 다른 의미잖아요. 제가 아무리 남자로 안 보여도 말이죠."

그 말을 하면서 동주는 즐겁게 웃었는데 이나는 많이 미안해졌다. 자신에게 상냥히 대해 주는 사람에게 자꾸 실수만 해 댔다. 이번엔 신호를 놓치지 않으려 건너편의 붉은 신호등만 연신 쳐다봤다.

"여기예요. 2층."

이나는 자신이 묵는 집 앞에 서서 동주를 보았다. 집을 보여 주는데 왠지 뿌듯했다. 도쿄에 파견 나온 직원을 위한 숙소가 마련되어 있기는 했지만 숙소의 인원이 다 차는 바람에 운이 좋게도 회사에서 가까운 사택을 쓰게 되었다. 동주도 집이 마음에 드는 표정이었다.

"회사와 가까워서 좋네요. 출퇴근하면서 복잡한 지하철 타고 다니며 고생하지 않아도 되겠어요. 남향이라 볕도 잘 들고 큰길가라 사람도 많이 다니네요. 가로등이 바로 옆에 있어 밤에도 밝고, 오다 보니 큰 마트도 있고, 여러모로 좋은데요? 이나 씨를 위한 집이네요. 이제 정말 안심할 수 있겠어요. 그간 친구 걱정 좀 했거든요."

"운이 아주 좋았어요. 제가 늦게 파견 오는 바람에 회사에서 지원해 주는 숙소가 꽉 찼거든요. 저만 따로 집을 얻어야 했는데 다행히 회사 사택이 비어 있어 여기 잠깐 살게 됐어요."

"안에도 들어가 보고 싶지만, 그거야말로 안 되는 일이겠죠? 아무리 친구라도."

동주와 차 한잔 정도는 괜찮을 것 같았지만 조금 고민이 되었다. 다행히 그도 집 안까지는 들어오고 싶은 생각이 크지는 않은 듯했다. 이나가 아쉬운 얼굴로 말했다.

"우리의 우정은 첫날부터 접어야 하는 게 많네요."

"첫날이라는 것이 중요한 거죠."

"내일은 어디로 가요?"

문득 동주의 여정이 궁금해졌다.

"오늘 여기서 1박을 한 뒤 내일은 신칸센을 타고 교토 쪽으로 가 보려고요. 주말에 일 없으면 교토에 같이 갈까요?"

"아니요. 안 될 것 같아요."

"잘 생각했어요. 제가 잠깐 흑심을 품고 물어본 거예요. 남자는 아무리 친구라도 늘 경계해야 해요."

동주가 짓궂은 얼굴을 보여 주다가 이내 웃음을 터트렸다.

"이제 갈게요. 오늘 반가웠어요."

"동주 씨도 잘 가요. 찾아와 줘서 고마워요."

동주가 손을 내밀었고 이나가 그 손을 잡았다. 따뜻한 그의 마음처럼 그의 손도 따뜻했다. 이나는 손을 잡은 채, 한 걸음 다가가 동주의 어깨를 끌어안았다. 두 번의 거절에도 노여워하지 않아서, 그리고 이곳까지 찾아와 친구가 되어 줘서 정말 고마웠다.

이나의 포옹에 그대로 경직된 동주는 마주 안아 주지도 못하고 어정쩡하게 서 있다가 물었다.

"친구에게 물어볼게요. 지금 오해하면 안 되는 거죠?"

"저는 친구는 다 안아 줘요. 남자건 여자건 간에요. 힘이 빠져 있었는데 든든한 친구가 생겨서 큰 힘이 됐어요. 이제 진짜 씩씩해질게요."

포옹을 풀고 동주를 보며 웃어 보였다. 이나를 살피던 동주가 지금 생각난 듯 말했다.

"아, 이나 씨가 어떤 점이 달라졌는지 알았어요."

"어떤 점이요?"

"많이 성숙해졌어요. 표정이나 말투가 어른이 된 듯한 느낌으로요. 인생 중 초보자 과정을 끝낸 것처럼 보여요. 지금 막 새로운 과정으로 한 단계 레벨 업을 한 사람 같아요."

"이제야 중급자 과정으로 넘어갔네요. 그 과정은 좀 더 잘할 수 있을까요?"

"그럼요, 초보자 과정이 탄탄하니 잘할 거예요. 벌써 좋은 친구도 생겼잖아요."

이나는 기분 좋게 웃으며 가슴을 폈다. 스스로 생각해 봐도 자신이 어른스러워진 것 같았다. 지금껏 주위 사람들로부터 보호받으며 살아왔었고, 세상에 대해 아무것도 모르고 있었다. 이제야 낯선 세상과 다양한 사람들을 맞이할 준비가 된 것 같았다. 앞으로 다가올 모든 것들에 대해서도 즐겁고 당당하게 받아들일 수 있는 힘이 생겼다.

또다시 길을 잃는다고 해도 당황하지 않고 침착할 수 있을 것이다. 길은 어느 곳에서든 이어져 있다는 것을 알았으니까. 모든 일을 더 성숙하게 대처할 수도 있을 것 같았다. 낯선 길이건, 새로운 사람이건, 깊은 사랑이건, 아픈 이별이건, 그 뭐든 간에.

동주와 헤어진 그날 밤, 이른 첫눈이 내렸다. 혼자 보는 첫눈이었고, 밤에 내리는 함박눈이었다. 이나는 차를 마시며 눈 내리는 창밖의 모습을 한동안 바라보았다. 낙엽 위로 흰 눈이 포개어지듯 쌓여 갔다. 어느 순간, 함박눈이 내리는 따스한 풍경을 그리고 싶다는 생각이 들었다.

승후와 헤어질 결심을 한 후 그림을 그리지 않았다. 도쿄에 온 뒤로 시간과 마음에 여유가 생겼지만, 좀처럼 그림을 그릴 수가 없었다. 무엇을 그리려고만 들면 승후와의 추억이 불쑥 떠올랐다. 얼려 두었던 그와의 기억들이 그림의 소재가 될 수는 없었다.

이나는 펜과 종이를 꺼내 눈이 소복이 쌓여 가는 밤의 골목을 그렸다. 자신이 살고 있는 맨션과 동네의 가로등이었다. 가로등 아래에는 남녀가 웃으며 마주 서 있는 모습을 그렸다. 친구가 된 동주와 자신의 모습이었다.

그림을 그리는 동안 마음이 따뜻해졌다. 그림을 그릴 수 있는 걸 보니 동주의 말처럼 초보자 과정을 끝낸 것이 맞는 듯했다.

이나는 방금 그린 그림을 SNS에 올렸다. 모든 것을 얼려 버렸을 때 승후와의 추억이 담긴 그림들도 지워 버리고 SNS를 비공개로 두었었다. 이제는 조금이나마 따뜻해진 마음을 사람들과 나누고 싶었다. 꼭꼭 묶어 지혈시키고 있던 마음이 조금씩 아물어 가는 듯했다. 그림을 올리자마자 기다렸다는 듯이 수많은 댓글이 달리기 시작했다. 오랜만에 그림을 올린 브로콜리 강을 모두 반겼다. 아까까지 같이 있었던 동주도 댓글을 달았다.

[나도 지금, 그 눈 보고 있어요.]
[거기는 첫눈이 오나 보네, 서울은 아직 안 왔는데. 그나저나 두 사람 뭐예요?]

링링의 댓글도 그 밑에 바로 달렸다. 동주가 간단히 답해 주었다.

[뭐긴, 친구죠.]

5
당신의 사랑이
늘 행복하기를

서울의 날씨는 도쿄보다 쌀쌀했다. 이나는 주말을 이용해 집에 와 있었다.

이나가 도쿄에 가 있는 동안 부모님의 관계는 급속도로 전환되었다. 헤어진 부부는 다시 시작한 연애에 성공해 두 번째 결혼에 이르렀고, 한 달 전부터 주말부부로 지내고 있었다. 내일은 다시 부부가 된 기념으로 제주도로 신혼여행을 갈 예정이었다.

저녁이 되자 가족들이 모두 모였다. 작은 거실이 오랜만에 북적였다.

오늘은 아빠 철수의 생일이었다. 진희는 한 상 가득 철수가 좋아하는 음식들로 생일상을 차렸다. 그런 진희의 마음에 감동한 철수는 눈물을 감추려 연신 위를 보며 눈을 껌뻑거렸다. 그러면서도 자식들에겐 선물을 기대하는 표정을 보여 주었는데, 그 얼굴엔 철도, 사랑도 넘쳐흘렀다.

후식을 먹으며 한창 즐겁게 수다를 떨다가 한민이 사랑을 달에 비유하던 철수에게 놀리듯 말했다.

"아빠는 만월처럼 엄마에게 다시 돌아왔네요."

"달도 사람도 자연의 일부니까. 자연을 깨치면 인생도 사랑도 깨우친다."

철수가 당연하다는 듯이 대답했다. 그러곤 언제나처럼 똑같은 레퍼토리를 시작했다. 야구를 통해 인생을 깨달은 철수는 한나와 이나, 한민이 어릴 때부터 야구와 인생에 관한 삶의 지침을 말해 주곤 했다. 오늘 또한 예외는 아니었다.

"야구는 인생과 닮았어. 언제든 역전 만루 홈런이 나올 수 있는 게 인생이야. 인생이나 사랑에 있어 똑바로 날아오는 공을 단번에 받으라는 법은 없다. 원래 공은 받기 좋게 정확한 방향으로 날아오지 않거든. 공을 한 번 놓쳤더라도 다시 잡을 수 있는 기회는 얼마든지 있어. 땅에 떨어진 공은 튀어 오르는 법이고 말이야."

그 지침을 가장 좋아하는 사람이 이나였다. 마음의 안정을 얻기 위해 철수를 알려 준 운동화 끈 명상법을 따라 할 정도였다.

"아빠, 멋진 한 방이었어요."

철수는 영원한 한 편인 이나를 향해 엄지손가락을 치켜들어 보였다. 그런 두 사람을 진희가 철수의 곁에서 흐뭇하게 지켜보고 있었다. 이나는 나란히 앉아 있는 부모님의 모습을 보는 게 좋았다. 너무 행복한 나머지 눈물이 날 지경이었다.

"형부도 축하해요."

옆에 앉은 형부에게 말했다.

"언니가 고생이지 뭐."

한나는 둘째를 임신했다. 이번엔 누굴 닮은 조카가 태어날지 생각만으로도 즐거웠다. 살이 올라 볼록해진 형부의 배와 한나의 배를 번갈아 가리키며 이나는 장난스럽게 물었다.

"그런데 아기는 어디에 들어 있어요?"

"한나가 너무 잘 먹여서 그래."

형부가 볼록한 자신의 배를 두 손으로 가리며 변명했다. 그러자 한나가 형부의 배를 꾹 찔렀다.

"거봐, 이나가 놀릴 거라고 했지? 운동 좀 하라니까."

그 모습을 지켜보던 진희가 이나를 향해 눈을 흘겼다.

"또 버릇없이 군다. 나이 차이도 많은 형부를 놀리면 못써."

생각해 보니 형부는 승후와 동갑이었다. 이나는 한나와 여섯 살 차이였고, 형부와는 열 살 차이가 났다. 형부를 처음 봤을 때 엄청난 아저씨로 보였으니, 승후와도 적은 나이 차이는 아니었다. 생각할수록 겁 없이 덤볐었다.

"처제를 처음 봤을 때 얼굴이 아직도 생생해요. 절 보는 눈빛이 저 인간을 어떻게 제거해야 할까 하는 눈빛이었거든요."

형부가 이나와의 추억을 꺼냈다.

"처제는 제가 용돈과 선물 공세를 해도 넘어오지 않더라고요. 집 안에 남자 형제만 있어서 귀여운 막내 여동생이 한 명 생긴 것 같아 신났었는데 말이죠. 동글동글하게 생겨서는 절 노려보는 게 얼마나 귀엽던지. 웃음을 참느라 혼났던 기억이 많아요. 제 눈엔 아직도 그때의 여고생으로 보이는데 집 떠나 외국에서 혼자 사는 게 신기해요."

이나가 형부를 처음 만난 건 고등학생 때였다. 세상에서 제일 좋아하는 언니를 도둑맞은 듯해 형부를 미워했었다. 결혼식 전날까지 엉엉 울며 결혼을 반대했다.

한민도 그때의 기억을 떠올렸는지 퉁명스럽게 이나를 겨냥했다.

"엄마 아빠도 좋다는데 자기가 왜 반대하고 그래? 큰누나 결혼식 장에서 내 옆에 앉아 펑펑 우는데, 내가 어이가 없어서."

"언니를 뺏긴 상실감을 그런 식으로라도 표현할 수밖에 없었던 거야."

이나는 자신의 과거를 변명했다.

두 사람의 애기를 가만히 듣고 있던 한나가 한민에게 심각한 척 물었다.

"넌 이나가 좋다는 사람 데려오면 누구라도 매형으로 받아 줄 거야? 너야말로 이나가 결혼할 때 난리 날 것 같은데."

"강이나라는 사람이 데려오는 남자는 철저하게 검증해야 해. 난 아무한테나 매형이라고 부르지 않을 테니까."

"평소에 누나라고나 먼저 해 보시지."

이나가 한민을 째려보았다. 하지만 한민의 검증이라는 말에 가족들 모두 동의하는 것 같았다.

"이나에게 사귀는 남자 있다는 거 아빠도 들었다. 한번 데리고 와 봐."

"아빠, 나 데려올 사람이 없는데."

오랜만에 정직했다. 하지만 옆에 있던 형부마저도 이나가 여전히 연애 중일 거라 생각하는 듯했다.

"처제, 내가 사람 보는 눈은 있으니까 한번 데리고 와 봐. 남자 보는 눈은 같은 남자가 더 정확하거든."

"보여 줄 사람이 없어요, 형부."

가족 모두 이나에게 남자 친구가 있다고 믿기로 한 것 같았다. 하긴 지난여름까지 요란하게 티를 내며 연애를 했으니 말이다.

이나의 표정을 살피던 한민이 의미심장하게 말했다.

"일단 내 선에서 걸러 주겠어. 연애할 때부터 여자를 울리는 놈은 일찌감치 아웃이야."

"강한민, 아무것도 모르면서 넘겨짚지 말라고."

"이나가 누굴 데려오든 걱정이다. 누구든 이 등쌀에 버티기나 하겠니? 놀라서 도망가지나 않으면 다행이겠어. 그런데 이나야, 이왕이면 잘생긴 사람 데리고 와. 엄마는 남자 얼굴 보는 거 알지? 엄마 취향도 존중해 주길 바란다."

진희가 상황을 정리하는 척하다가 한술 더 떴다.

이나는 연애하다가 헤어진 것을 가족 누구에게도 직접적으로 말하지 못했다. 이별했다는 말에 자신보다 더 상처받아 아파할 것이 분명할 사람들이었다. 이나는 그런 가족들을 향해 당당한 척 말했다.

"가족 여러분, 난 연애도 안 할 거고 결혼도 안 할 거예요. 앞으로 남자 데려올 일 없으니 모두들 기대를 접어요."

저녁을 먹은 후, 이나는 혼자 옥상에 올라왔다. 텃밭의 식물들로 푸르렀던 옥상에는 이제 텃밭의 터만 남아 있었다. 승후가 자신을 만나기 위해 찾아왔던 옆 건물의 옥상을 바라보았다. 그곳에는 고양이 한 마리가 이쪽을 쳐다보고 있었다.

옥상엔 달빛이 가득한데 그다지 아름답지가 않았다. 승후와 같이 있던 옥상은 늘 포근하고 따뜻했었는데. 어쩌면 그가 옥상을 달빛보다 따스하게 밝혀 주었던 것일 수도 있었다.

옥상에서 동네를 내려다보니 추억이 곳곳에 보였다. 승후와 올라오던 언덕길, 늦은 밤에 같이 갔던 동네의 작은 공원, 옥상에 찾아오던 밤마다 그의 자전거를 세워 두었던 전봇대, 한민의 우산 안에서 펑펑 울었던 길모퉁이.

'잘한 일이야. 그게 처음부터 맞는 일이었어.'

며칠 전 링링이 승후의 팬카페에 올라온 게시물을 문자로 보내 주었다. 여전히 카페는 활기가 넘쳤다. 보내 준 게시물은 경쟁 업체와의 판결을 앞둔 고릴라닷컴의 앞날과 민승후 대표의 결혼에 관한 기사였다. 카페에서 오르내렸던 말들이 그대로 기사화되었다고 링링이 알려 주었다.

기사의 내용을 읽어 보니 수연의 지인이라는 사람에 의하면, 그들은 다시 만나고 있으며 재판의 결과나 대표직 연임 여부에 상관없이 결혼 준비를 하고 있는 중이라고 했다.

결혼 소식이 전해지자 정확성에 대한 논란이 생겼고, 결혼에 대한 찬반 토론도 일어났다. 하지만 대부분의 사람들은 두 사람의 관계를 인정하며 축복을 빌어 주었다.

이나는 폭우가 내리던 밤을 떠올렸다. 그날 이후 그들의 관계가 회복되었을 수도 있었다. 승후는 절실하게 위로가 필요한 남자였고, 수연은 그 남자만을 바라보며 때를 기다려 왔으므로.

남녀의 관계는 순식간에 좋은 방향으로 발전할 수도 있다는 것이 맞는 말인 듯했다. 잠시 헤어져 각자의 시간을 갖다가 다시 시작한 부모님만 봐도 그랬다.

폭우가 내리던 그날 밤, 그에게 사랑한다고 말했다면 상황은 달라졌을 수도 있었다. 하지만 운명과 인연은 이나의 편이 아니었다. 수연의 손을 들어 주었다. 어쩌면 이미 정해진 그들의 운명일 수도 있었다. 만약 인연이었다면 떼어 내려 해도 떼어질 수가 없었을 것이다. 욕심으로 엮은 인연은 그렇게 끊어졌다.

다만 그에게 솔직하지 못했던 것과 이별을 말했던 방식에 대해서는 후회가 남았다. 조금 더 어른스럽게 이별을 말할 수도 있었을 텐데 너무도 갑작스럽고 서툴렀다. 언젠가 그를 만나면 사과를 한 뒤 행복을 빌어 주고 싶었다. 그들이 잘되길 바라야 했다. 그래야만 자신의 사랑을 숨기며 어리석게 결정했던 이별이, 그래도 좀 괜찮아 보일 테니까.

다음 날, 부모님의 여행으로 새벽 시간의 편의점은 이나가 맡았다. 새벽일을 돕고 난 뒤 오후 비행기로 도쿄에 돌아갈 예정이었다. 그 후에는 한민과 아르바이트생이 번갈아 편의점을 지키기로 했다.

배달된 물건들을 창고에 넣고, 음료수를 냉장고에 정리하고 있을 때였다. 편의점 문이 열리는 소리가 들렸다. 하지만 물건을 정리하는 데 정신이 팔려 계산대 앞으로 가는 것이 조금 늦었다. 손님이 계산대 위를 똑똑 두드리고 나서야 계산대 앞에 설 수 있었다.

"늦어서 죄송합니다."

마음이 급한 이나는 계산대 위에 놓인 물건들의 바코드를 하나씩 빠르게 찍었다. 커피, 물티슈, 에너지바, 파워에이드, 볼펜 한 자루. 어딘가 낯익은 품목이었다. 그리고 계산을 기다리는 사람에게서 익숙한 기운이 느껴졌다.

설마.

이나는 시선을 들지 못한 채 그대로 굳어 버렸다. 앞에 서 있는 사람의 얼굴을 볼 자신이 없어 입술만 물었다.

"강이나."

앞의 남자가 익숙한 목소리로 이름을 불렀다. 이나는 천천히 고개를 들어 자신을 부른 사람을 보았다. 역시 승후였다.

승후는 그다지 놀라지 않은 듯 덤덤한 표정이었다. 겨울 코트와 목까지 올라오는 검은 니트를 입은 그는 전보다 세련돼 보였다. 머리 모양도 어딘가 달라져 전체적으로 낯선 분위기였다. 그에게서 느껴지는 온도도 몇 도쯤 떨어진 것처럼 서늘해졌다.

그는 저온의 시선으로 이나를 뚫어지게 바라보았다. 지금 그의 눈빛엔 아무런 감정도 실려 있지 않았다.

"서울에 언제 왔어?"

"아빠 생신이라 연차 내고 왔어요."

“멀지 않으니 오가기 어렵지 않았겠네.”

“도쿄에 간 후로 처음 온 거예요.”

둘 사이에 침묵이 흘렀다. 형식적인 미소조차 오가지 않았다. 정신을 가다듬은 이나는 그가 산 물건들을 봉투에 담아 건네준 뒤 계산을 마쳤다.

“도쿄 생활은 어때?”

어깨까지 닿는 이나의 길어진 머리카락을 보며 승후가 물었다. 그는 이나를 관찰하듯 바라보았다. 아마도 지금은 사라진, 짧게 연애했던 브로콜리 강을 찾는 것 같았다. 그에게서 쓸쓸함이 묻어났다가 사라졌다. 어쩌면 잠깐 동안 연애했던 여자에 대한 애틋한 감정이 기억났을지도 모른다.

“이제 좀 적응됐어요.”

“다행이네. 잘 지내는지 궁금했는데 여기서 마주칠 줄은 몰랐어.”

“잘 지내고 있어요.”

도쿄의 생활도 적응했고, 저물어 가는 이 관계에도 익숙해졌다. 그리고 그도 분명 전과는 달라졌다. 표정도, 말투도, 눈빛마저도 차갑게 거리를 두었다. 수연과의 관계가 회복된 마당에, 아직 끝내지 못하고 보류로 두었던 관계가 부담스러울 것이다.

“많은 걸 걱정했는데 잘 지내고 있었다니 다행이다. 얼굴도 좋아 보여.”

연인이었던 강이나가 아닌 강이나라는 사람의 안부에 대해서 걱정을 했을 것이다. 승후는 인간적인 관계를 맺은 사람에게 매몰차지 못한 사람이었다. 헤어졌더라도 어떤 연민은 가지고 있을 것이다. 수연과 다시 시작하면서도, 결정짓지 않고 보류 중인 이별에 대해서 무거운 책임감을 느끼고 있는 게 분명했다.

“날 피해서 간 사람에게 먼저 안부를 묻기도 어려운 일이고.”

승후의 말에 가슴의 어딘가가 따가워졌다.

"우리는."

이나가 말했다. '우리'라는 단어에 승후가 집중했다. 이번엔 이나도 그의 눈을 피하지 않았다. 이 관계에 대해 확실히 정리해 주어야 했다. 강이나라는 존재가 불편할 것이 분명한 그를 편하게 해 주고 싶었다. 그의 반응을 보니 '우리'라는 단어도 사용하면 안 될 것 같았다.

"아니, 나는 이제 힘들지 않아요. 다 괜찮아요."

말을 마친 이나는 승후를 향해 최선을 다해 미소 지어 보였다. 미소만큼은 진짜로 보이길 바라며.

"우리는?"

승후가 그 미소를 차분히 바라보며 '우리'라는 말을 다시 꺼내었다. 원래 하려던 말을 듣고 싶은 것 같았다.

"우리는 잘 끝낸 거예요. 그것에 대한 후회는 없어요. 하지만 버릇없고 서툴렀던 이별의 방식에 대해서는 많이 후회했어요. 연애도 이별도 처음이라 그랬어요. 늘 그게 마음에 걸렸어요. 다시 만나면 미안했다고 말하고 싶었어요."

승후의 이마가 깊은 자국을 내며 구겨졌고, 얼굴은 순식간에 싸하게 식었다.

"사과는 받지 않을게. 네 사과를 받을 만큼 마음이 궁핍하진 않아. 난 지금으로서는 네게 아무런 말도 할 수 없는 사람이야. 아직 해결 못 한 일이 그대로 남아 있는 상태니까. 내가 지금 할 수 있는 건, 네가 원했던 이별의 상태를 유지하는 일 외엔 없어."

그가 지금 아무 말도 할 수 없는 건 아직 재판이 마무리 지어지지 않은 탓이다. 복잡한 일이 해결될 때까지 그는 이별에 대한 말을 하지 않을 사람이었다.

하지만 이나는 이미 알고 있었다. 그의 보류 중인 연애가 이별로 결정되어 있다는 것을. 단지 아직은 이별을 말할 때가 아니라고 생각하고 있다는 사실을. 그는 상대가 최소한의 상처를 받을 최선의 시간을 찾고 있을 뿐이다. 그런 그를 수월하게 해 주어야 했다.

"시작이든 끝이든 제가 원했던 일이었어요. 전 이제 힘들지 않고 편해요."

"난 괜찮지 않은데. 너에 대해 복잡해."

승후가 괜찮은 척 미소 짓는 이나를 바라보았다. 연애하기 전부터 상대가 받을 상처에 대한 걱정을 먼저 했던 사람이었다.

"단순한 나를 복잡하게 생각하지 말아요."

그에게 이별에 대한 죄책감의 무게를 덜어 내 줘야 했다. 가벼운 마음으로 떠나게 해 주고 싶었다. 미뤄 뒀던 이별을 쉽게 마무리할 수 있도록 도와주어야 했다. 자신은 그때보다는 어른이 되었고, 그와의 관계를 잘 끝낼 수 있는 연습을 수없이 했고, 그가 어떤 이별의 말을 한다 해도 상처받지 않을 준비를 해 왔으니까.

"이제 괜찮아요. 저에 대해 편해지셔도 돼요."

"하지만 이나야."

승후가 문득 이름을 불렀다. 이름을 부르는 그의 눈빛이 따뜻했다. 그는 온기가 느껴지는 눈길로 이나를 세세히 바라보았다. 예전처럼 눈을 보고, 코끝을 보고, 입술을 보고, 턱끝도 차례로 보았다. 그러던 그가 무슨 말을 하려다가 이내 거두었다. 따뜻하던 눈빛도 금세 식어 차가워졌다.

"그래, 너라도 괜찮다니 다행이다. 내가 원하던 시기와 방법의 만남이 아니었기에, 지금 내가 할 수 있는 말은 아무것도 없어. 하지만 네가 잘 살고 있는 거 같으니 그거면 됐다."

그는 조금은 홀가분한 목소리로 말을 이었다.

"네가 괜찮다니 그걸로 됐어."

'됐다' 라는 말이 이나의 가슴 안에 돌처럼 박혔다. 순간 진짜 이별을 예감했다. 그것이 그의 마지막 인사처럼 들렸다. 승후의 눈빛과 표정과 말투가 이별을 말하고 있었다.

자신이 그에게서 이별의 말을 앞당기게 만들었다. 지금이 마지막이고 앞으로는 이 사람을 볼 수 없을 것이다. 마지막이라는 생각이 들자, 이나의 몸 안에서 뜨거운 무언가가 솟구쳐 올라왔다.

"잘 지내. 갈게."

승후가 냉정하게 식은 목소리로 말했다. 눈동자도 아까보다 차게 식어 있었다. 그는 미련 없이 뒤돌아 빠른 걸음으로 편의점을 나갔다. 이나는 서 있던 자리에서 모든 움직임을 멈춘 채 그 모습을 지켜보았다. 그의 차가 떠나는 소리가 들리자 그제야 깊은 숨을 내뱉었다.

'진짜로 떠났어.'

참았던 숨과 함께 뜨거운 눈물이 쏟아져 나왔다. 가슴이 조이듯 아파 왔다.

'내가 이렇게 떠나보냈어.'

몸 안의 깊은 곳에서 밀려 올라온 눈물은 뜨겁고 농도가 짙었다. 고통으로 떨리는 몸이 좀처럼 진정이 되질 않았다. 그의 보류가 완전한 이별이 되었다.

승후가 나갈 때 들어왔던 고등학교 남학생 세 명이 물건을 들고 계산을 하러 왔다. 이나는 학생들이 고른 물건의 바코드를 찍었다. 그러는 내내 계속 눈물이 흘렀다. 학생들의 돈을 거슬러 주는 손도 마구 떨렸다. 마지막으로 계산하던 학생이 조심스럽게 물었다. 나머지 두 명도 걱정스러운 얼굴이었다.

"누나, 괜찮아요?"

“아니요, 괜찮지 않은 것 같아요.”

숨을 몰아쉬며 겨우 답했다. 말하는데도 눈물이 쏟아져 나왔다. 학생들이 나가자 다리에 힘이 풀려 주저앉았다. 다시 일어서지 못하고 무릎을 끌어안은 채 울었다.

승후와의 마지막은 이렇게 느닷없고 쉽게 끝이 났다. 그와의 마지막에 대한 상상을 수없이 많이 했지만 이별은 상상처럼 멋지지 않았다. 얼마나 따뜻하고 아름다운 미소를 가졌는지 알기에 그의 냉정함이 너무나 아팠다.

그리고 버림받는 기분이 어떤 건지도 알게 되었다. 버려졌다고 생각했던 그가 얼마나 아팠을지 다 느껴졌다. 그래서 하나도 괜찮지 않았다. 하지만 보류 중인 그의 이별이 수월하게 끝났으니 그걸로 됐다. 그것만으로도 괜찮아야 했다.

겨울밤의 옥상이었다. 이제는 이름이 생긴 고양이들을 승후는 한 마리씩 바라보았다. 미요, 하고 우는 고양이는 미요, 몸이 큰 고양이는 고래, 노랗고 검은 얼룩이 있는 고양이는 타이거. 생명체와 정들이기를 거부하던 남자는 길고양이들의 이름을 고심해서 지어 주었다.

그리고 지금은 겨울날의 밥이 걱정되어 옥상에 올라와 있었다. 버려진 낡은 나무 의자에 앉아 있자 고양이 무리가 승후의 주위를 둘러쌌다.

“옆집 누나 왜 그러니? 혼내 줄까? 조금이라도 무섭게 굴면 또 울겠지?”

고양이에게 말도 거는 남자가 되었다. 미요가 알아듣기라도 한 것처럼 미요, 하고 울었다.

"지금쯤 도쿄에 도착했을까? 집이나 잘 찾아다니는지 걱정이다."

승후는 밤의 고양이들에게 솔직했다. 말을 마치자 고양이들이 동시에 야옹거렸다.

코트 주머니에서 핸드폰을 꺼내 이나의 SNS를 보았다. 도쿄 생활에 적응했는지 한동안 비공개였던 브로콜리 강의 그림이 업데이트되고 있었다.

도쿄에서 처음 올린 그림은 첫눈이 쌓인 밤거리였다. 그 그림 속에서 이나는 다른 남자와 마주 서 있었다. 댓글을 살펴보니 동주와 친구가 되기로 한 모양이었다.

도쿄에서 이나가 그리는 그림은 주로 살고 있는 작은 집, 창밖으로 보이는 풍경, 동네의 슈퍼, 그날 요리해 먹은 음식 같은 것들이었다. 이나는 소박하고 특별할 것 없는 주제로 그림을 그렸다. 색조도 단조롭고 차분해 그림에서는 어떤 성숙함과 아름다움이 묻어났다. 오늘 새벽에 봤던 이나의 달라진 모습처럼.

그때 편의점 건물에서 한 남자가 옥상으로 올라오는 것이 보였다. 남자는 승후의 존재를 눈치채지 못한 채 통화 중이었다.

"나는 왜 안 되는 건데? 아직 학생이라서? 미래가 불확실하니까? 너무 오래 알고 지내서 신비감이 없어서? 잘난 집 아들이 아니라서? 혹시 누가 있기라도 한 거야?"

사랑에 애타는 남자가 한 명 더 있는 것 같았다. 모른 척해 주고 싶었지만, 다시 곁으로 다가온 고양이가 울어 댔고 가로등 불빛이 너무도 밝았다. 통화 중인 남자의 시선이 이쪽으로 옮겨졌다. 운동선수처럼 보이는 체격에 잘생기고 지적인 얼굴. 이나의 남동생이 분명했다.

"나중에 전화할게."

전화를 끊은 한민이 건물의 난간 쪽으로 가까이 다가왔다. 승후가 자리에서 일어서며 말했다.

"일부러 들으려고 들은 것은 아니지만 미안합니다. 내려갈 테니 전화 마저 해요. 상황이 급한 것 같은데."

"민승후 대표님, 드디어 만나네요. 강이나 동생 강한민입니다."

한민의 눈빛은 어쩐지 도전적이기도 했다.

"날 알아요?"

"누나가 다니고 있는 회사의 대표님이시니까요. 학교 선배님이시기도 하고요. 게다가 우리 작은누나가 너무도 티 나게 연애하는 상대이시잖아요. 누나 방을 조금만 조사해도 누구와 연애 중인지 알겠던데요."

"아, 반가워요."

승후가 먼저 손을 내밀어 악수를 청했다. 한민이 그 손을 바라보다가 조금 시간을 두고 잡았다. 나란히 자리한 건물의 옥상에서 두 사람은 마주 보았다.

"평소에는 존경하는 분이지만 지금은 그럴 수만은 없는 분이죠. 버릇없는 질문이겠지만 몇 가지 묻겠습니다. 제가 책임져야 할 우리 가족과 관련된 일이니까요. 왜 누나가 갑자기 도쿄까지 파견 나가야 했는지, 왜 밤마다 그렇게 울어야 했는지, 왜 밥도 못 먹어 삐쩍 말라 버리고, 왜 넋 나간 표정으로 아직도 그러고 있는 건지. 그런 것들에 대해 제가 화가 많이 나 있거든요."

한민의 표정이 한층 더 심각해졌다.

"전 어려서부터 누나를 울렸던 사람은 가만히 놔두지 않았어요. 지금도 그럴 용의가 있고요. 여기까지 오신 걸 보니, 대표님도 우리 누나의 문제에 대해 발을 다 빼지는 않으신 것 같아 묻는 겁니다. 도대체 누나한테 뭘 하고 계신 거죠?"

한민은 거침없이 묻고는 상대를 노려보았다. 그 눈을 피하지 않고 승후가 미소를 지었다.

"든든하겠다, 강이나는. 어떤 상황에서도 편이 되어 주는 동생이 있잖아."

작은 협박에도 여유로운 승후를 보며 한민은 더 커진 목소리로 말을 이어 갔다.

"순진하고 착한 사람을 가지고 노는 게 아니라면 뭐든 확실히 해 주세요. 정말 끝난 거면 여기 오지도 마시고요. 파견 근무라는 이유로 도쿄에 혼자 두지도 마세요. 여기서 가까운 곳에 살고 계신 것 같은데, 우리가 먼저 여기 살았으니 불편하면 이사를 가세요. 왜 누나가 피해 있어야 하는 거죠? 대체 착하기만 한 우리 누나를 왜 찬 건가요?"

"강이나 동생이니까 말 놓을게. 난 장난으로 생각하고 이나에게 접근한 적 없어. 지금도 진지해. 잠시 헤어져 있는 사람이 생각나서 여기에 와 있는 거고. 게다가 크게 잘못 알고 있는 것 같은데 이나한테 내가 차인 거야. 난 내 부족함으로 진하게 퇴짜 맞은 상태지."

승후의 말을 잠자코 듣던 한민이 조금은 안도한 표정으로 말했다.

"그렇다면 조금 다행이긴 하네요. 하지만 이유가 뭐든 또다시 누나를 울리면 그땐 저도 생각이 다 있어요. 참을 만큼 참았으니 뒤로 물러나 있지만은 않을 거라고요. 전 누나를 지켜야 하는 사람이니까 이런 말 정도는 해도 된다고 봐요."

"협박받는 처지에도 믿음직스럽다. 의도치 않았지만 아까 통화하는 내용을 들으니 나와 비슷한 상황에 놓여 있는 것 같던데. 거부하는 여자한테 안달이 나 있기는 마찬가지잖아. 같은 입장끼리 조금만 이해해 줄 수는 없을까?"

"전 여자를 울리지는 않아요. 누나가 아무리 울보긴 해도 말이죠. 더 지켜보겠지만, 계속 힘들게 했다가는 누나가 좋다고 해도 제가 뜯

어말릴 거예요. 아무 남자한테 넘어가는 꼴은 여태까지 본 적 없고, 앞으로도 볼 생각 없어요. 적어도 이 동네에서는 우리 누나가 제일 예쁘거든요. 대표님 아니어도 모셔 갈 잘난 남자가 널렸다고요.”

이나의 말로는 한민은 누나를 못살게 구는 사람을 혼내 주고 다녔다는데 지금 그 견제가 자신을 향하고 있었다. 누나를 생각하는 마음이 여느 남동생들보다는 깊은 듯했다. 오빠처럼 구는 남동생이라는 이나의 말이 떠올라 슬쩍 웃음이 났지만 감추었다.

“내가 그럴 입장은 아니지만, 아까 전화로 나눈 대화에 대한 조언을 할게. 당사자보다 객관적일 수는 있으니까.”

“객관적 조언이요?”

“상대를 원한다면 그렇게 몰아붙이지 말고 진심을 말하는 게 어떨까 싶은데. 자존심 같은 거 버리고 말이야. 진심을 말하지 못했던 건 나의 오류이기도 해서 하는 말이야. 그래서 이나를 놓쳤거든.”

한민은 잠시 말이 없었다. 자신의 상황을 돌아보는 것 같았다.

“제 자존심만 내세운 건 맞아요. 고백이 왜 자꾸 싸움으로 번지는 건지 몰라서 혼자 심각했었는데.”

“진심을 말해야지. 이나는 그렇게 해서 내 마음을 가져가 버렸는데.”

가슴이 아려 왔다. 늘 용감하고 솔직했던 강이나였는데, 자신은 미련하게도 그런 사람의 마음을 다치게 했다.

“연애에 이런 과정이 있는 건, 서로에 대해 얼마나 절실한가 되돌아보고 포기하지 않을 기회를 주는 거라 생각하기로 했어. 쉽게 얻은 것은 쉽게 잃을 수도 있지만, 절실하게 얻은 것은 쉽게 잃어버리진 않을 테니까. 난 연애로만 끝내고 싶은 마음은 없어. 인생의 계획을 처음부터 다시 세울 만큼 진지한 상태야.”

승후는 한민과 헤어져 집으로 걸어가는 중이었다. 들고 있는 핸드폰이 진동했다. 부대표인 민석에게서 온 전화였다.

─ 너희 집 지나가는 길인데 얼굴 볼까? 술 마시자.

"그냥 가세요. 형수님하고 애들한테 잘 보이셔야죠. 늘 귀가가 늦으시잖아요."

─ 조용히 할 얘기도 있고.

"중요하지 않은 거면, 내일 출근해서 봬요."

이나한테 또 한 번 퇴짜 맞은 상태에다, 한민에게까지 한 소리 들은 후라 아무도 만나고 싶지 않았다.

─ 네가 화낼까 봐 겁나서 미리 술 마시고 있다. 실은 지금 너네 동네야.

"왜 형한테 화를 내요? 그럴 이유가 없는데."

─ 강이나 씨에 관한 얘기거든.

이 사람 입에서 왜 강이나의 이름이 나오는지 아무리 생각해도 교차점이 없었다. 그래서 다시 물었다.

"강이나요?"

─ 그래, 네가 도쿄로 보낸 강이나 씨. 착하고 순진해서 쉬웠는데 그 덕에 나쁜 놈이 된 기분이 떨쳐지지가 않더라고. 일도 내가 생각한 것과 다르게 흘러가고 있고, 네 먹먹한 분위기도 그렇고. 대체 나쁜 짓 하고 어떻게 사는지 모르겠더라. 내가 훈수를 완전히 잘못 뒀어.

피가 역류하는 기분이었다. 자세히 듣지 않았어도 대충 그림이 그려졌다. 민석이 개입되어 있었다. 풀리지 않던 매듭이 순식간에 풀려 버렸다. 민석이 조급하게 덧붙였다.

─ 애써 변명하자면 너와 회사를 생각해서 그랬어.

"지금 어디예요? 당장 죽이러 갈 테니까."

　전화를 끊고 보니 익숙한 장소에 서 있었다. 남산타워가 보이는
중간 지점의 공터에 서서 깜깜한 하늘을 보았다. 눈이 내리기 시작했
다. 서울의 첫눈이었다.

　요즘 도쿄 사무소의 사람들은 본사에서 오는 임원들을 맞이하기
위한 준비로 분주했다. 며칠 전부터 사무실마다 깨끗하게 대청소를
하고, 임원들을 위한 브리핑 준비를 하느라 다들 야근까지 하며 바빴
다. 여느 때와 다른 분위기에 이나는 조금 긴장이 되었지만 파견 온
말단 사원과는 크게 상관없는 일이라고 생각했다.
　이나는 평소보다 일찍 출근해서 인터넷 신문을 보았다. 그리고 고
릴라닷컴에 관한 기사를 찾았다. 경쟁 업체에서 건 세 개의 소송이
모두 무혐의 처분을 받았다는 뉴스가 떠 있었다. 그래도 마음이 놓이
지 않아서 또 다른 뉴스를 찾아 몇 번이고 읽었다. 모든 판결이 회사
에 유리했다. 오히려 민승후라는 사람이 얼마나 깨끗하게 회사를 운
영해 왔는지 증명해 주는 재판이었다고 했다.
　'축하해요.'
　모니터 속 남자를 손가락으로 만졌다. 알고 지냈던 사람이 맞나
싶을 정도로 거리가 멀게 느껴졌다. 이제 민승후라는 사람은 뉴스에
서나 만날 수 있는 사람이 되어 버렸다. 모든 것들이 너무 멀어져서,
그동안의 일이 꿈을 꾼 것처럼 느껴지기도 했다.
　동주의 말처럼 인연은 만들고 싶다고 해서 만들어지는 것도 아니
고, 끝내고 싶어도 끝낼 수 있는 것이 아닐지도 모른다. 자신의 사랑
은 얼려졌고, 거기서 멈추었고, 그렇게 끝이 났다. 보류로 남겨졌다
가 이별로 정리된 강이나라는 사람은 이번 프로젝트가 마무리되면

회사를 그만두는 것이 맞을 것이다. 전부터 해 오던 생각이라 마음을 정리하는 것이 어렵지는 않았다.

고릴라닷컴에 대한 기사와 연관된 다른 기사는 CEO인 승후의 결혼에 관한 기사였다. 내용도 꽤 구체적이었다. 올겨울 결혼 예정이라는데 올해는 얼마 남지도 않았다.

[도쿄 사무소로 대표님이 출장 가셨다는 정보가 들어왔어. 도쿄 사무소에도 팬카페 회원이 있거든. 혹시라도 대표님 만나면 다정하게 대해 줘. 전처럼 무뚝뚝하게 굴지 말고.]

오전에 링링에게서 들어온 문자를 점심시간이 지나서야 확인했다. 승후에 대한 위치 보고를 링링이 대신 해 주었다. 그의 모습을 찍은 사진도 같이 보내 주었는데 도쿄 사무소의 로비가 확실했다. 로비의 소파에 앉은 승후는 짙은 회색 코트 차림이었고, 몇몇 사람들과 둘러앉아 활기차게 대화를 나누고 있었다.

재판으로 인해 몇 달 동안 미루어 두었다던 도쿄 출장을 본사의 임원진들과 함께 온 것이다. 얼마 전까지 긴박했던 회사의 분위기가 정점을 이루는 것 같더니, 재판 결과가 보도된 오늘에서야 새로운 방향으로 일이 진행되는 듯했다. 일본에서의 사업 확장은 그가 전부터 공을 들이던 일이었고, 재판이 해결되자 이곳의 일부터 처리하러 온 것 같았다. 이제 그는 걸림돌 같은 것 없이 그가 계획했던 대로 살아가면 되었다.

하지만 어리석게도 그가 가까이 있다는 사실만으로도 호흡이 빨라지고, 몸 곳곳의 어딘가가 사정없이 빠르게 뛰어 댔다.

오후 회의가 시작되기 전, 회사 동료들과 모여서 수다를 떨며 다과를 먹고 있었다.

「아까 민 대표님 실제로 보니까 사진으로 보는 것보다 멋스럽던데. 말투도 예의 있고 행동도 부드럽고. 일본어 수준도 상당하시더라.」

「가까이서 봤나 보네. 난 복도를 지나가다 잠시 스쳤는데도 순식간에 반해 버렸잖아. 복도 끝에서 빛이 나에게로 걸어오는 줄 알았다고.」

역시 이야기의 주제는 오랜만에 도쿄 사무소에 온 민승후 대표에 관한 것이었다. 파견 나온 몇몇의 한국인을 빼고는 모두 일본 동료들이었다.

「대표님이 이곳에 머무는 기간 동안, 사무소 임직원들은 매우 긴장한 상태로 바뀐다더라. 그리고 그 시기 동안은 사무소 여직원들의 향수랑 옷차림이 달라진다는 소리가 있어. 서로 가능성이 남은 싱글들이니 그럴 만도 하지.」

「본사와는 다르게 사무소가 크지 않으니 직원들과 직접적으로 마주칠 일이 많겠지. 대표님이 자주 오셔야 회사의 능률이 다방면으로 오르겠고.」

이나는 침착한 척 숨을 죽였다. 그의 존재만으로도 이곳의 분위기가 달라지고 있었다. 하지만 이제 승후에 대해 어떤 반응도 해서는 안 되었다. 그에 관한 모든 것들에 무감각해져야 했다.

「이곳에 몇 달간 못 오셨으니, 이번엔 오래 계셨으면 좋겠다. 오랜만에 사무소 활기 좀 넘치게 말이야. 들리는 말에 의하면 부서별 회식도 종종 같이하신다던데 벌써부터 기대되는 거 있지?」

「안타깝게도 이번엔 일정이 바쁘신지 얼굴만 비치고 바로 떠나신 것 같던데? 본사 임원들은 남아 있지만 말이야. 다들 실망이 크겠어.」

그들의 말을 정확하게 알아듣지 못했지만, 분명 그가 떠난다고 했다. 다른 사람들도 아쉬운지 모두 한마디씩 했다. 이나는 슬퍼 보이는 것이 분명한 미소를 짓고 있었다. 무감각해져야 맞는 건데, 가슴이 저려 왔다. 어쩌다 승후를 마주칠지도 모르는 상황에 대해 걱정을 했던 자신이 너무도 볼품없게 느껴졌다. 민승후라는 남자의 소식을 뒤늦게야 건너서 전해 들을 수 있는, 이렇게 아무것도 아닌 사람이 되어 버려 놓고는.

위치 보고는커녕, 인사 같은 것도 나눌 필요가 없는 사람이 되어 버렸다.

퇴근할 무렵부터 한파 주의보가 내렸다. 건물 밖으로 나오니 날이 놀랄 만큼 차가웠다. 찬 공기가 옷으로 감춰지지 않은 피부를 에이는 듯했다. 해가 이미 져 버려 길도 어두웠다. 이나는 같이 나온 일본인 여자 동료와 추워서 뛰어가듯 걸어야 했다.

손에 든 샴페인병을 떨어뜨리지 않으려 가슴에 꼭 끌어안았다. 샴페인은 얇은 종이 봉지로 감싸여 있었다. 승후가 도쿄 사무소에 들렀다는 사실을 알기 전, 점심시간에 지하 상점에 갔다가 문득 생각이 나서 사 두었던 것이었다. 그의 일이 잘 해결된 것에 대한 축하주를 혼자라도 마실 생각이었다.

수상쩍은 샴페인을 보고 일본인 동료가 물었다.

「그 샴페인, 그때의 남자 친구랑 마실 거야?」

「남자 친구가 아니라 그냥 친구야.」

「둘이 정말 잘 어울리던데. 그나저나 날이 냉장고처럼 차가워서 샴페인 맛이 좋겠네.」

순간 이나는 종이로 감싸인 샴페인마저 자신처럼 초라하다는 생각이 들었다.

「그런데 저기, 아는 사람이야? 계속 우릴 보는데?」

동료가 몇 미터 떨어진 곳에 있는 가로등을 가리켰다. 주위에 사람들이 많았는데도 이쪽을 향해 서 있는 한 남자가 눈에 띄었다. 이나는 얼굴을 확인하기 위해 눈을 가늘게 뜨고 초점을 맞추어 남자를 바라보았다. 그리고 그가 누군지 알아채고는 걸음을 멈추었다.

「그럼 저 사람이 남자 친구인 건가? 샴페인과 이나 씨를 함께 예약한 남자인가 봐. 얼핏 봐도 완전 멋진데.」

이나의 행동에서 답을 얻었는지, 여자 동료가 짓궂게 웃으며 자리를 비켜 주었다.

이나는 한파로 인해 발이 땅에 얼어붙기라도 한 것처럼 움직일 수가 없었다. 이곳을 떠난 줄 알았던 승후가 걸어와 굳어 버린 이나의 앞에 섰다. 이제 더 이상 그를 가까이서 볼 수 없을 거란 확신을 하고 있던 터라, 지금의 거리가 현실처럼 느껴지지 않았다.

놀란 마음을 미처 추스르기도 전에 눈물이 차올랐다. 내내 부정해야 했지만 이 남자가 많이 보고 싶었다. 눈치 없는 눈물을 꾹 참았다. 보고팠던 사람에 대한 안도 섞인 눈물 같은 건 이제 허락하면 안 되었다. 들통 나기를 잘 하는 자신의 감정을 숨겨야만 했다.

승후는 그런 이나를 한동안 보기만 했다. 그의 표정에서는 아무것도 읽히지가 않았다. 입도 꽉 다물려 있었다. 마치 날씨처럼 쌀쌀한 얼굴이었다. 어쩐지 화가 많이 난 사람 같기도 했다.

그를 마주한 후로 뭐라도 의지할 것이 필요했던 이나는 샴페인병을 꼭 끌어안았다. 승후는 잠시 샴페인에 시선을 주었다가 이내 이나를 찬찬히 바라보았다. 그의 시선은 깊었지만 감정 같은 건 하나도 섞여 있지 않았다.

차가운 바람이 빠르게 지나갔다. 시렸던 귀가 아플 정도로 매서웠다. 오늘따라 스커트를 입고 있어 다리 사이로 바람이 연신 들어왔다. 이나는 매서운 추위와 앞에 있는 남자가 정말 곤란했다. 자신을 바라보는 선명하고 또렷한 그의 눈을 바라볼 수가 없어, 바람을 핑계로 눈을 꼭 감아 버렸다.

"춥겠다. 가자."

겨울의 바람만큼이나 차가워 보이는 승후가 말했다. 어디로 가는지도 모르고 왜 같이 가야 하는 건지도 알 수 없었다. 하지만 몹시 화가 나 보이는 회사 대표의 말을 거부할 방법이 없었다. 추위도 한몫했다. 이렇게라도 몸을 움직이지 않으면 눈사람처럼 바닥에 붙어 버릴 것 같았다. 최면이라도 걸린 듯 몸이 그를 따라 저절로 움직였다.

이나는 승후의 반걸음쯤 뒤를 따라 걸었다. 그의 숱 많은 둥근 두상과, 넓은 어깨와, 곧게 선 등이 눈에 들어왔다. 익숙한 걸음걸이도 보았다. 이나는 규칙적인 그의 발걸음 소리에 맞춰 보폭을 유지하며 그의 뒷모습을 눈에 담았다.

한동안 아무 말 없이 걷기만 했다. 서로의 숨소리만 번갈아 들렸다.

"이쪽으로."

맞은편에서 너무 많은 사람들이 걸어오고 있어 불편했는지, 승후가 골목 쪽으로 방향을 돌렸다. 아무래도 즉흥적으로 길을 바꾸는 것 같았다. 어떤 목적지도 없는 사람처럼 보였다. 어디로 가는지 묻고 싶었지만, 뒷모습마저 냉정한 남자에게 말을 걸어 볼 용기가 없었다.

또 얼마간을 그렇게 걸었다. 가는 내내 찬바람이 불어 댔다. 장갑을 낀 손마저 얼어서 들고 있는 샴페인을 떨어뜨릴 것만 같았다. 그때 승후가 갑자기 멈춰 서더니 뒤따라 걸어오는 이나를 향해 몸을 돌렸다. 그리고 빨갛게 얼어 버린 이나의 볼을 살피며 말했다.

"따뜻한 거라도 먹을까?"

그가 작은 우동집을 가리켰다. 가게 안에 켜져 있는 노란 불빛이 그렇게 따뜻해 보일 수가 없었다. 하지만 이나는 이 남자와 같은 테이블에 앉아서 따뜻한 것을 먹을 자신이 없었다. 몹시 망설이는 표정으로 우동집을 바라만 보았다.

매서운 바람이 한 번 더 이나에게로 불어왔다. 오늘따라 바람이 자신만을 따라다니는 듯했다. 선택의 여지가 없었다. 머리카락부터 발가락까지 모두 얼어 버린 것 같았으니까.

이나는 우동집에 시선을 고정한 채 빠르게 고개를 끄덕였다. 그 모습을 본 승후가 어이없다는 듯 다그쳐 물었다.

"강이나, 그새 말하는 법을 잊은 거야, 아니면 나와 말을 안 하기로 한 거야?"

"저기로 들어가요. 따뜻한 거 먹고 싶어요. 나, 추워서 죽을 것 같아요."

별수 없어진 이나는 발까지 동동 구르며 말했다. 우습지도 않은 말에 표정이 없던 승후가 미소를 지었다. 미소는 점점 커다랗게 변해 갔다. 너무 오랜만에 보는 그의 웃음에 사로잡혀 버렸다. 바람이 한 차례 더 불어왔지만 추운 줄도 모른 채 그를 바라보고 있어야만 했다.

「어서 오세요.」

우동집의 낡은 미닫이문을 열고 들어가자 주인으로 보이는 노부부가 그들을 맞았다. 작고 허름한 가게의 내부는 따뜻한 기운으로 가득했다. 테이블도 몇 개 없는 곳이었고 남자 혼자 우동을 먹고 있었다.

두 사람은 벽 쪽의 테이블에 마주 앉았다. 이나는 샴페인을 옆에 놓인 의자 위에 눕혀 두고 장갑을 벗었다. 그리고 뜨거운 차가 담긴 컵을 잡아 손을 녹였다. 얼었던 손이 점점 감각을 되찾아 가고 있었다.

"꽤 추웠나 보네. 난 추운 줄 모르겠던데."

승후가 어색함을 깨며 말했다. 이렇게 추운 날에 추운 줄도 몰랐다니. 하지만 거짓말이 분명할 그의 말에 속아 주는 것 외엔 별수가 없었다. 이나는 어색함을 숨기고 담담한 척 입을 열었다.

"한파래요. 장갑을 꼈는데도 손이 얼어서 움직여지지가 않아요."

이나는 따뜻한 컵에 데워진 손으로 얼굴을 감쌌다. 그 손으로 다시 양쪽 귀를 잡았다. 나중에는 아예 컵을 들어 볼에 대었다. 몸을 녹이려는 진지한 행동이었는데 그 모습이 재밌었는지 승후가 피식 웃었다. 이나는 또다시 멍해져 그의 미소를 바라보았다. 하지만 이내 미소를 모른 척하며 난처해진 시선을 돌렸다.

"그래도 몸이 조금 따뜻해졌어요."

"추운데 따뜻하게 입고 다녀야지."

승후가 따뜻해 보이지 않는 옷차림을 나무랐다. 아까 추워 죽겠다던 말도 한몫했을 것이다.

"어제까지는 서울의 겨울보다 춥지 않았거든요."

"여기 사무소 사람들과는 잘 지내? 일에 적응하기는 어렵지 않고?"

"다들 친절하게 대해 줘요. 저는 작업만 여기서 할 뿐이지 본사의 팀원들과 같이 일하고 있거든요. 그러니 일을 못했다고 혼내거나 야근시킬 상사가 이곳에 없어요."

"그랬구나. 생각보다 잘 지내고 있는 것 같아 다행이다."

다행이라는 말에 어떤 안도감이 실려 있었다.

"도쿄에 오셨다는 얘기는 들었어요."

"회사 일로 온 건 아니야. 내 개인적인 일로 왔어. 이번에 온 본사 임원들과는 따로 움직여. 나로선 말도 안 되게 긴 휴가를 냈거든. 지금 3일간의 귀한 휴가 중이야."

알 수 없는 엷은 미소가 그의 얼굴에 스쳐 지나갔다.

"잠깐만."

승후는 핸드폰을 꺼내어 무언가를 확인하더니 그에 대한 답을 보내는 것 같았다. 중요한 내용인 듯 그는 신중해 보였다. 그의 신경이 다른 곳에 집중하고 있을 때야 이나는 비로소 그의 얼굴을 찬찬히 살필 수 있었다. 보고 싶어 하면 안 되는 사람이었다. 얼마나 많은 밤을 이 남자를 잊으려 애써 왔는지 모른다. 하지만 얼려진 마음이 잠시 녹았는지 그를 향한 눈길이 저절로 따뜻해져 버렸다.

하던 일을 마친 승후가 눈을 들고 이나를 보았다. 이나는 마주친 시선을 피하지 못했다. 따뜻한 그대로를 들켜 버렸다.

"휴가 전 마지막 일을 방금 마무리했어. 이제 3일 동안 일은 쳐다보지도 않을 작정이야."

승후는 빙긋 웃으며 들고 있던 핸드폰의 전원을 꺼 버렸다. 그가 얼마나 많은 일을 하는지 알고 있는 이나는 잠들어 버린 핸드폰을 걱정스러운 얼굴로 보았다.

시간이 조금 흘러 주인 할머니가 우동을 갖다주며 친절하게 웃었다.

「우동이 나왔어요.」

「감사합니다.」

둘이 동시에 일본어로 답했다.

주인 할머니가 떠나자마자 승후가 물었다.

"일본어는 많이 늘었어?"

"잘하진 못해도 밥은 사 먹어요."

"그것도 다행이다."

이나는 다행이라는 그의 말을 못 들은 척했다. 헤어진 여자는 자신을 향한 남자의 작은 마음도 방어해야만 했다. 그의 작은 친절에 흔들리면 안 되었다. 겨우 아물어 가는 자신의 상처를 다시 달랠 자신도 없었다. 이나는 그가 보여 주는 다정함에 대해 모른 척 우동 국물을 마셨다. 뜨끈한 국물이 몸 안으로 들어오자 저절로 눈이 감겼다.

"따뜻하다. 이제야 살 것 같아요."

"나도."

승후가 혼잣말처럼 중얼거렸다. 그는 우동 국물은 맛도 보지 않았다.

"나도 살 것 같다."

오늘 그는 어딘가 좀 이상한 듯했다. 이 한파에도 춥지 않다고 하고, 마시지도 않은 국물을 마신 척하며 따라 말하고 있었다. 이나는 모든 이상한 점들을 모른 척해 주며 젓가락을 들어 우동을 먹었다. 헤어진 남자와 마주 보는 것도 어색해 먹는 데만 집중해야 했다.

이별한 사람들이 만나 우동을 먹는 일은 뭐라 설명할 수 없이 곤란한 일이었다. 게다가 앞에 앉은 남자는, 아까 마주쳤을 때와 달리 부드러운 미소를 보여 주고 있었다. 그의 미소를 피하려 얼굴을 우동 그릇에 더 가까이 해야 했다. 괜스레 차오르는 눈물도 감추어야 했다. 우동의 따뜻한 습기가 얼굴로 스며들었다.

"뭐 하고 지냈어?"

승후의 질문에 이나는 위쪽의 어딘가를 올려다보며 그간 무얼 하고 지냈는지 생각해 보았다. 뭔가 특별한 것을 말해 주고 싶었지만, 생활이 무척 단순해서 떠오르는 게 없었다. 주로 회사와 집에서 많은 시간을 보냈기에, 집에 관한 얘기 외엔 별다르게 할 말이 없었다. 그래도 몸이 따뜻해져서 그런지 그를 향한 마음에 여유가 생긴 듯했다.

"대부분 집과 회사를 오고 갔어요. 회사에서 얻어 준 작은 맨션에 사는데, 그곳이 마음에 들어요."

"어떤 점이?"

"일단 해가 잘 들어요. 일요일에 집에서 쉬고 있으면 한낮에 해가 깊이 들어 집 안이 환하고 따뜻해요. 저는 고양이처럼 해를 보고 앉아서 일광욕을 하죠. 그러고 있으면 마음이 소독되는 것처럼 깨끗해져요. 슬펐던 마음도 바짝 말라요."

어리석게도 슬프기만 했던 마음을 스스로 꺼내 보이고 말았다. 잠시 입술을 물고 있던 이나는 정말 슬픔이 말라 버린 것 같은 표정을 지어 보였다. 승후는 그런 이나를 말없이 바라보며 고개를 끄덕일 뿐이었다. 이나는 잠시 흐트러진 마음을 수습하고 말을 이어 갔다.

"그리고 창가에서 바라보는 하늘도 예쁘고요. 보름달도 잘 보이고, 다양한 구름이 지나가는 모습도 보여요. 창으로 보이는 것들이 좋아서 한동안 그리지 못했던 그림을 다시 그리기 시작했어요. 제일 마음에 드는 건, 제가 살던 동네와 같은 느낌이에요. 오래되고 고즈넉한 게 아주 비슷해요. 심지어는 동네 사람들도 많이 닮아 있어요. 그래서 처음 왔을 때부터 낯설지 않았어요. 비행기를 타고 도쿄에 왔는데, 제가 살던 동네로 다시 돌아온 것 같은 느낌이 들었어요. 참 신기하죠?"

아까 전까지 말을 아끼던 사람은 이제 상대의 동의까지 구했다.

"그거, 참, 신기하네."

승후가 문장을 띄어 읽듯 어색하게 말했다. 갑자기 말이 많아진 사람을 보는 것이 즐거운 듯했다. 듣는 사람은 승후뿐인데 이나는 비밀을 털어놓듯 작은 소리로 속삭였다.

"그리고 길치를 극복하기 위해 노력하고 있어요."

"어떤 노력?"

"요즘은 가끔씩 지하철도 타요. 얼마 전에도 지하철을 타고 멀리까지 가 봤어요. 유명한 일러스트 작가의 전시회에 가고 싶었거든요. 나오는 출구가 너무 많아 헤맸지만, 결국엔 찾아갔어요. 낯선 땅에서 혼자 지하철 타는 것에 성공했죠. 혼자 여행을 할 수 있을 때까지 도전해 볼까 봐요.”

“그야말로 굉장한 발전인데.”

승후가 뿌듯한 표정으로 칭찬을 해 주었다. 그러다 자못 진지해진 얼굴로 말했다.

“대부분 길을 잃었을 때 당황하니까 헤매는 거지. 마음이 흔들리기 시작하면 방향을 잡기가 힘들거든. 두려움을 가지면 감각이 모조리 상실되니까. 길을 놓쳤을 땐 마음을 가다듬고 다시 길을 찾으면 돼. 어디든 한길로만 가는 목적지는 없으니까.”

그의 말을 들으니 문득 홍콩의 지하철에서 승후를 놓쳤던 때가 떠올랐다. 자신을 찾아온 승후에게 붙잡혀 펑펑 울었었다. 얼려 놨던 기억의 한 부분이 녹아내렸다.

그도 지금 이나가 무엇을 떠올리고 있는지 알아챈 것 같았다. 전부터 이나는 표정으로 많은 걸 들켜 버렸다. 들통난 기억을 숨겨야 했다.

“우동이 맛있어요.”

이나는 얼굴을 감추며 다시 우동을 먹기 시작했다. 사랑에도 방향을 잃어 헤맸던지라 길에 관한 한 할 말이 없었다. 사랑에 대해서는 이미 목적지도 사라졌다. 지금도 여전히 마음이 갈 곳을 잃은 상태였다. 우동이 뜨거워서인지 갑자기 가슴에 열이 잔뜩 모였다.

시간이 조금 흘러서 승후가 물었다.

“그러고 보니, 이곳에선 통금도 사라졌겠네?”

“그렇죠. 엄마가 여기에 없으니까요. 통금이 너무 싫어서 엄마한테 줄곧 반항을 했거든요. 그런데 자유가 주어진 이곳에서도 혼자 통금을 지키고 있으니 억울한 마음이 들어요. 게다가 통금 이후 탈출할 일도 딱히 없고요.”

말을 마치고 난 후에야 하지 말아야 할 말을 해 버렸다고 후회했다. 연애가 끝난 후 통금은 아무 의미가 없었다. 애가 타도록 만나고 싶은 사람도, 통금을 피해 어디론가 도망가 줄 사람도 이젠 없으므로. 통금을 제일 안타까워했던 남자가 앞에 앉아 있으니 이 상황이 곤란해졌다.

"통금이 없는 세상의 너라니, 그건 너와 연애했던 나로서도 억울하다."

승후가 억울한 표정을 지어 보였다. 이나의 곤란함을 그가 농담으로 감싸 주었다. 그래서 둘은 어색함을 거두고 같이 웃었다. 하긴 감출 것도 없었다. 여기서 두 사람이 연애했고 헤어졌다는 것을 모르는 사람은 없으니까.

지난 밤, 이기적인 모습으로 옥상을 찾아와 함께 탈출해서 집으로 가자던, 자신을 위로해 달라던, 절실했던 남자와는 많이 달라진 모습이었다. 편안한 모습의 승후를 보니 그에게도 역시 시간이 약이 되었던 것 같았다. 거짓말로 괜찮다던 각자의 말들이 이제는 진짜가 되었을 수도 있었다. 이제야 봄과 여름의 시간들을 잘 마무리할 수 있을 것 같은 기분이 들었다.

승후가 문을 나서기 전 계산을 했다. 상냥한 우동집 할머니가 잔돈을 주며 말했다.

「신혼부부인가 봐요?」

승후가 부정하지 않은 채 다시 물었다.

「신혼부부로 보입니까?」

「난 장사를 오래 해서 사람을 보면 한눈에 딱 알아보거든요. 연인인지, 친구인지, 부부인지. 참 좋을 때네요. 우리도 그럴 때가 있었는데 말이죠.」

　주방에서 우동을 만들던 할아버지도 손님인 두 사람을 바라보며 웃었다. 승후의 뒤에 서 있던 이나는 노부부의 반응에 입을 다물었다. 그들의 웃음에 답을 할 수가 없었다.

「감사합니다.」

　승후가 노부부에게 인사했다. 감사하다고 말하는 말투가 어쩐지 신나 보였다. 그는 넘치는 웃음을 미처 거두지 못하고 이나를 보았다. 이나는 신혼부부라는 단어를 못 알아들은 것처럼 아무 말도 하지 않았다.

　다시 승후와 함께 밤길을 걸었다. 이번엔 반걸음 뒤가 아닌, 옆에서 나란히 걸었다. 몸을 따뜻한 것으로 채워서 그런지 아까보다는 덜 추웠고, 이별한 남자와의 거리에도 조금 익숙해졌다.

　"길이 얼어 있어. 조심해."

　말이 끝나기가 무섭게 이나가 얼음길에 미끄러져 휘청거렸다. 어제 내린 눈이 금세 얼어 곳곳에 빙판길이 생겼다. 나란히 걷던 승후가 팔을 잡아 붙들었다. 그는 넘어질 뻔한 당사자보다 더 놀란 얼굴로 이나를 바라보았다. 미소로 그를 안심시켜 주어야 할 만큼.

　"넘어지지 않았어요. 괜찮아요."

　승후는 잠시 안도의 숨을 내쉰 후 잡았던 팔을 놓았다. 그리고 갈색 가죽 장갑을 낀 손을 내밀었다. 이나는 그가 내민 손을 한동안 바라보기만 했다. 그러다 시선을 들어 지금 손이라도 잡아 주겠다는 의미인 건지 눈빛으로 물었다.

　"샴페인병이랑 네 이마가 같이 깨질 뻔했잖아. 내 눈앞에서 그런 끔찍한 일이 일어나는 거 보기 싫거든."

　그럼에도 이나가 내민 손을 보고만 있자 그가 먼저 손을 잡았다. 털장갑을 낀 이나의 손에 가죽 장갑을 낀 승후의 손의 느낌이 둔탁하게나마 전해져 왔다.

그렇게 두 사람은 손을 잡고 걷기 시작했다. 그늘져 얼어 버린 길을 걷는 높은 굽의 부츠는 종종 위태로워졌고 그럴 때마다 승후는 이나의 손을 더 단단히 잡았다. 놀랐던 그의 얼굴이 차츰 밝아지며 나중에는 만족스러운 표정이 되었다.

"그런데 우리 어디 가는 거죠?"

이제야 물어볼 수 있었다. 승후는 잠시 이나를 살피다가 어이없다는 듯 피식 웃었다.

"자꾸 인적이 드문 골목으로 들어가니까요."

"걱정 마, 납치하는 거 아니니까."

이나는 그의 농담에 어색하게 웃어 버렸다. 그리고 스스로에게 되뇌었다. 진정해야 한다고. 이 사람은 무척 미끄러운 길에서 무언가가 깨지는 것이 보기 싫은 것일 뿐이라고. 이런 걸로 심장이 빨리 뛰면 안 된다고. 그러는 건 분명 반칙이라고.

그렇게 걷다 보니 생각이 조금씩 정리되는 듯했다. 승후는 그를 압박하던 큰일들을 해결했고, 아름다운 첫사랑과 재회해 올겨울에 결혼할 예정이다. 승후가 찾아온 이유는 아마 그의 방식대로 이별에 대한 예의를 차리기 위함일 것이다. 관계를 맺었던 사람과 헤어졌지만, 상대가 여전히 행복하기를 바라는 마음 같은 것. 이별을 좋은 쪽으로 마무리해 주는 어른 남자의 성숙한 배려 같은 것.

이나도 멀리서 바라고 바랄 것이다. 그가 늘 행복하기를.

"오늘부터 일요일까지 휴가라고 했죠? 사람들은 그걸 휴가가 아니라 주말이라고 해요."

"내겐 아주 소중한 시간이고 무척 귀한 휴가야."

"3일 동안 도쿄에서 지내세요? 이번 주는 계속 강추위라던데."

오랜만의 휴가를 추위로 망칠까 봐 걱정되었다. 답 없이 묵묵히 걷던 승후는 대답 대신 질문을 했다.

"주말에 뭐 해?"

"별일 없어요."

"어차피 주말이니까 휴가를 같이 보낼까?"

이나는 멍청해 보일 것이 분명한 얼굴로 그를 보았다. 승후는 이나의 놀란 얼굴 표정 같은 건 못 본 척하며 계속 말을 이었다.

"지하철을 타고 다니면서 맛있는 것도 먹고, 영화도 보고, 미술관에도 가 보고, 그 외에 그간 못 했던 것들을 같이해 봐도 좋고."

승후는 얼마 전에 이별한 여자에게 그렇게 말했다. 남녀의 관계가 끝난 후 다음으로 어떻게 진행되는가에 대해서 아는 것이 없긴 했지만, 분명 말이 안 되는 일이었다. 그래서 말을 하지 않기로 한 사람처럼 입을 꼭 다물었다. 대답이 없자 승후가 다시 말했다.

"날도 추운데 근처 온천에라도 가서 쉬다가 와도 좋겠다. 어때?"

이나가 걸음을 멈추었고 승후도 따라서 멈추었다. 우동집에서부터 이상하게 느껴지기는 했다. 생각해 보면 회사 앞에서 기다리고 있던 것도 이상했다. 어디로 가고 있는지 알려 주지도 않은 채 걷고 있는 것마저 그랬다. 하지만 그는 조금도 이상하지 않다는 듯이 매우 정직한 표정이었다.

그에게 잡힌 손을 빼내며 조심히 물었다.

"저기, 우리 이별한 사람들 아닌가요?"

"이별한 사람은 같이 휴가를 보내면 안 되는 건가?"

"대부분은 안 그래요. 특히 우리처럼 얼마 전에 이별한 사람들끼리는."

지금껏 뭐가 이상했는지 이제야 알아냈다. 승후는 이별 같은 건 잊은 사람처럼 행동하고 있었다. 따뜻하게 웃어 주었고, 다정하게 말했다. 이별한 적 없었던 것처럼 회사 앞에서 자신을 기다렸고, 우동을 같이 먹었고, 손을 잡고 걸었다. 그리고 지금 휴가를 같이 보내자며 천연덕스럽게 얘기했다. 애초에 이별 따윈 존재하지 않았던 것처럼.

"일도 잘 해결된 만큼, 우리 관계를 마무리하러 온 거잖아요."

"내 행동에 대해 혼자 넘겨짚지 마. 자꾸 틀리면서 말이지."

"우리 헤어졌잖아요."

목소리가 공중에 번졌다. 왜 이런 아픈 말을 꺼내야 하는 상황을 만드는 건지, 앞에 있는 남자가 많이 원망스러웠다.

"헤어지긴. 누구 마음대로."

승후가 부드러운 목소리로 말을 마친 후 이나를 바라보았다. 그는 말도 안 되는 이 순간에도 다정했다. 이나는 뭔가를 확인하듯 그의 눈을 뚫어지게 응시했다. 그가 왜 이러는지 몰라서 마음이 다급해졌다.

"그럼 나는 왜 여기 와 있는 건데요? 우린 분명 이별한 사람들이에요."

"우리가 아니라 너만 한 이별이었겠지. 난 너와 이별한 적 없어."

"이별한 적 없다고요?"

"잘 기억해야지. 강이나는 끝을 냈지만, 나는 보류였어. 네가 힘들다던 모든 일을 해결하자마자 왔어. 내게 주어진 시간을 다 쓰고 이곳에 온 거야. 너를 다시 찾고 싶어서."

멍하니 서 있는 것만이 할 수 있는 일의 전부였다.

"그렇지만 저번에 서울에서 만났을 땐……."

얼마 전 편의점에서 차갑게 굴던 승후가 떠올랐다. 그와의 마지막이라고 생각했던 날이었다. 그는 이나가 말하려는 혼란한 시점을 알고 있다는 듯 말했다.

"그땐 아무것도 해결되지 않은 상태여서 네게 여전히 할 말이 없었던 거지. 나를 일부러 차갑게 만들어야 했어. 힘들다며 떠나고 싶

어 했던 네게, 난 더는 이기적일 수 없었으니까. 달라진 것이 아무것
도 없던 상황이었잖아. 이기적으로 내 생각만 했다면 너를 당장 어디
라도 끌고 가고 싶었어. 난 그걸 무던히 참아야 했고."

승후의 말은 여전히 어려웠다. 알 수 있는 건 그의 온도가 그날과
다르다는 것뿐이었다. 그는 모든 것을 감싸 안을 만큼 포근한 눈으로
자신을 보고 있었다.

"난 나를 떠난 사람의 마음을 돌리려고 온 거야. 재판도 마무리됐
고 대표직도 연임할 거야. 네가 힘들어하던 문제를 다 해결하고 네게
왔어. 내게 주어진 시간을 다 쓰고 이곳에 온 거야. 너를 다시 찾고
싶어서."

지난여름, 세차게 내리는 비를 맞고 있던 수연과 승후가 떠올랐
다. 인터넷에 떠도는 두 사람에 대한 기사들도 생각났다. 이 겨울이
끝나기 전에 곧 결혼할 거라고 했다. 그래서 그가 보류를 해지하고
결혼을 알리기 위해 온 줄로만 알았다.

"수연이는 겨울이 오기 전에 미국으로 돌아갔어. 애초부터 우리에
겐 전혀 문제가 되지 않는 사람이었어. 내가 걱정했던 건, 수연이가
어떤 방식으로든 널 다치게 할 걸 알았기 때문이야. 네가 헤어지자는
결론을 내리는 데 한몫했겠지. 이렇게 반쯤은 성공했고."

이나는 놀란 숨을 삼켜야 했다.

"아직도 나와 수연이에 관한 일이 걸린다면, 나보다 세상의 말들을
더 믿는다면, 내가 지금이라도 당장 그 카페에 가입해서 결혼설은 사
실이 아니라고 글을 남겨서 증명하면 돼. 어떤 여배우의 알파벳 B가
내가 아니었듯, 난 올겨울에 결혼 안 해."

승후의 얼굴에서 미소가 사라지고 짐짓 진지한 얼굴이 되었다.

"날 믿지 않고 다른 사람들의 말을 믿어 버리면, 우린 이렇게 어려
워져. 사람들 앞에 나서야 한다는 건 많은 책임이 뒤따르거든. 사람

들이 고의나 호의로 만들어 낸 말까지 감당하고 끌고 갈 수 있어야 해. 앞으로도 내겐 더 많은 일들과 그에 따른 말들이 생겨날 수도 있어. 그러니 앞으로 내가 하는 말 외엔, 나에 대해 아무것도 믿지 말아 줄래? 그래야 우리가 이번처럼 다치지 않아.”

너무 많은 이야기가 한꺼번에 시작되었다. 마음이 사정없이 울렁거려 자꾸만 숨을 몰아쉬어야 했다. 하얀 입김이 공기 중으로 퍼져 나갔다.

“얼마 전, 난 사람을 잡을 뻔했어. 얼마나 화를 냈는지 네가 봤다면 놀라서 도망갔을 거야. 정신 나간 놈처럼 화를 냈거든.”

승후는 그때가 떠올랐는지 험상궂은 표정을 슬쩍 보여 주었다. 이나는 숨을 죽인 채 물었다.

“누구한테요?”

“부대표.”

“부대표님이요?”

이나의 얼굴이 창백해졌다. 승후 몰래 부대표와 나쁜 거래라도 한 것처럼 놀라 버렸다.

“부대표님이 나에게 미안하다며 말도 안 되는 얘기를 털어놓더라고. 내가 정면 돌파로 모든 일을 해결하려 할 줄은 몰랐다고. 수연이의 말만 믿고 하지 말아야 할 일을 했다며 나 모르게 일어난 너와 관련된 일을 설명하고 사과했어. 네게 미안하다고 전해 달라고도 했고. 그 말을 듣고서야 이해가 가지 않던 모든 것들이 이해되기 시작했지. 갑자기 이별을 말하며 나를 떠난다고 했던 너를 이해하게 되었고, 그때서야 네가 나에게 남긴 어려운 수수께끼를 풀 수 있었던 거야.”

승후의 눈이 조용하고 깊게 반짝였다.

“내내 마음에 걸렸던 건, 따뜻한 눈으로 나를 바라보면서 차가운 말로 헤어지자던 너의 이별에 대한 태도였어. 뭔가를 잔뜩 숨기고,

절대 입을 열지 않기로 한 사람처럼 보였거든. 생각해 보니 강이나는 나를 위해 흑장미 노릇을 한 거구나 싶었지. 술도 못 마시면서 날 위해 독주를 단숨에 넘기던 흑장미 말이야. 넌 그런 일들이 정말 나를 위한 것이라고 생각했겠지."

그는 어렵고 아픈 말을, 쉽고 편하게 말하며 웃기까지 했다. 상황을 파악하고 대처하는 태도가 분명 자신과는 달랐다. 너무도 복잡하여 감당할 수 없던 일들을 모두 해결하고 이렇게 자신의 앞에 와 있었다.

승후가 이나의 눈을 가만히 들여다보며 말했다.

"이젠 내가 네게 절실하게 물어볼 시간이야. 지금 서로에게 남아 있는 감정이 무엇인가에 대해서."

어느 봄날, 이나는 그에게 서로의 감정에 대해서 알아보자고 말했었다. 그리고 민승후가 강이나와 연애해야 하는 말도 안 되는 이유를 댔었다. 섣불리 이 남자에게 덤볐던 이나는, 이젠 그 모든 감정들에 대해 겁이 났다. 멋모를 때는 한없이 용감했지만 지금은 달라졌다. 사랑을 얼려 버렸을 때, 많은 용기들이 같이 얼려졌는지도 모른다.

이나는 그에게 다시 다가가면 안 되는 이유를 생각해 보았다. 승후는 어리고 얕은 자신이 넘보면 안 되는 사람이었다. 자신은 자격이 부족했고 그에게 어떤 도움도 줄 수 없었다.

"난 많이 부족한 사람이에요. 다른 사람의 나쁜 말 한마디에도 흔들려 중심을 잃어요."

"나한테 넘치는 사람이야. 웃어 주는 것만으로도 텅 비어 있던 마음이 꽉 차서 흘러넘쳐."

"누구의 힘도 되어 줄 수 없어요. 스스로를 돌보기도 부족해요."

"넌 세상으로부터 날 깨끗하게 정화시켜 줘. 그것만으로도 충분해."

이나가 이유를 말할 때마다 승후는 즉각 반박했다. 당황한 이나는 왜 다시 만나면 안 되는 건지에 대해 자꾸 떠올려야 했다.

"이런 말까지 꺼내긴 싫지만, 난 키도 작고 가슴도 작아요. 게다가 그다지 예쁘지도 않아요. 누가 봐도 멋진 사람과 자꾸 비교만 된다고요. 이런 사소한 문제들에도 우린 많은 차이가 나요. 전혀 어울리지 않는다고요."

승후가 미소 지었다. 이 차가운 날씨와 또렷하게 다른 따뜻한 미소를.

"네가 얼마나 예쁜지 왜 아직도 모르는 건데? 난 눈이 꽤나 높은 남자고 넌 아주 예뻐. 게다가 내가 알았던 것보다 훨씬 더 예뻐졌고. 도대체 어찌하면 좋을지 모를 정도로. 널 보며 넋 나가 있을 것이 분명한 내 표정을 모조리 숨겨야 될 만큼."

그는 마치 세상에서 제일 예쁜 여자를 보는 것처럼 자신을 바라보고 있었다.

"그러니까 어설픈 변명은 이제 그만해. 우리 다시 연애하자. 첫 번째 연애를 끝낸 네겐, 이번이 두 번째 연애가 되겠지."

이나는 너무 급작스러운 말들에 혼란스러웠다. 승후가 원하는 게 가벼운 연애인지, 깊은 연애인지 헷갈렸다. 연애를 다시 하게 되면 그것은 사랑인 건지, 여전히 사랑이 아닌 건지도 알 수가 없었다. 얼려 버렸던 자신의 사랑이 순식간에 녹을 수 있을지에 대해서도 자신이 없었다. 아무것도 몰랐을 땐 쉬웠지만 이제는 쉬운 게 하나도 없었다. 솔직해지는 것만이 지금 할 수 있는 말의 전부였다.

"지금 머릿속까지 얼어 있어서 아무런 생각도 할 수가 없어요."

"그럴 만해. 내가 갑자기 찾아온 것부터가 놀랄 일이지."

"너무 급작스러워 무슨 말을 해야 하는 건지도 모르겠어요."

“네 말이 맞아. 시간을 두고 생각해 봐도 돼. 내가 몹시 서두는 거야.”

승후에게서 아쉬움이 묻어났다.

“춥다는 널 아까부터 안아 주고 싶었지만, 네 연애가 끝난 상태라 그럴 수가 없었어. 여전히 허락받지 못한 지금도 안아 줄 수가 없고.”

승후가 잠시 말을 멈췄다가 조용히 물었다.

“어리석은 질문이겠지만, 생각할 시간이 필요한 사람을 지금 안아 보는 것도 안 되는 거겠지?”

이나는 대답을 하지 못한 채 그를 바라만 보았고 승후는 예상했다는 듯 고개를 끄덕였다.

“이러다간 네가 정말 얼어 버리겠다. 가면서 얘기하자.”

승후가 추위에 떠는 이나를 걱정했다. 이나는 넋을 놓은 채 그를 따라 걸었다. 걷는 다리에 힘이 하나도 없었다. 놀란 심장은 아예 움직이지도 않는 듯했다. 그가 한꺼번에 해 준 말들이 머릿속에서 뒤엉켰다.

그렇게 걷다 보니, 오래되고 고즈넉한 밤의 동네가 점점 낯이 익어 갔다.

“여기, 다 왔어.”

승후가 선 곳은 믿을 수 없게도 이나가 사는 맨션 앞이었다. 회사에서 이곳까지 낯선 골목을 걸으며 따라왔을 뿐인데 어느새 살고 있는 집에 도착했다. 우동집에서 시간을 보낸 것만 빼면, 늘 다니던 길보다 빠른 지름길이었다.

이나는 걸어온 골목을 뒤돌아보았다. 그 길과 승후를 번갈아 보며 물었다.

“대체 여길 어떻게 알았어요?”

누가 건드리기만 해도 눈물이 쏟아질 것 같았다. 목소리엔 이미 울음이 가득했다. 방향 감각이 없어 집으로 향하는지도 몰랐다. 그나저나 그는 어째서 자신이 사는 곳을 알고 있는 걸까.

"내가 직접 구한 집이니까."

승후는 뭔가 들킨 듯한 표정이었지만 말투는 솔직하고 당당했다.

"도쿄로 가기로 결정했다는 소식을 듣고, 네가 살 집을 직접 와서 알아봤어. 혼자 살아 본 적 없는 천하의 길치가 걱정됐거든. 난 억지로라도 이별을 보류시켜야 했고 그동안 널 숨겨 둬야 했으니까. 낯선 도시지만 낯설게 느껴지지 않는 곳에 널 두고 싶었어. 너와 헤어져 있는 동안 내가 할 수 있는 일은 그것뿐이었으니까."

그런 줄도 모르고 바보같이 그에게 집 자랑을 했다. 이나는 눈물이 왈칵 올라오는 것을 겨우 참았다.

승후가 힘이 빠진 목소리로 말했다.

"추우니까 이제 들어가. 혼자서 우리의 관계에 대해 진지하게 생각해 봐. 휴가 동안 네 마음을 돌리는 데 애를 써 볼 작정이거든. 내일 아침에 다시 올게. 내일이면 나의 시간은 줄어 이틀의 시간만 남겠지만."

"들어갈게요."

"그래, 내일 보자."

이나는 떨어지려는 눈물을 감추기 위해 고개만 끄덕였다. 당장이라도 눈물이 쏟아질 것 같아 인사도 제대로 못 하고 그에게서 뒤돌아섰다. 급작스럽게 변한 상황에서 정신을 차리려면 그와 떨어져 있어야 할 것 같았다.

빠르게 계단을 올라와 문을 열고 현관으로 들어섰다. 호흡을 정리하며 문에 기대어 서서 집 안을 둘러보았다.

낮에 해가 잔뜩 들어 오늘처럼 추운 날에도 실내는 훈훈했다. 돌이켜 보면 처음 들어설 때부터 왠지 모를 온기가 넘치던 집이었다. 그래서인지 지낼수록 이 집에 정이 갔었다. 이제야 그 이유를 알 것 같았다. 그가 준비해 둔 소중한 마음이 닿았기 때문이었다.

"울지 마."

다짐하듯 말했다. 가까스로 눈물을 참았는데 손에 들고 있던 샴페인병이 눈에 들어왔다. 그를 위한 샴페인이었다. 그래 놓고 축하한다는 말도 제대로 못 해 주었다. 모든 일이 해결되자마자 달려온 사람을, 차가운 길거리에서 다시 혼자로 만들었다.

눈물이 터져 버렸다. 울지 말자는 조금 전의 다짐은 무너져 내렸다. 마음 놓고 울 곳이 필요해졌다. 입고 있던 옷을 벗고 욕실로 들어갔다. 뜨거운 물을 틀어 언 몸을 녹였다. 샤워하는 내내 참기만 했던 눈물을 흘렸다. 하수구로 내려가는 뜨거운 물이, 다 눈물일지도 몰랐다.

샤워를 마친 이나는 혼란한 마음을 진정시키기 위해 차를 끓였다. 집 안에 차향이 가득해져 갔다. 불과 몇 시간 전까지만 해도 다시 만날 수 없을 거라고 생각했던 승후가, 세상에서 제일 따뜻한 남자가 되어 나타났다. 그리고 다시 만나자는 말을 했다. 너무 급작스러운 일이라 정신이 없었다. 아무리 정리를 하려 해도 마음은 어질러진 그대로였다.

혼자 방 안을 서성이다가 창밖을 내려다보았다. 아직까지 그 자리에 승후가 서 있는 것이 보였다. 창에 서린 하얀 김을 문지르고 눈물을 닦은 뒤 다시 보아도 그 사람이 맞았다. 이나는 심장이 멎은 기분으로 그의 뒷모습을 보았다. 추위라는 것을 느끼지 못하는 사람처럼 그는 꼼짝 않고 있었다.

억지로 쌓아 올려야 했던 그를 향한 벽이 와르르 무너져 내렸다.

당장 달려가 안아 줄 작정이었다. 할 수 있는 모든 것을 허락할 것이다. 그가 원하는 연애가 사랑이든 아니든 상관없었다. 자신에 대한 마음이 날아갈 것처럼 가벼워도 괜찮았다. 그의 마음이 무언지 몰라도 됐다. 그저 그의 곁에 가까이 있고만 싶었다.

그때 갑자기 승후가 몸을 돌려 맨션 안쪽으로 들어오는 것이 보였다. 계단을 올라오는 발소리가 점점 커졌다. 이나는 몸을 돌려 현관문 쪽을 바라보았다. 잠시 후 복도를 걷던 발자국 소리가 멈추고 곧이어 현관문을 두드리는 소리가 났다.

소리의 진동이 온몸에 스며들었다. 마음을 가다듬지도 못한 채 조심히 문을 향해 걸어갔다. 숨소리는 저절로 흐느낌이 되어 있었다.

문을 열자 차가운 공기와 함께 승후가 서 있었다. 집 안과 집 밖의 온도 차가 심해 안으로 들어오는 찬바람이 세차게 느껴졌다. 이나는 차가운 바람을 모조리 맞으며 승후를 바라보고만 있었다.

"내일 아침까지 못 기다리겠어. 꼭 해야 할 말이 있었는데 하지 못했거든."

급하게 뛰어 올라와 숨이 차는지 그의 호흡이 고르지 못했다. 그는 아까와 달리 웃지도 않았고 여유로워 보이지도 않았다.

"내가 가진 마음이 다 닳아서, 사랑이 남아 있지 않은 줄 알았던 거야. 그런 마른 가슴에 네가 들어와 헤집고 걸어 다니니 한동안 갈피조차 잡지 못한 채 혼란해야 했고. 내 감정을 꾹 누르고 사는 것에 익숙해서 감정 파악이 더뎠던 거였어. 널 사랑한다는 것을 알게 된 후에는, 또다시 잃어버릴까 봐 두려움이 앞섰고. 세상 앞에선 잘난 척하며 살고 있지만, 사랑 앞에선 난 이렇게 서툴고 부족한 인간이거든."

느긋했던 사람은 사라지고 무척 솔직해진 사람이 되어 나타났다. 마주 서서 바라보는 그의 눈이 솔직한 만큼 깊었다.

"사랑을 말하지 못했던 이유는, 사랑하는 소중한 것들이 모두 사라져 버린 기억 때문에 그랬어. 어찌 된 일인지 나란 사람은 사랑하기만 하면 잃어버리는 거야. 사랑을 말하려던 날에, 네가 이별을 말했기 때문에 내 운명을 탓하며 지금껏 물러서 있어야 했어.”

한낮의 공원에서 이별을 말했을 때가 떠올랐다. 자신이 하고 싶은 말은 그대로 덮겠다던 승후였다. 그는 그날 사랑을 말하려 했다. 그런 사람에게 이별을 말했다니. 그가 얼마나 아팠을지 생생하게 전해져 왔다.

“내가 사랑하는 것들을 놓쳤던 기억이 날 물러나게 한 거야. 내가 또 놓쳐 버릴 것 같아, 보류라는 변명으로 널 이곳에 떨어뜨려 둔 거고. 하지만 이제 사랑하는 것을 잃는 일에 대한 되풀이는 하지 않을 거야. 난 널 지켜 내고 싶어. 사랑해, 강이나.”

사랑을 말하는 그의 눈이 출렁였다. 그가 깊은 눈을 한 채로 진지하게 물었다.

“나란 사람을 한 번 더 받아 줄 수 있겠어?”

이나의 눈에 눈물이 고였다. 울음을 꾹 참고 물었다.

“혹시 지금 하는 모든 말들이, 날 사랑한다는 말인가요?”

“마음에 가득 담고도 한 번도 하지 못한 말을 해 주려고 다시 왔어. 널 사랑한다고.”

그렇게도 듣고 싶었던 말을 그가 해 주었다. 사랑에 길을 잃고 멈추어 선 여자를 찾아낸 남자는 사랑을 말했다.

“강이나, 사랑해.”

승후가 한 번 더, 사랑을 말했다.

“널 사랑하지 않을 방법이 없었어. 네가 그동안 나한테 무슨 짓을 했는지 알아야 해. 너와 연애를 하고 나서도, 네가 연애를 끝내고 나서도, 보고 싶지 않은 날이 없었어. 사랑에 오만했던 나는 벌을 받듯 그걸 견뎌야 했고. 이 복잡한 남자를 다시 받아 줄 수 있는 건지, 그런 것들을 알고 싶어서 지금 여기 네 앞에 있는 거야.”

“내가 하고 있는 것도 사랑이 맞는 건가요? 설레고 들뜬 마음과 달리, 차갑고 아픈 것들도?”

“그것도 사랑에 포함돼. 네가 하는 건 처음부터 사랑이었어.”

“믿지 못하고 어리석게 굴었던 거 미안해요.”

“넌 다 잘해 냈어. 널 사랑하는 마음을 늦게 깨닫고, 그것에 대해 침묵한 내 잘못이야. 네게 믿음을 주지 못했고 확신도 주지 않았어. 그래서 네가 혼란했을 뿐이야.”

승후가 자신의 마음을 모두 보여 주었다. 이나도 그에게 자신의 솔직한 심정을 전하고 싶었다. 울지 않으려 노력하며 또박또박 말했다.

“내내 거짓말을 했어요. 헤어지고 나서 하루도 행복하지 않았어요. 마음을 잃어버리기라도 한 듯 헛헛했어요.”

“나 역시 그랬어.”

돌풍 같은 바람이 그들을 휘감았다. 승후는 바람을 막으려 이나에게 한 걸음 다가왔다. 두 사람의 거리가 몹시 가까워졌다. 또다시 바람이 지나가자 승후가 낮은 목소리로 물었다.

“안으로 들어가도 될까?”

이나가 고개를 끄덕이자 찬 기운과 함께 그가 들어왔고 문이 닫혔다.

“그리고 내가 떠나지 못한 이유가 하나 더 있어.”

이번엔 승후가 미소를 지었다.

“나를 위한 것이 분명한 그 샴페인, 네가 소중히 안고 있던 거 말이야. 그걸 같이 터뜨려야 할 것 같아서. 오늘 밤, 널 샴페인과 혼자 두기 싫었어. 샴페인을 앞에 두고 울 게 뻔해서. 이것도 다시 온 이유 중 하나야.”

승후는 농담처럼 말하며 활짝 웃었는데 이나는 그 말에 더 크게 울어 버렸다. 아까 샴페인 때문에 서글펐던 게 문제였다.

우스갯소리에 우는 이나를 보고 승후가 크게 당황했다.

"놀린 거 아니야. 제발 울지 마. 네가 울면 어떻게 해야 할지 여전히 모르겠다고. 앞으로도 알 수 없을 것 같고."

그러더니 우는 이나를 끌어안았다.

"이젠 널 안아도 되는 거겠지?"

대답을 하기도 전에 승후가 이나를 안았다. 이나는 그의 품 안에서 고개를 끄덕였다. 몸을 감싸 안는 그의 찬 기운이, 보드라운 햇살 속보다 따뜻하게 느껴졌다.

바람 소리가 사라진 실내는 조용했다. 방 한 개와 부엌과 거실이 같이 있는 넓지 않은 집이었다.

이나는 원피스 잠옷 차림에 짝이 맞지 않는 다른 색의 수면 양말을 신고 있었다. 긴 머리카락은 덜 말라 헝클어진 상태였고 얼굴은 울어서 퉁퉁 부어 있었다. 그가 찾아올 때마다 한 번도 예뻤던 적이 없었는데 이번에도 마찬가지였다.

승후는 자연스럽게 코트와 장갑을 벗어 거실의 옷걸이에 걸어 두었다. 그리고 작은 거실과 부엌을 천천히 둘러보았다.

책상이 따로 없던 터라 식탁 위에는 그림을 그리는 도구들이 정리되어 있었다. 그리고 식탁과 맞닿은 벽에는 이나가 요즘 그린 그림들이 붙어 있었다. 그가 벽에 붙은 그림들을 차례대로 유심히 보았다.

만족스러운 표정으로 그림을 보던 승후의 시선이 첫눈이 내리는 길 위의 남녀를 그린 그림에서 멈추었다. 동주와 친구가 되기로 한 날 그렸던 그림이었다.

승후가 조금은 서늘해진 목소리로 중얼거렸다.

“내가 아닌 다른 남자라니.”

“새로 생긴 친구예요.”

따뜻한 찻물을 끓이려던 이나가 당황하며 답했다. 몇 번이나 동주를 질투했던 것이 생각나서 누군지는 말하지 않았다. 그림을 보던 승후의 눈이 이나에게 옮겨 왔다.

“친구? 다 그렇게 접근하는 거지. 네가 방심하도록.”

“그런 거 아니에요.”

“남자가 얘기하는 친구라는 말에 속지 마. 여기까지 널 찾아와 기회를 엿봤다는 거잖아. 이동주, 늘 네 옆에서 널 보며 헤벌쭉 웃는 거 정말 마음에 안 들었어.”

그는 이미 동주가 이곳에 왔었다는 사실을 알고 있었다. 그런 일쯤은 건너서라도 들었을 것이다. 이나는 친구의 편이 되었다.

“동주 씨는 굉장히 좋은 사람이에요.”

“뭐, 굉장히? 내 앞에서 다른 남자를 ‘굉장히’ 좋다고 말하고 있는 중이야?”

승후가 장난스럽게 인상을 구기며 이나를 끌어당겨 자신의 앞에 마주 서게 했다. 식탁과 싱크대 사이의 좁은 공간은 이나를 더욱 꼼짝 못 하게 했다.

“난 여전히 너에 대해 안심할 수 없는 남자야. 새로 생긴 친구와 내가 뭐가 다른지 구별을 해야겠어. 남자들은 그런 증명이 중요하거든. 한 여자에 대해 누가 위고, 누가 아래인지.”

“어떻게 그런 걸 증명할 건데요?”

승후가 조금 더 가까이 다가왔다. 반사적으로 뒤로 물러나던 이나의 등이 싱크대 옆 벽에 닿았다.

“네 친구가 네게 못 하는 것들을 할 거야. 입을 맞추거나 숨겨진 곳을 만진다거나.”

그의 말에 회사 주변의 술집에서 동주와 맥주를 마시던 날, 입이라도 맞출 것 같으니 경계하라던 상황이 순간적으로 떠올랐다. 그래서 나쁜 짓이라도 저지른 여자처럼 놀란 눈이 되어 승후를 보았다.

설마 동주에게 자신도 모르게 입술을 내줄 뻔했던 상황을 들키게 되는 것이 아닐까, 또 그런 것들을 바보처럼 털어놓는 게 아닐까.

"뭐야, 그 표정. 새로 생긴 친구랑 뭐라도 한 얼굴이잖아."

승후가 장난처럼 가볍게 물었다. 하지만 어처구니없게도 이나의 시선이 흔들리기 시작했다. 장난으로 시작했던 그의 표정이 점차 심각하게 변해 갔다. 이나는 의도치 않은 이 상황을 무마하고 싶었다.

"그, 그게 아니라."

"뭐야, 같이 술 마셨어?"

"조금."

"조금 마셨어도 넌 취했을 테고. 여기도 같이 왔어?"

무섭게 변한 남자의 얼굴과 목소리에 바보같이 고개가 끄덕여졌다.

"어디에 사는지 궁금하다고 해서."

"뭐?"

승후의 이마에 핏줄이 도드라졌다. 대체 어디서부터 이 대화가 잘못된 건지, 어째서 궁지에 몰리고 있는 건지 모를 일이었다. 이나는 한 걸음 더 물러나고 싶었지만 벽이 등에 닿아 더 이상 갈 곳이 없었다. 그가 다소 심각한 표정이었기 때문에 어처구니없는 오해를 풀어 줘야 했다. 하지만 머릿속이 엉켜 말이 느리게 나왔다.

"우린 아무 일도 없었어요. 좋은 친구가 되기로 한 것뿐이에요. 그리고 동주 씨가 친구라도 남자는 조심해야 한다고 해서."

하고 싶은 말을 다 하지도 못했는데 승후가 갑자기 입을 맞추었다. 그의 양손이 이나의 허리와 골반 사이를 감싸 안았다. 심각했던 표정과 달리 그의 입맞춤은 부드러웠다. 순식간의 입맞춤에 놀라 커졌던 눈이 저절로 감길 정도로.

적당히 다정하고 적당히 거친 입맞춤에 온몸에서 힘이 빠져나갔다. 오랜만의 키스에 뭔지 모를 야릇함이 밀려와 양쪽 발이 저절로 모아졌다. 몸의 맥박도 빠르게 뛰어 댔다. 그립기만 했던 남자의 체취에 몹시 어지러웠다. 사랑이라는 것을 알고 하는 입맞춤은 설명이 안 될 만큼 평온했다.

누군가와의 우위를 가리려는 입맞춤에 집중하던 그가 할 말이 떠올랐는지 입을 떼고 속삭였다.

"나란 사람에 대해 고백하자면, 너로 인한 질투가 심하고 그에 대한 에너지 손실이 상당히 커. 그런 것들에 너그럽게 눈감아지지가 않는다고. '우리'라는 말도 내가 아닌 다른 남자에게 덧붙이지 마. 제발."

그의 말에 새로운 연애의 질투 대상으로 친구를 이용하라던 동주의 말이 생각나서 웃음이 났다.

"누가 위인지 뚜렷하게 증명이 되도록, 아무도 만지지 못하게 할게요. 우리라는 말도 함부로 쓰지 않고."

"아주 좋은 생각이야."

승후가 다시 입을 맞추었다. 온몸에 닿는 그는 어딘가는 차갑고 어딘가는 따뜻했다. 이나는 그의 체온에 무언가 문제가 있다는 것을 서서히 알아챘다. 허리에 얹혔던 승후의 손이 이나의 어깨를 스치고 올라와 목과 얼굴을 감싸 안았다. 그는 더 깊은 키스를 원하는 듯했지만, 얼음처럼 차가운 손에 놀란 이나가 입술을 떼었다.

"차가워요."

그러고 보니 그에게 아직까지도 바깥의 냉기가 돌고 있었다. 한파에 오래도록 얼어 있던 승후의 몸은 얼음처럼 찼다. 자신에게 닿았던 그의 코끝과 입술과 혀끝도 차가웠다. 얼굴에 닿는 숨결마저도 그랬다. 이렇게 몸이 얼어 가는 것도 모른 채, 오래도록 밖에 서 있었다니. 그는 몸을 얼리는 추위 같은 건 신경 쓰지도 않았던 거였다.

생각이 거기까지 미치자 이나가 두 팔로 그의 목을 끌어안았다. 차가움에 몸이 저절로 움츠러들었지만 꾹 참고 안았다.

"이렇게 추운 날에 그렇게 오랫동안."

"내 몸이 그렇게 차가워?"

"얼어 버린 눈사람을 안고 있는 것 같아요."

이나는 승후를 꼭 끌어안고 차디찬 얼굴에 입을 맞추었다. 마주 안아 주기 위해 조심히 닿는 그의 손마저 차가워 호흡이 저절로 멈췄다.

"내가 그렇게 차가운 줄 몰랐어. 밖이 추운 걸 몰랐던 것처럼. 차가운 손으론 널 마음껏 만질 수가 없으니 고문이라도 당하는 것 같은데."

"만져도 돼요. 참을 수 있어요. 참을래요."

"넌 참을 수 없을 만큼 뜨거워. 촉감도 부드럽고."

"뜨거운 물에 샤워를 하고, 울기까지 했으니까요."

두 사람은 상대적으로 심한 온도 차를 실감하고 있었다.

"너로 나를 녹이고 싶어. 내 마음처럼 몸도 곧 뜨거워질 예정이기도 하고."

승후가 아까보다 더 깊은 키스를 했다. 그러는 동안 그의 몸은 점점 따뜻해져 갔다. 숨결에서도 온기가 돌았다. 하지만 그 정도로는 만족할 수 없는 것이 분명한 승후가 낮게 속삭였다.

"침대로 가자. 날 완전하게 녹이는 법을 알려 줄 테니까. 내게 더 이상의 인내를 요구하지는 마. 널 겨우 한 번 안았을 뿐인데, 이미 계절이 두 번이나 바뀌었다고."

승후가 이나의 손을 끌고 방으로 들어갔다. 그들은 불도 켜지 않은 채 작은 침대 위에 같이 누웠다. 좁은 침대에 여자를 눕힌 남자가 몸을 포개고는 속삭였다. 귓속이 아닌 심장 가까이에.

"먼저 널 볼 거야. 벗은 너를 샅샅이 보고 싶었어."

말하는 남자의 숨결이 절실하게 떨렸다.

"밤마다 널 떠올리며 상상해야 했던 외로운 남자였거든, 내가."

그의 고상한 음탕함은 여전했다. 사랑한다는 남자 앞에서 숨길 것도 없었다. 원하는 무엇이든 내어 줄 수 있을 것 같았다. 그가 선호하는 교감과 소통이라면 무엇이든 따라 주고 싶었다.

승후는 이나의 어깨와 목의 사이에 오래도록 입술을 대었다. 입을 맞추는 그의 숨결이 뜨거웠다. 이나는 눈을 감고 그의 입술의 움직임을 느꼈다. 아직 시작도 하지 않았을 텐데 벌써 아득한 어딘가로 끌어당겨지고 있었다.

키스에 집중하느라 방심한 사이 승후가 이나의 잠옷을 머리 위로 끌어당겨 벗겨 버렸다. 속옷을 입지 않은 이나의 하얀 속살이 순식간에 드러났다. 몸에 남은 건 짝짝이 수면 양말뿐이었다.

어두운 공간을 밝혀 줄 만큼 이나의 몸은 하얗게 반짝였다. 수줍게 떠는 몸을 관찰하는 승후의 시선도 떨렸다. 자신의 기억과 일치하는지 확인하기 위해 이나를 세세히 보던 승후가 숨죽여 말했다.

"그때 그대로 예쁘다. 어쩌면 내가 기억했던 것보다 더."

예뻐졌다면 아마도 사랑 때문이 아닐까 싶었다. 차갑고 아팠던 것마저 사랑이었다면 감당 못 할 만큼 넘치게 해 왔으니까.

"오늘 널 다시 안을 거야. 이렇게 갑작스럽고 무례한 날 허락해."

처음 그에게 자자고 말했던 그날처럼 너무도 떨렸다. 이나는 눈을 감고 좋아하는 것 스무 개를 세어 보기로 했다. 스무 개를 다 세어도 그를 원할 것이 분명했지만, 떨리는 마음을 그렇게라도 진정시켜야 했다.

첫 번째로 좋아하는 것을 떠올려 보았다. 민승후, 그가 첫 번째였다. 두 번째로 좋아하는 것도 같았다. 스무 개를 다 세어도 그의 이름만 떠올랐다. 좋아하는 다른 것들을 다 합쳐도 상대가 안 될 정도였다.

스무 개를 세는 동안 승후는 이나의 벗은 몸 위에 스무 번보다 더 많은 입맞춤을 했다. 보이는 모든 곳에 입을 맞추는 남자에게 무장해제되어 몸이 나른해져 갔다. 남자는 잃어버렸던 어떤 것을 되찾은 듯 소중히 입을 맞추었고, 달라진 무언가를 확인하는 것처럼 신중했다.

그가 수면 양말을 벗겨 내 발등에도 입을 맞추었다. 그의 입술이 발등에서부터 입을 맞추며 천천히 올라오기 시작했다. 이나는 숨을 죽이며 그의 입술을 느꼈다.

"네가, 그리고 우리의 밤이 미치도록 그리웠어."

승후가 이나의 허리를 끌어안고 가슴에 입술을 묻으며 말했다. 말하는 그의 호흡이 몸에 닿았다.

심장 가까이까지 간지럽히는 남자를 꼭 끌어안았다. 그리고 마음속으로 속삭였다. 아름다웠던 우리의 밤이 사라질까 봐 그리워하지도 못했다고. 너무 소중해서 얼린 채 그대로 있다고. 언제라도 온전한 상태로 다시 꺼낼 수 있도록 그대로 얼려 두었다고.

승후는 몸의 온도를 높이는 내내 이나가 잘 알아들을 수 있도록 사랑한다는 말을 몇 번이고 반복했다. 이건 사랑으로밖에 설명이 안 되며, 설명을 온전하게 할 수도 없는 마음이라고 했다.

그 밤, 그들은 뜨겁게 몸을 나누었다. 모든 움직임을 끝낸 후, 승후가 속삭였다.

"우리의 이 밤을 기억하고 있어야 해. 그리고 앞으로의 날들도 기

억해. 내가 어떻게 널 사랑했고, 사랑할 건지에 대해서도. 내가 가진
모든 것을 나누고 같이할 테니까."

냉동 보관 해 두었던 사랑은 저절로 녹아내려, 얼리기 전 그대로
가 되었다.

그날의 깊은 밤이었다. 방 안으로 달빛이 깊숙이 들어와 있었다.
그들은 침대에 마주 앉아 서로를 바라보았다. 그들의 몸이 달의 빛에
반사되어 은은하게 빛을 내었다.

조금 전 샤워를 마친 승후는 한민이 두고 간 파자마를 입고 있었
다. 머리카락은 젖어 촉촉했고 그에게서는 익숙한 향기가 났다.

반면 이나는 벗겨진 그대로였다. 이불을 끌어 올려 몸을 가슴까지
가렸다. 그리고 무릎에 턱을 괸 채 승후를 보았다.

승후는 이나가 들고 다니던 샴페인병을 손에 쥐고 있었다. 이나는
큰 소리를 무서워해서 귀를 막았지만, 그는 소리 없이 샴페인을 땄
다. 그런 뒤 투명한 유리잔에 샴페인을 따르고 함께 나눠 마셨다.

깊은 밤이라 작은 목소리로 이나가 말했다.

"축하해요."

애초부터 그를 위한 샴페인이었다.

"고마워. 추운 날, 샴페인을 내내 들고 다녀야 했던 네 수고조차
도."

승후가 핸드폰을 다시 켜서 저장된 음악을 작게 틀었다. 오래된
기계로 음악을 듣던 사람과는 많이 다른 모습이었다. 음악은 작은 방
을 곱게 채워 갔다. 마주 앉아 음악을 듣던 이나의 눈이 뭔가 생각난
듯 커졌다.

"이 곡, 기억이 나요."

"기억하네, 맞아."

처음 승후의 집에 갔던 날, 거실의 바닥에 누워 같이 듣던 곡이었다. 그리고 홍콩의 빨간 트램 안에서 그가 휘파람으로 부르던 곡이기도 했다.

그들은 서로를 관찰하며 음악을 들었다. 승후의 시선이 이나의 목덜미 어딘가에 머물렀다. 그런 뒤 미처 가리지 못한 가슴의 어떤 부분과, 모두 드러난 어깨를 느리게 움직이는 시선으로 물끄러미 보았다.

이나는 촉촉이 젖어 있는 승후의 머리카락과 짙은 눈썹을 보았다. 수염이 조금 자라난 그의 턱을 보았고, 검은 속눈썹과 높은 콧등을 보았다. 그리고 인중과 입술이 연결되는 부분을 보았다.

그러다 다시 눈이 마주친 두 사람은 조용히 미소 지었다.

"머리가 많이 길었네. 긴 머리가 잘 어울린다. 이렇게 예쁜 모습은 나만 보고 싶은데. 네가 내 눈에만 예쁜 사람이길 바랄 정도로."

승후는 길어진 이나의 머리카락을 만지작거리다가 입술에도 대었다. 이렇게 머리카락이 자라날 만큼 서로를 보지 못했었다니. 이나는 놓쳤던 시간들이 너무도 아팠다.

"아직 하지 못한 말이 있어요."

솔직해지기로 했다. 마음속에 숨겨 두었던 말을 꺼내야 했다. 솔직하지 못했기에 벌을 받았던 경험이 있으니까. 더는 마음에 담아 두면 안 되었고 오해를 만들어 내도 안 되었다.

"비가 너무도 많이 오던 여름의 그날, 모든 걸 되돌리려 집으로 찾아간 적이 있어요."

용기를 낸 이나의 말에 승후가 그날을 기억하려 애썼다. 그러던 승후의 표정이 혼란스러운 듯 변해 갔다. 더 설명하지 않아도 그는 그날을 기억했다. 놀란 표정이 그것을 알려 주었다.

"사랑한다고 말하고 싶었고, 용서를 받고 싶었어요. 그래서 찾아

갔는데 비가 너무 많이 내려서 눈앞에 두고도 아무 말도 하지 못했어요. 그 후로 난 도망치듯 이곳으로 와야 했어요.”

비를 탓했다. 수연의 이름은 꺼내지 않았다. 그 이름을 말하기엔 어딘가가 몹시 아팠다. 그날을 떠올리면 아직도 그 비를 다 맞고 있는 것처럼 온몸이 들쑤셨고, 차게 얼린 사랑이 떠올라 소스라치게 놀라야 했다.

“그날 이후, 우리는 멀리 돌아와 여기에 있는 거네.”

승후가 입을 맞추었다. 키스는 절실하고 깊었다. 그는 가슴을 가리고 있던 이불을 끌어 내려 속살에도 입을 맞추었다. 그러곤 이나를 눕혔다. 부드러운 몸과 단단한 몸이 겹쳐졌다. 가슴과 배와 허벅지가 서로의 같은 부분과 맞닿았다. 다시 뜨거워지는 데 걸리는 시간은 길지 않았다. 서로의 몸을 깊고 부드럽게 파고들었다.

남자의 몸짓은 흐르는 음악처럼 느리고 우아했다. 움직임은 오래도록 살아남은 음악처럼 진실하고 깊이가 있었다. 그는 모든 것을 느낄 수 있게 해 주겠다는 언젠가의 약속을 지키려는 것 같았다. 이나는 곧 정신을 잃을 것 같은 기분이 들어 그에게 미리 속삭였다.

“사랑해요.”

승후의 움직임은 반복 재생되어 그칠 줄 모르는 음악만큼이나 깊고도 길었다. 그는 자신이 좋아하는 곡을 들으며 밤을 느끼고 있었다. 아무것도 감추지 않고 느끼는 그대로를 표현했다.

그가 이나의 몸을 깊이 통과했고 세포마다 오래도록 진동하게 했다. 이나는 사랑을 몸으로 말하는 남자에게 취해 잠들어 갔다. 뜨거운 호흡과 함께 그가 속삭였다.

“이 음악을 들으며 안은 사람은 네가 처음이야. 너를 한 번 안은 이후, 난 누구도 안은 적이 없어. 그러니 어떤 것도 아파하지 마.”

이나는 어떤 대답을 해 주고 싶었지만, 깊은 잠 속으로 빨려 들어

가는 바람에 말하지 못했다. 몸과 마음이 노곤해졌다. 따스한 공기가 온몸을 둘러싸는 것처럼 포근했다.

한파가 몰아치는 짧은 휴가 동안, 그들은 길고 긴 사랑을 나누었다.

새해가 시작되었고, 이나의 두 번째 연애도 시작되었다. 그리고 도쿄에서의 몇 달간의 파견은 끝이 났다.

서울로 돌아온 이나에게 여전히 통금은 존재했지만, 전처럼 강압적이진 않았다. 직장 생활과 유학으로 자식들이 멀리 떠나는 것을 경험해서인지 자식들에 대한 진희의 집착이 줄었다. 이제는 오히려 자식을 자립시키는 것이 부모의 할 일이라고 말했다. 그래서 그런지 부부끼리 더 의지했고, 전보다 사이가 돈독해졌다.

이나는 곧 유학을 떠날 한민의 방 정리를 돕는 중이었다. 방은 이사를 하는 것처럼 어수선했다.

"이 책은 중고로 팔 거야?"

"아니, 보관할 거야."

한민이 낡은 책을 끈으로 묶으며 대답했다. 이나가 괜스레 투덜거렸다.

"버릴 거라더니, 못 버리는 게 더 많네."

"내가 추억에 집착을 하는 편이긴 하지."

"맞아, 우린 다 끌어안고 못 버려."

이나는 책장에서 어릴 때 몇 번이나 읽었던 동화책 두 권을 찾아냈다. 한민이 버리지 못하고 지금까지 보관하고 있었다.

한민은 떠나는 마당에도 잔소리를 했다.

"엄마한테 혼나지 말고 말 잘 듣고 있어. 그리고 집에 일찍 들어와. 아무나 만나고 다니지 말고."

"넌 정말 네가 내 오빠라도 되는 줄 아는 거야? 너야말로 거기서 잘해."

"완벽한 유전자가 나한테만 몰려 있으니, 우월한 내가 그렇지 않은 네 걱정을 할 수밖에."

이나는 저렇게 말하는 한민을 봐주기로 했다. 자신이 정말로 예쁘다고 생각하는 남자가 존재하므로.

"용돈 필요하면 말해. 누나도 돈을 번다고."

"아르바이트하면서 많이 모아 놔서 돈은 충분해. 대학원에서 날 뽑아 가는 거라 등록금도 거의 안 내고."

좋은 유전자가 한 곳으로 몰린 것은 맞는 듯했다. 자존심이 센 한민은 어려서부터 가족들에게조차 아쉬운 소리를 하지 않았다. 어려운 일도 혼자 해결한 후, 나중에 알게 된 가족을 놀라게 했다.

한민이 괜한 뜸을 들이다가 불쑥 말을 꺼냈다.

"넌 내가 연주를 좋아하는 건 아냐?"

"뭐, 연주? 말도 안 돼."

이나의 목소리가 놀라 커졌다가 사그라들었다. 한민은 폭탄 같은 말을 하고도 아무렇지도 않은 듯 책을 정리했다.

"왜 그게 말이 안 돼?"

"너의 수많은 여자 친구를 다 아는데, 그중에 연주는 없었거든."

"거봐, 이렇다니까. 내가 널 왜 못난이라 하고, 바보라고 놀리는지 알기 바란다. 좋아한 지 꽤 됐거든."

이나는 한민과 연주 사이에서 자신이 무언가 놓친 것이 있는지 기억을 더듬어 보았다.

"연주는 아무 말도 하지 않던데?"

"네 동생에 관한 일이니까 함부로 말을 못 했겠지."

중학교에 다닐 때, 한민을 짝사랑하던 연주의 편지를 전해 준 적은 있었다. 하지만 한민은 단번에 연주를 차 버렸다. 연주가 한때 한민을 좋아했어도, 그건 중학생 때의 일이었을 뿐이다. 그 후로도 한민은 빈틈을 주지 않았다. 고등학교 때도 셋이 늘 같이 다녔지만, 한민이 연주를 좋아한다고 느낀 적은 단 한 번도 없었다.

이나가 의심의 눈초리로 한민을 보았다.

"날 놀리는 거지?"

"아니면, 내가 왜 연주가 다니는 학교에 가겠냐?"

"연주는 뭐래?"

"내가 부단히 애써서 연주 마음을 돌렸거든. 마지막 관문이 남았는데, 이나한테 허락을 받으래. 누나 친구랑 사귀어도 되는지."

한민이 약간 궁지에 몰린 것 같았다. 뭔가 재밌어지고 있었다.

"내가 허락하지 않으면, 너랑 사귀지 않을 거래?"

"허락받는 거 싫어서 포기할까도 했는데, 내가 지금 심각한 지경이야."

"내가 허락 안 하면 연주는 절대 너랑 사귀지 않을걸?"

"맞아. 그럴 거야. 연주는 사랑과 의리 중에 의리를 택할 여자니까."

풀이 죽은 한민의 표정과 말투에 자꾸 웃음이 났다.

"지금 나한테 허락해 달라고 부탁하는 거야? 부탁하는 자세가 뭐 그래?"

"무릎이라도 꿇을까, 허락해 달라고?"

"내 사랑하는 친구, 연주를 거저 얻겠다는 거야?"

남매로 살면서 이나가 대화의 우위를 차지하는 일은 흔치 않았다. 한민이 인상을 구기며 물었다.

"강이나, 뭘 원해?"

"만 번도 넘게 말했지? 난 너한테 이나가 아니고 누나라고."

한민에게 다시 한번 똑똑히 알려 주었다.

"누나."

한민이 잴 것도 없이 그렇게 불렀다. 여전히 못마땅한 얼굴과 불만이 가득한 눈빛으로.

"누나라는 말에 영혼이 실리지 않았잖아. 영혼을 잔뜩 모아서 다시 불러 봐."

"이나 누나, 연주한테 전화해서 나랑 사귀어도 된다고 말해 줘. 그 앤 도통 내 말을 듣지 않아."

아무래도 연주를 향한 한민의 마음이 더 큰 것 같았다. 그렇지 않으면 한민은 절대 여자에게 쩔쩔맬 사람이 아니었다. 연애 고수끼리의 신경전에서 한민이 진 것 같았다. 진짜 남동생처럼 보채는 한민을 보는 것이 이렇게 즐거울 수가 없었다.

"작은누나. 어서 허락해 달라고."

"너, 자꾸 귀여워 보이려고 한다."

그 말에 자존심이 잔뜩 구겨진 한민이 고개를 푹 숙이고 깊은 한숨을 쉬었다. 그러다 다시 고개를 들어 절실한 눈으로 이나를 보았다.

"누나, 제발 좀."

역시 연주는 세상에서 제일 똑똑한 친구였다.

링링이 본사에서 일하는 마지막 날이었다. 서울에서의 파견 근무를 마치고 원래 일하던 상하이 사무소로 돌아갈 예정이었다. 디자인 팀원들은 떠나는 링링을 위해 회의실에서 작은 파티를 열기로 했다.

이나는 선물과 먹을 것을 준비해서 디자인 팀의 사무실로 갔다. 오랜만에 회사에 온 이나를 보고 팀원들이 무척 반가워했다.

동료이자 친구인 동주가 물었다.

"언제부터 출근해요?"

"다음 주요."

"이나 씨, 떠날 때와 똑같아서 다행이야. 브로콜리 강이 많이 보고 싶었거든."

서울로 돌아오자마자 머리를 자르고 베이비 펌을 했다. 이나는 다시 브로콜리 강이 되었다. 그런 이나의 모습을 링링이 제일 기뻐하며 맞아 주었다.

"나도 많이 보고 싶었어."

"멀리서 온 나에게 친구처럼 잘해 줘서 고마웠어. 언제든 상하이에 꼭 놀러 와."

"꼭 갈게."

동갑내기인 두 사람은 서로를 꼭 끌어안았다. 키가 큰 링링이 조그만 이나에게 폭 안긴 모습이 우스웠다.

"둘이 이제 떨어져. 너무 오래 안고 있는 거 아니야?"

은경은 이 상황을 정리하고 싶어 했다. 강한 척하는 은경은 헤어지는 상황을 견디지 못하는 여린 사람이었다. 링링이 이나에게 했던 것처럼 은경을 꼭 끌어안았다.

"팀장님, 고마워요. 돌아가면 여기 분들이 많이 보고 싶을 것 같아요."

"나, 여자랑은 안 되겠다. 잠깐 헷갈리기도 했는데 남자 취향이 확실하네. 링링, 이제 이것 좀 풀어 줘."

은경은 과도하게 애정 표현을 하는 링링을 어색해했다.

"다들 보고만 있지들 말고 나 좀 구해 줘. 링링 좀 어떻게 해 봐."

그리고 주변 사람들에게 구조를 요청했다.

"제가 팀장님 많이 사랑하는 거 아시죠?"

"그래, 링링. 그동안 나쁘게 굴었던 거 인정해. 그렇다고 이렇게 복수하기야?"

링링은 한술 더 떠서 은경의 볼에 입도 맞추었다. 은경이 놀라 버둥댔다. 그 모습을 지켜보던 이나가 무척 고소해하며 알려 주었다.

"복수가 아니고 키스예요. 우정의 키스. 그런 애정 표현 좋아하시잖아요."

동주와 딜런도 웃기만 할 뿐, 누구도 은경을 구해 주지 않았다.

이나의 스물일곱 번째 생일이었다. 승후는 처음 사랑을 고백받은 호텔에서 이나와 저녁을 먹은 뒤, 수영장 쪽을 향해 걸어갔다. 그들이 물에 빠졌던 수영장은 겨울에는 스케이트장으로 사용되고 있었다. 얼어 버린 물을 보고 신이 난 이나가 절대적으로 스케이트를 타야 한다고 주장했다.

폐장 시간이 가까워 스케이트장에는 사람이 한 명도 없었다. 승후는 무척 곤란한 얼굴이 되어 어쩔 수 없다는 듯이 동의를 했다.

스케이트장을 둘러싼 나무는 주황색 빛을 내는 작은 전구들로 감겨 있었다. 흰색의 얼음과, 밤의 조명과, 반짝거리는 나무들로 인해 마치 다른 세상에 온 것만 같았다.

이나가 어릴 때부터 스케이트를 잘 탔다며 승후에게 자랑했다. 반면 승후는 겨우 서 있기만 하는 수준이었다. 미끄러지지 않으려 노력하는 승후를 보며 이나가 신기해했다.

"블랙 돌핀은 얼린 물 위에서는 꼼짝도 못 하는구나."

이나는 놀리기라도 하듯 승후의 주변을 빙글빙글 돌았다. 승후는 다리에 힘을 준 채 균형을 잡으려고 애썼다. 하지만 멀리 달아난 이나를 따라가려다가 얼마 가지도 못하고 우스꽝스럽게 넘어졌다. 얼음 바닥에 몸을 부딪치는 소리가 크게 났다.

놀란 이나가 빠르게 다가왔다. 승후는 눈을 꾹 감았다. 그러자 이나가 걱정이 가득 담긴 목소리로 물었다.

"다치지 않았어요?"

승후는 대자로 누워 죽은 척을 했다. 멋진 모습만 보여 주고 싶었는데 일이 이렇게 되어 버렸다. 이나가 승후의 몸을 여기저기 만져 보고, 흔들어 대도 눈을 뜨지 않고 말도 하지 않았다. 민망함이 가시면 일어날 작정이었는데.

"어쩌지? 죽지 말아요."

어느새 흐느낌으로 변한 이나의 목소리가 들려왔다. 창피해서 심장이 날뛰고 있는데 죽기는.

"도와주세요. 머리를 다쳤나 봐요."

이나가 허공에 대고 크게 말했다. 이 와중에 사람까지 불러 모으려 하다니.

일이 더 커지기 전에 승후는 한쪽 눈을 떴다.

"숨을 잘 못 쉬겠어."

"어쩌면 좋아요?"

"어쩌긴. 네가 숨을 불어 넣어 주면 되지."

이제야 장난인 걸 알아챈 이나가 고개를 숙여 입을 맞추었다. 정말 숨을 불어 넣는 것을 보니 인공호흡이라도 할 모양이었다. 호흡이 몸 안으로 스며들었고 저절로 키스가 되었다. 인공호흡 같기도 했던 오랜 키스가 끝나자, 승후는 이나를 끌어당겨 얼음 위에 눕혔다. 그리고 나란히 누워 까만 밤하늘을 같이 올려다보았다.

아까부터 흩날리던 눈이 함박눈으로 바뀌기 시작했다. 하얀 눈이 공기의 저항으로 인해 느리게 내렸다. 굵고 탐스러운 눈이 미풍에 흔들려 공중을 여기저기 날아다녔다. 그러던 눈송이가 이마로, 입술로, 가슴 위로 떨어졌다. 승후는 손바닥 위로 떨어진 눈을 잡으려 손을 움켜쥐었다. 하지만 금세 녹아 사라졌다.

이나는 내리는 눈에 사로잡혀 밤하늘만 보았다. 그 모습을 바라보던 승후가 가만히 속삭였다.

"생일 축하해."

"처음으로 같이 보는 눈이에요. 이 눈도 선물로 준비한 거예요?"

"저 위에 계신 분들이 날 위해 주신 선물이, 내 옆에 있는 사람 같은데."

잠시 생각에 잠겼던 이나가 조심스럽게 물었다.

"부모님 보고 싶어요?"

"그럼. 많이 괜찮아지긴 했지만."

"언제 그래요?"

"좋은 일이 생기거나, 슬픈 일이 생길 때 특히 더."

승후는 자신의 대답에 이나가 몰래 눈물을 훔치는 것을 모른 척했다. 지금껏 이나가 감추는 눈물에 대해서는 못 본 척해 왔다.

"지금도 보고 싶다. 널 보여 주고 자랑하고 싶어. 무척 예뻐하셨을 텐데."

이나가 눈물을 참으려는 듯 심호흡을 한 후 말을 돌렸다.

"이렇게 있으니까 눈 내리는 검은 하늘로 빨려 들어갈 것 같아요."

승후는 혹시라도 이나가 하늘로 빨려 들어가 버릴까 봐 손을 꼭 잡았다. 이 사람이 사라진 곳에 혼자 남기 싫었다.

"안 돼. 내 옆에 있어. 난 더 이상 그 무엇도 잃지 않을 거야."

그 후로 한동안 두 사람은 눈 내리는 밤하늘을 말없이 응시했다.

침묵하던 승후가 물었다.

"이나야, 나랑 같이 살까?"

이나는 온통 붉어진 얼굴로 아무 말도 하지 않았다. 그가 다시 물었다.

"강이나, 우리 결혼할까?"

본사로 다시 첫 출근을 했고, 첫 퇴근을 하는 길이었다. 이나는 오랜만에 회사 셔틀버스를 탔다. 사무실에서 조금 늦게 나오는 바람에 자리는 이미 대부분 꽉 차 있었다.

앉을 자리를 찾다가 맨 뒷좌석에 승후가 앉아 있는 것을 발견했다. 약속에 없던 일이었다. 게다가 남은 자리는 그의 옆자리뿐이었다.

승후는 맨 뒤에 앉아서, 다가오는 이나를 보며 미소 지었다. 아마도 첫 퇴근을 같이하고 싶어 셔틀버스에 탄 것 같았다.

그가 이나를 향해 심장이 있는 가슴을 두 번 치고 가슴에 원을 세 번 그렸다. 전에 알려 준 비밀의 수신호였다. 그리고 사랑한다는 뜻이었다. 그에게 다가가는 동안 웃음을 감출 수가 없었다.

하나 남은 그의 옆자리에 앉으며 말했다.

"실례합니다."

"실례긴, 모두 내 옆자리를 피하던데. 옆에 앉아 줘서 고마워요."

승후가 이나를 위한 방어막을 쳤다. 그의 말에 주위에 앉은 사람들이 낮고 수줍게 웃었다.

"축하합니다, 대표님."

앞자리의 누군가가 말했다. 오늘 승후가 대표직을 연임한다는 공식적인 발표가 있었다. 그 소식에 대한 축하 인사였다. 그 인사를 시작으로, 버스 안의 직원들이 저마다 축하한다는 말을 한마디씩 했다. 셔틀버스 기사님마저 손을 흔들며 축하한다고 말했다.

"감사합니다. 고릴라닷컴은 새로운 미래를 향해 한 걸음씩 성장할 것입니다. 가치 있는 걸음을 걷겠습니다. 함께 가 주시기를 바랍니다."

그가 자리에서 일어나 꾸벅 고개를 숙인 뒤 모두를 향해 환하게 웃었다. 그러자 버스 안의 사람들이 환호와 함께 박수를 쳐 주었다.

셔틀버스가 출발했다. 창밖을 보고 있는 그는 기분이 좋아 보였다. 잠시 후 그가 눈을 감았는데, 눈을 감고 있는 동안에도 그의 입꼬리는 내내 웃고 있었다. 이나도 따라서 웃음이 났다.

달리는 버스가 덜컹거릴 때마다 두 사람의 어깨와 무릎이 맞닿았다. 서로에게 취하기라도 했는지, 가슴이 말랑거리고 두근댔다. 그렇게 버스가 움직이는 대로 흔들려 갔다.

셔틀버스에서 내렸다. 같이 내리는 그들을 의심하는 사람은 아무도 없었다. 버스가 사거리에서 우측으로 돌아 사라지자마자 승후가 이나를 끌어안았다. 둘 다 두꺼운 코트를 입었는데도 심장의 울림이 서로에게 전해졌다. 온화한 겨울밤이었다. 공기도 봄처럼 포근했다.

이나가 그에게 안겨 물었다.

"퇴근 시간이 많이 일러졌네요?"

"같이 퇴근하고 싶었어."

대답을 마친 승후가 이나의 이마에 길게 입을 맞추었다.

"요즘 한가해요?"

"일은 여전히 많지. 하지만 충분히 충전을 해야 일이 더 잘된다는 걸 알았으니까."

“전과는 많이 달라진 모습이네요.”

“그동안 일에 매달렸던 이유가 허한 마음을 그렇게라도 채워 갔던 게 아닌가 싶어. 요즘의 난 터무니없이 부유해진 느낌이 들거든. 마음이 늘 꽉 채워져 있어. 이런 것이야말로 내가 바라던 성공이 아니었을까 하는 거지.”

승후가 갑자기 목소리를 낮춰 이나의 귀에 속삭였다.

“이대로 우리 집으로 갈까? 지금 난 충전이 몹시 필요한 남자인데.”

아무래도 다른 의미의 충전을 말하는 것 같았다.

“오늘은 집에 일찍 들어가야 해요.”

“왜? 오랜만의 재회고 내 집은 늘 비어 있는데. 난 네가 지금 당장 필요해.”

“가족들과 같이 밥 먹기로 했어요. 언니네 식구도 와요.”

본사로 다시 첫 출근을 하는 이나를 위한 저녁 모임이었다. 잠시 실망하는 듯하던 승후의 얼굴에 환한 빛이 돌았다. 조금 걷던 그가 어딘가를 가리키며 말했다.

“저기 좀 가자.”

집으로 올라가는 길목에 있는 작은 꽃집이었다. 날이 따뜻해서 그런지 꽃집의 문이 열려 있어 화사한 꽃들이 밖에서도 보였다.

안으로 들어간 승후가 꽃집의 꽃을 다 살 듯한 기세로 꽃을 고르기 시작했다.

“오늘이 무슨 기념일인가 봐요.”

젊은 여주인의 입가에 웃음이 가득했다.

점점 커지는 꽃다발에 이나가 걱정스러운 목소리로 그에게 소곤거렸다.

“여기 꽃을 다 살 거예요?”

"아, 그거 좋은 생각이네."

승후가 신이 난 얼굴을 여과 없이 보여 주었다. 그러더니 더 많은 꽃을 골랐다.

"너무 커요. 이걸 들고 가면 식구들이 놀릴 텐데. 난 장미 한 송이로도 충분하다고요."

큰 꽃다발을 들고 집에 들어갈 생각을 하니 정말 곤란했다. 가족 모두에게 추궁당할 것이 분명했다.

승후가 이나를 따라서 소곤거리며 말했다.

"걱정하지 마. 네 것이 아니니까. 이 꽃이 어울리는 다른 여자에게 줄 거야."

"다른 여자요?"

이나는 울상이 되었다. 도대체 이 많은 꽃을 누구에게 주려고.

"어머, 자꾸 귓속말도 나누시고. 앞에서 보는 제가 더 떨려요. 너무 부러운 커플이네요."

꽃집 주인이 꽃다발에 리본을 묶으며 말했다. 승후는 뭐가 좋은지 활짝 웃었고, 그 웃음에 꽃집 주인의 얼굴이 더욱 붉어졌다.

이 겨울과, 커다란 꽃다발과, 곁에 있는 남자는 묘하게 조화로웠다. 꽃이 가질 수 있는 모든 색이 들어 있는 꽃다발을 들고 가는 남자에게 물었다.

"정말 제 것이 아니에요?"

"기대했던 것 같은데, 미안하게도 아니야."

꽃을 자신에게 주어도 걱정되고, 다른 사람에게 주는 것도 걱정되는 심란한 상황이었다. 이나는 이해할 수 없다는 얼굴로 그와 나란히 집을 향해 걸어갔다.

"잘 가요."

어느새 편의점 앞이었다. 승후의 집은 이 길을 따라 조금 더 걸어 올라가야 했다. 하지만 그는 움직이지 않았다. 이나는 주위를 둘러보고 아무도 없다는 것을 확인한 후, 그에게 다가가 살짝 입을 맞추었다. 아무래도 작별 키스를 원하는 것 같아서 말이다.

승후는 키스가 마음에 드는 것 같았지만, 작별하고 싶지는 않은 듯했다.

"같이 들어가자."

"어딜요?"

이나가 놀라 물었다. 승후의 당당한 얼굴을 보니 답을 알 것 같았다. 편의점 2층, 이나가 살고 있는 집을 말하는 거였다.

"가족들이 다 모여 있다며."

"아마, 그럴 테죠."

이나는 미심쩍은 눈으로 승후를 쳐다보았다. 그는 상당히 멀쩡해 보였다. 어쩐지 평소보다 멋있어 보이기도 했다. 지극히 정상적인 모습으로 왜 그런 말을 하는 건지.

"혹시, 배고파요?"

"맞아, 우리 집엔 먹을 것도 없잖아."

그가 애처로운 척을 했다. 그의 말처럼 집에 가도 먹을 것이 없는 건 사실이었다. 냉장고에 물만 있는 집이었으니까. 하지만 이 남자를 가족들에게 보여 준다는 것은, 게다가 이렇게 급작스럽게 그런 일을 벌인다는 것은, 승후를 위험하게 만드는 일처럼 느껴졌다.

"모르는 것 같아서 다시 말하는 건데, 저 안에는 식구들이 다 모여 있다고요. 한 사람도 빠짐없이."

"넌 아직 내 청혼에 입을 다물고 있잖아. 난 네 대답만 기다리고 있고. 그러니 네 가족이라도 내 편으로 만들어야지."

이나는 결혼하자는 그의 말에 아직까지 대답을 못 하고 있었다.

지금도 청혼이라는 단어를 듣자마자 당황해서 그를 쳐다볼 수가 없었다. 민승후라는 사람의 입에서 나오는 결혼이라는 말은, 더군다나 그게 자신을 향하고 있다는 것은, 아무래도 현실 같지 않은 일이었다.

이나는 자신의 발끝을 바라보며 변명했다.

"아직 그런 것에 대해 상상조차 해 본 적이 없어요. 이제 겨우 연애나 하는 저에겐 너무 이르다고요. 그리고 엄마도 일찍 결혼하지 말라고 했는걸요."

조심스레 고개를 들어 승후를 바라보았다. 이번엔 그의 눈을 보며 솔직한 마음을 털어놓았다.

"난 마음의 준비가 되어 있지 않아요. 모든 일에 제일 뒤처졌던 강이나라는 사람이 벌써 결혼한다고 나서면 다들 장난인 줄 알 거라고요. 게다가 상대가 민승후라는 남자라면 모두가 감당 못 할 거예요. 회사 사람들은 어쩌고요? 팬카페 사람들한테도 왠지 미안하다고요. 링링이 날 가만두지 않을 거예요. 사람들이 놀라지 않을 만큼, 저도 뭔가를 이루고 멋진 모습으로 결혼하고 싶어요."

"넌 지금 그대로도 충분해. 여러 가지 이유를 대며 당당하게 거절도 잘하네. 난 지금 보기 좋게 퇴짜 맞는 중이구나. 퇴짜 맞아 구겨진 남자는 네 가족에게 나라는 존재를 알려야 조금이라도 마음을 놓지. 난 말로만 듣던 네 가족들을 직접 보고 싶어."

그럼에도 집으로 들어가는 것을 포기하지 않은 승후가 빠르게 덧붙였다.

"계획하진 않았지만 모든 게 들어맞는 적절한 시기가 있는데, 그게 바로 지금이야. 새해가 되었고, 난 오늘부터 직장도 확실해졌고, 게다가 새로 산 양복을 입고 있어. 때마침 풍성한 꽃다발도 들고 있잖아. 더구나 가족들이 집에 모여 있다며. 부모님께 인사드리고 싶어.

기회를 찾고 있었는데 이렇게 딱 들어맞는 날도 없을 것 같거든.”

그의 말에도 이나는 그와 같이 집으로 올라갈 용기가 나지 않아서 고개를 저었다. 남자 친구 같은 건 데려올 일 없다고 떵떵거렸던 것마저 떠올랐다.

“대체 뭐가 걱정되는 거야?”

“내가 데리고 온 남자를 검증한다고 난리일 거예요. 아빠는 야구 얘기만 할 테고, 현실적인 엄마는 직장이 탄탄한지 궁금해할 거예요. 언니랑 형부는 우리의 연애에 대해 이것저것 물어볼 테고, 한민이는 지독하게 까불 거예요. 한 대 때려 주고 싶을 만큼요. 엉망진창이 될 게 뻔해요.”

“말로만 들어도 기대되는데. 난 준비됐어.”

겁을 주려 했는데 그는 오히려 신나는 표정이 되었다.

“어서 가자. 날 믿어. 아무 걱정도 하지 마.”

승후는 말을 마치자마자 집 안으로 들어가는 계단을 올라갔다. 이나는 따라서 올라가며 계단을 세기 시작했다. 집으로 올라가는 계단의 개수는 평소와 같았는데, 오늘따라 올라가는 시간이 너무도 짧게 느껴졌다.

가족들은 저녁 식사 준비에 한창이었다. 계단에서부터 맛있는 음식 냄새가 가득했다. 현관으로 들어서자 거실에 놓인 커다란 상을 닦고 있는 한나가 보였다. 그 곁에서 조카 은지가 공룡 장난감을 가지고 놀고 있었다.

이나는 신발을 벗을 생각도 못 한 채 현관 앞에 승후와 나란히 서서 집 안의 광경을 바라만 보았다.

“이나 왔네. 한민이는 조금 늦는대.”

머뭇거리는 사이 한나가 먼저 이나를 발견했다. 그러다 이나 곁

에서 꽃다발을 한 아름 안고서 웃고 있는 남자를 보고는 놀란 눈이
되었다.

"그런데 옆에 누구야?"

한나는 승후와 커다란 꽃다발에서 눈을 떼지 못했다. 이나는 한나
의 질문에 답을 찾느라 머뭇거렸다.

"이모, 안녕."

거실에 앉아 세 사람을 지켜보던 은지가 현관 앞으로 달려 나와 이
나에게 인사했다.

"은지야, 안녕."

"와, 꽃이 정말 많아요."

"응, 네가 봐도 너무 많지?"

이나는 은지와 어색한 대화를 이어 갔다. 그때 뭔가 이상한 낌새
를 눈치챘는지 부엌에 있던 진희가 나왔다. 진희도 한나처럼 현관에
서 있는 두 사람을 보고 놀란 얼굴이었다.

모두 이상한 분위기를 감지했다. 솔직하게 말하는 것 외엔 방법이
없었다.

"남자 사귈 때 데리고 와서 검증받으라며. 나랑 사귀는 사람이야."

이나는 씩씩한 척 말했다. 순간 집 안에는 정적이 흘렀다. 진희와
한나는 멍한 표정으로 입을 다물고 조용히 있었다.

"실례를 무릅쓰고 약속도 없이 찾아왔습니다. 민승후라고 합니
다."

승후만 이 상황을 자연스럽게 받아들이는 듯했다. 그는 당당하게
인사했고, 인사를 받은 사람들은 당황한 채 눈만 껌뻑였다.

"여보, 이나가 진짜로 남자 친구를 데리고 왔어."

먼저 정신을 차린 진희가 남편을 불렀다. 주방에 있다가 호출된
철수는 앞치마를 두르고 있었다. 뒤따라 나온 형부도 마찬가지였다.

"안녕하세요. 민승후라고 합니다."

승후는 또다시 인사를 했다.

"우리 이나의 남자 친구라고?"

철수는 승후를 보고 놀라 허둥지둥했다.

"네, 이나의 남자 친구입니다."

승후가 웃으며 답했다. 그는 자신을 호칭하는 남자 친구라는 말에 기분이 좋은 듯했다.

"남자 친구 생기면 아빠한테 제일 먼저 보여 주라며."

이나는 어색함을 숨기며 당당한 척 가족들에게 말했다.

"어서 들어와요."

그러자 철수가 집 안으로 승후를 안내하며 과한 손짓을 했고, 거실로 들어온 승후는 진희에게 들고 있던 꽃다발을 전했다.

"이나를 통해 좋은 소식 들었습니다. 축하드려요."

꽃의 주인은 재결합을 한 진희였다. 환한 웃음을 지으며 진희가 말했다.

"아유, 예뻐라. 고마워요."

가족들은 얼굴을 다 가릴 만큼 커다란 꽃다발을 안은 진희와 승후를 번갈아 보았다. 그러던 가족 모두 어느새 이나를 추궁하고 싶어 하는 얼굴이 되었다.

"자, 우리 악수나 한번 하지."

한참 동안 승후를 살피던 철수가 손을 내밀었다. 승후가 손을 맞잡자 철수는 그 손을 더욱 꼭 쥐었다. 그러고는 등과 어깨를 오래도록 안아 주었다. 철수는 야구 선수답게 남자끼리의 남자다운 포옹을 즐겼다. 그러면서 뭐가 좋은지 큰 소리로 호탕하게 웃기까지 했다. 거실이 쩌렁쩌렁 울렸다.

"아주 반갑고, 잘 왔어."

아들을 안아 주듯 승후를 꼭 안고 있던 철수가 그의 등을 손으로 두드려 주며 말했다. 물어보나 마나, 철수는 승후를 마음에 꼭 들어 했다. 아까부터 이나와 승후를 번갈아 보며 신나서 어쩔 줄 모르고 있었다.

그리고 둘째 딸을 향해 비밀의 수신호를 보냈다. 양쪽 귀를 만지고 머리를 긁었다. ‘완전 최고’라는 뜻이었다. 다만 그 수신호를 알고 있는 사람이 더 있다는 것이 문제였다. 승후는 수신호 같은 건 모르는 척 빙긋 웃기만 했다.

아무리 배가 고프다고 했다지만, 승후가 밥을 그렇게 잘 먹는 사람인지 지금에야 알았다. 그동안 여러 번 같이 식사를 했지만 이 정도로 잘 먹는 모습은 본 적이 없었다.

그는 평소에 간식은 하지 않았고, 단지 끼니를 때우기 위해 의무적으로만 무언가를 먹는 사람 같았었다. 하지만 지금은 정말 맛있는 표정으로 밥을 먹고 있었다. 마치 장모님이 차려 준 상을 받는 사위처럼 과하게.

“이 잡채도 먹어 봐요. 우리 이나가 좋아하는 거라서 했는데.”

“음식 솜씨가 좋으시네요. 정말 맛있습니다.”

“그런 말 많이 들어요. 자주 와서 먹고 가요.”

“네, 자주 들르겠습니다.”

그와는 반대로 이나는 잘 먹지 못했다. 음식을 입에 넣고는 있지만 무슨 맛인지도 몰랐다. 식구들은 승후의 갑작스러운 출현에 잠시 놀랐지만, 금세 모두 그를 편하게 대했다. 승후 역시 가족들 속에 자연스럽게 섞여 들었다. 불편한 건, 이나 한 사람뿐인 듯했다.

어느 정도 분위기가 무르익고 상황이 익숙해지자 한나가 물었다.

“우리 이나랑 사귄 지 얼마나 됐어요?”

"작년 봄부터예요."

"역시 싱싱하시다는 그분이었네요."

한나가 이나를 향해 얄궂은 미소를 지어 보였다. 그 바람에 이나의 얼굴이 잔뜩 붉어졌다. 그와 자고 싶다고 한나에게 말했던 게 떠올랐기 때문이었다.

"저더러 싱싱하다고 하던가요?"

승후는 그 말이 기분 좋은지 활짝 웃었다. 웃는 모습이 그야말로 싱싱해서 밥을 먹던 가족 모두 그에게서 눈을 떼지 못했다. 이나처럼 가족들도 민승후라는 사람에게 빠져들고 있었다.

"그나저나 어디서 많이 뵌 분인데 생각이 안 나네요."

한나가 고개를 갸웃하며 승후를 살폈다. 그러자 옆에서 기억을 더듬던 형부가 생각난 듯 말했다.

"전에 뉴스에도 나왔었는데. 혹시, 처제가 다니는 회사 대표 아닌가?"

"맞습니다. 뉴스에 나왔던 고릴라닷컴 대표입니다."

당당한 승후의 말에 다들 멍해져 버렸다.

제일 먼저 정신을 차린 사람은 진희였다. 승후를 보며 난처한 얼굴을 감추지 못했다.

"이나가 회사 대표님을 집까지 모셔 왔는데, 이걸 어쩌나 몰라. 늘 먹던 반찬이라 특별한 것도 없고."

"아닙니다. 편하고 좋습니다. 전 오늘 이나의 회사 대표가 아니라 남자 친구로 여기 왔습니다. 저에 대해 궁금한 점이 있으시다면 뭐든 물어보셔도 됩니다."

승후의 대답에 힘을 얻었는지 철수가 근엄한 척 물었다.

"그런 대단한 사람이 우리 이나의 어디가 좋아서 여기까지 왔나? 나이도 있으니 생각 없이 온 건 아닐 테고."

“뭐가 좋은지 따질 겨를도 없이 처음 봤을 때부터 좋았습니다. 이나와 진지하게 만나는 것에 대해 가족분들에게 허락을 받고 싶어서 찾아왔습니다.”

“좋아하는 사람에게는 당당히 직구를 던져야지. 직구를 던질 줄 아는 남자 같으니, 난 일단 자네가 마음에 드네. 나와 통하는 부분이 많겠구만.”

만족스러운 대답이었는지 근엄한 척하던 철수가 금세 표정을 바꾸고 신이 나서 맞장구를 쳤다. 승후에 대한 첫인상이 좋았던 것처럼 그의 생각도 마음에 든 것 같았다.

“우리 가족들이 솔직한 편이라 불편하신 건 아닌지 모르겠네요?”

한나가 나긋한 미소를 띠며 승후에게 물었다.

“이나가 가족 얘기를 많이 해 줘서, 예전부터 봐 왔던 것처럼 낯익고 친근합니다.”

승후가 모두에게 서글서글한 웃음을 보여 주었다. 가족들이 한꺼번에 최면에 걸리기라도 한 듯 그의 웃음을 따라 웃었다. 이나가 승후에게 반했던 것처럼, 가족들 모두 그에게 반한 듯했다.

이나는 승후를 보며 그가 해 주었던 이야기들을 떠올렸다. 그는 어려서부터 외롭게 자란 사람이라고 말했었다. 부모에게서 충족되지 않은 사랑이, 채워지지 않는 공허함으로 남았다고 했다. 그래서인지 이나가 들려주는 가족 얘기를 즐거워했다. 그리고 그는 지금의 상황도 즐기는 듯했다. 승후를 따뜻하게 맞이해 주는 가족들이 새삼 고마웠다.

“삼촌.”

올해 다섯 살이 된 은지가 승후에게 다가가 자신의 공룡을 보여 주며 웃었다. 은지는 한민 때문인지 젊은 남자는 모두 삼촌이라고 부르는 것으로 알았다.

한나와 형부가 동시에 서둘러 말했다.

"삼촌 아니야."

"그럼?"

뭐라고 불러야 하느냐는 은지의 짧은 질문에 모두 뜸을 들였다. 아무도 답을 찾지 못하고 어색한 침묵이 흐르는 가운데 철수가 불쑥 대답했다.

"이모부라고 하면 돼."

그 말에 가족 모두가 부끄러워져서, 서로의 시선을 이리저리 피했다. 앞에 놓인 음식을 입 안 가득히 넣고 맛있단 말만 반복했다.

진희가 철수의 옆구리를 찌르며 작은 목소리로 나무랐다.

"당신은 너무 서둘러서 탈이야."

이나는 이대로 사라져 버리고 싶었다. 이모부라니. 이모부라면 이모인 자신의 남편인 거다. 옆에 앉은 승후는 물론이고 가족들에게도 너무 부끄러웠다.

"이모부."

은지가 승후를 다시 불렀다. 모두 긴장을 하며 승후를 흘금거렸다. 순식간에 이모부가 되어 버린 사람이 대답했다.

"왜?"

"이모부, 이건 뭐예요?"

"트리케라톱스."

그는 남자 친구보다 이모부라는 호칭이 더 마음에 드는 표정이었다. 만족스러운 답을 얻은 은지가 공룡을 승후에게 주었다.

"이모부, 선물이에요."

"고마워."

어색해진 가족들은 은지만 쳐다보며 괜한 웃음을 지었다.

두 사람은 함께 이나의 방으로 들어왔다. 승후가 작은 방 안을 둘러보았다. 고등학교 때부터 쓰던 손때 묻은 책상과, 낡은 침대와, 작은 냉장고를 보고 미소 지었다. 이나의 작은 방이 마음에 드는 것 같았다.

그는 벽에 붙은 동네 지도도 살펴보았다. 두 번째 연애를 시작한 이나가 다시 만들어 붙여 놓은 지도였다. 지도에는 형광펜으로 승후의 집까지 가는 길이 표시되어 있었다.

승후가 지도에 표시된 자신의 집 위치를 유심히 바라보았다. 그리고 곧 다른 길을 손가락으로 가리켰다.

"이 길이 더 빠를걸?"

"언제나 지름길을 쉽게 찾네요."

정말 그랬다. 승후는 이나에겐 어렵기만 한 일들을 쉽게 처리했다. 가족들과 만나는 큰일도 그의 방식대로 편하고 자연스럽게 만들어 갔다. 승후와 이 방에 같이 있는 건, 불과 몇 시간 전까지만 해도 상상도 할 수 없는 일이었다.

"네가 지내는 곳이 궁금했어."

그는 방 구경이 재미난 듯 말하며 또 다른 곳에 눈길을 주었다. 이나가 어려서부터 그린 그림들이 액자 속에 들어가 벽에 걸려 있었다. 그 그림들을 감상하던 승후가 이번엔 탁자 위에 놓인 가족사진이 들어 있는 액자에 시선을 고정시켰다. 이나가 점점 커 가는 모습이 담겨 있는 가족사진들이 시간의 흐름을 보여 주듯 나란히 놓여 있었다.

"추억으로 넘치는 방이네."

"방이 작아서 더 넘치죠."

"이거 열어 봐도 돼?"

승후가 냉장고 안을 궁금해했다. 이나가 허락의 의미로 고개를 끄덕이자 그는 냉동실 문을 먼저 열었다.

"먹을 게 아니네. 대체 이게 뭐야?"

그가 냉동실에 보관되어 있는 지퍼 백 안의 잡다한 물건들을 보며 의아한 듯 물었다.

"추억을 얼렸어요. 소중한 것들이 거기에 그대로 얼려져 있어요."

"이건 외야석으로 날아온 그 공?"

승후가 차갑게 얼어 버린 야구공을 꺼내며 놀라워했다.

"맞아요. 기억력이 좋네요."

"이런 것을 얼리는구나."

"무엇을 더 얼렸는지 알면 놀랄 거예요."

진짜 사랑을 얼렸었고, 이젠 모두 녹아 처음 그대로가 되어 여기 있었다. 얼었다 녹은 사랑은 더욱 선명해졌다. 가슴에 품을 수 있을 만큼 가깝고 따뜻한 모습으로.

"이모부."

은지의 목소리와 함께 방문이 열렸다. 은지도 승후가 맘에 드는 것 같았다. 졸지에 이모부가 된 남자는 무릎을 꿇고 은지와 눈을 맞췄다. 그는 다섯 살의 작은 생명체를 처음 보는 사람처럼 신기해했다.

"이건 뭐예요?"

은지가 승후의 손에 들려 있는 야구공을 보고 물었다.

"이건 홈런이었던 공."

"홈런이 뭐예요?"

승후는 아무리 대답해도 끝이 나지 않는 은지의 질문을 즐거워하며 다 받아 주었다. 일찍 결혼했으면 은지만 한 딸이 있다 해도 이상할 것이 없었다. 저 남자가 아빠가 되면 저런 모습일까? 저렇게 다정하고 멋진 아빠라니. 이나는 승후가 아빠가 된 모습을 상상하며 혼자 얼굴을 붉혔다.

“왜?”

이나의 표정이 이상했는지 승후가 물었다.

“아무것도.”

이나는 눈길을 돌려 공연히 천장만 올려다보았다.

“이나가 남자를 데리고 왔다고?”

거실에서 한민의 목소리가 들려왔다.

“대박, 그 회사 대표 민승후래. 실물이 더 훤하더라.”

뒤이어 형부의 목소리도 들렸다.

“저 남자가 무슨 짓을 하면 어쩌려고 둘을 방으로 들여보내?”

“무슨 짓 하면 어때? 이나도 다 컸어. 너보다 몇 달이나 많이 살았고.”

전과 많이 달라진 진희였다. 그럼에도 한민의 오빠 노릇은 끝이 없었다.

“엄마는 회사 대표면 딸도 바로 넘겨줘?”

“은지도 같이 있어. 사람만 좋더라. 예의 바르고.”

“그래도 안 돼. 일단 나한테 심도 있는 검증을 받아야 해.”

한민은 금방이라도 문을 열고 들어올 기세였다. 한나가 씩씩대는 한민을 놀렸다.

“한민아, 이나에 대한 집착을 버려. 엄마 아빠도 좋다는데 네가 왜 나서? 작은누나를 뺏긴 것 같은 기분이야?”

“왜들 그렇게 호락호락해? 이나를 울렸던 사람이라고.”

“이나는 원래 잘 울어. 엄마도 많이 울려 봐서 알거든. 툭하면 운다고. 그리고 저 사람, 생긴 게 엄마 스타일이야. 잘생긴 데다 스타일도 끝내주더라.”

진희가 승후에게 꽃다발을 받았을 때의 얼굴을 한민이 봤다면, 엄마마저 뺏긴 기분이 들었을 것이다.

"이나라니 누나한테. 그리고 매형이라고 해, 작은 매형. 아빠가 보기엔 이나가 홈런을 쳤다. 아빠 마음에 딱 드는 남자야. 이나와 서둘러 결혼하고 싶은 눈치더라고. 아빠도 빠른 시일 내에 결혼했으면 한다."

모자의 대화에 철수가 끼어들었다. 밥을 한 번 같이 먹었을 뿐인데 가족 모두 승후의 편이 되어 버렸다. 그 후로 한민을 제외한 가족들은 언제쯤 결혼을 하는 것이 좋은지, 서로 의견을 제시하기 시작했다.

승후는 문밖에서 들리는 대화에 대해 모른 척하고 있었지만, 얼굴엔 점점 미소가 번져 갔다. 당황한 이나가 문 쪽으로 걸어가 조심히 문을 열자, 거실에 있는 가족들의 시선이 모두 이나에게 향했다. 무슨 얘기가 더 나오기 전에 말려야 했다.

"가족 여러분, 다 들려요. 나 창피해 죽겠어요."

거실은 순식간에 조용해졌다. 뒤돌아본 남자의 얼굴은 미소로 가득했다.

승후와 함께 옥상으로 올라왔다. 옥상 위는 미리 봄이라도 온 것처럼 따뜻했다. 나란히 서서 동네의 야경을 보고 있는데 어디선가 나타난 고양이들이 이나의 집 옥상으로 찾아왔다. 그중 발이 까만 고양이가 승후의 다리에 꼬리를 감고 몸을 비볐다. 분명 그를 알아보고 하는 행동 같았다.

시간이 지날수록 찾아오는 고양이들이 점점 늘어났다. 전에 이나혼자 올라왔을 땐 나타난 적 없는 고양이들이었다.

"혹시, 고양이들의 왕이에요?"

"글쎄."

"설마, 나 없을 때 여기 왔었어요?"

"네가 보고 싶을 때마다 왔더니 날 따르더라고. 생선 통조림의 힘도 컸을 테고."

이나가 놀란 얼굴로 승후와 고양이들을 차례로 보았다. 고양이들하고 이렇게 친해질 정도면 그는 그동안 얼마나 자주 이 옥상에 올라와 자신을 그리워했던 걸까. 그의 말이 너무도 애틋하게 느껴졌다.

"안녕, 고양이들아. 나 없는 동안 이 사람의 친구가 되어 줘서 고마워."

이나가 몸을 숙여 고양이들에게 인사를 했다. 그러자 승후가 한 마리씩 고양이를 소개했다.

"소개할게. 얘는 발 부분만 까매서 부츠, 얘는 꼬리가 길어서 롱이, 그리고 얘는 바람둥이라 바람이."

고양이들은 자기 이름이 불릴 때마다 마치 알아듣는 것처럼 야옹거렸다.

어울리지 않게 길고양이의 이름을 정성껏 지어 주는 남자라니. 이나는 눈물이 날 것 같아 가슴을 펴고 숨을 크게 들이마셨다. 헤어지자는 여자를 먼 곳에 보내 놓고, 그는 여기에 남아 주변을 지키고 있었다. 보고 싶은 마음을 그렇게 달랬던 것 같았다.

문득 승후가 가족들을 만나 무슨 생각을 했는지 궁금해졌다. 그의 의도대로 가족들 모두 그의 편이 되어 버렸지만.

"오늘 어땠어요?"

"생각보다 좋은 분들이시던데. 강이나가 왜 강하고, 단단하고, 사랑이 많은 사람인지 알았어. 사랑은 받은 만큼 줄 수 있으니까 한없이 사랑을 주는 사람으로 자라난 거지. 내가 외롭게 자라서 그런지, 시끌벅적하고 웃음이 많은 네 가족이 좋아 보여."

"별다른 검증 없이 끝나서 다행이에요. 괜히 겁먹었어요."

검증은커녕 모두 승후를 마음에 들어 하는 것 같았다. 심도 있는 검증을 하겠다고 나섰던 한민까지도 마음에 드는 눈치였다.

"너희 가족을 보며 여러 가지 생각이 들긴 했어."

"무슨 생각이요?"

"네 조카처럼 예쁜 아이를 갖고 싶다는 생각."

이나는 갑작스러운 말에 놀라 한동안 멍했다. 그러다 갑자기 부끄러워져 괜히 말을 돌렸다.

"조카는 언니를 닮지 않아 못난이인데."

"널 많이 닮았던데?"

승후가 사실을 짚어 주었다. 이나는 그의 말을 부정할 수 없었다. 자신이 어렸을 때 찍은 사진을 떠올려 보니 더 그랬다.

은지에게도 미안했다. 그래도 이모를 닮아 긍정적인 건, 커 갈수록 인물이 나아진다는 소리를 듣는다는 것.

"못난이 아니야. 은지는 정말 예쁜데."

그 말을 들으며 이 사람이 예쁘다는 강이나 역시, 그의 주관적인 견해였다는 사실을 깨달아야 했다.

"날 보자마자 안아 주시던 아버님과, 맛있는 음식을 권해 주시던 어머님께 감사하더라. 희미하던 부모님의 사랑을 잠시나마 느꼈어. 네가 가진 따뜻한 사람들이 욕심나. 그래서 네 가족을 나누어 가질 방법에 대해 더욱 진지하게 생각하고 있고."

그의 눈이 이나를 향해 부드럽게 닿아 있었다.

"강이나는 이 집에서 많이 소중한 존재구나. 남의 집 귀한 딸을 건드렸으니 난 도둑놈이 맞네. 그러니 확실하게 책임져야겠다는 생각도 했고. 청혼에 대한 네 답은 보류지만, 지금 내 솔직한 마음은 이거야."

그 얘기를 듣는데 괜히 가슴이 두근거렸다. 그의 말들을 감당하기엔 이나의 가슴이 너무 벅찼다.

"하나 물어볼 게 있어요."

"좋아, 뭐든."

이나라는 이름처럼 집에선 늘 두 번째였다. 부모님은 다시 서로에게 첫 번째 존재가 되었고, 첫딸로 사랑받던 언니는 결혼해서도 형부에게 첫 번째로 사랑받는 아내가 되었다. 그리고 한민은 세상에서 자신이 첫 번째로 잘난 줄 알고 사는 사람이다. 게다가 곧 연주의 첫 번째가 될지도 모른다. 이나도 누군가의 첫 번째가 되고 싶었다.

"혹시 내가 세상에서 몇 번째로 좋은지 물어도 돼요?"

옥상 위에서 달빛만큼 아름다운 눈을 가진 남자가 말했다.

"세상에서 제일 첫 번째. 네가 첫 번째로 좋아."

첫 번째라는 말이 참 좋았다. 누군가의 첫 번째가 된다는 건, 별빛으로 마음이 꽉 차는 기분이었다.

"제가 생각하는 사랑에 대해 자세히 말해 줄까요?"

"뭘까, 강이나의 사랑에 대한 견해는?"

승후가 이나의 대답을 기대하며 팔짱을 끼었다. 이나는 숨을 들이쉰 후 말을 시작했다.

"마음을 다해 물을 주어서 가꾼 사랑은 큰 나무가 되었어요. 멀리서도 사람들이 볼 수 있을 정도로 큰 나무죠. 그런데 어느 순간부터 감당 못 할 만큼 큰 나무의 크기 때문에 걱정이 되기 시작했어요. 물만 주어도 자라난다지만, 해가 모자랄까, 벌레가 생길까, 누가 베어갈까 봐 겁이 나기 시작한 거죠. 하지만 큰 나무는 옆에만 있어 주면 된대요. 그것으로도 충분하대요. 그래서 비바람을 맞고, 눈을 맞으며 추운 겨울을 같이 견디기로 했어요."

이나는 승후를 바라보며 말을 이어 갔다.

"매번 바뀌는 계절을 같이 견뎌 나가는 것. 꽃이 피는 봄과, 짙은 풍성함으로 가득한 여름과, 열매를 내어 준 후 잎을 잃어 가는 가을과, 혹독한 겨울을 함께해 주는 것. 그렇게 언제나 함께하는 것. 그게 제가 할 수 있는 사랑인 거죠."

언젠가 말했던 사랑의 정의에 대한 연장선이었다. 어떤 면에서 이나는 아빠를 많이 닮아 있었다. 멀리서든 가까이에서든 늘 사랑하는 사람의 곁에서 함께하는 것이 사랑이라고 생각하는 부분에서는 더욱. 승후에게 말을 하면서도 달의 궤도로 사랑을 말하던 아빠가 떠올라 웃음이 새어 나왔다.

승후는 이야기를 듣는 내내 빙긋 웃기만 했다. 말없이 미소만 짓는 승후에게 이나가 물었다.

"혹시 저에게 또 반한 건가요? 아니면 몹시 간지러운 것을 참는 중인가요?"

"언제까지나 함께한다니, 나에게 그보다 좋은 말이 세상에 있을까? 내 청혼에 대한 답인 것 같아서 어디론가 날아갈 것 같다."

이나가 허락의 뜻으로 고개를 끄덕여 보였다. 그러자 승후가 얼굴이 온통 발그레한 이나를 보며 지금껏 중에 최고로 환한 웃음을 보여 주었다.

두 사람은 서쪽의 밤하늘을 올려다보았다. 밤하늘이 평소와 달랐다. 초승달과 금성과 화성이 나란히 떠서 반짝이고 있었다. 그 빛이 몹시도 가깝고 선명했다.

"저런 거 처음 봐요."

"나도 그래."

밤하늘을 한참 올려다보던 이나가 말했다.

"사랑이 뭐 별건가요? 그렇고 그런 거지."

신비한 밤하늘 아래서, 세상에서 첫 번째로 사랑하는 남자에게 안겨 있었다. 그의 품 안에서는 신기하게도 봄바람 냄새가 났다. 그에

게 취한 건지 봄의 바람에 취한 건지 마음이 말랑거리고 보드라워져
갔다.

별다를 것 없는, 별도, 달도, 바람도 반짝였다.

재작년 겨울.

오후가 지난 시간 승후는 회사 중앙의 유리 엘리베이터에 올라탔
다. 그 안에는 새로 들어온 인턴사원으로 보이는 어린 여직원이 혼자
타고 있었다. 내려야 할 층의 버튼이 이미 눌러져 있는 걸로 보아 인
턴들이 모여 있는 곳으로 인사차 갈 예정인 그와 같은 층에서 볼일이
있는 모양이었다.

엘리베이터의 벽에 기대어 있는데, 문 가까이 바짝 붙어 서 있는
앞의 여직원에게 자꾸만 시선이 갔다. 여자는 몹시도 붉어진 얼굴로
숨을 고르며 두 개의 납작한 상자를 들고 있었다. 그 위에는 프린트
된 종이가 상자의 높이만큼 올려져 있었는데 들고 있기가 버거운지
팔에 잔뜩 힘을 준 모습이었다.

승후는 여자가 들고 있는 무거운 짐을 모른 척해야 할지, 들어 줘
야 할지에 대해 잠시 고민을 했다. 아마 내려서도 같은 방향으로 걸
어갈 텐데, 그 시간 동안 모른 척하기에는 양심이 허락하지 않았다.

"무거워 보이는데 도와줄까요? 내 생각엔 목적지도 같은 듯한데."

갑작스러운 승후의 물음에 여자는 들고 있던 상자를 손에서 놓쳤
다. 떨어뜨리지 않으려는 듯 몸을 숙였지만, 종이 뭉치가 먼저 구석
으로 떨어지고 상자는 무릎에 한 번 부딪친 뒤 다시 바닥으로 떨어졌
다.

두 개의 상자가 열리며 수많은 유리구슬이 엘리베이터 안의 바닥

으로 쏟아졌다. 바닥은 온통 투명한 구슬로 가득했다.

두 사람은 한동안 바닥을 보며 멍하니 서 있었다. 먼저 정신을 차린 승후가 흩어진 수많은 구슬에 시선을 둔 채 말했다.

"내가 놀라게 했나 보네. 다치지 않았어요?"

"저, 저는 괜찮습니다."

"괜찮다니 이 상황에도 다행인 건 있군요."

그러나 괜찮다는 말과 달리 여자는 절망적인 얼굴로 구슬이 가득한 바닥을 바라보고 있었다. 그리고 울기 직전의 표정이 되어 입을 열었다.

"회사 기물을 하나라도 분실하면 인턴 생활이 힘들어질 거라고 팀장님이 말씀하셨는데."

"이 회사에서 왜 이런 구슬이 필요한 건지 모르겠지만, 없어지면 난처해질 테니 같이 애써 봅시다."

상황 수습에 나선 승후가 바닥에 떨어진 구슬을 줍기 시작했다. 여자도 얼른 무릎을 꿇고 같이 주웠다.

"혹시라도 몇 개 없어져서 곤란한 상황에 처하면 팀장한테 내 핑계 대요. 나도 약간의 공범이기도 하니까."

승후는 상자 안에 구슬을 담으며 앞의 여자를 보았다. 호감이 가는 얼굴이었다. 처음 본 것이 분명한데 어디서 본 듯도 했다. 왠지 낯이 익어 더 살피게 되었다. 바라보는 그의 시선이 느껴졌는지 여자는 아까보다 붉어진 얼굴로 고개를 더욱 숙였다. 당황스러움을 고스란히 드러낸 채 구슬을 줍는 손만 바빴다.

구슬을 잡으려다 여자와 손이 닿았다. 여자의 뺨이 꽃처럼 붉어졌다. 하얀 천에 꽃물이 들듯 붉은빛이 번졌다. 그 모습에 알 수 없는 감정이 순식간에 스며들었다. 그때 여자의 목에 걸린 이름표가 승후의 눈에 들어왔다.

‘강이나.’

이나가 눈을 들어 그를 보았다.

“괜히 저 때문에. 죄송합니다.”

그렇게 서로의 시선이 맞닿았다.

이나의 검은 눈이 깊게 반짝였다. 눈동자가 믿을 수 없을 정도로 깨끗하고 선했다. 어찌 된 일인지 시선을 떼어 낼 수가 없었다. 마치 검은 눈동자가 자신을 끌어당기고 있는 듯했다.

제대로 바라본 이나의 얼굴은 봄의 꽃잎처럼 수줍고 따뜻했다. 하얀 살결은 투명하고 맑았다. 할 말을 가득 담은 채 다물린 듯한 입술은 주홍색 잉크가 스며들어 어쩐지 탐스러워 보였다.

이나와 시선이 마주치고부터 승후는 멍해져 버렸다. 구슬을 줍는 동작을 멈춘 채 움직이지 못했다. 귓속의 달팽이관에 이상이 있는지 가늘고 높은 톤의 소리가 귓가에서 떠나지 않았다.

그사이 그들이 내려야 하는 층에 엘리베이터가 도착하고 문이 열렸다. 몇 개의 구슬이 문밖으로 굴러가 틈새로 떨어졌다. 밖에서 기다리고 있던 몇몇 사람들이 엘리베이터 안의 상황을 보고 타려던 발걸음을 멈췄다.

시간이 초과돼 문이 닫혔지만 엘리베이터는 움직이지 않고 여전히 멈춰 있는 상태였다. 그리고 무언가에 놀라 멈춘 남자의 가슴도 좀처럼 움직이지 않았다.

승후에게는 이 모든 것이 비일상적인 일이었다. 이 감정이 무엇인지 정체조차 알 수가 없었다. 앞의 한 사람에게 온 신경이 고정되었다. 이성이 점차 마비되고 근거 없이 마음이 달아올랐다. 의지라는 것이 모조리 사라진 사람처럼.

그 순간 유리 엘리베이터 안으로 오후의 해가 들어왔고, 셀 수 없을 만큼 많은 유리구슬이 말도 안 될 정도로 다양한 무지갯빛을 뿜어

내기 시작했다. 해가 들어온 유리 엘리베이터 안의 공간과, 몹시도 예뻐 보이는 사람과, 반짝이는 구슬에 눈이 부셨다. 얼마나 강렬하게 눈부셨는지, 그때의 잔상이 지금껏 사라지지 않았다.

그리고 어느 봄의 밤, 강이나가 다가와 사랑을 말했다.

— fin

작가 후기

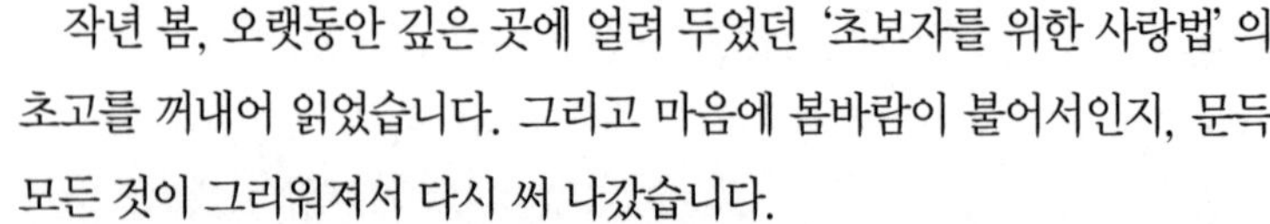

　작년 봄, 오랫동안 깊은 곳에 얼려 두었던 '초보자를 위한 사랑법' 의 초고를 꺼내어 읽었습니다. 그리고 마음에 봄바람이 불어서인지, 문득 모든 것이 그리워져서 다시 써 나갔습니다.
　이야기와 제가 걷는 방향이 맞는 길이기를, 처음 그대로 녹아내리기를 바라면서요.

　누군가의 첫 번째로 소중한 존재가 되고 싶었던, 이나의 솔직하고 진실한 사랑에 언제나 응원을 보냅니다. 저 또한 초보자에게 사랑을 한 수 배워 갑니다.
　외로움에 적응하여 살았던 승후에게 근사한 가족이 생겼으면 했는데 그 일이 완성되었네요. 삶과 사랑을 진중하고 올곧게 받아들이며 사는 승후가, 글로 만나는 내내 미더웠습니다. 이쯤에서 털어놓자면, 제가 그 팬카페의 매니저예요.
　사랑으로 인해 승후는 상처를 치유하고 이나는 성장을 하는 과정

이, 글로 잘 전달되었으면 합니다. 모두의 사랑이 그대로 보관되기를
바라며 글을 마칩니다.

혹시라도 오래전에 연재되었던 글을 기억하시는 분께 덧붙여 말
씀드려요.

이제야 약속을 지킵니다. 여러모로 부족함이 넘치는 글이었고, 서
툴렀던 작가였기에 이렇게 늦어 버렸습니다. 서두르지 못해 무겁고
죄송했습니다. 순수하게 주시던 마음들이 그립기도 했습니다. 이렇
게 만나게 되니 저로서는 무척 감사한 일입니다.

다시 만나기를 기대하며 두근대는 가슴으로 썼습니다.

이 글에서 떠나 있는 오랫동안 제 삶에는 많은 변화가 있었는데,
글 안에서는 그때의 시간이 그대로 멈춰져 있는 것 같았어요. 읽으시
는 동안 저와 같은 경험을 하셨으면 좋겠습니다.

책으로 만들 용기를 주시고 과정을 함께해 주신 심은지 편집자님,
같이 기획과 교정을 봐 주신 권지영 편집자님, 그리고 뽈미디어 편집
팀에게도 감사드립니다. 따뜻한 기운을 받아 편안하게 작업했습니
다. 소중한 인연이었고, 감사함이 넘치는 시간들이었어요. 같이했던
시간이 좋은 기억으로 오래도록 남을 것 같습니다.

이제 제 안에서 몹시도 소란했던 사람들을 내보냅니다. 여느 때처
럼 평범한 인사를 하고 덤덤히 세상으로 떠나보내요. 새롭고 좋은 인
연을 만나길 기대하면서요.

이 소소한 이야기를 읽으시며, 잠시라도 따뜻하셨다면 다행입니
다. 작지만 소중한 마음이 부디 잘 닿기를 바랍니다.

　글이 주는 '교감과 소통'은 멋진 일이라는 생각이 들어요. 시간과 공간을 초월해서 마음을 공유하는 일이고, 사랑만큼이나 신비하고 소중한 일 같습니다. 지금으로서는 부족하겠지만, 더 멋진 교감과 소통을 위해 여러 날들을 애쓰고 노력하겠습니다.

　사랑하고 감사합니다.

모노그램, 김유진.